フランス名婦伝

フランス名婦伝

ロベール・シャール

松崎洋 訳

水声社

目次

凡例

一　本書は Robert Challe, *Les Illustres Françaises*, La Haye, Chez Abraham de Hondt, 1713 の翻訳である。

一　翻訳にあたってはフレデリック・ドゥロッフルとジャック・コルミエによるドロース版（*Les Illustres Françaises*, Edition nouvelle par Frédéric Deloffre et Jacques Cormier, Librairie Droz, 1991）を用い、本文と注のみを訳出した。ドロース版の注は本文の後にまとめたが、語学関係の注とヴァリアントおよび研究書等は省略した。

　また、ベルレットル版（*Les Illustres Françaises*, Société d'édition «Les Belles Lettres», 1973）と、英訳本（*The Illustrious French Lovers*, translated by Penelope Aubin, printed for John Darey, Francis Fayram et etc, 1727）を参考にした。

一　訳者の注は後注としたほか、本文中に〔　〕で示すとともに、ドロース版の注の中の必要と思われる個所に〔　〕に入れて補った。

一　固有名詞の表記については原則として現代日本の慣用に従った。

日本の読者へ

『フランス名婦伝』の主人公たちはルイ十四世の同時代人で、裕福な市民階級か小貴族の出であり、恋愛感情と両親の意志とのあいだで引き裂かれている。両親が一族の戦略に基づく結婚によって彼らに身を固めさせようと強要するからである。

たったひとつの枠物語に《織り込まれた》七つの中編小説からなるこの小説の独創性のひとつは、読者自身が友人たちの親密な交友サークルのなかに迎えられ、彼らが交わす会話や打ち明け話の証人になることである。完全に新しいこの方法によって、人それぞれによって見方が異なる出来事のさまざまな解釈を突き合わせることができる上に、それらの出来事が全員に共通する体験になるのだ。この物語の単純性はサンゴ礁のように組織された《真実なる物語》の登場人物の相互依存関係により次第しだいに複雑になって行く。見かけは屈託がないようにみえる話が、次第に悲劇に向かい、最後には逆転して《滑稽譚》風の物語で終わる。

ロベール・シャールのこの傑作小説は十七世紀末のパリの日常生活を示唆するイメージや、季節の移り変わり、パリで聞かれる音楽、パリの人々の服装などなどを描いている。これこそまさにシャールの

《詩的リアリズム》の最も魅力的な構成要素である。

活発な受け答えがたくさんの対話の悲劇的あるいは喜劇的性格を見事に描き切っている。比喩的な表現の気の利いた活用、常套的な表現の意義、人を食ったある種の言葉などにはただ魅せられるばかりで、これが『フランス名婦伝』の文体の特徴である。

ジャック・コルミエ（ドロース版の編者）

LES

ILLUSTRES FRANÇOISES,

HISTOIRES VERITABLES.

Où l'on trouve, dans des Caractéres très-particuliers & fort différens, un grand nombre d'éxemples rares & extraordinaires

Des belles Maniéres, de la Politesse, & de la Galanterie des Personnes de l'un & de l'autre Séxe de cette Nation.

TOME PREMIER.

A LA HAYE,
Chez ABRAHAM DE HONDT,
Marchand Libraire près de la Cour.

M. DCC. XIII.

D.Coster f.

序文

私は、この物語の主人公たちの名前を突き止めようとする詮索好きな人々に、そういう人は完全な徒労に終わるであろう、彼らが何者であったのか、あるいは現在何をしているのか、私でさえ知らないのだと、警告しておきたい(一)。これはさまざまな折りに私の耳に入り、暇な時に私が書き留めておいた別々の物語にすぎないのである(二)。主人公たちの名前に関して言えば、私はフランス人の名前をつけるべきだと思った。と言うのも、事実、私が創り出したのはフランス人であって、外国人ではないからだ。

　私はこれらすべての物語の舞台をパリに設定しておいたけれど、物語がすべてパリで起こったわけではない。大部分は地方が舞台だったのである(三)。

　ほとんどすべての小説は、さまざまな虚構を用いて、美徳はつねに迫害されるけれど、最終的には美徳はその敵に対して勝利を収めるということを示そうとしているが、それは主人公や女主人公たちが、美徳の敵であるかのように、自分が愛する女性や男性のために、両親の意思に逆らうのは実は美徳の行為であると仮定しているからである。私の小説あるいは物語は、好きなように呼んでもらって結構なのだが、確かな事実によって、人間関係の一端が明らかにされていることからも分かるように、より自然で、よりキリスト教的なある倫理を目指しているのである。

　デ・ロネーの物語が示すことは、もしすべての父や母が自分たちの子供に対して、まさしくデュピュイ翁が娘に対してとったような態度をとるならば、彼らはつねに子供たちから崇められ尊敬されるだろうということであり、また、親が自分のために投げ出してくれた財産を享受しながら、薄情にもその親をないがしろにする、そんな子供のために貧窮生活に陥ってしまう老人は見られないであろうということである。

コンタミーヌの物語は、聡明で貞淑な娘は、身分が低かろうと玉の輿に乗る資格があることを示している。

テルニーの物語は、子供を横暴に押さえつけることによって父や母が犯す過ちを知らせ、親は子供たちが一時の気まぐれで結婚相手を選ばないようにすることはできても、子供の意に反する相手を、とりわけ、その子が思い切ったことをがむしゃらにする性格だと分かっている時には、無理に押しつけるべきでないことを親に教えているのである。

ジュッシーの物語は、愛人に身を許してしまった娘は、自分の名誉を守るために、取り交わした約束を生涯守らなければならないことを示している。なぜなら自分の脆さを忘れさせるためには、ひたすら毅然たる態度をとるほかないからである。

デ・プレの物語は、情熱に振り回されるとどのような不幸な結末に終わるかを明らかにしている。この物語はまた、妻は夫以外は当てにしてはならないこと、もはや夫から見放された時には、妻は世間からも見放されることも示しているのである。と同時に、欲得ずくの女は自分の利益のためなら何もかも犠牲にすることも示しているのだ。

デ・フランの物語は、女性はたとえどれほどみずからの貞節を恃むことができるとしても、つねに警戒していなければならないこと、また才色兼備の女性は、そのために一層しつこく言い寄られ、いずれいつかはみずからの自信に騙される可能性もあるのだから、なおさら用心しなければならないことを教えてくれる。また、この物語は、侮辱された愛は極端に走りうることも示しているのである。

最後のデュピュイの物語は、放蕩者も貞節な女性に惚れ込んだ時には、放蕩から足を洗うことを示している。この物語には、この男自身の身の上話と、シルヴィを弁護するためにガルーアンについて語る話を通して、絶望的な恋の過激な行動が余すところなく示される。この男のガルーアン評によって、人間は快楽のためには何を為出かすか分からぬものだとしても、キリスト教思想に帰依する時には、ひたすら立派で有益な行動をするということが明らかにされる(四)。

以上に、世間で普通に見られる人と人との出会いの相当な部分が語られていると私は思う。そして、そこから引き出せる教訓は確かな事実に基づいているだけに、ますます身につまされるものなのである。

私は故意に時代錯誤の過ちを犯した。ひとつだけ挙げておこう。私はシルヴィにサン゠タントワーヌ門大通りでオペラ『プロセルピナ』のあるアリアを歌わせている。そして、この場面を十年以上もあとのパリに設定している。しかしながら、ペルチエ河岸通りはまだ建設されていなかったと言っておく(五)。このようなことをしたのは、これらの物語を読んで好奇心旺盛な人々がますます変な気を起こさないようにするためである(六)。

死に臨んだデュピュイ翁の詩、翁の娘の手紙、修道院に引き籠った二人の女性、すなわち、テルニー夫人とシルヴィの手紙、これらは私が作り出したものではなくて、私が物語にしたいと思った人たちによって実際に書かれたものだ。おそらくこれらの手紙をすでに見たことがある詮索好きなご仁もおられることであろう。

この作品にはどのような試練にも耐えられる勇者も、驚くような出来事も出てこないであろう。何事も、真実であるからには、自然なものでしかあり得ないからである。私は単純明快な真実のみを取り上げた。その気があれば、私は全体を作りものの情事で美しく飾り立てたであろう。しかし、真実でないことを書く気にはまったくなれなかった。そして、もしも作りものと思われるようなことがあるとすれば、それはロンデ夫人の部屋でみずからの体に剣を突き刺すデュピュイの行為であろう。しかしながら、この行為は事実なのだから、私は黙しているわけにはいかなかったのである(七)。ほかから借用された話もまったくないはずである。すべての出来事が目新しく、当事者から聞いた話である。少なくとも、これらの出来事が何者かによって触れられたとは私には思えない。場違いな言葉や自分の趣味に合わない言葉に関して、作者に言いがかりをつけることをもっぱらとする読者の中には、必ずこの作品の中にそのような言葉を見つけ、作品全体を非難する者もいるはずである。しかし、この物語が率直なものであるためには、困惑させられるような幾つかの表現と同様に、大半はそれらの言葉が望ましかったのである。作り話を書くのであれば、私は自分の思い通りに出来事を書き直すことができたであろう。しかし、真実こそは小説の規則とはまったく相入れない規則を持っているのだ。私は友人たちに話しかけるように、ひたすら自然で気取りのない文体で書いた(八)。とは言え、この文体が繊細な人の耳障りにならず、また、読者をうんざりさせなければよいがと思っている。


寡婦が妹にした話をデュピュイが自分の物語の中で報告しているが、その話に対して怒りを爆発させた女性に私は何人か会ったことがある。そのほか、この場面は作品全体の中でも最も身につまされ最も感動的であると思った女性にも、ここには大部分の女性の偽らざる感情が書かれていると私に告白した女性にも会った。これらの女性は両方とも貞節な女性と呼ばれている方々である。一体どうしてこのような対立が生じるのであろうか？　人はそれぞれ誠実さを好むが、気分と気質に応じてその程度に差があるからである。

私の文筆活動のこの最初の努力が読者に快く迎えられた暁には、おそらく不興を買うことがないと思われる何かを盛り込んだ別の作品を、私は発表することができるであろう。ルヴィエールの物語、ケルヴィルの物語、そして、私がデ・ロネーの口を借りて言わせた逆説、すなわち、紳士たるものにとって、自分は愛しているのに好きになってくれない女性と結婚するよりは、自分は愛していなくても愛してくれる誠実な女性と結婚するほうが、ずっと有利だという逆説を証明するような物語、これらの物語には好奇心をそそるものが何かある(九)。

それはともかくとして、この作品の運命がほかの作品の運命を決定するはずであり、私は誰からも強制されることなく、みずから進んでこの作品を世に送る。私がこのように宣言するのは、この作品が公表の価値ありとされる場合には、公表に対する賛同が欲しいからであり、あるいは、読者がこの作品に不満な場合には、もはや次は考えないようにするためである。

ひと言だけ言い残したことがある。それはこの物語の初めあるいは導入部が四、五頁にわたり少々錯綜していることだ。それはつまりは私が、物語を相互に関連づけるために、全体の構成を創り出そうと専念せず、最初に思い付いた考えに従ったからである。(一〇)しかし、そこから生じる曖昧さは本質的なものでなく、物語全体に広がってもいない。この物語ではすべてが首尾一貫していて、曖昧な点も錯綜した点もまったくないのである。

物語が語りはじめられた以上、その話の結末を知りたがる読者にしびれを切らせるのは、私の望むところではなかったから、私は途中で話の腰を折るようなことはしなかった。そのため、シルヴィが無実であるという証明を、デュピュイが自分の情事を語るまで遅らせたのは良くないと判断した人がいた。

この点に関しては次のことを指摘しておかなければならない。すなわち、デ・フランはロンデ夫人のいるところで自分の物語を語っているのであり、また、デュピュイはロンデ夫人を目の前にして、彼女の兄がシルヴィをものにするために陰険極まりない魔術の秘法を用いたとは言い憚《はばか》られたはずである。

ロンデ夫人は、デ・フランが物語を話して聞かせる場に居合わせるべきではなかった、また、そうなればデュピュイは真実を黙する必要はなかったし、彼女の兄をきちんと評価したはずだ、と言われている。私もこの意見には賛成である。しかし、ロンデ夫人は、事実、その集まりにいたのだから、なぜ彼女を追い出さなければならないのであろうか？　その上、彼女がデ・フランから聞く話が、私がこの作品を書き続けるなら、続巻に収められることになるもうひとつの話を、デ・フランにさせるきっかけになるのである。(一一)と言うのも、この物語の初めの二巻では、私はこの婦人に女性として可能な限り厳格で生真面目な性格を与えているけれども、この性格は強いられたものにすぎず、デュピュイとの再婚によって、快楽を目の仇にはしない本来の性格に戻ると指摘しておかなければならないからである。

マノンとかバベなど、私が女性の主人公たちにつけた洗礼名にちなんだ名前に関して、ひと言だけ言っておきたい。この点では、私が物語る出来事が起きた当時の慣行に従ったが、当時にあってはこのような名前をつけられた名士や上流貴族の令嬢たちがいたものである。

その当時の腐敗ぶりは名前にまで悪い影響を与えるほどではなかったが、昨今は未婚の女性を話題にしても、その人の父親は誰か分からないほどである。この悪習は地方から広がった。地方では、藁葺の家しか持たない一介の町民が哀れな貴族に倣って、生まれて来る子供にそれぞれ違った名字をつけることになるだろう。ところで、この名字は幼い時には渾名にすぎないが、長じるにつれ常用の名前になり、父親の名字を忘れさせてしまう。

この悪弊がパリを汚染してしまった。パリでも、当代の恥だが、男の子にしろ女の子にしろ一家に子供の数だけ異なる名字があるという始末。これは自分のことが好きで、子供たちがいつまでも揺り籠の中にいてほしいと願うような母親たちには都合がよい。なぜなら彼女たちは世間の人々に自分の年齢を隠そうとするように、自分に対してもそうしたがるからである。彼女たちの家庭を知っている者にとっては、これは格好のお笑い種である。実際、商人のお上さんが食事にしようと召使の女に、「困ったねえ、何々嬢は、一体どこへ行っちまったんだろうね……？　トワネットや、みんなが夕飯で待っているからって言って来ておくれな」と愚痴っぽく言いつける様子ほど、愉快なことがほかにあろうか？　このお上さんは何々嬢が自分の娘であることを隠したがっていないだろうか？

私がこれから話す人々はもっと正しい基準が守られていた時代に生きていた。当時は、秘書官とか代訴人とか公証人とかの妻、あるいは少し裕福な商人の女房が自分を「奥様」と呼ばせることはまったく見られなかったものだ。良識の士なら、これらの女性たちが、「四角いクッションの奥様」（一二）と称しているのか、あるいは「平紐の奥様」と称しているのか、知りたいなどと思うであろうか？　しかしながら、こんなことは驚くには当たらない。なぜなら、虚栄心と滑稽な野心はつねに女性に特有なものだったからである。しかし驚くべきことは、それを大目にみて、このような行きすぎにしばしば非常に高いつけを払う亭主族の愚かな心遣いである。

真実なる物語

パリに、大臣になったペルチエ氏のおかげで建設されたノートルダム橋からグレーヴ広場に至る、あの美しい河岸通りがまだなかった時のことである。謙虚な氏はこの河岸通りを北河岸通りと命名したが、民衆はこの高名なパリ市長の名を末代まで伝えるために、感謝の気持ちを込めて今でも彼の名をつけて呼んでいる。泥だらけの服や長靴や馬から見て、馬に乗って遠方からやって来たと分かる立派な身なりのひとりの男が、毎日ジェーヴル街のはずれで起きる雑踏に足を止められた（一）。彼にとってあいにくなことに馬車が四方八方から引きも切らずにやって来て、どの方向へも身動きできなかったのである。後ろに控える従僕も同じ苦中にあって、二人とも少しでも流れに逆らおうものなら、馬車の車輪に今にも轢きつぶされんばかりの体である。馬に乗ったその男の美丈夫ぶりに、そのまわりの馬車に乗っている人々の目が惹きつけられた。その男が危険を冒すのを心配して、人々は馬車に乗れと声をかけざるをえなかったのである。彼がその申し出を受けようとして、声を掛けてくれた人の中から誰の席を選ぶべきか躊躇していると、裁判所の法服を着たひとりの紳士がほかの誰よりも大きな声で彼の名を呼んだ。彼はその人を見ると、見覚えがあるなと思った。その紳士が馬車の扉から全身を乗り出さんばかりにして、「デ・フランさん、こちらに来てください」と再び叫んだ時には、自分が間違っていなかったことがはっきり分かったのである。「ああ、あなたでしたか。あなたに会えて抱擁できるなんて、実に嬉しいですね。」彼は馬から降りながらそう答え、その紳士のところに行って、馬車に乗った。そして、従僕に怪我をさせるような危ない目に遭わせるよりは、馬を危険にさらしたほうがましだと思ったので、その若者も後ろに乗せた。臆することのないこのような行動から、彼が上流人士であることはもはや疑いがなかった。馬車の主たちは馬を苛立たせないよう御者に言いつける。デ・フランは人々のその声を耳にして、彼らに礼を述べたが、彼のその態度から彼らは自分たちの好意的な憶測が間違っていなかったことを知ったのであった。礼節をわきまえた双方の態度がその効果を現した。どう見てもそうなるとは思えなかったのだが、馬が混雑を脱して以前と同じ状態に戻ることができたのである。従僕は再び自分の馬に乗り、主人の馬の手綱を取って、乗っていた馬車の後ろに従った。

「デ・ロネーさん、あなたに会って抱擁できるなんて、実に嬉しいですね」と四輪馬車に乗り込みながらデ・フランが言った。「私のほうは――と評定官が答える[1]――同じ仲間でしたから、あなたを抱擁しながら、今日は久しぶりに何とも言えぬほど嬉しくなりました。」

「あなたがいなくなって、友人たちはひどくがっかりしましたが、あなたはとうとう友人たちのところに帰って来たのですね？」と評定官が続けて尋ねると、「そうです、友人や両親の許に、それに自分自身の許に帰って来ました。――とデ・フランが答えた――運に見放されて、こんなに長い間追放されていた祖国に舞い戻ったのです。到着そうそう昔の仲間の中でもいちばん気心が知れていて、いちばん誠実な友人に会えるなんて、これは私にとって幸先がいいですね。あなたの健康状態については聞くまでもないですね、上々と見受けられますから。――と彼が続ける――しかし、私の家族について何かご存じかお尋ねしたいものです。」「母上は亡くなられました」と評定官は言った。「それはずっと前から知っています。――と溜め息まじりにデ・フランが言った――でも、叔父たちについては、何かご存じありませんか？」「ありませんが、ただ、どちらもパリにはおられません」と評定官が返事をする。「それは残念。目下のところ、どこに泊まったらよいのか分からないもので」とデ・フランが言うと、「もう忘れたのですか、私たちは仲のいい友人ですよ。――と、にこやかに評定官が答える――私の家はあなたと私には広すぎますし、今やあなたが落ち着くところがないと知った以上、よそに泊まったりしたら私を侮辱することになります。近々結婚するつもりでしたので、とても広い家に家具を備えつけました。それに、その家にいるのは私ひとりですから、私のところに泊まっても充分くつろげると思います。」「あなたの申し出では断われませんね。――とデ・フランが答える――遠慮していたのは邪魔になるのではと心配したからです。しかし、そんなことはまったくないと請け合ってくれるのですから、友人のよしみで喜んで以前の流儀でいきましょう。あなたには遠慮なしでいきますよ。」「それは結構。そうしてくれなかったら、面白くないでしょうね」とデ・ロネー。

二人の話がそこまで進むと、ちょうど四輪馬車が宿に着いたので、彼らは馬車を降りた。デ・ロネーは彼を部屋に案内して、すぐ食事にするよう言いつける。デ・フランが彼に尋ねた。「お互いに遠慮なしで生活するのがお望みですね？」「そのつもりです」とデ・ロネーは答える。「そういうことなら、――とデ・フランがつけ加えた――今日は昼食も、ことによると夕食も一緒にできませんが、悪く思わないでください。ほかに約束があって、すぐに行かなければいけないのです。すぐ戻るという条件で、私はやっと出してもらったのです。で、下着と服を着替えて、服の寸法を計ってもらったら、すぐここを出たいのです。そんなわけで、あなたの馴染みの仕立屋を呼びにやらせてほしいのです。」「何ですって！　一緒に食事はできないのですか？」と評定官が言う。「そうなんです。――とデ・フランが答える――どうかそうさせてください。あなたに付き合わないで、早々に礼儀に真っ向から反するようなことをするのは、ほかに呼ばれていて、名誉に関わる重要なことだからです。」するとデ・ロネーが言った。「あなたの気の済むようにしてください。しかし、仕立屋を待っている間に、私の健康を祈ってせめて一杯やってくださいよ。」「それでは、二、三杯やりますか。――とデ・フランも笑って応じる――しかし、着替えさせてください。こんな泥だらけの情けない格好では、我ながらぞっとしませんからね。」

デ・ロネーは、デ・フランと旅行鞄を運んで来た従僕を残して出て行った。デ・フランは着替えをしてから、デ・ロネーが待っている居間に行く。彼はかつての知人たち、とりわけデュピュイとガルーアンの消息を尋ねた。そして、デュピュイは変わらぬ友情を持っていてくれることが分かったが、ガルーアンはすでに死んでいたことを知ったのである。「彼が死んだですって！」とデ・フランはあわてて話を遮った。「そうなんです。――と評定官が答えた――亡くなりました。聖者のような最期でした。その様子を知ったら、あなたも驚くような、そんな最期でしたよ。彼がカプチン会士[2]になったのは四年前です。」「何ですって！――とデ・フランがまたせき込んで言った――ガルーアンがカプチン会士として死んだですって……。[二]」デ・フランが話を続けようとすると、仕立屋が入って来た。彼は寸法を取らせ、流行の豪華な自分の服と従僕の服を翌日までに作らせることにして、その代金を渡した。それから、評定官に早ばやと出かけるのは残念至極だと出がけに言って、「と言うのも、――と言い足した――あなたとご一緒できるのも嬉しいですが、ガルーアンのことを話してくれたので、彼に関することを何もかも知りたくなりましてね。こんな気持ちは分かってもらえないでしょうが、あなたが知らないわけがあるのです。それについては私が自分で話しますよ。もし私より先にデュピュイさんに会ったら、よろしく伝えてください。そして、私が出発した時と同じ、いや、それ以上の友人となって帰って来たと彼にきっぱり言ってください。お願いします。」デ・ロネーがいつ帰って来るのかと聞くと、彼はできるだけ早く帰って来ると答えて、出て行った。

そうこうしているうちに、デュピュイの無二の親友であったデ・ロネーは、デュピュイの従妹と仲違いしていたけれど、デ・フランが帰って来たとデュピュイに知らせた。デュピュイが知らせを聞いてやって来た。しかし、さらに三度も足を運びながら、やはりデ・フランには会えなかった。なぜならデ・フランは三日目にやっと帰って来たからである。「こんなに長い間、一体どこに行っていたのです？」とデ・ロネーは彼を見るとすぐに肩を抱いて、そう尋ねた。デ・フランは「貞節な女性に会いに行って、その方の結婚式に出席して来たところです。式は私が着いたちょうどその日にありましてね」と答えた。「何ですって！　ここに来てから二日しかたたないというのに、もう粋なことをして来たってわけですか？」とデ・ロネーは笑いながら言う。「そのとおりです。――とデ・フランも笑って答える――しかも、驚くようなね。初めはただの好奇心だったのです。ところがそれから、折りがあれば、極めて紳士的なある男のために一肌脱いでやろうという気になったという次第。そのいきさつは後日話すことにして、目下のところは、ほかの話にしましょう。――と彼が続けた――まず初めに、私の留守中にあなたがどんな生活をしていたか聞かせてください。それからガルーアンについてご存じのことをすべて教えてください。」「噂の域を出ませんよ。それ以上のことは何も知りません――とデ・ロネーは答えた――しかし、ここに来ることになっているデュピュイがあなたに確かなことを話してくれるはずです。なぜなら、この二人の間にはお互いに隠しごとなど露ほどもありませんでしたからね。それに、これはつい最近、彼が亡くなるまで変わりませんでした。デュピュイはあなたに会いにここに四回も来ましたよ。先ほどあなたが帰ったと知らせにやりましたから、必ず来ると思います。」「私は前もって彼に知らせておくべきでした。――とデ・フランが言った――しかしそういうことなら、彼を待つことにして、ガルーアンのことは彼から教えてもらうことにします。それで、あなた自身に起こったことをあなたから直接お聞きしたいものですが……。結婚するばかりだったのに、それがうまく行かなかったとか。そのわけを知りたいものですね。うまく行かなかったというその結婚は恋愛結婚ですか、それとも金目当てですか？」「お好きな時にお聞かせしますよ」と評定官が答えると、「それでは早速といきますか」とデ・フランが応じた。するとデ・ロネーが「その時間はありません。デュピュイが間もなく来ますし、彼の前では彼の従妹と私が仲違いした話などしたくありませんからね」と言ったので、デ・フランは「それは私と組んで代母[3]になった素敵な、あの人のことですか？」と聞き返した。「そうです。あの人です」とデ・ロネーが答える。「デュピュイにはほかに従妹はいません。あの人は二人といないくらい不実な女です。」「あなたには驚かされますね。かつてはあの人の誠実さ、純真さをあれほど吹聴していたのに、そのあなたが、あの人の不実をなじるんですからねぇ……」とデ・フランが言った。「あの人はすっかり変わってしまったのです。――とデ・ロネーは溜め息まじりに答えた――あの人があまり長いこと束縛されたくないとかたくなに言い張るので、私は危うくそれに騙されるところでした。しかし、二人で取り決める段になって、とうとう私は目から鱗が落ちたのです。それについては暇ができたらすぐ話しますよ。」その時、呼びにやった仕立屋が着いたので、二人は話を続けることができなかった。仕立屋がデ・フランに小ざっぱりした服を着せると、デ・フランはいつもの美丈夫に戻ったのである。

　しばらくするとデュピュイが入って来た。彼らは長い間お互いに会うこともなかったのに、気心を知り尽くした友人同志として示し得る限りの友情を示し合った。それは腐敗した時代が取り入れた、あの見せかけだけの気取った友情の表現ではなく、偽りのない心からの真情の吐露だったのである。デ・ロネーは二人を礼儀正しく、気持ちよく歓待した。彼らは食卓について、旧知の人々について話題を取り交わしたので、別れて以来起きた出来事はおおむね理解し、なお詳しいことはもっと時間があり、突っ込んだ話ができる時まで待つことになった。「これで今までのことは話しました」と、デュピュイが気の毒な修道士の痛ましい死に沈痛な面もちで言った。「彼の最期には心を打たれました。——とデ・フランが言った——こういう不幸に見舞われればいいのにと思うほど、私は彼に敵意を持っていたわけではありません。」「そうであったとすれば、あなたは間違っていたでしょうね。——とデュピュイが受けて言った——彼はあなたに偽りのない敬意と心からの友情を抱いていました。あなたを侮辱してしまったために、彼は俗世間を捨てたのです。」「彼に侮辱されたことなどありませんよ」とデ・フランはどぎまぎしながら言い返した。「けれども彼には事情がよく飲み込めたわけです。——とデュピュイは続けた——あなたが考えている以上に、私はあなたのあの事件のことはよく知っているつもりです。しかし何も心配には及びませんよ。あなたの秘密は私しか知りません。あなたの許しがなければ、ほかの人には決して漏らしはしませんから。」するとデ・フランが「あなたが聞きたい時に一部始終お聞かせします。もういっさい隠し立てするつもりはありません。デ・ロネーさんには何もかも話すと約束しました。ですから何を話してもかまいません」と答えた。「そういうことなら、——とデュピュイが話を続けた——彼には今までよりもよく分かるように説明して、秘密にしていたことを詫びることにしましょう。しかし、彼のような紳士なら、この秘密がどういうものか分かれば、あなたの許可なしに漏らしたりすべき性質のものでないと認めてくれる、そう確信しています。それに、あなたはデ・ロネーさんにはもう隠し立てはしないと現に言われるのですから、ここにいる彼の前ではっきり言いましょう。あなたとシルヴィが結婚の秘跡で結ばれていることをガルーアンは知らなかったので、あなたを侮辱することになるとは思いもよらなかったのです。また、シルヴィは自然を超えた力によって無理やり操られたのですから、彼女は意識的にあなたを侮辱したわけではなかったのだ、とも言っておきます。あなたが彼女の消息を尋ねないのも私には驚きでも何でもありません。私たちよりも確かなことを知っているはずですからね。とは言え、そのあなたでさえも、私たちが推測を積み重ね、真相を突き止めることまでは阻止できなかったわけです。彼女とあなたが出奔してほぼ六カ月後に、彼女はガルーアンに手紙を書いて寄越したのです。」「シルヴィがガルーアンに手紙を出したですって！——と、デ・フランはびっくりして大声をあげた——で、彼女が私を侮辱したのは意識的なものではなかったのですか？」「そのとおりです。——とデュピュイは答えた——彼女はガルーアンに手紙を出しました。しかし、あなたはこの手紙のことで少しも苦しむには当たりませんよ。ガルーアンはカプチン会士になりましたし、その上、もう亡くなりました。もうあなたの嫉妬をかき立てることもありません。そして、この手紙がガルーアンにものの見事に俗世間を捨てさせる決意をさせたのです。シルヴィはその手紙を修道院から出し、修道院に籠ったことをガルーアンに知らせましたが、その場所は教えませんでした。」「何ですって！——と祈るように手を合わせて、またデ・フランが話を遮った——修道女になったとガルーアンに手紙を書き送るほど、シルヴィは不実な女だったのか。（三）あんな女を信じてその真似をするなんて、彼はずいぶん単純だったのだなあ。」「これほど確かなことはありませんよ」とデュピュイが言った。「しかし、——と話に割って入ったデ・ロネーがデ・フランに尋ねた——このこととあなたとどんな関わりがあるんです？　何でそんなに興奮しているんです？」「何もかもですよ」とデ・フランが答えると、「あなたが知らない秘密とはこのことです」とデュピュイが言い足した。「しかしあなたは、——とデ・フランがデュピュイに向かって言った——世間の誰からも知られるはずはまったくないと思っていたこの秘密を、どうして突き止めたのかなぁ？」「私自身にどんなことが起きたか、それを話す時が来れば、あなたにも分かりますよ。——とデュピュイが答えた——しかし、この手紙のことで悲しまないでください。この手紙はキリスト教の信仰に溢れていて、自分と隣人の救いしか考えない正真正銘の修道女にしか書けないものです。ガルーアンが私に写させてくれたその手紙をあなたに見せますよ。しかし、とりあえず彼女がどこにいるのか聞かせてください。」「彼女は死にました」とデ・フランは答えた。「それでは二人とも亡くなってしまったのですね。たぶん二人とも非業の死を遂げたのでしょう」と沈痛な面もちでデュピュイが言った。「違います。——とデ・フランが答えた——シルヴィの死は自然でした。彼女は自分に厳しくて、それがもとで命をすり減らしたということは認めます。——と彼は続けた——しかし、少なくとも得体の知れない何かの力によって彼女の最期が早められたわけではありません。」「あなたの言ったとおりですよ。——と、ひどく驚いたデ・ロネーが口を挟んだ——私には話題になっているその秘密がさっぱり分かりません。あなたがガルーアンやシルヴィと関わりがあったとか、あなたと彼が決闘をしたのは彼女のせいだったとか、そんなことは疑ってもみませんでしたからね。」「ところが、——と溜め息まじりにデ・フランが言った——私の人生を何から何まで突き動かし、祖国を私にとって地獄と化してしまったのは、ほかでもないこの二人なのです。その話はひと休みして、頭を冷やしてからにしましょう。私は頭を冷やさなければいけません。私はド・ジュッシーさんにも証言してもらうつもりです。あの人の噂はさんざん聞いていますね？」「彼はパリにいるのですか？」とデ・ロネーとデュピュイが同時に聞いた。「います。——とデ・フランが答えた——私たちはおととい着いたのです。二年前からずっと一緒でした。それに、私は今朝まで彼の結婚式に行ってました。彼はついに愛人の美しいバベ・フヌーユと結婚したわけです。彼はその恋物語を一部は聞かせてくれましたが、残りはこの目で見てきましたよ。」「それは興味津々ですね」とデュピュイが相槌を打った。「これも興味津々です」とデ・フランが答えた。「またしても色事か。——とデ・ロネーが笑いながら言った——あなたは、着いたその日に、結婚式に出席するとはね。ところで、その結婚式は、愛人のために十年以上も前に追放された男、パリ中で四年前に死んだと思われている男、そして、貞節な愛人と再会した男の結婚式だったというわけです。」「彼女は自分の名誉のために、貞節でなければいけなかったわけだ」とデュピュイが言った。「私はあの人の貞節さにすっかり魅せられましたよ」とデ・フランがつけ加えた。「今のような時代では、ああいう女性には滅多にお目にかかれませんよ」とデ・ロネーが応じた。「女性の性悪さをそんなに嘆くこともないでしょう。あなたはそう信じ込ませたいようですがね」とデュピュイはデ・ロネーに答え、続けてこう言ったのである。「私は何度も何度もあなたの目の鱗を落としてやろうとしたんですよ。ところが、あなたは思い込みがひどくて、私の言うことにも、ほかの人の言うことにも、耳を傾けようとしなかったじゃないですか。ことによると、デ・フランさんの言うことならもっとよく聞くかも知れないな。私とデ・フランさんだけになれたら早速、それとも、従妹からはデ・フランさんに会いに来てくれるよう伝えてと頼まれているので、会いに行ってくれたら、早速あなたに道理を教えてほしいと彼女はデ・フランさんにお願いするつもりです。」「私の代母さんにこの私が役に立つというのは、一体どんな風の吹き回しなんです?」とデ・フランが口をはさんだ。「デ・ロネーさんは手紙の曖昧なところを根拠にして、彼女と別れたがっているんです。――とデュピュイが答えた――従妹は彼の目を覚まそうとできるだけのことを誠実に実行しました。それればかりじゃありません。何人かの共通の友人も仲に入ったのです。ところが、私同様みんな無駄骨でした。彼はみんなの説得にも耳を貸さずに腹を立て、自分の思い込みしか信じようとしないんです。従妹にはあなたが到着し、彼のところに泊まっていると話しておきました。従妹はあなたに家に来てほしいと言ってます。あなたが彼女の恋人の怒りに乗せられて、訪問を拒否したりはしないと彼女は信じていますよ。」「もちろんですとも。――とデ・フランが返事をした――私は自分の義務は心得ているつもりです。それを教えてやらなければいけないとお思いでしたら、私の面目はまるつぶれです。明日にも早速伺います。」「彼女から何もかも洗いざらい聞いてください。――とデュピュイが続けた――私がここにいられるのなら、デ・ロネーさんの目の前であなたに教えてあげるのですが、ロンデ夫人に会いに行かなければいけないので……。」「どなたです、そのご婦人は」とデ・フランが尋ねた。「亡くなったガルーアンの妹です。――とデ・ロネーが答えた――デュピュイさんの好い人ですよ。彼はこの人と結婚することになっていて、とうに結婚しているはずでした。ナネット嬢と呼ばれていたのがこの人で、非常に感じのよい紳士のロンデ氏に嫁いだのですが、今ではご主人に先立たれましてね。」「あの人でしたか。――とデ・フランが言った――どうぞ、行ってください。――と彼はデュピュイに向かって続けた――友人と一緒にいるより、好い人と一緒のほうがとにかく愉しいに決まってますからね。」「今日は行かないわけにはいかないんです。――とデュピュイ――しかし、明日の朝にはあなたのところに戻って来て、ご一緒します。約束しますから、今日のところはご勘弁を。」そう挨拶して彼は出て行った。二人だけになると、デ・フランはデ・ロネーに、約束通り(四)、恋人との間に何があったのか話してくれるように頼んだ。デ・ロネーは次のような話を始めたのである。

デ・ロネー氏とデュピュイ嬢の物語

「私の家族のことは話しません。私たちは近くで生まれて、あなたもよくご存じですからね。若い時のことも、一緒に育てられたわけですから、話さないことにしましょう。あなたが出発したあとで何が起きたかそれだけを話すことにします。あれはあなたを知っていた人をみなびっくりさせたものです。あなたは軍隊に復帰したのだという人がいるかと思うと、前よりも質の悪い喧嘩をガルーアンにふっかけるのを恐れたあなたのご両親が、あなたを安全な場所に閉じ込めたのだという人がいたり、あなたと同時か、すぐあとでいなくなったシルヴィと一緒にあなたは出奔したのだと、見た目にはずっともっともらしいことをいう人もいました。要するに、それぞれもっともらしいことを吹聴し、自分の憶測を確かな事実だと言い触らしていたわけです。ほかならぬあなたの母上が誰よりも口が堅かったので、母上があなたの失踪に大いに関係があると思われたものです。ガルーアンとデュピュイはあなたが身を隠した場所を突き止めようと必死になりました。そして、デュピュイが先ほど話したように、六カ月後にとうとう、ガルーアンはカプチン会士になったわけです。表向きは世をはかなんだという、ただそれだけの理由でしたが、実際は私の知らない秘密があったのですね。これについては、デュピュイが私たちに教えてくれるはずです。あなたの隠棲、いやあなたの出奔は長い間友人たちの話題になり、悲しみの種になりましたよ。とりわけ、あなたの心を当然のごとく信じていたグランデ嬢(一)の悲しみは、また格別でした。すぐに何とも思わなくなってしまった人もいますし、かなり時間がかかった人もいます。グランデ嬢だけはなかなか癒されませんでした。その後、彼女は結婚しましたが、まったくひどい話です。母親が無理強いしなかったら、彼女は今でも結婚していなかったでしょうね。彼女が独身生活を守っていたのは、あなたのことが大いに関係していたはずですよ。今では夫に先立たれ、前にも増して美しくなりました。たいへんに有利な縁談を幾つも断ってしまいましてね。彼女は自由の身になったので、あなたに対してずっと抱いて来た想いを抑えなければならないような目にはもう遭いたくないのです。デュピュイ嬢がそう教えてくれましたよ。私は一も二もなくそうなのだと信じています。と言うのも、この二人は切っても切れない仲良しで、お互いに隠しごとなどしませんからね。デュピュイ嬢があなたと話したいというのはたぶんこのことでしょう。」「口がうまいですね。――とデ・フランが遮って言った――私は彼女のような申し分のない女性に想われる値打ちはありませんよ。」「ほかの人がありのままを話してくれるはずです。――とデ・ロネーは答えた――これ以上この話はしません。ともかく、あなたが出奔してしまい、彼女は悲嘆にくれたわけです。しかし、彼女のこの秘密は漏れませんでした。彼女は突然に引き籠もり、友人たちから遠ざかってしまいました。そこで、彼女に会いたい人は母親のところに行かなければならなくなりました。私は近くでしたので、よく行きましたが、彼女の愉しい話がひどく気に入って、彼女の恋人でもないのに、あれこれと心配して、ごく気が置けない友人になったのです。

私がそこにいた時のことです。デュピュイ嬢が母親と連れだって入って来ました。彼女はせいぜい十五、六歳でした。それよりほんの少し前に、あなたは彼女と一緒に子供の洗礼に立ち合っていますから、その当時の彼女に会ったことがあるわけです。彼女は六歳の時から修道院に預けられていて、修道院を出るのは父親に会う時だけでした。彼女は三カ月ほど俗世間にいて、また修道院に戻りました。それは母親がこんなに大きな娘がいることを知られたくなかったからです。この人は器量と若さが自慢でしたが、それもうなずけます。しかし、そのために少し評判を落とす羽目になりました。と言っても、貞節な女性でした。自惚れが強すぎて、貞淑で非の打ちどころがない模範的な女性にはなれなかったけれど、夫以外にこの人の貞節を疑った者はいなかったのです。振舞いに落度があったとしても、それはデュピュイ翁が世間の誰よりも厳しい目で見ていたからだというのが確かなところでしょう。あなたにはざっくばらんにお話しします。この人は四年半ほど前に亡くなりましたが、その日にデュピュイ翁が何をしたか話しますので、そのあとでことの是非は自分で判断してください。

ご存じのように、デュピュイ翁は世界を股に掛けて戦った来た武人です。はるかな遠国まで遠征しましたが、金持になって帰還したことはありません。彼は才気があり、率直かつ誠実な男で、娘と私以外には人を騙したこともなく、金銭などには目もくれませんでした。資産面ではいつも不如意でしたし、何をやってもうまく行かなかったのです。デュピュイ翁と弟は、先祖代々にわたり先代の遺産を平等に相続して来たため、増えもしないその遺産をさらに二人で分け合ったわけです。そのために、彼の娘はひとりっ子ですが、とても裕福とは言えませんでした。デュピュイ翁は、私が先ほど話したように、ひどい損害を被っていたのです。けれども幸いなことに、亡くなる前に自分は蓄財のために生まれて来たのではないと悟り、また、もう幸運などきっぱりと当てにせず、運試しもできなくなるほどすっからかんになる前に、そんなことはもうすまいとついに決心しました。その上、彼は途方もない放蕩者だったのです。シャラントン包囲戦（二）で彼は体に三箇所負傷し、そのため死を覚悟しました。何もかも懺悔したあとで、あらゆる秘跡が授けられたのですが、告解に当たり、生活を改めて愛人と結婚すると約束しなければ、罪障消滅の宣告は得られなかったのです。彼は病の床の中で結婚しました。ところが元気になると、彼は一年以上も前に秘かに結婚していたとか、ロンヌ殿下からの有利な縁談を断わったため、ロンヌ殿下（三）とひと悶着起きるのを恐れて、結婚をひた隠しに隠して来たという噂が流されたのです。世間の人は他人のことをあげつらうのが好きですから、人のことを悪し様に言おうといつも手ぐすねを引いて待ち構えている連中は、デュピュイのお内儀（四）は（というのは、デュピュイ翁は彼女を決して奥様と呼ばせなかったからですが）夫が負傷しておよそ六カ月後に出産したと噂をし、床入りは結婚式より三カ月以上は早かったと言い張ったのです。それはともかくとして、この人は私が先ほど話をした、あなたと代母になったあの美しいマノン・デュピュイを生み落したわけです。この人にはその後、子供はできませんでした。

　この子の誕生後のこの人の生活ぶりは立派でした。しかし、彼女は若く、非の打ちどころのないほど容姿端麗だったので、五十八歳も年上のデュピュイ翁は疲労と負傷とで体力が衰えると、老人の病にかかったのですね。彼は疑い深くなり、それまでとは打って変わって、妻の行動は誰よりも自分がよく見ていると言い張りました。彼女と仲睦じく暮らしていたわけではありません。けれども彼は間違っていたのです。どんなひどい悪口でも、せいぜい彼女はおしゃれで目立ちたがり屋だという程度で、彼女の貞節が批判されたことは決してなかったからです。

　先ほど話したように、デュピュイのお内儀は四年半ほど前の肉食日（一）に亡くなりました。亡くなったちょうどその日、夫は仮面をつけてヴェリー侯爵の邸に出向いたのです。侯爵は晩餐会を開いていて、そのあとは舞踏会になるはずでした。その祝宴はたいへんに身分の高い、さる未婚の女性のために開かれたもので、侯爵は四日後にその方と結婚しました。侯爵はデュピュイのお内儀が亡くなったと知らされると、悲しみで顔を曇らせたことに皆は気づきました。彼は実際は彼女の友人であって愛人ではありませんでしたし、彼女のことを話題にする時はいつも敬意を払っていました。念入りに顔を隠したデュピュイ翁は、侯爵ときらびやかに着飾った客人がいる広間に入り、侯爵にルイ金貨五十枚の骰子賭博《モモン》（五）をしようと持ちかけたのです。侯爵はそれを受けて立ちましたが、初めの賭金も次の倍額の賭金も巻き上げられ、それ以上は続ける気を失くしました。客のひとりが侯爵の雪辱戦を挑んだのですが、ほかの何人かと同じようにデュピュイ翁にしてやられてしまったわけです。翁は六百ルイも稼ぎまくりました。彼の言うところによれば、その日は妻の死と賭けでの儲けが重なって、自分の生涯でたった一度の好運な口だったそうです。

　賭けっぷりが見事なので、彼は大層な金持ちだと思われました。少なくとも彼の物腰はそう物語っていました。仮面を取るよう頼まれると、初めのうちは渋っているようでしたが、とうとう取ったのです。デュピュイ翁だと分かると侯爵は、あっ、と声を上げます。『奥さんが亡くなったばかりだというのに、仮装して骰子賭博に興じるとは何たることだ！』と侯爵は怒り、さらに続けました。『気の毒な人だ。あんたには涙はないのかね。この上なく美しい貞節な女性をあんたは失くしたのですぞ！』『落ち着いてくだされ、侯爵殿。――とデュピュイ翁が答えます――お怒り召されるな。家内の死はそれがしよりも、貴殿のほうが堪えますな。二人の間に違いがあったとしてもそれはせいぜい、それがしは家内の所有権を持っておったのに、貴殿は使用権を持っておったことくらいかのう。甲乙つけ難しですな。もしもじゃな、それがしが仮面と骰子賭博のために金を失えば、おそらくは落涙したじゃろうて。少なくとも悲しんだことでしょうな。そうして、家内を亡くして嘆いていると思い込んだご婦人方の歓心を買ったことじゃろうが、今やそれがしは慶賀とすべきじゃな。それがしを悲しませて来た女が死んだ上に、六百ルイも稼いだのじゃからのう。それがしには喜びであり、貴殿にはそうではない。貴殿はたった一日のうちに出費無用のクロリス[2]と金を失ったわけですからな。ここらでお暇乞いを致しますぞ』と言うと、デュピュイ翁は返事も待たず出て行きました。

　聴いていた人たちはどう思ったと思います、考えてもみてください。爆笑しましたよ。侯爵は彼を気の触れた粗暴な男とみなし、友人たちにはこの珍事を内密にしてくれるよう頼み、邸の者たちには緘口令を敷きました。そして、自分は妻にはデュピュイのお内儀と同じような貞節だけを求めているのである、そう神に誓って断言しました。しかし、デュピュイ翁は気転の利く人で、奥方との不和は周知の事実でしたし、また、毒殺の噂が流れ出しただけに、それによって何か問題が起きるのを恐れたのです。そこで彼は医者と外科医を呼びにやらせ、妻の亡骸を解剖させました。自然死だと分かると、彼は証明書を取り、妻の亡骸を埋葬させました。

　これであなたは、デュピュイ翁が誰よりも妻の行状に通じていると言い張ったわけがよく分かりましたね。そして、このことがもとで、世間の人は彼女を疑り出したのです。女房の行状を疑う亭主は女房の不貞をほかの人々に信じ込ませることになる、というのはいかにも名言ですね。

　娘のことは、デュピュイ翁は否認できませんでした。自分と瓜二つだったのです。そして私が驚いたことに、成長すればするほど彼女は美しくなり、父親そっくりになりました。しかし、彼は額と目と体つきのほかは見栄えのしない、ひどい醜男でしたよ。母親が亡くなっても、娘は修道院から出してもらえませんでした。デュピュイ翁は十七、八の小娘の面倒をみたくなかったのです。足腰がきかなくなって、ようやく彼女を手元に呼び戻しました。彼女は三年ほど前に俗世間に現われ、いつかは自分のものになる財産を管理していました。二十歳ぐらいでしたかね、あなたに言ったように、私はグランデ嬢の家で四年ほど前に彼女に会ったことがあります。その時もすでに惚れぼれするような美人でした。ところが二度目に、その時にはグランデ嬢はモンジェイとかいう人と結婚していましたが、前と同じ家でデュピュイ嬢に会った時には、その美しさと言ったら、以前はものの数ではありませんでしたよ。彼女の容姿を描いてみせようなどとはしますまい。なにしろ私の表現能力を超えていますからね。見事な体つきと公妃のような、気品のある物腰を想像してみてください。まばゆいばかりの白い肌、それも、修道院では普通は俗世間にいるよりも日焼けしないものですが、その修道院でしか見られないような白い木理の細かい肌に、はち切れんばかりの若さを想像してみてください。彼女の目は出目ぎみでも引っ込んでもいず、切れ長で、瞳は黒く、物憂げですが、その気になると生きいきします。額は秀でて広く艶やかで、鼻筋は通り、まっ赤なおちょぼ口で、歯は象牙のように白く、いかにも生娘らしい穏やかな顔つきをしています。こういった顔がむっちりした肉づきのよい見事な胸の上に乗っていて、手も二の腕も首も実に美しく、脚はすらりとしていて、歩き方はと言えばしっかりしていて気品がありました。きびきびした動作と言葉遣いすべてに、気取りのない慎みが溢れていて、それが私を虜にしたわけです。要するに、完璧な美人なのです。私はその美しさになす術を知らず、心底から夢中になってしまいました。その時まで私には勇気があったのに、降参です。私は彼女を好きになりました、いや、会ったとたんに夢中になってしまったのです。人の心というものは思いのままにならぬものですね。死後に広まっていた母親の噂や、彼女の乏しい財産を私は思いめぐらしました。そして、彼女は今まで会った女性の中でいちばん美しい人でしたが、関心は持つまいと決心したのです。私は間違っていました。

私は翌日ミサで彼女に会いました。私の心を求めているような彼女の眼差しが私の決意をすっかり打ち砕いてしまったのです。私は彼女の母親を弁護しました。父親は私にはもはや粗暴な男、極悪人としか思えなくなったのです。そこで私は完全に貞節な女性でなかったら、これほど非の打ちどころのない娘を生めるはずがないと想像したわけです。私は自分の情熱にのめり込み、私の思いは受け入れられました。私が話しかけると、彼女は耳を傾けてくれました。しかし、色よい返事はいっこうに聞かせてくれません。私は長い間自信が持てませんでした。ところが思いがけない出来事で、彼女がまじめに結婚を夢みるほど私を愛しているのを知り、ようやく自信が持てるようになったのです。ある日のこと、彼女の家にひとりの聖職者が来ていました。色々なことが話題になりましたが、いつの間にか結婚や結婚を妨げ、破談にしてしまう障害に話が移ったのです。するとこの聖職者が、こう言ったのです。かつての教会は現在よりも厳格であったが、キリスト教徒の習俗が堕落したために寛容にならざるをえなくなった、昔は一緒に子供の名づけ親になった男女は結婚を許されなかったのに、現在ではこれを憚かる人はまったくいないし、結婚特別許可さえ求めない、ところが、名づけ親というこの霊の結び付きは肉の交わりを断つべきであり、毎日の体験から、このような結婚から生まれた子供は、血縁結婚から生まれた子供と同じように、つねに不幸な運命に見舞われ、その身持ちも堕落していることが多い、教会が醜聞になるのを防ぐため、また、たいていの場合は慈悲によって醜聞を隠すために、結婚特別許可を与えたとしても、明らかに神はそのような結婚を祝福なさらないし、忌み嫌われておられる、とまぁ、こんな具合でした(六)。

ご承知おき願いますが、彼女の家の近くに立派な紳士が住んでいたのです。その奥さんが出産を間近に控えていて、この夫婦は私たち、デュピュイ嬢と私にその子の名づけ親になってほしいと彼女に何度か持ちかけていたわけです。この奥さんがあの聖職者の話があった翌日に出産し、ご亭主が私に会いに来たので、私は彼の挨拶に答えて、午後には彼の家に出向くと約束しました。私は彼女が代母になってくれるものと信じていましたし、この夫婦も当てにしていました。ところが、それが間違いだったのです。聖職者の話が彼女の心にわだかまっていたのですね。ところがですよ、この紳士が彼女に挨拶をしに行き、彼女が何度も約束してくれたように、私も彼女に対し約束をしてくれたと告げると、彼女は『断われなくてお約束したのです。でも、どうぞお許しください。お子様の命が懸かっていますもの。わたくしが名づけ親になったお子さんはみんな亡くなってしまいます。二十人以上の子供の名づけ親になりましたが、生きているのはたったひとりですのよ』と言うじゃありませんか。嘘をついたのです。彼女が洗礼に立ち会ったのはあなたと組んだ時の子供ひとりだけで、その子は今でも元気一杯です。しかし、彼女は私と一緒では名づけ親になろうとはしません。何と言われようと、私とでは代母になろうとしないのです。私は彼女の態度に憤慨しました。屈辱的だと思ったので、その日のうちに彼女にそう言ってやりました。私がなじるのを聞くと、彼女は笑い出すではありませんか。私がなおもなじり続けると、彼女は例の聖職者の話をそれとなく私に思い出させたのです。別れ際に、彼女は『わたし、記憶力がいいの』と顔を赤らめて言いました。思いもかけないこのような告白は未婚の女性には口にしにくいし、彼女はそれ以上は言えなかったのですが、その様子があまりにも恥ずかしそうだったので、そういう彼女に私のほうが驚き、すっかり心を奪われてしまいました。聖職者の話が一瞬のうちに私の頭をよぎったのです。正直なところ、その話のことはその場限りで考えもしなかったのです。その子には私はモンジェイ夫人と二人で名づけ親になりました。夫人は進んで代母になってくださり、講話にも出てくれました。

デュピュイ嬢には型破りな愛の告白の礼を述べました。私たちは心のたけを語り合い、彼女の父親に結婚を申し込んでもらうことに決めたのです。私のほうは、必要な年齢になっていて、もう自分の行動の言い訳をしなければいけないような親もいなかったので、自分のことは自分で決めることができたわけです。色々な事情を考えてみて、私が彼女を望んだとしても、デュピュイ翁が怪しからぬと思うはずはなかったのです。家柄も相応ですし、財産では私のほうがはるかに豊かで、私にはもっと有利な縁談も夢ではありませんでした。こういう事情のどれを取っても、申し込みがあり次第、即座に決まる問題だと私たち二人は高をくくっていたわけです。ところが、それは私たちの見込み違いでした。デュピュイ翁は話を持って行った人に、私の好意は有難いことで名誉であるが、受けるわけにはいかないと答えたのです。その理由として彼はこう言いました。娘を嫁がせれば、穏やかな生活を送れるだけの財産を大部分は手放さなければならず、婿殿と分けてしまえば、自分の取り分はわずかばかりになってしまう、その上、その財産は素寒貧になるところをさんざん苦労してやっと残したもので、余生を静かに愉しく暮すためのものである、娘を手元に引き取ったのは、老後の面倒をみてもらい、慰めてもらうためであって、男の腕の中に引き渡すためではない、娘なら父親を敬ってくれるが、結婚して人妻となると亭主のせいでそうは行くまい、もし娘が自分の意志に従わなければ、財産を譲るつもりは毛頭ない、娘は母親の財産しか要求できないが、その母親は娘自身が知ってのとおり、雀の涙ほどの持参金も持って来なかった、もし娘が自分の死んだあとで財産を相続したいと望むなら、自分の目の黒いうちに許可を得た上でそうしなければならない、そうしない時は、必要な措置を講じるつもりである、これは最後通牒であって、変えるつもりはない、もしも友人でいたいなら、娘の縁談は金輪際持ち込まないでいただきたい。こうデュピュイ翁はその人に返事をしたそうです。

　これほどはっきりした返事は最終判決でした。翁の娘は悲歎にくれ、私は絶望しました。しかし、手の施しようがありません。デュピュイ翁は頑固でしたし、ずっと以前から腹を固めていたのです。その後、私たちはさんざん手を尽くしたのですが、彼に決意を翻させることはまったくできませんでした。私たちが決心したとおりに役に立ってくれるどころか、危うく取返えしがつかなくなるようなことまでしてくれたものです。

　つまり、デュピュイ翁の聴罪司祭[3]に説得してもらったのです。聴罪司祭は翁にこう説得したそうです。『お嬢さんにあの方のような有利な結婚相手が必ず見つかるとは限りませんよ。お嬢さんはもう年ごろですから、広い心で嫁がせる時が来ているのですなぁ。あちらでは結婚の契約書でお嬢さんの相続分が保証されるなら、結婚する時に一文の持参金がなくても、そのまま娶《めと》ると言っています。そうなされば、あなたはずっと自分の財産を手放さずに済むわけですなぁ。婿殿を迎えれば、娘ばかりでなく二重の後ろ楯ができますよ。良心的に考えれば、無理を押しつけて、恋にのぼせている娘が次から次と羽目を外さないように、用心しなければいけないはずですなぁ。毎日そのような例がひんぱんに起きていますからな、お嬢さんが真似をしないか、あなたは心配になるはずですがね。すぐに結婚させて、あらゆる事態に備えれば、あなたの利益になり名誉にもなるわけですなぁ』そう聴罪司祭は言って、要するに、慈愛とキリストの御心を口が酸っぱくなるほど諄々《じゅんじゅん》と説いたのですが、うまく行きませんでした。聴罪司祭は不幸ゆえに偏屈になり、世間に揉まれて来た男を相手にしていたのです。というわけで、彼は本性をまる出しにして、聴罪司祭に一つひとつこう反駁しました。『どこから見てもこの縁談が有利であるのは認めておるのです。しかしじゃ、わしは財産を人と比較してみたことはありませんぞ。そうじゃからして、どちらが金持かは分かりはせんわい。ことによると、わしが死んだ時には娘は彼にとって有利な結婚相手になるかも知れんし、その逆であるかも知れんからのう。娘の年のことじゃが、それほどの年でもなし、せかせることはまったくないて。この先三、四年経っても娘が皺くちゃになるわけでもあるまいからのう。娘は遅く結婚すれば、子宝にはそれほど恵まれんじゃろうが、子供たちはずっと丈夫で健康に恵まれることじゃろうよ。娘もしっかりした気性になっておるじゃろうからして、家事をずっと上手に切り盛りし、若い時の浪費癖もなおっておるはずじゃ。わしが生きている間はそのままでいいと彼が言うておる財産についてじゃが、わしに情をかけてくれるとか言うて人聞きはいいが、その実わしに所有権があるのに使用権を認められるにすぎんのじゃないのかね。この両方ともわしの権利でな、わしは死ぬまでこの権利を確保しておきたいのじゃよ。目をつぶる前に手放す気にはどうしてもなれんでな。わしが財産を思いのままに処分する権利をひとたび失うと、娘と婿はこの使用権は窃盗であって、わしが死ぬまでずっと盗まれ続けると思うに違いないのじゃ。わしは二人を喜ばせるために死ぬようなお人好しじゃないわい。二人がわしが死ぬのを望むあまり、神を冒瀆するような真似はさせません。子供のためとなると馬鹿みたいにお人好しになり、自分が不幸になる年寄りが世間にはごろごろしておるが、子供というものは親のものを全部巻き上げてしまえば、情と信心がない限り、顰蹙《ひんしゆく》を買おうが、親の言うことなんぞ耳を貸さずに、小馬鹿にするものじゃて。わしはそんな連中の二の舞はまっぴらじゃ。娘がいつもわしを頼りにするのはいいが、わしが娘や婿を頼るような羽目になるのはご免じゃよ。父親を口説き落とすためとあらば、子供は二つとないような綺麗事を約束してくれるがな、署名してしまえば何もかも忘れてしまうのは、すっかりお見通しだて。わしとしてはな、娘は危ない橋は渡るまいと堅く決めておるはずじゃで、この点に関しては父親との約束を破ることはないと神に誓って言えるのじゃ。婿殿が後ろ楯になってくれるとかいう意見についてじゃが、わしはそんなものはまったく要らん。わしの財産には後見人も代訴請願人も無用じゃ。やましいところもなし、人様に鐚一文《びたいちもん》借金しているわけでもなし、差し押さえも訴訟の虞もないからのう。わしの一身上のことでは、従僕と料理女がひとり、それに病気の時の付添がひとりと体を支える杖が一本、ベッドを整えるための棒(七)が一本あれば済むことじゃ。良心のことじゃがな、わしはあまり質の悪い屁理屈屋ではない。また、良識にもとっているわけでもないのじゃからして、娘を結婚させないとわしの霊が救われないとは思えんのじゃよ。嫁がせないと、娘が放縦になるとわしを脅し、神に対してその責任をわしになすりつけたがっているようじゃが、これについてはひと言だけ答えれば済むのじゃ。結婚にしろ修道院にしろ、両親が自分たちの好みを押しつければ、親は子供の過ちに責任があるのは認めておるわい。この点についてじゃが、わしはな、目が黒いうちは娘を結婚させる気がないのであって、正しいことをしておると思っておるのじゃ。わしが死んだら、娘は自分で選べばよいのじゃよ。娘は修道院から引き取ったのだし、俗世間にいれば、わしの役に立ってくれるからして、再び入れるつもりはないて。娘が入りたいというなら邪魔はせんがな、あれほど結婚したがっているところを見ると、その心配はなさそうじゃな。子供が必要なものを欲しがるのに、親が吝嗇なため、他人の財布に手を出すようなことがあれば、それも親の責任じゃ。わしに関しては、そんなことはないて。娘は必要なものばかりでのうて、着物にしろ娯楽にしろ、欲しいものはあり余るほど持っておるからのう。わしは娘に拒んだことは一度もなかったし、それどころかその反対に、わしが真っ先に娘の必要なものを見越して、金を渡して来たでな。何か欲しいと催促されるまで待っていたことはないわ。（これは本当でした。この点では彼はまめでしたからね。）要するにじゃ、娘は報告はせんが金は使っておるわけさ。と言うわけでじゃ、娘が悪に走ったとしても、それは不如意からではのうて、もっぱら感覚の歓びのためなのじゃよ。これにはよく効く薬をわしは知っておる。娘から目を離さないか、お目つけ役の女中に娘といつも一緒にいるよう言いつけておくのじゃ。ミサにもいつも一緒に行かせ[八]、娘を一日中部屋に引き止めておくか、見張り役を連れずに外出させないよう命じておくのじゃ。金輪際、わしの目の届かないお参りも巡礼も認めないことにするさな。手紙や恋文についてじゃが、ことをややこしくするのは手紙でないことはよう分かっておるからして、好きなようにさせるわな。わしは二人が会うのは禁じはせん。じゃが、秘かには会えんようにするつもりじゃ。それでもなお出し抜かれるとすれば、娘は神様や人様の前に出た時に、わしより手ひどいしっぺ返しを食らうはずじゃよ。神様の前と言うたは、他人様の犯した罪でわしが地獄に落とされることはないからのう。人様の前と言うたは、娘は自分の分別に従って欺いたわけじゃで、そんな女に関心を持つくらいなら、女など相手にせんほうがよいからのう。じゃがな、娘は聡明で育ちもいいことじゃからして、愚かなことはすまいよ。仮にそんなことを為出かしたら、自業自得というものじゃな。わしは自分の娘とは思わんし、それればかりか、つい最近あったことじゃが、レピーヌ夫人が娘にしたと同じ仕置をわしもしてやるつもりじゃ』とまぁ、こんな具合です。」

「レピーヌ夫人というのはどういう人です」とデ・フランが尋ねると、デ・ロネーが答えて言った。「この人の娘さんは母親に内緒で結婚したのですが、すべてが正式とは言えなかったのです。娘さんが出産のため実家に帰ると、母親は娘の愛人の父親であるデ・プレ氏に義理立てして、娘を見捨てましてね。気の毒な娘さんは市立施療院に入れられ、その日のうちに亡くなってしまいました。」「思い出しましたよ。――とデ・フランが言った――リスボンにいた時、パリから来た男がその話をしてました。」「たぶんその男は世間の噂しか知らなかったでしょうね。――とデ・ロネーが話を引き継いだ――デュピュイは本人から聞いて知っているから、話してもらいましょう。一風変わった素敵な話です[九]。」「楽しみですね。――とデ・フランが言った――申し訳ありません、話の腰を折ってしまって。どうぞ、デュピュイ翁の長い返事を続けてください。私にはずいぶんむごい返事のように見えますが、見識に富んでいるとも思えますがね。」「翁の返事はこれで終わりです。――とデ・ロネーが答えた――しかし、聴罪司祭との話は続いていました。デュピュイ翁は物音を耳にしたのですね。娘と私が立ち聞きしていたのですが、まさかそんなことは思っていなかったので、私たちと顔を合わせると困惑しきって、奇妙なすさまじい剣幕で毒づいたのです。それも、デュピュイ嬢が悔しさのあまり涙を堪えることができないほどひどいものでした。娘とは話もしたくない、そんな素振りの翁のご立派なお説教を聞かされた挙句、私たちは退散させられました。

　デュピュイ翁は聴罪司祭にこんな話をしていました。『とにかく、あんた、わしがこんなに不幸だなんて、こんな話があるもんか！　生涯信じられんくらい働きづくめじゃったでな、わしはへとへとなんじゃ。何をやってもうまく行かんかった。愚痴はこぼしとうないが、たびたび不運に見舞われて、財産はほとんどのうなってしもうた。わしが悪かったわけじゃなし、神様の思し召しじゃからのう。痛風の上に体もほとんど言うことを聞かんし、じきにお迎えが来るのじゃろう。ところが、たっぷり残った財産を身ぐるみ剥ごうというのじゃ。それにしても誰じゃと思いなさる？　わしに世話になりっぱなしの娘とはな。親心がなければ娘に遺産などくれてやりはせんわ。なくてはならぬ財産をわしから巻き上げ、わしからもらうことなど屁とも思わぬ男にくれてやるというのじゃ。なにしろ娘は、特殊な規則に従い、人とは違う亭主をわざわざ持つようにはできておらんからのう。あの男のことはこのわしはそう睨んでおるのじゃ。わしがあの子の母親に言い寄った時には、幾久しく愛し続ける、なんぞと誓うたもんじゃ。あれはそれを信じ込み、わしに思いを遂げさせてくれるほど愚な女じゃった。じゃがな、本当はあれとはたった三、四回密かに夜の快楽を共にしただけで、その後はあれの所にわしが足を向けたのは、もはや心じゃのうて体だけじゃった。これも本当の話じゃが、あれが身籠らず、わしの病もたいしたことのうて回復の望があったならば、わしの誓いもあれとの約束もなんのその、決して結婚なんぞせんかったはずじゃ。ことほど左様に、早まって許してしまえば、男には飽きられるものだて。わしはただ腹の中の子供のために結婚したのじゃ。その上、良心の問題だと抜かしおってな。わしはイエズス会のある神父とさんざん議論したのじゃが、その神父に懺悔せよと言われ、せざるをえのうなった次第なのさ。わしはあれをもう好いてなんぞいなんだ。ものにしたので愛情なんぞは消えてしもうたのじゃよ(一〇)。今でも考えるたびに我ながら驚くが、わしがそんな気になるように、どんなことをしたんじゃろうな。始終、お迎えが来たと聞かされておったもんで、聞いておるうちに自分でも信じ込んでしもうたのよ。死の恐怖にあわてふためいてしまったのじゃな。そんな状態では物事は丈夫な時とは違って見えるものじゃて。人様の言うには、女房は貞淑な女じゃと。わしもそう信じておったわ。それに、あれと結婚すれば、わしの霊は救われると言うたでな。愛情のためではのうて、子供を認知するため、わしが天国に行くためにあれを娶ったのじゃよ。ところがじゃ、わしはまだこうしてこの世におって、天国には行けなんだ。じゃがのう、少なくとも地獄には落ちなんだわけさ。家内とはそれから十八年間も練獄に生きさらばえたが、その間、死なんだのを後悔して来たものじゃて。とうとう家内が亡くなりましてな、正直なところ嬉しかったもんじゃて。結婚した時には、もう惚れてなんぞいなかったのは確かでな、結婚式の一時間後にわしは遺言状を作ったのじゃ。その遺言状で、あれには生活していけるだけのごくわずかなものしか残さず、子供の相続分には手を出せぬようにしたのじゃ。あれがわしより先に死んでしもうて、この遺言状は執行されなんだがのう。わしは平穏な生活がしたかったので、あれとはかなり落ち着いた生活をしとった。じゃがな、わしは娘をずっと愛して来たし、今でも目の中に入れても痛うはないが、あの子の母親は娘のことを考えなんだら、きっと悪い事をして過ごしたに違いないのじゃ。あれの素行にはわしは目をつぶっておったが、それは何も気づかなかったからではのうて、騒がれるのがどうしても嫌じゃったからじゃよ。人に知られとうない名誉に関わることを、娘にもはねかえって来るようなことを、自分からあからさまにしとうはなかったからのう。それになぁ、あれは外面だけはいつもうまく繕っていてくれたでのう。これは女の素行に関してはいちばん大切なことでな、そのほかのことはわしの考えではまったく取るに足らぬことなのじゃ。

あんたなぁ、懺悔の秘密は守られると信じて、あんたにこの話をしましたんじゃ。——と彼が続けました——それも、わしが今までずっと不幸だったことを知っていただきたいばっかりにな。若い時は、辛い仕事の上に損をしましてな、結婚してからは、わしを激昂させるかと思えば情婦のようになったり、わしが黙っていることをよいことに勝手気ままに振舞う、そんな家内がいたし、老後には病魔に犯され、挙句に娘は何から何までわしの世話になって来たくせに、わしを棄て、素寒貧にしてしまいたいというのじゃからのう。おそらく娘はわしのことなんぞ自分を虐待する口うるさい奴としか、もう思いとうないんじゃろう。じゃがな、娘がそんなに気安くわしを棄てるというなら、わしも負けてはおられん。縁談を持ち込まれても、それが娘に頼まれたのだと知れたら、あるいは娘が愚かな振舞いをしたとわしの耳に入ったら、すぐさまそんな娘は追っぽり出して、わしはどこかに引き籠り、そこに全財産を寄付して、ありがたくも静かに死ぬつもりなんじゃ。』私には彼がさらに話を続けたかどうか分かりません。デュピュイ嬢は立ち聞きしたことと、私と一緒に聞いた話とにすっかり傷ついてしまって、その場を引き下がり、私にもそうさせました。

デュピュイ翁は意地悪く、彼女には自分自身の例を、私に対しては彼女の母親の例を引き合いに出して、私たち二人を仲違いさせようと仕組んだのではないかと勘ぐったとしても、あながち無理からぬことです。それで二人とも考えがまとまらなくなり、顔を見ることもできないほどでした。やっと聴罪司祭が出て来て、デュピュイ翁が結婚について何と言ったか報告してくれましたが、私たち二人を悲しませるような話や彼女の母親のことは口にしません。ただ、結婚は考えるべきではない、苦しむだけで時間の無駄であると言い、これ以上デュピュイ翁にこの話はしないよう私たちに忠告しました。そしてさらに、彼の決意は断固たるもので、私たちがこれ以上彼の決意を翻えさせようとすると、かえって私たち自身が傷つく羽目になる、自分としてはたとえ百まで生きたとしても、彼にこの話は二度と持ちかけない、そう言っただけでした。私の口から『神様、どうか私をお守りください』という言葉が漏れたのです。どんな仕草でそう言ったかは分かりません。しかし、聴罪司祭とデュピュイ嬢はぷっと吹き出してしまいました。この聖職者が帰ると、彼女は父親に呼ばれ、寝室に上がって行きました。彼女は私に、夕方すぐ会いに来てください、外出できなかったら、夕方を玄関で過ごしましょう、と耳打ちしてくれたのです。私がそう約束すると、彼女は父親のところへ行きました。

その晩、彼女が話してくれたところによると、デュピュイ翁は娘の姿を見るや、『この世は今すぐなくなりはせんのじゃ』と言って、こう話を続けたそうです。『司祭ならお母さんの時と同じように訴えを聞いてくれるとでも思ったのかね。いや、だめだね。心得違いというものじゃ。毎日、信心の発作を起こしていたらたまったものじゃないわい。親に対してお説教してもらおうなどと、出すぎた真似をするでない。このわしは教わろうにも老いぼれでな、手遅れじゃよ。わしはな、お前にお説教をするつもりはない。お前はお前で好きに振舞えばよいのじゃ。じゃがな、お前のことでこのわしが泣きを見ないようによぉく気をつけておくれ。デ・ロネーとかいう、あの上品なお前の好い人とは会わせまいと決めてはみた。じゃが、考えを変えたのじゃ。そんなことをしたら、世間で格好の噂になるからな。お前のお母さんはさんざん陰口の種を蒔いたが、お前にはそんなことはさせとうはない。わしに忘れられたくなかったら、そんなことをわしに思い出させてくれるでないぞ。彼とお前のためにも、世間様もこのわしもお前の素行に満足するように充分に気をつけるのじゃよ。わしのことは分かっておるじゃろう。お説教じみた物言いはわしの柄でないこともお前は承知しているはずじゃ。こんなことは今まで何も言わなんだが、お前はいつも身持ちの堅い娘であったと信じておるし、ずっとそうであってほしいのじゃ。わしはこの話は二度とすまい。約束じゃよ。じゃがな、わしにつけ込まれぬようにするのじゃ。いいかな、お前を不幸にするのも、一生泣かせておくのも、そんなことはわしには朝飯前じゃからな』そう言って、彼は口をつぐみ、その約束を守ってきました。この時以来、娘にその話は二度としなかったです。そこで、私は勝負を投げるか、あるいは、彼が亡くなるまで小説の中の忠実な主人公よろしく、睦言を言い続けるか決めなければならなくなったわけです。彼はそれからほぼ一年半後に亡くなりました。

愛されていると思える証拠は山ほどありました。罪にならない愛の証しなら、何でも与えてくれました。毎日、私は彼女に会っていましたし、一緒によく散歩にも出たものです。デュピュイ翁の家では歓迎され、翁は私になにかと好意を示してくれましたが、私の一存でどうにでもなることなら、私にあの世に送られてしまったのではないかと疑ってもいました。

私は家の事情でアングレームに行かなければならなくなりました。そこには私の主な利権があったのです。この旅行にはせいぜい六週間もあれば済むと思いましたが、それ以上かかってしまいました。出発前にデュピュイ嬢に、あなたの肖像画が欲しいと言いますと、ちょっと勿体ぶってから、差し上げます、と約束してくれました。そして私の肖像画を欲しいと言うのです。私も約束し、彼女の希望通り先に渡しました。私のは、金の鍍金をした銀の箱に収められただけのもので、肖像画の右側の内蓋には鏡がはめ込まれてありました。彼女は出発の日にやっと自分のをくれました。それは私のよりはるかに粋で高価なものでした。極めて精巧な七宝の細密肖像画で、本人に実によく似ていましたよ。肖像画のまわりと内蓋の鏡のまわりには真珠が散りばめられてありました。小箱も七宝製で、肖像画の背(4)に当たる面には、一方では短剣を握った火刑台上のディードーが描かれ、その遠景の海上を埋め尽くす軍船がアイネイアース(5)の逃亡を表わし、まわりには

『我はかの例に倣うべし』

という銘が書かれてありました。

鏡の裏側には全力で疾走する馬上の騎士と、馬の前を飛翔しながら馬の手綱を執り、遠景に描かれている町や女から馬を遠ざけようとしている愛の神が描かれてありました。そのまわりに書かれた銘文は、

『愛の神に導かれし恋人を引き止めるものなし』

というものでした。

この贈り物はたいへんに高価なもので、私の肖像画を作った画家と宝石細工職人に見せたところ、何もかも見事な出来映えだ、小箱と肖像画で少なくとも二百ルイはする、と言ってました。粋なところも気が利いています。この騎士は、できるだけ早く帰って来い、愛の誓いをぐらつかせる機会は避けよ、そう私に命じているわけだし、ディードーのほうは死ぬまで変わらぬデュピュイ嬢の愛を保証してくれていたのです。ところが、そのディードーが誓いを破ったのですからね。しかし、まだその話は早すぎます。私がどれほど感謝し、何度変わらぬ愛を誓ったか考えてもみてください。彼女も同じように誓ってくれました。私は出発しました。かなり長い間会わなかったのに、私は帰って来た時には前よりも夢中になっていたのです。彼女も出発した時に比べて恋心が募り、ずっと溌剌としているように見えましたし、前よりも夢中になっていると私は思ったものです。私は通常郵便馬車(11)が出るたびに彼女に手紙を出していました。また馬車が来るたびに返事をもらっていました。ちょっとした贈り物を見つけては送ってもいたのです。

話を交わしているうちに、私は彼女の気性はつかんでいました。未婚の女性でこれほど気さくな人はいないのは確かです。彼女はぼんやりと考えていることは言わず、ほかの人が考えられないほど正確に話すのです。しかし、彼女の手紙は何よりも見事で、これには私はすっかり参ってしまいました。文章は簡潔で洗練され、自然でありながら情熱的でしたし、彼女の溌剌とした話しぶりや仕草よりも千倍も深い感動を与えるもので、そんな人柄がにじみ出ています(12)。私はこんな完璧な恋人がいるのが得意で、その地方の女性にまったく無関心な私のことを心よからず思っていた何人かの婦人に、その理由を明かすつもりで、デュピュイ嬢の肖像画を見せたわけです。その豪華なことと言ったら目を見張るばかりで、彼女たちは中を見て、何て美しい人！　と感嘆の声をあげ、こんな銘文を選んだのはこの人の思いつきではないかも知れない、と言うのです。彼女たちはこれほどの魅力的な顔と才気の持ち主なら、非の打ちどころのない女性です、とも言っていました。私はこれはすべて彼女の思いつきであると答えてから、もっとよく納得してもらうために、受け取ってからまだ一時間も経たない彼女の手紙を見せたのです。彼女からもらった手紙は今でも全部持っていますから、お好きな時にご覧に入れます。彼女からもらったもので、残っているのは手紙だけです。別れる時に返さなくて済むように、

すべて焼き棄てたという手紙を書いておいたおかげです。話が手紙のことになりましたから、読んでお聞かせしないわけにはいきませんね。」そう言い終わると、デ・ロネーは手文庫を取り出して来た。中には何通もの手紙が入っていて、その中の一通を開けると、彼は次のような手紙を読んだのである。

手紙

わたくしに自信がありましたら、お手紙など差し上げませんが、貴方のことを本気で怒っていますのよ。貴方のお手紙には解放感が読み取れますもの。体調も申し分ないほどおよろしくて、それをわざわざわたくしに教えてくださるのね。わたくしにとってこれほど屈辱的なことがほかにありますかしら？　愛していると耳に胼胝《たこ》ができるほど何回も何回もおっしゃってくださったから、貴方のことを信じましたのに。一カ月以内に帰るとお約束くださったので、わたくし、それを信じてお見送りしましたのよ。あれからもう四カ月も経ってしまいました。こんなに長い間お会いしないのに、貴方はご不満はない、お元気だとおっしゃるのね。離れていても、焼き餅を焼かれてもびくともしない頭と心をお持ちの貴方は、なんて幸せな方なのでしょう！　わたくしは貴方とは違います。気が狂ってしまいそうなほど嫉妬しています。わたくしあなたがみな様から憎まれ爪弾《つまはじ》きにされて、わたくしのところに帰らざるをえなくなればいいのにと祈るほど嫉妬してますの。こんな気持ちは侮辱的だ、いつまでも許してはおけないとお思いになるのね。わたくし今この瞬間に正反対のことも祈ってますわ。貴方が誰かから愛され、恋人がおできになればなるほど、わたくしがお慕い申し上げるのも間違いではない、そう自分につぶやいています。お嬢様方みなさんが貴方にお会いになる時、わたくしの目を借りてくだされればいいのですが……。でも、貴方にはわたくしだけを見ていてほしいのです。貴方の恋人がみなさん立派な方で、尽くしてくださるといいですわね、わたくしも発奮しますもの。こんなことは何もお信じにならないでくださいね、自尊心がわたくしに言わせるのですから。尽くしてほしいとは思っていません、愛だけがほしいのです。わたくしをお棄てにならないで、それだけはお願い。心変わりしても、わたくしにはおっしゃらないでくださいね。棄てられたと思わないようにしますから。けれど、貴方のつれない素振り、冷たい手紙、長い間の別離、申し分のない体調、そんなことを気にしないで済む方法はないのかしら？　自惚れでもいいですから、何も見えなくなって、いつも愛されていると信じていられる方法はないのかしら？　わたくし確信を持って貴方は不実な方だ思ってますのよ。その地のお美しい方がわたくしの後釜に座ったのですね。目の前にいる恋人は遠くにいる恋人よりも気になるのが常ですもの。貴方はわたくしの肖像画しか持ってらっしゃいませんが、肖像画というのは観念であり、ただの絵でしかありませんものね。差し上げたことをとても残念に思っています。貴方はその絵をそちらの美しい方々と比較なさるのね。その方々が気に入って、わたくしの絵はもうお気に召さないのでしょう。移り気な方は、有利な交換なら平気なのね。わたくしには不利なことばかり。いつお帰りになりますの？　もうお会いできないのかしら？　わたくしのことはお忘れになったのかしら？　わたくしに言い寄った時のように、わたくしのことを愛していてくださるなら、何よりも愛が大事と思ってくださらないのかしら？　お手紙ですと騙されてしまいそうなのに、もうお手紙でしか貴方に愛の証を示していただけないのかしら？　さようなら。こんなに取り乱してしまって、わたくしの不安が便箋の上にまで出てしまいました。この手紙を書きはじめた時は貴方をなじってやろうと思っていましたのに、貴方のお姿が頭に浮かんで来て、怒りも消えてしまったのです。今日マレー嬢が修道の誓を立てました。とうとう修道女になってしまいました。あの方の心が自由だとしたら、あの方はなんて幸せなんでしょう！　でも、わたくしが貴方のことを思う時に感じるような気持ちで、ボーリューさんのことを再び思い出すとしたら、あの方はきっと不幸になるわ。

「この手紙はデュピュイ嬢の肖像画を完成させるものでした。あちらの女性たちは虜になり、私はあまり気が進まないのに、私に打ち明け話をさせたがりました。私は仕事をできるだけ早く片づけようとあせりました。けれどもそれから二カ月近くもアングレームにいたわけです。その間ずっとデュピュイ嬢から来る手紙で話は持ち切りでした。私の選択を祝福してくれ、それだけの値打はある娘さんのようだから、不実を働いてはいけません、と焚きつけられたものです。

　パリには恋敵がひとりいました。それは国王お付きの士官の息子で、私が間もなく帰京しようという時に、あなたと名づけ親になった彼女に言い寄ったのです(一三)。ところが、この男は法学部を出たての青二才で、その上、自分の小教区の鐘楼から目を離したことがないパリっ子のようなうすのろでしたので、彼女はこの男を笑い物にして、あの謹厳なカトー(6)でさえ顔負けの荘重な文体でその若造のことを私に書いて寄越したのです。これほど見事に愚弄された男に私はついぞお目にかかったことがありません。私は彼女のその手紙を見せました。みんなが私と一緒になって彼女の絶妙な皮肉に感嘆の声を上げたものです。要するに、彼女の手紙を見た人はひとり残らず、彼女の文体と手紙に窺える嘘偽りのない愛を知って、彼女の支持者になってしまったわけで、その数は少なくはありませんでした。先ほど話したように、私は帰京した時には出発した時よりも夢中になっていましたので、彼女と結婚するためなら何事も厭わぬつもりでした。デュピュイ翁はこの問題に関して私が娘に書いた手紙を何通か読んでいたので、これからお話しするように、慎重を期していたのです。二人とも熱烈に待ち望んでいたのですから、帰って来て、二人で抱き合った時の感激がどんなものだったか、あなたには想像できないと思いますよ。二人とも嬉しさのあまり泣いてしまいました。私は彼女の足元で、ぼぉーっとしていました。気がつくと彼女も私以上に呆然としていたのです。やっと我に帰ると、私はどんな犠牲を払っても、この人と結婚するために一か八か最後の賭をしてみようと決意しました。そのつもりで、翌日の朝早速デュピュイ嬢がミサに行っている間にデュピュイ翁を訪ねました。私はその時間をわざと選んだわけです。

私は翁の足元に身を投げ出し、お嬢様を着のみ着のままで結構ですからくださいと頼みました。つまり、婚姻財産契約も相続遺産もなしに、彼女と結婚したいと申し出たのです。彼女をくれるよう、それだけをひたすら頼みました。その条件はいっさいお任せする、彼女からは一文ももらわないし、将来ももらうつもりはまったくない、そちらの都合のよいように何でも決めてください、そちらが決めたとおりの持参金を受けとったと認めますから、そう申し出たのです。

私にこれ以上のことができたでしょうか？　デュピュイ翁も私の熱意に当惑したようでした。しかし、先ほど話したように、彼は私の手紙を読んでいて、こうなることをある程度は予想し、手ぐすねを引いて待っていたのです。彼は、私が長い間パリにいなかったので娘のことはもう考えていないと思っていた、私が出発してから事情はすっかり変わってしまったのだ、と言うではありませんか。そしてこう言ったのです。『ごく親しい友人と約束しましたのじゃ。ご子息があんたと同じように娘に惚れ込んでいましてな、娘も嫌いじゃないとわしは睨んでおるのです。娘をやると約束しましたのじゃ。地獄の悪魔どもが寄って集ってこのわしを唆しても、この約束を違えるわけには行くまいて。じゃがな、わしは娘に無理強いをしとうはない。わしが決めた縁談を娘が嫌じゃというなら、それまでの話じゃよ（一四）。』『決めてください——私がもう一度彼の足元に身を投げ出して言いますと、翁は私を立たせました——とうとうお嬢様を嫁がせることに同意なさったのですから、お嬢様が私と一緒になることをお望みでしたら、私にください。』

私は無我夢中でしたので、ほかにも幾つか理由を挙げましたが、覚えていません。しかし、そのためにとうとう心を動かされた彼は、娘が私を好きだというなら私にくれてやると約束し、また、ほかに好きな人がいると言ったら、私にはほかの人を探してもらうとも言いました。『望むところです。——と私が彼に言いました——お嬢様に心のうちを話していただくのは、それほど難しいことではないと思います。必ず同意してくださると信じています。』『よかったですな。——と彼——もしもそういうことなら、娘はあんたのものじゃ。じゃがな、思い違いをせんように気をつけなされ。あんたは娘というものをご存じないのじゃ。若い女というものはあんたが考えているよりもずっと狡猾なものだて。どんな老獪《ろうかい》な男でも思いつかないような手練手管を弄するものじゃよ。』『デュピュイ嬢に限って、私を悲しませるような手練手管を弄しているとは思えません』と私が反発すると、彼はまた『よかったですな』と言うばかりでした。それ以外の言葉は聞き出せませんでした。しかし、私を選ぶかどうか娘に任せるということは、私の主張を認めることです。彼は私に嫉妬させたかったのですね。実際、私は嫉妬しましたが、しかし、それもすぐに消えました。

私が階下の客間でデュピュイ嬢を待っていますと、ほどなくして彼女がやって来ましたが、私がこんなに朝早くから来ているのを見て、びっくりしていました。私は普段は午後にしか行ったことがありませんでしたからね。しかし、来たわけを話しますと、もっと驚いたのです。『ご自分とわたくしを破滅させるおつもり。——と彼女は私に言いました——わたくしに相談もなしにこんなことをなさって、思いもかけないことになりますわ。わたくしに話さず、わたくしの同意も得ないで、こんなことまでなさってはいけなかったのです。』

こんな返事を聞いて、私はかんかんに怒ってしまい、彼女に言いました。『私には思いもかけないことなど何もない、心配なことがあったとしても、それはあなたのことだけだ。その口の利き方からすると、あなたが私を選ぶかは怪しいものだと言った、あなたの父上が正しかったのだ。あなたが父上の話された新しい恋人になびいたのがはっきりした。』私は大声を張り上げていました。ひどくかっかしていましたので、彼女を侮辱するようなことを言わなかったかどうか分かりません。しかし、彼女はそんな暇を与えず、びっくりして両手を合わせ、私にこう言ったのです。『父が私に新しい恋人ができたと言ったのですね？』『そうです。そう言いました。——と私が答えます——それだけではありません。あなたがその人を愛していると言いました。』『お聞きになって。——と彼女は落ち着きはらって言ったのです——何かいわくがありそうだわ。あなたに誠実さを疑がわれるようなことを、わたくしがしまして？ ここであなたに説明すると誰かに聞かれそうです。色々な理由があって内密にしておかないといけませんの。今日の午後三時にアルスナール公園にいらしてください。——と彼女は続けました——あそこなら二人だけで邪魔されずに話せますわ。あなたが納得なさるまで説明しますから。』この言葉には誠意がはっきり見て取れたので、私も譲って、会うことを承知しました。私たちは公園で会って、二人でかなり長い間話をしました。私は彼女の父親にした話と、その返事とをひと言も違えず彼女に話して聞かせたわけです。

『あなたにどうお話ししたらいいのかしら。——と彼女が言います——わたくし、あなた以上に途方に暮れているのですもの。父親は尊敬しなければいけませんから、わたくしひと言も父を悪し様には言いません。でも、できるだけよく取れば、父は私たちをからかっているのです。なぜなら、わたくしがあなた以外の方との結婚には決して同意しないのを父は百も承知していますもの。承知しているからこそ、自分の生きている間はわたくしを嫁がせたくないのです。父の認めている恋人とは誰なのか見当も付きませんわ。あなたが出発なさってから、お会いしたのはデュポンという若い方だけですの。あの方のお父様は父の友人です。まさか、あの人を好きだなんて、お手紙であの方のことをずいぶん茶化して書きましたから、あなたはそうお思いになるはずはありませんわよね。父でさえあの方をまるっきり子供扱いしていますのよ。あの方のお父様が父に話を持って来たとしても、それはわたくしには関係ないことですわ。ともかく、これにはうまい手がありますの。父はわたくしさえ同意すれば、あなたと一緒にさせると言ったのですから、すぐに解決しますわ。父には再三話してきましたから、知らないはずはないのですが、あなたの都合のいい時に、わたくし即座に自分の気持ちをはっきり父に告げます。あなたや、必要なら世界中の人の前ででも、わたくし、自分の気持ちをはっきり言いますわ。あなたがお望みなら、今すぐにでも。これほど道理にかなった話はありませんもの。あなたがしてほしいと思っていることを、しますとも、ためらわずに。わたくしを信じてくださいね。父はあなたに約束したのですから、急いでわたくしの気持ちを説明する機会を作ってください。父が約束を守らなければいけないように仕向けてね。そのために、わたくしが父の前で直に話ができるようにしてくださいね。』私は彼女の提案に飛びつき、すぐやろうと彼女に頼んだわけです。

私たちは彼女の父親の四輪馬車も私の四輪馬車も使いたくなかったので、辻馬車でしたが、彼女が乗って来た馬車に一緒に乗りました。そしてデュピュイ翁に二人で一緒に掛け合い、伸るか反るか一挙に答を出そうという意気込みで到着したわけです。しかし、相手は私たちでは歯が立たない食わせ者でした。その日の朝、私が彼に示した熱意も、私の言葉から溢れ出ていた情熱も、その瞬間だけ哀れを誘ったにすぎなかったのです。あのような瞬間にはどんな冷酷な奴でも、思わずほろりとすることがよくありますからね。彼は私を受け入れたくせに、すぐそれを後悔しました。なぜなら彼は絶対に娘を嫁がせたくなかったからです。そこで、娘がその気なら私と結婚させるという約束を反故にしようと口実を探したわけです。けれども、娘の落度で別れるのだと私に言われたくなかったのですね。と言うのは、別れてしまうことまで望んでいなかったからです。彼は私がいつか娘と一緒になるに違いないと思っていました。けれども、自分の目の黒いうちは許したくなかったのです。彼の狙いは私をはねつけることではなくて、一旦後退させるだけだったわけです(7)。実は、見所もなければ闊達なところもない男に娘をくれてやる気などさらさらなかったのに、私がいない間に父親のデュポンと本当に約束を交わしたのは、このような意図からでした。私が翁の前で娘に胸のうちを語らせたら、翁は結婚を認めざるをえない窮地に陥ると信じて疑わなかったので、私たちの先を越してやろうと決めたのですね。こんなことをしたのです。

デュピュイ翁は娘と私が会う約束をしたのを聞いていました。彼女が外出するとすぐ、彼は緊急の用向きということにして、父親のデュポンを呼びにやりました。父親が飛んで来ます。ところが偶然にもちょうどその時、息子の方もデュピュイ嬢に会いに来るところだったので、親子そろって同時に邸に入ることになったわけです。デュピュイ翁は二人を見るととたんに、娘や私にしたように、からかいたくなったのですね。挨拶がすむと、彼は父親の方に向かって、子供たちの結婚について親同志が決めた話をじっくりと考えてみた、自分は歳をとりがたも来ているので、できるだけ早く片づけることに決めた、と言いました。息子のデュポンはいい気になって、父親に返事をする暇も与えず、先にしゃべり出したのです。息子はあまり才気がありそうには見えなかったのですが、少なくとも夢中に愛していることは分かりました。将来の舅の首にとびつくと、思いもかけない幸せで、喜んでお受けします、と言ったものです。父親の方はもっと控えめで、デュピュイ翁が誠意をもって本気で申し出たものとして、心から礼を述べました。そして、その申し出は自分にとっては大へん有利でしたので、その場で承諾したわけです。契約の内容が話し合われました。父親のデュポンは宮廷での官職を手放しましたが、息子のために襲職権〔官職税を払って官職を継承する権利〕は持っていました。デュピュイ翁の要求は何でも飲みました。その話し合いは真剣そのものだったので、話はまとまったように見えたものです。デュピュイ翁も娘が同意したら取り消すことはできなかったでしょう。しかし、娘が同意しないことは百も承知なのです。翁は娘に無理強いはしないとつねづね主張してきましたが、それは娘や若いデュポンを愚弄し、自分のおためごかしの意向に娘が逆らわざるをえないように仕組んでいるだけのことでした。というわけで、翁は自分は少しも危ない橋を渡らずに茶番劇を演出していたのです。出演者は本気でしたし、本音を率直に披瀝するのが自分の役割でしたから、それだけに誰にも真似のできないものでした。

　私たちは、彼らが近々挙げるはずの結婚の条件をまだ話し合っているところに、着いたわけです。私はデュポン親子を見ましたが、面識はなかったので、黙っていました。しかし、それと分かるのに時間はかかりませんでしたよ。息子の挨拶で分かったのです。彼はデュピュイ嬢に向かって言いました。『お嬢さん、お父上があなたを私にくださると約束してくださり、私は幸せです。私のこの喜びをどうかお収めください。あなたはたいへんに聡明な方ですから、お断りにはならないと信じています。』私が遮らなかったら、彼は思い上がったことを言い続けたことでしょう。『失礼ですが、――と私は彼に聞きました――デュピュイ氏はお嬢様とあなたの結婚をお認めになったとおっしゃるのですね？』『そうです』と彼が答えました。『それでは、――と私も受けて立ちました――デュピュイ氏は今朝ご自分で、お嬢さんの意志に任せると私に約束してくださいました。私もあなたと同じく結婚を望んでいますし、少くともその動機ではあなたに引けを取りません。しかしながら、私は彼女の選択に任せます。ところであなたは、彼女は聡明なので、お父上がお決めになった縁談を断れないとおっしゃる。あなたも聡明で、生まれも良く、立派な紳士ですから、彼女に無理を強いるのは本意ではないでしょうし、彼女が心から命じることは甘んじてお受けになるはずです。さあ、お話しください、お嬢さん。――と私はデュピュイ嬢を促しました――これほど都合のよい、素晴らしい機会はまたとありませんよ。』彼女は顔を赤らめましたが、瞬時も躊躇しませんでした。デュポン親子を見向きもしないで父親の前に我が身を投げ出し、ひざまずきました。貞淑で誠実で才気があり、情熱的な女性があらん限りの力をふりしぼって、私を愛していると父親に言ったのです。彼女は最後に、不道徳なことも父親の不興を買うようなこともいっさいしないと父親に約束し、自分が気の進まないことを押しつけないでくださいと懇願しました。私も言うべきことは言いました。私は悪巧みではないかと疑ってはいたのですが、それでもデュピュイ翁にうまく話をしたので、父親のデュポンは紳士でしたから、私たちをかばってくれたのです。この人は、デュピュイ嬢の気持ちと私の気持ちが分かっていたら、自分は先ほど取り交した約束は聞く気にもなれなかったはずである、二人は深く心を通わせているように見えるから、一緒にさせるほかはない、これは紳士としての忠告であり、また友人としての頼みでもある、とデュピュイ翁に言ってくれました。

デュピュイ翁はこんな頼みは予想もしていなかったので、しばらく面食らっていましたよ。しかし腹を決めていたので、人様の前でこのような話をする娘は身のほど知らずであり、父親に対する敬意も娘としての慎みも忘れている。罰として娘は今のままにしておくが、約束してあった以上、娘に無体なことはしない。しかしとにかく、親の言うことに背いたのだから、娘の選択には同意しない、とぶっきらぼうに言ったのです。『約束してくれましたね、お嬢様が同意なさったら私にくださると。――と私は彼に言いました――約束は守っていただきたいと思います。』『くだらん。――と彼――あんたがこのわしを激しく急きたてたので、デュポン氏と約束しておったのを忘れておったんじゃ。』『その約束はなかったことにします。――とデュポン氏が言ってくれました――こちらの方と婚約なさっても差支えありませんよ。』デュピュイ翁はかんかんに怒って、『これ以上言うことはないわ』と言うと、ベッドの上で背を向けてしまったのです。実際、私たちはそれ以上何も引き出すことはできませんでした。

父親のデュポンはこれをどう考えたらよいのか分かりません。息子のほうは希望が消えてしまい、絶望していました。デュピュイ嬢は泣きながら出て行きます。しかしその時には悪巧みだとすっかり分かっていた私は、黙っていられなかったのです。それで、デュピュイ翁に言ったのです。『失礼ですが、私はずいぶん前からお嬢様のことを想ってきました。私がお嬢様を憎からず思っていることはご存じのはずです。あなたはその邪魔をするためにデュポン氏を呼び、私でなく彼を選ばれたのです。私はデュポン氏とは面識を得る光栄には浴していませんが、私たちの間に生じた齟齬もすべて私に有利に解決され、私の自尊心も満たされました。デュポン氏は少しでも私のことをご存じでしたら、私と張り合うこともなかったでしょう。少なくとも私は彼のために譲歩はいっさいしないつもりです。このように公然と自分の気持ちを披瀝するのを遺憾に思いますが、あなたが私にひどいことをなさるので、やむをえません。失礼ですが、あなたをこのような行動に駆り立てた動機が何であれ、お嬢様に倣って、あなたには何も言わないことにします。激してしまい、狂おしいまでに熱烈に愛している女性の父親に対して払うべき敬意を忘れてしまうといけませんから。』私は本当に部屋を出て、彼女に会いに行きました。彼女は泣き崩れていました。私は慰めがほしかったのですが、彼女の苦しみは私よりもひどく、私は胸を打たれました。私たちは口からついて出る言葉をとりとめもなく言い合い、父親の妨害に敗けないように、永遠の愛をひたすら誓い合ったものです。デュピュイ嬢は私が落胆してしまうのではないかと弱気になって恐がるので、私は自分の心は永遠に変わらないと何度も誓って、安心させてやりました。

デュポン親子は半時間ほど経ってから階下に降りて来ました。厄介な喧嘩になるなと思っていたのですが、それは私の思い過ごしでした。父親は紳士で、私が彼に対してとった態度にも、彼の目の前で息子を軽蔑したことにも、侮辱だとは思わない、それは情熱のなせる業で、恋に絶望しているのに道理を求めるのがそもそも理不尽なのだ、と言ってくれたのです。こういう立派な話を聞いて、私はお詫びしました。あなたの代母さんはそれ以上のことをしましたよ。つまり、自分の気持ちを打ち明けざるをえなかったので、あんなに無遠慮に話してしまったことを詫びてから、息子のデュポンにこう言ったのです。『失礼ですが、人の心というものは本人の思い通りにならないのはご存じですよね。わたくしがデ・ロネーさんよりも前にあなたとお近づきになっていたら、あなたの素晴らしさにわたくしの心は動かされたことでしょう。でも、あなたにお目にかかった時には、私の心にはそのようなゆとりはございませんでした。立派な方だとは思っておりましたが、あなたは紳士でいらっしゃるので、わたくしがお話したことを悪くお取りにならないでくださいませ。お父上の前で、あなたに謹んでお願い致します。もう噂になるようなことは謹しんでいただきとうございます。』『承知しました、お嬢さん。――と父親が言ったのですが――(こういったことに、息子はまったくちんぷんかんぷんですから、)息子にはこれ以上あなたにご迷惑はかけさせぬと私が約束します。たった今からあなたのことは金輪際忘れるように息子に命じます。』そして息子にこう言い聞かせました。『紳士たるものは、たとえどのようなことに関わっても、度を過ごしてはならんのだよ。お前はここで嫌な役を演じたが、もうここに来てはいけない。もうお嬢さんに会いに来ないと約束しなさい。お前の恋は受け入れられなかったのだから、少なくともお嬢さんの意向に従うことがお前の値打ちになるのだよ。』息子はたいへんに素直な青年で、そう約束しました。私たちはお互いに丁寧に挨拶を交わして別れたわけです。

というわけで、私は恋敵からは解放されたのですが、だからといって前より幸せになったわけではありません。デュピュイ嬢も私も父親が私たちをからかうために仕組んだ悪巧みはよく分かっていました。もはや打つ手はまったくないように見えたものです。成り行きに任せるほか、どうしようもなかったのです。けれども、この人が生きているのを見ると、私は悲しみで今にも死にそうでした。この人は、デュポン親子と私はまるで存在していなかったかのように、娘に話題にすることはもうありませんでした。娘にも、また相変わらず始終出入りしていた私に対しても、以前と同じで嫌な顔もいい顔もしません。私たちのことにはいっさい沈黙を守り続けるので、私たちは当惑しましたよ。しかし、恐れることは何もなかったのです。彼は私たちを不幸にする気はまったくありませんでしたからね。彼は私たちをへとへとに疲れさせ、はねつけました。それだけで気が済んだので、それ以上のことをする気はなかったのです。デュピュイ翁は娘が私から苦情を言われることがいっさいないようにと、何もかもばっさりと縁を切ってしまいたかったのだ、と私は話しましたね。この私を娘の婿になる男だと見ていた、とも言いましたね。しかし、翁は私のことが好きなのだとは言いませんでした。けれども、それは本当でした。およそ一カ月ほどあとに、翁はいかにも闊達なやり方で私を好きなのだと私に教えてくれたのです。

ご承知おき願いますが、私は現在就いている職を手に入れる許可を得ていたのです。在任者が亡くなり、その職が売りに出されていました。問題は支払いです。私は必要な金のほぼ三分の二は持っていましたが、一括払いの契約でした。運の悪い事に、二万エキュ[8]以上の私の金を預っていた銀行家が、その間に死んでしまったのです。こういう連中は往々にして人を食いものにして大きな顔をしているものですし、この男の事業はすぐ私に金を返済できる状態ではなかったので、私は金は棄てたもの、少なくともまったく当てにできないものと思っていました。四方八方で金を工面しましたが、私は信用もそれほどなかったので、破産が頻発し銀が稀少になった時に、これほどの大金をすぐ作ることはできません。というわけで、私は想像できないほどの窮地に立たされていたわけです。デュピュイ翁がそれをどこで知ったかは分かりません。なぜなら、私は娘にはいっさい話したことがありませんし、彼女も父親の使いで私の家に来た時に初めて知ったのです。彼は八方から金を借り集め、自宅にある銀の食器を一部抵当に入れ、とにかく私がまったく思ってもいなかった時に、デュピュイ嬢が私の所にやって来たわけです。彼女の言うところによると、私が現金が要ることを知った父親が一万二千エキュの金を私に送るから、それでも不足なら、言って寄越すようにと父親から言い付かって来たのだそうです。つまり、デュピュイ翁が全面的に私の保証人になって、私が必要な金はすべて見つけてくれる、と言うのです。私が持っていた現金と合わせると、余るほどの金でした。デュピュイ嬢は父親の奔走ぶりを聞かせてくれました。また、父が性急に大金を借り集め、色々と売るのを見て（彼女は食器類は売却されたと信じていたのです）、娘の自分に一杯食わせるのではないかと心配していたとも言いましたし、最後には、父がどんなことを企んだのかと思うと喜んでもいられないとも言いました。

正直なところ、なにしろ現金が必要な時でしたから、私もこの気前の良さにはさすがに胸が熱くなりましたよ。と言うのも、その日の午後に支払いをしなければいけなかったのですが、翁は十二時ごろその金を送ってくれたからです。真っ先にしなければと思ったのは、すぐに翁に礼に行くことでした。私は翁に礼を尽して感謝し、にっちもさっちもいかない窮状から抜け出させてくれたことを素直に認めたのです。彼は私が礼を言うのを遮って、私を相手にする時のいつもの態度で、問題のけりをつけて来なされ、と言ってくれました。また、窮地にあってこそ真の友が分かるもので、あんたがわしのことをさっさとくたばればよいのにと思っていたのは重々承知しておるが、わしはあんたが考えている以上にあんたの友人なのさ、と言ったのです。さらに、家に夕食に来なされ、とも言ってくれました。彼がざっくばらんに振舞っているのが分かりましたので、私もそうしました。私は支払いに行き、彼の援助によって、この問題を自分の望み通りに切り抜けたわけです。

私は彼の家で夕食をとりました。そして、私が感謝の気持ちを表わそうとすると、そのたびに彼は私を遮るのです。私が何度もその話を繰り返そうとするものですから、彼は『やかましいわい。あんたがあんまり言いたがるから、わしも話さにゃならんわい』と言って、こう続けたのです。『わしが娘に財産をつけてあんたにくれてやっていたら、あんたの役には立てんかったじゃろう。なにせその時には、わしにはそんなことはできもせんし、あんたもわしの援助など要らんかったじゃろうからな、違うかね？　あんたは自分で言ったとおり、着のみ着のままの娘を娶っていたら、わしがあんたに与えた金は自分のものだと思い、わしのものだとは思うまい、違うかね？　さらにじゃ、あんたはわしには婿でも何でもないのじゃからして、婿である場合に比べて、わしのとった行動をずっと有難く思うじゃろう、違うかね？　あんたはより一層感謝し、ひと言で言えば、はるかにあんたの胸を打ったはずじゃ、違うかね？』私はそのとおりだと認めました。彼は『ここが肝心なところじゃ』と言い、私の肩をたたきながらこう言ったのです。『なあ、君、いつも自分の主でいなされ。君が子供を持ったら、子供たちに自分の機嫌を伺うようにさせるのじゃよ。決して子供たちの機嫌を伺うような羽目にならんよう、気をつけることじゃな。主でいるのは気持ちのいいものじゃて。とりわけ自分の家ではなぁ。君にもいつか子供ができるじゃろうが、子供にはわしが君やマノンにしたように振舞いなされ。（と言うのは、わしは君たち二人を公平に見ておるからじゃがな。）で、そう振舞えば、君はいつも畏れられ尊敬されるじゃろうよ。』

このお説教にはひどく腹が立ちましたが、それでもともかく話には一理あると思ったものです。みなが彼のように振舞ったら、子供たちは両親にさらに敬意を払い、畏敬の念を持つことでしょう。なぜなら彼の言うように、子供はいつも親を当てにしていますが、親のほうはいつも子供を当てにできるとは限らないからです。そればかりでなく、子供に頼るのは恥ですが、反対に自分を生んでくれた人を頼りにするのは自然であり神の掟でもあるからです（一五）。

自分の財産は進んで私に託そうとするけれども、娘は失うまいという断固たる決意で、私に娘をくれようとしないこの老人に、私は感嘆の目を見張りましたよ。なにしろ、彼は私を愛していましたた。彼は終始一貫していて、私を心から信頼していたので、恩を売ったことも証文のこともいっさい口にしなかったのです。送ってくれた金の中から余った分を彼のところに返しに行き、残りの金の借用書を渡すと、確かに彼はそれを受け取りはしましたが、私にこのわしより先に死にたいのかと質問し、さらに、名誉を重んじる人間は不信の産物であるこのような保証書をお互いに要求すべきではないのだ、と言ったのです。

この機会に翁が私の利害に関心を持っていることを知りましたが、それからすぐあとに起きたことは、翁が私の一身上にも関心を持っていることを教えてくれました。

私が泊まっていたド・リクー夫人の邸にかなり綺麗な娘が住んでいました。泊まっていたと言うのは、私が家を構えたのはデュピュイ翁が亡くなり、私が就職してからのことだからです。それ以前は、私は縁続きのこの夫人の邸に下宿していたわけです。供の者といってもせいぜい、御者と身の回りの用をする召使と従僕の三人だけでした。私は彼らには必要な金を与え、自分はこの夫人の所で食事をしていました。この娘は良家の出だとか言われていて、実際、物腰には哀れを催すようなところはありませんでした。彼女は掃除やら洗濯物、繕い物などのためによく私の宿舎や寝室に来ていました。私がひとりの時に三、四回続けざまに来たり、はっきりした用もないのに来たりしていたのです。私は食指を動かしたわけです。あなたの代母さんとは天使のような愛を交わしているだけで、体の方は、我が意に反して、愛の分け前には与っていませんでした。気晴らしができれば願ったり叶ったりだったのです。この娘はいささかみだらで陽気な性格でした。そこで私はちょっと戯れてみようという気になったわけです。ところが、何事も好事魔多しで、とうとう私たちは三番目の悪魔作りに励むことになってしまったのです。この関係は世間の噂にならず、誰からも疑われずに長い間続いていましたが、ついに見つかってしまいました。

デュピュイ翁はどこにでも友人がいて、この娘が出産を間近に控えていて、また彼女が司教区裁判所に私を訴え出て、その日の朝、私に対する判決を手に入れたことを知らされました（一六）。私はまだ現在の官職に就いていませんでした。私はデュピュイ翁に何もかも指摘され、生涯に初めてのひどい混乱状態に陥ってしまったわけです。しかし彼は、自分の娘のいる前でその話をしたくなかったのは確かです。ところが彼女は何もかも聞いていました。どっちが良かったのでしょうね？　翁はこう言ったのです。『くだらんことさ。じゃがな、あんたが逮捕されれば、やはり辛い思いをするじゃろうて。あんたの評判にも傷がつくし、なかんずく放蕩とは無縁で、身持ちの堅い男が適任とされている公職にじきに迎えられようという矢先じゃ。わしの家にいなされ。――と彼は続けました――あんたをここまで探しには来んじゃろう。事はやがてまるく収まるじゃろうて。しかし、あんたがこの娘と初めて馬鹿なことを為出かした時じゃが、結婚すると約束したのかね、それとも何か贈り物でもやったのかね、それを知っておいたほうがいいなぁ。』『何も約束してません。――と私は彼に答えました――しかし、すぐルイ金貨を三十枚やりました。』『そいつはまた大罪をずいぶんといい値で買ったもんじゃな。――と笑いながら彼が言うのです――その後は何も与えなかったのかね？』『やりません。――と私が答えます――何度もやろうとしたのですが、いっさい受け取ろうとしないものですから。』『あのあまめ、狙いおって。――と彼――じゃが、たいしたことじゃないわ。つまりさな、初めは金に目が眩んで陥落したのじゃ。それから快楽に溺れて堕落したってことじゃ。わしに任しておきなされ。――と彼が続けました――うまく切り抜けるさ。ここにいてわしを待っていなされ。』彼はずっと前からもう四輪馬車は使わず、馬車はデュピュイ嬢の専用になっていたので、轎《かご》を探しにやりました。翁は六カ月以上も前から戸口まで行ったことさえなく、自宅でミサを行なう許可さえ受けていたのに、彼女と私が口を酸っぱくなるほど言ったにもかかわらず、出て行きました。

彼は狙った所には漏れなく足を運びました。私には彼がどのようなことをしたのか分かりませんが、四時間も経たないうちに、ポケットに文書を収めて自宅に帰って来たのです。『これは打僕傷を治療する膏薬じゃよ。――彼はその文書を私に示しながらそう言いました――もうあの別嬪さんはあんたを逮捕させることはできん。あんたの方があの娘を逮捕できるのじゃ、あの娘をな。こんな哀れな女を牢屋にたたき込むほど、あんたが悪党だとはわしは思わんがな。――と彼が続けました――まあ、あんたはできるのじゃから、脅かすぐらいはせんといかんなぁ。執達吏はみな、あんたがこの娘の逮捕状を持っているのを知っておる。じきにこの娘も自分で知ることじゃろうよ。この娘を寄びつけなされ。そうすれば、おとなしくなるじゃろうて。そこで示談にでもするのじゃな。』本当に、翁はこの娘と懇ろな友人であることが分かっている執達吏を呼びにやりました。翁はこの執達吏に逮捕状を手渡しましたが、持ち逃げされるのを心配して金は渡さず、娘を逮捕したら金を払うと約束しただけです。この執達吏は彼の思惑通りに動きました。執達吏がこの娘に警告しますと、彼女は自分とは比較にならないほど裕福ではるかに権勢のある人間の意向に逆って、嫌がる私とあくまでも結婚したいと言い張ると、ひどい目に遭わされることが身に沁みるほど分かって、すっかり動転してしまいました。同時に示談の話も彼女は聞かされたのです。というわけで、デュピュイ翁がうまく立ち回ってくれたので、二日のうちにわずかな出費でこの事件はけりがついたわけです。その金は私が負担し、子供は私が引き取ると約束しました。本当ですよ。しかし、その子は生まれて二週間で死んでしまい、私は養育する苦労から解放されましたがね。デュピュイ親子は良心を安らかにするために、それで事足れりとはしませんでした。二人はこの娘を地方のある男と結婚させ、デュピュイ翁は結婚の祝いものを娘に贈り、私には持参金を出させました。

　この事件ではあなたの代母さんとひと悶着ありましてね。彼女は私が不貞を働いたと言うのです。しばらく私には仏頂面をしていて、例の娘が結婚した亭主と出発するまでそわそわしてましたよ。デュピュイ翁はというと、ただ笑うばかり。この事件は翁と娘、それに私の三人の間ではそれまでなかったほど愉快な格好の話の種になったものです。翁は性というものをとことん忌み嫌っていて、節度を守るとか、娘の前で言葉を選ぶといった風も見せませんでした。『肉欲のむずがゆさという奴は恐ろしいもんじゃ。(一七)――と彼は言っていたものです――特に若い娘にとってはな。娘たちは毎日毎日、不幸な実例を嫌というほど見とるというに、その娘どもの身持ちがいっこうに収まらんとはなぁ。それどころか今日放蕩者が増えれば、明日は不幸な娘が増える寸法じゃ。わしが想像するに、娘どもはこう言い合っておるのじゃな。――と彼は話を続けたのです――誰々ちゃんと誰々ちゃんは子供ができちゃったんですって、もう操も評判もあったものじゃないわ、噂にならないけど、何々ちゃんと何々ちゃんみたいに気が利かないから、あの人たち秘密にしておけなかったのよね。何々夫人が出産したの、たった半年前のことよ、考えられないくらい苦しんだのよ、具合もひどく悪くて、命は助からないって思われて、その人は自分でも死ぬと思ったのね。それで神様と自分の魂に誓って、もしも命を取り留めたら、夫も近づけないって誓ったのよ。男はみんな諦めちゃったのね。それがどう、あんなに苦しんで誓いを立てたくせに、ほら、またお腹が大きいのよ。旦那さん以外に好い人がいるんですって。だからね、男の人の相手をするのって、きっとすごく楽しいんだわ、と、まあ、こういうわけじゃ。好奇心からこの快楽を味わってみとうなり、いろいろ想像しているうちに官能がかき立てられるのじゃな。そこを好き者どもが誘惑の時を見計らって、たらし込むのじゃよ。娘はむざむざ陥落したんでは格好がつかんで、ちょっとは抵抗するが、ついには弱さから陥落してしまい、あとは放蕩の道をまっしぐらじゃ。辛いのは最初の狩りだけでな。色事の初めは娘に恥じらいがあるものじゃて。たとえ歓びを感じようと、羞恥心が残っておって、娘はもろに歓びを見せたりはせんものじゃ。まだ受け身でいるばっかりじゃが、時とともにいつの間にか慣れてしもうて、ついには娘もいっぱしの遣り手になるという寸法じゃよ。こうなると恩には恩で報いよで、騎士殿は精根つき果て、はやるばかりの女のほうは代わりの獲物を追い回し、あまりに度を過ごすもんでな、ついには馬も騎士殿も、もろともに悪魔の餌食というわけじゃ。』

彼がこの種の話をすると、笑い出さずにはいられませんでしたよ。彼はからかったり、冷やかしたりするのが根っから好きな性分でしたから、声音を変えたり、からかうような仕草をして、話を面白おかしくしたものです。その仕草のほうがずっと面白いのです。彼が話しはじめるのが分かると、娘のほうは出て行こうとするのですが、彼は隅にあるテーブルに娘を着かせ、嫌がるのにそこに居残らせてしまう骨を心得ていました。彼女はいつの間にか話を聞くことにも慣れてしまい、相槌を打つこともよくありましたし、父親の意見を変えることはできませんでしたが、できる限り女性を擁護していました。ある日のこと、彼女は父親にこう言ったのです。『でも、娘は脆いとそれほどまでに堅く信じてらっしゃるなら、あなたの娘であるこのわたくしが、このように自由に生活しているのをなぜ放っておくのです？　それに、わたくしがほかの娘たちと同じような愚かな振舞いを為出かすのではないかと心配なさいませんの？　貞淑な娘はひとりもいないと信じていらっしゃるのに、わたくしだけが特別な規律で正しい生活をしていると思っているのかしら？　なにしろ、あなたは自由にさせてくださったのですもの、わたくしがふしだらな生活をする気でしたら、誰が止めてくれたのでしょう？　もしも、わたくしが色事師がほしいと思ったら、すぐに見つけていましたわ。そんなに遠くに行かなくても、ここにおいでのデ・ロネーさんはわたくしの役に立ちたいと何度もおっしゃったし、これからもずっとそうですよね。それとも、わたくしの勘違いかしら？』『勘違いじゃありませんよ。——と私が返事をしました——父上の前ですが、正直に言います。ご自分の例から見て、お父上の一般的な意見は正しくないと言うあなたは、ただのお馬鹿さんなのです。』『そういうことが問題になっているのじゃないわい。——とデュピュイ翁が遮ったのです——世間の人はそれぞれ自分の知恵に従って行動しておるわけじゃ。わしはスペイン人でも、ポルトガル人でも、イタリア人でも、トルコ人でもない。鉄格子やかんぬきで閉じ込められた娘の純潔なんぞ、わしは信用せんのじゃ。娘の貞淑さというものは、ほかの助けをいっさい借りずに、本人の徳から生じて来るものでなければ、何の意味もないのじゃ。誰しもそうじゃが、特に女というものは、禁じられていることには何でも夢中になって飛びつくものじゃからのう。それゆえ、ともかく女が自由だけれど、自分から言い寄ることは滅多にないフランスに比べて、イタリアやスペインには確かに遊蕩者が多いということになるのじゃ。娘の本当の貞淑さとは、誘惑されてもそれに負けないことにあるのじゃよ。それゆえ、純潔を守っているフランスの女は、わしがいま名前を挙げたほかの国の女よりもずっとずっと褒めてやるべきなのじゃ。なぜと言うに、フランスの女は世間の人々と交わり、絶えず誘惑に晒されているのに、その誘惑をはねつけているからのう。それに引き替え、ほかの国の女は自分を取り巻く四方の壁のおかげで純潔を守っているにすぎん。（一八）そこで、女と二人きりになったとたんに、まるで獣のように仕上げからおっぱじめるという寸法さ。スペインは恋の国と言われておるが、色事にも趣味のよい人間は滅多なことでは愛の証しを与えない女、あるいは絶対に与えない女にいつもずっと深い満足を得るものじゃて。世界中のほかのどんな国よりもフランスの女にごく自然に見られるこの貞淑さこそ、恋人の賞賛や執着の原因になっておるのじゃ。ところがじゃ、娘は束縛されるととたんに、自分の貞淑さを魅力と思うどころか、そんなものに愛想をつかし、闇雲に恋人の言うなりになろうと必死になってしまうのじゃよ。』

『たとえばじゃな、――と彼は話を続けました――わしが二人を結婚させたくないと思った時に、お前に――と娘に向かって言ったのですが――デ・ロネーさんと会うのを禁じたら、胸に手を当ててよく考えてごらん、きっとわしの言うことなんぞ聞かなかったのじゃないのかね。娘が親に逆らって恋人と逢引をする時は、人目につかぬよう時間を選び、一瞬たりとも時間を無駄にはしないものじゃ。そんな時には相手の騎士殿は毎日恋人に会っていたら半年はかかっていたことも、十五分でやってのけてしまうのさ。そういう機会があったら、お前は自分の性向の赴くままに突っ走ってしまったのではないかとわしは心配したじゃろうな。ところが、彼とのことではお前を自由にさせておいたので、彼は今まで大抵は愚痴をこぼし、密かにわしを呪うだけで過ごして来たし、お前をそっとしておいたのじゃ。これが逢引をするような人目につかない場所じゃったら、彼はそうはせんかったじゃろうて。その上、わしは自分の経験からして分かるのじゃが、わしの所なら、デ・ロネーさんのことはほとんど何の心配もなかった、というわけじゃ。

わしも昔は若かった。――と彼が話を続けました――好きな娘がおってな、結婚するつもりでおったのじゃよ。その娘からも憎からず思われていたのじゃが、ほかの娘には厚かましくなれても、その娘にはただただ頭が上がらのうてな。わしの思いは激しかったのじゃが、ほかの娘には平気でしていたことも、少なくとも彼女にそんなことをするほど厚かましくはなれなかったものじゃ。それでな、わしはおのずと知ったのじゃ、たとえ身分が同じでも、結婚したいと思っている娘には、ほかの娘とは違った行動を取るということさ。わしの間違いじゃったかな？――と彼は私に言って、また話を続けました――あんたはよそでは、わしの家で過ごした時よりも悪い事をせずに過ごしたじゃろうか？』『どうだったでしょうねえ。――と私は答えました――しかし、同じような敬意はずっと抱いていましたし、お嬢さんも同じようにずっと貞淑だったはずですよ。』『ところでこのわしじゃが、わしはそんなことはまったく信じておらん。——と彼が言うのです——ともかく、あんたは娘に美徳なんぞ説かなんだことは確かじゃ。娘があんたの言いなりになりはせんかと、わしは気が気でなかったじゃろうな。なんとなれば、若い娘が男を信じると、男の言いなりになってしまうものじゃからのう。あんたが娘をどこに連れ込んだか知れたものじゃないわい。』『しかし、お嬢さんと私を誘惑に晒しておいて、何が面白いのですか？——と私が反発します——二人の結婚に賛成しているようなのに、なぜ認めてくださらないのです？』いつもこれで私たちの話は終るのです。私の質問に、彼は話題を変えたり、あわてることは少しもないと言うばかりで、答えてはくれませんでした。

私たちはこういう風に時を過ごしていました。私はしょっちゅうデュピュイ翁の家に行き、毎日そこで食事をしたものです。実際、一家の婿になるには、娘と寝床を共にしさえすればよかったわけです。私は彼女に同意させようとしました。父親が私に特別な好意を持っているし、娘に対する愛情を見ると、私たちの関係があれこれ噂になったとしても、父親は容易に二人の関係を認めてくれる、それに、ほかにどうしょうもなければ、二人の結婚を簡単に認めてくれるはずだ、二人のことは二人で決めたことを分かってくれるはずだ、などと言い含めようしたのですが、無駄でした。彼女は私に言いたい放題言わせておいて、自分はとにかく承知しなかったのです。彼女は笑いながら、あなたを失うような羽目に陥るのはごめんだとか、あなたを愛しているからこそそこまでは行きたくないとか、あなたの浮気とそれと似たような父の話がいい薬になったとか、言うのです。『それに、なんでそんなにあせってらっしゃるの？——と彼女は笑い顔で話を続けました——よそで必要なものを見つけられないの？』『できないよ。——と私が答えます——肉の歓びならよそでも見つかります。しかし、心の歓びを堪能できるのはあなたのほかにはいません。』『あらまぁ、そんな区別はまったく思い込みじゃありませんこと』と彼女は言っていたものです。

私はこれ以外の返事を引き出すことはついぞできませんでした。時間が経つにつれてしまいには、私は自分でも理解できない生活をしていたのです。私は毎日ひとりの男に会っていました。その男が生きているために死にそうなほど悲しいのに、その男を憎むことができないのです。なぜなら、彼は私のために尽力してくれた上に、私を自分の息子として受け入れてくれ、しかも私を笑わせてくれるからです。私は毎日狂おしいほど愛している女性に会っていましたし、彼女からも愛されていると思っていました。ところが、恋の情熱を募らせる人々が陥りやすい、あの激しい衝動を私はいっこうに感じなかったのです。これについて私が言えることは、何度口説いてもうまく行かなかったので、うまい糸口を見い出せないまま、身心ともに精神と理性の命じるままに従う習慣が身に付いて、おとなしくなってしまっていたのだ、ということぐらいのものです。

こういう生活を長い間した末に、とうとうデュピュイ翁が突然にひどく衰弱してしまったのです。たちまち体力が衰えてしまいました。彼はかなり長生きしましたので、死を覚悟はしていました。立派なキリスト教徒として死ぬ心構えをし、今度ばかりは回復はおぼつかないと悟ると、私と仲直りして、自分の心の奥底まで私に読み取らせようとしたのです。秘跡[9]を滞りなく受け終ると、彼は私たち、娘と私を寝室に招き入れ、ほかの人はみな引き下がらせて、娘をベッドに、私を枕もとの肘掛け椅子に座らせました。

　彼は言葉少なに自慢もせず自分の全生涯を私に話してくれました。彼の生涯は絶え間ない挫折と不幸の連続でしたが、たび重なる不運とあまたの放蕩三昧を通して、その奥に誠実さがふつふつと涌き出ていることに私は気がつきました。彼は世界中で最も廉潔な人間のひとりであり、澄んだ真っ直ぐな心の持ち主であったことは確かです。こういう人間でなかったなら、彼の不幸のうちの幾つかは免れることができたばかりでなく、莫大な財産も手に入れたはずです。しかし、彼はそのために自分の誠実さや良心に戻るようなことはせず、そんなものは軽蔑して来たのです。自分は幸福な星の下に生まれなかったという昔からの確信が、あらゆることに対して彼を用心深くさせたのだと言いました。彼は、娘と私の結婚を許したら、二人からひどい仕打ちをされたはずであり、それを疑ったことはなかったと私に言いました。けれども、正直なところ、心にわだかまる将来に対するこの不安はどうしても克服することができなかった、とも言いました。『わしはな、あんたには何もやらん。——と彼は話を続けたのです——娘をやるといっても、娘はどう考えてもあんたのものじゃ。二人の結婚にこんなに長い間反対して来たことについては、二人とも許してくだされ。じゃがな、心にわだかまっていたこの弱さを克服できなんだが、わしは責められるべきではのうて許されて然るべきなのじゃ。死が近づかなければ、この弱さを心の中から追い出せないのじゃからのう。あんたが娘を心底から愛していることはわしも知っておるし、あんた以上にふさわしい男の手に委ねることができるとは思えんのじゃ。娘に代わって娘をお頼みしておきますぞ。それに死出の旅に発つ男の敬意も添えておきますぞ。本音を明かせば、わしはな、今までずっとあんたを深く敬愛してきましたのじゃよ。二人で手を取りなされ。娘はずっと変わらぬはずじゃし、あんたが娘に面目を施してくれたことを決して後悔させないはずじゃから、今までと同じように結婚してからも娘を大事にしてやってほしいのじゃ。二人に神の祝福が満ち溢れるようにわしは神に祈っておりますぞ。わしもお前を祝福しよう、——と彼は娘に語りかけました——じゃが条件があるのじゃ。貞節を守り、デ・ロネーさんに心から変わらぬ愛情を捧げ、わしの祝福に価するようにならねばいけないよ。彼のような男に定めてくださった神に感謝するのじゃな。彼に報いるために心からの愛情を捧げ、彼から面目を施されたことに対しては、惜しみない感謝を捧げるのじゃ。なんとなれば、当然のことながら、彼はもちろんお前よりもよい相手を選ぶことができたはずじゃからのう。そしてな、誠実な妻は夫に貞節を守り、夫に従い、夫を尊敬しなければならないが、飾らず気取らずにそうすることじゃな。こういう条件でわしはお前を祝福するのじゃ。さぁさぁ、——と彼は私に向かって言いました——わしの聴罪司祭にいまわしが話したことを言ってくだされ。そして、わしのこの寝室であんた方を結婚させる手立てがないものかどうか聞いてくだされ。わしはもうこの世に望むものは何ものうなった。二人が一緒になり、死ぬ前に娘が確かな縁組を結んだことを見届けたら、思い残すことなく死んで行けますでな。わしが死んでしまってからでは、不都合が次々と起り破談になってしまうかも知れぬからのう。わしの願いを叶えてくれる気なら、急いでくだされ。わしには自分の体力が分かる。もう三時間も持たんじゃろう。』

デュピュイ翁は自分の死後に何が起こるか予想していたようでした。しかし、彼がその気になっているのを見て、私はそれを利用することにしたのです。私は彼が口で言うほど衰えているとは思っていませんでした。なぜなら、彼の判断は明晰で話もしっかりしている上に、話し方も力強く目も生きいきしていたからです。哀れにも、この男は私よりもはっきり自分のことを感じ取りまた知っていたのですね。目の前の彼の様子に私は心から苦しんでいました。娘の流す真心の涙も私の胸を突きました。娘を慰める彼の従容とした態度にも私は目を見張ったものです。なぜなら、彼は苛立ちも、この世への執着を示す言葉も、ひと言も漏らすことなく、ストア派の賢者として死んだのは確かだからです。私がデュピュイ翁の前で聴罪司祭に話をしますと、翁はそれをすべて認めてくれました。聴罪司祭が私たちに言うには、自分はパリ大司教の許可なしに二人に結婚の祝福を与えることはできないが、このような事態なので許可されることは疑問の余地がないとのこと。私たちは聴罪司祭に大司教の許へ行ってくれるよう頼みました。司祭は私たちの名前と身分を書き取ると、デュピュイ翁のそばにもうひとりの聖職者を残して、走って行きました。私たちはその場に残ります。まさにその時、私は死の床にあるひとりの人間の嘘いつわりのない悟り、正真正銘の解脱というものを目のあたりに見ましたよ。それはつまり、私が死に臨んだ時にそうありたいと願っている境地です。翁はみずから作っておいた辞世の詩を私たちに聞かせてくれました。

死の床にあるデュピュイ翁の境地

我はやがて深き眠りに葬られ、
　もはや陽を見ることもなし。
やがてこの世の苦から解き放たれ、
　やがて卑籍に名を連らね、
精神と肉体の永遠の戦いを
我はもはや強いられることもなし。

望みの死は我が眼を閉じに訪れ、
我はもはや空に輝くあの目を見ることなく、
　災いなるその光を見ることもなし。
我が不幸は過せし日々の数に等しく、
我はもはや運命の女神の御業に呻くことなく、
　我が死は御業の流れを止める。

　死は決して禍いにあらず、
我は死に臨んでことなし。

つねに自然の掟に従い、
自然の望みしままに母は我を身籠りぬ。
我は歓び持て辛き運命に従いしが、
歓び持て我が授かりし日を返さん。（一九）

きょう生きはじめし死すべき者よ、
我は汝を羨やむことなし。
この世の苦悩は死よりも辛く、
虚無の淵より我その苦を知り得たり、
神、我が運命を我に任せなば、
我は生まるるを望まざりし。

日々に新たな不幸に晒され、
朽ち果てやすき肉体の
日々に新たな苦しみに晒され、
悲しみが骨まで貪るを身内に感ぜん。
弱き死すべき者よ、そが汝の生きる姿ぞ、
安らぎを見出すは生の中にあらず。

この世の諸々の不幸に抗い、死は安住の地を開き、
我は安らかなる霊となりてその地に赴かん。
我は死に恐怖あるを決して認めず。
この世の苦の果つるところ、
宇宙の造物主の無量の慈愛の中に、
この世のあまたの不安の末に、
我は深き安らぎのみを見ん。

私はこの詩を見た記憶がなかったので、デュピュイ翁に自分で創ったのかどうか尋ねてみました。そうだ、数カ月前に創ったのだ、と言うことでした。私が書き取らせてほしいと頼みますと、彼は口述してくれましたが、それが彼の最後の言葉と言ってもいいのです。と言うのは、彼は私の手を握り、お祈りを唱えてくれと言いながら、私の腕の中で息を引き取ったからです。彼の最期には、私は涙を誘われましたよ。私は娘の苦しみを誠心誠意いたわってやりました。その苦しみたるや、並み大抵のものではありませんでしたからね。

私たちの結婚許可証は彼が最期の息を引き取ったあとに届きました。ところが、その許可証は例の聖職者が頑固に執行したがらず、無駄になってしまったのです。彼は私たちにこう言ったのです。大司教猊下は死に瀕している男の霊を満足させてやり、この世のことについて彼の良心を安らかにし、現世への執着を断ち切ってやろう、ただそれだけのためにこの許可証をお授けになったのである。もしデュピュイ氏がまだ結婚式の証人となり、式を見ることができるならば、自分は二人を喜んで結婚させよう。しかし、彼が息を引き取った以上、すべてが変わってしまったのである。あなた方の結婚はもはや二人だけの問題であって、故人にはまったく関係がない。今後は故人には無関係なのだから、あなた方二人は教会の通常の結婚式を省ける立場にはないのだ。

これは仕方のないことで、それを避けて通ることはできませ

んでした。その時以来、私がこの聖職者にたとえどんなに愛想よくして来たとしても、この世の禍いを何もかもおっかぶせてやりたい心境なのは確かです。実際、彼がその後の私に降りかかった諸々の不幸の元兇なのです。彼の宗教的熱意は実際は非難すべきものではなかったのですが、秘跡というものはどのように授けられたにしろ、あくまで秘跡のはずです。それに私としては、全ヨーロッパに向かって教皇おんみずから私を結婚させてくださったとしても、私はそれに劣らぬくらい立派な夫になったはずです。この聴罪司祭はもっと用心深くて、私とデュピュイ夫人、それに私たちの友人であるデュピュイ夫人の息子ができる限り説得したのですが、何を言っても無駄でした。不実なマノンは、その時すでに企んでいて、心変わりを諫めた父親が生きている間だけ素知らぬ顔を決め込んでいたのは明らかです。彼女は反対されてひどく満足したように私には思えるのです。しかし彼女が、しばらくの間泣きやんで、この聖職者に二人を結婚させてほしいと懇願しながら、私たちに祝福を与えてくれるようにかなりの贈り物までした時、本気でそうしていると信じていた私が間抜けだったのです。ところが、不実な女はこの聖職者が頑固で、そんなことをしないのは百も承知していたのですよ。

デュピュイ翁が彼女の結婚をずっと邪魔して来たのは例外的なことで、父親たるものが彼のようなひどい仕打ちをした試しはありません。そのために、確かに彼女はそのことを骨身に沁みるほど恨んでいました。私は苦しみを彼女と分かち合い、できる限り彼女を慰め、彼女を自分の邸に連れて来ました。ド・リクー夫人の邸であの事件があってすぐあとにこの邸を手に入れておきましてね。ド・リクー夫人とは例の娘のことが原因で喧嘩別れになっていたのです。夫人は自分の邸で私が娘を悪の道に誘ったと吹聴していましたし、私はもう食事も夫人の家ではとらなかったので、もうそこに宿泊する気になれなかったわけです。そこで、私はデュピュイ嬢を自宅に招いたのです。当時は未亡人になっていたグランデ夫人、それにド・コンタミーヌ夫人が一緒に来てくれました。それから、私はデュピュイ夫人とその息子、つまり故人の義理の妹と甥、そのほか何人もの親戚の人たちをデュピュイ嬢の邸に残したままでしたので、そこに取って返しました。この人たちはみな私をその家の主と見ていましたし、私にそのように振舞わせてくれました。私はデュピュイ嬢から父親と本人の部屋の鍵を全部預っていたのです。私は扉に封印をさせ、その二日後にそれを解かせました。そして葬儀やお祈り、そのほか諸々のことを執り仕切りました。つまり、すべてのことで実質的に主として振舞ったわけです。財産目録作成の時には、私がすべてを一手に引き受け、我が事として当たったのです。ところが、不実な彼女はその私をほかの男のために働かせていたのですが、私はそれに気づきませんでした。彼女は私が署名するように言った書類にはすべて署名しましたし、してほしくないと思う書類にはしませんでした。つまり、何から何まで私を信頼し、それでも後悔しなかったのです。彼女の父親は鐚一文の借金も残していませんでしたし、彼女は一人娘で相続人でしたから、ひと言の異議も出されなかったわけです。彼女は親権を解除された未成年者として裁判所の手続をするだけでよかったのです。なぜなら彼女の後見人としてのデュピュイも、また一族全員も義務から解放されるこの名誉を彼女に与えてくれていたからです。彼女は正当な権利として全財産を手に入れました。そして家がすべて片づき整理された時に、私は再び彼女をそこに連れ帰ったのですが、彼女がひどく沈んでいたので、すぐに二人の結婚の話は切り出せませんでした。

彼女の叔母のデュピュイ夫人、つまり私たちの友人の母上が、おそらくデュピュイ嬢から頼まれたからでしょうが、父親が亡くなって日も浅いのに結婚すると噂の種を蒔くことになり、世間では事実とは正反対のことを言いますから、デュピュイ嬢はしばらく間を置くべきです、と私がいる前でデュピュイ嬢に諭したのです。このような理由には根拠はなくて、みなはそれぞれ事情を知っていたわけですが、私はもっともだと思ったわけです。デュピュイ嬢が真っ先に延ばすことに同意しました。不実な彼女は別れる口実を見つけるために、時間を稼ぐことしか頭になかったので、私にも同意してくださいと頼みました。私は残念だとは思ったのですが、それでもすべて彼女の希望通りにしたわけです。普段から何事であれ彼女に逆らったことはありませんでしたし、ちょうどアングーモア地方に行かなければならない用事ができたので、すぐに同意しました。この旅行は現地でほぼ一カ月かかるはずで、往復には彼女が先に延ばしたいと望んだ期間ぐらいは必要でした。さらに彼女の叔母が、未婚の女性がひとりで大勢の召使がいる家を切り盛りするのは褒めたことではない、とデュピュイ嬢に言うものですから、私はその間は叔母の家で過すようにデュピュイ嬢に勧めました。そこで会う人々や、とりわけ陽気な性格の彼女の従兄が、深い悲しみの底から彼女をいつとはなしに立ち直らせてくれるだろう、そう願っていたからです。彼女は私を信じて、叔母の家に行きました。そして、今もそこにいるわけです。

私は二週間くらいあとに、出発する前の晩でしたが、これが最後と思って彼女に会いに行ったのです。彼女は郵便馬車で送る手紙を書いているところでした。彼女はその時には自分の財産を思い通りに使えるわけですし、財産の一部は地方にあるので、財産管理のために手紙を出さなければいけなくなり、そういう人と関わりを持つこともあると私は百も承知していましたから、それには少しも不安を覚えませんでした。ところが、それらの手紙の中に彼女が宛名を隠そうとした手紙が一通あるのに気づいたのです。恋人に隠しごとをするということは、取りも直さず恋人の好奇心をかき立てるということです。その時までの二人の関係からすれば、私は誰に手紙を書いているのか彼女に聞いてもよかったわけですが、聞きませんでした。私は手袋を落とすことにして、かがんで手袋を拾いながら頭を上げたのです。宛名が下から見えたので、ゴーチェという名前が読み取れましたが、どこの町かは分かりません。その宛名は彼女の筆跡でしたし、封印も彼女のものでした。しかし私はそんな名はいっこうに聞いたことがなかったので、それ以上その手紙のことは気にも留めませんでした。

帰ったら結婚することにして、私は旅に出ました。最初の旅よりその時の別れの方がずっと切なかったものです。今度は手に入れた獲物をものにしたくてうずうずしている男のすることです。もっぱら用のある人にしか会いませんでした。すみやかに決着とばかりに、自分の権利を一部は放棄しました。そしてついに、予定よりも二週間も早くパリに帰って来たのです。
　到着するとすぐ、自宅よりも先に彼女のところに駆けつけました。が、彼女は留守でした。ちょうどその時、郵便配達夫が彼女宛の手紙を二通持って来ていました。ところが、私たちの関係を知っている彼女の小間使いが私にその手紙を受け取らせたのです。私は受け取った手紙のどちらかに自分の手紙を滑り込ませて、彼女をびっくりさせ、まごつかせて楽しんでやろうと思って、その小間使いには私が帰って来たことは内緒にしておくように頼みました。小間使いの娘が約束してくれたので、私は自宅に帰って旅支度を解いたわけです。と言うのも、いま話したように、泊まるつもりで彼女の所に行ったからです。これらの手紙には彼女の財産に関することしか書かれていない、一通ぐらい私が開封しても、彼女は怒りはしないだろう、そう私は思い込んでいたわけです。そこで、ためらわずに封を切りました。しかし、何を読んだと思います？　その時の怒りや絶望感は私でなければ分かりませんよ。裏に陰謀があるとは疑ってもみなかったのですからね。私が手紙を受け取った郵便配達夫は私の家にも配達に来る男でした。この手紙にはゴーチェという署名があって、彼女が同じ名前の宛名を隠そうとしたことを私に思い出させたのです。私は何を言うべきか、どう考えるべきか分からなくなりました。たぶんあなたはこの手紙がどんなことをほざいているか気になるでしょうね。当然あなたには話さなければいけませんね。これがその手紙を一字も違わずに写したものです。

手紙

　前略、十四日のお手紙を受け取り、ついに貴女がお父上の横暴の軛から解放されたことを知って、私はこの上なく喜んでいます。お父上に対する今までの貴女の心遣いと、お父上の不機嫌に耐え抜かれた貴女の強さに、私はただただ驚嘆してきました。親孝行とは言え、お父上の病気に際し貴女が示されたように、あれほどまでに献身的になれるとは思ってもいませんでした。とうとう貴女は自由になったのですね。私は毎日、貴女のためにも自分のためにも神に感謝しています。あとほんのしばらくここに留まりますが、遅くとも二週間以内には、貴女の許に帰り、これほど多くの障害を乗り越え、お父上お気に入りの恋敵に打ち勝って報われたこの恋の喜びを、心ゆくまで味わってみたいものです。この恋敵が何者であろうとも、私は到着次第亡き者にする、と貴女に誓います。それとも私が死ねば、貴女がその男の腕に抱かれるのを見るおぞましさを味あわなくて済むというものです。貴女は私のものになりたいとお望みですから、何者も私の幸せを邪魔することはできません。このゴーチェ以上に貴女を深く愛し、変わらぬ愛を抱いていると貴女に証明できる者はいません。

草々

グルノーブルにて、……日

正直なところ、あなた、あなたが私の立場だったら、どうしました？　あなたならどんな決意をしたでしょうか？　人間は苦しみでは死にはしませんが、この瞬間、私は苦しみで死んでいたのでしょう。一時間以上もまるで獣のようでした。思いもかけないこの一撃で私はそれほど呆然としてしまったのです。苦しみの次には怒りがこみあげてきました。私はもう激しい怒りの声にしか耳を貸さず、私に会う前から亡き者にすると、これほどはっきり誓っているこの男の先を越してやろうと決意したのです。私は鵞ペンを手に取りました。その時はかっかしていたので、何を書いたかもう覚えていません。私はゴーチェの手紙だけを読んで、デュピュイ嬢に手紙を返し、書き終えたばかりの自分の手紙もつけてやりました。間髪を入れずに再び馬に乗ると、私はゴーチェ氏とかいう男が口ほどに悪辣な奴か見てやるつもりで、グルノーブル目指して駅から駅へ馬を飛ばしたわけです。怒りが私に翼を与えてくれました。三十時間でグルノーブルに着いたのです。私は休息も取らずにこの男を探しにかかり、情報が入りそうなところはすべて探させました。しかし、何の手掛りも見つかりません。しまいには、不実な女に怒りを爆発させるよりもさらに悪い事に、無駄な探索にすっかり意気消沈して、私はル・リヨネーとル・フォレを通ってアングレームに行き、彼女を完全に忘れてしまうまでそこに留まろうと決めました。それには四カ月では足りませんでした。もっとアングレームに滞在するつもりでしたが、就きたかった官職があって、それが気になり三カ月ほど前に、前よりも一層彼女への恨みを募らせて、仕方なくパリに戻って来たという次第。

私が帰ると、翌日早速デュピュイ嬢が私に会いに来ました。私は居留守を使わせ、もし彼女がまたやって来ても、決して中に入れないように言いつけました。この命令はそのとおりに実行されましたよ。彼女は手紙を書いて寄越しましたが、私は封も切らずに、彼女からもらった肖像画やほかの宝石と一緒に送り返してやりました。それ以来ずっと彼女の従兄やほかの人たちが私たち二人を会わせようとしているのです。しかし、彼女の背信行為はあまりにも陰険ではっきりしているので、私は彼女の話を聞く気にもなれません。彼女は何も送り返しては来ません。私も、私のことは放っておいてくれと言ってやっただけで、何も返してくれとは言ってませんがね。彼女はまだ結婚していませんが、なぜしなかったのか私には分かりません。と言うのも、私が探し出せなかったあのゴーチェ以外にも、彼女より家柄がよく文句のつけようのない二人の男から求婚されたのですからね。私はこのゴーチェという男を念には念を入れて探したわけではありません。と言うのは、私にできるいちばんよい仕返しは彼らを二人とも軽蔑することだと信じたからです。

目下のところ、彼女があなたに何を話したいのか私には分かりませんが、私はひと言も騙したりしていないことは自分でよく分かっています。そして、あなたは私が言ったことだけを話してくださると信じています。つまりまったく無関心だと証言してくださることです。とは言うものの、心ならずもそうしているのですがね。なぜなら、あなたには率直に話しておきますが、ふと未練がましくなって縒りを戻したくなるからです。しかし、この裏切りはあまりにも陰険なので、恨みに徹し名誉にこだわらなければいけないように思えるんです。」

「もしもデュピュイ嬢が不実な女だったら、私はあなたの態度を強く支持します。――とデ・フランが応じた――彼女は紳士が思いを寄せる値打はありませんからね。しかし、私にはあなたのような思い込みはありませんから、これには誤解があると断言しておきましょう。あなたは彼女の家に入り浸りでしたが、そのあなたがゴーチェ氏に会ったこともないのに、実際のところ、彼女はこの人とどういう風に交際してたのでしょうね？　どんな目的で二人に同時に結婚を約束したのでしょう？　あなたのためにあれほど奔走したのに、なぜあなたを騙さなければいけないのでしょうか？　どうして彼女は何度もあなたに会いに来たのでしょうね？　そのゴーチェはどうなったのです？　なぜ彼女はあなたに手紙をくれるのです？　それに結局のところ、彼女が不実な女だとしたら、どうして仲直りしようとするのですかねぇ……？　こういったことすべてが謎を秘めていますし、あなたはその謎をもっと前に解いておくべきでしたね。誤解がある、少なくともあなたは性急でしたし、また彼女にも思いがけないことがあったのだと私は確信しています。そうでないとしたら、シルヴィが亡くなった今となっては（二〇）、彼女はこの世に二人といない腹黒くて悪辣な娘ということになりますね。」

「私には何があったのか分かりません。――とデ・ロネーが答えた――白状しますと、私自身は何も知りませんが、さまざまな事実がうまく噛み合っていないように見えるのです。あなたが彼女に会った時に、私の予想通り、話が私のことになったら、真相を探り出してくれませんか、お願いします。一昨日、彼女にじっと見つめられ、その眼差しに私の怒りもちょっとぐらついてしまいました。そんなわけで、私は彼女とじかに話をしたくないのです。」「それはやってみる価値はありますね。――とデ・フランが答えた――今日にも早速お知らせしますよ。彼女の従兄に、明日伺うと約束しましたが、まだ五時です。天気もいいことですし、出かけられます。それに私はやることは何もありませんしね。お許しいただけるなら、すぐにも行ってみます。私が帰ったら、夜食でもとりながら確かなことをお聞かせしますよ。知りたいことを知るだけの時間さえあればいいのですから、なに、手間は取りません。率直に言って休みたいですね。なにせド・ジュッシーさんの結婚式に行って、このところ二晩ほどほとんど休んでいないので。それに旅の疲れもありますしね。」

　デ・ロネーは彼の申し出に礼を述べた。そして、翌日にするか、夕食を済ませてから外出するのなら、ということでその申し出を受け入れたのである。デ・フランは帰京した叔父たちに会いに行き、大歓迎された。彼は叔父たちにパリに落ち着きたいという意向を示し、かくかくの官職がほしいが、そのような官職を買うために情報を提供してほしいと彼らに頼んだ。そのあとで、彼は残った時間を友人の恋人の所で過すことにして、そこに足を運んだのである。彼らは丁寧に挨拶を交わし合った。美しいデュピュイ嬢は彼に次々と質問を矢継ぎ早に浴びせかける。彼はそれに答えていたが、最後に、外国人も同然になって祖国に帰って来たので、デ・ロネーさんに出会えて非常に嬉しい、彼は礼節をわきまえた人で、自分の家を一時の宿として提供してくれ、ごく若い時からの変わらぬ友情を持っていることを身をもって教えてくれた、と切り出したのである。そして、「あの方はたいへんな紳士で、あの方のために私で役に立つなら非常に嬉しいですね」とつけ加えた。「おできになれますとも。——とデュピュイ嬢が言った——あの人に良識を取り戻させてください。八カ月も前から良識を失くしてしまっていますのよ。」「私には極めて賢明な人間としか見えませんが……」とデ・フランが答えた。「でも、あれは気違いね。——と彼女がさらに言った——わたくしに対するあの人の常軌を逸した振舞いがお分かりになれば、あなたもご自分でそうお認めになりますわ。」「彼はあなた方お二人の間に何があったか聞かせてくれましたよ」とデ・フラン。「えぇっ!、お聞かせしたですって、頭の中ででっち上げた素敵な幻をですの?——と彼女が遮った——わたくし、初めはかわいそうだと思いましたわ。——と彼女が続ける——わたくしあの人の目の鱗を落してやろうと思って、できるだけのことはしましたの。あの人は初めから私を門前払いするような、そんな失礼なことをしましたけれど、わたくし何度も足を運びました。でも、それで満足したわけではありませんわ。あの人のこういう行動は、それを知った人みんなの顰蹙を買ったのですが、わたくしは諦めませんでした。次から次と手紙を書きましたの。あの人はそれを読まずに送り返して来ましたのよ。それでも飽き足らないのね。わたくしに会うと、どこででもそっけない素振りをして、男性が女性に対して当然示さなければいけない礼儀のかけらも、わたくしには示してくれませんのよ。これは何もかも一通の手紙のせいですわ。わたくしは何度もこの手紙のことを説明しようとしたのに、話を聞こうともしません。率直におっしゃってください。——と彼女が続けた——恋敵と決闘をする気でドフィネくんだりまで駆けつけるほど気違いじみた男が、愛している娘に心のうちを打ち明けるために、たった一歩が踏み出せないなんて、驚きではありませんこと。わたくしを憎んでいるような顔をしていても、かわいそうに、あの人は自分をごまかしているのです。わたくし、彼のことはよく知っていますから、騙されはしません。わたくしのほうは、愛していることを隠したりはしませんわ。わたくしの振舞いや、わたくしに対する不信感から邪険にされているのに違いないのですが、わたくしは今までのようにずっと彼を愛し続けます。彼を嫉妬させて、説明を求めに来させようともしましたが、時間の無駄でしたの。結婚はわたくし次第でできました、それもすばらしく有利な結婚も。でも、彼のことしか考えられません。ですから結婚しないで死ぬか、あの人と結婚するかのどちらかです。父の意向でしたし、言いつけであるばかりでなく、彼しか好きになれませんので、彼こそ夫になる人といつも思っていますのよ。わたくし、本当に長い間あの人の心変わり、と言うより頑固なのに泣いてきました。手の施しようがありませんの。でも、これで終わりにしなければいけませんわ。あなたは彼の友人です。こんなありさまの彼と私を憐れと思ってください。いたずらに苦しむのはもうたくさんです。いつわたくしが釈明すればいいのか、あの人からどうか聞き出してください。あっと言う間に済むことですのよ。何度も手紙に書いたことを話しさえすればいいのですもの。わたくしたちが仲直りしたら、あなたのご恩は忘れませんわ。」「それで、お二人の縒りが戻らなかったら、――とデ・フランが笑いながら尋ねた――どんな恩返しをしてくださいます？」「わたくし個人としては、――とデュピュイ嬢が答える――やっと身の振り方が決まり、今週中にも修道院に引き籠もることができますから、その恩は忘れないつもりです。でも、もとの鞘に収まるとわたくし信じてますのよ。なぜって、彼は前と同じようにわたくしを愛していると確信していますもの。わたくし、どれほど彼を愛しているか、あなたにお見せしますわ。こんな理不尽な手紙を受け取ったのですから、まだわたくしには打つ手はありますもの。どうぞこれをお読みになって」と、彼女が一通の手紙をデ・フランに手渡すと、デ・フランはそれを開けて読んだ。

手紙

偶然、あなたの裏切り行為を発見しました。あなたの大切な恋人の手紙を送り返します。彼には目に物見せてやるつもりです。彼は小生のことを知りもしないくせに、亡き者にすると、あっぱれ誓っているところを見ると、おそらくあなたが小生は卑怯者だと吹き込んだのでしょう。彼に見参せねばなりますまい、この現代のマルス〔ローマ神話の軍神〕に。この命をくれてやるか、彼の命を貰うか、二つに一つです。あなたを奪い合う気はありません。あなたにそんな値打ちはありません。あなたのような不実な女のために、このような挙に出たのが無念でなりません。小生が勇気がないなどと彼に吹き込むとは！　あなたが嘘つきであることを彼に思い知らせてやります。しかしながら、あなたに仕返しをする気は毛頭ありません。女の中でも二人といない汚らわしい女と軽蔑するだけです。あなたは憎しみよりも憐れみがふさわしい堕落した女です。さようなら、小生の仇を討ってくれるのはあなたの運命です。鶉の目鷹の目で探しなさい、あなたにお似合いの法螺吹きが見つかる筈です。あなたのものはすべて送り返します。手紙は焼き捨てました。あなたの才気は色事にかけては実り豊かですから、あんな模範文は必要ないはずです。あなたの愛の証文は遊女なみです。（二二）

「よくお分かりでしょう。――デ・フランが読み終ると、デュピュイ嬢がそう言った――あなたの友達は理由もないのに、本気で怒ってますのよ。怒らせておけばいいのですわ。いいえ、違います。わたくし彼に夢中なのです、理由もなく自分を苦しめているあの人がかわいそうでなりませんの。この手紙はお友達の二人のご婦人にしか見せていません。もし従兄がこの手紙を見たら、あの人たちは今のような仲のよい友達ではいられなくなってしまいますわ。この手紙はあなたにお預けしますので、デ・ロネーさんに返してくださいな。わたくし、あの人を夫とずっと心に決めて参りました。そう思って、あの人の癇癪を許しています。わたくし、あの人の好きな時に妻になるつもりでいますので、あの人には実際に妻として振舞いたいのです。ですから娘としての誇りもかなぐり捨てていますの。でも、彼がわたくしの人の好いのにまた今度もつけ込んだりしたら、絶対に最後だとおっしゃってくださってかまいませんわ。」

「何もかもよく考えてみましょう」とデ・フランが答えた。「彼が開封した例の手紙はあなた宛でした。つまり、あの手紙はあなた方の関係をずばり書いていたということです。あれはお気に入りの愛人からの手紙ですね。で、デ・ロネーさんが烈火のように怒ったとしても、あながち間違っているとは私には思えませんが……。」「あの手紙がわたくし宛のものだったというのは本当ですわ。——とデュピュイ嬢が答えた——でも、わたくしのための手紙だというのは正しくありませんことよ。これこそあの人がお望みなら、すぐに教えてあげたいことですわ。あれを書いた男性と本当の受け取り人である女性は結婚して、二人ともパリにいます。デ・ロネーさんがあの手紙ではゴーチェとなっていたド・テルニーさんにお話しできるように、説明はご夫妻の前でしたほうがいいですわね。ド・テルニーさんはご自分の筆跡をあの人に示してくださるはずですし、あの手紙がなぜ仮名だったのか、なぜわたくし宛だったのか話してくださいます。明日、ご夫妻を迎えにやり、ここで食事をしていただきます。お二人は来てくださいますわ、わたくし自信がありますの。デ・ロネーさんを連れて一緒にいらしてくださいね。わたくしたちが喧嘩別れになるなんて、とんでもない間違いだわ。」「ところで、デ・ロネーさんが来たがらなかったら、——とデ・フランが笑って言った——私は彼に何と言ったらいいのでしょう？」「精神病院に入れるとおっしゃって。——と彼女も笑みを浮かべてやり返した——それで、わたくしから頼まれたという証しに、これはあの人のご立派な手紙とわたくしの肖像画ですの。この肖像画をもう一度あの人に送りたいのですが、返してくださいません。それから、送り返して来るなんて気違いじみている、わたくしは今でも彼の肖像画を持っていて、生涯手離さない、そう言っていたとおっしゃってくださいな。」「よく分かりました、お二人の仲直りはもうすぐですね。——とデ・フランがにこやかに言った——なぜなら、あなたが彼を愛していらっしゃるように、彼もあなたを愛していますし、彼がかたくななのは恋の恨みからだと断言しますよ。」「何もかも正直におっしゃって。——と彼女が遮った——わたくしが説明しようとお膳立てしたのに、それを受け入れなかったあの人は、今では絶望のあまり常軌を逸している、そう認めてくださいね。」

　二人がこんな話をしているところに、完璧なほど華やかに着飾った貴婦人がデュピュイ嬢に会いにやって来た（二三）。デ・フランは退室しようとするが、デュピュイ嬢に引き止められた。「この方に見覚えがないようですわね。——と美しいデュピュイ嬢が彼に言った——ご覧になっても無関心ですもの。」彼は今度は注意深くその婦人を見た。「失礼しました、奥様。すぐには思い出せないものですから。お目にかかったことがあるような気がしますが、それがどこだったか思い出せません。」「わたくしはあの当時とはすっかり変わりましたので、わたくしのことを思い出せなくても驚きませんわ。——とその婦人が答える——ほんの六年前には、わたくしに目を止めてくださる方はほとんどいませんでした。世間では本当に影が薄かったものですから、たとえあなたがそんな気になられても、今のわたくしが誰かは想像もおできにならないと思いますわ。」「失礼ですが、今のあなたがどなたなのか私には分かりません。——とデ・フランが言った——しかしあなたのお顔から、私がよく伺ったお宅に住んでいた娘さんを思い出しました。お見受けするあなたの境遇とその娘さんの境遇があまりにも違いすぎるので、その娘さんの名前でお呼びするのは言い憚かれまして……。」「でも、お間違いではありませんわ。」とその婦人が答えると、デ・フランがこう言った。「奥様、以前はまったく別人に見えた人があなただとは、そんなことがあり得るでしょうか?」「そうなのです。——と美しいデュピュイ嬢が話に割って入った——このご婦人は、あなたがアンジェリックという名前でご存じだったその人ですのよ。この方の今のこの境遇は、ただただこの方の美貌と美徳のおかげです。今はド・コンタミーヌさんの奥様ですの。」「えっ、失礼ですが、——とデ・フランが間髪を入れずに言った——デュピュイ嬢が言ったことが本当だなんて、そんなことがあり得るでしょうか?」「本当ですのよ。——と、この婦人が答えた——みなさん昔のわたくしをご存じです。それにわたくしもド・コンタミーヌ氏とデュピュイ嬢に感謝の気持ちを失なわないように、昔のことはいつまでも忘れないつもりですの。デュピュイ嬢はわたくしのために色々とお骨折りくださいました。そのご恩はわたくし一生忘れません。今もこうして感謝してますのよ。でも、あなたは最近のことはご存じありませんから、お好きな時にお耳に入れますが、今のわたくしは何もかもこちらのおかげですの。」「奥様、そんなに感謝されることを、わたくし何もしてませんわ。——と愛すべきこの娘が言った——あなたの今の境遇は、ただただご自身のお手柄ですわ。運命も時には美徳を応援するのだとわたくしに叫ばせたのは、あなたただひとりですのよ。」「デュピュイ嬢のご尽力ぶりを私は存じませんが、——とデ・フランが言葉を継いだ——奥様、昔のあなたを見ていましたので、今こうしてド・コンタミーヌ氏の奥様としてあなたを拝見しますと、正直に申し上げて、私などの考え及ばぬ変身ぶりで、ほとんど理解できませんね。」「それでは——と愛すべきデュピュイ嬢が言った——デ・ロネーさんの家にお戻りください。あの人はこちらの奥様の話を知ってます。あの人には奥様がご自分で話しましたのよ。あの人に話してくれるように言ってください。退屈させられはしませんから。あなたがその話をお聞きになっても、こちらは怒らないとわたくし固く信じてます。なぜなら、何もかも奥様に有利なことばかりですし、その上、奥様が何度もあなたのことを褒めてらしたのを、わたくし聞いていますもの。ですからわたくし、デ・ロネーさんなら奥様に嫌な思いをさせるはずはないと思います。」

「デ・ロネーさんがデ・フランさんにわたくしのことをお話しになるのを、わたくしうれしく思います。——とド・コンタミーヌ夫人が言った——知られると嫌だわと思うのは、わたくしのことはご存じなのに、ご自分のことはわたくしにはっきり見せようとなさらず、打ち明けてくださらない方のことですわ。デュピュイ嬢は――と彼女が話を続けた――今日あなたが会いに来ると昨日わたくしに言ってくださいました。わたくしがこちらに伺ったのはそんなわけですの。あなたはデ・ロネーさんのお友達ですわね。わたくしが言っていたとおっしゃってくださいな。あの方の礼儀知らずにはわたくし憤慨してますのよ。ご自分の恋人のことでわたくしが話をしたかった時に、話を聞いてくださるべきでしたわ。ご自分の得になることでさえ、わたくしの話を聴こうともしなかったのですから、女性に優しくできるはずはなかったのです。デュピュイ嬢がおやつれになったのはあの人のせいです。あの人には困ったものですわ。でも、わたくしには他意はないとおっしゃってくださいね。わたくしは仕返しもできましたが、そんなことはしないで、あの方の失礼な振舞いにデュピュイ嬢がめげないように励まし続けました。デュピュイ嬢の人の好さが恋の恨みを買ってしまいましたが、それは初めだけで、あの方の並はずれた自尊心が余計に長びかせたのだと、わたくしはずっと主張してきました。」

美しいデュピュイ嬢が今しがたデ・フランと交した話を彼女に報告すると、デ・フランが話を続けた。「奥様、デ・ロネーはこんなすばらしい擁護者とこんなに優しい恋人を持って本当に幸せ者です。私の話を彼が聞き入れなかったら、私はお二人に彼と永久に絶交すると誓います。」「わたくしたちだけの時にあの方を連れて来てください。――とド・コンタミーヌ夫人が笑みを浮かべて言った――宅のド・コンタミーヌとド・コロニー夫人は明日は一日中サン゠ジェルマンにいます。わたくしはこちらに夕食に参りますが、押し掛けてもいいですわね。わたくし強くなりますわ、あの方が恋人の前では、管区長の前に進み出た修練士〔修道誓願を立てる前の者〕よりもずっと素直で謙虚になるように、わたくしたちでしてあげましょうよ。」デ・フランはそれを約束して引き下がったのである。

デ・ロネーは待ちきれぬ思いでデ・フランを待っていた。彼はデ・フランを見るとすぐに言った。「それで、いい知らせを持って来てくれました?」「いいえ。――とデ・フランは笑って言った――しかし、私の代母のデュピュイ嬢に代わってあなたと喧嘩をしなければいけません。あなたは例の手紙の主人公はあの方だと非難していますが、それはまったくの濡れ衣です。それから、あちらでお別れして来たド・コンタミーヌ夫人のためにも、あなたと喧嘩をしなければいけないのです。あなたはいい友人と恋人に恵まれ、本当に幸せ者ですよ。あの人は相変わらずあなたを愛していますし、愛されていると確信もしています。あなたは気違いじみた無作法者として扱われていますから、その報いは受けるでしょうね。彼女はあなたとすぐにも結婚する気です。それで、結婚式の手付として、将来の奥様の肖像画とあなたが書いたご立派な手紙を持参しました。明日、昼食を食べながら勘違いだと分からせてくれるはずですよ。会う約束はできています。ゴーチェとかいう人は仮りの名ですが、来ているはずです。それはド・テルニー氏で自分の従僕の名と住所を使ったのです。そのわけは説明してくれるでしょう。ド・テルニー氏はあの手紙は自分の筆跡であることをあなたに納得してもらうために、あなたの目の前で字を書いて見せてくれます。また、ド・テルニー氏の奥方が、当時は恋人でしたが、あの手紙を受け取ったと証言してくれるはずです。なぜあの手紙があなたの恋人宛であったのか、なぜ彼女が返事を出していたのか、その説明もあるでしょう。ついにあなたは満足し、粗暴で無作法な行動も許され、あなた次第で結婚と言うわけです。そうしなければ、彼女はひたすらあなたのために俗世間に留まっているのですから、それをあなたに思い知らせるために修道院に籠もってしまいますよ。

以上のことをあなたに伝えるように頼まれました。この機会を逃さないように充分に気をつけてくださいとのことです。もしもあなたがこの機会を拒むと、これが最後になると思ってください。私はあなたを約束した場所に連れて行くと約束してきました。それが駄目な場合は、あなたと絶交すると約束しました。どちらにしろ私は約束は守ります。あなたが選んでください。もしもとか、しかしとかは聞きたくありません。私が聞きたいのはただひとつ、ド・コンタミーヌ夫人の物語だけです。あなたはご本人からお聞きになったとか。ド・コンタミーヌ夫人とあなたの恋人が、あなたに話をしてもらいなさいということでしたからね。」「あなたは一度に色々なことを言うので、何から始めたら満足してもらえるか分かりませんねぇ。——とデ・ロネーが答えた——ある娘に宛てて書かれ、内容はずばりその人のことで、封筒はないけれどその人に宛てて書かれ、その人が郵便で受け取った手紙が、その人のための手紙でないのはなぜですか?」「個々の事実は間違っていません。——とデ・フランが言った——あなたの言うとおりです。しかし、その事実から引き出された結論がおかしいのです。明日になれば教えてくれますよ。私も立ち合うつもりです。あなたは恋人の器量が落ちたと気づきましたが、それはあなたの振舞いを悲しむあまりで、これだけはともかく私が請け合います。あの人はあなたしか愛していません。あなただけを頼りにしています。これも私が請け合います。あの人は直接にしろ手紙にしろ、何もかもあなたに知らせようとしました。あなたを呼び戻そうと、できるだけのことはしたのです。こんなにも長い間仲違いをする羽目になってしまったのは、もっぱらあなたのせいです。私が話せるのはこれだけで、これ以上は何も知りません。あとのことは明日になれば分かるでしょう。それで、ド・コンタミーヌ夫人の物語を是非とも聞きたいものですね。あなたの好い人の母上に小間使いとして仕えていた小娘が、どうして今のような玉の輿に乗れたのか、これが私には理解できません。」

「あの変わりように驚かない人がいるとしたら、あなたぐらいのものでしょうね。——とデ・ロネーが言った——あれを知った人は誰でも驚かされましたよ。それ以上にびっくりすることは、彼女がド・コンタミーヌ氏と、しかもフランスでもきっての野心家で、息子には王国中で一、二の裕福な結婚相手をと決めていた母親の同意を得て結婚したことです。彼女が彼を虜にしたのは特別な愛の証しを与えたからではないことも本当です。その反対で、彼の心を奪い、彼に結婚を決意させたのは彼女の貞淑さでした。それに彼女はつれない素振りで彼を絶望させはしましたが、彼は一緒にいる時の彼女の態度から、彼女が心の底では自分を憎からず思っていると分かっていたことも確かです。彼女が自分の貞淑さを大切にしたこと、彼が母親をないがしろにしなかったこと、この二つがド・コンタミーヌ夫人が二人の結婚に同意した理由でした。デュピュイ嬢のことは別の折りに話すことにしましょう。自分でも今あの人のことをどう考えているのかよく分かりません。聞きたいということですので、あなたが知りたがっている物語をこれからお聞かせしましょう。しかし話を始める前に、ド・ジュッシー氏があなたに会いに来たことをお知らせしておきます。私は一所懸命に引き止めたのですが、用事があってあなたを待っていられなかったのです。私がド・ジュッシー氏の四輪馬車まで見送りに出たら、中に奥方がいらして、それが私にはたいへんな美人に見えましてね、あの二人の物語を是非とも知りたくなりました。」「いずれお聞かせします。――とデ・フランが言った――デュピュイさん、ド・コンタミーヌ夫人、それにデュピュイ嬢にも聞いていただけたら、私としては実に愉快です。二人の物語がド・ジュッシーとド・モンジェイ夫人の仲直りに役に立つでしょう。（二三）」

「なるほど、――とデ・ロネーが言った――ド・モンジェイ夫人は彼の友人とは言えませんね。彼のことをまるでぺてん師みたいに言ってますからね。」「その訳はいずれお聞かせしますよ。――とデ・フランが答えた――よかったら、明日ジュッシー夫妻に会いに行くことにして、今日のところは、ド・コンタミーヌ夫妻の話にしましょう。」

コンタミーヌ氏とアンジェリックの物語

「二人の結婚がどう見ても不釣り合いであったことをあなたによく理解していただくために、――とデ・ロネーが切り出した――結婚の秘跡によって対等になる前の二人の境遇を思い出していただきたいのです。彼のことから始めなければいけませんね。彼は極めて裕福な司法官の子息で、その父親は裕福である上に、徴税請負によってではなく(一)、国家のために重要な仕事をして莫大な財産を手に入れました。彼の財産は実に大きなものですが、正当な手段で、つまり相続によって手に入れたわけです。父親は歴代の諸王への愛着によって代々群を抜いて来た一門の長所を保っていて、軍隊にあっては称賛に価する活躍をしたたいへん勇敢な男でしたが、剣よりは法服によって知られていました。ご自身が持っていた財産に、非常に裕福な徴税請負人の娘との結婚によって、さらに別の財産がつけ加えられたのです。この方はこの話の主人公の父親と結婚したあとで、兄たちや姉たちを両親より先に亡くし、たったひとりの相続人になったのです。現在はアンジェリックの義理の母です。この人はコンタミーヌの父親とかなり長い間申し分のない結婚生活をしてきましたが、二人の間には子供が一人しかいませんでした。この子がこれからお話する人物というわけです。ド・コンタミーヌ夫人は夫に先立たれた時はまだ結婚適齢期で、せいぜい二十九か三十歳でしたが、そのうちの十五年近くを夫と共に過ごしたことになります。しかし、縁談を、中には家紋に王冠をいただく由緒ある家柄の人もいましたが、その縁談よりも未亡人でいることと、最愛の夫の忘れ形見である六歳の子供を養育する喜びのほうを選びました。息子と嫁のアンジェリックは夫人と一緒に住んでいます。アンジェリックは姑にたいへん可愛がられ、姑がほんの少し前にここからさして遠くないところに出かけた時のことですが、コンタミーヌは妻を隠さなければいけなかったほどです。というのは、姑はアンジェリックがいないと日も夜も明けぬほどで、彼女をいつも手元に置きたがったからです。要するにですね、この方は、もし嫁が危険な目に遭ったら、嫁を救うため、あるいは嫁と危険を分かち合うため我が身を投げ出すだろう、しかし、それが息子なら、助けを呼び、みな逃げろ、と叫ぶだけで満足するだろう、と顔をほころばせながら五、六回も言ったものです。

　彼は平均よりも少し上背があり、均整がとれていますが、ぎこちないところがあります。目は眉毛や髪や顎髭と同じで黒く、顔は艶やかで血色のいい色白の丸顔で、額は秀いで、口もとは男としては美しく、歯はあくまでも白くて歯並びもよく、声は力強くて、その響きは心地いいですし、手はぽっちゃり肉付きがよくて、つまり、美男子と呼ばれる男前です。才気はといえば、ないわけではないのですが、内気なのですね。誠実で親切な上に、良き友人で、たいへんおだやかな性質なのに、またたいへんな情熱家でもあるわけです。時には涙しますが、母親のそばにいるのは彼には大きな救いになっていました。なぜなら女は誰でもこういうことには弱いですからね。彼は良心的で誠実で約束を守る紳士です[二]。たとえほかの行動からはそう見えなかったとしても、彼の結婚だけで彼が紳士であるという評判もうなずけることでしょう。彼の財産、人柄、ひとりの女性を大層幸せにしたその心意気、あるいは充実した落ち着いた生活ぶりは、ご覧の通りです。彼は最高の結婚相手を望むこともできました。母親はそういう相手を何人も薦めました。そういう方々もその後結婚した男性を幸せにしましたがね。ところが、息子は母親の計画に乗らずに断わり、自分よりはるかに身分の劣る娘に目をつけたというわけです。

　それが、あなたが先ほど会ったあのアンジェリックだったのです。あなたは彼女が母親のデュピュイのお内儀の所にいたころからご存じでしたね。アンジェリックの父親はアンジュー地方の貴族でしたが、分家筋の末っ子で、無一文でした。その上、自分と同じように貧しいその地方の娘と結婚したのです。不幸なことに彼はドッキンクール元帥殿と運命を共にし、反王党派に与して殺されてしまいました[三]。夫に先立たれた妻はまったく寄る辺のない身の上となり、話題になっている例のアンジェリックという幼ない娘をかかえることになってしまったのです。そして、さらにドッキンクール元帥自身もそのすぐあとで殺害されてしまい[四]、この婦人は生きて行くために生活の資もなかったので、奉公先を探さざるをえなくなったわけです。娘を養うどころではなかったのですね。デュピュイ翁はこの子を妻に引き取らせましたが、それは不憫に思ったからで、そのほかの目的はありません。実際、当時のアンジェリックは七つか八つで、大して役にも立ちませんでしたからね。デュピュイのお内儀は慈悲深くて、この子の世話に心を砕きました。彼女はこの子がちょっとした家事を手伝えるように読み書きを教えたわけです。デュピュイ翁はこまごまとした出費に口を差し挟みはしませんでしたが、お内儀にとって悲しいことに、時々報告を求めるのでした。もっとも、翁は娘に関してはそんな報告は一度も求めたことはありませんでした。アンジェリックは翁の所に六、七年いました。デュピュイのお内儀が亡くなると、デュピュイ翁はアンジェリックをあなたの代母さんがいた修道院に預けようとしたのです。ところが、この時、亡くなったお内儀と親しかったある婦人がアンジェリックを知っていて、近々コロニー公妃の侍女になる自分の娘の小間使いとして、アンジェリックを貰い受けたいとデュピュイ翁に申し入れました。この婦人を立派な人と知っていたデュピュイ翁はアンジェリックを喜んでその婦人に託し、アンジェリックには親身になって説明しました。それほど翁は彼女に関心を払っていたわけですが、それは彼女の父親がデュピュイ翁のいた連隊の第一中隊の旗手や連隊長の旗手（五）を勤め、極めて勇敢な男と認めていたからです。

　そもそもこれがアンジェリックの幸運の出発点になったのです。アンジェリックはあなたの代母さんと一緒に修道院には行かないで、二、三日後にコロニー公妃の侍女として迎えられることになっていた、自分とほぼ同じ年齢のド・ヴージー嬢に仕える身になったわけです。アンジェリックは当時十五か十六歳そこそこでした。あなたは先ほど彼女に会ったことですし、私が彼女の容姿を話すには及びませんね。小柄にしてはこれほど見事な体付きの女性はいませんよ。非の打ちどころのない端正な美人です。要するに、自然が創造した最も美しく、最も完全な美の化身です。そうに違いないのです。なにしろ気性はおだやかで中庸を好み、あれほどかたくなに思い詰めるとは見えなかったひとりの男を完全に虜にしてしまったのですからね。彼女はたいへん才気があって、思う存分にその才気を発揮しました。今日の彼女があるためには才気が必要だったわけです。たいへんな読書家で記憶力は抜群ですし、歌を歌えば心をとろかすようで、ダンスも上手、細密画も達者というわけで、つまり万能なのです。貞淑ですし、もしも貞淑でなかったら、少なくとも今日の彼女はなかっただろうと思われる節は多分にあります（六）。コンタミーヌは結婚はしないで彼女をものにしようと、何でも贈りました。彼女はそのすべてを拒み、わずかなものを得て名誉を踏みにじられるより、すべてを賭けてみようとしたわけです。首尾は上々でした。しかし彼女の幸福が懸かっていたのです。なぜなら彼女なしには、彼女の貞淑さも美貌もすべて役立たずに終ってしまったはずですからね。彼女は身のほどを忘れていたわけではありません。だからこそ幸運に恵まれたのも当然だと噂されているわけです。彼女は非常に敬虔で、たいへん慈悲深く、人付き合いがよく口も堅いし、悪口も皮肉も言いません。おそらく彼女の生き方は彼女の長所に関係があるのでしょう。それはともかくとして、彼女は自分を抑えようと思えば、見事に抑えられます。というのも、彼女にあってはすべてが自然で気取りがないように見えますからね。（七）

　こうして、彼女はド・ヴージー嬢の小間使いになったわけです。彼女の女主人はダンスや歌、そのほか貴族の令嬢としての嗜みごとを習っていました。アンジェリックはいつもヴージー嬢のそばに控えていて、ヴージー嬢よりも上手に稽古を活用したのですね。主人が習うことはすべて完璧に覚えてしまったのです。特にイタリア語と音楽です。それもです、女主人の先生のほかに先生はいませんでしたし、その先生はアンジェリックにはほとんど話しかけなかったのですがね。

　ヴージー嬢は親戚の人がド・コンタミーヌ夫人に用事ができ、

その人に頼まれて夫人の所に行かなければならなくなりました。彼女はアンジェリックを連れて行きました。コンタミーヌはアンジェリックを見ると一目惚れしてしまったのですね。その時は話しかけもせず、素適な人だとただ見とれているばかり。ヴージー嬢が親戚のために仲介の労を取った用件というのは、ある道路に関することで、その道路はド・コンタミーヌ夫人の農民によって延長され、ヴージー嬢の従兄の領地で中断されていたのです。この道路はもっと短く、もっとまっすぐにすべきだ、というのがこの従兄の言い分でした。しかし、実際はこの農民の請負仕事であって、請負人の魂胆はこの紳士を悲しませ、その分だけ自分の土地の増収を計ろうというものでした。ド・コンタミーヌ夫人と比べると、どう考えてみても、一介の田舎の貧乏貴族でしかないヴージー嬢の従兄にとって、その道の分だけ土地は減らされ、多大な損害を受けていたわけです。そこで、この従兄はド・コンタミーヌ夫人を相手に訴訟を起こす気はなかったので、夫人が損害賠償を示談で決めてくれるように、従妹のヴージー嬢に交渉を依頼したのです。請負人の言い分も正しいように見えました。それで、この問題はすぐには結着がつきませんでした。天の配剤によってアンジェリックがそれに当たることになっていたのですね。

彼女の主人のヴージー嬢はド・コンタミーヌ夫人の邸にたびたび足を運ばなければならなかったのですが、いつも彼女にお供をさせました。コンタミーヌはいつもアンジェリックを見ているうちに、彼女への想いをますます募らせていたわけです。ヴージー嬢は邸に着くと、すぐにド・コンタミーヌ夫人の書斎にひとりで入り、アンジェリックひとりを控えの間に残しました。コンタミーヌはそこに入り、彼女に近づきます。『お嬢さん、ここでたびたびあなたにお会いできるのは、たいへんうれしいですね』と彼がアンジェリックに言いますと、彼女が答えました。『失礼ですが、ご母堂様とあなた様のせいでヴージーのお嬢様は毎日こちらに伺わなければいけないようです。』『それであなたは怒っているのですか?』と彼が言うと、彼女が『少なくともあまりいい気持ちではございません。ヴージーのお嬢様が無駄足を踏んでらっしゃるのが分かりますし、そればかりでなく、たびたびお嬢様にはふさわしくないことを無理になさっておいでですから』と答えました。『それに加えて、あなたは誰も知らない邸でたったひとりでずっと彼女を待ち続け、よそで恋人ともっと有効に使える時間を無駄にしているので、それで自分でも怒っているのですね』と彼が言ったのです。『失礼ですが、何もお答えすることはございません。――と彼女――たったひとりでいても、こちらのように名誉を重んじるお邸なら恐いことなどございませんわ。とりわけご母堂様のおそば近くなのですから。仮にわたくしが恋人と一緒にいられないのを残念に思っていると致しましょう。あなた様は大層ご身分の高い方ですから、そのようなことを打ち明けさせようなど と、卑しいことはおできになれないはずでございます。でもそういう理由にしろ、ほかの理由にしろ、もしもわたくしが主人でしたら、断わられたら、それ以上は馬鹿ばかしいお願いには参りません。初めてお願いに上がった時に、すぐさまお認めくださる誠実さがなかったのですから、そういう方にたとえどのようにお願してみても、お認めくだ さるはずはございませんもの。』『お断りせざるをえない隠された動機がないかどうか、どうして分かるのです？――とコンタミーヌが言ったのです――お二人に来ていただくためなのですよ。』『では、申し上げます。――とアンジェリックが答えました――そのような動機でしたら、少しも誠実ではございませんわ。それに、ヴージーのお嬢様にこれほどたびたび会いたがるこちらの方は、お嬢様をあまり尊敬していないはずです。なぜなら、その方々はお嬢様が危険な目に遭うようなことを散々しているわけですし、ご自分がお嬢様に会いにおいでになれば、そのような苦労を少なくして差し上げられるのですから。』『しかし会いたいのは彼女ではなくて、あなただとしたら、――とコンタミーヌが言ったわけです――あなたは何とおっしゃいます？』『そのようなご冗談にはお答えできません。――と彼女――わたくしに会いたいとお望みのこちらの方々は、わたくしどもがこちらに伺った用件を決めるほどの人望は絶対にありませんわね。また、世間で大して重んじられていないので、お邸まで出向くと沽券に関わると信じているのですわ。』『それで、もしそれが私なら――と彼は顔を赤らめて言いました――あなたに会いに行ってもいいでしょうか？』『いけません、絶対に』と彼女の答。『でも、なぜです？』と彼が聞き返します。すると彼女は『あなたのような方がわたくしのような娘を訪ねておいでになりますと、よこしまなことをしていると思われるのが落ちでございます。それにわたくし、後ろ指を指されるようなことはしたくありません』と答え、続けてこう言ったのです。『でも、失礼ですが、これでおしまいにしてくださいませ。あなたのような方はわたくしのような娘に話しかければ、それだけで敬意を払ったことになるとお思いになりますが、わたくしは誓って申し上げます。そのような敬意など欲しくございませんし、わたくしにはまさしく悲しいことですわ。』『それでは、私がド・コンタミーヌ夫人に何も譲歩しないようにけしかけても驚かないでください。――と彼が言ったのです――というのも、あなたにここに来てもらうしか、私には会う方法がないからです。』『失礼ですが、おからかいもいい加減になさってくださいまし。――と少し困惑して彼女が言います――わたくしは身分の卑しい者ですから、あなた様に何を言われようと我慢しなければいけません。でも、自分より卑しい身分の星の下に生まれた不幸な人を、特に女性を決して侮辱しないのが、紳士だということをお忘れになりませんように。』『あなたに会わずにはいられない、あなたのような可愛いひとに会ったことがないと言っても、あなたを侮辱することにはならないと思います』とコンタミーヌが言ったのです。『失礼ですが、――とアンジェリックが彼に言いました――あなた様が侮辱とおからかいをどのように区別しておられるのか、わたくしにはいっこうに分かりません。しかし自分が侮辱され、からかわれていることは気づいてますわ。』『侮辱されてもからかわれてもいません。――と彼が言います――その反対で、私はあなたに驚嘆し、あなたを尊敬しています。ですから、偽りのない私の言葉をからかいと取られると残念です。そうですとも、――と彼はさらに続けました――繰り返して言います。私にはあなたはこの世でいちばん可愛いひとに見えます。私がこの世でいちばん好きなひとです。私があなたに会える方法を見つけてください。もう会えないなんてことがないようにしてください。ここに来るのがあなたには辛くなり出したのですから、今日にも来なくてよいように計らいます。』『そのようなことを真に受けたとしたら、気が触れているのですわ。――とアンジェリック――でも、構いませんわ、あなた様がもう何度も行ったり来たりする必要はないとお約束くださるのですから、信じてみなければいけませんわね。失礼ですが、ヴージーのお嬢様があなた様に要求している書類をご持参くださいませ。そして、お邸でお嬢様にお渡しください。お嬢様はあなた様のご好意を汲んでくださいますわ。もしあなた様がお嬢様を訪問なさるお許しをお求めになれば、お断わりにはならないはずです。』『なるほど。――とコンタミーヌが応じたのです――しかし、そうなると私が会うのは彼女で、あなたではありません。ところが私の目当てはあなただけなのです。』『わたくしはお嬢様のお側にいます。――と彼女が答えたわけです――お嬢様にお会いになれば、いつもわたくしにお会いになれます。』『分かりました。――と彼が応じます――しかしあなたに会っても、話しかけることができません。』『第一の条件にさらに第二の条件をお出しになるのでしたら、あなた様はこちらよりもお邸のほうがお得でしょうね。なぜなら、はっきり申し上げますが、わたくしはこちらでは決して口をきかないつもりですし、お邸でなら、偶然に生まれた機会をあなた様がご利用なさろうと、わたくし、お止めは致しません。わたくしどもが足を運ばなくて済むようにしてくださるものと当てに致しますわ。』『私をからかっているのですね。――とコンタミーヌが言ったのです――あなたに会う手段を本人に消させてしまうのが狙いでしたら、なかなか見事な提案です。そして、あなたはご自分の要求通りになった暁には、私を軽蔑するつもりですね。』『いいえ。――と彼女が答えます――でも、あなた様がご自分でおっしゃったお話によりますと、わたくしどもの願いを叶えることができるけれども、わたくしどもを来させるために叶えてくださらないのですから、誓って申し上げます、わたくしはもうこちらには伺いません。ヴージーのお嬢様は人が好いのでこちらに伺うでしょうが、わたくしはお伴しなくて済むように、今日にもお願いするつもりです。』『あなたがそういう思い切ったことをするなら、――と彼――絶対にあなたに押しつけられたとは思いません。』『わたくし、決して押しつけるつもりなどございませんわ。――と彼女が答えます――なにしろ、あなた様はわたくしどもに感謝されるのがお嫌いなのですから。』『しかし有難いと思ってくれるなら、あなたのその気持ちをどういう風に表わしてくださいます?』と彼が問いかけます。『何でも致しますわ』と彼女。『そういうのを、空手形と言います。――とコンタミーヌがやり返します。――やたらに安請け合いはしないでください。そして約束したことは守ってください。』『でも、わたくしにどうしろとおっしゃるのです?』と微笑を浮かべて彼女が言ったのです。『大まじめでお願いします。あなたを愛していることを信じてください』と彼が答えました。『信じますわ』と彼女が言いますと、彼が『その証拠に何を私にくれます?』と言ったわけです。『わたくしのもので差し上げられるものでしたら、何でも』と彼女は答えました。二人がそこまで話した時に、ヴージー嬢がド・コンタミーヌ夫人の書斎から出て来て、アンジェリックを連れて帰ってしまいました。

アンジェリックは訪問先の子息と交わした話はひと言もヴージー嬢には話しませんでした。しかし気にはなっていたのです。そしてこの時から、コンタミーヌの話に彼女が大きな希望を抱いたのは確かですね。彼が心のうちを吐露してくれたことは十二分に分かっていました。しかし自分の思い違いでないことを確めるために、もう訪問はしないという彼との約束を実行する決意を固めたのです。それから四日後にヴージー嬢がコンタミーヌ家に行かなければならなくなった時、彼女は本当に口実を見つけ、邸に残りました。ヴージー嬢は今回もそれまでと同じで話は捗らず、コンタミーヌ夫人に拒否され、憤慨して帰って来ました。アンジェリックはヴージー嬢が不平を言うのを耳にすると、恋人が自分のためにヴージー嬢の要求を飲むと思うと、悪い気はしませんでした。彼女はそんな素振りはまったく見せないように用心しましたが、彼女の思い違いではありませんでした。実際、コンタミーヌが翌日やって来たわけですよ。しかし、彼の目当てはヴージー嬢ではなかったので、ヴージー嬢がコロニー公妃と一緒に出掛けた留守を狙ったのです。彼はヴージー嬢はいませんと言われましたが、そんなことは百も承知ですので、お待ちします、と言いました。彼がヴージー嬢の部屋に上がって行くと、期待にたがわず、そこにアンジェリックがひとりでいたというわけです。

『お嬢さん、さぞやご満足でしょうね？——とコンタミーヌは彼女に言いました——ヴージー嬢にお供して私の邸にはもう来ないという、私との約束を守ったわけですからね。あなたに満足していただけたら、約束通り、感謝のしるしを示してくださるのでしょうね？　さあ、これです。——と彼女に一枚の書類を見せながら、彼は話を続けます——要求よりも譲歩しました。感謝のしるしとして私に何をくださいます？』『このことでわたくしには何の義務もございません。——と彼女は微笑みながら答えたものです——あなた様の贈物は気前がいいとは言いかねますわね。欲得ずくなんですもの。それに、そういうことでしたら、わたくし取引きの条件を信用するわけには参りません。』『ふざけないでください。——と彼が言います——私はまじめに話しているのです。まじめに答えてください。』『こんな滑稽なことなのに、まじめに話せとおっしゃるのですか？——と彼女がやり返します——ヴージーのお嬢様にはお断わりになったのに、わたくしひとりのためにご承知くださる、そんなことを真に受けるほどわたくしが単純だとお思いなのでしょうか？　そんなことを信じたら、きっと笑い物になってしまいますわ。そんなことを真に受けたら、それこそ気狂い沙汰です。できるはずはございません。』『しかしですね、これほど嘘のない話はありませんよ。——と彼が言いました——すべてあなたがなさったのです。あなたがいなかったら、ヴージー嬢も彼女の親類も私の母や私から絶対に何も得られなかったはずです。私が誰よりもあなたを愛していることも確かですし、私がクリスチャンであることも確かです。こう誓ったのですから、私の話を真に受けると笑い物になるかどうか、考えてみてください。これ以上、私が本気で愛していることを疑わないでください。そして、よく分かりましたと答えてほしいのです。あなたと二人だけで話をするために、ヴージー嬢が外出したと知って、待たせてもらうのを口実にしてやって来ました。だから彼女が帰って来る少し前に、従僕が私を呼びに来ることになっています。それもまた同じ口実を使ってあなたにお会いし、話ができるようにするためです。ですから、もう面倒なことは言わないで、まじめに本気で答えてください。』『本当に、――と彼女が答えます――今のあなた様のお話には、わたくしたいへん驚きましたし、軽い気持ちではいられなくなりました。今までになかったほど大まじめに受け止めさせていただきました。ですから、お言葉通りまじめに本気でお答え致します。あなた様がそうおっしゃるのですから、わたくしを愛してくださっていることは信じますわ。でも、あなた様の目的はなんですの（八）？』『いつまでもあなたを愛し、あなたからも愛されることです』とコンタミーヌが答えますと、アンジェリックがこう問い返しました。『あなた様が少しも愛されていないとしますと、どうなさいます？』『永久に不幸になるでしょうが、それでも愛し続けます』と彼が答えました。『それでは、わたくしもあなた様を好きだとしますと、どんな方針をお取りになるのでしょうか？』と彼女は畳み掛けました。『あなたを幸せにするためなら、おっしゃる通りにします』と彼が返事をしたわけです。『わたくしが望んでいる解決策は、きっとあなた様にふさわしいものではないでしょう。あなた様のようなご身分の男性がわたくしのような身分の娘を好きになり、それが知られたりしますと、その娘を辱めることになります。またその方が娘の歓心を買おうとして、何でも与えてしまうほどのぼせたりしますと、その方ご自身も名誉を傷つけることになります。わたくしの言うことをよくお考えくださいませ。――と彼女がつけ加えたのです――わたくしは後ろ指を指されるような方法で金持ちになるよりは、生涯貧乏でいとうございます。わたくしには財産としては貞淑さしかございませんが、それを売るつもりもありません。ですから、わたくしの体面を傷つけるようなことはいっさい期待していただいては困ります。それに、あなた様があらゆるところから非難されるような振舞いをなさり、そのために世間から軽蔑されるようなことは、少しもしてほしくございません。わたくしはあなた様と結婚するめぐり合わせには生まれませんでした。でも、卑しい生まれではございません。それにわたくしには誇りもありますし、節操もありますから、決してあなた様の愛人にはなりません。あなた様がまじめに答えろとの仰せでしたので、お聞きの通り、まじめにお答えしたつもりでございます。』『えぇ、おっしゃる通りです。――とコンタミーヌが言いました――白状しますと、ある程度そういう答えを覚悟していました。しかし、これほど断固としたものとは思ってもいませんでした。あなたとの結婚については、私はどこに行っても非難されるでしょう。もしも私が結婚した娘が……。』『自分がただの小間使いであることはよく分かっていますわ。――とアンジェリックがとっさに遮りました――あなた様にわざわざ思い出させていただくまでもございません。しかし、わたしは生涯、小間使いでいることもよく分かっています。

小間使いをやめるためには、卑しいことをしなければいけませんわ。わたくしに手を差し伸べてくださったのは、何もあなた様おひとりではございません。ほかにもいました。でも、聴罪司祭とわたくしの血筋がいつも教えてくれました、貧乏は決して悪徳ではない、裕福で放縦な娘より貧しくとも貞淑な娘のほうが神様にも人様にも尊ばれ歓迎される、そう教えられてきました。これがわたくしの気持ちです。わたくしのこの気持ちをお汲み取りくださいませ。結婚のことを申し上げているのではございません。それは望んではいません。そうではなくて、わたくしにつきまとわないように、静かにしておいてくださるように、お願いしているのでございます。ヴァージーのお嬢様をお待ちになるのもならないのも、その書類と同じことで、私にはどうでもいいことですわ。わたくしが聞くべきではないお話しは、なさいませんようにお願い致します。これで失礼します。』本当にアンジェリックが出て行こうとしますので、コンタミーヌが引き止めました。『待ってください、アンジェリックさん。――と彼――まだ話したいことがあります。』『いいえ、あなた様の考えていらっしゃることは何もかも存じています。それはもう伺ったことにしておきます。』そう言うと彼女は、コンタミーヌを振り切って出て行きました。

彼もヴァージー嬢に会わずに帰ることにしました。どう決断すべきか分からなかったのですね。なにせ彼女との結婚については、その見込みはまったくなかったし、まだ考えてもいなかったのですが、さりとて別れる気にもなれなかったからです。一方、彼女のほうは、彼の目にまさしく恋心を読み取っていたので、行けるところまで自分の運を賭けてみようと決意したわけです。彼が抜き差しならぬほど参っていて逃げられないことも、また、時がたてば彼に決定的な言葉を言わせられることも分かっていました。こうして、彼女は未婚の女性としてできる限りの貞淑さと誇りを見せつけながら、不作法なことをして彼に不愉快な思いをさせないよう、心に期したわけです。若い娘がこのような難局を見事に切り抜けたためしはついぞありません。

彼女はヴァージー嬢にコンタミーヌが会いに来たことは報告しましたが、彼の立場を失わせたり、心変わりさせてしまうのを恐れて、来た理由は言いませんでした。翌日、ヴァージー嬢がまた外出した時に、彼がやって来ました。アンジェリックは彼が部屋に入るのを見ると、彼には何も言わず、いかにもうやうやしくお辞儀をしました。そして、彼の言うことには返事もせずに、もうひとりの娘を探しに行き、その娘と一緒に戻って来たのです。そうしておいてから、彼女は口を開き、ヴァージー嬢は昨日コンタミーヌ氏が来たことを知っていると彼に言いました。『お嬢様は――と彼女がつけ加えます――あなた様がいらした理由は知りません。お頼みしたものをお渡しくださるためなのか、それともほかのことなのかご存じではありません。あなた様がいらしたことしか知りません。お嬢様は、今日も公妃様とご一緒にお出かけでなかったら、あなた様にご足労を煩わせはしなかったでしょう。リュクサンブール宮殿に行かれましたので、遅くなりますが、今晩あなた様のところに伺うと思います。ですから、お待ちになるのはお勧め致しかねます。』『非常に大切な話で、お帰りをお待ちしなければいけないとしたら、あなたは一緒にいてくれますか?』と彼が切り返しますと、彼女が言いました。『失礼ですが、お話しすることは何もございません。あなた様とわたくしの間で、あなた様を退屈させないような話があるとは思えませんわ。あなた様はきっとほかにもご用がございましょう。お嬢様がお決めになったように、お嬢様が今晩お宅に伺った方がよろしいかと思います。長い間お待ちになりますと、お供の方がたぶんお迎えにみえます。そうなりますと、あなた様はお嬢様とお話しにならずにお帰りになることになりますね。』『召使と一緒とは、あなたも意地が悪いですね。――と彼が言います――おっしゃることは分かりました。しかし、ヴァージー嬢に拙宅にご足労を煩わすには及びません。』『お宅に伺うのがこれで最後にしていただけるのでしたら、お嬢様は喜んで伺うはずです』と彼女が答えたのです。コンタミーヌはその日の午後はずっとそこにいましたが、アンジェリックと二人だけで話をすることはできませんでした。召使の娘が彼女のそばから離れなかったからです。彼はとうとう腰を上げました。彼が大層まじめに挨拶をしますと、彼女も礼を返し、引き止めはしませんでした。

ヴァージー嬢はその晩のうちにコンタミーヌの邸に行きましたが、彼はいませんでした。ヴァージー嬢はコンタミーヌ夫人と話をし、彼が正式の同意書を持っていて、直接自分に渡したがっていることを夫人から知らされたわけです。実際、翌日、コンタミーヌは彼女の家に行って、解決までにこんなに長くかかったことを詫び、彼女の親類は要求していたよりも多くを手に入れたことをヴァージー嬢に告げるなど、礼を尽してから、その同意書を渡しました。ヴァージー嬢はアンジェリックのいる前で彼に礼を述べ、ひとえに彼のおかげであり、有難く思っていると言い添えたのです。『あなたのお母様は――とヴァージー嬢が話を続けました――わたくしが前回この件についてお話しした時には、失礼ですが、そのような素振りはお見せになりませんでしたので、駄目かと思っていました。ところが昨日は、わたくしの希望よりも有利に決めてやってほしいという、あなたのたっての願いを断り切れなかったとおっしゃいました。従兄の礼儀正しさに免じて、一区画の土地を余計に譲ってやるようお母様を説き伏せてくださったとか。ですから、首尾よく解決して、あなたには本当に感謝しなければいけませんわね。わたくしからもお礼を申し上げますが、従兄にもお礼をさせます。従兄は立派な紳士ですから、あなたが恩を施したとしても残念に思うことはないはずです。』彼はこの挨拶にできる限り丁重に答えました。そして最後に、ヴァージー嬢のお宅を訪問する許可を与えてくれるように頼みますと、彼女は誠実にそれに同意しました。

コンタミーヌは帰りしなにアンジェリックに手紙を渡そうとしました。ところが彼女は受け取りません。彼の粘り強さや、ヴァージー嬢を満足させてくれたことに悪い気はしなかったものの、その手紙は見なかったふりをしたのです。彼はその次の日もやって来て、訪問は一カ月以上も続きました。しかし進展は見られず、ヴァージー嬢に恋をしていると信じ込ませるのが落ちでした。みながそのことでヴァージー嬢を責め立てました。コロニー公妃さえも、ヴァージー嬢にとってこれはとても大きな幸せだと彼女に言ったものです。ヴージー嬢もそれは否定せず、相手の方はたいへん気に入っている、財産や身分ばかりでなく、コンタミーヌは自分の好みの男性であると白状しました。しかし、自分が話の糸口を作りましょうと申し出た公妃に、ヴージー嬢は、あのひとがまだ心のうちを明かしてくれないので、あちらが先に話をするまで待っていてください、と懇願しました。ヴージー嬢はかなり綺麗で愛らしいひとです。公妃の応援があったので、コンタミーヌは困惑し、アンジェリックはさぞ絶望したことでしょうね。そのために彼女はひどく不安になりました。そのため、コンタミーヌが密かに彼女に手紙を渡そうとした時には、すげなく突き返されることはもうなかったわけです。彼女はまるで悪事でも働くかのように、震える手でその手紙を受け取り、ひとりになってから読みました。こういう文面です。

手紙

美しいアンジェリックさん、これは私があなたに書いた六通目の手紙ですが、ほかの手紙より幸運に恵まれるかどうか分かりません。(九) 私はあなたを愛しているとは言いません。あなたは愛されていることを疑っているはずはないと私は自負しています。私の言葉を信じてくださいとお願いはしません。私の行動だけを信じてください。私はすぐにもあなたと結婚するとは言いません。あなたがその理由を知った時には、あなたご自身で反対なさるでしょう。合法的にあなたを自分のものにすることを諦めているとも言いません。無駄かも知れませんが、やってみるつもりです。私の心は想像できないほど動揺しています。今のあなたの惨めな境遇から抜け出してください。内々にお邸をさがり、顔見知りの人がいる界隈から遠ざかってください。私の顔を立てて贈物を受け取ってください。そうなさっても私に束縛されることはまったくありません。あなたが顔を知られていない土地に私たちがいたら、私はためらいません。あなたさえ同意してくれたら、あなたは私のものです。しかし、パリではね！　あなたのお姿の魅力をよそに移しましょう。あなたへのこの愛は私だけの問題です。もし私が今のあなたと結婚したら、世間の人はこの私を許してくれるでしょうか？　私はあなたの希望は何でも叶えるつもりです。しかし私にあまりに身分を貶めさせ、恥をかかせないでください。二人だけで話す時間を作ってください。自分でもどう始末してよいか分からぬほど混乱しきっているこの気持ちをすっきりさせてください。あなたのご返事を生か死かの判決と思って、つまり、待ちきれぬ思いでお待ちします。さようなら。

この手紙は、彼女がしっかり準備さえすれば、あらゆる希望を膨らませてくれるような書きぶりでしたが、彼女は我を忘れたりはしませんでした。コンタミーヌは翌日またやって来ました。少なくとも、アンジェリックが自分に話しかけてくれるか、会う約束をしてくれるものと信じていたのです。それは彼の思い違いで、彼女は彼に一歩も先に進ませるつもりはありませんでした。彼はヴージー嬢の外出中に彼女に会うように努めるほかなかったのです。その機会はやっと一週間後にやってきましたが、その間、彼女は彼の不安や苛立ちを嬉しく思い、自分の美しさを勝ち誇っていたわけです。ついに彼は二人だけになることができました。アンジェリックは公妃の言葉によってますます嫉妬心をかきたてられていたので（一〇）、彼女もそれをたいへんうれしく思ったのです。

『アンジェリックさん、いったいどう決心したのです？――と彼が聞きます――私を絶望させるつもりですか？　参り方がまだ足らないのですか？　もっと夢中にさせたいのですか？　それは無理です。あなたと私の運命を決めてください。あなたのお気に召すなら、私は何にでもなってみせます。』『わたくしのことは放っておいてほしいのです。――と彼女が答えました――わたくしと結婚しないというあなた様の言い分は認めますから、決して会わないという、わたくしの言い分もお認め願います。これ以上しつこくなさらないでくださいませ。時間を無駄になさるだけです。それとも、仮にわたくしがあなた様のおっしゃることに耳を傾けるほど浅はかな女だとしますと、わたくしを不幸にするだけでございます。』『しかし、私がどうすれば気が済むのか言ってください。――と彼が言い返します――何でもします。』『ヴージーのお嬢様とのご結婚をお考えになったらいかがでしょう。――と彼女が言います――お嬢様はあなた様のことを思ってらっしゃいますし、この縁談ならあなた様にうってつけですわ。わたくしではふさわしくありませんもの。』『あの方のことは考えてもいません。――と彼が応じます――あの方に嫉妬してくれればよかったのに。あなたのためにこの私が犠牲を払えば、私の考えていることを納得してくださるのですね。』『それでは、その犠牲とかおっしゃることをなさってみてくださいませ。そして、こちらにはもういらっしゃらないでほしいのです。』『あなたにはもう会いません』と彼が言うと、それを遮って彼女が『そうなさらなければ信じませんわ』と言います。『もうたくさんです。――と彼――こちらに伺うのもこれが最後です。あなたの命令通りにします。あなたのためなら、こんなことは私には犠牲でも何でもありません。しかし、美しいアンジェリックさん、――彼は彼女の膝もとにひざまずき、彼女の両の手を涙で濡らしながら話を続けました――あなたに会わず、話もできなかったら、私は生きていけません。』『お手紙は書けますわ。――と彼女が答えます――お手紙を突き返したりはしません。』『しかし、――と、コンタミーヌが言います――あなたがずっとこの境遇では、あなたとのことは考えられません。お願いです、飛び出してください。私はあなたによそでもっと立派な、もっと豪華な生活をさせるくらいのものは持っています。あなたにはひたすら私の愛情のことだけを考えていてほしいのに、その時間をあなたにも私にもふさわしくない仕事のために使わなければいけないあなたを、これ以上見ていられません。よそに住んでください。ご自分が主人になってください。お母様と一緒に住んでください。私が訪ねて行くにしても、もっとまともな口実が見つかります。こちらのご主人の受けがいいのに、主人に仕える娘のほうを私が選んだと知ったら、こちらでは何というでしょう？　あなたの命令ですから、私はもうここには来ません。あなたが許しくれたのですから、手紙を書きます。しかし、あなたの返事は誰が私に届けてくれるのでしょう？　私たちにとって非常に重要な秘密を託せる人は誰でしょうか？　あなたもお母さんも顔を知られていない、ここからずっと離れた所に住んでくださったら、姿を変えれば、現在のあなたの境遇は忘れさせることができます。（二）そして、あなたが外見を繕ってくれれば、ほかのことは私が一身に引き受けます。お母様と相談してください。あなたの貞節を汚すようなもてなしを求めはしません。私の贈物に対する感謝のしるしとして、贈物を贈ったり、何よりも深い、やむにやまれぬこの思いを誰はばかることなく見せられる所で、あなたと会う喜びを味あわせてほしいだけです。あなた自身、私が小間使いを愛していると公表するのは賛成しないはずです。けれどもあなた自身が手を差し伸べて、崖っ縁にいる私を支えてくれなければ、私はやがてそうせざるをえなくなります。しかし今の境遇を変え、身分の低いことを隠してくれれば、あなたに思いのたけを告白しても私は肩身の狭い思いはしません。』

『あなた様は紛れもなく紳士としての気持ちを示してくださいました。――と彼女が答えます――えぇ、確かに、あなた様が召使ふぜいを愛していると明かすのは賛成いたしかねます。そうなさいますと、あなた様への敬意も薄らいでしまうでしょう。しかし、わたくしが現在の境遇から抜け出すために、あなた様が提供してくださる手段を受け入れることに賛成なさいますか？　わたくしの貞節はそれに関係ないのでしょうか？　それに、あなた様の援助を受ければ、実際はわが身を売ることになりませんか？　突然わたくしが変身したのを見た人は、何というでしょう？　わたくしだと分かったら、悪く受け取られないでしょうか？　あなた様のご訪問は罪のないもので通るでしょうか？　あなた様もわたくしと同じように、娘にとっては身持ちが堅く貞淑であるだけでは充分でないとお認めくださいませ。本当にこれは大事なことですわ。それだけでなく、身持ちが堅く、貞淑であると見えなければいけないのでございます。あなた様のお望みの境遇になったとしますと、わたくしはそう見えるでしょうか？　あなた様の贈物をわたくしが罪深いもてなしによって買うのではなく、あなた様がわたくしをただただ憫れに思うあまりそうなさるのだと、世間の人は信じるでしょうか？　身分不相応な境遇になったあとで、何かの拍子にあなた様に捨てられたら、わたくしはどうなるのでしょう？　あなた様の心変わりもあり得ることですが、それを言っているのではございません。あなた様の変わらぬお心、少なくとも気前のよさを、わたくし密かに嬉しく思っています。でも、あなた様にも寿命というものがございます。自分で選んだ境遇を維持するために、わたくしはどうしたらよいのでしょう？　世間から馬鹿にされ嘲笑されながら、初めの放蕩まがいの生活を、紛れもない放蕩生活によって続けていかなければいけないのでしょうか？　あなた様の言い分はごもっともです。わたくしの言い分も正しくはないでしょうか？　わたしの言い分もお認めくださいませんでしょうか？』

『認めます、美しいアンジェリックさん。――とコンタミーヌが答えたのです――今まで私はあなたの美しさばかり熱烈に愛してきました。しかし今はあなたの気性と貞淑さに魅せられています。あなたは初めて心のうちを話してくださったのですから、私の気持ちと決意も話させてください。私が予想したのは……。』

彼が話を続けようとすると、ヴージー嬢が入って来ました。彼はほんのしばらくヴージー嬢といただけで、アンジェリックに言いかけた話を手紙に書くつもりで自宅に帰りました。手紙は書きましたが、その日もその次の日も渡すことができません。やっと彼は、アンジェリックの母親が病気になり、貧しさゆえにほかの人に頼めないので、彼女が自分で看病に行ったことが分かりました。彼はその家を見つけ出すのにたいへんな苦労をしましたが、探し回ったおかげでようやく突き止め、そこに行ったわけです。

アンジェリックはコンタミーヌに会おうとは思いもかけなかった家でコンタミーヌに会い、非常に驚きました。ところが、母と娘のあまりの貧しさを目の当たりにした彼の驚きは、それどころではありません。二人は施し物を受けてしかるべきであると判断したのですが、実際、そのとおりでした。彼は部屋に入ったとたんに外に飛び出します。彼女はその瞬間、生涯もう彼に会うことはないと思ったものです。それは彼女には辛い衝撃でした。しかし、しばらく考えているうちに、そうではないと思ったのです。実際、半時間もしないうちに彼が戻って来たではありませんか。

『美しいアンジェリックさん、ここでは話ができません。――と彼が言います――私はここに長く間いるわけにはいきません。これで失礼しますが、毎日あなたとお母様の様子を聞きに来ます。よく看てあげてください。――と彼が続けました――しかし、あなたも具合が悪くならないように気をつけてください。私にはあなたの健康が何よりも大切で、気になります。私が熱烈に愛している女性がまったく場違いな所にいるのが残念でなりません。私は帰りますが、食器戸棚には誰にも手を触れさせないように気をつけてください。明日になれば、あなたが少しでも私のことを考えてくれたかどうか分かるでしょう。』彼はすぐに帰りました。彼女はその食器戸棚を開けに行きます。そこには見事な財布が入っていて、彼女は何気なくそれを手に取りました。その財布には金貨が一杯詰まっていて、中から一通の短い手紙が出て来たのです。アンジェリックはそれを読みました。それはこういう内容です。

手紙

美しいアンジェリックさん、お母様への援助をあなたが拒絶することはできません。お母様の様子を見て、私のお金で援助しなければと思ったのです。何か贈物をと思ったのはあなたにではありません。それはお母様が必要だからです。ですから、もしあなたが誇りにこだわり、お母様を看病する手段を拒否なさると、病気がどのような結果になろうとも、神の前での責任はあなたにあると思います。こんなことをして恩に着せるつもりはありません。私はただ思いやりの気持ちからしているにすぎません。あなたが是非ともしなければいけないことは、私が置いて来たものを使ってくださること、それだけです。部屋の内装を変えてください。そうなさっても噂にはなりません。あなたが、お母様のため、部屋を清潔にし、生活や健康に必要なもののことを考えたか、それによって、あなたが少しでも私のことを考えてくださったかどうか分かります。

アンジェリックはこの手紙を読んだ時ほど、困惑したことは今までありませんでした。何もかもどうしても必要なものばかりです。援助がなければ、母親は命が危ないところでした。援助の手が差し伸べられているのですが、それが彼女の恋人なのです。彼の援助にすがれば、彼に縛られるのが心配でした。彼女はデュピュイ嬢と私に告白しました。どうしたらよいのか分からなかった。母の懺悔を聞きにやって来たカプチン会の修道士に、懺悔の秘密は守ってくれるという約束で、コンタミーヌと自分の関係を率直に打ち明けたところ、その修道士に彼の助けにすがっても、何ら良心にやましいことはない、手紙の勧める言葉に従ったとしても、そのために縛られはしない、そう諭されてようやく決心することができた、ということです。

こうして、アンジェリックは彼の援助にすがったわけです。また、聖職者の忠告が自分の心と一致したのでとても安心しました。なぜなら、このように誠実で思いやりのある、自分が愛している恋人に、恩を感じるのは心の底では悪い気がしなかったからです。彼女は綴れ織りの壁掛けと椅子を買い求め、部屋を豪華とはいかぬまでも、少なくとも紳士を迎えられるように清潔にしました。翌日、コンタミーヌは彼女に会いに行き、この模様替に満足し、彼女に礼を述べました。彼女は母親になり代わって彼の気前の良さに感謝しました。そして、ある修道士の忠告に従っただけだ、と包み隠さず彼に打ち明けたのです。彼はこのように慎重を期したことを咎めました。しかし笑顔を見せながら、あなたは文字通り何の恩も受けていないのだと彼女に言い、こう続けたわけです。『けれども、美しいアンジェリックさん、あなた次第ですが、こうしてくだされば有難いのです。またしてもお母様に関することですが、お願いがあります。あなたは病人を看病できるほど強くありませんし丈夫でもないので、夜を日に継ぐ疲れで参ってしまいます。若すぎて寝ずの番も無理です。付添婦を雇わなければいけません。それに、慣れない、淀んだ空気の中ではなくて、この小部屋でひとりで休めるように小型の寝台を買うべきです。そうすればお母様の看病もよくできるようになり、私はもうあなたのことで心配はしないでしょう。』彼女は何から何まで心遣いを見せてくれる彼に感謝しました。また、彼の要求したことに嫌々やっと同意したように見えましたが、実は喜んでそうしたのです。

コンタミーヌはすべて銀製の、水差しと大小の皿を二枚ずつ、スプーンとフォークを二組、二本の燭台と手燭一つ、（二二）そして最後に病人に役に立つ食器類を一式そろえて彼女に送りました。アンジェリックが受け取りを断固として拒むのを恐れて、彼はそれ以上は運び込ませなかったのです。長い間にわたる誠意が通じたのか、彼女は前より打ち解けるようになりました。彼が毎日彼女に会いに来る許可を求めると、彼女はしぶしぶそれに同意しました。ただし条件があって、醜聞になるのを恐れて、彼の訪問が人に知られないよう、周りの人々が家に引きこもった夜更に、それも特に馬車も従僕も家に近づけないということです。彼女はさらにこうつけ加えました。『あなたが何者か怪しまれるのは嫌です。あなたが付添婦を雇えとおっしゃるので、あなたのご意向に沿うようにします。でも、あなたの夜の訪問を付添婦にとやかく言われないように、あなたはわたくしの従兄で、母の甥ということにするといいですわ。わたくしには従兄はひとりもいませんが、付添婦はあなたのことは知らないはずです。その人にはあなたは昼は暇がないので、都合のつく時に来るのだと言いましょう。そうすればたびたびお出でになる立派な親類だとその人に思われますもの。それで、光栄ですが実際にあなたの従妹であるかのように、わたくしには慎重になさってくださいね。』コンタミーヌは彼女の希望通りに振舞い、一日として休むことなく通い詰めました。彼はそのたびに何か贈物を持参するか届けさせました。彼女は上辺はいやいや受け取っていましたが、心の中ではこれほど鷹揚な振舞いを喜んでいたのです。彼は付添婦の前では、本当に従兄であるかのように振舞いました。それに、夜更にしか行きませんでしたので、誰にも見られず、知られることも決してなかったわけです。

アンジェリックの母親はやっと回復に向かい、彼はそれを実の母のことのように喜んだものです。アンジェリックは彼に感謝しました。コンタミーヌは母親に食欲はあるかどうか尋ねました。付添婦が母親に代わって、あります、明日から夕食には鳥の串焼きを出すつもりです、と答えました。すると、即座に彼が言ったのです。『伯母さん、わたしも入れてもらいます。夕食を食べに来ます。私たちの食べる分は心配ありません。私が引き受けますから。——そしてアンジェリックに向かって彼はこう言ったのです——お従妹さん、明日は私もあなたの家族です。』彼女は彼の有頂天ぶりにすっかり驚いてしまい、ものも言えない始末。翌日の朝早速、コンタミーヌは鍵のかかった長持を彼女の所に届けさせ、その十五分後に鍵に短い手紙を添えて送りました。その手紙には中身を付添婦に見られないように開けてほしいとありました。そこで、彼女はひとりになって開けてみると、中にはあのたいへん見事な銀の食器の残りの食器が入っていて、これで何ひとつ欠けることなく、一組全部そろったわけです。隙間には綿の詰物が幾重にも当てがわれていました。彼女はこの贈物には驚きましたよ。そして長持の中に手紙があるのに気づき、開けて読んでみたのです。

手紙

魅力的なお従妹さん、あなたの食卓に食器類が不足して、そろっていないとしたら恥かしいです。そこで、付添婦にこの食器が夕食のためにわざわざ運び込まれたと悟られないように、長持から取り出し、お宅の長持か食器戸棚に移してください。今夜は付添婦を外に出しておくべきでしょう。私は夜になるのを一日千秋の思いで待っています。あなたのもてなしを期待していたら、あなたと夕食をご一緒することはできなかったでしょうね。私の方からお願いしましたが、それでよかったと思っています。

この贈物以上にふさわしいものは何もなかったでしょうね。それに、やり方が贈物の価値をさらに高めているわけです。彼は忘れずに夕食にやってきました。自分で買った物を持参し、早くやって来たのですが、人に知られるのを恐れて、大きな外套にくるまり歩いて来たのです。付添婦が焼き串をひっくり返している間ずっと、コンタミーヌとアンジェリックは母親のベッドのそばにいました。アンジェリックが贈物のお礼を言おうとしますと、そのたびに彼が遮り、初めて彼女と一緒に食事ができて嬉しいというのです。彼女は聴罪司祭の忠告により、またコンタミーヌの同意を得て、病気の母親に彼の素姓を明かしてあったのですが、その母親はコンタミーヌほどの身分の男が自分の娘にこれほど夢中になり、娘と一緒に食事をする機会を見つけ、有頂天になっているのを見て驚いていました。母親には思いも及ばぬ名誉でしたからね。母親は贈物のことや、彼の慈悲に溢れた心を知っていて、それが健康の回復に少なからず役に立ち、日増しに良くなりました。話を夕食の方に戻しましょう。この時ほど陽気で満足げな人はついぞいなかったほどで、アンジェリックは、彼が見せてくれた行動から、自分に本当に誠意を持って接してくれている、とついに納得してしまった、そう私たちに語ってくれたものです。

彼女の母親が起きられるようになると、コンタミーヌは自分が提案していた生活を娘に受け入れさせようと、早速母親の方を口説きにかかりました。何か口実を作って付添婦を街に出し、アンジェリックのいる前で母親に話をしたのです。『奥さん、言うまでもないことですが、私は美しいアンジェリックさんを愛しています。――と彼が母親に言います――それはきっと彼女からもうお聞きだと思いますし、私の行動からも納得なさったと思います。私が欲しいのはもっぱら法にかなった愛の証です。私の狙いは結婚ですが、期が熟するのを待たなければいけません。なぜなら彼女を愛してはいますが、母への敬意をないがしろにする気にはどうしてもなれないからです。母の恩は身に滲みていますので、少しでも悲しい思いをさせるわけにはいきません。あなたも賛成してくれるでしょうが、母にお嬢さんとの結婚を申し出るのはいかがなものかと思いますし、まして母が認めるはずはありません。母が私を結婚させる気になったことを私は知っていますが、それはかわしてみせます。私は愛しいアンジェリックさんだけのものです。彼女にはこれを当てにしてもらって結構です。それはそれとして、誰もが召使だったと分かっている娘と結婚するのは、私にとって誠に厄介なのはお分かりですね。過去のことは過去のことです。しかし将来のために、お二人に暮らし向きを変えてくださるよう是非ともお願いします。彼女にはこの界隈から出るように提案しましたが、もう一度あなたにお願いします。付添婦はあなたの素姓を知りません、何も知らせないでください。あの付添婦はあなたが女中を見つけ、アンジェリックさんが小間使いと童僕を雇うまで、使っていてください。家具や衣服などお二人に必要なものはすべてそろうように私が手配します。それから、私もいつかは死ぬ身ですし、神に召されることになると、お二人のどちらもそれだけの経費を賄いきれないのは事実です。これを見てください。——彼は懐から三枚の羊皮紙を取り出して、話を続けました——一枚は彼女の名義で手に入れたパリ市庁の年金で、これは彼女にあげます。もうひとつ別の修道院の年金と、ブュシ門（一三）近くにある家を一軒、これも彼女にあげます。結婚した時には、これらはまた私のものになります。しかしもし私が死んで彼女と結婚していなくても、彼女には生涯かなりまともな生活をして行くだけのものはとにかくあるわけです。しかし美しいアンジェリックさん、——と彼は彼女に向かって話を続けました——私の気前のよさは下心があるからだ、あなたの貞淑さやあなたへの敬意に反するもてなしを期待しているのだ、そうあなたは思うかも知れませんね。この場であなたのお母さんにお願いしておきます。私たちが一緒にいる時は私たちから目を離さないでください。誓います、アンジェリックさんが来てもいいと許してくれた時だけしか会いに来ません。しかも、ごくたまにしか来ませんから、私の訪問が醜聞になることはまったくありません。また、あなたの財産があなたの長所に匹敵するほど莫大なものでしたら、私以上に立派に育てられたはずですから、私はそのような女性にふさわしい敬意を払うと誓います。さて、これでも私の意図は汚らわしい、すべてがまともとは思えないとお疑いになりますか？　まだほかにもあります。あなたは負い目を感じなくていいのです。あなたが嫌々ながら私のものになるのなら、私も不幸になりますから、その時はあなたの心に任せます。自分のことは自分で決めてかまいません。あなたは私が差し上げる財産によって良縁を見つけることができます。あなたが幸せで満足している限り、私も幸せで満足できるように思うのです。その反対に、あなたは私を本当に幸せにしてくれると思いますが、あなたと結婚しても、あなたを幸せにできないとしたら、この私は悲しみと絶望で死んでしまうでしょう。』

　アンジェリックはこんなけっこうな贈物や、これほど誠意のこもった寛大な言葉はまったく予想していなかったので、胸が一杯になってしまい、口も開くことも返事をすることもできない始末。彼女は目に涙を浮かべ、我を忘れてコンタミーヌの足元にぱっと身を投げ出しました。『からかわないでください、美しいアンジェリックさん』と言いながら、彼はアンジェリックを立たせ、その手を取って口づけをしたのです。彼女の方は、感謝で感きわまったのか、恋のほむらのせいか、それとも抑えることのできないほかの衝動に突き動かされたのか、ぱっと彼の首に飛びつき、思い切り彼を抱き締めます。彼も抱き締め返し、両の手でしっかと受け止めてやります。彼女はしまいには自分のしたことがひどく恥ずかしくなり、当惑して離れました。『美しいアンジェリックさん、私が恐れていたほどあなたは無関心ではないと教えてくださったわけですが、それを後悔しないでください。これは私に示してくださった初めての愛の証しです。しかし、あなたのどんな言葉よりもちょっとしたこんな熱狂ぶりのほうがはるかに魅力的です。』『わたくしとしたら何ということをしたのでしょう、わたくしには分かりません。——と彼女がひどく恥じ入って言います——でも、わたしの振舞いが馴れなれしく恥知らずであったとしても、正直なところ後悔はしませんわ。』『何とも有り難いことです！――と、彼がアンジェリックの手を握り締めながら答えました――しかし最後まで話してください。今の私の申し出を受けてくださいますか？』『あなたのお気に召すように何でもします。――と彼女が答えました――あなたの態度は立派ですし、率直で、信頼できますもの。あなたに一層ふさわしくなるように、贈物はいただきます。母も同意してくれると思いますわ。』『それでは私の妻になると約束してくださるのですね？――コンタミーヌは彼女を抱き締めて、そう言いました――この私も自由に自分のことが決められ、安心して一緒になれるようになったら、すぐにあなたの夫になると誓います。受け取ってください、あなたと私を結ぶこの首飾りを。――彼は笑みを浮かべながらそう言って、彼女の首に真珠の首飾りをかけました――そして、この指輪は私の誠意のしるしです。』彼女は少しも勿体ぶらずに首飾りと指輪をつけてもらいました。もうそんな気はなかったのですね。『私たちをお互いに結びつけるのはこういうものではなく、心であってほしいと私が思っていることを覚えていてくださいね』とコンタミーヌが彼女に言います。それから彼は二人に立派な家具を買い、優雅に装ってほしいと頼みました。翌日、彼は必要な費用の三倍以上もの金をアンジェリックに持って来て、彼女が着替えたらすぐに彼女の家に案内する、彼女のためにその家のいちばんよい部屋を確保しておいた、とアンジェリックに言ったのです。そして帰りしなに、今いる界隈からできるだけ早く離れるように二人に頼みました。

彼女たちはいつまでもその界隈に留まっていませんでした。アンジェリックはまず姿を変え、そして実に優雅に装いました。コンタミーヌは美しい肌着や髪飾りやレースなど、要するに男が未婚の女性のために買えるものは何でも彼女に与えようと心を配ったのです。何もかもたいへんけっこうなもので、彼女には新たな輝きが備わったわけです。彼がその家にアンジェリックを案内しますと、彼女はその部屋がたいへん居心地がよく、家もとても美しいと思いました。彼は残りの部屋を使っている実務屋に彼女を家主として紹介し、それから自分が関わっていると思われないように、その後の二週間は一度もそこには行かずに、その間に二人に家具を備えさせ、生活に慣れてもらいました。

彼はその家を訪ねた時には、満足しました。清潔さという点でも、暮し易さという点でも何もかもそろっていたからです。アンジェリックには小間使いの娘と童僕がいて、母親には料理女がいました。アンジェリックには豪華な部屋と非常にきれいな書斎がありましたし、母親には大きな寝室と家具をきちんと備えた控えの間がありました。もう一つの部屋は小間使いの娘と料理女にあてがわれ、たいへん広くて便利で道具のそろっている台所には童僕が寝泊りしていました。全部で同じ階に六部屋ですが、アンジェリックは正面階段に通じる部屋の出入口はすべて壁でふさがせたので、どの部屋にも正面階段を通らずに、それぞれ控えの間を通って入ることになります。したがって、中庭側にある裏の階段を昇らなければいけなかったのですが、この裏の階段と路地を仕切る鉄の扉はいつも閉めっぱなしになっていました。そして、この中庭は、コンタミーヌがアンジェリックのために手に入れておいた庭と高い鉄柵で仕切られていて、部屋からこの庭に下りるには中庭を通らずに庭に通じている階段を下りるのです。このほかにコンタミーヌ、というより彼女は、この庭に屋根付きで色を塗った休憩所を二つ作らせ、そこにテーブルや椅子を置き、残った二方には木立のトンネルを作らせました。かくして、アンジェリックと母親が使っていた部屋は表通りと裏通りに面していたわけで、この家のほかの部屋は実務屋が借りていましたが、この人は商人やほかの人に又貸しをしていました。したがって、アンジェリックには居心地のいい住まいがあり、さらに残りの部屋から二千フラン入って来たわけです。これによって、この家は立派で大きく、とりわけその地区では高価であることがあなたにも容易に分かるはずです。この家はコンタミーヌが結婚後アンジェリックに贈ったほかのものと同じように、今でもまだ彼女のものです。なぜなら二人は財産分離のまま結婚したからです。それで、彼女は四輪馬車の後部にいつも三人の大人の従僕を乗せ、ほかにもそれ相当の生活をしていますが、彼がいつ亡くなったとしても、こういった現在の体面は維持することができるわけです。

　コンタミーヌはこの家で目にするものはすべて気に入りました。とりわけ彼女は、身分の卑しさを感じさせるどころか、いかにも育ちのよい貴族の令嬢の趣がありました。彼はアンジェリックに歌や踊りや楽器、そのほか嗜んでおくべき芸事に磨きをかけるよう頼んだのです。彼女はそれを見事にやってのけ、暇つぶしにはもっぱら読書に没頭しました。そこで、彼は細密画を習わせようとしたのです。彼女はこれも見事にやってのけ、一年も経たないうちに、喜んでモデルになってくれた恋人の肖像画を描くほど細密画の腕を上げました。彼女は鏡を見ながら描きあげた自画像をコンタミーヌに贈りました。たくさんの小さな細密画を贈りましたが、彼はそれを非常に価値のある贈物として受け取っていたのですね。彼女は知り合いになった近所の人みんなの賞賛の的になりました。とは言え、人様に見られないように、またコンタミーヌがいつ来ても会えるように、外出はほとんどしなかったのです。彼は足繁く訪れたりせず、決して悪口の種を蒔きませんでした。彼女がその家の人たちと一緒にいる時には、個人的な話はいっさいせずにその場にいました。だから悪口を言われなかったわけです。私はそんな悪口の種はなかったと信じていますし、彼が思いを遂げていたら、少なくとも彼女との結婚はなかったように私には思えますがね（一四）。彼はアンジェリックに、ほかの女性だったら断らないような縁談を何度か持ち込まなかったわけではありません。しかし無駄でした。それどころか、彼女はコンタミーヌに恩を受ければ受けるほど、ますます彼と一緒にと思い定めていたわけです。お話ししたように、アンジェリックは物腰に気品があり、貴族の令嬢の趣がありました。彼女は礼節の学校と呼ぶことができる家で育てられたのは確かです。ところが母親についてはそうはいきません。娘のようには変わりませんでした。母親はかっとなると場所もわきまえず、何を口走るか分からないとアンジェリックが恐れていたのはもっともで、彼女は母親に何やかやと気を使い、たとえ自分が悲しい思いをしていても、どんなことでも母親を悲しませることはありませんでした。特に母の部屋に出入りする時がそうです。というのは、庭でその家の娘たちや近所の娘たちといっしょに宵のひと時を過ごしていると、先に床についた母の部屋をどうしても通らなければいけなかったからです。母親が不機嫌になるのは慢性的な病気とかなりの年齢、そしてやむをえなかった不幸な境遇のせいでした。不幸な境遇のせいで、あまり上品とは言えないこの人の気性は、田舎の百姓やパリの第三身分の人間としか付き合わなかったために、とげとげしくなっていたのですね。アンジェリックは二年以上もそんな母親と一緒でした。母親は二年後に病気がぶり返して亡くなったのですが、死の床にあったこの人がしたことで、良識に富み、特に目立ったことはと言えば、コンタミーヌから受けた親切に対して礼を述べ、あとに残すアンジェリックを彼によろしくと頼んだことと、つねに慎しみを忘れず、彼から変わらぬ愛情と敬意を受けられるように彼に接しなさいと娘に忠告したことです。アンジェリックにとってはまったく言わずもがなのお説教でした。つまり、彼女の運命はみずからの行動に懸かっているのですから、自分が行ないを慎しまなければいけないことくらい、彼女は百も承知していたのです。

アンジェリックは大層立派な葬式を出しました。そして自分がこのままひとりでいると、ほかに誰もいない時に恋人が訪ねて来て、母が言った慎しみと貞淑の教えを、自分がすっかり忘れてしまうかも知れないと考えたのです。母がいてくれたおかげで、コンタミーヌは敬意を持ち続けなければいけなかったことが何度かあったし、自分がひとりでいたら、彼もおそらくそうはいかないのは分かっていました。彼にはそれまでと同じ気持ちでいてほしかったのです。首尾よく乗り切る方法は誰かと一緒にいるほかありません。小間使いの娘はコンタミーヌのような気前のよい男の贈り物にはころりと参ってしまい、彼に合図されれば、すぐに二人だけの差し向かいにしてしまうはずです。彼女には自分がはまり込む危険が目に見えていました。それは自分を破滅させてしまうような愛の証しを彼に与えてしまうことで、彼女が私たちに白状したところによると、愛されるばかりでなく愛してもいたので、そうしたくてうずうずしていたそうです。あるいは、軽蔑されたと取られ、尻ごみさせてしまうほどの肘鉄砲をくらわせて、彼を失ってしまうことでした。それやこれやで、彼女は自分自身に用心しなければいけなかったし、また自分の操を守るために何か外部の助けを探さなければいけなかったわけです。

こういった意図から、彼女は修道院に入るのを認めてくれるように恋人に頼みました。彼女はそんな気は毛頭なかったのですが、彼が同意しないのはよく分かっていたので、反対されれば願ったり叶ったりだったのです。実際この提案を聞いてコンタミーヌは震え上がり、同意しませんでした。けれども彼女には、自分は彼女を拘束しないし、彼女は自由に行動してよいと言いました。彼女がこのような提案をしたのは、彼に別のことを認めさせるためで、彼女はこの件についてはこだわりませんでした。そして悩みの種の家の切り盛りをもうせずに、料理女に暇を出し、同じ家の三階と四階に住んでいる、実務屋の所で食事をする許可を与えてくれるよう彼に頼みました。彼はこの提案の動機を見ぬいて苦笑しましたが、これについては本人の希望通り好きにさせたのです。コンタミーヌはこのような変化は自分には好ましくないと知りつつも、アンジェリックをますます尊敬する気になりました。彼はそんな気持ちを笑顔で示し、二人だけになるのを彼女が恐れるような種を自分が蒔いているのだから、その恐れは自分が思っていた以上になきにしもあらずで、それがよく分かったと言ったのです。こうして彼女はよそで食事をすることになりました。あなたもすぐお分かりになるはずですが、これこそ彼女の幸福の元になったのです。なぜなら彼女がそうしなかったら、デュピュイ嬢は彼女の噂を聞くことはまったくなかったでしょうし、また、あんなに尽力することもなかったはずですからね。

　アンジェリックはよそで食事をとるだけで済ませませんでした。というのは、彼女は自分の行動を保証してくれる人が誰かいつもそばにいてほしかったので、母が使っていた自分の隣の部屋を自分が食事をしに行く家族の二人の娘に貸して、そこに寝泊りしてもらうことにしたのです。この娘たちの父親は、前に話しましたが、ずっとこの家に住んでいる実務屋です。この人はたいへんな紳士で、奥さんも本当に立派な方でした。子供は、弁護士(一五)になるための研修をしている長男の青年と、アンジェリックと同じ年ごろのなかなかの美人で、体つきも均整がとれ、たいへん慎しみ深い二人の娘だけでした。アンジェリックが特に親しくしていたのはこの二人の娘で、彼女たちはいつも一緒にいたものです。上の娘はデュピュイ嬢が育てられた修道院に寄宿していたことがありました。この二人はお互いに知り合いで、友情みたいなものがあったのですね。彼女たちはパレ・ロワイヤル(一六)でばったり出会い、降り出した小雨が話を交わすきっかけになりました。デュピュイ嬢はこの娘がフォーブール・サン゠ジェルマンへの道を取ることを知り、自分の四輪馬車の席を提供したのです。この娘はそれを受け入れ、道々アンジェリックの名前は言わずに、その美貌や才気や豪華な暮しぶりを褒めそやして話して聞かせたので、デュピュイ嬢はアンジェリックに会ってみたくなったわけです。彼女は帰り道の途中にあるその家で馬車を降り、アンジェリックに会い、どこかで会ったことがあるはずと記憶の糸をたぐりながら彼女を観察しました。アンジェリックはすぐにデュピュイ嬢だと分かりましたが、ほかの人たちの前ではそんな素振りはまったく見せません。で、デュピュイ嬢は自分の誤解だと思ったのです。しかし、アンジェリックが父親と同じラ・ブュストリエールという名で呼ばれた時に、勘違いではないと分かりました。彼女は記憶をたぐり、自分の母親の家で見たことのあるあの娘だと確信したわけです。

　デュピュイ嬢は二日後に再びこの家に立ち寄りました。そして昼食に呼ばれ、午後のひと時をそこで過ごしたのです。私はその家にデュピュイ嬢に会いに行きましたので、アンジェリックに会い、彼女の家や家具を見ましたよ。私たちは彼女の部屋にも上がってみましたが、あまりの豪華さにデュピュイ嬢は度肝を抜かれたほどです。アンジェリックはそれに気づくと、ほかにも見せたいものがあると彼女に言いながら宝石箱を開けますと、高価な宝石ばかりが私たちの目に飛び込んで来ました。コンタミーヌが彼女と結婚するつもりでいたのは確かで、そうでなかったら、これほど恋人に貢ぎはしなかったでしょう。宝石箱そのものと宝石類の価値は豪華な結婚式に匹敵するほどでした。これほどの豊さにびっくり仰天したデュピュイ嬢が『ちょっとあなたとお話ししたいのですが……』とアンジェリックに言いました。『おっしゃりたいことは分かっています。――とアンジェリックは笑顔で答えたものです――喜んでお話ししますわ。でも秘密にしておいていただきたいのです。宝石類をお見せしましたが、それはこれからお聞かせする、お望みの話の心の準備をしていただくためです。』デュピュイ嬢は秘密は守ると約束しました。二人は私たちの前では話題を変え、みんなが階下に降りてから、二人だけで庭をぶらぶら歩いていました。『あなたに隠そうとしても無駄ですわね。――とアンジェリックがデュピュイ嬢に言ったのです――わたくしが誰かお分かりになりましたし、秘密にすると約束してくださいましたので、そう確信して、今のわたくしのことをお話しします。と申しますのも、わたくしはあなたが事実とは違う判断をすでにくだしておいでだと確信していますから。』『それは違います。――と、あなたの代母のデュピュイ嬢が答えます――決してそんな軽率な判断をくだしてはいませんわ。わたくしが考えたのは、あなたが誰も知らないうちに、玉の輿に乗ったということぐらいですわ。わたくしに打ち明けてもよいと思ってくださるなら、秘密は守るとお約束します。』『わたくしは今でも生まれたままの貞淑な娘ですのよ。――とアンジェリックが答えました――けれど、ある男性がご覧のような境遇にしてくださいました。』それから彼女が自分の身の上話をデュピュイ嬢に話して聞かせますと、あなたも納得できるでしょうが、デュピュイ嬢はひどく驚きました。彼女は初めのうちはアンジェリックが言うほど貞淑だと思わなかったのは確かです。しかし秘密を守ると約束をして、彼女の暮しぶりや訪ねて来る人をきちんと調べました。アンジェリックの話と矛盾することは何も出て来なかったのです。分かったのは次のようなことでした。アンジェリックは教会か散歩に行く以外には外出せず、しかもひとりではなくいつも二人の姉妹と一緒か、たいていはこの姉妹の母親も一緒でした。コンタミーヌ以外は誰も彼女に会いに来ませんし、そのコンタミーヌでさえも誰も見ていないところでは彼女と話をすることもなく、二人だけで話すことはまずなかったし、そもそも滅多に来ませんでした。彼女は非常に貞淑で人目を憚って暮らしていました。アンジェリックは小間使いの娘と同じ部屋で眠り、二人の姉妹が隣りの部屋で寝泊りしていて、その部屋を通らない限り彼女の部屋には入れないようになっていました。ただ一つの出入口である中庭に面した鉄の扉は、重みで自然に締まり、いつも閉まりっぱなしで、ノックすると扉を開けに出る家人に気づかれずに彼女の部屋に入ることはできません。これはあなたの代母さんが私に語ってくれたことですが、私はこれはみごとな見せ掛けで、内実は罪深いのだろうと思ったものです。デュピュイ嬢から内密にしておくよう頼まれたものですから、私はそう約束し、その約束を守ってきました。ところが私の間違いでした。なぜなら確かにアンジェリックは貞淑だったからです。彼女は母親が亡くなってから、二年近くも娘のまま暮しましたが、幸運の女神が彼女に微笑みかけなかったら、おそらく今でもそのままだったでしょう。さて、あとはその話をするだけになりました。

ある日のこと、コロニー公妃はサン＝ジェルマンの縁日に出かけました。相変わらず公妃のおそば近くに仕えていたヴージー嬢がお供をしたのです。公妃は鏡屋で二つの水晶のシャンデリアの値段を交渉しましたが、商人とは折り合いが付きませんでした。コロニー公妃には供の者といっても侍女のヴージー嬢、近習の者、小姓とそれに徒歩の従僕が二名だけでした。公妃は鏡屋の向かいにある陶器店に立ち寄りました。公妃が鏡屋を出た時に、アンジェリックが例の家の二人の姉妹と一緒にその鏡屋に入ったのです。アンジェリックはコンタミーヌに贈る手鏡が欲しかったので、手鏡を見せてもらいました。言っておかなければいけないことは、彼女の装いがまことに豪華だったということです。上から下まで金糸の刺繍が施された服、首飾り、ダイヤモンドの十字架、耳飾り、指環、イヤリング、ブローチなど、何ひとつ欠けているものはなく、何もかも上物でした。コンタミーヌが見つけた最高級の美しいレースなど、何もかもそろっていて、これは彼がお年玉として彼女に贈ったものです。コンタミーヌの希望で、しかも何度となく頼まれて、彼女はこのような装いをしたわけです。というのは、彼女が自分の意志に従ったら、小ざっぱりしたしかも優雅な服装にしていたはずですからね。ところで、その時の彼女が凝りに凝った豪華な装いでいたのはわけがあります。コンタミーヌが親類の人たちを引き連れて縁日に現われることになっていて、偶然ということにしてアンジェリックをその人たちに紹介するのを非常に楽しみにし、彼女に完全武装で縁日に来るよう頼んでおいたのです。彼女の従僕が彼女のあとに従い、小間使いの娘があとに控えていました。彼女の外見しか見ていなかった鏡屋は彼女のことを奥様、と呼んでいました。アンジェリックが交渉していた鏡はその店でいちばん美しい鏡です。ちょうどその時、コロニー公妃が先ほどよりも高い値で例のシャンデリアを買うつもりで鏡屋に戻って来たのです。

公妃は幾つかの手鏡を見て目を見張りました。鏡に近づき、じっと観察してから値を尋ねました。公妃に気づいたアンジェリックは店を出ようとしたのですが、気づかれてしまい出られません。アンジェリックはすっかり変わり、昔とは境遇も違いましたし、四年の歳月が経たのに、公妃はすぐに彼女だと分かったのです。アンジェリックがびっくりしたように見えたので、それで結局は悟られてしまったのですが、公妃はどうしても話し掛けたくなったのですね。『素晴らしく豪華な出で立ちですこと。――と公妃が彼女に言いました――わたくしのところを下がってから、すっかり変わったのですね。ご主人はどなたなの。――と、アンジェリックが平静になる暇を与えずに畳み掛けます――見たところでは幸運に恵まれたに違いないわね。だから知らせてくれても邪魔立てなどしなかったのにねぇ。それどころかヴージー嬢も邸の者もみな、それにわたくしもこの上なく喜んだはずですよ。でも、あなたにこれほど立派な装いをさせるご主人はどなたなのかしら？』この言葉はアンジェリックを言いようのないほど狼狽させせました。『公妃様、わたくしはまだ結婚しておりません』と彼女が困り果てた様子で答えますと、公妃は『まだ結婚していないですって！』と蔑むようにやり返して、『おきれいですこと』と言うと、軽蔑しきった眼差しで彼女をじろりと眺め、背を向けてしまわれたのです。アンジェリックを放蕩によってこのような豪華な装いを手に入れた、身を持ち崩した女だと思ったからですね。

その瞬間、アンジェリックはまるで死んでしまったようでした。彼女はコロニー公妃に素姓を見破られ誤解されて、絶望していたのです。これこそ彼女がいつも恐れていたことでした。しかし彼女はその場を取り繕うと、交渉する時間はなかったので、鏡屋の言い値で手鏡を買い、すぐに店を出ました。一緒にいた二人の姉妹は、誰だか知らないこの貴婦人のぶっきらぼうな挨拶の言葉にひどく憤慨していました。彼女たちはこのことを、とりわけ自分たちに申し開きをする暇を与えずすぐに支払いを済ませた、アンジェリックの狼狽ぶりをどう考えてよいのか分からなかったのです。あとになってアンジェリックが告白したところによれば、実際、公妃に軽蔑されて、その場で死んでしまいたい心境だったそうです。彼女はコンタミーヌを探しもせず、あたふたと縁日を抜け出しました。四輪馬車に乗ると、道々この姉妹にどう言い訳したものか考えました。そしてこう言ったのです。自分はコロニー公妃というあの貴婦人の侍女だったけれど、結婚するという口実で公妃の意に反して宿下りをした。公妃は頑固な改革派教徒なので、その目に触れるところではこのような豪華な装いをする気にもなれなかった。けれども宿下りをしてからは、装いを変えるくらいのゆとりはあったし、もう誰に対しても自分の行動の責任を取らなくて良かったので、装いを変え虚栄心の言いなりになってしまった。自分が狼狽したのは公妃に結婚したと信じられていたのに、そうではなくて、それは宿下りのための単なる口実だと知られてしまったからだ、そう姉妹に語ったわけです。

この話はいかにももっともらしくて、コロニー公妃の言われた言葉と合っていましたので、二人の姉妹はアンジェリックの言うことを心から信じ、それ以上は詮索しませんでした。その晩コンタミーヌが会いに来ました。しかし彼女はどうして縁日にいなかったのかと尋ねる暇を彼に与えません。買い求めた手鏡を彼に贈り、感謝されました。彼にはこの娘から貰うものは何でも貴重だったのです。コンタミーヌは彼女に、気分でも悪いのか、目がひどく熱っぽいし、顔色がひどく悪いと聞きますと、彼女は大したことではない、コロニー公妃と出会ったのだと答えたのです。彼女は公妃の挨拶の言葉、それに対する自分の言葉、言い返されたことや、そして別れ際のことを忘れませんでした。彼女が話を聞いている人々の前で涙を堪えていたのがコンタミーヌにはよく分かったので、彼はなおさら悲しくて仕方なかったのです。この件は当然二人だけで話し合うべきことでしたので、寒いのにもかかわらず、二人は庭に下りて話し合いました。

『お分かりのように、わたくしが予想していたことが起きてしまいました。——と、滝のような涙を流しながらアンジェリックが言ったのです——わたくしは辱められました。コロニー公妃様に悪く思われたことは決して癒されません。わたくしはあなたを愛しています。あなたへのこの愛はあなたあってのものですし、それを隠したりはできません。感謝と恋心から生まれた愛です。何もかもあなたのおかげです。あなたはこの世でなによりも大切な方ですわ。でも、そのあなたよりもわたくしの評判はもっと大切です。そのためならわたくしはすべてを捨てるつもりです。浮かれ女だと思われたくはございません。公妃様に自分の行動の申し開きをしたいのです。あなたが広いお心でくださったものはすべてお返ししたいのです。あなたがご親切にもお与えくださった希望もすべて諦めます。でも、わたくしの評判を取り戻させてください。明日にも公妃様の所に参ります。破廉恥な女と思われるくらいなら、何もかも失っても、公妃様に自分の身の上を洗いざらいすべて打ち明けてしまいたいのです。』コンタミーヌは雷に打たれたように、この決意に打ちのめされてしまいました。『それでは、美しいアンジェリックさん、そう決めてしまったのですね！——と彼が言います——では、私と永久に別れるつもりですか？　そして、四年間の二人の変わらぬ愛もあなたの心の中では一時の悲しみに負けてしまうのですか？』『一時のこの悲しみが生涯続きます。——とアンジェリックが答えました——あなたが褥に迎える娘の貞淑さを疑われないことこそあなたの名誉ですし、それこそその娘があなたに差し上げられる全財産なのですから。悲しいですわ。——アンジェリックはひときわ大粒の涙を流し、彼を抱きしめながら話を続けました——二人の不幸を望んだのはあなたです。あなたがあのように豪華な装いをしろとおっしゃらなかったら、公妃様は大勢の中から私に目を止めることもなかったでしょう。わたくしはやはりあなたのものでいられたでしょうし、わたくしの評判にも純潔にも傷がつかなかったでしょうに！　どうでもいいことですわ、もう決心したのですもの。——と彼女は言葉を継ぎます——たとえ生涯世界中でいちばん不幸な女であったとしても、たとえ元の境遇に戻ったとしても、あんな不当な判断をくだされるのは耐えられません。公妃様のご判断にわたくしは深く傷ついてしまいました。ですから、身の毛もよだつようなことをお考えの公妃様をこのまま放っておくよりは、わが身を犠牲にしたほうがずっとましです。あなたが何をおっしゃっても無駄です。公妃様に誤解を解いていただかなくては、わたくしは苦しくて死んでしまいます。あなたを失っても死んでしまいます。でも、どうせ死ぬのですから、少なくとも世間の人にわたくしが潔白で無実であることを証明してから、死なせてください。』

コンタミーヌは彼女に決意を翻えさせよう、少くとも一日先に延ばさせようと二時間以上もずっと一緒にいたのですが、彼女の気持ちを少しも変えることはできませんでした。彼女は結果がどうなろうと猪突猛進したがり、一日たりとも延ばそうとしなかったのです。『これ以上先に延ばしたら——とアンジェリック——コロニー公妃様はヴァージー嬢や近習の者にわたくしとお会いになった時の様子や感想をきっとお話しになります。そうするとこの人たちはほかの人に吹聴して悪い噂の種を蒔きます。その噂がここまで伝わって来て、わたくしは恥をかくことになり、あなたにまったくふさわしくない女ということにされてしまいますわ。その前に手を打てば、今度のことは必ずしも洩れるとは限りません。そうすれば噂も鎮まり、わたくしの体面も傷がつかずに済むでしょう。』『しかし、あの方はあなたの言うことを信じてくださると思いますか？』とコンタミーヌが聞くと、彼女が答えました。『あなたの名前を出しますわ。ためらったりしません。あなたはたいへん立派な紳士ですから、わたくしの言うことを否定するはずはありませんもの。』『それで、もしあなたのことも私のことも信じてくださらなかったら、どうするつもりです？』と彼がさらに聞きました。『あぁ、――と彼女は涙ながらに答えたのです――もう絶望ですわ。わたくしたちのことを信じてくださらなかったら、わたくしにほんの少し必要なものをお恵みください。覚悟はできています。わたくしは修道院に入って余生を過すつもりです。でも、名誉と評判を失ったあとでこの世間に残っていると、身持ちが悪いのではないかと疑われながら俗世間にとどまることになり、わたくしには絶対にできません。』

『私をあまり好きではないのですね』と彼が言い返しますと、彼女はこう答えました。『その反対ですわ。こんなに愛していなかったら、あなたの名誉をこれほど気には致しません。あなたの名誉は、結婚したいと思うほど愛してくださる娘の名誉と切り離せませんもの。このことにあなたが何も感じず、本当は貞淑なのに、世間では後ろ指を指されている娘を伴侶になさる気でしたら、わたくし、あなたを尊敬できませんし、好きではなくなってしまいますわ。』

彼はこれ以外の結論を引き出すことはできませんでした。そして、私はこの芯の強さを知って、彼女が本当に純潔を守り彼と生きて来たと信じているわけです。なぜなら、もしもコンタミーヌが彼女に何らかの影響力を持っていたとしたら、彼女はこんな大それたことを彼に逆らってまでしなかったはずですからね。彼のご機嫌ばかり伺っていたことでしょうよ。そして彼が満足さえすれば、自分も満足していたに違いありません。しかし自分がしたいことをするというのは、自分の貞節を守るために彼を捨てることでした。彼女は自分の評判を気にすることによって、彼にその貞淑さを驚嘆させ、また、彼はそれによって前にもまして彼女を愛し尊敬するようになったのは確かです。けれどもそのために彼は困り果てました。そして幾度も彼女の足元に膝まづいて、そんなことはさせまいとしたのですが、どうにもなりません。ところが彼女のこの行動こそ、どう見ても二人を永久に引き裂くはずであったのに、実は二人を結びつけることになっていたのです。

彼女はコンタミーヌが出て行くとすぐ床につき、自分のすべきことをあれこれ考えました。打ち明ける決心はついていました。しかし、その方法が難しいように思えたのです。自分が出向くと、公妃と話をさせてもらえないかも知れないと恐れていたのです。さらに、召使たちからは公妃と同じような目で見られ、侮辱されるのではないかと恐れていたわけです。その時、彼女はデュピュイ嬢のことを思い出し、力添えを頼むことに決めました。彼女はデュピュイ嬢の家に行こうとしたのですが、気分がひどく悪くて起きることができません。夜が明けるとすぐに、従僕にデュピュイ嬢にふさわしい四輪馬車を探しにやり、デュピュイ嬢に宛ててこういう短い手紙を書いたのです。

手紙

昨日、わたくしは思いもかけない出来事に遭いました。その出来事から予想される事態にあらかじめ対処するために、やむにやまれずあなた様におすがりする次第です。今のわたくしの姿をご覧になれば、わたくしが受けた痛手がいかばかりかお分かりになるはずです。あなた様次第で、わたくしにとって霊の救いの次に大切なものを救うことができるのでございます。これ以上は申し上げられません。後生です、できるだけ早くいらしてください。

アンジェリックは朝の七時にもならないうちに、この手紙と四輪馬車を差し向けました。しかしデュピュイ嬢がまったく自由に生活しているのを知っていたので、こんな時間でも手紙は彼女に渡されると信じていたのです。実際そのとおりでした。アンジェリックの従僕は、『昨夜、うちの主人は危うく亡くなるところでした。首を長くしてお待ちです』とデュピュイ嬢に伝えました。あなたは代母になったデュピュイ嬢を知っていますね。あのひとは人を喜ばせるのがこの上なく嬉しいのです。彼女は部屋着を羽織っただけで、すぐさま迎えの四輪馬車に乗りました。行ってみると、アンジェリックはひどい熱を出し、口もほとんどきけないほどの激しい腹痛で、すっかり憔悴していました（一七）。

アンジェリックは彼女の姿を見ると、呼ばれていた医者や外科医まで含めてみんなに部屋から出てもらいました。彼女は目に涙を浮かべて、何が起きたのか、自分がどういう状況に置かれているかをデュピュイ嬢に話しました。さらに、自分に起きる体力があれば、起きてデュピュイ嬢の足元に身を投げ出し、コロニー邸で自分がどんな噂になっているか調べに行ってくださるようお願いするのですが、と続けたのです。『あなたはヴージー嬢を個人的にご存じです。――とアンジェリックは言葉を継ぎました――あの方はあなたとは縁続きでお友達ですわね。後生ですから、わたくしが何と言われているか調べてください。わたくしのために申し開きがおできにならなければ、それはお願いしません。公妃様とヴージー嬢がきょう一日だけ判断を延ばし、わたくしの申し開きを聞き、わたくしの話を軽蔑なさらないで聞いていただけるように、取り計らってくださるだけで結構です。おふたかたの足元にひざまずき、わたくしの身の上を正確にご報告できるように、執り成してくださいませ。きのうの公妃様のあしらいぶりはわたくしの心を突き刺しました。このような傷を負っては生きていけません。薬を持って来られるのはあなただけです。後生ですから、すぐになさってください。遅れますとこの傷は癒えません。行ってくださいまし。――と、アンジェリックがさらに言います――わたくしの命よりも大事なものを救ってください。』彼女はずっと嗚咽と溜息と涙で途切れ途切れにこう言ったわけです。あなたの代母さんはそういう彼女を目の当たりにして断れませんでした。哀れと思ったのですね。そこで、いたずらに慰めごとを言って貴重な時間を無駄にしたくなかったので、再び四輪馬車に乗るとコロニー邸に向かわせました。

デュピュイ嬢はちょうどヴージー嬢が起きたところに邸に着きました。ヴージー嬢は彼女がこんなに朝早く訪ねて来たことにも驚きましたが、用件を知った時はそれどころではありません。『あなた、アンジェリックの命を救ってくださらない。──と、デュピュイ嬢は部屋に入るなり言ったのです──あなた次第なのよ。あの人は同情に値するわ。』『身を持ち崩した女のためにわたくしに何をしろとおっしゃるの？』とヴージー嬢の答。『彼女に敬意を払ってちょうだい。──とあなたの代母のデュピュイ嬢が言い返します──コロニー公妃様にあのひとを執り成してあげてほしいの。あのひとが身持ちが正しく貞淑であることはわたくしが証明します。彼女がそういうひとでなければ、わたくし、厚かましく口出しなどしませんわ。昨日、彼女は公妃様に軽蔑的な態度であしらわれ、深く傷ついてしまったの。それで、ひどい病気になり床にふせっているのよ。これが彼女から来た手紙。仲立ちになってほしいと何度も何度も頼まれ、苦しんでいるのを見かねて、断われなかったわ。あのひとは公妃様とあなたに申し開きをするために、お二人の足元にひざまずきに来る許可をどうか与えてくださいそうお願いしていています。わたくしあのひとが潔白なのを知ってます……。』『でも、あなた、──とヴージー嬢が話を遮りました──あなたは彼女のような貧しい境遇の娘ときのうの豪華な装いを、どのように辻褄を合わせるおつもり？　あれほどの財産は綺麗ごとでは急には手に入らなくってよ。』『話を聞いてくださるなら、あのひとがそのわけを自分で説明するでしょう。──とあなたの代母さんがやり返します──とは言え公妃様はこのことを何とおっしゃっておいでかお聞きしてもいいかしら。』『公妃様はたったひと言洩らされただけですの。──とヴージー嬢が答えます──でも、あとは推して知るべしね。今となってはお邸じゅう誰ひとり知らない人はいないのよ。』『残念ですわ。──とデュピュイ嬢──アンジェリックは決して癒されることはないわね。でも、──と彼女が続けて言いました──お邸から外に洩れないようにできないものかしら？　あのひとの評判を救ってあげて。それだけの値打ちがある人です。それに、公妃様とあなたにお願いしていること自体、もうすでに身持ちが正しいことを証明しているようなものだわ。みんなは公妃様を信用してあのひとを罪深い女と信じ込んでしまいます。でも、公妃様は優しくて寛大な方ですから、ひとりの娘の評判に傷をおつけになってしまわれたことをきっと後悔なさいます。なにせ、あのひとはあなたに仕えていましたし、このお邸で育てられたと言ってもいいほどですから、公妃様もあのひとの名誉に無関心でいられるはずもありませんわね。』『公妃様はあのひとがそれほど名誉に敏感なのをご存じになったら大層驚かれるでしょう』とヴージー嬢が言うと、あなたの代母さんが答えました。『あなたがお考えになるより、ずっと気にしてますのよ。あのひとは本当に貞淑な人です。もう一度言いますわ、わたくしを保証人として認めてくださるなら、あのひとが貞淑であることはわたくしが保証します。』『それだけで結構ですわ。──とヴージー嬢──あなたが保証してくださっただけで、今では、今朝までそう思っていた人とは別人のように思えて来たわ。公妃様にお話しして来ます。公妃様はまだお目覚めではありませんが、こういう用件なら無調法も許してくださると思います。』

　彼女は本当に公妃に会いに行き、デュピュイ嬢から聞かされた話を伝えました。公妃にはその話が本当そうには思えなかったので、公妃はデュピュイ嬢を招き入れたのです。デュピュイ嬢は、あなたも見た通り、本気で認めていました。公妃に対してはそれで済ませはしませんでした。アンジェリックについて知っていることをすべて、しかも自分自身が納得していることとして話して聞かせたわけです。その上で、それ以上のことは本人から直接聞くことができるけれども、聞き終らないうちに非難しないでくださいと公妃にお願いしました。公妃はアンジェリックにお目通りをお許しになり、アンジェリックが名誉をこのように重んじているのを知ってたいへん満足である、また、これによってアンジェリックはずっと身持ち正しかったと推測されると言われました。さらに、『あなたの報告を聞いただけで、わたくしの疑いは晴れました。その証拠として、これから目にすることをアンジェリックに言ってください』と言ったのです。

　それと同時に、公妃は近習の者や召使たちを全員自分の部屋に集めさせ、みんながそろったところでこう言いました。『お聞きなさい。わたくしは昨晩、そなたたちのうち幾人もがこの邸で見たことのあるアンジェリックのことを、悪しざまに言ってしまいました。けなすような言葉を口にしたことに対して彼女に謝罪します。先ほどまで真相を知らなかったのです。わたくしは昨日の言葉を取り消します。彼女に不利なことを言いましたが、それについて彼女に謝罪します。彼女がとても貞淑で、行ないも非の打ちどころのない娘であることが分かりました。それゆえ、わたくしが言った言葉は記憶に残さないように。昨夜とは正反対のことが分かりました。ですから、謂れのない疑いによって彼女に迷惑をかけたことを、わたくしは残念に思います。』

　あなたにはこの行為について考えていただく必要はありませんね。――と、デ・ロネーは自分で話を中断して言った――世間ではコロニー公妃様はキリスト教のあらゆる徳を修めた模範として知られていますからね。公妃はアンジェリックが身分卑しからぬ生まれとはまだご存じなかったのですから(一八)、相変わらず召使に見えたアンジェリックのような娘に対して、徳高いお方であったとしても、これ以上に立派なことができるとは私には思えません。公妃がしたことはそれだけではありません。というのは、公妃はヴージー嬢をアンジェリックに会いに行かせ、お邸で起きたことをヴージー嬢に直接話させることにしたからです。そして、都合のつき次第すぐに参上すれば、公妃が快く迎えてくださると伝えさせ、アンジェリックを安心させることにしたのです。そこで、ヴージー嬢はあなたの代母さんと一緒に四輪馬車に乗り、アンジェリックの所に行ったわけですが、そこにいたのはアンジェリックだけではありませんでした。コンタミーヌは、前夜はアンジェリックの貞淑さに多くのことを教えられる一方、彼女の自己満足には不満たらたらで、彼女の家を出たのですが、彼女が最終的にどんな決意をしたか知りたくなって、朝になるとすぐやって来ていたのです。彼はどう見ても二人を永久に別れ別れにしてしまう彼女の決意を翻えさせようと、もうひと押ししてみるつもりでした。そこで、彼は無関心を装って反対に彼女の気を引こうと目論んだのです。しかし彼女の様子を見ると、前もって考えておいた冷たい仕打ちなど忘れてしまいました。彼女の高い熱に震え上がり、生きた心地もなく、ものも言えずに彼女のベッドの前にひざまずいていたのです。二人ともただただ涙を流すばかりで口もきけません。彼は恋人の手を取り、その手を涙でかき濡らしていました。二人は一時間以上もそうしていたのです。そして、デュピュイ嬢とヴージー嬢が入って来た時もまだそのままでした。

アンジェリックが二人を見て、あっ、と叫び声を上げたので、深い悲しみにうち沈んでいた彼女の恋人も我に帰り、立ち上がると、混乱しながらもできるだけ丁重に二人の令嬢に挨拶をしました。一瞬、ヴージー嬢とコンタミーヌは気まずい思いをしましたが、あなたの代母さんは二人にそれ以上変な顔をしている暇を与えず、こう言ったのです。『うまく行きましたのよ、アンジェリックさん。公妃様のお言いつけで、この方がいらしたのがその確かな証拠ですわ。あなた次第でありのままのあなたを分かっていただけるのよ。公妃様はすぐにもあなたの話を聞いてくださいます。ヴージー嬢はあなたにそれを保証するため、また公妃様があなたに謝罪したことを伝えるように申しつかって来たの。それは確かに聖女様のなさる行為で、地球上のあらゆる人からきっと称賛されるはずだわ』、そう言ってデュピュイ嬢はコロニー邸で起きたことすべてと、公妃がアンジェリックのために示された親切な心遣いを語って聞かせました。さらにヴージー嬢がつけ加えて、公妃はアンジェリックの変わりように驚き、結婚していると思ったのに、未婚だったので許せないと思われたこと、けれどもアンジェリックがとても貞淑な娘だと知っていたので、放蕩生活は性癖ではなく窮乏のせいであり、そのために自分が育てられ住んでいた邸で汲み取ったはずの徳義心を、心の中で押し殺さざるをえなかったと思われたことを伝えました。

アンジェリックはヴージー嬢の好意に礼を述べ、彼女の所から姿を消してしまった許しを乞い、本人のコンタミーヌを前にして恋物語をヴージー嬢にすっかり語って聞かせますと、コンタミーヌが彼女の話は本当であると請け合ったわけです。最後にアンジェリックは、あらゆる状況が自分に不利なのだから、コロニー公妃に疑われても驚いていない、自分が疑いを晴らさない限り、疑がわれても仕方ないと思う、と言いました。アンジェリックはヴージー嬢にさらに言ったのです。『お嬢様、愛している男性のために、わたくしは実際もっと質素にできたでしょうか？　何もかも彼のおかげなのですから。もっと自分と釣り合うような装いをしてほしいという彼の素朴な思いを、わたくしはすげなく断われたでしょうか？』『わたくし、お話を伺ってうっとりしていますのよ。――とヴージー嬢が答えた――わたくし以外のほかの女性でしたら、コンタミーヌさんの訪問の口実にされたことを憤慨するかも知れませんわね。――と彼女が笑って言ったのです――いえいえ、お二人の愛の激しさ、粘り強さ、慎み深さがわたくしを完全にお二人の味方にしてしまいましたわ。何かのお役に立てるのでしたら、わたくしにできることなら何でもお役にたちますわ。お二人にはお友達になっていただきたいし、わたくしの友情を当てにしてくださって結構です。公妃様にお話をして、お二人の味方にしてさしあげます、お約束しますわ。公妃様のほうはご安心ください。あなたは公妃様にお会いする必要があります。わたくしが言うまでもありませんが、外出できるようになったら、真っ先に訪問なさらなければいけませんわね。わたくしが案内役を務めます。』恋する二人は彼女の好意に礼を述べ、くれぐれもよろしくとお願いしました。コンタミーヌは、アンジェリックに会うためにヴージー嬢の名前をかつて利用した許しを乞いました。ヴージー嬢はただ笑うばかりで、結婚とはこの地上で人々が知り合う前に天上では定められているものですわ、その上、心というものは本人にもどうすることもできません、と彼女はさばさばとコンタミーヌに言いましたよ。コンタミーヌの目配せを受けて、アンジェリックがダイヤモンドを彼女に差し出し、受け取ってくれるようにお願いします。二人がそろってたいへんしつこく頼むものですから、ヴージー嬢は受け取らざるをえなくなりました。

悲しみから立ち直ったアンジェリックが、皆に朝食をしてってくれるように頼みます。デュピュイ嬢は勿体ぶらずにその提案に応じ、ヴージー嬢もそれに倣いました。その家の二人の娘と母親がほんのしばらく前に上がって来ていて、事情が分かっていたので、この人たちも加わります。この朝食は簡単なものでしたが、もの悲しさはありませんでした。朝食はアンジェリックのベッドの側だったのです。デュピュイ嬢と親戚のヴージー嬢は連れ立って帰り、コンタミーヌと二人の娘は残りました。アンジェリックはこの三人に別の部屋に移ってくれるように頼み、満足の行く結果が出て、病気の原因であった悲しみが一転して喜びに変わったので、安らかに眠りました。六時間寝て、目が覚めた時には熱は下がっていましたが、すっかり衰弱していました。アンジェリックはその日はずっとベッドの中で過ごし、その時にはもう彼女の恋物語を知っていて、彼女の行ないを証言してくれた二人の姉妹が、コンタミーヌを混じえて彼女の相手を務めました。

翌日、デュピュイ嬢とヴージー嬢が早速彼女の家にやって来ます。二人はアンジェリックが元気になったのが分かり喜びました。ヴージー嬢が公妃様は彼女に是非とも会いたがっていると伝えると、アンジェリックは明日にも伺いますと答え、その通り実行しました。彼女の服装は質素でしたが、地味ながら上品でした。コンタミーヌは自分の四輪馬車を彼女に貸してやりました。彼女を見る人々はみなうっとり見とれていたほどです。彼女は公妃の足元に身を投げると、公妃の服の裾に口づけをします。公妃は彼女を立たせ、三時間以上もずっと二人だけで過ごしました。アンジェリックに細大漏らさずみずから話をさせることにしたわけです。アンジェリックは公妃に理解してもらおうと話を続けました。アンジェリックは、ずっと不幸なままでいたいと望むのならともかく、ほかにはどうしようもなかったし、近づいて来るように見えた幸福を永久に諦めることもできなかったのです。『と申しますのも、公妃様、――と彼女がさらに続けます――あの人と縁を切るつもりならともかく、かなり前からわたくしのためにと思っていてくれた贈物を、わたくしは断われたでしょうか？　あの人は敬意を忘れずにずっとわたくしと一緒に生きて行くと母に誓ってくれましたし、母にはわたくしの側を決して離れないでほしいと頼みました。母が亡くなってからは、わたくしの側には二人の娘が付きっきりで、食事も一緒にしております。わたくしは自分の部屋でも、人目につかないどんなところでも、決してあの人と二人きりにならないように気をつけて参りました。このようなことすべてが、わたくしがいつも清く生きて来たことを公然と語っていないでしょうか？　また、わたくしには自分を大切にし、決して誘惑に負けられないわけがございました。負ければあの人に嫌われ、間違いなくこの幸運を台無しにしてしまったことでしょう。これはわたくしが誘惑に負けなかった証ではないでしょうか？　もしも操を守ってこなかったら、わたくしはあの人の言いなりになっていたはずでございます。わたくしが偽りの事実を並べ立て、そういう事実の華々しさによって、妃殿下を騙すようなことをあの人は決して許さなかったでしょう。あの人はわたくしの申し開きなどまったく考えもしないで、ひたすら自分の満足だけを求めたことでございましょう。わたくしはあの人が認めないことは何もできなかったはずでございます。でも、自分の恋人には逆らいましたが、神のご加護で申し開きができました。あの人を失うことは覚悟しております。けれども失ってはいません。罪になることはもちろん、謂れのない疑いもいっさい我慢できなかったわたくしの貞淑さを、あの人は前にも増して愛してくださり、信じてくれています。』公妃はすべて彼女の言う通りであるとお認めになると、彼女の気持ちになって、幸運をお喜びになり、苦しめたことを心苦しく思っていると述べられました。そして、まれに見る親切心を発揮して彼女のために尽力しようと約束なさったのです。公妃はお邸でアンジェリックに昼食をとらせ、コンタミーヌの所に送り返されました。というのは、四輪馬車はコンタミーヌを家まで送り届けるとコンタミーヌに約束なさったからです。食事が済んでからも、二人はまたかなり長い間話をしていました。その話の中で公妃はアンジェリックが貴族の生まれであることがお分かりになると、それを確かめるためにデュピュイ翁の邸に人を遣わされました。あなたの代母さんが父親の代理としてやって来て、父はアンジェリックの父親の出自を存じていました、この方はアンジュー地方の大層由緒のある家の出で、父の連隊の主だった将校のひとりでした、と申し上げたわけです。

公妃はそれを聞いてアンジェリックにお喜びを述べられ、美徳というものはどんな身分にもあるものですが、貴族階級にあっては格別の光を放つものです、と彼女に言われました。そして、この時から二日後になさることをおそらく計画しておられたのでしょう、アンジェリックに翌日コンタミーヌを連れて参上するように約束させました。それから公妃は馬車に乗り、アンジェリックとあなたの代母さん、それにヴージー嬢を乗せます。アンジェリックの家に一同を連れて行かれ、好奇心を発揮して彼女の部屋に上がり、隅々までお調べになりました。公妃はみんなとはそこで別れ、今度はその家の例の主婦と二人の娘に質問をして、夕方デュピュイ嬢とヴージー嬢を迎えに戻られたわけです。リュクサンブール宮殿からの帰りでした。公妃はまた、アンジェリックにどうしてもあなたの恋人とお話をしたいので、明日の午後、二人を待っていますと、もう一度、念を押されました。

コンタミーヌはコロニー公妃邸ですべてがどのように運んだのか知りたくて、その日の晩早速アンジェリックに会いに来ました。アンジェリックがその話をすると、彼は身に余る好意に大喜びです。『それだけではありませんわ。——とアンジェリックが彼に言ったのです——公妃様はあなたに会いたがっておられ、わたくしに明日の午後お邸に連れて来るよう約束させました。わたくしの約束を反故にさせるおつもり?』『しませんよ、美しいアンジェリックさん。——と彼——あなたに関係のあることは非常に興味がありますからね、あのように高貴な公妃があなたのために尽力してくださるのを手放しで喜んでいるところです。私も進んであなたと一緒に感謝します。私もその約束をお受けします。明日は馬車であなたを迎えに来ますから、一緒に行くことにしましょう。デュピュイ嬢に手紙を書いてください。あの人にも一緒に行ってくれるように頼むつもりです。しかし、美しいアンジェリックさん、——と彼は言葉を継ぎました——あなたは普段着でも私がうっとりするほどの美しさですが、できるだけ装いを凝らしてみんなに見せてあげてください。』『分かりました。——と彼女が言います——あなたに恥をかかせないように致します。あなたがまだ見たことのない姿をお見にかけますわ。』

彼女はコンタミーヌに頼まれたデュピュイ嬢宛の手紙を書きます。彼がその手紙を自分で届けに行きました。すると、あなたの代母さんは、コンタミーヌに言われた時間を守ると約束し、それからこの二人のその時までの関係を私に話してくれたのです。私は公妃の行為には驚嘆しましたよ。しかし、公妃はアンジェリックの言葉を全面的には信じなかったのかな、彼にも説明させるつもりなのかな、と私は思ったものです。これはあなたの代母さんも同じでした。そこで、私たちはこの訪問がアンジェリックの運命を決定すると思ったわけです。ですから、首尾はどうだったのか、これからどうなるのか知りたくて、私はデュピュイ嬢の帰りを今か今かと待っていたのです。

コンタミーヌが約束の時間にやって来たので、私はドフィネ街まで乗せてくれるように頼みました。彼の恋人を見に行くつもりだったのです。見て満足しました。身を飾っていたダイヤモンドだけでなく、アンジェリック自身がまばゆいばかりでしたよ。私は彼らと別れ、一行は公妃が待っている邸に向かいました。

ヴージー嬢に案内されて彼らが公妃の部屋に参上しますと、公妃からこの上ないほど礼儀正しく迎えられました。公妃はしばらくありきたりの話を彼らとしていましたが、そのうちにコンタミーヌだけを書斎に入れて、アンジェリックからすでに聞いていた話を彼にも繰り返して話させました。彼は熱っぽく話して聞かせ、ついには公妃を味方にしてしまったわけです。公妃は、成人していて誰の同意も要らないのに、なぜアンジェリックと結婚しないのかと彼に質問されました。『それがあるので、あなたの意図は何なのか大きな疑惑が残ります。——と公妃が続けられます――あなたはあの娘に何度も申し出たとご自分で認めましたが、その申し出はわたくしにはかなりいかがわしく見えます。最後にはあのこが根負けするのを望んでいたのかしら？』『失礼ながら、そんなことは考えてもいません。――とコンタミーヌが答えたのです――よこしまな下心はいささかもないと信じていただくために、敢えて妃殿下に彼女をお邸に預ってくださるようにお願い致します。そうなれば妃殿下には私たち二人の行動を信じていただけるでしょう。私が内密のうちに結婚しないのは、こんな話は彼女に持ち掛けたことさえありませんが、申し上げましたように、妃殿下、母に対する深い敬意から踏み切れないでいるだけです。人間には慎重を期してもあらゆることを予想できませんし、何かの拍子で母に結婚したことを見破られてしまうでしょう。私が踏み切れないのは相続権を奪われるのが恐いからではありません。私が二の足を踏んでいるのは母の変わらぬ優しさを思えばこそです。母がいつも示してくれた愛情を思えば母をないがしろにはできません。また、私はいつもそれをたいへん好ましいと思ってきましたので、母への敬意を冒瀆するような真似はできません。もしも母を少しでも悲しい目に遭わせたら、恩を仇で返すことになります。恩を返せないくらいなら、幸せになど決してなりたくありません。自分のことよりも母が大事です。しかし私の心はアンジェリックのものです。母は私に身を固めさせようと何度も縁談を持ち掛けました。すべて私には有利な縁談でしたが、いろいろ口実を作ってお断りして来たのです。そのために母は私が誰かを思い詰めていると思いましたので、私も白状しました。しかし、妃殿下に申し上げますが、母に恋人の名前を明かす勇気はありませんでした。母にはそれ以上私の秘密を詮索しないように頼みますと、母も認めてくれたのです。私は母に内緒で結婚しないと誓いました。母の方でも私に無理強いはしないと約束してくれ、その約束を守ってくれていますし、私も自分の約束は守ろうと決意しているわけです。足繁く通うとアンジェリックのことが明るみに出るのを恐れて、長い間彼女の所には近づかなかったこともあります。まるまる数カ月も行かずに過ごしたこともありました。思いのたけ熱烈に愛していますが、望みのない恋です。母の同意を得て彼女と結婚できるとは思っていませんし、同意を求めるつもりもまったくありません。母を深く愛していますので、子としての義務や敬意にもとることは願うべくもないことです。』公妃は彼の態度を褒め、ド・コンタミーヌ夫人には自分から話をしてみるつもりだと彼に告げました。『ああ、公妃様、――と彼は公妃の足元に身を投げ出して言ったのです――何もなさらないでください、お願い致します。母は必ず認めてくれるでしょう。公妃様のお口添えとあらば母は有無を言えません。しかし、それは強いられた同意で、母がいやいや私の幸福を認めてくれても、私は手放しでは喜べません。』『あなたは立派な息子で立派な恋人ですね。――と公妃が言われました――そればかりでなく、なかなかの紳士とお見受けしましたわ。わたくしに任せなさい。悪いようにはしません。首尾よくいったら、わたくしのことを有難く思うでしょうよ。またもし不首尾に終ったり、あるいはド・コンタミーヌ夫人が心からわたくしの勝ちだと言ってくれないと気づいたとしても、失うものは何もありません。あなたが非難されないように計らいます。』コンタミーヌが公妃の意向に反対しようとしても無駄でした。公妃は腹を決めていたのです。これほど強力な仲介者を得たことが喜びになるのか、母についに秘密が漏れ悲しみに沈むことになるのか、どう考えるべきか見当もつかずに彼は引き下がったのです。

コロニー公妃の許を辞すと、彼はアンジェリックに会いに戻り、公妃がどのような決意をしたか話して聞かせました。彼女はそれを非常に喜び、思わず彼を幾度も優しく愛撫してその喜びを表したほどです。彼もそれは同じで、ド・コンタミーヌ夫人に有無を言わせぬ公妃の後ろ楯をお互いに喜び合いました。恋人たちにしてみればどんなに嬉しかったことでしょう！　すぐに一緒になれるのが分かっているのですからねぇ！　二人がこの幸運をデュピュイ嬢とヴージー嬢に知らせると、彼女たちも感激し、うれし涙を流して抱き合います。コロニー夫人はアンジェリックを呼びつけると、コンタミーヌの頼みを入れて彼女を自分の手元に引き取ることにしたと告げ、邸に部屋を用意するから、そこに泊まり、食事も邸でとるようにと伝えました。アンジェリックは公妃の好意を幾重にも感謝します。コンタミーヌはその日はもう公妃と個人的に話はしませんでした。彼はあなたの代母さんを自宅まで送り届けました。そこには彼女の父親と私が夕食のために彼女を待っていたわけです。

この二人の恋人は自分たちの恋にうれしい結論がついに出そうだと分かって、希望に胸をふくらませて別れたのですが、姿が見えなくなるとたんにもう落ち着いてはいられなくなりました。二人はこの希望は自分たちを欺く妄想だと思ったのです。アンジェリックはド・コンタミーヌ夫人が実際に野心家なので、息子と自分の結婚をいつか認めてくれるといい気になっていられなかったのです。拒否されたら修道院に閉じ籠もるか、あるいは希望を抱いていい気になっていたと知られ、人々の笑い物になるしかないと思ったのです。一方、コンタミーヌも同じで、もう落ち着いてはいられません。恋人と一緒にいる間は、恋にのぼせて自分に都合のよいことしか考えられませんでした。この美しい女性を自分のものにすることしか頭の中になかったのです。ところがひとりになってみると、思いはちぢに乱れて、母は公妃様に頼まれたら断れないとよく分かっている、公妃様に同意を得てもらうのは、母親に無理を強いることになると考えたわけです。このように無理やり同意させれば、山ほど恩がある優しい母から見れば自分はやはり罪深いことが分かりました。彼はこの打撃は自分に命を授けてくれた女性にはあまりにも辛すぎるのではないかと恐れ、深い愛情にむごい仕打ちで応えるのがおぞましくなったのです。立派な息子が恋する男を沈黙させたわけですね。そこで彼は、恋も諦めず、自分の義務を果たそうと邁進しました。

彼がこういう辛い思いですっかり別人になって母親の邸に帰って来たので、母親もそれに気づきました。母親は具合でも悪いのかと尋ね、彼の健康をひどく気遣ったので、そのために彼は意を決して自分に打ち勝ちました。『万事休すです。――と彼が大声で言います――もう考えるのもごめんだ。』この婦人は熱で急に息子の頭がおかしくなり、ひどく悪いのだと信じたのです。そこで、彼の苦痛を和らげてやることにしました。『母上、優しくしないでください。――と彼――体の具合が悪いのではありません。気持ちが落ち着かないだけです。しかし、ほんのしばらくとは言え嫌な思いをさせてしまって申し訳ありません。二人だけにするように言いつけてください。自分が犯した罪を後悔していますが、すべてお教えします。』

ド・コンタミーヌ夫人はみなを下がらせます。すると彼はその足元に身を投げ、夫人がさんざん立たせようとしたのに、ずっとそのままでいました。彼は自分の恋愛について母親に隠し立てをいっさいせず、愛の強さをまざまざと見せつけたわけです。恋人のためにしたことを洗いざらい話し、どのようなめぐり合わせによってコロニー公妃の面識を得るに至ったか、公妃の邸で何が起きたか、また、公妃が母親の同意を取りつけると約束してくれたことを話しました。そして心に涌き出た喜びに初めのうちは敗けてしまったと母親に告白し、それを後悔したと証言し、そのためにご覧の通りの有様になったのだと明かしました。彼は涙ながらに話を終えると、とても受け入れられない祝詞を公妃から賜るような羽目になり、申し訳ないと母親に詫びました。もうこのことは考えないし、少なくともこの話は母には決してしない、またもし母がそう望むなら、母の賛成を得られないこの恋が自分の心の中から根こそぎ消えてしまうまで遠くに行く、と母親に約束しました。母が四年前から世話をしてくれていた縁談を断わった理由はただひとつ、これです、と告白もしました。最後に彼はひとりの娘に対する優しくも激しい愛情と同時に、母親に対する非常に深い敬意を表わしたわけです。

ド・コンタミーヌ夫人はおよそ考えられる限りのあらゆることで息子に満足していました。結婚以外のことでは、彼は母親の意向にいつも従ってきました。母親の優しさにつけ込むことはなかったし、母親の愛情にはいつも誠意のこもった孝心で答えて来たのです。夫人は話の腰を折らず最後まで聞いていました。つまりその時の彼の立場に憐れを誘われたわけで、自分のほうから息子を慰めてやり、休息をとりに行かせました。夫人はどうしたものかと考えあぐねて床に就きましたが、寝入るまでには、腹を決めました。

ド・コンタミーヌ夫人は小間使いの女に起こされ、ひとりの紳士がコロニー公妃様の名代として奥様にお話ししたいとのことです、と告げられました。夫人はその紳士を通させます。その人は、コロニー公妃が夫人に直接お話ししたいことがあり、公妃は何時に来ればお会いできるか、それを伺いに参りました、と言いました。夫人はその紳士にしばらくそこにいてくれるように頼みます。コロニー公妃に会えると知った夫人は、すばやく着替えをし、その紳士と一緒に馬車に乗り込み、お邸に向かわせました。ずっと以前から夫人は息子の結婚した姿を見たいものだと思っていたでしょうし、問題のその娘は由緒ある家柄の娘なのだから、財産には目をつぶることに決めていたのです。息子が打ち開けてくれた恋心に胸を打たれ、息子の敬意にも大層満足していました。彼女は服を着替えながら、息子の様子を見に行かせたのですが、彼はその夜はよく眠れぬままに過ごし、溜息ばかりついて、うとうとしただけだったという報告を受けていました。夫人は息子が休んでいる邪魔をしたくなかったし、彼の不安や動揺を一層かきたてるのを恐れて、自分の行き先を息子に言ってはならぬと言いつけて出て来たのです。

公妃はド・コンタミーヌ夫人が出向いて来ると知らされると、夫人の礼儀にあつい作法に満足されました。公妃は迎えに出て、階段で夫人に出会いました。夫人を抱擁し、そして二人だけで公妃の書斎に引き籠もったのです。二人はたっぷり二時間もしてから公妃の部屋に戻ると、コロニー夫人はアンジェリックを呼びにやらせました。アンジェリックはその間、あなたもお察しのとおり、針のむしろに座っていたわけです。彼女はほとんど無理やりに、公妃の言いつけによって、前日やって来た時の豪華な衣装を着せられていました。名前を呼ばれた時には、覚悟していたとは言え、驚きました。彼女が顔を羞恥で赤らめ公妃の部屋に行きますと、その様子にコンタミーヌ夫人は心を完全に捕らえられてしまったのです。『こちらに来なさい、アンジェリック。――とコロニー公妃が彼女の手を取ってアンジェリックに言います――奥様、こちらがお尋ねのお嬢さんですよ。――と、公妃は彼女をド・コンタミーヌ夫人に紹介して、話を続けます――ご覧ください、ご子息はたいへんお目が高いですね。体の美しさばかりでなく、貞淑さと心の美しさがお分かりになれば、あなたはこのこが好きになり、立派だと思うようになりますわ。』

アンジェリックは、その間ひどく混乱してしまい、自分で自分のことが分からない始末。言われたことも耳に入らなかったので、私たちはこの場の初めの部分はヴージー嬢から教えてもらったわけです。『息子に落度があるとしましても、――とド・コンタミーヌ夫人がアンジェリックを抱き締めながら言いました――息子には立派な言い訳が少なくともひとつありますわ。パリでは、これほど器量よしで姿もいいお嬢さんをあまり知りませんもの。あなたと息子の結婚を認めますが、それは見た目の美しさのためではありませんよ。――とド・コンタミーヌ夫人がアンジェリックに言ったのです――それは第一にコロニー公妃様がお薦めくださるからであり、あなたが貞淑で身持ちが正しいからです。これは公妃様が保証してくださいました。公妃様に精一杯感謝してくださいね。それから、息子がわたくしの言うことをいつもよく聞き、わたしを蔑ろにしなかったので結婚を認めるのです。あなたも同じようにしてくれると思いますし、それに、あなたを家族に迎えたことを決して後悔したくないものですね。』アンジェリックは公妃のご前では返事もできず、ただただ涙で、恭しくお辞儀をするばかりでした。

ド・コンタミーヌ夫人は息子が昨夜どのような話をし、どのようなことをしたかを語りました。立派な息子が母親に畏敬の念を抱いていることが称賛されました。公妃は聖遺物箱[1]を取りにほんのしばらく書斎に入ります。アンジェリックは、恋人の母親とヴージー嬢だけになると、公妃のご前を憚ってできなかったのですが、時を移さずに将来の姑の前にひざまずきます。そしてその手に接吻し、好意を幾重にも感謝して、『ご子息と同じように崇め敬います』と約束しました。コンタミーヌ夫人は一所懸命に彼女を立たせようとしていたのですが、ちょうどその時に公妃が書斎から出て来られて、アンジェリックのその行為に満足されました。『あなたが礼儀作法を心得ているのが分かり、嬉しく思います。――と、公妃がアンジェリックを立たせ、接吻して言いました――このようなあなたの立居振舞いはたいへん満足に思います。これであなたがド・コンタミーヌ夫人の好意を受けるにふさわしい人だと、わたくしも納得できます。』公妃は聖遺物箱を夫人に受け取らせました。これは公妃からの贈物です。公妃はコンタミーヌがダイヤモンドを無理やりヴージー嬢に受け取らせたのをヴージー嬢から聞いてご存じでしたので、彼女に代わってお返しをし、借りを返したわけです。そのあとで、公妃は一方のお返しをし、もう一方の財産を増やすことができて本当に嬉しいと一同に言われました。結婚の媒酌をしたい、アンジェリックが夫の許に嫁ぐまでは、邸に寝泊まりさせるつもりだとも言われました。『この人には持参金は持たせませせん。――と公妃がド・コンタミーヌ夫人に言い添えます――しかしわたくしの影響力にしろ、わたくしの友人たちの影響力にしろ、それが持参金と考えていただけると思います。ご子息はわたくしの庇護を当てになさって結構ですし、おそらく考えている以上にその効果を早く感じられるはずです。』

　公妃はみなを昼食に引き止めました。その席にはデュピュイ嬢も来ていました。そしてこの日から結婚式まで、アンジェリックはもっぱらそのテーブルで食事をしました。それは公妃が徳の誉れ高い人か、際立った長所を持った人にしか認めない名誉なのです。

　午後になると、ド・コンタミーヌ夫人はみずからアンジェリックとデュピュイ嬢、それにヴージー嬢をみずから息子の部屋に連れて行きました。彼はひどく具合が悪くて、まだ床に就いていました。そして、そのために結婚式は延ばされ、二カ月後にようやく挙げられたわけです。アンジェリックは食事の時以外は彼に付きっきりで、公妃がお邸で食事を召し上がらない時は、そばに一日中いました。彼女は彼とド・コンタミーヌ夫人に対してとても丁重に振舞い、とりわけ夫人には大層可愛がられたので、式が延ばされると、待ち遠しくて仕方がなかったのです。（一九）とうとう二人は結婚しました。二年前の復活祭の時です。コンタミーヌが二日以上パリを離れなければいけない時は、アンジェリックがお供しなければいけないので別ですが、それ以外は二人はずっとお姑さんの家に住んでいます。彼女にはもう子供が二人もいます。それに、またできたのですよ。で、どう見てもあの一家は子たくさんになりますね。というのも、彼女は出産によい年まで待ちませんからね。お姑さんにも夫にも可愛がられていますし、二人とも彼女がいないことには片時も過ごせません。アンジェリックはいつもお姑さんかコロニー公妃と一緒で、公妃はほとんど毎日のように彼女を誘っては一緒に散歩に出られます。そして、コンタミーヌがパリにいない時は、たいていお邸に泊まって行くように引き止められます。アンジェリックはしょっちゅうデュピュイ嬢を訪ねていますし、デュピュイ嬢もほとんど毎日、彼女の所に行きます。私があなたに言えることは、彼女はどんな女性よりも幸せで、誰からも愛される秘訣を知っているということと、彼女が玉の輿に乗る資格があるのは確かですから、彼女の身の上話を知っている人は誰もその幸運を妬んだりしないということだけです。彼女がフォーブール・サン・ジェルマンの縁日で取り乱したことを喜んでいないかどうかはご想像にお任せします。というのは、彼女の幸福も、結婚したことも、夫が宮廷で後ろ盾を得たことも、すべてがそこから始まったからです。なぜなら、たとえコンタミーヌが光栄にもコロニー公妃の一族であったとしても、公妃はさして彼に関心を示さなかったのは確かだからです。」

「以上が、——とデ・ロネーが話を続けた——あなたが知りたがっていたコンタミーヌ夫人の話です。この話からどういう教訓を引き出すかはあなたの自由です。私の方は、デュピュイ嬢がどのように苦境を切り抜けるか知りたいものですね。」「うまく切り抜けますよ。——とデ・フランが答える——心配は無用です。時間は明日に決まっていると私は言いましたね。行く気でしょうね？」「まったく分かりません」とデ・ロネーが答えたので、デ・フランが笑い顔でやり返した。「まったく分からないですって？　その返事には恐れ入るね！　しかし言っておきますけど、行くと約束してくれなかったり、本当に行かなかったりしたら、あなたとは絶交ですよ。そんなに勿体ぶってどうするんですか？——とデ・フランがかっとなって言った——あなたは怒ったふりをしているんです。仲直りしたいのでしょう？——と私が言いました——恥ずかしくて二の足を踏んでいるだけです。きちんと答えてください。行きますか？」「ずいぶん性急ですね。——とデ・ロネーが笑って言った——あなたと絶交はごめんです。それで、明日はあなたの気の済むようにしてください。」

その時デュピュイが入って来た。彼は二人を夕食に招こうと迎えに来たのである。「従妹を邸に引き止めておこうとできるだけのことはしたんだけど、——とデュピュイが言います——従妹と一緒にいたコンタミーヌ夫人に連れて行かれてね。しかし、従妹から明日邸に昼食に来てほしいと頼まれました。あなたもお出でになるとか。——とデュピュイがデ・フランに言った——それに、あなたは私も知っている友人をひとり連れて来ると、彼女がはっきり言いましたよ。ことによると、それはデ・ロネーさんじゃありませんか？」「当たりました」とデ・フランが答えた。「それでは、ついにあなたも私の従弟になるわけですか？」とデュピュイが評定官に言ったのである。「どうなるか分かりません。——とデ・ロネーが笑って言った——しかし、あなたの従妹はそうなってほしいと思っています。」「ご婦人に追いかけられるとはお見事。——とデュピュイも笑いながらやり返した——それを自慢するとなるとなおさらです！　しかしですね、嫌いや私の従弟になるわけですか？」「当ててみてください」とデ・ロネーが笑顔で答えた。「違うと思いますね。私の間違いですか？」とデュピュイが言った。「デ・ロネーさんのことは放っておくことです。——とデ・フランが遮った——分かりませんか？　この人はかわいそうに、自分でもどうしたいのか分からないんですよ。」それから、三人の友人は外に出て、デュピュイの家に夕食に行った。その夕食にはけっこうな料理が出され、仕事のことが話題になった。デ・フランは親戚との間であったことや、どこに居を構えることに決めたかを二人に知らせた。するとデュピュイが、デ・フランの望み通りの官職を教えてやったのである。彼らはその官職を交渉できるか確かめることに決め、夜もかなり更けてから別れた。

翌日の朝、三人はその官職を交渉できるか調べに行ったが、一方に売りたい人がいて、他方に買いたい人がいたので、取引はすぐに成立した。とは言え、午後の一時までかかってしまい、その時デ・ロネーがデュピュイ嬢の所に昼食に行かねばならないことを、二人に思い出させたのである。「あなたのその心遣いが好きですね」とデ・フランとデュピュイが笑いながら、同時にデ・ロネーに言った。

三人が着いた時には全員そろっていて、待たせたと三人は怒られた。デュピュイは詫びる代わりに言った。「遅れたのはデ・ロネーさんのせいではない。なぜなら、——と彼はデ・ロネーを従妹に指し示して言った——こちらがあなたと仲違いしたままではもう生きていけないことを、私たちに思い出させてくれなかったら、まだ着いていませんからね。それで急いだわけです。」この言葉を聞いて、デ・ロネーは赤面し苦笑した。しかしデ・ロネーに答える暇を与えず、コンタミーヌ夫人が彼の腕を取った。「こちらへ来てくださいな、変人さん。——と彼女が笑ってデ・ロネーに言った——さぁ、恋人の前にひざまずいて、自分の馬鹿げた振舞いを謝りなさい。」「あっ、奥様、——とデ・フランも笑って言った——それでは約束が違います。彼を連れて来たのは釈明を聞くためであって、許しを乞うためではありません。」「この人は確かな人の手に任せられているのです。——とコンタミーヌ夫人も同じ調子でやり返した——わたくしがきちんと始末をつけます。でも、この人には言う通りにしてもらいますわ。さぁ、早く。——と彼女はデ・ロネーに向かって言った——あなたを許す気でいるのですよ。でも、許しを乞わなければいけませんわ。潔く詫びてください。」「デ・ロネーさん、かわいそうに、とんでもないところにあなたを連れて来たようですねぇ!」とデ・フランが肩をすくめ、笑いながら言ったのである。「物騒なところですよ。——とデ・ロネーが答えた——ええ、分かりました、奥様。——とコンタミーヌ夫人に向かって彼が続けた——心からお詫びします。許していただきたいのは、あなたです。——と彼が愛すべきデュピュイ嬢に言ったのである——その目からあなたが無実なのが分かりました。逆上してしまい申し訳なく思っています……。」「何もかもお許ししますわ。——と、美しいその娘が目に涙を浮かべ、彼を抱き締めながら言った——わたくし、あなたには気難しいことは言いませんわ。あなたがなさったことは何もかも忘れます。でも、外見には騙されることがよくありますから、これからはもう騙されないでくださいね。わたくしの心はあなたがご存じのはず。いらしてください。——と彼女はデ・ロネーの腕を取って続けた——ここにお座りになって。お食事にしましょう。お話はそのあとでしますから。」「失礼ながら、この私があなたの眼の鱗を落してさしあげます。——と大層立派な風采のひとりの紳士が言った——私が偽者のあのゴーチエ、あなたがさんざん嫉妬されたあのゴーチエです。私がデュピュイ嬢とあなたの仲を裂いたのですから、もう一度仲直りさせ、結びつけるのは当然のことです。」「失礼ながら、デュピュイ嬢にそれほど落度があったとは思っていませんけど……。——とデ・ロネーが応じた——私は喜んで彼女の味方になりますよ。あなたほどの風采の立派な男なら、不実な女を作るくらいは朝飯前ですね。」「落ち着いてくださいませ。——と、まだ口を開かなかった非常に美しい貴婦人がにこやかに言った——顔がいいからと夫をそんなにちやほやなさらないでください。あなたが女性でしたら、わたしすぐに焼き餅を焼きそうね。でも焼き餅焼きにはなりたくありませんわ。あなたはそのためにずいぶんお苦しみになったのですもの。野原を駆け回るほどあなたに我を忘れさせたあの手紙は、わたし宛だったとお分かりになれば気が済むかしら？　この人は当時わたしの恋人でしたが、今はわたしの夫です。お疑いをすっかり晴らすために、わたしたちはデュピュイ嬢がなぜ自分宛ではない手紙を受け取っていたのか、それをあなたにお話しすることに決めました。それには、テルニー氏とわたしとの間で何があったかお話しするほかありませんので、よろしかったら、お食事が済んでからそのお話をしますわ。」

そこで、みなは食卓についたのである。二人の恋人は隣り合わせに席を占めた。デ・フランはコンタミーヌ夫人とまだ顔をまともに見ていなかったもうひとりの貴婦人の間に座った。その貴婦人はずっとおし黙っていた。デ・フランはその婦人が帰ろうとしたことに気づいた。コンタミーヌ夫人がいなかったら、彼女は本当に帰ってしまったであろう。彼はその人が自分のほうに顔を向けないのに気づき、その顔を眺めて、古い知り合いだと分かった。しかも、かつて自分が気があるような振りをした女性だったのである(二〇)。「あっ、奥様、——と、彼は突然その人を抱擁して声を上げた——どういう風の吹き回しであなたはここに連れて来られたのでしょう？」その貴婦人はびっくりして、デュピュイ嬢のせいで偶然ここで会うことになったのだと彼に答えた。「それで、もしあなたがここにお出でになると分かっていたら、——と彼女が続けた——失礼ですが、わたくしは参りませんでした。でも騙されてしまって……」「奥様、ここで私と会うのが嫌なのでしょうか？」とデ・フランが大まじめで尋ねた。「いいえ、そんなことはありません。デ・ロネーさんをお連れくださったのはあなたですから」と彼女が言った。「その話をする時ではありませんことよ。——とコンタミーヌ夫人が割って入った——別な折にお二人で話し合ってくださいな。さぁ、いただきましょう。そして、テルニーさんのお話を伺いましょうよ。デ・フランさんとモンジェイ夫人のお話は、いずれ伺う時が来ますわ。」皆はこの忠告に従った。そして非常に結構な食事になったのである。この昼食の間には、恋人同士が相手の行動にしばしば抱く嫉妬心が話題になった。彼らはそういう嫉妬心から生まれる喧嘩が仲直りするための新鮮な塩味になることは認めた。しかし仲直りがどんなに嬉しいとしても、その喜びは深刻な仲違いの苦しさに比べたら、物の数ではないことも認めたのである。「たとえば——とテルニー氏が言い足した——こちらにデ・ロネーさんとデュピュイ嬢がいますが、お二人は非常に長い間の仲違いのあとで、仲直りの喜びを噛み締めています。（実際、二人は何度も抱擁し合っていたのである）しかしですね、喧嘩している最中には、ありとあらゆる悲しみに沈み苦しみを嘗めたのではないでしょうか？何とまぁ、わけもなく傷つけ合ったものですねぇ！　それで、お二人はどうだったのでしょう？　ところで、デ・ロネーさんにデュピュイ嬢が完全に無実であることを証明して、充分に満足してもらうのが私たちの役目ですから、――とテルニー氏が続けた――そのためには約束通り、彼の嫉妬の原因になったことを話さなければいけません。」

「そうですわね。――とコンタミーヌ夫人が口を挟んだ――そのとおりですわ。さぁ、皆さんもあなたの話を聞くべきですわ。そのためには、――と夫人はデ・ロネーに向かって言った――デ・フランさんと席を代わって、どうぞわたくしの隣にいらしてください。それからデ・フランさん――と彼女がつけ加えた――あなたは代母のデュピュイ嬢とわたくしの間の席にどうぞ。差し出がましいと言われても、わたくし、皆さんを別々にしなければいけませんの。デ・ロネーさん、あなたはテルニーさんがこれからお話しになることをよくお聞きにならなければいけませんものね。それにデ・フランさん、あなたは食事中ずっとわたくしにお愛想のひとつも言ってくださらず、モンジェイ夫人とひそひそ話ばかりなさってらしたので、そのお返しです。」「ええっ！――とデ・フランが応じた――あなたはほかの人が気づかなかったようなことまでお見通しなのですね。」「その通りですのよ。――と彼女が笑って言った――目がいいのはわたくしだけですもの。でも、あなたはテルニーさんの邪魔をするかも知れませんわね。テルニーさんとあなたの間にはテルニーの奥様しかいませんのよ。ですから、あなたが内緒話をしたくても、わたくし、耳をそば立てていますからね。」「しませんよ、奥様。――とデ・フランが顔を赤らめて答えた――私たちは誰の邪魔もしませんせん、誓います。」「結構ですわ。――とコンタミーヌ夫人が笑いながら言った――ご自分の席がお気に召したら、そこで黙っているか、いつまでもそこにいないことですわ。では、始めてくださいな。――と彼女はテルニーに向かって言った――皆さん、あなたのお話を伺う準備ができました。」テルニーがデ・ロネーに話し掛けようとすると、デ・ロネーはもう少しも疑っていないから、話をするには及ばないと言った。「話していただきたいですわ、わたくしは。――と美しいデュピュイ嬢が応じた――お話しになって、お願い。」というわけで、テルニーは次のような話をしたのである。

テルニー氏とベルネー嬢の物語

「私はこの町の出身ではありませんが、かなり若い時にここに来ましたので、皆さんと同じ同郷人だと自分では思っています。辺鄙な田舎ですが、かなりな名家の出です。私の名は生まれ故郷ではよく知られていますが、しかしよそでは、フランスの近隣諸国で私の親類が同じ姓を名乗り、そこで職に就き、しかも立派な職に就いているならともかく、そうでなければほとんど知られていません。私の父が勉学のために、つまり築城術や、軍職に就く予定の青年に役立つそのほか諸々の訓練をさせるために、私をパリに送り出してくれた時には私はほんの若造でした。フランスは平穏で太平でしたが、近隣諸国がいつまでもその太平の世を貪らせてはくれませんでした。馬術を習い、そして目指す職にふさわしいほかのことをちょっとかじると、私はすぐに年上の青年たちのあとに続いたわけです。私たちはフランドルに行きましたが、そこで何があったかは話しません。皆さんが私に期待しているのはその時の報告ではなくて、私と妻の個人的な話ですからね（一）。私は負傷して、もっとよい看護を受けるため、またイギリスに親類がいて、実家よりもその人たちの援助を早く受けられたものですから、カレーに運んでもらいました（二）。私はそのカレーで私より少し年上で、私と同じように負傷したパリ出身の将校に出会ったのです。私たちはそこで知り合い友情を結びましたが、それは彼が亡くなるまで続きました。彼はド・ベルネーという名で、たいへん有力な金持ちの息子でした。これは彼の妹です。――と、テルニーは妻を示して言った――私たちは一緒にパリに戻り、私は学院に戻りました（三）。そして、次の遠征で私は銃士隊に入ったのです。私はパリで冬を過ごそうと再び帰って来ました。パリでベルネーに再会し、二人の友情は旧に倍して強くなりました。私は銃士隊を除隊すると、彼と同じ連隊に入隊し、私たちは一緒に二度の遠征に加わりました。要するに、私たちは刎頸《ふんけい》の交わりを結んでいたわけです。彼の父親でさえ、私は幸いこの人の不興を買うこともなかったし、深い親愛の情を私に示してくれましたが、それ以来それと同じくらい強い憎しみも私に示してきました。

ベルネーは大層美しい女性に恋をしました。そのために私たちの友情にひびが入ることもなく、それどころか、彼にとっては私がなくてはならぬ存在になったために、彼はますます私を好きになったのです。私はよく冷やかしたものですが、彼が夜中にしょっちゅう遊び回っているのを、よいことだとは思っていませんでした。彼は、人生の唯一の歓びは愛人を持ち、その愛人からも愛されることだ、そう私に信じさせようとしたものです。私は彼の処世哲学を馬鹿にしていました。彼の妹に会わなかったら、ずっと馬鹿にしていたことでしょう。その当時、私は二十六、七歳でした。ある日のこと、ベルネーが、姉のドルネックス夫人と一緒に、パリから数里[1]の修道院に寄宿している二人の妹に会いに行くことにしたのだが、明日行って、その日のうちに帰って来るつもりだ、もし君が一緒に来てくれるなら皆が喜ぶはずだと私に言ったのです。私はドルネックス夫人は知っていましたが、ほかの二人の妹のことはまだ聞いたことがありませんでした。そこで、友人の家族全員と知り合いになりたかったので、喜んで一行に加わることにしました。それも、会いに行く二人の妹のうち、上の妹を彼が愛していて、夢中になってその妹の話をするものですから、私はますます楽しくなったわけです。

私はその時まで恋をしたことはありませんでしたが、彼女を見たとたんに、私は心を奪われてしまいました。実際、その時の彼女は非の打ちどころのない美人でした。」「わたしそんなに変わったかしら？」とテルニー夫人が夫に尋ねて言った。「ほかの人の目には変わったと見えなくても、私の目から見ると変わったよ。――と彼が言った――とりわけ結婚してから、この二カ月というものはね。妻は今では不器量ですけれど、――と彼は笑いながら続けた――私には美人に見えたのです。で、妻は変わりましたので、皆さんにはその姿を説明しなければいけませんね。」「わたくしたちご本人を見てますわよ。――とコンタミーヌ夫人が言った――肝心なことを話してくださいな。」

「奥様、あなたのような美人がこんなにじりじりするのは魅力的ですね、私は好きです。――とテルニーが答えた――それはあなたが結末と山場に興味津々でいる証拠ですからね。彼女は質素な服を着ていて、私には黒い服を着た天使が現われたのかと見まがうばかりでした。母親の喪に服していたのですね。それで、彼女の不幸が私には不憫に思われたのです。私は道すがら、父親がもうひとりの妹と一緒に二人を修道女にするつもりでいることを聞いていました。私には彼女の目は修道院にふさわしい内省的なところがほとんどなく、すさんでいるように見えましたし、表情は繊細で鋭く、態度も投げ遣りでした。こういうことすべてから、彼女は身の振り方を無理に押しつけられたために、気質的に向いていないことが分かり、私は怒りに駆られたのです。私は黙ってはいられませんでした。

『何たることだ！――と私はベルネーに言ったのです――ここに来る途中、君は二人の妹は修道院の中にいるのがぴったり合っているんだと話してくれたね。ところが、こちらのお嬢さんがうっとりするほど美しいとは言わなかった。閉じ込める必要があるのは醜女と片端の女ぐらいのものさ。――と私が続けます――しかし、こちらのお嬢さんのように見目かたち麗しく、才気のある娘の場合は紛れもない冒瀆です。』『失礼ですが、わたしが綺麗だなんて、とんでもありませんわ。――とクレマンスが言い返しました――でも、たとえわたしが綺麗だとしましても、冒瀆だとは思いません。それどころか、俗世間を拒否することしか神への捧げものはないとすれば、それこそ冒瀆ですわ。』『違いますよ、お嬢さん。――と私はあわてて言ったのです――美しいからという、ただそれだけの理由で自分は神に捧げられたのだと、いい気になってはいけません。ほかに利害が絡んでいるのです。信仰などあまり関係ありませんよ。あなたが犠牲にされたのは神のためではなくて、こちらにいるお二人の財産のためです。――私はベルネーとドルネックス夫人を指し示して、そう続けました――で、もしあなたが長女か男に生まれたら、修道院はあなたには何の関係もないでしょうし、向いていると思われても、あなたにはやはり何の関係もないはずです。あなたがそう育てられたのか、私が下手な人相見かどちらかですね。率直に言ってください。――と私が畳み掛けます――修道女になるのですね。しかし、あなたが神に捧げるのは家族の願いであって、ご自分の願いではないはずです。』『妹はとても思慮深いので、自分が召されてもいない境遇は選びませんわ。――と、私の言葉にひどく憤慨したドルネックス夫人が言ったのです――修道女という境遇は召命(2)が求められます。わたしは誰かが妹に無理強いしたとは思いません。』『このお嬢さんが自由に行動できるなら、あなたの言うような修道女になるでしょう。――と私が反論します――とにかく、この方が私の言うことを信じてくださるならばね。』『わたし、その点については理性を信じるつもりです。――とクレマンスが答えました――正直に言いまして、ここで生涯を送る決心をするのにいくらか苦しみましたわ。でも、結局はそう決意しましたの。わたし、世間のことはほんのちょっとしか知りませんが、あまり好きになれませんでした。俗世間のことを話してくださった修道女の方々が、自分たちの修道生活の安らかさと世間で見られる無秩序や気苦労との違いを、じっくり教えてくれました。それで、わたし世の中が厭わしくなったのです。』『その修道女たちは、女性が誠実な男性の腕の中で見つける甘い喜びと、あなたが修練で感じる心のうずきとの違いも教えてくれましたか?』と私は問い返しました。『あなたのおっしゃりようは慎みがありませんわね』とドルネックス夫人が怒りで顔を真っ赤にして言い返したので、私は彼女にやり返してやったのです。『奥様、そういうことはあなたにお任せします。私は今あなたが修道女になりたいかどうか知りたいものですねぇ……。』『なりたいですわ』とクレマンスが溜息まじりに答えましたが、私はその目に涙がにじんでいるのに気づきました。私は彼女に答えをせきたてたわけではありません。そして、それから数日後に、ベルネーが彼女の涙のわけと、ずっと鬱いでいた理由を私に聞かせてくれたのです。

修道院でのこの話はずいぶん弾みました。私はこのご婦人に言い寄りはしなかったと思いましたが、クレマンスの決意を大分ぐらつかせてしまったほどです。友人のほうは、妹のことにあまり関わっていないように見えました。それどころか、何人かの子供を修道院に閉じ込め、ほかの子供を優遇する父の横暴を認めているわけではない、と二人だけの時に私に言ったのです。私はできる限り長く面会室に残りました。そして、クレマンスの眼差しから彼女が私を憎からぬ思いで見ていることに気づいたのです。修道院からパリに帰る道すがら、私は面会室にいた時とほとんど同じような言葉遣いで、いやもっとあけすけに話しました。聞いているのはひとりの男とひとりの既婚の女性だけですから、汚れを知らぬ耳を汚す虞《おそれ》はもうなかったからです(四)。ドルネックス夫人からは、妹たちにあんなことを教えると、あなたは父の不興を買うに決まっていると言われました。私は、『あの修道院には二度と行かないつもりです』と、そう考えていませんでしたが、答えておきました。この女性はとても洞察力があると私は思っていたので、そんな女性を騙すのが非常に愉快だったのです。私は話を続けました。『信心について妹さんたちに話をするのは、あそこのお偉方がすべきことであって、妹さんたちに修道院に閉じ籠もるのは惜しいと言ってあげるのは、私のような男の役割ですからね。私は年齢的にも職業的にも教理問答(3)の教師にはなれりゃしませんよ。法悦とか天啓とか隠遁生活とか、そのほか私の知らない技術に関する言葉についてお説教するのは、私から見れば馬鹿げています。そういう心遣いはほかの人に任せるとして、妹さんに世の中のことを話してあげるのが私の役目です。ほかの女性にも妹さんと同じように話したでしょうよ。しかも、もっと上手にね。なぜなら、妹さんが俗世間を厭い続ければ、あなた方は二人とも得をするけれど、私にはそんなことを考える必要などなかったからです。』私がひどく熱っぽく話すのを聞いたドルネックス夫人が抱いた印象を夫人の頭から根こそぎ消してしまおうと、私はできるだけのことはしました。しかし首尾は上々とはいきませんでした。すぐあとにあった修道院参りに私が除け者にされたのはドルネックス夫人の差し金だったのです。

　ベルネーに対しては、私は自分の考えを包み隠さずにすべて話しました。彼の答えに満足しましたよ。彼は家族の秘密をすっかり明かしてくれたのです。『君がしてくれた打ち明け話は、——と彼は私を抱擁して言いました——私には驚きでも何でもないさ。妹のいる修道院を出たとたんに、そうだろうと予想していたからね。私が何か君の役に立つなら、喜んでやりますよ。しかし、君には乗り越えなければいけない大きな障害が幾つかあるけど、中でもいちばん厄介なのは、妹たちを二人とも修道女にしたいという父の絶対的な頑固さだな。とりわけクレマンスは父から愛されたことがなく母には憎まれていたのですが、それは求められても愛想をふりまいたりしなかったからです。私はあの妹がずっと大好きだったし、妹も私を慕ってくれているのは確かです。しかし、私たちはみな、気分屋で子供たちの気質には無頓着な父親に依存しているわけだから、妹のために何をしたらいいのかなぁ？　姉のドルネックス夫人は結婚を望まなかったわけではないのですが、いやいや結婚したのです。ドルネックスとは結婚したくなかったのに、父は姉に残りの生涯をドルネックスか修道院かどちらかを選べと、薮から棒に迫りましてね。姉はドルネックスと一緒になり不幸ですよ。この男は姉にひどい扱いをするまったく粗暴な奴です。姉は健康が優れないし、それに、かわいそうなことに女は信用が全然ないときてる。逆に、父親と夫が姉を絶望に駆り立て、妹たちには修道の誓いを立てないとどうなるか、姉をその生き証人に仕立てている始末です。妹は二人とも修道院に入って喜んでいますが、それも野鳥が籠に閉じ込められたようなものです。二人とも本音は修道女になりたくないのに、修道女になるしかほかに仕方ないのです。というのは、父と母が姉のドルネックス夫人を嫁がせる時に、結婚の契約で姉を目一杯に優遇しましたが、私は妹たちのように犠牲にされないように、やむにやまれずピストルを振りかざし自己主張したおかげで、姉と私が家族の全財産をもらうことになっているからです。私は君のために喜んで手放したりはしないというわけじゃないんです。――と彼が続けました――しかしね、父の目の黒いうちは希望があるとは思えないなぁ。あんな依怙地で短気な人間はいないからね。』

『財産を考えたら、私は妹さんを追っかけはしないと思うなら、君は私を誤解しているね。――と私はベルネーに言ったのです――幸いにも、私には妹さんと自分のための財産はある。それに、いつかもっと裕福になることになっているのさ。だから、今から誓っておくよ、そういうことでは決して君に迷惑はかけない、たとえ二十倍あったとしても、財産はすべてそのまま君のものさ。』『その上、君は妹の気持ちと戦わなければいけない。――と彼が言い返しました――妹は二人といないほど誇りが高く、芯の強い娘です。何であれ、妹の決意を翻えすことはできないな。妹は我が意に反して修道院に入っています。父は少し前まではまだ修道女にするつもりはありませんでした。父は家に娘がいるのを嫌って、ただそれだけの理由で修道院に入れたままなのです。ドルネックス夫人は婚礼の衣装を作らせる時と、訪問客を礼儀にしっかりかなうように迎えに行く時以外は外出もしませんでした。父は二人の娘を同時に結婚させるつもりでした。上の妹は折れましたが、彼女の方は、頭がどうかしてますよ、姉に倣って父に従うどころか、父親を子供を虐待する暴君扱いにして、その挙句に、気に染まぬ男と結婚するにしろ、いやいや修道院にずっと残るにしろ、自分がこの世では不幸な星の下に生まれついたのは百も承知、この世で救われなかったのだから、あの世でも地獄に落とされるのは目に見えています、でも、せめて生きている間は悪魔の腕の中に飛び込まなくて済めば満足です、そう父親に言い放ったんですからねぇ。そんなわけで、妹は父から当てがわれた男を虚仮にしました。実際、ひどく胸糞が悪くなるような人でしたがね。しかし妹は馬鹿ですよ。結婚は隠れ蓑になったばかりでなく、その男が先に亡くなって、妹が未亡人になることもありますからね。私は妹の決意を変えさせるための祈りの言葉も失いました。さらに妹は始末の悪い事をやってのけましてね。というのは、父が帰る時に決して別れの言葉を言おうとしなかったし、母には、娘と結婚させたいというその素敵な殿方がそんなにお気に召したのなら、ご自分でお囲いになったらいかが、後ろ指を指されないように女の体裁を取り繕えば、決して悪く勘繰られたりはしませんよ、と言ってのけたのです。つまり、妹は我を忘れて親への敬意もどこへやら、父と母は怒心頭に発して修道院から出るや、妹の相続権をほぼ奪ってしまいました。妹はたぶん激怒するでしょうが、もうあとの祭り。母が亡くなってからひと月しか経ちませんが、母は妹にあんなむごい仕打ちをしたことや、姉に無理強いしたことを、死に臨んで後悔しました。しかし、覆水盆に返らずですね。どうせ不幸なのだからと、ドルネックス夫人も修道院に入りたがるでしょうし、妹のようにしたかったと思います。だから、何をしても君に有利にはならないと思うよ。とは言え、君が伸るか反るかやってみる気なら、私にできることは何でも手を貸すよ。』

私は彼の申し出を受け入れ、クレマンスに会いに行きました。彼女は自分から進んで修道院に入ったかのように私には返事をしましたが、その目はそれとは裏腹のことを語っていたのです。私は彼女に思いのたけを打ち明け、彼女が閉じ込められているのを見て絶望に打ちひしがれていることも話しました。そして彼女が同意するなら、鉄格子や錠前や高い塀、親類などはものともせず、彼女が修道院から抜け出せるような手段を見つけると約束したわけです。彼女は相変わらず同じような言葉遣いで答えていました。そして、何やら私に目配せしているのですが、私にはその意味が理解できません。私はそのことにも彼女の答えにも驚きました。しかし何もかも分かりましたよ。なぜなら、彼女は最後の合図をし終ると、唇をかみしめ、天を仰いでから、兄に手紙を書くので午後もう一度受け取りに来てくれると嬉しいのですが、と言うと急に身を翻して行ってしまったのです。修道女がひとり部屋の隅から出て行くのが見えました。私の話をすべて聞いていたのです。この修道女がいたので、彼女は心のうちを率直に答えられなかったというわけです。

私は怒りに駆られて飛び出しました。午後になって再びやって来ると、永遠の愛を誓う短い手紙を彼女に渡し、今いる修道院から彼女を抜け出させるためなら、何事が起ころうと覚悟していると書きました。私は三日後に返事を聞きに来ると約束し、牢獄から彼女を脱出させるには私がどのような方法を取ればよいと思うか、それを教えてくれるように彼女に頼んだわけです。彼女の兄と私が交わした話もほんの数語で知らせておきました。彼女は書いておいた手紙を渡してくれましたが、この手紙は兄のベルネーにはまったくちんぷんかんぷんでした。彼女は面会に来る許可をもう私に与えないように兄に頼みましたが、その理由は、私が慎みのない話をし、それを聞いていた修道女の顰蹙を買ったからだというものでした。その修道女には聞いた話を修道院長に報告されないように、想像もできないような苦労をさんざんしたこと、私の訪問をこれ以上許さないという条件で、やっとこの修道女が報告しないと約束してくれたこと、また、自分としては決心してしまったので、私の話には何を繰り返して言ったらよいかまったく分からなかったこと、しかしこの修道女についてはそうはいかないこと、などと理由も挙げていました。彼女は兄には約束通り、面会に来てくれるよう頼んでいました。

この頼みこそ、この手紙が私宛に書かれたこと（五）を私たちに知らせていましたし、クレマンスは付き添い修道女の前でこの手紙をしたため、見せていたことも知らせていたわけです。事実それは本当でした。私はベルネーに二人のことはいっさい漏らさぬように頼むと、彼は漏らさないと約束してくれた上に、父親の不興を買うようなことをしたら、父親は自分を決して許さないはずだから、そうでない限り、自分にできることなら何でも私の力になるとも約束してくれました。私は彼の出した条件を飲み、断固やり抜き、嫌がるクレマンスを修道院に放っておくよりは、修道院に火でもつけてやろう、そう決意したわけです。私は三日後にまた修道院に足を運びました。しかし、例の修道女は口が堅くなかったのです。なぜなら、私がクレマンスに面会を求めますと、その修道女が面会室に現われ、私だと分かると、お帰りなさい、クレマンスには絶対に会えません、とにべもなく言いましたからね。私はこのご挨拶はその修道女の気配りの結果と受けとり、丁重に礼を述べてやったので、その修道女は眉をひそめていましたよ。駆けつけた修道院長もそれ以上に手ひどい扱いを受けると、この私を悪魔扱いにし、今にも私に聖水を浴せかけんばかりのありさまでした。

　というわけで、私は行った甲斐もなく帰ることになりました。私は友人に修道院に行ってくれるか、あるいは誰かを差し向けてくれるように頼みました。ベルネーが言うには、自分は父の許を離れられないから、君の希望する時に従僕をひとり修道院に差し向けるつもりだ、君は今まで以上に行動に気をつけてほしい、なぜなら、ある社交人がクレマンスに面会にやって来て、彼女に修道院を嫌いにさせようとした、また、この男は男前で、クレマンスが男に言い含められる虞がある、この男が面会に現われて以来、彼女はかつてないほど不信心を抱きぼんやりしているように見える、などと修道女たちが彼に手紙を書いて寄こしたからだ、ということでした。

　彼は手紙を届ける者は信用できるという特別な信任状を妹に書き、その中で私に送り届けたいものがあったら、何でもこの者に託して構わないと伝えてくれました。私もみずから同じことをひと言その手紙に書き添えました。この手紙は秘密にすべきものです。そこで友人は手紙をもう一通書き、妹にこう伝えました。妹がある男の面会を許して顰蹙を買っているという修道院からの苦情に自分は驚いている、これは良いことではない、自分はこの男が何者か知らないし知りたくもない、なぜならとてつもない不幸に見舞われるはずだからだ、この男は父や自分をないがしろにし、二人の恨みを買うのを屁とも思わぬほど大胆なところをみると、貴族であるに違いない、自分がいつも同じ従僕を修道院に差し向けたらこの男に買収されるかも知れないので、そうならないようにいつも新顔を差し向けるつもりである。要するに、友人は道学者流のことばかり書き連ねたわけです。何しろこの手紙が父親に読まれるのは確実でしたので、父親のご機嫌を伺っておくのも悪くなかったし、その上、このやり方なら彼は私たちの役に立つ手段をいくらでも見つけられるからです。

　というわけで、私たちは従僕を差し向けましたが、それは私の従僕のひとりで、抜け目がないのを私は知っていました。私は彼に言い含め、ベルネー家のお仕着せのジュストコール[4]を着せてやったので、この従僕は私が望んでいた通りの返事を持って来てくれました。俗世間にいる娘に比べたら閉じ込められた娘との色事の方がはるかに手っ取り早いものです。そのわけは、閉じ込められた娘にとって男は誰でも誘惑の因ですし、その上、紙は赤面したりしませんからね、彼女たちは話すよりはずっと大胆に心のうちを書き連ね、一層のめり込むという次第。彼女たちはこの上なく意味深長な愛の言葉にいわば普段から馴染んでさえいるわけです。[六]そしてそのあとで男がそんな娘たちと二人だけで会った時に、彼女たちが手紙で約束したことを実際に実行するように迫っても、ほとんど苦労しません。私は受け取った手紙によってそれが真実であることを得心しました。これがその手紙です。」

ここで、テルニー夫人は夫にその手紙を読ませまいとしたが、そうはいかなかった。反対に一同の好奇心をますますかき立てるばかりであった。そして、その手紙は少々強烈だったし、夫人はそんなことを縷縷と書き連ねたのが恥かしくて席をはずした。「これはよかった。――とテルニーが言った――妻がいて私は気詰まりでしたからね。これでずっと気楽に話せますし、彼女の前では言えないような幾つかの事情も皆さんには隠さずにお聞かせします。[七]私は手紙を全部懐に入れて持ってきました。長い手紙です。しかし、修道女たちは時間も紙も惜しみはしませんし、気散じがないので自分たちを虜にしているただひとつの情熱を思う存分発散させるわけですね。[八]それに、この手紙は私を退屈させなかったので、皆さんを退屈させることもないだろうと思います。失礼ですが、どうぞ。――と、テルニーが手紙をデ・ロネーに差し出して言った――読んでください。」デ・ロネーはその手紙を受け取り、次のような手紙を読んだ。

手紙

どうお答えしたらよいのやら、わたし、ほとほと困っております。言いすぎて体面を汚してしまうのが恐いのです。舌足らずで同情していただけないのが恐いのです。あなた様に騙されるのが恐いのです。申し出をお断りしたら、ここから抜け出す手段は二度と見つからないと思うと恐いのです。それに、わたし、ひたすらお心におすがりして自由になりたいのです。でも、申し出をお受けしますと、あなた様に評判が悪くなるのが気になります。どうしたらよいのでしょう、わたしには分かりません。ここから出たいのです。ここから出たいのも、ただただあなた様のせいだと信じていただきたいのです。でも、尻軽女と見られたくはございません。と申しますのも、聞くところによりますと、口説き落すのにどれだけ苦労したか、それによって殿方は手に入れた女を値踏みするとか。初めてお目にかかった時に、わたしの眼差しから修道院を毛嫌いしていることをお読み取りくださいましたのに、あなた様がお見えになると、心が千々に乱れてしまうことはお分かりにならなかったのでしょうか? わたしはまったくの世間知らずです。わたしの言うことは強烈で大胆すぎ、娘にあるまじきことのように見えますし、それと同時に意気地がなく臆病すぎて、自分の気持ちを充分に表わしていないようにも見えます。世間について教えられたことが本当なら、自分が世間の荒波を乗り切れるかどうか不安です。でも、世を捨てればあなた様にお会いも叶わず、それで隠棲する気になれないのでございます。ですが、わたしはあなた様にお会いするのを諦めなければなりません。修道院中があなた様がおっしゃったお言葉に眉をひそめているからです。あなた様はわたしを誘惑するために地獄から解き放された悪魔だと思われています。あなた様の話をお聞きして、何もかも正しいと思っているのはわたしだけです。わたしの心は納得の行くことにしか耳を傾けませんし、誰にも頼らずあなた様が正しいと判断し、その判断だけで満足しています。あなた様はわたしを愛しているとおっしゃってくださり、お手紙にもそう書いてくださいました。あなた様がわたしと同じように本気だと信じられた時に、わたしも愛していますと申し上げます。わたしはお申し出をお受けできません。修道の誓願をせき立てられているわけではありませんから。誓いを立てるよう迫られない限り、わたしは今のままでいるつもりです。でも、無理強いされましたら、お約束を思い出していただくつもりです。無理強いされればよいのに、などと思わないでくださいませ。わたしの願いもあなた様とおそらく同じでございましょう。しかし、二人が同時に同じことを望むのは欲張りというものですわ。どのような運命に操られて、あなた様は修道院においでになったのでしょう？　なぜそんなに気前よくわたしをご贔屓くださるのでしょう？　なぜわたしに僧院生活を嫌いにさせるのですか？　わたしは家族からさんざん辛い思いをさせられましたので、そのために修道院を世間で予想していた不幸を避けるただひとつの避難所と思い定めて参りました。わたしに当てがわれた許嫁のおかげで、わたしはすっかり男嫌いになってしまいました。たいへんな年寄りで胸がむかつくような教会関係者にしか会ったことがありませんでしたので、愛が生まれるはずもございません。この人たちは人生の煩わしさばかり話してくれました。わたしは不公平で横暴な父のほかには誰にも会ったことがありません。兄以外に好きになれる男性に会ったこともありませんでした。自然な人情からも義務からも、わたしには兄は禁じられた人でした。こういったすべてのことから、わたしは今の境遇を仕方ないと思っていたのでございます。しかしあなた様にお会いして、そんな覚悟はどこかに消えてしまいました。姉の不幸な結婚ももうわたしを震え上がらせはしません。わたしにはこの修道院が恐ろしい牢獄に見えます。もう世間の荒波など恐くはございません。（九）兄とはいつも友情を持ち続けてくださいませ。お二人の友情がわたしたちの役に立たないはずはございませんもの。わたしの手紙があなた様のお手元に届き、あなた様のお手紙がわたしに渡されるように、兄にお願いしてください。わたしたちが交際すると兄は損をします。兄が手を貸してくれと信じるなんて、きっとわたしは気が触れているのでしょう。しかし兄は誠実な人です。ですから、わたし、兄の友情を当てにしていますの。この点については慎重に行動してくださいませ。お会いする機会はわたしにはどうしようもございません。あなた様がわたしに会おうとなさいますと、わたしをますます閉じ込めることになります。会おうとなさいませんと、わたしを絶望させることになります。これにつきましては、お好きなようになさってくださいませ。こちらにはよく言い含めた従僕といつも信心深い手紙だけをお寄越しくださいますように。と申しますのは、わたしは手紙を修道院長様にお見せしなければいけないからでございます。別のお手紙をこっそりお渡しください。わたしもこっそりご返事をお渡し致します。さようなら、この手紙が長すぎるとは思いません。でも、それは修道院にいる空しさのせいとお許しくださいますように。おそらく今のわたしは動揺したり、希望をふくらませたり、不安でおののいたりして、他愛もなく無我夢中になっているのかも知れません。

「私はこの手紙をベルネーに見せました。『一瀉千里ですね。――と、彼は笑いながら言ったものです――世間知らずなのに、十八歳にしてはいろんなことを知っているなぁ。つまり、こういうのを短期間に長足の進歩というわけです。なるほど、――と彼は話を続けました――父親や母親が子供がまったく召命を感じていないのに閉鎖的な生活を強制したりすると、子供たちの美徳を危険に晒す思い切った行動をさせてしまうのですねぇ！　しかし正直に言ってください、妹にどんな道を歩ませるつもりですか？　私にはよくわかります、妹は決して修道女にはなりません。私は妹を知ってますからね。妹はあなたの望み通り何でもします。僕はそう確信しています。しかし、妹にどうしろというのです？』『神の前でも人様の前でも、あのひとが迷惑することをさせるつもりは毛頭ないよ。――と私が答えます――しかし、どうあっても修道女にはさせないつもりさ。この点に関して君の父上の怒りは、柳に風と受け流しましょう。私は彼女と結婚したいだけです。そこで、君には反対しないように頼むよ。』

『まあ、聞いてほしいね。――とベルネーが言いました――君の望み通りどんな誓いでも立てるよ。何事であれどこであれ、誰に対してであれ、君のために一肌脱ぐと約束するよ。秘密は絶対に漏らさないと誓うし、妹を君の腕に託すために、そこまでやる必要があるなら、妹を連れ出せるように便宜をはかると誓いもするさ。しかし、私を除け者にして妹に何かそそのかしたりしないと、君の方でも誓ってほしいわけさ。というのは、妹はがむしゃらな気性だから、君がずるがしこく妹を騙したりすれば、手もなくたらし込めるからね。そうなると最後は、私が死ぬか君が死ぬかしかないわけだ。』私は彼の言う通り何でも誓いました。そして、お互いに堅く誓い合い、この時から私たちは兄弟と認め合ったのです。

彼は束の間の情事でパリに縛りつけられていましたし、この私は彼の妹のことでパリから動けませんでした。私たちはしばらくパリに留まっていたかったのです。ところが、国王は私たちにはお構いなしに、戦いをするには不向きな一月の末にすぐ出発せよと命令を下されました。しかし、いちばん身分の低い志願兵よりも怯むことを知らない国王は、麾下の部隊が季節を待つという習慣をいつとはなしに廃止していたのです（一〇）。したがって、出発する決心をしなければいけませんでした。私はクレマンスに会わずに出陣する気にはなれません。ベルネーと一緒に会いに行ったのです。彼は妹に会い話をしました。しかし、彼がどんなに憤って見せても、私の方は門前払いです。事の次第を知らされた父親が、それが私ゆえであることをついに突き止めると、クレマンスには家族以外は、たとえ誰であろうと面会は許さぬとはっきり禁じていたのです。友人は私のために悲しみ、私は悲しくて絶望しました。しかし私はめげずに、あれこれ手段を探し、ついにまったく突飛な方法を見つけたのです。

　私にはゴーチエという名の従僕がいました。デ・ロネー氏にあれほど嫉妬心をかきたてた例の人物です。ゴーチエはまだ私の家にいます。この男は少しばかり絵心があります。私はずっと彼を信用してきました。私は彼に窮状を打ち明け、私が満足できる何かよい工夫がないかどうか二人で探しました。そして、私だと見破られないように巧みに変装するという方法に決めたのです。私がベルネーに妹にはもう会いに行かないのかと尋ねますと、彼は行かないが、妹に頼まれた本を送ってやらなければいけないとの返事でした。私はベルネー家のお仕着とその本を受け取りました。私の従僕は、画家たちがパステルと呼んでいる絵の具を私の顔に塗り、本人の私でさえ自分だとはもう分からぬほど、目鼻立ちや顔色を変えてしまったのです。こういう風に変装して、私は友人に会いに行き、返事は私にくれるようにと書かれた手紙を渡しました。私は邸の従僕が着るジュストコールを着ていましたが、友人は私だと分かりません。しかし彼は私の従僕たちは全員その顔を知っていましたので、いつからテルニー氏に仕えているのか？　と私に尋ねたではありませんか。私は堪え切れずに笑い出してしまい、声で私だとばれてしまったのです。彼はこの趣向に感心しましてね、その日のうちにこの趣向を使って、愛人に別れの挨拶を言いに行きました。焼き餅焼きの愛人の亭主が女房の浮気を見つけ、しばらく前からは二人ともすんでのところで危うくひどい目に遭うところだったのです。

　皆さん笑ってますね。――と、テルニーが自分で話を中断して言った――そんな変装はまったくの作り話で、小説の中の出来事と思っていますね。ところが、これほど嘘のない話はありません。変装したのはこの私ですから、私が保証します。妻もその従僕も二人ともまだぴんぴんしていますし、それに……。」「話を続けてくださいな。――とコンタミーヌ夫人が笑って遮った――パステルとは本当にいい時に思いついたものね。目付きや声ではごまかせませんもの。」

「私がひと言でもでたらめを言ったら、地獄に落とされても構いません。――とテルニーが言った――こうして、もう見破られる恐れがなくなったので、私は修道院への道をたどり、兄の使いとしてクレマンスに面会を求めたわけです。ベルネーの手紙とほかにもう一通、私の手紙があって、その手紙を届ける人物が私であることをクレマンスに知らせました。私は彼女にその両方を渡し、できるだけ声を変えて、午後に返事を受け取りに来るとクレマンスに告げました。疑われるといけないのでその場はすぐに引き上げ、さんざん薄のろみたいなふりさえしたものです。クレマンスは意気消沈して人が変わってしまったように見えましたし、妹も見ましたが、彼女は修道院にいるよりは舞踏会で活躍する方がずっとふさわしいように見えました。この妹はいつまでも修道院にいたわけではありません。私はクレマンスを修道院から脱出させることしか頭になかったのですが、時が経つにつれて、私のことがきっかけになって、この妹は修道院から出ました。彼女はけちな了見から私を憎んでいるけれど、ともかく私のおかげで修道院から出られたわけです。

　午後になってから私が修道院に取って返しますと、姉と妹の二人が私に手紙を託しました。私は相変わらず間抜けを装いながらも、クレマンスと私は二人だけにしか理解できない多くのことを言い交したのです。私は友人宛の手紙と挨拶の言葉を託され修道院を出ました。これがクレマンスが書いてくれた手紙です。すみませんが、読んでください。」デ・ロネーがその手紙を受け取り、次のような手紙を読んだ。

手紙

　あなたがお見えになると、わたしが修道院で罰を受ける羽目になりますし、手離しで喜んでもいられません。お顔を拝見しても、心にあれほどはっきり刻み込んだ方とは少しも分かりませんでした。変装とは思いもよりませんでしたもの。わたしでさえ騙されたのに、無関心な人がどうしてあなただと見抜けたでしょう？　できることなら、また会いにいらしてくださいね。明日出発なさるのですから、もう期待してはいませんが……。わたしはどうなるのでしょう？　何のためにあなたにお会いしたのでしょう？　あなたを失うためでしょうか？　ここから出してくださると約束なさったのに、わたしをここに置いて行ってしまうなんて！　あなたに必ず付いて行けるようにしてくださるはずではなかったのですか？　わたしを騙したように、あなたはご自分も騙していらしたのですわね。わたしは何を言っているのかしら？　出発なさると聞いて私の頭は絶望に打ちひしがれています。もう自分のことが分からなくなりました。わたしはどんな暮らしをすることになることやら！　それにあなた、わたしを忘れないというどんな保証をしてくださるのですか？　あなたの手紙やあなたの誓いを信じなければいけないのでしょうか？　出発なさるということはそれが嘘だったということではありませんか？将来にどんな保証があるのかしら？　むしろ、あなたの実のなさがはっきりしたのではありませんか？　わたしはあなたとは違います。あなたにお約束したことはもっときちんと守ります。あなたのことは決して忘れません。たとえ一生を台なしにするほどの辛い目に遭っても、そばにいてほしいのはあなただけです。悲しいですわ！　今ではこの修道院を安住の地と思っているなんて！　俗世間ではわたしにどんな喜びがあるというのでしょう？　わたしを完全に打ち負かしたのでそれで充分で、勝利を収めるまでもないのですね。わたしは当てがわれた男性を拒みました。それなのに、わが身を献げたお方に捨てられるなんて！　なんて不幸な女！　わたしだって何もかも捨ててみせますわ。さようなら、あなた。出発なさると知って、もうあなたは当てにならないことが分かりました。この世のほかの方はどなたもわたしには何の意味もございません。これからは安らかな生活を探しますので、もう邪魔をなさらないでください。いえいえ、あなたのことを思うだけで心に溢れるこの乱れをわたしは鎮めることができません。お手紙や変装のことを思うと、あなたのおっしゃる通りですわね。わたしの自尊心はあなたにまだ愛されていると言っています。でも、あなたが遠くに行ってしまうので目が覚めそうです。どちらを信じたらよいのでしょう？　あなたの言う通りに従います。わたしを愛していてくださるのだと信じますわ。でも、わたしの愛は損得には関係ありませんのに、あなたはそのために進んで命を危険にさらしに行かれますが、それが愛の証しなのでしょうか？　名誉のためにそうするのですか？　愛してらっしゃるなら行けないでしょうに？　わたしよりほかのことが大切なのですね。なのに、わたしはもう何を見てもあなたのことばかり。あなたのお指図通りに致しますわ。もう敵を作る必要もないのですから、その通りにします。父の信頼を取り戻すように努めますわ。あなたがそうお命じくださるのですから、それだけで充分です。でも、もしあなたを完全に諦めなさいと無理強いされることになったら、猫被りよ、さようなら、わたしはもとの自分に戻ります。わたしの身に起きることは何もかもお知らせします。愛していれば、その方法は見つかるものですわ。そのために打つべき手はあなたが打ってくださいね。でも、もしもあなたがわたしを救い出せなかったら、どんな方法であれあなたと一緒になるという誓いに背いて、誓願を立てなければいけませんが、わたしは死をもって逃れるつもりです。お確かめくださいませ。わたしは羞恥心をかなぐり捨てています。それはよく分かっていますが、わたしの情熱が理性を圧倒し、打ち敗かしてしまいましたのよ。兄のことをよろしくお願いします。いつまでも仲の良いお友達でいてくださいね。あなたのなさることは漏れなくお知らせください、そしてできるだけ早くお帰りくださいませ。

かしこ

「翌日、私たち、つまりベルネーと私は出発しました。――とテルニーが再び話を始めた――フリブールまでは一緒でした。(一一)私はテュレンヌ殿と共にストラスブールまで行きました。そして彼の方は、デュラス殿指揮下の分遣隊に所属することになったのです。(一二)すぐあとで(一三)亡くなったこの偉大な人物の輝かしい戦いについては皆さんにお話ししません。我々はドイツ人を撃退し、追撃しました。そして、私がベルネーに会いに行こうと思った矢先に、彼がオッヘンブルグ近郊での会戦で三日前に戦死したことを知ったのです。彼の死を私がどれほど悔やんだかは言いますまい。非常に辛かったので、あの苦しみをまた味わいたくありませんからね。パリからはまったく違う知らせが来ました。それはクレマンスからの手紙で、姉のドルネックス夫人が父と夫を呪いながら亡くなったけれど、息を引き取る一時間前まで二人には決して会おうとしなかった、ということでした。また彼女はというと、修道院から呼び戻されて、父の家にいるとも書いて寄越しました。そのために私がどんな思いでいたか考えてもみてください。私はドルネックス夫人は非常に貞淑だとずっと思っていましたので、その死を残念に思いました。ベルネー氏はつい先ごろの痛ましい先例に衝撃を受けて、莫大な遺産の相続人になったクレマンスとその妹の二人の娘を束縛はしないだろう、そう私は期待したのです。彼が二人を自由にさせてくれるだろう、あるいは、少なくとも無理強いはしないだろうと期待したわけです。クレマンスがもう閉じ込められていないと知って、私は手離しで喜んだものです。彼女が父親の同意を得て私のものになると期待しても、何ら不思議はないと思いました。で、私はそんなことを考えながらパリに戻ったのですが、それが間違いだったのです。

ベルネー氏の娘は家にいました。彼はひどい病気でしたが、子供たちの死を悲しむあまり病気になったわけではありません。(彼は非常に酷薄で、そんなことで悲しんだりはしませんでした。)娘に持たせてやった持参金をドルネックスから取り戻そうとして、ドルネックスをいきり立たせてしまい、それで疲れて病気になったのです。この二人の男は同じ穴の狢《むじな》ですから、その仲も利益の分配で壊れてしまったわけです。舅が婿を訴えますと、婿も負けじと訴える始末。それぞれが相手にとって不足はないと思っていたものですから、二人の訴訟は面白い見物でした。この訴訟は民事でしたが、ついには刑事訴訟になってしまいましてね。二人はそれぞれ相手が故人が死亡した原因であったと告訴し合ったからです。舅は婿が自分の女房に加えた虐待ぶりをすべて並べ立て、それを人の胸を打つようにさんざん潤色して描いてみせました。彼の弁護士は彼の性格をでっち上げることにして、娘が哀れでしょうがないと彼に大袈裟に嘆かせるために、彼がいかにも善良な父親らしい優しさと、実に深い思いやりを持っていることにしたわけです。

一方、ドルネックスもベルネーの悪意を明らかにしていました。そして妻が嫌がるのに結婚したと申し出て、自分で恥入る始末。しかし彼は、妻やその妹たちが父親からむごい仕打ちを受けたことを示したかったわけで、妻の妹たちには召命がなかったことが引き合いに出されました。ドルネックスは舅が、特に結婚後に舅が娘にしたこと、娘を殴ったことを大袈裟に話したのです。ついに、この二人の男は世間の笑い物になってしまいましたよ。しばらくすると共通の友人たちが二人を和解させ、世間周知のこの醜聞に終止符を打たせようとしたのです。ところが、この舅は訴訟にひどくこだわり、続けているうちにくたくたに疲れてしまい、心身ともに病気になってしまったという次第。私は彼が病気で死んでくれればいいと思っていましたし、毎日、彼の寿命が尽きるように神に祈っていたものです。私の願いは叶えられませんでした。彼は四カ月近くも床にふせっていた末に、病気から立ち直ったのです。その間、私は父親に悟られないように毎日クレマンスに会っていました。なぜなら、彼は私が帰京したのを知るとすぐ、私と会うことも話をすることも彼女に禁じていたからです。

ベルネー氏は、ほかでもないこの私が娘に修道院を嫌いにさせたのだと吹き込まれていました。私が彼の憎しみを買ったのは知っている限りこの点だけです。そして、もしも娘と私が愛し合っていなかったら、私たちの結婚を認めてくれたはずだと私は確信しています。そういう性格なのです。誰でも仲睦まじくしているのを見ると癪にさわるのです。つまり彼に気に入られるためには、絶えず騒ぎを起こしていないといけないわけです。私はこういう防御策を知らずに、彼の家に行きました。彼がひどく無愛想に私を迎えたので、それは病気のせいだと思ったのです。娘には会いましたが、彼女は父親の歓心を買おうとして、貴族の娘にふさわしくないばかりか、召使でも、そのためにわざわざ雇われた召使でなければしないような仕事をしていました。私はこれほど粗暴な病人は見たことがありません。私がいるのもまったく意に介さず、私の目の前でクレマンスを殴りつけたり、彼女が飲ませようとして差し出したコップをその顔目掛けて投げつけたりするじゃありませんか。私はいたたまれなくなって、長居はしませんでした。その部屋を出ると、隣で彼女を待ったのです。彼女がやって来て、私たちは居間に下りました。そこで私たちは思い切り愛撫し合い、初めて二人だけで話をしたわけです。私が彼女に同情しますと、私が見たことはほんの序の口で、自分ほど不幸な娘はいないと彼女が言うではありませんか。私たちは毎日会うためにその手筈を整えました。召使たちは誰ひとりとして、自分たちに嫌悪感を抱かせる父親の酷薄で野蛮な振舞いを認めず、また、それぞれ自分たちの若い女主人がこれほどむごい扱いを受けるのを見て腹を立てていましたので、全員が彼女に手を貸していましたし、彼女を愛してもいたのです。というわけで、私は毎日クレマンスに会っていましたし、毎日、父親の常軌を逸した振舞いを何かしら教えられたものです。私はこの父親に当然の報いを受けさせなければいけません。彼女は私にどんなに愚痴をこぼしても、娘として父親に払うべき敬意を忘れたことはついぞありませんでした。こうあってほしいですね。彼女は、ずっと修道院にいたかった、父親の家にいるのはただただ私に会うのに都合がよいからだと言ってくれたものです。

　こういう気持ちでいたので、彼女に拉致されたいと決心させるのにさして手間はかかりませんでした。しかし、こんなやり方の口実として、私は両親の同意を得る必要はなかったのですが（一四）、なかなか認めてくれない両親の同意をやっと取りつけ、彼女に結婚の申し込みをしてもらったのです。どこから見てもクレマンスは私よりいい相手はほかには見つけられないと、私は何の衒《てら》いもなく言い切れました。私からこの話を聞かされた人はみな話はまとまったものと信じたものです。彼女と私はそうはいきません。ベルネー氏は私が娘を愛していること、また娘が私を憎からず思っていることも知っていて、それだけで娘はやらないと断るには充分だったのです。彼は娘は私にはやらんし、私のことも気に入らんと答えて来ました。それは本当でした。つまり、私は紳士だと言われていましたし、それが彼の友人になれない理由だったのです。彼は断わった理由はまったく明らかにしませんでしたが、ついには娘を私と結婚させるくらいなら、悪魔に嫁がせたほうがましだと滑稽なことを言う始末。私たちはこういう返事は覚悟の上でしたから、驚きはしません。そこで彼女をさらい出し、フランス国外に出て結婚することに本気で決めたわけです。私たちは人に知られずにパリで結婚などできませんでしたからね。それには極めて重要な理由が幾つもありましたが、中でも宗教はささいな理由ではありませんでした。なぜなら当時は、皆さんの呼び方で言えば、私はまだ迷える羊、また私たちの呼び方で言えば改革派だったからです。それはクレマンスが私を愛する妨げにはならなかったし、彼女の兄が私の親友でいる妨げにもなりませんでした。宗教は彼女の父親が断わった理由ではなかったのです。というのは、彼は私を自分と同じカトリック教徒と信じていましたからね。

それはともかくとして、私たちはイギリスに渡る計画を立てました。イギリスでなら私は援助も保護も得られたことでしょう。実のところ、私は心からの良きカトリック教徒でしたが、年老いた叔母のせいで公言することは憚っていたのです。私はこの叔母の遺産を相続することになっていて、公言でもしようものなら、従弟のように相続権を奪われていたはずです。その財産たるや莫大なものでした。そこで私は叔母のそばでは自重していましたし、叔母の援助を当てにしていたわけです。一年以上も前のことですが、私の意図はひとりの娘が自分の意思に反して修道女にされるのを止めることだと叔母に手紙に書いたところ、叔母は援助を約束してくれていました。叔母からは、それは慈悲の行為であるという返事が来て、修道院に対し猛烈な怒りを爆発させていました。叔母の言葉遣いを皆さんにお見せして楽しんでいただくために、その手紙がここにあればいいのですがねぇ……。叔母は顰蹙を買うこともなく修道院について好き勝手なことを何でも言えました。修道院で行われている純潔の誓いは叔母にとってはおぞましい誓いでした。叔母は純潔の美徳なるものを毛嫌いしていましたので、四番目の夫が亡くなると、五十二歳を過ぎてから未亡人になったのですが、五番目の夫を捜してもらったほどです。財産のおかげで見つけてもらえましたよ。しかし、宗務局[5]と牧師たちがこの醜聞に異を唱えました。私は叔母がしっかり援助してくれると確信していましたし、そう思って手紙を出したわけです。それで私は、叔母に何もかもやってもらおうと思って、問題のその娘はすでに書いたことのある例の娘で、私と一緒にイギリスに渡り、そこで改革派に改宗する気でいると手紙に書きました。この娘をローマ教皇の宗教から引き抜けば、その魂を神にゆだねることになると、叔母の名誉心を焚きつけたわけです。要するに、私の手紙は正真正銘のユグノー[6]のものでした。叔母はまんまと騙され、私に送金するために売れるものはみな売り払ってしまったことでしょう。しかし幸いにも、私の手紙は叔母が亡くなった二日後にようやく着いたのです。そして私はこの企てを着々と準備している最中にその訃報を受け取りました。

　私はクレマンスにこの訃報を見せ、父親の不機嫌をもう少し我慢してくれるように頼みました。叔母の遺産を受け取りに行くのは、自分にとってこれ以上重要なことはないのだと彼女に説いて聞かせました。私は作れる限りの現金をすべて持ってすぐさま帰って来ると彼女に約束しました。私たちは予定していたイギリス行きの計画は変更し、教皇領のアヴィニョン[一五]に行くことにしたのです。教皇のお側近くに行くのですから、私はそこで知人を得たいと思いました。クレマンスにはカトリック教徒になると誓っていたし、その約束を守り、オラトリオ会（一六）の修道士の所に改宗の宣誓をしに行ったのです。四年以上も前のことですが、ひとりのオラトリオ修道会士が私の教育にたいへん力を入れてくれました。こうして私は自分の良心と恋人を同時に満足させることができたわけです。私たちは手紙の安全をはかるために手を打ちました。というのは、クレマンスの父親は郵便局長に親しい知り合いがいて、その人たちの間で絶大な影響力を持っていたからです。

　クレマンスはずっと以前からデュピュイ嬢を知っていました。この二人はかなり長い間、一緒に寄宿生活をしたことがあり、仲良しだったのです。クレマンスは、デュピュイ嬢に私たちの秘密を打ち明け、私がゴーチエという名でデュピュイ嬢宛に出す手紙をすべて自分に渡してくれるように、また、ゴーチエに自分の返事を出してくれるようにお願いしました。私たちは私の従僕の名前を使ったわけですね。この男は私がこれから行くことになっていた地方の出身で、彼の姓はその地方ではよく知られていますが、彼の戦時名〔兵隊が軍務に服する時に用いた名〕はまったく知る人もなく、パリでしか知られていません。デュピュイ嬢が仲介役をお断わりになればよかったのですが……。――とテルニーはデ・ロネーに言葉を掛けて、話を続けた――というのも、お二人の諍《いさか》いはそこから生まれたわけですし、また、私たちは身に覚えがないのに、その原因になっているわけですからね。これで謎が解けましたね。しかし、もっと詳しくこの謎をあなたに説明しましょう。私は改宗の宣誓をした翌日、パリを発ちました。じきにグルノーブルの叔母の家に着きましたが、それは、あなたがそのあとで駅馬車に乗ったように、私も駅馬車に乗ったからです。親類たちは私が熱烈なユグノーではなくて、良きカトリック教徒だと分かり、びっくりです。宗旨変えのおかげで、仕事がさっさと捗りました。私は用件をすっかり片づけるために、もう一度グルノーブルに戻ったのです。クレマンスの手紙を受け取ったのはその時です。この手紙を読んでくれませんか。――とテルニーがデ・ロネーに向かって言った――あなたがご覧になって、悲嘆に暮れたという例の手紙は、この手紙の返事なのです（一七）。」

手紙

　あなたがお帰りになるまで、わたし、父のむごい仕打ちは何でも我慢するとお約束しました。あなたがパリにいらっしゃらないと分かってからというもの、この二カ月以上も、父の仕打ちは一層ひどくなりました。父がわたしにどんなことをしたかは言いません、父が何をするか分からないのはあなたもご存じですから。わたしのことを娘というより、むしろ下女だと思っているなんて驚きですわ。父はわたし以外の誰かに世話をされるのが我慢ならないのです。ですから、わたしが何から何まで世話してきました。すべて父の望み通りにしてきましたのに、その報いがむごい仕打ちです。けれども、あなたとのお約束は守ったつもりです。あなたのためにいつの間にか父の酷い仕打ちにも慣れてしまい、じっと耐えて参りました。でも、私たちを別れさせようとするのには耐えられませんでした。父が元気になるとともに新たな嫌がらせが始まったのです。自分が勝手に選んでわたしを結婚させようというのです。父はたった二日間でことを運び、三日目に結婚と段取りをつけてしまいました。わたしにある軍人との結婚契約書に無理やり署名させようとしたのです。この人は初めは財産だけが目当ての結婚でしたが、わたしを見てからは好きになって、嫌がらせが輪を掛けてひどくなりました。この人は貴族です。ところが、わたしが心のうちを率直に告白したにもかかわらず、わたしと結婚したがるような恥知らずな人間です。わたしはあなたを愛していますので、不実な女にはなれません。二日間わたしは監禁されました。苦しめてわたしから同意を取りつけようという魂胆です。愛していればこそわたしは耐え、あなた以外の殿方のものになるよりは、死のうときっぱり決意しました。父の給仕頭が苦境に追い込まれたわたしを哀れと思って、切り抜ける方策を講じてくれました。わたしは二晩デュピュイ嬢の所で過ごしてから、父の知らない修道院に入りました。わたしが前にいたあの修道院には友人がたくさんいますので、そこではありません。名前も変えましたし、ここにはわたしを知っている人はいません。あなたがお帰りになったら、すぐにここから出られるようにこうしました。早く来て、わたしをここから連れ出してくださいね。でも、デュピュイ嬢宛に出してくださいね。でも、手紙は今まで通りデュピュイ嬢の返事がわたしに届くようにしてくださいね。封筒は使わないでください。彼女には名前でその手紙が誰宛のものか分かります。デュピュイ嬢はその手紙に女文字で書いた封筒をつけて、わたしに届けてくれます。あなたを一途にお待ちしています。あなたがお着きになったら、すぐにあなたの腕の中に飛び込みます。どんなことでもします。絶望のあまりわたしがどんなことを仕出かそうと、神に対するその責任はむごい父に取ってもらいますわ。わたしにむごいことをしたのですから、父の同意を求める必要もございませんし、待つ必要もございません。わたしはもう父を死刑執行人か暴君としか思えません。あなたが救い出してくださらなかったら、みずからただちに死を選び、今までわたしにつきまとって来た不幸を確実に断ち切ろう、そう思い詰めるほどわたしは絶望しています。すぐにいらしてください。ただただそう繰り返すばかりです。あなたの忠実な僕より。さようなら

クレマンス・ド・ベルネー

……にて、……月十四日

「私はできるだけ急いでパリに戻りました。――とテルニーが話を続けた――いつもの旅籠屋に宿を取りに行ったのです。ベルネーは、娘がどこに行ったのかその所在が分からず、私なら知っているだろうと睨んで、私を見張らせていたのですね。私が帰京したと知らされると、彼は私を尾行させました。私が真っ先に訪ねたのはデュピュイ嬢の所で、彼女が涙に泣き濡れて

いるではありませんか。彼女の語るところによると、私の手紙で怪しまれたせいだとのこと。私は困り果て、あなたの誤解を解こうとしたのですが、あなたはパリにはいませんでした。グルノーブルにあなた宛の手紙を出しますと、送り返される始末。私はそれ以来あなたにお会いすることができませんでした。というのも、私はパリには残りませんでしたし、妻と私はつい三日前に帰京したばかりだからです。

こちらが――と美しいデュピュイ嬢を示しながら、テルニーが話を続けた――クレマンスがどこの修道院に引き籠ったか教えてくださったので、私はそこに駆けつけました。私が期待していた以上に彼女の決意が堅いことが分かり、修道院を脱出する日を決め、その翌日に脱出と決めたのです。もし即座に彼女を連れ出したら、誘拐だと発覚していたからです。しかし神様は何事もよくしたものです。」「失礼ですが、これで充分です。――とデ・ロネーが話を遮った――美しい私の恋人の無実は充分に納得しました。私がここに足を運んだのは、あなたのお話を伺うためでも、彼女の釈明を聞くためでもありません。本当に後悔しているからです。彼女さえその気なら、私たちの恋の結末をまもなくお見にかけられるでしょう。なにしろ、お二人の恋の結末は、お二人が帰京されたことで分かりますからね。」「六カ月ほど経ってから、やっといちばん手強い障害がなくなりましてね」とテルニーが言った。「それを伺ってもいいかしら。――と美しいコンタミーヌ夫人が言った――正直なところ、伺いたいわ。なぜって、あなたはまだご存命のベルネー氏に認められて結婚なさったわけではありませんし、それに先ほどのお口ぶりですと、ベルネー氏をあまりお好きでないようにお見受けしたものですから。」「おっしゃる通りです、奥様。――とテルニーが答えた――彼はその場にいましたが、私たちは彼の意向に逆らって一緒になったのです。彼はいまだに私たちとしっくり行っていませんが、私たちを悲しませないだけでも、私は満足しています。妻も私も夫婦になってからは彼に会っていません。しかしながら、彼が本気で和解する気があるなら、私たちは喜んで手を差し延べますし、率先してそうします。ところがどう見ても、相続財産ばかりは、私たちは法廷に持ち込むことになりそうです。あるいは彼は、来世の法廷に出頭する時にでもならない限り、自分からは財産をくれないのでしょうね。彼が訴訟を起こしまくらないようですから、私たちはもっと幸せになれるでしょう。けれども、訴訟は予想していませんが、彼の方は不仲を喜んでいるので、死んだあとに訴訟の種を残しておくのかも知れません。しかし、奥様があとの話を知りたいとおっしゃるので、ご意向に沿うことにします。

ベルネーは私を尾行させ、娘がどこの修道院にいるか突き止めると、翌朝その修道院に行き、彼女にきちんと面会を求めました。つまり娘と話をするために私の名前を使ったのです。クレマンスが父親を見た瞬間、どうなったか考えても見てください。彼女はものも言わずに即座に引き下がりました。そこで、彼は修道院長とずっと話をして、クレマンスを院外に出さないようにしたのです。

私は四輪馬車で着きました。様子が一変しているのが分かった時には、びっくり仰天です。ベルネーと私は笑顔を交わし合うような、そんな仲ではありません。私たちは威嚇するような形相で睨み合います。彼は恋人の父親ではありますが、私と同じ軍職で同じ年齢だったら、取っ組み合いになっていたでしょう。しかし実務屋にすぎなかったので（一八）、私は悪党扱いするだけで満足しました。彼の方も同じ調子でやり返してきます。私は杖を振りかざします。私よりも思慮深い従僕が止めてくれなかったら、きっと面倒を起こして、今でも後悔することになっていたでしょうね。私は自分の非を認め、クレマンスに会うこともできず、引き上げました。ベルネーも帰りました。私は彼が誘拐罪で私を告訴したがっていたことを知りました。ところが、彼はそれが立証できなかったのです。意思だけでは罰せられませんからね。つまり、彼は訴訟を諌められたわけです。彼は訴訟では仕返しができないので、未来の婿殿を使って別のやり方で仕返えしをしようとしたのですが、その婿殿はそれにも見事にしくじってくれましたよ。

　私はパリにいましたので、またデュピュイ嬢に会いに行きました。できる限り彼女を慰めましたし、一緒に悲しみもしました。私が自分の不幸を話しますと、彼女は同情してくれました。幸いなことに、翌日デュピュイ嬢はクレマンスの手紙を渡してくれたのです。それがこれです。」デ・ロネーがその手紙を受け取り、次のような手紙を読んだ。

手紙

いとしいかた、不運にあきれ果てていらっしゃいませんか？　わたしにご執心なさらなければ、あなたはいつもずっと幸せだったでしょうに……。わたしの不幸が近づく人すべてに乗り移ってしまうのですね。わたしはここで囚人以上に厳しく監視されています。それでも、あなたにお手紙を差し上げるくらいは許されるでしょう。といいますのも、この修道院から出ようと企てない限り、ほかのことは禁じられていませんから。今まで通りデュピュイ嬢を通してあなたのお手元に手紙が届くように致します。デュピュイ嬢にはこれからもどうぞ宜しくとお願いしてくださいませ。そのために彼女が辛い思いをしているのが残念でなりませんわ。でも、ちょっと説明すれば彼女の恋人は癒されるはずです。わたしたちの不幸はもっとずっと酷ですわね。ここにいるデュピュイ嬢のお友達は口が裂けても秘密は守ると約束してくれました。同じ手蔓をお使いくださいませ。父でさえも勝手にわたしをここから連れ出せないとわたしは保証されています。ですから父の意向に逆らってここに留まるつもりです。でも、不幸な女をどうか哀れとおぼしめしくださいませ。わたしの財布は空っぽです。あなたがご自分でわたしの寄宿料を払ってください。修道院に置いてもらい、ないがしろにされないためです。そればかりでなく、もう父親とは思っていませんが、ベルネー氏にいっさい世話にならずに済ますためです。わたしがあなたのものになった時に、あなたは彼にわたしの財産を請求できますし、彼はもう母の遺産をわたしから奪うことはできません。その時まで、わたしは何も望みません。でも、その幸せの時はすぐに来そうもありませんわね。わたしは生涯でいちばん素晴らしい歳月を苦悩の中で過ごしているわけです。構いませんわ、いとしい方、待たなければいけませんわね。わたしの愛はどんな試練にもびくともしません。わたしが恐れているのは、悲しみと時間があなたに嫌気を起こさせ、あなたに褒められた若さと美貌の輝きを曇らせてしまうことです。あなたの目にわたしがいつまでも魅力的に映るとは限りませんし、これがわたしの頭から離れないただひとつの心配事です。そのほかのことは気にしていません。もしもあなたがわたしに忠実でいてくださったら、ほかの女性でしたら戦慄するようなことでさえ、わたしはものともしないことがお分かりになるはずですわ。もしもあなたの愛が冷めたら、わたしは自分の不幸にみずから終止符を打ちます。父と時間があなたが愛してくださったものをわたしから何もかも奪ってしまったとしても、その罪の責めはわたしが負うつもりです。ここにいる間ずっとひたすらあなたを思って過ごすつもりです。できる限りひんぱんにお便りをくださいませ。

「私はこの手紙に返事を出しました。そしてクレマンスには余るほどたっぷり金を送ってやりましたが、それでもこれからお話しする計画を実行するためには充分ではありませんでした。こうして私は機が熟すのを、つまりベルネーが亡くなるか、クレマンスが成人するまで待つことに決めたわけです。私は永遠の忠誠を彼女に誓いました。もう彼女を拉致することはまったく考えていなかったのです、打つ手がまったくありませんでしたからね。私は、近々任命される官職と同じような宮内府（一九）のある官職を手に入れる根回しをしていました。交渉はしたのです。しかし、話をまとめる時間がありませんでした。

　皆さんには、ベルネーは波瀾がないと機嫌が悪く、彼のいちばんの楽しみは喧嘩を売ることだ、と言ったと思います。その楽しみが忘れられなかったのですね。彼が選んだ婿殿は本物の軍人で、世間に少しは知られていました。この男にはベルネーの財産は零落した家名を再興するために打ってつけだったのです。その上、クレマンスはそんな気はないのに、彼に気に入られてしまいました。彼は自分の企てが失敗に終わり、烈火のごとく怒っていました。それも私のせいだと分かっていましたし、私の名前は知っていたのです。ベルネーが私のことを青二才というよりも、鞭のお仕置がお似合いの小僧っ子だと彼に吹き込んだものですから、この男はそれを真に受けてしまったのですね。彼は私と喧嘩をしたかったのです。私を捜しましたが、私は隠れたりしませんから、すぐに見つかったというわけ。

　彼は大勢の前で、自分の目論みは明かさずに、子供を脅かすような態度で私に話し掛けてきました。どこか一緒にぶらぶら散歩でもしないかと聞いて来たのです。私は大勢の前で彼の意図を暴いてやるのはひどく愉快でしたから、私も遠慮なく、フランスにいなければいけない用があって、王国から追放される羽目になったり、断頭台に上ったりはご免だ、と言ってやったわけです。すると彼はベルネーに言われた話は本当だ、取っ組み合いになるのを避けるために、私がこんな言い逃れをしているのだと信じたのですね。怒り心頭に発して冷静さを失い、私を罵りました。証人たちを味方にするには、これこそ私の思う壺です。彼が完全に逆上しているのを見計って、私は極めておだやかに言ってやりました。『伏してお願いします。私のことはほっといてください。でなければ落ち着いてください。というのは、この私も腹が立って来たからです。二人が同時にかっとなったら、二人のうちどちら一方は無事では済みませんよ。』冷静で落ち着いた私の話し振りがその場にいた人々の笑いを誘いました。我が恋敵は逆上して真っ赤になり、剣を振りかざし、私が剣を抜かないうちに私の二の腕を刺したのです。その血を見て今度は私が逆上してしまい、人々が二人の間に割って入ろうとしましたが、私は彼の胴に一撃、二撃とお見舞いして、二発目で奴を倒してしまいました。

　この男は権勢を誇る一門の出でしたので、私は遠くに行くことを考えなければいけませんでした。目撃者の証言が調取されると、すべてが私に有利なものばかり。私にはパリにごく親しい友人がいて、彼が私のために奔走してくれたのです。クレマンスには取るものも取り合えずひと言だけ書き、パリを遠のいてから改めて一部始終を手紙に書くことにしました。この知らせで彼女は病気になってしまいましたが、私がそれを知ったのはパリを離れてからのことです。この別離は私にはそう辛くありませんでした。彼女は安全な所に置いて来ましたし、それに私さえパリにいなければ、父親は彼女をもっと人間らしく扱うだろうと秘かに期待していたわけです。それは私の間違いで、彼は非道なことをせずには生きていけなかったのです。

　追手はかかりませんでした。私はカレーで船に乗るとイギリスに渡り、快く迎えてくれるごく近い親類のもとに身を寄せました。そこにはほんのしばらくいただけで、訪ねてみたかったオランダに渡り、この美しい国を探訪して回ったわけです。ひどい寒さで水という水がすべて凍り、足を濡らすことなくどこへでも行けました[二〇]。私はオランダからクレマンスと、私の恩赦を請願してくれている親類に手紙を書きました。そして、返事を受け取るとすぐパリに戻って来たのです。パリではすべてが私の満足の行くように運んでいて、私は恩赦状を認可してもらいました。そしてクレマンスの手紙を受け取りましたが、その手紙には、父は厄介なことはまったく言わないとか、父と仲直りしたとか、父はひんぱんに訪ねて来るが、別に縁談を持って来るわけではない、私のことを話したけれど無駄であった、このことを除けば自分はかなり落ち着いている、などと書いてありました。私も、彼女が修道院にいなければいけない期間の一部をまたイギリスに行って過ごすことにすると、彼女に手紙を書きました。実際、私はその親類の所に戻ったわけです。そこには三カ月以上もいたのに彼女からは何の便りがありません。それで私は不安になり、こんなに長い沈黙のわけを知りたくなって今にもフランスに行こうとしていた矢先に、私と同じ中隊にいたから顔は覚えていたのですが、旅姿のひどくみすぼらしい身なりの男が、そのわけを教えてくれました。この男がここにあるこの手紙を届けてくれたのです。しかしこの手紙を読む前に、ことの顛末をお聞かせしておかなければいけません。

　私が再び出発するとすぐに、ベルネーはずっと修道院にいたクレマンスの妹のセラフィーヌを引き取りました。世間の人はセラフィーヌをひとり娘だと思っていましたし、事実、ひとり娘にするのがベルネーの企みでしたから、彼は立派な結婚相手を見つけてやったのです。彼女は美しくもなく、醜くもありませんが、愛敬があって見事な体をしています。しかしいずれにせよ、二人といないような意地の悪い娘で、父親のように根性がねじけているのですね。つまり、狡猾で陰険で、ユダヤ人以上に強欲ときてます。ベルネーはクレマンスがいる修道院にやって来ては、優しい言葉を彼女にさんざん並べ立てていました。かわいそうに娘は父親が本気だと信じていたのですね。ベルネーは無理にでも彼女を修道女にすることができたら、莫大な金をつけてやると修道会に約束しておいたのです。クレマンスのために多額の持参金を申し出ていたので、ご立派な修道女たちはこれほどの大金を逃してなるものかと彼女を責めたて、とうとう彼女に無理やり法衣を着させてしまいました。自分が結婚するために姉の誓願をひたすら待っていたセラフィーヌと、すべてが終わればいいと願って来たベルネーは、クレマンスにさんざん甘い言葉を弄して来たわけです。

　私たちの交際を助けてくれていた修道女は見つけ出され、特別室に入れられてしまいました。クレマンスもほかの多くの修道女たちも、この修道女は噂通りほかの修道院に移るために修道院を出たのだと信じていましたが、この陰謀に加わったのは年配の修道女だけでした。それは実にすばやく極秘のうちに進められたので、クレマンスはデュピュイ嬢を通してこの陰謀を私に知らせることができなかったのです。デュピュイ嬢は彼女に面会に行ったのですが、父親がほかの修道院に彼女を移したと告げられました。要するに、クレマンスには誰とも決して話をさせなかったのです。

　クレマンスは別の修道女に打ち明けましたが、その修道女には裏切られました。彼女は私が引き籠ったイギリスの地で結婚したと告げられても、そんなことは信じません。信じることは俗世間を全面的に捨てることに通じるわけですから、彼女はすべてを疑ってかかったのです。父と妹、修道女たちに修道院長、それに聴罪司祭が修道の誓いを立てるようにしつこく彼女を責め立てたのですから、なおさらです。つまり、こんなふうに連中はクレマンスに大司教猊下への嘆願書に署名させようとしたわけです。その嘆願書というのが、自分は非常なる召命を賜っているとか、修道院で教育されたので修道院の規律を吸って育ったとか、そのほか私にはちんぷんかんぷんで、どれもこれもでたらめな理由ばかりでしたが、そういった理由を考慮して、自分が法衣拝領（二）三カ月後に修道の誓いを立てる許可を与えてくださるよう、大司教の寛大な慈悲を乞うというものでした。この最後の攻撃がクレマンスに態度を決定させ、そのおかげで私たちは救われたのです。

　クレマンスはこの嘆願書に署名すると申し出ました。しかし俗世間にたいへんな借金を抱えていて、神に仕える前にそれを支払いたいと言ったのです。彼女はルイ金貨三百枚を要求しました。何も心配するには及ばない、借金はすべて払ってやると言われたのですが、彼女はこう言ったのです。債権者たちの名は明かしたくないし、その人たちには自分の聴罪司祭か、口が堅いと思われるほかの人を通してその金を送りたい、その金を自分が自由に使えるように、誰を通して誰に送ったか調べられないように、金を受け取ってから三日後でなければ署名はしない、また、金を取り上げられないように、自分が持っていたい、そのあとでなら皆のお望み通り何でも署名するけれど、もしその金をくれるのが二日以上遅れたら、署名にはいっさい応じない、そう言ったわけです。彼女は一旦こうと決めたら頑固で強情だと知られていました。彼女が誓願を立てる修練期間の最終日までは、もう三週間しかありませんでしたし、また、彼女と私の交際を完全に断ち切ってしまおうとあらかじめ万全を期しているさなかに、私がこんな短期間に彼女の便りを受け取り、それに返事を出すことができるとは信じられなかったので、なおさら彼女には気前よくその金が与えられたわけです。実際、危機一髪で彼女は時間切れになるところでしたよ。幸いそうならずに済みましたがね。これから、彼女がこの金を私たちの愛にふさわしい不退転の決意でどう使ったかお話しします。

この修道院には受付け係の修道女というか、雑用係の修道女がいて、クレマンスにはこの修道女が自分よりも召命を抱いているとは思えなかったのです。クレマンスが打ち明けたのはこの修道女です。クレマンスは彼女の足元にひざまずき、もし私の許に手紙を届けてくれたら、きちんとした結婚をするために必要なものを俗世間に出たら贈ると約束し、その謝礼の手付金として、もらった金の三分の一を与えました。ルイ金貨百枚の輝きと、夫を持てるという希望に魅せられたこの修道女は、なにしろ、この二つはもっぱら貧困のために修道院に引き止められている娘にとってはたいへんなことですからね、降参してクレマンスにどんなことでも力になると約束してくれたのです。彼女にはパリに職人の兄がいて、その兄を探しに行きました。そして、手紙を携えてイギリスに行き、その返事を持ち帰るという条件で、兄に途方もないことを約束したわけです。クレマンスが彼に突然与えたルイ金貨二百枚の贈物が、どんな言葉よりも見事に彼を説得してしまいました。彼は私への伝言と、私がいそうな場所をすべて教えられ、私がロンドンにいなかったら、いると言われた所にはどこへでも行くように命じられました。彼は一刻も無駄にしないと誓うと、事実その日のうちに出発したのです。運のよいことにこの男は私の中隊で軍曹だったのです。そして私のことが好きだったので、喜んで行動してくれました。けれども大した飛脚ではないので、そう速くは進めません。そうこうするうちに彼は到着し、私の親類の家で私を見つけ、さきほどあなたに手渡したその手紙を私に渡しながら、今お話ししたことを話してくれたわけです。さて、あなたにその手紙を読んでいただきましょうか。

手紙

前文お許しくださいませ。ご返事をいただける望みのないまま、この手紙を認めています。埒もない愚痴をこぼし、あなたに怒りをぶつけるつもりはございません。お便りさえいただけなくなってから三カ月も経つのに、わたしのことを気遣ってもくださらず、わたしは絶望に打ちひしがれています。二十通以上もお手紙を差し上げました。あなたはお受け取りになったのに、一顧だにしなかったとのこと、そうきっぱり言われました。あなたにはわたしがいなくてはいけないのだと、もういい気になってもいられません。わたしにはもうなす術もありません。お約束はどうなさったのでしょう？　わたしは胸を突いて果てる覚悟ですが、最後の瞬間をあなたにご説明し、それをせめてもの悲しい慰めと致します。ご存じのように、この世に生を受けたのが不幸の始まりですが、わたしはただあなたのために生きて参りました。あなたゆえに、わたしは命をいとおしんで参りました。あなたが関心を示してくださると思えばこそ、命を大切にして来たのでございます。あなたはもうわたしには関心がないのですね。あなたのつれなさが下した判決をわたしは受け入れます。もう一度繰り返します、わたしにはもうなす術もありません！　あなたの不実が心配だと脅されましたが、忘れられてみるとやはりその通りだったのですね。殿方の約束など当てにはならぬものだとも教えられました。わたしがみんなの言いなりにならなかったことはただひとつ、あなたを憎むことで、わたしは世間嫌いにさせられただけです。妹は父の家にいて、何度も会いに来ました。妹は不幸だと言っていますが、自由を享受しているのにそんなことがあるでしょうか？　わたしはその自由があれば、あなたの不実をなじりに行くでしょうに……。みんながわたしの弱みにつけ込んで、自分たちの望むことをわたしに押しつけ、わたしに修道女になるよう決意させ、法衣を拝領させて、立願式の日取りを早めましたが、わたしは何もかも同意しました。いえいえ、違います、わたしは間違っていました。みんなでわたしを騙そうとしたのです。それがあまりにもひどすぎましたので、情熱から行動しているとわたしは信じることができませんでした。同意することばかり何度も何度も続けて催促するものですから、ほかのことも信じられなくなったのでございます。もう疑ってはいません、あなたはずっと心変わりしなかったのですね。それなのにあなたはわたしを失うことになります。わたしはあなたとお別れすると認めてしまいました。わたしに罰を与えてくださいませ。でも罪作りなのは私の口と手だけで、心はあなたを裏切ったことはございません。わたしを破滅させようとしていた修道女たちに誰彼となく始終うるさく付きまとわられました。わたしはその人たちのお追従やお世辞をはねつけることができませんでした。息つく暇も与えてくれなかったのです。その人たちと家族にうるさく催促され、わたしはすべてを与えてしまったのでございます。要求されるままに何でも約束してしまったのでございます。口先だけの甘い言葉に魔がさしたのでございます。寄ってたかってあまりにしつこく、わたしが毛嫌いしている修道の誓いを立てさせようとしましたので、一挙に怒りがこみあげて来て、わたしを無気力な状態から目覚めさせ、今度はわたしがこの人たちを騙してやることに決めました。わたしは召命を賜っていると、この人たちは言っていますが、法衣拝領三カ月後に立願させるために、わたしに大司教への嘆願書に署名させようとしました。何という悪辣な企みでしょう！　父は虎の皮を脱ぎ、羊の皮をまとっています。猫を被った虎は何倍も恐ろしいですわ。父はたいそう優しくしてくれましたし、妹はそれに輪をかけたように優しくて、修道女たちも一緒になって優しくしてくれました。もうあなたの支えもないのに、果てしなく続く誘惑に逆らって、どうしたらよいのでしょう？　わたしは要求したお金を貰えるならという条件で、この嘆願書に署名すると約束しました。お金を手に入れるために、どれほど苦労したことでしょう！　とうとうお金を手に入れましたので、近いうちに言われるままに署名をします。三位一体の祝日(7)の翌日、わたしは修道の誓いを立てなければいけません。その日まで一カ月もありません。わたしは自分の手紙があなたに届けられなかったのだと秘かに思って参りました。このお金を使ってあなたに特別の使いを送ります。その人はこの手紙を直接あなたに届けてくれるものと堅く信じています。以上がわたしがしたことです。次にこれからわたしがすることを記します。立願式の日までわたしは自分がこの世に生まれた時を呪い続け、この世に未練を残さず、苛酷な運命を受け入れるように努めます。そして、参列者全員の目の前で酷薄な父の足元にひざまずき、心臓をひと突きにする決意を固めるつもりでございます。わたしは短剣を持っていますが、ほかの場所では発見される虞がありますので、すぐに使えるように肌身離さずわが身に忍ばせています。(一三)　わたしはわが身の不幸に殉じはしますが、気の進まぬ犠牲者を神に捧げ、神を冒瀆するようなことは致しません。あなたに不平は言わないと申し上げましたし、言いもしませんわ。わたしは二重に不幸せになってしまいますもの……。不平どころか、この身はあなたにだけ捧げるとお知らせするために、ひたすらあなたに満足していたいのです。もしもあなたが確かに不実だと分かりましたら、わたしは死をもってあなたを責めます。そして、わたしはあなたのものになれないので、ただそのために死ぬのだと、そう末期に言えればいいのです。悲しいですわ！　もっと時間があったら、あなたにお会いでき、死なずに済むものを！　あなたのことを思うと俗世間に未練が残り、絶望でさえ果てることのない夢に変わってしまいます。いいえ、駄目です。運命の日は目の前に迫っています。その日のために豪華な品々がすでに準備されています。なんて不幸せな女！　野心と憎悪に燃えている生け贄を死に追いやるために、これほどの華美や贅を尽くして何の役に立ちましょう。わたしは命を捨てますが、悲しくはございません。わたしの生涯は不運ばかりで、惜しくはありません。死はわたしを死そのものよりも残酷な災の嵐から守ってくれるでしょう。わたしは修道院で何をするのでしょう？　死すべき人間でしかないこのわたしが、穢れを知らない神の花嫁の仲間入りを許されるのでしょうか？　わたしがいると修道院の神聖さが穢されないのでしょうか？　されませんわ、修道院には本当に神聖なものはありませんもの。わたしには修道院の中では野心と貪欲と嫉妬しか見えません。立願のあとで俗世間に戻る望みはもはやないので、わたしは俗世間から完全に解脱できると言われています。何という詭弁でしょう！　立派な修道女になるためには、その反対に、俗世間を捨てる前に、俗世間から完全に解脱している必要がないのでしょうか？　いつも不幸でしたし、ずっと不幸でいるように生まれついたとしたら、これ以上不幸にあらがって不幸を克服できる望みのないままさらに戦うよりは、わたしがこの不幸にみずから終止符を打った方が、潔いと言えないでしょうか？　さようなら、いとしいお方。わたしの思い出を大事にしてくださいね。絶望してわたしの真似はなさらないでくださいね。御身をお大切に、これがあなたへのただひとつのお願いです。

「この手紙と聞かされた話に私は胆をつぶしました。――とテルニーが話を続けた――もはや一週間しか残っていなかったのです。私は別れの挨拶もせず、ただちに出発しました。その上、じりじりしたことには、強い向かい風と大時化の海で、ドーヴァーに三日も足止めを食ったのです。やっとのことでカレーに渡り、ちょうど三位一体の祝日にパリにたどり着きました。つまりクレマンスの立願式が挙げられる、というよりはむしろ、茶番の最後の場面が演じられる前夜です。今度はいつもの旅籠屋に泊まるつもりはありません。ベルネーの回し者どもが心配でしたからね。とっぷり日が暮れるまで私はフォーブール・サン＝ドニにじっとしていました。一緒に連れ帰った使いの男を送り込み、その男の妹に私が到着したことを知らせたのです。私はこの男にクレマンスへの手紙を持たせ、その手紙で、その夜早速二人で話ができるように、受付け係の修道女と相談してくださいと彼女に頼みました。そして、使いの男にも同じことを妹に言ってくれるよう頼みました。この男が出発してからたっぷり半時間後に、私は元気のいい馬に乗ると、修道院へ向かいました。そして指示しておいた場所で受け取ることになっていた返事を待ったわけです。望んでいた通りの返事の声が聞こえました。私は中庭に入れられ、そこから受付け係の修道女の部屋に通されます。この修道女には手始めに相当な贈物をして、生涯、面倒をみてやると約束してやりました。クレマンスも遅れじとすぐにやって来ます。彼女は半時間も私の腕の中にいて口を開くこともできません。やっと彼女は話を始めました。私たちがお互いに何を言ったか、それは皆さんのご想像にお任せします。

ベルネーはひどい悪党で、娘はその晩のうちに私の妻になった、だから二人は修道院を冒瀆したのだというほどです。今は彼女の召使になっている受付け係の修道女が彼女のそばから離れなかったのに。クレマンスは感激していました。それに私は一時の快楽を求めてやって来たわけではありません。実際、私たちはそんなことは考えもしませんでした。もっと深刻なことを考えていたのです。それは翌日決行することにした計画を実行する方法です。世間を敵に回そうが、彼女の父親や妹、それに例の婚約者とその一族全員、そして修道女などの鼻先で、私は断固としてクレマンスを略奪する決意を固め、修道院をあとにしました。もし私が彼女の言うことを信じたら、その時すぐに彼女を連れ出していたことでしょう。しかしそれには受付け係の修道女が反対しました。そこで私は、クレマンスの望み通り二人だけで抜け出すよりは、さまざまな不測の事態と訴訟を避けるために、彼女は公の場で私のものになったほうがよいと彼女を喩したわけです。クレマンスは決心がつきかねていましたが、私の頼みに折れてくれました。すべてこんな具合にことが運んだのです。

修道院を出ると、私は再び馬に乗り、そこからたっぷり五里はあるリュトリ公爵殿の所に一目散に駆けつけました。私はこの方とは光栄にも縁続きで、私は買われてもいました。夜中の二時でしたが、私は公爵の部屋に通してもらい、自分の恋物語と計画を話し、私を匿ってくれるようにお願いしました。公爵はそれを認めてくれました。それだけではありません。というのは、もし私が武力に訴える必要があれば、加勢の部下を率いてその修道院に駆けつけると約束してくれたのです。公爵は通りがかりにミサに出席し、そのまま立願式に残るという口実で、本当に来てくれましたよ。話が片付くと、私はパリに取って返し、八頭立ての四輪馬車を一台確保してから、信頼していた御者と騎乗御者をその馬車につけました。私はまさかの時には一肌脱いでくれる屈強な男たちを知っていたので、その連中に会いに行きますと、彼らは私のためなら命を投げ出してもよいと誓ってくれたわけです。私は彼らを馬車のある所に連れて来て、その場で秘密を打ち明け、それから彼らに馬を与えて修道院に向かいました。この連中が嬉々として私に従ってくれたので、私はこの計画は成功間違いなしと思ったものです。

私たちは、見つからないように、パリからこの修道院へ通じる街道は避けて間道を進み、五百歩手前で止まりました。そこに着いた時にはまだ朝の八時前でした。それに誰かに先手を打たれたとも見えませんでした。お分かりのように、私は一刻も時間を無駄にしなかったわけです。私は疲労困憊のあまり立っていることもままならないほどでしたが、怒りと情熱が力を与えてくれたのです。私たちは決行の瞬間を待ちながら、朝食をもりもり食べました。決行の時は正午近くになってやっと来たのですが、その間、私たちはじっと身を潜めていたのです。踏み込む瞬間を合図させるため、私はイギリスから連れて来たただひとりの従僕のゴーチエをこの修道院の教会に送り込んでおきました。彼は見事な変装ぶりで、悪魔でも見間違えたはずですが、その上さらに貧乏人のなりをしていました。そして万全を期して、私はしっかり武装した勇敢な八人の男に、クレマンスがひとたび僧院から外に出たら、二度と戻れないようにしろと命令を与えて、教会の中に送り込んでありましたし、もちろん、残りの一隊は少しでも物音が聞こえたら、彼らに加勢することになっていたのです。ほかの友人たちは修道院の周りをぶらぶらしていて、合図があり次第すぐに門を占拠し、抵抗する者は誰でもひとり残らずみんな殺しにする決意でいました。

このように手筈を整え、私は時が来るのを待ちました。ゴーチエがうまい時に、つまり宣誓が行なわれる少し前に合図を送って来ました。私は馬車と友人たちの馬を前進させます。修道院の周りにいた私の友人たちは馬に乗り、門を占拠し、誰であろうと私のあとから入れないように封鎖します。クレマンスは私が到着するまでずっと悲嘆に暮れ、物思いに沈んでいたそうです。しかし、私が歩きながらたてる物音を聞いて顔色を変えました。私が旅姿で現われます。つまり、ロンドンを発った時の服のままで、まるでぬかるみの中を転げ回ったように泥だらけで、長靴に拍車をつけ、かつらはたばね、髭は八日間も伸び放題、そして手には御者の鞭という出で立ち。私が歩く物音にみんながふり向きました。私はベルネーに正体を見破られましたが、彼は、自分が頼んだわけでもないのに、この私が現われたので、式は初めとはうって変わり無事には済むまいとはっきり見て取りました。しかし式はかなり進んでいて、中断というわけには行きません。その上、私は列席者全員の前で彼の娘に本心を披歴させることができるという寸法。式が後日に延ばされないよう、私たち、彼女と私は手を打っておいたわけです。

私は人込みをかき分けて進みました。リュトリ公爵殿は私との約束を守り、空席を一つ置いてクレマンスの隣りの貴賓席にいましたが、まるで久々に会ったかのように光栄にも私を抱きしめてくださり、自分と私の恋人の間の空席に私を座らせてくれたのです。私はほんのしばらくひざまずいただけで、すぐに立ち上がり、ほかの立派な列席者には目もくれずに、未来の修道女に深々とお辞儀をしました。彼女のほうはぴくりとも動かず、目を上げることさえできません。頬をぱっと赤らめ、一瞬、体じゅうで満足したという様子を示しました。それに気づいたのはリュトリ公爵で、公爵は笑みを浮かべて、彼女はずっとこんな風ではなかったね、それに、君がないがしろにして怖い思いをさせたので、一度ならずも秘かに君を責めていたと思うよ、と私に耳打ちしたのです。私は思わず笑ってしまいましたよ。それに気づいたベルネーは顔を真っ赤にして、私がそれと分かるほど、本気で怒っていました。式は続行されます。私は式のことはほとんど関心がなかったので、皆さんにその話はできません。クレマンスのことばかり考え、クレマンスしか見ていませんでしたからね。その彼女は、望むところは何かと尋ねられると、二人で決めておいた通り、『テルニー伯爵様がわたしを妻にとご所望でしたら、わたしも彼を夫にしとうございます』と決然と答えたのです。と同時に私の腕の中に無我夢中で飛び込んで来ました。私の友人たちと、明らかに命令を受けていたリュトリ殿の部下が、私たちの周りをぐるりと取り囲み、会衆を遠ざけました。

父親も、妹も、例の婿殿も、また貴顕の会衆もみな、予想だにしていなかったこの返事にはびっくり仰天です。修道女たちは猛烈に憤慨し、聖職者たちはみな唖然としていました。聖体が顕示されているその前で、極めて不謹慎なざわめきがどっと起きます。私は両の腕でクレマンスを受け止め、会衆の目の前で、教会のまっただ中で彼女に接吻し、彼女を抱き締めました。司式を務めていた司祭は驚きのあまり物も言えない始末。目をぱっと大きく見開き、口をぽかんと開けたまま、身動きもせずに私たちを眺めていました。化石になったようにも、陶然としているようにも見えました。こんな時でなかったら、私はその顔に吹き出してしまったでしょうが、ほかにしなければいけないことがありました。

いつまでもざわめいているので、私はじりじりしてきました。私は全員に聞こえるような大声でベルネーに向かって言ったのです。私が最初の言葉を発すると、たちまちみなが静かにしてくれました。『率爾ながら、——と私がベルネーに言いました——神は自発的な生け贄しか望まれません。ところが、あなたは不敬を働き神の眼差しをここで冒瀆しています。神はあなたの犯罪が成し遂げられることを望まれませんでした。なぜなら、それによって罪無き者が苦しんで来たからです。神は私たちの心の秘密を知っておられました。あなたこそ自分の心を見つめ、悪心を悔い改めるべきです。ここにあなたのお嬢さんがいますが、私たちの厳粛な婚姻の秘跡をみそなわす神の前で、私は彼女を妻にすると認めます。（二三）お集まりの皆さんの前で、私は彼女を妻にします。』そしてクレマンスに向かって、『あなたは私を夫にすると認めますか？』と続けますと、彼女が『はい、認めます』と答えました。私が『誰にも疑われないように、もっと大きな声で言ってください』と頼みますと、『はい、わたしはあなたを夫にします』と答えてくれました。私は彼女の指に指輪をはめながら、『私はあなたと結婚します』と言って、もう一度衆目の見守るなかで彼女を抱き寄せたわけです。（二四）そのあとで私は続けざまに、相変わらずベルネーに、畳み掛けて言ってやりました。『ベルネーさん、お嬢さんの意志は無理やり強制されたものではないことがお分かりですね。あなたが反対しても無駄です。あなたは彼女が修道院に籠ることを認めているのですから、彼女はこれからの人生を自分で決められる年齢に達していると認めているわけです。私はあなたにとっては名誉ともなる家柄の出です。彼女はあなたが選んだ道を取らず、私のものになりました。彼女は私を喜ばせてくれました。あなたを不愉快にしたとしても、そんなことは私の知ったことではありません。私は持参金など鐚一文あなたに要求するつもりはありません。しかし、私には少なくともあなたが修道院に寄進するつもりでいたものを要求する権利があるはずです。しかしこれについては後日話をすることにしましょう。彼女の母親の遺産については彼女も私も放棄はしません。さらに、ベルネーさん、あなたが自分の所業を神に報告に参上する時に、神に財産を没収されたくなければ、私たちはあなたの遺産のうちお嬢さんの相続分は渡してくれるように希望します。率爾ながら、——と、今度は司式役を務めていた司祭に向かって、私は話を続けたのです——私たちの結婚を祝福してくれますか？　してくれるなら、嬉しいものです。駄目なら、私たち、彼女と私はなしで済ますことにします。唱えてください。——と私が促します——躊躇しなさんな。』『駄目です。私にはできません』と、その司祭が答えましたので、私は『なしで済ますことにするさ』と答えてやりました。『さあ、——と、私はクレマンスに向かって続けました——皆さんにお暇乞いをしてください。』彼女は恭しく深々とお辞儀をしました。すると『彼女に接吻をしたいな』とリュトリ公爵が彼女の手を取って言われたので、私は『どうぞ、どうぞ』と、笑いながら答えたようなわけです。公爵はクレマンスに接吻すると、『あなたの行動には感服しましたぞ。勇ましいものだ。誰にもお二人の邪魔はさせませんぞ』と彼女に耳打ちしてくれました。

彼女は落ち着いたしっかりした足取りで進みました。彼女は、心を揺ぶり熱くする行動のためか、誰の目にも見たこともないほど美しく見えたものです。私にもそう見えましたし、その姿に魅了されましたよ。彼女も私も出て行く時には誰も目に入りません。友人たちが道をあけてくれ、私たち二人は大急ぎで馬車に乗り込みます。すぐ追手がかからないよう、教会の門が閉じられました。受付け係の修道女も一緒に連れて来ました。友人たちが馬に乗ると、私たちはリュトリへの道を一目散に跳ばしました。到着すると、私はすぐその足で用意されていた部屋に彼女と閉じ籠ったわけです。そこでは、彼女が身につけていた法衣なぞ、彼女を妻にする妨げにはなりませんでした（二五）。私はそれから誰にも有無を言わせぬように、彼女を妻にしたぞ、と大声で宣言しました。そう宣言したのは、私はまだ不測の事態を心配していたからです。私たちはその日は一日ずっと楽しく過ごし、よそで味わえる快楽など羨ましいとは思いませんでした。

　追手はかかりませんでした。リュトリ殿と良識あるほかの方々が、私たちを支持すると表明してくださり、初めはすさまじい怒りを爆発させていたベルネーの激情を少しなだめてくれたのです。この人たちは立願式のために用意されていた結構なご馳走に舌鼓を打ったわけですが、この饗宴は、本人が出席こそしなかったものの、テルニー夫人のための結婚披露宴になったのです。彼女のほうはといえば、快く何でもしてくれましたし、食事中には友人たちや受付け係の修道女がいる前で、身につけていた例の短剣を私に渡してくれました。私は彼女にぴったり寄り添い、短剣を忍ばせていると思われるところを、体じゅう本気で探したのに、気がつきませんでした。

　妻が体調を取り戻し顔色がよくなるまで、私たちは二週間ずっとリュトリにいました。私はその間二度、昨日もそうしたのですが、舅に私たちの挨拶を受けてくれるかどうか問い合わせにやりました。彼はずっとならぬという返事。私は最後通告だと思っています。私は田舎の領地に妻を連れて行き、一昨日そこから戻って来たばかりですが、友人たちが私のために交渉してくれた官職に迎えてもらうためです。

　奥様、以上が、――とテルニーがコンタミーヌ夫人に言った――テルニー夫人と私のことであなたが知りたがっていた話です。その後起きたことについては、もしも妻が不満なら、話してくれるでしょう。妻がここにいれば、私はこんなことはたぶん言わないでしょうが、聞いていませんから率直に打ち明けますと、結婚して私ほど幸せな男はこの世にいないと思います。彼女の優しさは少しも変わっていません。夫と妻としての愛撫を別にすれば、そのほかは今でも恋人同士といったところです。彼女には非常に満足しています。彼女の父親が結局は私たちと仲直りしたいということで、それが私たちの得になるのであれば、名誉のことは水に流していますから、私は非常に嬉しいですね。舅が妻に財産を渡してくれるというなら、それも結構。そいつはご免だというなら、仕方ありません。しかし、妻はあんなひどい目に遭う謂れはなかったのですが、それでもやはり私は舅が好きになるでしょうね。」「でも、なぜそれをわたしの前で言ってくださらないの？」とテルニー夫人が夫の顔を抱き締め接吻して聞いたのである。「おやおや、お前か。――と振り返りながらテルニーが言った――そんなこと思っちゃいないし、体裁をつくろって実際よりも自分を格好よく見せるために、そう言ったまでさ。そんなことはお前だってよく知ってるじゃないか。」

　この物語は、その場に居合せた人が才気のある人だったため、長時間にわたって、格好な話題の種になった。しかし夜も更けはじめ、テルニー夫妻はヴェルサイユに夜食に行かなければならなかったので、一同に暇乞いをして出て行った。

「本当に、――二人が出て行ってから、コンタミーヌ夫人が言ったのである――お互いに粘り強いところがとても立派ですわ。粘り強さに貞淑さと道理が加われば、いつだって対立する障害に打ち勝てるのね。」「あなたは経験でご存じですからね、奥様」と、戻って来たばかりのデュピュイが半畳を入れた。彼はテルニーの話を聞いていなかったが、テルニーが話すことはすべて知っていたのである。「反対派の当事者として、ご異存があるのね、デュピュイさん。――とコンタミーヌ夫人が彼に言った――わたくしそんなこと驚きませんわ。あなたの不実がかなり噂になっていますから、変わらぬ愛をどんな褒めても褒めすぎることはないなんて、あなたが認めるわけにはいきませんものね。(二六)」「彼も変わらぬ愛なんですよ。――とデ・フランが反論する――ロンデ夫人との結婚がその証拠です。」「わたくしたちの話にあなたが耳を傾けていらしたとは、思ってもいませんでしたわ。――とコンタミーヌ夫人がデ・フランに言った――わたくしたちの話には今まで全然関心がなさそうでしたのに。それにモンジェイ夫人と二人で夢中に話してらしたので、わたくしたちに話し掛けるなんて、びっくりね。きっともっと差し迫った心配事から気分転換をするためね。」「奥様、本当にあなたは隅に置けないひとですねぇ。――とデ・フランも同じ冷やかすような口調でやり返した――モンジェイ夫人と私が二人で何を話したか探り出して、皆の前で私たちをからかってやろうという魂胆ですね。しかし……。」「そんなつもりはありませんわ。――と夫人がデ・フランを遮って言った――それどころか、お二人を変わらぬ愛のお手本として挙げるつもりでしたのよ。」「私たちも変わらぬ愛について話していたんです。――とデ・フランが言った――しかしモンジェイ夫人にも私にもまったく関係ありません。ジュッシー氏と仲直りするように彼女を説得するつもりでいただけです。」

「ド・ジュッシー氏と言えば、――とデ・ロネーがデ・フランに言った――邸から来た従僕が、あなたを迎えに来たと言ってましたよ。あなたは約束してくれましたね、――とデ・ロネーが続けた――ジュッシー氏の物語をデュピュイさんと私に聞かせてくれるって。あなたはモンジェイ夫人が一緒だといいのだが、とも言いましたね。モンジェイ夫人はこちらにおいでです。その話を聞かせてもらえれば嬉しいですね。」「こんな機会はまたとありませんよ。――とデュピュイが言った――そうしてくれれば私たちも夜食まで間が持ちます。コンタミーヌ夫人は聞くのを楽しみにしています。」「えぇ、とても嬉しいわ。――とこの貴婦人が答える――ド・コンタミーヌ氏はコロニー公妃様とご一緒に夜遅く帰って来ます。それに姑は田舎のお邸にいますの。ですから、わたくし、邸にはお夜食のほかに何もすることがありませんのよ。」「それだけのために早く帰るのでしたら、――とデュピュイが言った――言いつけておきましたよ。デ・ロネーさんの時は、私の従妹が皆さんに昼食を出しました。それで、どうか私に夜食を出させてください。モンジェイ夫人もすることがありません。彼女は私の従妹の所に泊まっていきます。」「これも本当ですよ」と愛すべきデュピュイ嬢が言ったのである。「誰も急ぎの用はないのですから、皆さんの意向に沿うことにしましょう。――とデ・フランが応じた――しかし、我らの友よ、――とデ・フランが笑い顔でデュピュイに言った――あなたは自宅に人を招待などしたら、あなたの恋に高くつきはしませんんか？　あなたがロンデ夫人の所に一日じゅう姿を見せなかったら、ロンデ夫人は何と言うでしょうね？」「あなたに迷惑は掛けませんよ。――とデュピュイが答えた――今夜、あなたは彼女に会えるはずです。彼女は母の家にいます。二人で私を追い出したんです。」「それじゃ、わたくしたちはその場しのぎの代役なのね。――とコンタミーヌ夫人が笑いながら言ったのである――ご親切な告白ですこと！　さようなら！――と彼女は立ち上がるふりをしながら言った――あなたが恋人を夜食に招くための口実にされないように、わたくしが皆さんにお手本を示すことにしますわ。」「えーぃ、いまいましい。奥様、――とデュピュイもコンタミーヌ夫人と同じように怒ったふりをして、夫人を席につかせながら、そう言った――あなたは今日は喧嘩ばかりしてますね。最初はデ・ロネーさんでした。デ・フランさんとモンジェイ夫人が槍玉に挙げられ、今度は私に襲いかかるんですからね。そうですとも、あなたは代役です。――と彼がつけ加えて言った――そういうことですから、私が母の部屋にいないほうがいる時よりも、多くのことをしてもらえるなんて言いやしません。五、六日したら結婚なさるのねとか、お母様はあなたの結婚にずいぶん奮発してくださるのねとか、あなたに言われるに決ってますからね。」「あらまぁ！――とコンタミーヌ夫人が応じた――あなたが怒ってらっしゃるので、言っておきましょうね、あなたと一緒になって怒る気はしないわ、ほかの時でしたら、一緒に怒って思い切り喜ぶところなのにねぇ。でも、あなたにご結婚の感想を言うためには、あなたの機嫌が直るのを待たなければいけないわね。さぁ、あなた、始めてくださいな」と彼女はデ・フランに向かって促したのである。

ジュッシー氏とフヌーユ嬢の物語

「奥様、それでは、――とデ・フランが切り出した――ジュッシー氏の物語を本人が語ってくれたとおりにお話ししますが、しかしその前に皆さんに言っておいたほうがいいでしょう。私がポルトガルで彼に出会ったのは二年前のことです（一）。私たちはそこで友情を結び、それ時から一昨日、彼が結婚するまでいつも行動を共にして来ました。彼はフランスに帰ると、ラ・ロシエルに上陸した日を証明する帰国証明書をもらいました。ラ・ロシェルからパリへ向かう街道を、私たちは彼の希望通りの日程をこなしながら進んだのですが、それは私たちが夜を過ごす宿の先々で、彼が手紙を受け取ることになっていたからです。私にはさっぱり理解できないこの行動に初めは不安になりました。しかし私は友人が自分から切り出さない限り、秘密を詮索するような人間ではありませんから、彼にはそのわけを尋ねませんでした。そして、パリに到着したちょうどその日に、ようやく彼は私がずっと前から知りたがっていたその秘密を明かしてくれたのです。私たちがブール・ラ・レーヌに着いたのは朝の七時でした。私はパリに行きたかったのですが、そんな私を引き止めて、彼はこういう言葉で、だいたいこういう言葉で（二）、自分の情事を話してくれたのです。

『もうパリに着いたようなものですから（三）、別れる前に、二年前からずっと行動を共にしてくれたお礼に、祖国を離れていたわけを打ち明けるべきでしょうね。私がフランスに帰った日に受け取った帰国証明書も、その理由が分かれば、あなたにはもう驚きではなくなるはずです。それと同時に私が幸せな生涯を送れるかどうかは、もっぱらひとりの娘、いやひとりの女の貞節に掛かっていることが分かるでしょう。私たちが女性について一緒に交わした話からすると、あなたは女性をあまりよく思っていないように見えましたし、あなたは女性は約束を守ることができないと信じていますので、（四）移り気な女も結構いますが、ひとたび選ぶと裏切るどころか、何事が起ころうと覚悟の上という貞節な女もいることを、私自身の体験を通して、あなたに知らせたいのです。

私は平民の中では相当な名門の出で、パリに生まれました。ところが兄弟や姉妹が多く、父と母に死なれてからは、若者のごく普通の野心を叶えることすらできない事態になったのです。父は弁護士業をしていて、私たち兄弟は、ある者は気質的に向いていたので、また私のようなほかの者は何か格別な理由からというよりは、やむをえず父と同じ生業を選びました。勉学が終わると、私は裁判所で法服をまとう身となり、弁護士以外の何者かになれるという見込みもなかったので、自分の職業に全身で打ち込んだわけです。恋のために次から次と障害が立ちはだからなければ、いささか名声は得られたはずだと自負していますが、名前が知られるようになったその矢先に障害にぶつかり、何もかも投げ出さざるをえなかったのです。私の風采や気性については何も言いません。風采はご覧の通りですし、それに長い間一緒にいたのですから気性のほうもお分かりですね。ただ、この世間に私ほど美しい声の男はまずいないし、音楽の微妙な味わいを見事に聴き分けられる男もいないということだけはお耳に入れておきます。ディヴォンヌ家と近付きになれたのも、まさしくそのおかげでした。

ディヴォンヌ氏には子供が何人かいましたが、なかでも私と同じ二十六歳の息子は私の有力な知り合いでした。ディヴォンヌ氏は途方もない金満家で、私など及びもつかない一門の出です。この人は、両親に先立たれたために自分の後見下に入った姪を自分の家に置いていました。この姪がひとり娘で、またたいへんな金持なのです。ディヴォンヌは姪の財産を管理し、後見人として自分の子供たちと分け隔てなく一緒に育てていました。ただ違う点は、この姪の身なりがほかの子供たちほど質素でなく、またほかの従妹たちにはないお供の者がいたことです。彼女こそ私のあらゆる恋愛沙汰の生みの親なのですから、私が八年以上も前に彼女に会った時の姿をお話しておかなければいけません。なぜなら、彼女はちょうど二十五歳になるのですが、今ではずいぶんと変わったはずですからね。

フヌーユ嬢は背が高くて見目麗しく、しなやかな体つき、肌は顔と同じように肌理こまかく色白で、瞳は眉毛や髪と同じで黒く、切れ長の大きな目は生まれつき生きいきしていました。しかし、その目は少しでも悲しい目に遭うと物憂げになり、そんな時の彼女の目は見つめる相手の心を求めているように見えたものです。額は広くて秀で、鼻筋が通っていて、顔の形は卵形、顎にできる小さなえくぼ、小さな真っ赤な唇、歯並びのよい真っ白な歯、きりっとしてわずかに鷲鼻がかった鼻、格好のよい喉、豊かにふくらんだ胸、喉と同じような格好のよい二の腕、どんな女性にも負けない美しい手。こういう容姿ですから、彼女のためならすべてを賭けて惚れ込んだとしても、無理からぬことだとお分かりになりますね。とは言え、肉体的な長所が彼女の最高の魅力だというわけではありません。それは、実に美しい心と、束縛とお追従を憎むしっかりした誠実な気性です。彼女は心が広く大胆で、公平無私で積極的ですが、実行する段になるとその態度は一貫しています。娘とは思えないほど物知りで、聖と俗の両方の歴史に通じていました。古代でも近代でもあらゆる詩人が彼女にかかると難解でも何でもありません。占星術さえ心得ていますが、ほかの学問の精神をゆがめ、あるいは、少なくともほかの学問を愚弄するこの学問は、彼女にとっては単なる娯楽でしかありません。自分が知っていることを真面目なことにも艶っぽいことにもいつも当てはめて応用します。その精神は潤滑で、表情は生きいきしていて自然です。記憶力がよくて、正確で見事な字を書き、時には詩作さえするんですよ。その道の通に褒められた彼女の詩を私は見たことがあります。彼女は根っから冷やかし好きですが、彼女の手紙を信じれば、逆境が普通もたらす影響は受けず、その反対の影響を受けたのです。つまり、とげとげしくならず、逆境によって圭角が取れたわけですね。ダンスは実に上手ですし、歌は心をとろかすような歌いぶりです。

先ほどお話ししたように、彼女は私が出会った時は十七歳ぐらいでした。彼女の従兄を通して知り合ったのです。この従兄がある日フヌーユ嬢に、社交人士に負けぬぐらい歌の上手な友人がいると告げたわけです。彼女は私を家に連れて来るように従兄に頼みました。私は彼からその話を聞かされると当然のことながら、ある芸を愛する人はその芸に秀でた人に会うのは非常に嬉しいものですから、私はその申し出に応じ、その晩早速行きました。彼女は気取らずに、極めて率直に歌いました。私はその歌を聞いて、すぐそのあとで歌うのが恥ずかしくなりましてね。それはあの有名なランベールの『巌』の変奏曲でした。(五)彼女の喉には夜鳴き鶯が千羽もいるようでした。次に私が歌います。彼女は満足したようで、二人が教えられるような新しい曲をお互いに交換し合うために、私に交際してほしいと頼むじゃありませんか。私は承知しました。そして、それを口実にして、一日も欠かさず彼女に会いに通ったわけです。

毎日、オペラ座が邸の中に出現しました。フヌーユ嬢も私も教え合う新しい曲がいつも何かありました。二人でよく合唱したものです。そして、結局四カ月以上もの間、私は毎日いそいそと彼女の所に通い詰めでした。自分が気づかないうちに、いつの間にか恋心が芽生えていたのですね。

こんなに長い間、私たちは二人だけで話をする時間を見つけることができなかったなどということはあり得ません。私は彼女には素晴しいところがたくさんあるのに気づいて、好きになってしまい気もそぞろでした。彼女が私を見る目は私に無関心ではないように見えました。その目は、いや行動さえも、私が彼女に感じている思いを彼女も私に感じているとしばしば語っていたのです。しかし彼女と私とでは財産があまりにも違うので、胸のうちを打ち明ける機会はありましたが、私はそれにつけ込む勇気がなかったのです。私が歌う曲は恋心をかき立てるものばかりでした。そうすることで私はもの言えぬやる瀬なさをかこっていたわけですが、そんなことをしてもいっこうに埒があきません。彼女も私と同じように恋の歌を歌います。とうとう私は決意して巧みに話を切り出し、何がなんでも胸のうちを打ち明けることにしました。私はこんな一節を作り、それを彼女に贈ったわけです。なんだか気持ちが乗って来たので、どうしてもその歌をお聞かせしたくなくなりました。——と、彼は本当にこんな歌詞の歌を歌ったのです。

歌

汝《なれ》しか見えぬ我が眼《まなこ》、
語るは苦しき我が思い
いかでか伝えんこの心、
甘き言葉が聞えぬひとに。
愛の息吹きを声にこめ、
思いを愛の音にする。
絶ゆることなき恋歌も
唄にしあらん汝《な》が館。

歌詞は何の値打ちもありません。しかし曲は悪くありませんし、歌詞にぴったりです。その内容が面白かったようです。作曲者と作詞者の名を尋ねられたので、それは私です、両方とも私が深く愛しているひとのために作りました、と答えたのです。私はその時フヌーユ嬢を見て、彼女が私の言わんとするところを理解したのに気づきました。彼女は即座にこの歌を歌いました。それも私より上手に。それはそれで有り難かったのですが、まだもの足りません。今度は彼女にも胸のうちを打ち明けさせたかったのです。私は口頭でのこの告白は悪く受け取られはしなかったと強く確信しました。とは言え、私は性急にことを運びませんでした。私はその前に色好い返事がもらえる確信みたいなものがほしかったのです。ところが私に縁談が持ち込まれ、思ってもみなかった結果になりました。

私の家族がたいへんすばらしい縁談を見つけて来たのです。それはフヌーユ嬢と同じ年齢の、たいへんな器量よしで見目麗しい金持ちの娘さんでした。フヌーユ嬢のほうはうまく行きそうに見えなかったので、私はその縁談を承知したわけです。実際、この結婚はあらゆる点で私にはたいへん有利でしたし、願ってもないものでした。』奥様、これはジュッシー自身が使った言葉です。——とデ・フランはモンジェイ夫人に言った——しかし、このあとの話をお聞きください。——とデ・フランが話を続けた——『フヌーユ嬢は私が結婚の契約をすると知ると、私と一緒になるはずのグランデ嬢にわざわざ会ったのです。彼女はグランデ嬢の美しさに不安になりました。フヌーユ嬢は契約はその日のうちか翌日に署名されることになっていると知った時には、思案に暮れてしまいました。私は二日前からフヌーユ嬢の所には行ってません。三日目は契約の日でしたが、その朝、私は自宅でこういう短い手紙を見つけたのです。

手紙

結婚を急がないでください。あとで後悔なさいますわ。あなたは今のお話よりもっとよい相手が現われます。すぐに会いに来てください。お待ちしています。

私は、親族会議に出られるように早く帰るつもりで、フヌーユ嬢の所に行きました。彼女は自分の部屋でひとりっきりで深い物思いに沈んでいました。彼女の大きな目は潤み、赤かったので、泣いていたのだなと思ったのです。それは間違いではありませんでした。私は部屋に入りしなに、こう言いました。《お嬢さん、あなたのご命令を受けに来ました。私はどうすればあなたのお気に召すのですか、私にはもうひとりいるというその方はどなたなのですか、それを伺いに来ました。》こう問われて、彼女は顔を赤らめ、私に言ったのです。《あなたにそれを明かす前に、知っておかなければいけないことがありますの。失礼ですが、結婚するつもりのそのお嬢さんを心から愛していらっしゃるのですか？　結婚は心からですか、それとも欲得ずく？》《とんでもない。――と私は彼女に言ったのです――私が自分の心にだけ従えば、グランデ嬢と結婚しないのは確かです。彼女は実にかわいい方ですが、彼女に会う前に、私はある方に心を奪われていましたし、その方に首ったけなのです。ところが私の理性は心の願いに反対しています。その方は私よりはるかに身分が上で望みはありません。その方への思いは途方もなく募るばかりでしたが、理性的に考えてみれば、そちらでは幸運はまったく望み薄ですから、何が何でも忘れなければいけないということになります。両親がそのために道を開いてくれたので、私はそれを受け入れます。妻に対して果たすべき義務を果たし、家事で気を紛らしたり、仕事に打ち込んだり、それればかりでなく、心の安らぎをかき乱す感情を無理やりにでも押し殺してしまえば、初めてのこの情熱から抜け出せるだろうと思ったからです。》

《それで、どなたですの、押し殺してしまいたいその初恋のひとは？》と彼女がちょっと恥ずかしそうに聞き返したのです。《こうなったからには、――と私は彼女の足元に身を投げて答えました――もう自分を偽ることはできません。あなたの側にいる時の私の眼差しや仕草、ぎこちない態度によって、私をこんな気持ちにさせたのは、ご自分だとお分かりになったはずです。あなたにお会いするまで、こんな気持ちになったことはありません。口で言うのはこれが初めてです。そうです、お嬢さん。――と、私は彼女の膝をかき抱きながら続けました――私が熱烈に愛しているのはあなたです。未だかつてあなたへの敬意を忘れたことはありません。あなたが無理やり打ち明けさせなかったら、私はずっと黙っていましたし、これからも黙っているつもりです。》

《そういう決意は本当は小説の主人公がすることですわ。――と彼女が応じます――あなたはわたくしを愛してらっしゃるのに、ほかの方との結婚に同意なさるのね。それどころか、わたくしを愛していなければ、結婚なさらないと思います。》《違います。――と私が言います――私の心が安らかなら、こんな無惨なことをして心を紛らそうとはしません。ほかの女性の腕の中に飛び込み、無理やりこんな荒療治にすがるのは、あなたとは決して一緒になれないと絶望しているからにほかなりません。》《でも、何を根拠にそんなに絶望してらっしゃるの？》と彼女が言いましたので、私が答えたわけです。《何もかもです、お嬢さん、私の家族はあなたと肩を並べられるほど重んじられていません。それにあなたと私では財産がひどく不釣合いで、こんな大きな障害を克服できるといい気になってはいられませんでした。》《口ほどにわたくしのことを愛してらっしゃるのかしら?》と彼女が私をじっと見つめながら尋ねたのです。《いますとも。——と私が答えます——それを疑えば、私を侮辱することになります。》《それでは、——と彼女が言いました——あなたにはこのわたくしは高嶺の花だと、どなたがおっしゃいましたの? 障害といってもせいぜい家柄と財産だけですわ。——と彼女がさらに言いました——財産ですが、わたくしには財産があります。わたくしが成人して、財産を自分の思い通りにできるようになったら、その財産をあなたにお任せすると約束します。家柄の方は、わたくし、そんなに大きな違いがあるとは思いません。グランデ嬢のほうがわたくしより上ですわ。あの方は名門の貴族ですもの(六)。それに、わたくしが貴族なのは祖父が亡くなった時に就いていた官職のおかげにすぎません。それで、わたくしがその手段を提供しますから、あなたもいつか同じような官職を買うことができます。叔父がわたくしの後見人で、財産を管理していますの。でも、叔父はその財産を勝手にはできません。わたくしはまもなく後見を解除され、財産からの収入が入りますし、財産はわたくしの好きなように使えます。お話によれば、あなたはわたくしを愛してらっしゃるわけですし、グランデ嬢とのことは愛ではなくて世間体のよさだけで、それよりはわたくしが申し出たことのほうがずっと有利ではないかしら?》

《こんな有利なことを教えてくださるとは、お嬢さん、私はなんという果報者でしょう!——と私が答えます——しかし、私があなたの好意に甘えるような意気地なしだとしたら、好意を受ける資格はありません! だめです、お嬢さん。——と私が続けました——あなたには私以外の別の方がお似合いです。もっと素晴らしい幸運があなたを待っています。それに、私はあなたがご自分の将来を見限ってしまうばかりか、家門を汚すのを放っておくわけにはいきません。あなたにふさわしい方を選んでください。私のことは情愛の対象ではなく、単なる憐れみの対象と見てください。》《あなたからそのような忠告を受けるとは思ってもいませんでした。——と彼女が言います——気前がよいのも時によりけりで、誠意を疑われますわ。あなたがわたくしの申し出を受けてくださらないので、グランデ嬢を愛していることがよく分かりました。さぁ、お行きください。——と、彼女が怨めしそうに続けたのです——わたくし、あなたの幸せを遅らせる気はまったくありません。わたくしを袖にしたと、あの方に自慢しにいらしてください。自分の運命をどうしようとわたくしの勝手です。あなたに運命を託しましたのに、断わられました。修道院なら、このような申し出は二度としないで済みますわ。》

《そうじゃありません。——私は彼女を引き止め膝を抱きしめながら、答えたのです。(なぜなら、彼女は私を振り切ろうとしたからです。)——私は感激のあまりこれ以上はないほど情熱的にあなたを愛しています。あなたの好意には感嘆するばかりです。しかしそれにつけ込めるでしょうか? あなたは非常に若くて、ご家族は私の願いにもあなたの願いにもずっと反対するでしょう。うれしい希望を抱いた挙句の果てに、あなたが心変わりして、私はどこの誰よりも不幸な男になるかも知れません。》《将来のことはわたくしに任せてください。――と彼女が答えました――時がたち機が熟せば、あなたはわたくしの一族に対抗する手段が手に入るはずです。わたくしのほうは、あなた次第で、――と、彼女が顔を赤らめて言ったのです――もっと前に実行しますから、わたくしの心変わりを心配するにはあたりませんわ。グランデ嬢との婚約を解消してくださいまし。でも、綻りが戻るのをわたくしが心配しなくて済むように、きっぱり破棄してくださいね。わたくし、それを確かめたら、あなたのことは悪いようにはしないとお約束します。あなたをお待ちの方々の所にいらしてください。今がその時ですわ。きっぱり解消なさらなかったら、わたくしにはもう会わないでください。でも、その理由は漏らさないでください。わたくし、自分に関係あることしか知りたくありませんの。わたくしは嫉妬深いほうですのよ。ですから、疑惑をいっさい残さないほうがあなたのためになりますわ。》《心からの犠牲的行為だとあなたに信じてもらえるように、派手に解消して来ます。両親がどんなに悲しむか手に取るように分かりますし、謂れなく軽蔑される娘さんに怨まれるのも分かっていますが、どんなことでも喜んで覚悟します。そうすれば、あなたの愛かそれとも憎しみか、それだけが私には重要なのだとあなたに確信してもらえますからね。今晩、文書か口頭でその話をお知らせします。》《お行きになって。――と彼女が私に言います――そして、できるだけ早く会いにいらしてください。でも縁を切り解消してからでなければ来ないでくださいね。》このあと私は引き下がりましたが、自分の落度にならないように別れる口実を見つけるのに、ほとほと困りました。

私は、両方の両親が集まっているグランデ嬢の家に行きました。グランデ嬢はうっとりするほど美しく見えましてね。自分のものと決まっている、こんな美人を失うのは惜しい気がしたものです。しかしそんな気がした、それだけのことです。私は入りしなに、彼女に丁寧に挨拶をして、そのそばに座りました。結婚する条件の詰めは両親に任せて、私はその間に破談にする方法を探しました。私は彼女に、ずいぶんおめかしをして派手に着飾ったものですね、服装にそんなに金を掛けるのは我慢できないな、夫にだけ気に入られたいのなら、妻たるものそんなにお大尽風を吹かすもんじゃない、そうずけずけと言ってやったのです。彼女は折り目正しく答えました。《ご覧の服装は、母にいつもこうしなさいと言われているものです。この装いには特別に変わっているところは少しもございません。結婚するまでは母の言いつけ通りにしますが、結婚したら服装もあなたの言う通りにして、贅沢すぎるなら改めます。何事もあなたの言いつけ通りに致します。》こんな折り目正しい健気な答えに私は面食らいましたが、それでもひるみません。彼女の取り巻き連や賭事のことを、まるで粗暴なまでに焼き餅焼きのように話したのです。本物の焼き餅焼きでも思いつかないほど口うるさい焼き餅焼きのふりをしました。ことごとく彼女の揚げ足を取り、私と結婚すると永久に不幸になる覚悟をしなければいけないと彼女に理解させたわけです。私は彼女を泣かせてしまいました。彼女をちくちくいじめ、更にもう一度暴言を浴びせました。私があまりにしつこく言ったので、彼女は、話がこんなに進んでしまって本当に困りました、今のあなたのお話を伺ってみると、気が進みませんが結婚します、そう言わざるをえなかったのです。

私が用いたこの策略ほど悪辣なものはほかにはありませんよ。この娘さんは、のちに結婚した男に示した行動で分かるように、優しくて実直そのものだったのは確かです。彼女は夫に先立たれましたが、怒りっぽく嫉妬深い、要するに私が演じてみせた粗暴な男を地で行くような男に、妻として我慢の限りを尽くしました。私は彼女が男を幸せにするための淑女としての長所をすべて備えていると確信はしていました。しかし破談にするつもりでいたので、とにかく私は彼女の返事に渡りに船と飛びついたわけです。《あなたは気が進まないのに私と結婚するのですね。――と私が大声でやり返しました――あなたが嫌がるのに一緒になる気はありません。こっちだってご免です。無駄ですよー。――と私は両親に言ったのです――そんなに苦労してこちらのお嬢さんと私の結婚の条件を相談しても始まりません。私たちはお互いに相性が悪いんです。》彼女は解放されて喜び、私は悔いを残さず引き下がったという次第です。

彼女と私が交した会話のうち、最後の言葉しか聞こえなかったのですね。かわいそうにグランデ嬢は折悪しく失言したのだと思われました。説明させようとして、私を引き止めにかかったのですが、私は残ってなどいる気はありません。私は、グランデ嬢が気が進まないけど結婚すると言ったので、紳士としては無理やり娘を私に嫁がせようとする彼女の両親の威光につけ込むわけには行かない、とだけ言って立ち去りました。

グランデ嬢はみなから質問されると、私が言ったことにどう答えたか率直に話しました。私は彼女が描いてみせたような粗暴な男とは思われていなかったし、事実そのとおりでしたので、彼女は信じてもらえませんでした。この結婚は私にとっては極めて有利だっただけに、私が大した理由もなく自分から進んで破談にしたとはなおさら信じてもらえなかったわけです。わけても母親は彼女に怒りをぶちまけました。彼女は私たちの情事の被害をまるまる被ったわけです。そして両親が彼女にたいそう辛く当たったので、彼女は親の嫌がらせから逃れるために、およそ一年後に、貴族ですが田舎者でたいへんな金満家のモンジェイ氏と結婚せざるをえなくなりました。この男は彼女に会うと惚れてしまい、結婚を申し込みました。文句なしに二人といない不愉快きわまりない、不作法な男でしたよ。四年以上もの間、彼女は粗野で嫉妬深いこの老人に貞淑な妻として我慢の限りを尽くしたのです。それもすべて私のせいで、私はたいへん申し訳ないと思っています。フヌーユ嬢もこのことについて私に手紙を寄せ、自分が罪のないこの犠牲者を苦しめた張本人なのだから、それだけに自分も苦しんでいると知らせて来ました。彼女の夫は二年近く前にとうとう亡くなり、彼女は自分の財産と夫の恩恵を受け、たいそう裕福な未亡人になりました。彼女には子供はいませんでした。それで、まだまるで娘みたいです。私は七年以上も王国の外にいたわけですが、これからすぐお話しするように、その間ずっとフヌーユ嬢と手紙をやり取りして来たので、私は何でも知っています。グランデ嬢のことに話を戻しますと、彼女とはこうして別れました。で、判断はあなたにお任せしますが、彼女が私を喰わせ者で悪党と思うのも当然ではないでしょうか？』

私はここでジュッシーの話の腰を折らないことにしました。――と、デ・フランが自分で話を中断して、モンジェイ夫人にそう言った――あなたのことを光栄にも存じ上げていると彼に告げたのは、ここではありません。いずれすべてお分かりになりますから、話を続けさせてください。彼がした話を始めます。

『こんなご立派な手柄を立てると、――とジュッシーが言ったのです――私はフヌーユ嬢に会いに行きました。自分のしたことを報告しました。もちろん彼女からは、とても親切でまったく罪のないひとりの娘を近親者たちの怒りに晒すことになった、こんな口実を使ったことを非難されました。私も我ながら後悔しましたし、彼女の考えがいかにも正しいと思われたのでぐうの音も出ませんでしたよ。しかし、即座に破談にするにはほかの方便が見つからなかったことを分かってもらうと、すぐ彼女には私はもうそれほど非難すべきではないと思えるようになったのですね。
七、八日経ってから、私がこれほど素敵な獲物を袖にしたのはほかでもない、もっと別の素晴らしい獲物をものにしたいからだということをフヌーユ嬢に理解させました。彼女は私が言いたいことが分かりました、つまり、私が彼女の約束を信用していないことが分かったわけです。私はフヌーユ嬢に言いました。彼女は、遅かれ早かれ、思いもかけない時に、叔父に嫁がされてしまうのではないか私は心配している、彼女は負けるまではさんざん否やを言うだろうとは思う、しかし、彼女が野心を起こしたり、欲得ずくになったり、親類のご機嫌をうかがったり、あるいはこんな動機がみな重なったりして、結局は彼女は負けてしまうかも知れない、そう言ったのです。私は彼女が『あなた次第でもっと前に実行しますから、心変わりを心配するにはあたりません』と言ったことを思い出させたわけです。彼女は私を愛しているがゆえにとうとう納得してくれました。私たちはそれぞれ結婚の約束を交し、すべてのことを一枚の紙に込めて永遠の貞節を誓い合い、その日から夫と妻として生活しました。
私には、このような関係から生まれる歓びよりもっと大きな歓びがこの世に存在するとは思えません。私たちは六カ月もの間この歓びを面倒も起らず心ゆくまで味わいました。一緒に夜を過ごしたこともかなりしばしばあったのですが、その場を見つけられる虞もなく、これこそ私の人生で唯一のいちばん幸せな時でしたが、それがまた私たちを襲った不幸の原因にもなったのです。

彼女が身籠り、そのため私たちはあわてました。その挙句に、彼女のおなかが目立ちはじめた時に、叔父が彼女を結婚させようとしたのです。素晴らしい縁談が持ち込まれ、みなは玉の輿と思っていました。彼女に結婚を申し込んだ相手の男は、彼女の財産にいちばん魅力を感じたわけではありません。彼女はたいへんな金持ちでしたが、その人はもっとよい相手を見つけることができたのは確かです。大貴族で、風采は立派な上にたいへんな美男子で、名声もあれば才気もある、ひと言で言えば申し分のない恋人でした。彼女は断る口実がまったくなく、と言って承諾することもできません。私はこの話には悪い気がしませんでした。彼女の不実を許せると思ったのは確かです。その人は私の恋敵でしたが、私は好きにもなり、尊敬もしないわけには行きませんでした。で、危うく彼女と自分がどんな関係かを打ち明けてしまうところだったのです。

私たちがどんなに困っていたか、考えてもみてください。彼女は若かったし、それに二人とも経験はないし、目の前に迫る危険が途方もなく大きく見えたものです。彼女の妊娠が醜聞にならず、彼女の叔父と残りの一族の恨みを買わなければ、私たちにはほかに恐いことは何もないように見えました。実際これしかなかったし、これがすべてでした。私は彼女を説得して、叔父の気持ちに影響力を持っていると分かっている人に話をつけてもらおうとしました。ところが彼女はどうしても言うことを聞こうとせず、その理由をただ一点張りにこう言うのです。こんなことになってしまって自分はほとほと困っている、しかしできてしまったことで、治せるわけもないから、二人で引き籠る決心をしなければいけない、近くにいるより遠くにいたほうが仲直りはしやすいだろう、彼女は私に捨てられるはずはないと期待している、二人でフランス国外に出て、自分が完全に自由の身になるまで帰らずに暮らすくらいの金はある、そのためには、私が彼女を連れ出さなければいけない、連れて行ってくれる所なら、自分はどこにでも付いて行く覚悟はできている、とにかく、私たち二人の過ちなのだから、二人で伸るか反るかやってみるべきだ、と言うのです。

白状すると、この提案に私は震え上がりました。私は彼女に言ったのです。そんなことをしたら、私は紛れもなく不名誉な最期を遂げることになる、彼女が私より十歳近くも若く、財産も家柄も違うことを考えれば、私は教唆と誘拐の廉《かど》で必ず訴えられるはずだ、もしも私たちが捕まったら、少なくとも彼女は修道院に生涯監禁され、この私は死刑執行人の手によって一命を落とすことになる、子供を作ったからといって死罪には価しないが、誘拐は決して許されない犯罪で、とりわけ娘が大金持で未成年なのに男のほうが成人だと、この男は欲得ずくで行動したとみなされ死罪に価する、私たちはこれに当てはまる、そう言ったのです。彼女は私の説く道理を聞き入れようとせず、私にどうしても連れ出してほしいというのです。私がその計画には反対だと、何を言っても、彼女を変えることはできませんでした。私が全力をあげて反対しますと、彼女は私を薄情だと咎める始末。私をまじまじと見据えて、こう追い討ちをかけたのです。《もうこの話はしません。でも明日になれば、一思いにけりをつけて一挙に面倒を切り抜けるために、わたくしがどんな方法を見つけたお分かりになりますわ。》

この言葉で彼女が何を言いたかったのか、私には分かりませんでした。私は、彼女がまるで脅迫するかのように私に言ったこの新しい方法に、困惑しひどく気になりながらも彼女と別れたのです。翌日、彼女の所に行ってみて、そこで私は彼女の決意を余すところなく見せつけられました。《ずっと待っていましたのよ、あなた。——と彼女が言ったのです——とにかく、いらしてくださったのね。わたくしたちだけですから、遠慮なく話してください。結局どんな決意をなさったの？　わたくしをお捨てになるの、それとも、わたくしの言うことを聞いてくださるの？》《フランスを脱出するという、昨日のあなたの決意を変えてもらおうと思って、またやって来ました。——と私が答えます——そんなことをすれば、あなたも私も恐ろしい災難に襲われるのは目に見えています。》《それでもわたくし、決意は変えません。——と彼女が答えます——でも、あなたはわたくしをこのまま放り出し、わたくしが絶望のあまり何をしても放っておくほど薄情でつれない人ですから、ひと思いにあなたを不安から解放してあげたいと思います。そして、わたくしという人間などどうでもよくて、快楽だけのためにわたくしを愛した男を愛してしまった自分を罰しようと思います。》

そう言い終わると、彼女は小箱から折りたたんだ紙の小袋を取り出しましたが、その中には私の知らない黄色い粉が入っていました。彼女はその粉を四分の三ほど銀のコップに入れ、その上に水を注ぎ、かき混ぜました。残った粉はジャムに混ぜ、飼っている小さな雌犬に食べさせたのです。その小犬はジャムを体に入れたとたんに倒れて、ぴくりともせず死んでしまったではありませんか。私はその雌犬を見ていました。そして、目にしたその光景にひどく動天してしまい、金縛りにあってしまったのです。しかし、彼女がコップを手に取り口元に持って行くのが目に入ると、はっと我に返りました。私はそのコップに飛びつくと、一部は床にこぼしましたが、残りは中庭に捨てました。ディヴォンヌの御者が飼っている大きな犬がやって来て、その薬物を舐めると、しばらくして死んでしまいました。

《何をするんだ、君は！——と私が言います——さてはこれだったのか、面倒を切り抜ける方法を見つけたというのは。》《ええ、これよ。——と彼女の答——あなたの目の前で死なせてくれなかったのね。毒を仰ぐつもりでしたのに、あなたは捨ててしまいましたが、わたくしの決意がどんなものか分かってくださってとても嬉しいわ。明日になれば——と彼女が話を続けました——いま見たようなこの小犬のように、わたくしも冷たくなっているのがお分かりになります。それくらいの毒はまだありますもの。》《いけません。——と、私は彼女を抱き締めながら答えました——あなたにこんな不吉な最期を遂げさせはしません。あなたの気の済むように何でもします。あなたに死なれることに比べれば、千人もの死刑執行人に寄ってたかって新手の拷問を加えられたとしても、そんなものは私から見れば残酷でも何でもありません。あなたの好きな所へいつでも連れて行きます。私たち二人の運命はあなたに任せますから、後生です、せめてまだ持っている毒を私に渡してください。》《これですわ》と言って、彼女はもう一つの小さな紙包みを渡してくれたので、私はそれを開きもせずに、彼女の眼の前で暖炉にくべました。《そんなことをしても、わたくし平気ですわ。——あと、私のすることを見ていた彼女が言葉を継いだのです——あなたが約束を守ってくれなければ、必ずほかのを見つける自信がありますもの。でも何も心配なさらないで、わたくし、決してあなたを見限ったりはしませんから。あなたに貞節を誓いますから、お命を大切にしてくださいね。あなたのお命はいつまでもわたくしのものですもの。そして、もしも運悪く逃亡中に二人が捕まっても、わたくし、世界中の人にあなたを弁護してみせますわ。》私が《その日はいつにするのですか？》と尋ねますと、彼女は《明日です。それ以上は延ばせません》と答えたのです。《しかし逃げるにしても、支度はなにもできていません。追手に少なくとも一日だけ先を行く準備ができていません》と私は彼女に言いました。《かまいませんわ。――と彼女――わたくし、お金は持っています。一か八かやってみるべきですわ。》私には彼女の決意を変えることはできませんでした。私たちはリヨンに行き、そこからアヴィニョンに行くことに決めました（七）。

　翌日、私は彼女に指定された場所で彼女に会いました。彼女はお供として秘密を打ち明けていた小間使いの娘をたったひとり連れて来ているだけです。仕度は何もできていないのですから、私たちは最初に見つけた駅馬車（八）を利用するほかありません。そして、パリから十七里の地点まではかなり順調にたどり着き、そこで足を止めました。出発してから三日目の朝のことです。

　フヌーユ嬢の姿が見えないので邸中が大騒ぎになりました。彼女がどうなってしまったのか分かりません。四方八方探し回り、ついにパリにはいないと分かると、どうして私たちがたどった道筋が分かったのか言いませんが、その道筋が分かると、追手を掛け、私たちの寝込みを襲ったわけです。私は力の限り抵抗しました。しかし多勢に無勢ではかないません。それはもうひどい扱いでした。しかし、自分は何をされても辛くはなかったのですが、彼女の受けた仕打ちは見ていて辛かったですね。私たちを手中に捕えた人は自分の家柄から彼女に権威を押しつけることができたので、それを悪用したのです。そのため私は絶望しました。しかし彼女の仕返しをしてやることもできず、ただ苦しむばかりでした。自分は何をされてもかまわない、しかし、彼女を辱めるようなことはするな、腹が立つならこの俺をどうとでもしてくれなどと、ほかにも同じようなことをさんざん私は頼んだのですが、血も涙もない連中には通じませんでした。

　私が彼女のことで辛かったとすれば、彼女もそれに劣らず私のことで辛い思いをしていたのです。私はまるで罪人の中でも極悪人であるかのように縛り上げられました。彼女が、この人はわたくしの夫ですと叫んでも、どんな権限によって二人の仲を裂くのですか、わたくしだけが悪いのに、なぜこの人がその罪を着せられるのですか、と問い質しても無駄でした。

　私たちはパリに護送されると、私は牢獄にたたき込まれ、ディヴォンヌ家に戻ることを拒否したフヌーユ嬢は、彼女を担当する裁判官の監督下に置かれました。ディヴォンヌは私に対する訴訟に取り組み、いみじくも私が予想していた通り、教唆と誘拐の罪で私を起訴したわけです。私は全力をあげて身の潔白を主張し、自分の無実を示しました。もっぱらフヌーユ嬢のほうが交際を先導したと証言しても、彼女を侮辱することにはならないのはよく分かっていました。私は彼女の手紙を全部示し、真実をありのままに述べたのです。にもかかわらず、世間の評判は私にとって芳しいものではありませんでした。それで、彼女が約束通り、みずから私の弁護をしてくれなかったら、おそらく敵どもが私を打ちのめしていたでしょう。

彼女の親戚が約束したり脅かしたりしても彼女を動揺させることはできなかったし、彼女は私を捨てることには決して同意しようとしませんでした。私たち二人が裁判官が居並ぶ前で対決させられると、彼女は裁判官が目の前にいるのも憚らず目に涙を浮かべて私の首に飛びつき、自分のために辛い思いをしている私に許しを求めたのです。彼女は裁判官の前で私を捨てないと誓いました。つまり、私は彼女が死を恐れていないことはよく知っている、私にどのような判決がくだされようと、自分は生き残るつもりはない、と私に言ってくれたのです。彼女は裁判官の前にひざまずくと、夫を自分に返してくれるように懇願しました。そして、この私をこのような事態に巻き込んだのは自分であり、自分が毒を仰いで死ぬ決意でいるのを知って、私は初めて駆け落ちに同意したこと、私は彼女の手から毒を奪い取りさえしたことなどを裁判官に証言しました。彼女が私の無実を証明しようとさめざめと涙を流しひたむきに懇願し続けるものですから、私は感極まってしまいました。自分の不幸には毅然と耐えてきましたが、彼女のその姿には私も平然としてはいられなかったのです。心臓が締めつけられ、気を失って倒れてしまい、意識を取り戻した時には私はベッドの上でした。私は後で知ったのですが、裁判官は自分たちが思っていたほど私に咎がないことが分かり、また、おそらくはあまりにも感動的な光景に心を動かされたのか、あるいは少なくとも原告側に多大の悪意があると確信したからでしょうが、厳しい法律を私たちに有利に解釈してくれたわけです(九)。

封印されていた論告書を作成した王室検事がいかにも司法官らしい謹厳さで、職責上、厳格を旨として来たが、先刻明らかにされた情状を酌量すれば、苛告にすぎた論告書を作成し直さねばなるまいとみずから述べ、私にずっと有利な結論を出してくれました。フヌーユ嬢の年齢は分かっていました。そこで特別に、彼女は成人するまで親族の手か、あるいは親族が選んだ修道院に委ねられるものとするという判決がくだされ、私のほうは出国の日から七年間のフランス追放となったわけです。そしてこの追放期間は、十五日間のずれはあるものの、娘が法律上自由に身を処すことができる時期にぴったり合っていたのです(一〇)。

私は訴訟費用を全額負担し、子供を引き取り養育費と教育費を持ち、母親に巨額の損害賠償金を支払うように命じられました。フヌーユ嬢は後見を解除されると、一族全員の反対を押し切って、判決によって与えられた私への請求権をすべて放棄しました。私たちの婚約は無効と申し渡されましたが、彼女も私も控訴はしませんでした。

しばらくして、彼女は男の子を生み落としました。この子は今も生きていて、母親ともどもまもなくお目にかけます。私は監獄を出ると、彼女と手紙をやり取りするための手筈を整えました。私は腹心の友人を使いましたが、彼は私たちを今まで裏切ったことがありません。私はその日のうちに彼女に会わずに出発しました。彼女には裁判官の前で会ったきりで、辛かったあの日以来ずっと会っていなかったのです。私はフランスからあまり離れた国には行きませんでした。ほとんどいつもオランダかドイツかスペイン、あるいはイタリアにいました。ただし、追放中の最後の二年間は別で、あなたと一緒にずっとポルトガルで過ごし、ポルトガルから出ませんでした。私は本名でフランス出国証明書をもらい、帰国した時にも、敵どもに追放期間を満たしていないと難癖をつけられないように、帰国証明書を受け取ったわけです。フランス追放は七年と八日の長きにわたりましたが、それからさらに一カ月以上もパリには行きませんでした。パリにはフヌーユ嬢が帰って来てほしいと言うまで帰らなかったのです。彼女は九時きっかりにここに来ることになっています。つまり、私は焦る必要はないわけです。まだ八時前です。にもかかわらず、彼女から手紙を山ほど受け取りましたし、昨夜も私が出発してから彼女の身辺に起きたことをこまごまと書き連らねた、とてつもなく長い手紙を受け取りましたので、私はまるでずっとパリにいたかのように、自信を持って彼女のことをあなたに教えることができるわけです。

彼女は十九歳になって数日後に出産し、そのあとである修道院に入り、そこにまる三年いました。その修道院を出ると、私にはまったく関心がないような振りをして、叔父の家に帰りました。彼女の前では私の名は口にされませんでしたし、彼女も親戚や友人たちの前では一度も口にしませんでした。彼女が私の消息を知っているようには見えなかったのです。こっそりではありましたが、彼女は私との間にできた子供にはしばしば会っていました。彼女は世間から完全に引き籠って暮らしてきましたので、信仰にどっぷり浸っているように見えたのです。私たちの駆け落ちの噂もほとぼりが冷め、二人が文通をしているとは疑がわれもしなかったわけです。

彼女はそんな暮らしぶりだったので、彼女がしたことは忘れられていました。彼女と結婚できれば願ったり叶ったりだという人から、縁談が幾つも持ち込まれました。その中でもある人は彼女に匹敵する家柄でしたが、彼女と私の過去のことを充分承知の上で、それでも彼女を本気で好きになってしまったのです。彼女はみんな断りましたが、この人は誰よりも手ひどく断られました。彼女はもうこういうことで煩わされないように、決して結婚はしない、ひとりで生きて行く、と声高に宣言しなければいけませんでした。

私が死んだという噂が広まる少し前に、彼女はそう宣言しました。というのは、彼女がうるさくつきまとわれず、もっと自由でいられるように、私たちはそういう噂を流したほうがよいと判断したからです。その方法はこんな具合です。

ご存じのように私は偽名を使い、サン゠セルグと名乗っていたわけですが、あなたが私の本名はジュッシーだと分かったのはラ・ロシェルからでしたね。偶然でしたが、私がスペインにいたころ、マドリッドで会ったフランス人の中に私と同じド・ジュッシーという名の青年がいたのです。この青年はパリの人で、大使殿の随員でも商人でもないのに、私と同じようにこの国を駆け回っていたのです。私は彼に家族のことを尋ねたのですが、私は二人が縁続きだとは気づきませんでした。私は彼に自分の本名は決して言いませんでしたし、祖国のために、ひどく放縦な彼の行動に何か苦言を呈しておかねばならないと思っただけです。とりわけ悋気が支配している国で、そして夫たるもの、妻や家族のほかの女が密通したために傷つけられた名誉を回復するためとあらば、すべてが許されると信じている国ですからね。この青年は私の忠告を活かしませんでした（一一）。つまり、ある貴婦人にいろいろ貢がせて出費をやり繰りしていたわけです。これはあの国ではそう珍しいことではありませんが、私が旅から帰ると、とうとう彼が殺されていたことを知りました。

私は彼の知人だと思われていたので、彼の運命を教えてくれたわけです。私は大使館の人に私が死んだことを両親宛に書いてもらいました。その手紙には、この青年が死ぬ前に両親に知らせてくれるように大使館員に頼んだのだと書き込ませました。それは本当でしたからね。私は死亡証明書と埋葬証明書を両親に送ってくれるように頼みさえしたものです。大使館員がその通りやってくれたので、私の両親は今でもまだ私があの世にいると信じています。しかし、敵を欺くにはまず味方からで、両親を真っ先に騙さなければと思った次第。とは言え、フヌーユ嬢がこんなことを信じ込まないように、私は自分でいきさつをすべて手紙に認めました。私の弟宛の小包も彼女に送り、彼女がこれぞと思う時にその小包を利用してもらうことにしたのです。手紙も小包もすべてカディスからパリに帰る途中で、マドリッドに立ち寄ったフランス商人に託しました。この商人は私が受取人にしておいた、私の文通相手のデュヴァルにこの小包を届けてくれました。私の手紙で万事心得ていたデュヴァルは、彼もフヌーユ嬢と一緒にここに来ますが、その小包を彼女に直接渡しました。二人でその小包をどうしたものかと相談して、利用した方がよいと判断したわけです。

デュヴァルは私の弟宛のその小包を再び受け取ると、届けてくれた商人にまた会いに行き、宛名の人に渡してくれるよう依頼します。《と申しますのも、――とデュヴァルは言ったのです――これはこの人にとっては大事な小包です。この人に迷惑は掛けたくありませんし、私が自分で届けるほど親しくないものですから……。》この商人は小包を受け取り、弟の所に持って行くと、弟から私のことをさんざん質問されました。しかしこの人は、マドリッドにいたフランス人がみなほんの少し前にド・ジュッシー氏というパリの人が亡くなったと言っていた、としか答えられなかったのです。弟は喪に服し、私の霊が安らかであるよう神に祈ってくれました。フヌーユ嬢はデュヴァルが上手に立ち回ってくれた、また、私の息子を実の子供のように面倒をみてくれた、と書いて来ました。明日からは、私がこういう義務を果たすことになります。私が死亡したという噂が広がると、私の両親はその噂を確かめるため大使閣下に直接手紙で問い合わせました。両親も、はっきりさせようと自分でも問い合わせたディヴォンヌも、同じ返事を受け取ったわけです。というわけで、パリでは私の愛人とデュヴァルを除けば、私が死んだことを疑う者はひとりもいません。元気な私の姿を見たら、皆さぞ驚くでしょうね！　この噂は私の思惑通りの結果になりました。ディヴォンヌが姪に口出ししなくなったのです。私の両親は私への送金をやめましたが、私は必要ありませんでした。必要ないどころか、余るほど持っていましたからね。フヌーユ嬢は後見を解除され、財産から上がる所得がありました。その十分の一も使わず、供の者といってもせいぜい童僕がひとりと、叔父の意に反して雇い直したあの同じ小間使いの娘しかいなかったので、私には必要以上のお金を送ってくれていたわけです。そのせいで私はリスボンでは手持ち無沙汰だったので、色々な船に興味を持ちました。つまり、リスボンではかなり稼いだわけで、全部為替手形にして持ち帰りました。私が愛人に自分のしたことをすべて手紙で知らせますと、彼女は何もかも賛成してくれました。十七カ月ほど前に、もう送金してくれなくていいから、余っている分は取って置いて、私が帰るまでに家具を備えつけるよう頼んでおいたのです。彼女はそのとおりにしてくれました。これから彼女がどのように振舞ったかお話ししましょう。

　フヌーユ嬢は小間使いの娘に不満なふりをして、表向きは暇を出したことにしました。この娘はデュヴァルと示し合わせて、ディヴォンヌ家からずっと離れた地区に家を一軒借りました。フヌーユ嬢がその家の設備だけでなく、家具をすっかり整えるために必要なお金をすべて出したのです。彼女がしたことはそれだけではありません。彼女の手紙によると、私の家には彼女さえ知らない召使がいるそうですし、きちんと家具が備えつけられ、彼女とデュヴァルの行き届いた指図によって、何もかもそろっているのが分かるそうですからね。その上、私の四輪馬車で迎えに来るというのですよ。あとの話は彼女が来てからにします。で、私には彼女が貞節で芯が強いと言う資格があると思っています。

　七年間も待つのはたいへんに長くて、何か異常なことのように思えます。さらに彼女の叔父の嫌がらせも考えてみてください。これも考慮してやるべきです。彼女は自分の名誉のために約束を守り通さなければいけなかったというのは本当です。しかし、女性が名誉にこれほど敏感だったことは滅多にないというのもまた本当です（一二）。とりわけ彼女のように縁談を山ほど持ち込まれ責めたてられたのですからね。これでやっと、彼女と私は残りの日々は満足できるでしょう。彼女の親戚はもう私たちに文句のつけようがありません。彼女は満二十五歳になりましたから、自分のことは自分で決められます。私は追放令を勤め上げました。で、私たちは法にそむいてしたことを、正式な結婚によって確かなものにしたいと二人とも望んでいるわけです。何人たりとも私たちの邪魔はできない、私はそう思っています。私たちは目立たないように式を挙げるため、ここでその手筈を整えることになっているのです。自分たちのことばかりたっぷり話させてもらいました。おしゃべりと離ればなれの生活におさらばして、親としては当り前の安定した境遇を子供に与える時が来ました。以上が、――とジュッシーが話を続けました――あなたが知りたがっていた私の話です。さてここで、頼みたいことがあります。どうかここで私の愛人を待っていてくださり、私たちの恋物語の結末と結婚式を見届けてから別れてほしいのです。そして、先ほど伺ったように、早急に出向く用がなかったら、私たちの証人になっていただきたいのです。私はと言えば、あなたに急き立てられるままに、駅馬車で来たかった。しかし毎日欠かさず彼女の便りを受け取り、再会の場所を打ち合わせるために段取りをつけなければいけなかったので、街道であまり駅馬車を使えなかったという次第です。』『あなたの身の上話のようなこんな異常なことには興味津々で、――と私が答えます——結末を見たくないわけはありません。証人になるばかりでなく、援助が必要なら決してあなたを見捨てはしません。私がいたく尊敬しているグランデ嬢をあなたが騙したことについては含むところはありますがね。しかし、私がそのことを覚えているのはほかでもなく、できたら、あなた方に仲直りしてほしいからですよ。』『確かに、そのことでは生涯拭えぬ悔いを残すことになりました。——とジュッシーが答えました——あの方にお目通りが許されるなら、今すぐにも許しを乞います。フヌーユ嬢は手紙に、あの方はフランス中でこの上なく貞淑で魅力的な女性のひとりですと書いていますし、また、有無を言わせぬ貞節の証しを立てることができたので、ただただ感嘆の眼で見られています、とも書いています。こんなことをあなたに言うのは、あの方におもねるためではありません。——とジュッシーが言い足したのです——ここにフヌーユ嬢の手紙があります。読んでくださって結構です。手紙に書かれていないことは私はひと言も言っていないと納得するはずです。私としては、今すぐにもグランデ嬢に満足していただけるよう、彼女の言う通り何でもします。それに、フヌーユ嬢も私ともども喜んでそうすると信じています。』

これです、奥様、——とデ・フランがコンタミーヌ夫人に話しかけて、話を続けた——先ほどあなたは私たちが何を話していたのか見当がついたと言いましたが、私はモンジェイ夫人にこの話をしていたのです。」「わたくし、あなたの話の腰を折りたくありませんわ。——とコンタミーヌ夫人が笑って答えた——あとで何でもお話しをする時間があります。ジュッシーさんの物語をおしまいまでしてくださいな。皆さんがそうお願いしてますのよ。」

「彼の気持ちに偽りがないと見て取って、——とデ・フランが話を続けた——私は、『もとはと言えばフヌーユ嬢のためにあなたはグランデ嬢に迷惑をかけたわけですが、フヌーユ嬢は彼女の素晴らしさを認めていますし、彼女があんな不当な扱いを受けたのは理不尽だと告げているわけですから、私としてはフヌーユ嬢を許すことにしましょう』と言ったわけです。私たちはかなり長い時間このことを話題にしました。しかしジュッシーのことに話を戻しますと、彼に『聞かせてくれたあなたの愛人の姿には心を奪われました。また、私には彼女の貞節ぶりは百年に一度の奇跡のように見えますね』と言って、私はさらに『女は不実だという思いがどうして私の頭にこびり付いているのか、あなたはいつかお分かりになるでしょう。女の腹黒さ、誠意のなさを私が怒るのも、まんざら理由がないわけではないと認めてくださるはずです』と続けたわけです。」

「そんなことをおっしゃるなんて、ずいぶんご親切ですこと！——とコンタミーヌ夫人が話を遮った——わたくしたちに取り入るのが本当にお上手なのね。」「おやおや、——とデ・フランがやり返した——私はあなたに言っているわけじゃありませんよ。病人は愚痴をこぼしても許されるものです。明日になればあなたにもそのわけがお分かりになります。今日のところはジュッシーの物語を続けさせてください。私は彼にこう言ったのです。『あなたの愛人のおかげで、秀でた女性がいることを教えられました。それも、私が友人と思っている立派な男のためですから、嬉しいですね。』

　話がそこまで進んだところで、旅籠屋の門口に馬車の止まる音が聞こえました。私が何事かと目をやると、実際、四頭のみごとな葦毛の馬に引かれた、真新しい、金ぴかの、実にきれいな四輪馬車が見えたのです。飾り紐のない灰色の同じお仕着せを着た三人の従僕とひとりの御者がいました(一三)。私には何もかも真新しく見えましたが、その通りでした。その四輪馬車からひとりの男とひとりの子供、それに豪華な衣装の女性と、そのあとからこざっぱりした服装の娘が出て来たのです。私はそれがフヌーユ嬢であることをもはや疑いませんでした。そして、ジュッシーがやにわに駆けくだり、その子をしっかと抱き上げるのを見た時には、案の定と思ったものです。彼はその子を部屋に抱いて来て私に預けると、自分は門の方に取って返します。そこにはその子の母親がいて、二人が抱き合う姿ほど感動的な光景はほかにお目にかかれないでしょうね。一瞬フヌーユ嬢は再会の喜びを表に出すまいとしました。ジュッシーがそれに気づいて、『何も心配ないんだよ。こちらは私の友人で、もちろんお前たちの味方さ』と言いました。ついに彼女は彼を抱き締め堰を切ったように喜びました。二人はそのまま十五分以上もひと言も言わず抱き合っていたのですが、彼女が椅子に腰掛けていたのが幸いでした。ジュッシーが離れた時には、彼女は気を失っていましたからね。彼女を正気づかせると、二人はまたしても抱擁です。しかし、私はまた気絶するのが心配だったので、もう一度気絶しないうちに二人を離れさせました。二人とも目には涙を浮かべ、感極まって口を開くことさえできません。実際、何という喜びでしょう！　山のような障害に遭い、かくも長き別離の末にお互いに忠実だったのですからね！　運命に打ち勝つ、みずからの節操だけを頼みに幸福になる、とはまさしくこういうことではないでしょうか？

　抱擁に継ぐ抱擁でした。ジュッシーはフヌーユ嬢と一緒に上がって来ていたデュヴァルを抱擁します。私は彼女に挨拶をして、滅多にお見にかかれない麗人を見ましたよ。相思相愛の二人は次から次へと質問し合います。私は朝食にするために二人の話を中断させました。私は自分の従僕とジュッシーの従僕を呼び寄せ、給仕させました。新参の従僕たちが上がって来ると、その前では秘密にしておくべきことはひと言も口にしません。デュヴァルは彼らにご主人様と奥方に朝食を出しなさいと言いつけただけでした。この従僕たちは自分たちの務めを果たしました。フヌーユ嬢はこの従僕たちがいる前で、会話を装って、『わたくし、あなたを迎えに行くために、けさ修道院を出て来たばかりですのよ。デュヴァルさんがご苦労にも召使をみんな選んでくださいました』と言います。『なぜって、――と彼女が彼らがいる前で話を続けました――あなたがパリにいらっしゃらないので、わたくし、家を切り盛りする気になれませんでしたし、それに、あなたがお帰りになるまでずっと修道院にいるほうがましでしたもの。』

　私たちだけになると、つまりジュッシーとその愛人、デュヴァルと小間使いの娘、それに私だけになると、それぞれが意見を出して相談しましたが、結局はデュヴァルの意見に決まりました。彼らはそれぞれ洗礼証明書と子供の洗礼証明書、それに二人の仲を裂いた判決書を持っていました。『そういうことなら、――とデュヴァルが言ったのです――こういうことはすべてパリの大司教猊下に申し出ることになっているから、猊下に嘆願書を提出するほかに方法はないな。そして、新たな妨害や悪口を避けるために、できるだけ早く、できることなら今日にも早速二人の結婚を許可してくれるようにお願いすることだね。』私は『それは正論だな。それにうまい考えですよ』と言ったのです。

『私もそういう手順でやるつもりでした。――とジュッシーが応じました――で、みんなの意見が一致して実にうれしいですね。なぜなら私たちがまた訴訟を始めるとなると、いつまでも埒があきませんからね。』こうして私たちはみなでパリのジュッシーの新居に帰り、そこに着いたらすぐ一気呵成に結着をつけてしまうために、デュヴァルが司教区裁判所所属の公吏を誰か迎えに行くことに決まりました。そこで彼ら、つまりジュッシーとその愛人、子供と小間使いの娘は馬車に、デュヴァルと私は馬に乗り、全員でパリへの道を取りました。ついでに私はジュッシーの新居を見せてもらい、そのあとでこちらに向かったわけです。ノートル・ダム橋のたもとであなたにばったり出会いましたね。――とデ・フランはデ・ロネーに言葉をかけて、話を続けた――私はあなたの申し出を受け入れて、お宅に伺ったものの、そこにいたのは下着や服を着替える間だけでした。あなたには行き先を告げませんでしたが、そのわけは、たぶんあなたは私と一緒に行きたがったでしょうし、それにあの時は、ことがこんなに穏やかに収まるとは思っていなかったので、あなたを巻き添えにしたくなかったからです。その上、秘密は漏らさないと約束していたからです。私はジュッシーの家に向かわせ、そこに一昨日の午後までいたわけです。

私が到着するとすぐ、デュヴァルが教区付き公証人と一緒に入って来ました。その公証人には机の上に書類をそろえて一部始終を説明したわけです。公証人はみなが決めた方針に賛成し、書式に従って嘆願書を作成してくれました。ジュッシー氏とフヌーユ嬢がそれに署名します。公証人はそれを持ち帰り、一時間後には、司教区の任意の教会で結婚式を挙げてよいという嘆願通りの許可証と、要請を受けたすべての神父や司祭は二人の結婚を祝福せよという司教の正式の教書を携えて戻って来ました。そればかりではありません。公証人は親類の主任司祭を一緒に連れて来たのです。この司祭はパリからほんの小一里のところに自分の小教区があって、いつでも司式を務めると申し出てくれました。

ディヴォンヌが進行中の事態と姪の行方を、また姪が正式に結婚したがっていることを知ることはできないので、二人が夜の十二時に普通の手続きに従って結婚式を挙げられるように、その夜その司祭の小教区に行くことに決めました[一四]。

司祭と公証人は夕食に引き止められ、たいへんなもてなしを受けた上に、さらにたっぷり報酬を与えられました。召使たちには、彼らの口を心配する必要がなくなった時に教えるつもりでしたので、この二人には召使たちの前ではいっさいしゃべらないように頼んだのです。二人はその通りにしました。司祭と公証人、デュヴァルとそれに私のために四輪馬車をもう一台雇い、その馬車にミサのあとで食べる食べ物を積み込ませました。そして、けっこうな夕食を済ましてから、私たち一行は全員そろってその小教区への道を取ったわけです。そこに着くと、ジュッシーは新しい召使たちを全員司祭館の中に入れ、自分の本名を明かしてから、自分の恋愛沙汰について教えておいたほうがよいと判断したことはすべて話して聞かせ、さらに、自分たちはこれから結婚するが、パリに帰ったら、よいと思う人なら誰にでも話をしてよろしい、と言って話を締めくくりました。

この連中はこの打ち明け話にまるでジュッシーの全財産を貰ったかのように、いやそれ以上に喜んだものです。それで彼らはみな、自分たちの主人や女主人が少しでも侮辱されたら、黙っているよりは我が身を切り刻まれたほうがましだと決意したように見えました。

皆が手放しで喜びました。公証人、デュヴァルそれに私は、新郎新婦が主任司祭と一緒に教会にいる間、ぶらぶらして時間を過ごしました。従僕たちには主人の健康を祝うために酒を振舞いました。夜の十二時の鐘が鳴ると、私たちはみな教会に行き、そこで結婚式が挙げられ、子供が認知されたわけです（一五）。私たちとこの小教区の四人の住人が証人になりました。ジュッシーはその場ですべての証明書を取り出し、私たち全員がそれに署名して、そのあとでけっこうな食事会になったのです。私たちがパリに帰ったのは朝の四時ごろで、それぞれ自宅に向かいました。しかし私は別で、新婚さんの所に泊まりました。その新婚さんは、私と同じように、正午だというのにまだベッドの中にいました。デュヴァルが私に会いに来たので、二人で一緒に行ってみると、ジュッシーも奥方もベッドの中だったのです。二人が起きて来たので、昼食を食べながら、二人の結婚をディヴォンヌや親類に盛大に披露することに決めましたが、それはこの前の火曜日の晩にあったのです。こんな具合でした。

食事が済むと、ジュッシー夫人は四輪馬車に乗り込んで叔父の家に行ったのです。その叔父は、自分の家ではいつもこちこちの信心家みたいな服を着ていた彼女が、きらびやかに着飾っているのを見たものですから、目を白黒させてしまいます。彼はどこに行っていたのだ、昨日の朝からどこにいたのだ、と彼女に尋ねました。彼女はその返事として自分の洗礼証明書を示して、『わたくしはもう二十五歳になりました。自分のことは自分で選べますので、独り立ちするためにお暇をいただきました。それで、お願いがあって伺いました。叔父様と叔母様、それにお子さんたちに今晩わたくしの家に夕食に来ていただいて、新所帯を祝っていただきたいのです』と言ったのです。こんな返事に驚かない人はいやしません。来てくださるなら、案内のために従僕をひとり寄越しますと彼女は約束し、彼らの頭をさんざん悩ませたので、彼らは行きたくて堪らなくなったわけです。彼女の従僕たちがその邸の従僕に、ご主人様は昨晩結婚なさったと言ったので、彼らはますますその気になったわけです。彼らには誰と一緒になったのか分かりません。それほどジュッシーが死んだのは確かだと信じられていたわけで、見当もつかなかったのです。これは謎で、ジュッシーが生き返るなんてことも、二人が誰にも気づかれずにこんなに長い間どのように交際を続けたのかも、また、どのように結婚の相談をしたのか、ジュッシーはどんな魔術を使って追放期間が終わり恋人が成人したちょうどその時に現われたのか、彼らには理解できなかったのです。けれどもフヌーユ嬢の家に夕食に行くことに決め、本当にその晩やって来ました。彼らが来てみると、ジュッシーが二人の弟と二人の友人を、また奥方の方も自分で何人かの親しい友人を迎えに行かせたので、かなりの人がいました。したがって、ディヴォンヌ夫妻が息子と娘を連れて入って来た時には、会食者はすでに十四人になっていました。

これほど多くの人が集まっているのを見て、彼らの驚きはますます大きくなりました。私たちのいた広間は小綺麗で、何もかもそろっています。食事の用意ができ、席に着くことになりました。ジュッシーは姿を見せません。奥方が皆をもてなします。それぞれしかつめらしく押し黙ったまま席に着いたのですが、単なる好奇心で出席していた私にはやはり何かおかしなものでした。その叔父と叔母の困惑ぶりを見ていて、私は笑いを堪えるのに苦労しましたよ。けれどもジュッシー夫人は万全を期して、デュヴァルと私の間に席を占めました。デュヴァルが夫人の右で私が左です。ジュッシー坊やは彼女の隣ですが、デュヴァルと父親の間に座るはずで、したがって、この子と母親の間に一そろいの食器がありましたが、それがジュッシーの食器でした。皆が相変わらず押し黙ったまま席に着くと、ジュッシー夫人が振り返りながら従僕に、『それではご主人様に、みな様がお待ちです、どうぞいらしてください、と言って来てちょうだい』と言いつけました。この従僕は『奥様、ご主人様はお手紙を書き終えたところです』と答えました。これにはディヴォンヌ夫妻はますます驚き、燭台を掲げた従僕を露払いにしてジュッシーが登場した時には、その驚きは頂点に達しました。ジュッシーは帽子も被らず、まるで自分の邸にいる一家の長といったところで、私自身が驚くほど堂々としていました。つまり何もかも完璧だったのです。事実、彼が到着する前に必要なものはすべて買ってあり、仕立屋が彼の寸法を取るばかりになっていたという次第。

『お待たせして申し訳ありません』と入りしなにジュッシーが言います。それがジュッシーだと分かったディヴォンヌ夫妻が大声を上げます。『この通り生き返って、パリの妻の許に帰って来ました。——と彼が続けます——皆様にはご昵懇《じっこん》に願いますが、私の方も哀心よりお答えする所存です。』この夫婦がどんなに驚いたか皆さんには分からないと思います。ディヴォンヌはいきなり席を離れましたが、何も言えません。暴力を振るうのはもはや場違いですし、またそんなことをしてみても勝ち目はなく、面目も丸潰れだとよく分かったのですね。引き止めようとして何を言っても、彼は出て行き、妻と娘もそのあとを追いました。というのも、ジュッシー夫人があとを追おうとしますが、それは許されなかったからです。息子だけはあまり根に持っていなかったので残って夕食をとりました。で、彼には何もかもすっかり教えたわけです。彼は従妹の行動をたいへん褒めて、二人に丁重に祝いの言葉を述べたので、二人も礼を尽くしてそれに答えました。この息子には、父親と従妹のジュッシー夫人の間に後見人の決算報告をめぐって諍いが生じた場合は、すべて示談で解決したいので、父親に無体なことはしないように説得してほしいと頼みました。また、ジュッシー夫人は自分の名誉のためにこのように行動せざるをえなかったことを父親に理解させてほしいとも頼んだわけです。

良識のあるこの青年は何もかも賛成し、双方が心から和解するように最善を尽くすと約束しました。楽しくて結構な晩餐になり、歌も出ました。一座の人々はかなりな数でしたので、バイオリン弾きを呼びにやり、踊りました。で、ちょっとした舞踏会になって、水曜日の朝、つまり一昨日の朝の三時にやっと終ったという次第です。私は二週間大急ぎで飛ばした時よりもへとへとに疲れて寝ました。新婚さんはベッドに置いてきぼりにして、その後は会っていません。しかし、訪ねなければいけないので、明日の朝にでも訪ねてみるつもりです。皆さん、よかったら、一緒に行きませんか。——とデ・フランはデ・ロネーとデュピュイを促した——それから、モンジェイ夫人がジュッシー夫妻の訪問を受けてくださるなら、二人は礼を尽くしてお詫びしますから、必ずご満足いただけるはずだと思います。」

二人の友人は翌日の朝、一緒に訪ねることにした。

「わたくし、ジュッシー夫人には満足してますのよ。——とコンタミーヌ夫人が言った——心変わりなさらなかったので、過ちは喜んでお許ししますわ。事実、過ちを償ったのですもの。それに、あの方の真似をしてはいけませんが、過ちを償ったので、今ではますます尊敬してますわ。モンジェイ夫人にはお二人に蔑ろにされたことを許してやってくださるようにお願いします。」「わたくし、少しも根に持っていません。——とこの美しい未亡人が答えた——お話を伺って気が晴れましたもの。」

「私がそれを本気にしたら、——とデ・フランが笑いながら答えた——明日ここに二人を連れて来るのですがねぇ……。少なくとも、表向きはご満足いただけるわけです。」「あなたはご託宣を疑りたいのね。——と美しいデュピュイ嬢がやり返した——わたくし、モンジェイ夫人のことは知っていますわ。彼女がお二人を許すと言っているのですから、わたくしはその通りなのだと信じています。彼女は誠実そのものよ。それはそうとして、たとえあなたがモンジェイ夫人のためにジュッシー夫妻を連れて来てくださらなくとも、コンタミーヌ夫人とわたくしのために連れて来てね。コンタミーヌ夫人がわたくしと同じように、こんな並はずれた男性に会いたくないとしたら、わたくしよほどどうかしてるわね。」「それに奥様のほうならなおさらよね。——とコンタミーヌ夫人が口を挟んだ——彼女はどこのミサに行くのか調べるために従僕を見張りに立たせても、明日はきっと会ってみせますわ。」

「七年間も会わなかったのに愛し合っているなんて！——とデュピュイ嬢が、デ・ロネーを見ながら感に堪えないといった口調で言った——とりわけ、お互いに少しも疑がわなかったなんて！」「ねぇ、美しいひと、恨みがすっかり消えていないんだ。——とデ・ロネーが言った——しっぺ返しですね。」「私が驚嘆しているのはジュッシーじゃないさ。——とデ・フランが割って入った——男はいつも粘り強さを余るほど持っているものです。驚嘆すべきなのは奥方の方ですよ。——と彼は言葉を継いだ——なぜなら、女はほとんどみな狡猾ですからねぇ。」

「きっと叩かれたいのね。——とコンタミーヌ夫人が笑ってデ・フランに言った――わたくしたちの前で女性をそんな風に言うなんて、なんて厚かましいんでしょう！」「奥様、私はすでに皆さんはこの世紀における奇蹟的な聖女だと言ってます。――とデ・フランが答えた――友人たちが信頼できる人の手中に落ちたのはめでたい限りです。しかしこの私には正反対なことがあったので、あなたにだって私が毒づくのを止められませんよ。」「それはあなたの思い過ごしですよ」とデュピュイが言った。「それに、たとえあなたにどんな言い分があったとしても――とコンタミーヌ夫人が切り替えした――愚痴の種になる女性がひとりいるからといって、全般的に非難していいものかしら？　わたくしたちはあなたのことをもっと買っています わ。――と夫人が話を続けた――ここにはジュッシーさんを褒めない人はひとりもいません。それに、こちらの浮気を――とデュピュイを示しながら――非難しない人もいませんし、デ・プレさんを見て嫌悪感を抱かない人もいません。あの人はわたくしたちみんなが知っていた、あのかわいそうなレピーヌ嬢を卑劣にも捨ててしまったのですよ(一六)。わたくしたちは褒めるべき人は褒め、非難すべき人は非難します。でも全般的に攻撃したりしませんわ。」「終わりましたか？　奥様。――と腕組みをしていたデュピュイが口を挟んだ――あなたのような慎み深い貴婦人にしては、その悪口はずいぶん辛辣ですねぇ。私の話をお聞きになったら、たぶんこんなにまで私を非難しないでしょう。デ・プレ氏ですが、彼は非難よりも同情すべき人です。ですから、奥様、外見だけで彼に難癖をつけているあなたでさえ、私のように本当のことが分かったら、同情すべきだと認めてくれるでしょうね。」「失礼ですが、そのお話をわたくしたちに聞かせてくれませんか？――とモンジェイ夫人が聞き返した――あなたは、彼女とわたくしが同じ修道院の寄宿生だったことはご存じですね(一七)。ですから正直に言いますと、彼女が亡くなって、わたくしあの方が嫌いになりました。ただし、わたくしにはたいへん誠実な方のようにも見えますので、見方を変えてみたいのです。」「喜んで、奥様。――とデュピュイがモンジェイ夫人に言った――お集まりの皆さんがお望みなら、皆さん全員にお聞かせします。」皆が彼に頼んだので、彼が話を始めようとしたところに、ロンデ夫人が広間の戸口に現われた。

デュピュイが彼女を迎えに行くと、一座の人々はみな立ち上がり、彼女に挨拶をした。「どうです、ロンデ夫人、結局は私の勝ちでしょう」とデュピュイが尋ねると、夫人が笑い顔で答えた。「ええ、階上でお別れしたあなたのご親戚の方が、あなたのお母様を相手に一所懸命に説得してくださいましたのよ。」「こんないい知らせをもらうとは、しかも、あなたの口から聞かせてもらえるとは、私はなんという果報者なんだろう！」と彼が言った。「つまり、――とコンタミーヌ夫人が遮った――いとこ同士がもうじき満足するわけね。」「私としては、ロンデ夫人が希望する時にします」とデュピュイが答えた。するとデ・ロネーが続けて言った。「それじゃ、私のほうは素敵な恋人の好きな時ですね。」「そういうことなら、一方が喜んでいるのを、もう一方が羨ましがらないように、同じ日にすべきです」とデ・フランが言った。「日取りは別な折りに話し合いますわ。――とロンデ夫人は言ってから言い足した――でも、わたくし、デュピュイ夫人（一八）が起きられないので、皆さんに伝えるよう言いつかって来ましたの。皆さん夫人の部屋に上がって、ベッドのそばで夕食をしてくださいとのことです。夫人はわたくしをもう娘だと思っていてくださるのよ。そう、勿体ぶらないのね。わたくし、嬉しいわ。――と、この愛すべき未亡人が続けた――というよりむしろ、ご親戚の方に何かお話があって、わたくしに知られたくないのです。もうその話もお済みのはずですから階上に上がりましょう。」

　一同は広間を出て人の良い夫人の部屋へ向かった。息子のデュピュイはロンデ夫人に手を貸し、デ・フランはコンタミーヌ夫人とモンジェイ夫人に、デ・ロネーは恋人のデュピュイ嬢にそれぞれ手を貸した。彼らはデュピュイ夫人のベッドの近くに輪になって座った。ところが、デュピュイ夫人の姪のデュピュイ嬢とコンタミーヌ夫人が内緒の話があるとデ・フランに合図したので、デ・フランはその二人と席をはずして部屋の隅に行き、そこで三人で身振を盛んに交えながらひそひそと話し合った。かなり長かった彼らの話については別な折に話すことになるであろう（一九）。デ・ロネーは三人の話が心配になるようであった。そこで、みながテーブルに着くと、コンタミーヌ夫人はデ・ロネーを実にユーモアたっぷりにからかったのである。

　デュピュイ夫人のベッドのそばでけっこうな夕食会になった。夫人はこんなに多くの楽しそうな若い人たちを見て、手離しで喜んだ。デ・ロネーが自分を除け者にして恋人が何を話しているのか心配していたのを冷やかされ、からかわれたのはこの席である。デ・ロネーは非常に巧みに応戦した。その時は嫉妬が話題になったのだが、いつの間にかデ・プレのことに話が発展して行った。ロンデ夫人がデ・プレのことを漠然と小耳に挟んだことがあると言って、その話をすべて聞きたいという気持ちを表したので、彼女の恋人は二つ返事で承知したのである。そこで、それぞれが居住まいを正して彼に注目すると、デュピュイが次のような話を始めた。

デ・プレ氏とド・レピーヌ嬢の物語

「二年ほど前のことです。私は国務顧問会議に附託された訴訟問題のために、国王のあとを追って旅をしていたのですが、その旅から帰ると、姉の方のレピーヌ嬢が非業の最期を遂げたことを知りました。まだ三カ月も経っていませんでした。気の毒に思ったものですが、彼女を個人的に知っていたからではありません、そうではなくて近所では飛び切りの美人のひとりだったからです。みんながデ・プレの悪口を言っていて、私は数え切れないほど彼の残酷な仕打ちを聞かされました。彼はかくかくの風采でしかじかの性格だと言われても、私は彼のこととは思えなかったのですが、あまり悪口を聞かされるものですから、ついには彼が悪いと信じるようになってしまいました。私がパリに到着した時には彼はパリにいなくて、およそ三カ月ほどしてからやっと帰って来ました。

私たちはずっと仲の良い友達でしたので、私は彼に会いに行きました。彼は青白くやつれていて、私は病み上がりなのだと思ったほどです。私が部屋に入った時、彼は机に両肘をついて両手で頬杖をついていました。私が入って行く物音に気づいて、彼は立ち上がったのですが、私に言葉をかけられて深い物思いから覚めたのです。彼の前には一通の手紙が広げられていて、それは私には女文字のように見えました。私たちは肩を抱き合って挨拶を交わしました。私は彼の沈んだ様子にいたわりの言葉をかけ、悲しみを分かち合って、慰めようとしたのです。『ねぇ、きみ、傷はここですよ。決して治らないでしょうね』と彼が心臓のあたりを指して言うではありませんか。そう言いながら目に涙を浮かべました。彼は机の上の手紙を手に取ると、それに接吻し、懐に入れていた財布に聖遺物(1)のようにしまい込みます。私がその財布の中にレピーヌ嬢の肖像画が入っているのを見つけると、彼は溜息をつきはじめ、それから私にまったく支離滅裂な話をするので、私はその様子に哀れを誘われました。何かわけがあるなと思い、彼の苦悩を紛らわすために、また私の疑問を解くために、彼にこう言ったのです。『その手紙は病み上がりで、こんなに変わってしまったきみに渡すべきではなかったのです。遠慮すべきだったのになぁ……。というのは、私のひどい勘違いでなければ、この手紙がきみにこんな辛い思いをさせているように見えるからね。』『私は病気だったわけじゃありません。――と彼が言いました――この手紙のせいで苦しんでいるのでもありません。この手紙は苦しみを忘れさせてくれないだけのことです。』『その字には見覚えがあるような気がするよ。――と私が言ったのです――レピーヌ嬢の字だと思うのだけど。』『間違いじゃないさ。確かに彼女の手紙だよ。』『しかし、世間の噂だと彼女は亡くなったというのに、どうしてきみに手紙が書けるのかな？』と私が話を続けました。『あのひとも亡くなってしまった。――と彼が答えました――亡くならなければよかったのに！　そうすれば私はこんな所にいやしません。でも、私にとってあのひとは影も形もなくなってしまったわけじゃないんだ！』こう言うと、彼の苦悩は前よりも激しくなりました。止めどもなく涙を流し、溜息ばかり漏らすので、私はこの事件には私に話を教えてくれた人々の知らない、重要で特殊な事情が何かあると覚ったわけです。そう思って、私は続けました。『きみは彼女を生前に捨てたというのに、どうして彼女が亡くなったことがそんなに辛いんだい？』『彼女を捨てたですって！――彼は手を合わせ目を吊り上げて、そう反駁しました――おやおや、よくもまぁ、そんなでたらめが言えたものだ！』『世間ではそう信じていますよ』と私が言います。『世間がどう信じようと、私にはどうでもいいことです。――と彼がさらに言いました――しかし、私のことを知っているきみが、そんなことを信じられたのですか？　私を弁護してくれなかったのですか？』『はた目には、どう見てもきみには分がないなあ』と私。『世間は上辺に騙されたのです。――と彼が言いました――世間の人にどう思われようと構いやしない。しかしきみがこんなにひどい誤解をしてるとはね。きみに馬鹿にされたのだから、その必要はないように見えるけど、その誤解を解きたいね。』

『いつでもいいですよ』と私が答えました。『ここでは具合が悪いから、外に出よう。――と彼が応じます――散歩でもしながら事の次第を話します。』彼の気分が良くなったので私はそれに乗じたわけです。二人で私の四輪馬車に乗るとヴァンセンヌへの道を取りました[二]。彼は途中ずっとほとんど口をききませんでした。とにかく溜息を漏らし、不明瞭な言葉をぶつぶつ言うのが聞こえただけで、その言葉も車輪の音ではっきり聞き取れませんでした。土の路面を走るようになり音が小さくなるとすぐ、私は約束した話をしてくれるように頼みました。それでもまともな話をろくに聞き出すことができません。ついにヴァンセンヌの森に着くと、彼は馬車を止めさせ、私に何も言わずに降りたのです。私はあとを追いました。彼は従僕たちに待っているように命じてくれと私に頼みます。そして、立ち聞きも邪魔もされないと確信できる所までやって来ると、彼は話を始めました。

『きみの頭から世間の人に吹き込まれた誤った印象を一掃するためには、レピーヌ嬢と私にどんなことがあったのか、何もかも忠実に話しさえすればいいのです。――と彼が言ったのです――あなたには私が無実であることも、かわいそうな妻と私を襲った不幸も同時に分かってもらえるはずです。私は彼女を妻と呼びました。なぜなら彼女は本当に私の妻だったからです。そればかりでなく、私の罪ではないにしても、彼女を死なせてしまった悔いが永久に私の心から消えないわけも分かってもらえるでしょう。きみが知ってのとおり、私は不幸にして法曹界の大立者の一人息子です。不幸にしてと言いましたが、それは、もし父があれほどの権勢を持たず、あれほど恐しくなかったら、私は二人といないこんな不幸な人間にはならなかったからです。

　きみも知っていたあのマリー＝マドレーヌ・ド・レピーヌは長女で、妹が二人と弟がひとりいましたが、彼らは父親が亡くなると母親の監督の下に置かれました。父親はイタリア生まれで、名門の出とは言え、裕福ではありませんでした。この人はマザラン枢機卿[2]と一緒にやって来て、枢機卿から職を与えられ、フランスで亡くなったのですが、あとに遺された妻は一家の面倒な問題を一手に引き受けることになりました。とりわけそのひとつが忌々しい訴訟で、これが私の不幸の元凶なのです。この訴訟はずっと前に終わっていたはずですが、延々と審理が続き、まだ終っていません。私の父は裁判で多くのことができたので、人々から期待されていたわけです。レピーヌのお内儀は[3]、父の邸の近くに住んでいて、しばしば請願に来ていました。彼女は強力な推薦状を持っていたのです。しかし私が裁判官なら、お内儀のお供でやって来る可憐な娘の方が最も強力な推薦状になったでしょう。きみはレピーヌ嬢を見たことがあるね。彼女は抜けるような色白で、背は高くて均整がとれ、髪は二人とお目にかかれないほどの最高に美しい明るい金髪でした。顔は卵形で、金髪の女性が大体そうであるように青い目です。彼女の美しさたるや強烈で、金髪の女性によくあるけだるそうな様子は微塵もありませんでした。声音は甘えるようで心地よく、立居振舞いは何をしても魅力的で、ひたすら愛し愛されることだけを望んでいるように見えたものです。顔には気持ちがそのまま出ていました。けれども、感覚の歓びに支配されていなかったことは確かです。彼女の心根はと言えば、いかにも女らしくて申し分ありませんでした。気高く、誠実で率直、そして心が広くて、最後の息を引き取るまで約束を守り貫くことができたし、発想は豊かで、決める段になると優柔不断なのに、いざ実行となると大胆でした。彼女は私心がなくて、良き友人でしたが、それ以上に忠実な愛人でした。彼女は野心など露ほどもなかったので、私は彼女が、我が身が思いのままになるものなら、安らぎと誠実さを犠牲にしなければ手に入らない華美と名誉に包まれた生活よりも、貧しくとも平穏な生活を選んだ、と言うのを何度も何度も聞いたことがあります。私を愛していたので、私には親切でしたが、生まれつきそっけないところがありました。少しでも人のことを気にしていたらできないことを、彼女がやってのけるのを何度も見たことがあります。そんなことをしたのは、私が喜ぶのを知っていたからにほかなりません。私に対しては遠慮がなく、情熱的でしたが、厚かましくはありませんでした。私を抱き締めては、接吻を求めることさえたびたびあったのに、そんな時でさえその素振だけで私が満足すれば、彼女が喜ぶのは分かっていました。ひと言で言えば、これ以上は考えられないほど完璧な愛人であり、妻だったわけです[四]。

　私が彼女に会ったのは、父が引見に使っている広間です。母親と彼女は父が書斎から出て来るのを待っていたのです。私は彼女の美しさに目が眩んでしまい、初めて知った胸のときめきを挨拶にしたい、その一心で二人が父と話ができるように執り成してやりました。母親の手を取り、書斎に連れて行ったのです。《父上、——と私は父に言いました——こちらは母親と娘です。二人は長い間待っていましたので、特別扱いしてやるべきだと思いました。この人たちはたいへんに人の良さそうな顔をしていますから、お気に召すはずです。もし私の執り成しが二人に役に立つようでしたら、父上も二人の力になってやっていただきたいのです。》私が引き下がりますと、母親は一時間以上もずっと父の所にいましたから、言いたいことを言う時間はたっぷりあったわけです。私は偶然居合わせたような振りをして、二人が引き上げるところにまた姿を見せます。そして満足したかどうか二人に尋ねますと、《はい、致しました。あなた様にはたいへんに感謝しています。お父上にはわたしどもが訴えられたことをお知らせ致しました。じきにわたしどもが正しいと言うお裁きをいただけるものと期待しております》と母親が答えました。私は、《お内儀、私の一存でできることなら、今日にも裁いてあげるのですが……》と言ったのです。彼女は礼を述べ、二人は帰って行きました。私は、娘が顔を赤らめながらずっと私を見ていて、私が目をやると、顔をそむけたことに気づいたのです。

　私は彼女たちが、と言っても私のお目当ては母親ではなく、あの可憐な娘と妹たちですが、彼女たちが夕方になって門口に出て来たら、私に知らせるように従僕を見張りに立てました。私がその家の門口まで行ったこともたびたびありましたし、一緒に塁道や沼沢地にもよく散歩に行ったものです[五]。しかし、その時でも娘と個人的な話をしたことも、また二人だけで話をしたこともありません。私は彼女たちを執り成してやったばかりでなく、これからもそういうことがありうるので、大いに歓迎されました。

　夕方もう散歩に出られない季節には、私は彼女の家に遊びに行きました。私たちはささやかな賭事をしたのですが、それはもっぱら交際のためで、毎晩、彼女の家に行くための口実にすぎません。私は長続きする遊びの計画を立てることにしました。つまりそれは、私たちのやっている賭はたわいもないものだけれど、始めた時と同じように終った時も楽しみが残るように、あらかじめ楽しいことを何か考えておくことにして、そのために多数決で女性をひとり会計係に選び、負けた人の賭け金は勝った人に渡さず、全部その会計係に預け、金庫に充分お金が貯まった時に、それを行楽に使うことにすれば、誰もいっさい支払わずに充分に楽しめます[六]、と彼女たちに提案することです。

　この案が認められ、親睦会が作られました。賭けをする人は八名、つまり、年嵩《としかさ》の二人の娘さんと近所の二人のお嬢さん、それにこの四人の恋人です。この人たちの名前は挙げません。

名前はお聞かせする話と何の関係もありませんからね。私たちは毎晩集まるように義務づけられました。そして、ずっと若いレピーヌ君が欠席者の代役を勤め、欠席者がこの子の敗けた分を払い、勝った分はこの子にあげると決められました。この条件はようやく決まりました。母親と娘たちが反対したからですが、しかし認められました。女性陣だけはこの罰金を免除され、男性が欠席した場合は払わなければいけなかったのです。私たちはみんなこの罰金をかなりの高額に上げようとしたのですが、そうは行きませんでした。上げても金庫がもっと豊かになることもなかったでしょう。私たちはみんなすっぽかすことはできまいと踏んでいましたからね。娘たちの罰金は私たち全員に接吻することでした。そして、年上のレピーヌ嬢が会計係になりました。こうして私たちは毎晩賭をしたものです。私は彼女と二人だけで話す機会を絶えず探しましたが無駄でした。そういう機会は見つからず、それ以上の進展はありませんでした。彼女のように、四カ月近くもよそよそしくしていられるものではありませんよ。私が彼女を冷やかな目で眺めているわけでないことを彼女は充分に気づいていました。私が賭以外のほかの理由で彼女の家に引きつけられていることはよく分かっていたのです。しかし、私と二人きりで話をしないように極めて用心深く避けるので、私は取り付く島もない始末でした。

　金庫は聖マルタンの祝日〔十一月十一日〕に開けました。私たちの賭事は実にささいなものでしたが、それでも金庫には文句無しに楽しく遊べるくらいは貯まっていたのです。そこで参加者が選ばれ、私の生涯で、今までいちばん愉しい晩になりました。と言っても、すべて使い切ってしまったわけではありません。それぞれがすっかり満足したので、深夜ミサをやり、公現祭(3)の王様選びを二、三回やり、そして締めくくりに復活祭の肉食日に晩餐会と大舞踏会を開くことになって、そのための資金集めを続けることに決まりました。私たちの賭の具合から見て、こういうことを華々しく実行する資金が集まるのは疑いのないところでした。そこで、親睦会は前よりもいっそう結び付きが強くなり、罰金は高くなったわけです。

　私は熱心に通い詰めたにもかかわらず、いっこうに進展しません。私の恋人は日中はずっと母親や妹たちと一緒でした。夜になると居合わせた人が、意図的とは思えませんが、何やかやと彼女が私を避けられるようにしてしまうのです。それでも私は胸のうちを打ち明けたかったし、自分がどうなるのか知りたかったのです。私は彼女をあまりにも愛していたので、いつまでも曖昧なままではいられなかったし、話をすることもできないので、私はこういう短い手紙を書きました。

手紙

　貴女はたいへんに賢明な方ですから、私が貴女をどう思っているか知らないはずはありません。私は目でしか話すことができませんでした。しかし、その目はこの思いを訴えて来たと信じています。たくさんの人が絶えず貴女につきまとい、貴女はそれをいいことに私に話をさせてくださらないので、私は口を噤まざるをえませんでした。もし貴女が私の恋心にまだお気づきでないとしたら、私は恋の言葉を語れぬ自分の目を叱りつけます。しかし、すでにお気づきで、私の眼差しを読み取っておられるなら、私は貴女のつれなさ、と言うよりも、むごい仕打ちを責めるでしょう。こんな曖昧な状態から私を救ってください。私の生涯のすべての幸せが貴女のお答えにかかっています。

私はこの手紙を彼女の手に渡しました。彼女は受け取らないような振りをして、私をはらはらさせました。けれども顔を赤らめ、私を見ないで、受け取ってくれました。私はその晩のレピーヌ嬢はいつものように陽気ではないのに気づきました。私は翌日も彼女の家に足を運び、また彼女のそばに陣取ります。彼女は何か落とした振りをして、かがみ込みながら、私のジュストコール[4]の裾に手紙を差し込むではありませんか。私は何と書いてあるのか見たくてたまらず、すぐに見なければ気が済まなくなりました。私は母親に代わりを頼むと賭をほっぽり出して、隣の部屋に読みに行きました。その手紙は長いものではありません。翌日、母親が訴訟関係者と裁判所に行っている間に、サント＝シャペルで会うと約束してくれただけでした。私は逢引で情事が始まることに気をよくして、また賭をしに戻りました。

私がこの約束を逃がすわけがありません。彼女は私よりちょっと遅れてやって来ました。私が聞いている振りをしていたミサが終わると、みんな出て行き、教会に残ったのはほぼ私たちだけになりました。この時間は貴重で一刻も無駄にできません。私は彼女に近づき、言ったのです。《それで、私がどうなれば気が済むのか、きょうこそ聞かせてくれませんか？》《あなたがどうなるのか、わたしには分かりませんわ。でも、わたしのことでしたら、あなたに追い掛けられても、何も好いことはないと虫が知らせてくれました。この予感を信じるなら、あなたのご希望にはいっさいお答えできません。もう家にはおいでになりませんようお願い致します。ともかく、生涯お目にかからぬつもりでございます》と彼女が言ったのです。《その予感は私にとってはとても不吉です。――と私が言ったのです――しかしあなたは、心の中で何かがその予感とせめぎ合っている、そう感じませんか？》《確かにその予感よりずっと力強い何かがあります。――と彼女――なぜなら、おとといの晩に決心し、そのつもりで参りましたのに、あなたの前ではその決意も鈍ってしまいましたもの。お付き合いしている方もいませんから、あなたとお別れしたくありませんでした。でも、交際は決してお考えにならぬようにお願いするつもりだったのです。ですから、あなたには少しも関心がありませんので、自分の義務に命じられるままお相手しているだけでございます、と申し上げるつもりでした。それなのに……》と彼女は目に涙を浮かべ、そこで言い淀んでしまったのです。《おしまいまで話してください。――と私は彼女を促しました――それなのに、どうしたのですか？》《わたしに何を言えとおっしゃるの？――と、彼女は顔を赤らめて言い返しました――わたしはもう今朝のわたしと同じわたしではありません。》私たちは神聖な場所にいたにもかかわらず、私は思わず彼女の手に接吻し、今まで感じたことがないほど感激して彼女に感謝し、あわや我を忘れるところでした。

そこは話し合いをするには都合の悪い場所でした。中に入って来た人がいたら、眉を顰めたことでしょう。私はレピーヌ嬢を近くの本屋に連れて行き、店の中に入りました。この店の前は彼女の母親が通る道です。この本屋は私の知り合いでしたので、私たちは気取りを抜きにして二人の問題を徹底的に話しました。彼女の誠実さには私は感謝しましたよ。彼女はこう言ったのです。私は彼女の貞淑さをもっと好意的に判断すべきである、彼女は自分でもどういう力に引き込まれたのか分からない、私に初めて会った時から、私に話しかけるずっと前から、私のことが好きだった、これも私のせいだけれど、私の父の邸に行けば、いつか私と話ができる、少なくとも姿を見る機会があると期待して、母親が請願に行く時には嫌がらずについて行った、私へのこの思いは感謝のあらわれだとか、野心の衝動だとか、そんな風に私に思われたくない、彼女の心だけが選んだのだと私に納得してもらうために、このとおり正直に話したのです、と言ったのです。

私は、こんな情の込もった告白を聞いて、嬉しくてたまらないという気持ちを口を極めて表わしました。自分の愛の姿をこの上なく激しく描いてみせたのです。《あなたのおっしゃる通りだと思います。そうあってほしいですわ。――と彼女が言いました――でも結局、あなたはわたしに一歩踏み出させたのですね。後悔することになるとずっと恐れていましたのに。あなたはわたしを愛している、そうおっしゃいました。わたしそれを信じます。わたしもあなたを愛していますし、そう申しました。そう言ってみたところでどうなるのでしょう？　わたしたちはそれぞれ相手のために生まれついたわけでないことはよくお分かりのはずです。わたしは名門の出とは言え、フランスではあなたの家に及びもつきません。財産もわたしより遥かに勝っています。それに、わたしは貞淑ですから、あなたのために我が身を破滅させるようなことはいっさい致しません。これが、もうお目にかからないと、何がなんでも決心しなければいけない理由です。ともかく、あなたにとってもわたしにとっても、少しも幸せな結果になりませんもの。あなたにとっては、わたしのそばで時間を無駄にするばかりか、お世話になっている方を敵にまわすことになりますわ。わたしにとっては、世間が確信しているように、わたしが結婚を望むのは身のほど知らずですから、あなたのご訪問はわたしには不利に取られてしまいます。また、わたしの希望通り純潔を失わないとしましても、お会いする喜びと引き替えにとにかく自分の評判を落とす羽目になりますわ。》私は答えました。《あなたが挙げた理由を私もさんざん自分に言い聞かせました。しかし覚悟はできています。父が生きているうちは、私たちは幸福な結婚ができると期待すべくもないというのは本当です。しかし少なくとも、私たちが愛し合うこと、そして愛しているとお互いに言うことはできます。また私は成人していますから、父に知らせずにあなたと結婚することもできます。あなたが同意してくださるなら、二人を結婚させてくれる司祭は幾らも見つかるでしょう。そのあとで地方か外国に行けば、父の怒りをやり過ごす安全な場所はあるはずです。》これに対して彼女は首を横に振り、そんなことはまったくの妄想です、あなたに父親の逆鱗に触れるようなことをさせたり、また、たとえ私たちに時間があって外国に行けたとしても、国を出なければいけないような結婚には賛成できません、と言うばかり。《と申しますのも、――と彼女が言ったのです――たとえお父様の不興を買うのも恐れない大胆な聖職者がいたとしましても、お父様がそれを知ったら、権勢のある方ですから、そんな結婚は無効で、あなたは結婚していないと必ず宣告させるでしょう。このわたしは、軽蔑され恥をかかされ、わたしをものにしたために嫌気がさしたあなたからはきっと白い目で見られて、生涯を修道院で過ごすことに必ずなるはずですわ。わたしが怖いのはこれだけです。そのほかのことは気にしていませんもの。でも、あなたはわたしに飽きてしまうでしょう。わたし、それだけが心配です。あなたのお心だけが頼りですし、お心を失えばわたしは本当に絶望ですもの。それでも愛してくださるとしても、それはもうお義理の愛情でしかありません。そんな愛情ではお父様の嫌がらせや、ほかに勧められる奥様の美しさに耐え切れませんわ……。》私は激しく胸を打たれて、懸命に彼女を安心させようとしたのです。彼女の心を動かしはしたのですが、説得はできませんでした。

とうとう彼女の母親がやって来て、私たちが一緒にいるのを見つけたのですが、そのわけを勘ぐったりしないで、それどころか、母親は《失礼ですが、本当によいところでお会いしました。お力添えをいただきたいのです》と私に言うではありませんか。私は一肌脱いでやりました。お内儀がこういう名の人を知らないかと尋ねますので、私は、その人はごく親しい友人で、きっとお内儀を助けてくれるはずだ、そう答えました。お内儀が言うには、その友人が差し押さえさせた金をお内儀が受け取れるかどうかは、その友人次第であって、ほかの債権者の差し押さえは解除されたけれど、つい昨日その友人に差し押さえられた分は支払ってもらえなかった、差し押さえを解除するとその友人の権利が侵害されるというのであれば頼みはしない、当事者が支払うまいとして、その友人に差し押さえるように頼んだ言いがかりにすぎないのであって、その友人には少しも迷惑はかけないはずだ、ということでした。私が彼女を友人の所に連れて行って頼みますと、友人は彼女が要求していたものを全部払ってくれました。彼女は私に礼を述べ、そのお金を受け取りました。そこで私は彼女を家まで送って行ったわけです。

私はその晩もいつものようにお内儀の家に行きました。レピーヌ嬢はひどくふさぎ込み、物思いにふけっているようでした。彼女は気分でも悪いのかと聞かれると、悪くはないとの返事。そしてさらに、けさ母親に見つかったあの本屋で、彼女と私は愛のために命を落とす二人の恋人の物語を読みましたね、と言ったのです。そのためにむごい想いが残っているのです、とも打ち明けました。この作り話、いや、彼女の思い込みが私には気に入りませんでした。翌日そのことについて彼女に手紙を書きましたが、返事はもらえません。そこで、会ってほしいとたびたび要求したにもかかわらず、約束を取りつけることはできませんでした。私はたったひと言の書付さえもらうことができなかったのです。そのため悲しい思いをしたものです。しかし、彼女は自分を抑えて、私には上辺だけひどくつれなくしているのがよく分かっていたので、めげはしませんでした。

私たちはみんなでクリスマスの深夜ミサをあげ、大いに楽しみました。お年玉の時になると、私は彼女に贈り物をする口実に、親睦会の全員にお年玉を配りました。ひと組の時祷書[5]、手袋、杖、嗅ぎたばこ入れ、こういったものでほかの人はうまく切り抜けました。しかし彼女には、違います。彼女にはみんなの前で手袋を贈ったほかに、時刻を打つ実に見事な懐中時計に手紙を添えて送ったのです。手紙には恋のことはひと言も触れません。その手紙が読まれるのはよく分かっていたので、ちょっと悪戯心を起こしたわけです。こう書き送ったのです。賭を切り上げるためにほとんど毎晩のようにあなたの家で議論になるのは、それぞれが親睦会の収益を上げようと賭を続けたがり、みんなの時計が合っていたためしがないからです。これからはあなたを信じればいいのです。あなたに会の財産を預けることに誰も異論はなかったのですから、あなたを信用することにも誰も異論はないはずです。この手紙はみんなに読んで聞かせられました。彼女はその時計を私に返すつもりでしたが、みんなから取っておくように押しつけられたわけです。これこそ私の狙いでした。私はもう一通別の手紙を渡し、賭が早く終ろうが遅く終わろうが、私にはどうでもいいことです、しかし私は一日中、片時も忘れずにあなたのことを想っていますから、あなたにも私のことを、少なくとも時刻を見る時には想い起こさせたかったのです、そう自分の意図を打ち明けておきました。私は恋人たちに都合のよい時間を知らせてくれるように彼女に頼みました。会う約束をしてくれるように頼んだわけですが、その約束は得られません。公現祭になると、私たちは三回みんなで夕食を一緒にしました。謝肉祭[6]も過ぎました。ところが、復活祭は解放的な気分をもたらすのに、私のほうはいっこうに埒が開きませんでした。

首尾よく行かないので私は苦しみましたが、愛されていると確信はしていました。彼女が時々私に投げかける眼差しは彼女が私に言ったことを裏づけていましたからね。とは言っても、私は満足していたのではありません。ところが近道が現われて、そのために私があくせくするよりずっとうまく行ったのです。

父は私がレピーヌ嬢の所に足繁く通うのを苦々しく思っていました。父はそんなことは冬の間も謝肉祭でもおくびにも出さなかったのです。しかし四旬節[7]になっても私の足が遠ざからないのが分かると、父は母親のお内儀がたいへんに利にさといと知っていたので、自分の思いに反するような行動をその母親が私にさせはしないか心配になったのです。父がその結果を恐れていたわけではありません。しかし、あらかじめ避けることができる誓いをいつか破棄させざるをえない仕儀にみずから陥るのは、父の望むところではありませんでした。

父は手初めに私をからかいました。ところが私が相変わらずなのが分かると、あの家には行ってはならぬと禁止したのです。私は父に従わず、禁じられたことを母親にも娘にも黙っていました。父は自分の意志に私が楯突くのはこの女のせいだと思い込み恨みました。そこで、父はすんでのところで法廷でお内儀に一杯喰わせるところだったのです。けれども父はそんなことはせず、彼女を縮み上がらせるだけで満足しました。なぜなら父は生来怒りっぽくぶっきらぼうでしたが、いつでも公明正大な裁判官だったからです。

このお内儀は自分の代訴人から、私の父が彼女に不満を抱いていると言われた時には、びっくり仰天です。彼女はどんなことか知りたがりました。なぜなら、自分の行動がやましくなければ、その行動が疑われていると考えたりしないのは確かですからね。お内儀はその晩早速代訴人に言われたことを私に話しました。私はそのわけはよく分かっていましたが、明かさないことにしたのです。翌日の朝早速彼女は、父上にお目通りを願いますと私に頼みに来ました。彼女は父の意向を知りません。娘と私はともにたいへんに慎ましく生きてきましたし、私たちの間に特別なことはまったく見られなかったので、そんなことを疑うのは無理だったのです。しかし、私はそういう説明はしたくありません。そこで私はお内儀に、父はあなたと話をすることはできません、ある事件のために閉じ籠もっていてかなり時間がかかります、と言ったのです。そして自宅に帰って、決して外出しないように頼みました。私は自分で父に問い合わせて、その日のうちに父がお内儀と話ができるようだったら、お内儀に知らせると約束しました。

お内儀はその言葉を信じて、引き下がりました。しかし、彼女を送り出す途中で、私たちはデ・プレ氏と鉢合わせです。父は忍び階段に通じる隠し戸から書斎を抜け出し、中庭を通って書斎に戻るところでした。私の驚いた様子を見て、父は自分の疑惑を本当だと確信したのですね。《用向きはわしではなかったのかね、お内儀》と父が言います。《失礼致しました、お許しくださいませ。――と彼女が答えます――あなた様にお尋ねするつもりでございました。どのようなことが……。》《いや、わしも、――と父が遮ったのです――話したいことがありましてな。時間もあることですし、わしの書斎に入ってくださらんか。是非とも言っておかねばならぬことなのです。》彼女は父のあとについて行き、残されたこの私は生きた心地もしませんでした。

私はその書斎の扉に近づき、そこで何もかも聞きました。初め父は極めて紳士的に話していたのに、そのうちに押しつけがましくなりました。《お内儀、――と父が言います――わしは、あんたやあんたの家族が世間でも内輪でも陰日向なく身持ち正しいことを疑っているのではありませんぞ。あんたも娘さん方も、家を出ると、わしがいつも見て来たような淑やかな風でいて、家に帰るとそんなものは門でかなぐり捨てると思っているわけでもありませんぞ。家の中でも外でもきちんとしていると確信していますのじゃ。しかしですな、息子はわしが禁じたにもかかわらず、お宅に毎日通いつめておるのです。わしの言葉を無視するように息子を唆しているのは、あんたじゃと思いとうはない。ところが、世間は足繁く通うので眉を顰めておりましてな、世間はあんたを名誉にならぬお情けの張本人にするかも知れんて。お宅からデ・プレを締め出して、そんなことにならぬようにしてくだされ。何となれば、息子の執心には真っ当な目論みがあると思うほど、あんたがおめでたいとは思えんからのう。それに、娘さんのうちの誰かが愚かにも息子を信じて、誓いの言葉に陥落することにでもなれば、わしはあんたに約束しておきますぞ、このわしが、その娘さんには気の毒なことになるし、自分が真っ先に騙されて、人の好いのを後悔する羽目になるとな。わしは言ったとおり、清い交際だと信じておりますのじゃ。しかしですな、世間が黙っちゃおらんのです。そこで、あんたはこの交際を断たねばならんのです。》

レピーヌのお内儀が驚いたのなんのって、これほどの驚きはほかにありませんからね。もし彼女が衝動的に行動していたら、父に食ってかかったでしょう。しかし彼女には父が必要でした。そこでぐっと落ち着かなければなかったのです。《あなた様のおかげで、今まで見えなかったことに色々と気づきました。——と彼女が父に言ったのです——ご子息が私どもの家で誰かに思いを寄せているのかどうか、それは存じません。ですが、誓って申し上げます、私は今まで気づきませんでしたし、もしご子息にそんな気がおありでしたら、私どもの召使の中で眉を顰めている者が私どもよりも間違いなくはっきり見ています。ご子息の訪問を認めてきましたのは、あの方があなた様のご子息で、先日のように、私どもの訴訟のことであなた様にお口添えをいただいたからにほかなりません。あの方は賭の親睦会に入っておられます。拙宅にお出でになる理由がほかにあるとは知りませんでした。利害関係だけで結婚が決められる国では、うちの娘たちはご子息に向いていないことは私どもがよく承知しています。しかし、娘たちはきちんと育て上げましたので、不面目なことをする恐れはいっさいございません。これは信じていただきとうございます。どうかお願いでございます、——と彼女は言い足しました——世間様は三人の娘のうち、誰に目をつけているのでございましょうか、教えてくださいませ。》《名前はまったく挙げられてはいませんでな。——と父が答えました——誰だか分らんのです。息子が通い詰めていること、それだけが非難されておるのです。》《それでは、根も葉もない疑いでございますね。——と彼女の答——けれども、こんな疑いは晴らすとお約束します、たった今からご子息にはもうお訪ねくださらぬようお願いするとお約束します。あなた様を悲しませたようですが、何か下心があってご子息に来ていただいたわけではございません。このことをあなた様に分かっていただけるよう、きっぱりお願いするつもりでございます。》《お内儀、騒ぎは無用ですぞ。——と父が言ったのです——棒を振り回して連中を追っ払ったりなどしてくださるな。あんたが騒ぎを起こせば噂の種になりますからな。つまり、あんたはもっぱら恨みからそうしたのだと噂されるだろうてな。穏やかにやるほうがずっとよろしい。》彼女はそうすると父に約束し、それから、自分の忌々しい訴訟のことを父に話しました。父はできる限りの援助を約束し、その日のうちにその約束を果しました。

その話は私にはどうでもいいことなので、私はなす術もないまま、その場を離れたのです。お内儀の家に行けば、例のご挨拶が私を待ち構えているのは分かっていました。行かねば、すでに申し渡されたも同然ということになります。行ったのはようやく翌日になってからで、私はレピーヌ嬢への手紙を用意し、人に見られないように渡しました。こういう内容です。

手紙

前略。貴女の予言通りになってきました。私が貴女に立てた変わらぬ愛の誓いがすぐ私にも必要になるでしょう。私はお母様が私のために用意している挨拶を知っています。今日はそれも覚悟しています、なぜなら私は貴女に会わずには生きていけないからです。昨日はひどく苦しみましたが、運を天に任せることにします。私がこれから受ける命令は私に死ねと命じるものです。しかし死ぬ前に、せめて貴女に会いたい。何という不安が心の中で渦巻いていることか。なぜきのう貴女に話さなかったのだろう？　気持ちを表に出さないようにお願いしただろうに！　私には貴女の気持ちは分かっています。ほかの人には悟られないようにしてください。私にはつれない振りをしてください。貴女の目を黙らせてください。私にはひたすら無関心を装ってください。私にはその動機が見抜けても、みんなは騙されるでしょう。いや、とんでもない、貴女の目に愛や優しさを読み取れなかったら、私は苦しさのあまり貴女の目の前で死んでしまいます。今こそ会う必要があるのです、もはや慎重に構えている時ではありません。逢引の場所を教えてください。貴女に指図するわけではありませんが、私は明日ミニモ会修道院[七]のミサに行きます。ミサは八時に始まり午後かなり遅くまで終わりません。

草々

私はこの手紙を誰にも見られないように彼女に渡し、食卓ではいつも通り彼女の近くに陣取りました。親睦会の仲間がそろっていて、みな私がお説教されることを知っていました。みんなしばらく押し黙っています。そして、とうとう母親が口を開いたのです。《失礼ですが、あなたは私どもを騙そうとしましたね。――と彼女が私に言ったのです――あなたのせいで、デ・プレ様の不興を買うところでした。私があの方のご機嫌を損ねてはいけないことはよくご存じのはずです。どんな理由でこんなことをなさったのかは存じません。ですが、あなたが私どもを破滅させようとなさったことがよく分かりました。ここに通い詰めなのがデ・プレ様に疑われているのでございます。あの方のお話から先々のことを心配しているのが分かりました。失礼ですが、私どもが自分の敵が生まれるあらゆる事態に先手を打つのを怪しからぬ、などとお思いならないと存じます。ですから、お訪ねくださるのは私どもにはたいへんな名誉ではございますが、お父上が私どもはそれにふさわしくないと信じておられる以上、ご訪問はご遠慮くださるようにお願い致します。訴訟さえなければ、――と彼女はいまいましそうに言葉を継ぎました――それに判決が出ていれば、おそらくあの方の意向にこれほどまで下手には出ないでしょう。このようなことを申しますのも、拙宅にはもうお出でにならないようお願いする羽目になりましたが、それは私の本意ではないことをお汲み取りいただきたいからです。あなたの行動にやましいところがないというだけでは充分ではございません。その上、そう見えなければいけないのでございます。これが、――と彼女が言います——福音書が私どもに説くところです。この教えに従えば、私どもでも人様を諭すことができるわけです。うちの娘たちの評判に傷をつけかねないあなた様のご訪問が槍玉に上げられています。娘たちの将来も財産もデ・プレ様次第でございまして、デ・プレ様のご好意はもとより大事ですが、それ以上に大事なのは娘たちの評判でございます。あなたはたいへんに物分かりのよい方ですから、私どもが色々な理由からやむをえずこのように致しますこと、お恨みにはならないはずです。》

《分かりました、お内儀。——そう私は答えました——父にそんなことを言われて、お腹立ちでしょう。私のせいであなたが不幸に襲われるのは私の本意ではありません。こちらのお宅に惹かれるのは、この会ほど感じがよく、選りすぐりの皆さんをよそで見つけることができないからです。しかし、あなたを恨んだりしないで、皆さんとは別れます。あなたがこうせざるをえないのは分かっています。それでも私はいつもあなたのいちばんの友人だということ、また、私でお役に立つ時には、当てにしてくださって結構だということを申し上げておきます。けれども、私を決して憎まないと約束してほしいのです。私は自分からあなたに憎まれるような種をまいた覚えはありません。謂れのない父の疑いによって私が除け者にされるのは理不尽です。あなたには時に私の意のあるところを確かめてほしいとさえ思っています。滅多には伺いませんので、またご迷惑をかけることはありません。》これは了承してくれました。こうして私は、レピーヌのお内儀の家から締め出されたわけです。ところが、私がレピーヌ嬢に毎日会わなくなると、そのためにことはとんとん拍子に進んだのです。

翌日、彼女は私が行くと書いておいたミニモ会修道院にたがわず来てくれました。彼女は次の日に場末のそのまた外れにある教会で会う約束をしただけで、長居はできませんでした。私はその教会に行き、私たちは三時間以上も一緒にいました。仲を裂かれたことを二人で悲しんだものです。私は彼女に、あなたに会わずには生きていけない、こんな私を哀れと思ってくれないなら、苦しみだけでは死ねないので修道院に籠ります、と言ったのです。彼女も同じことを言ってくれました。《でも結局は——と私が言います——こんな苦しみと遣る瀬なさで、あなたも私もますます不幸になるばかりです。けりをつけなければいけません。あまり逢引きを重ねると、隠れたところでなければ見つかってしまいます。そういうところとなると部屋しかあり得ません。しかし、あなたが私の妻でもないのにその部屋に入れれば、あなたの身元が割れるかも知れません。これ以上に恐いことはありません。決心してください。——と私が続けます——私はあなたと一緒になれる年齢です。父の財産は父のものので、父はあなたの家から私を締め出した張本人だとしても、母の財産と、私が献げる愛と誓いは私だけのものです。誰にも邪魔されずに私たちが一緒になれる手段を提供しますから、そうしてください。》《その手段とはどんなことですの？——と彼女が聞きます——わたしの操に傷がつかず、自分でも罪にならないと思えることなら、思い切って何でもやりますわ。》《私たちに必要な司祭と証人のほかには、誰にも知られないように結婚するのです》と私が答えました。《そうしてください。——

と彼女が言ったのです――あなたのお気に召すことなら、わたし何でも賛成します。それに、どうせ不幸になるのでしたら、あなたに何もかも献げたほうがましです。自分の運命は避けられませんもの。あなたがどんなに愛してくださっても、あなたを思うわたしの気持ちにはかなわないわね。わたし、ためらわずにそう言います。あなたがわたしにどんなことをさせようと、それはわたしがあなたに気に入られようと言いなりになり、自分でもどうしようもない情熱からしたことだと、あなたが言い訳できるようにしてあげたいからですわ。》《いとしいマドゥロン、どんなことをさせても、決して後悔させはしないよ。――と、私は彼女の手に接吻しながら言ったのです――何もかも準備できたら、返事をします。あなたはお母さんにお互いの気持ちを打ち明けたっていいですよ。》《それこそ考えものですわ。――と彼女が遮ったのです――ほかの誰よりも用心しなければいけないのは母ですもの。母は訴訟に敗けるのが心配で、わたしのことなど犠牲にするでしょう。私はすぐに修道院入りですわ。》《えっ、誰の助けも借りないで、一体どういう風に会うのです?》と私が聞き返したわけです。《それは時と場合によりますわ。――と彼女――でも、どういう計画ですの?何をなさるおつもり?》《すっかりお膳立てが整ったら教えます。――と私が答えました――私に任せてください。あなたが好きで好きで待ち切れないほどです。二人で幸せになるためには一刻も無駄にはしません。しかし、――と私が言い足したのです――どういう風に手紙をやり取りするのですか?》《それは大して難しいことではありませんわ。――と彼女が言いました――考えておきましたの。わたしに手紙を渡さなければいけない時は、腹心の召使も使わないで、あなたがご自分でわたしに渡してください。》《どういう風に?》と私が問い返したのです。《見つけられないように、回数はできるだけ少なくすべきですわ。――と彼女が答えます――手紙を渡したいとわたしに知らせる時は、わたしの部屋の窓の向かいにある壁に白い印をつけてください。それが合図になります。わたしが窓を開けますから、夜、通りがかりに確実に手紙を投げ入れることができます。部屋の鍵はわたしが持っていますから、ほかの人は誰も入れませんし、あなたが投げ入れたものはわたしが真っ先に見つけるようにします。わたしの返事の方は、もう少し時間を厳しくしなければいけませんわね。わたしが返事をしたり、手紙を渡さなければいけない時は、花瓶を窓の城壁側に置いておきます。反対側にあったら、当てになさらないでくださいね。わたしが手紙を渡すと分かった時は、明りがついていようがいまいが、夜の十一時きっかりに窓の下にいらして、わたしが投げるものを拾ってくださらなければいけませんわ。こんな夜更けに通る人は滅多にいません。それに、あなたがいらしているかどうかわたし確かめます。こうすれば、あなたはわたしの手紙を受け取れるわけです。》

この会話のあとで父の邸に帰ると、父が顔に意地の悪い笑みを浮かべているのに気づいたのです。私はそれに気づかない振りをしました。そして、父は私を尾行させると思ったので、私は一週間以上も恋人に会いにも行かず、手紙さえ書きませんでしたし、それまでより邸にいないことにしました。

私の用心は無駄ではありませんでした。私は本当に尾行されていて、レピーヌのお内儀はやきもきしないように、そのことを知らされていたのです。私は行く先々で同じ顔を三、四回見ましたし、それには知らん振りを決め込みました。しかし、そいつが本当に仲間入りした供回りの者（八）かどうか確かめるために、私は使い走りを頼むという口実で、私を尾行していた従僕を厄介払いしました。イエズス会神学院でのことです（九）。私はその従僕が少し離れた所にいるのに気づくとすぐ、隠れるような振りをして辻馬車に飛び込み、フォーブール・サン＝ジェルマンの銃士館（一〇）まで行かせました。そこには実の従兄がいて、その従兄に会いました。それも間がよかったのですね。従兄がムードンに食事に行くことになっているが、よかったら仲間入りしないかと言うものですから、私はその誘いに乗ったのです。居酒屋の入口まで私のあとをつけて来たそいつが、もうひとりの男に私のことを指し示しているのが見えました。私はそんなことは素知らぬ振りをして、私たちは四輪馬車に乗り込み、約束の場所に行き、そこで心ゆくまで楽しみました。私はそこにも仲間から私のことを教えられた男がいるのに気づきました。そして私が邸に帰ってしばらくすると、朝、イエズス会神学院で見かけた男が邸に入って来るのが目に入ったのです。私はそいつにおごってやりたくなったのですが、何もしないほうがよいと思い直しました。私が門番にその男は何者か尋ねると、門番は誰なのか知らないとのこと。門番は、その男は邸に十時ごろやって来て父と話をし、父は私の所在が分からないので、午後になってからレピーヌのお内儀に会いに行ったと教えてくれただけでした。幸いにして、父が行ってみると、お内儀も娘たちもみな刺繍をしているところでした。

こんなことがあって私はますます慎重になったのです。私はこのことを恋人に書きました。それは、私が約束したことをこんなに長い間考えずにいても彼女が驚かないためです。彼女は、私たちが一緒にいると信じたらしい父がまったく藪から棒に訪問したと書いて寄越しましたよ。また、私たちには何の不安もないように、どんなことでも内密にして抜かりなく手筈を整えてくださいとも書いてありました。あとは変わらぬ愛を誓う言葉と、関係のない人には他愛もない戯言ですが、愛し合う者にとっては非常に大事なことばかりです。というわけで、私は四旬節から復活祭にかけてずっと、つまり二カ月近くも自分の行動を検討しました。それで、まんまと切り抜けることができ、疑いはすっかり晴れて、もう尾行されることもなくなりました。そこで私は思いを満たすために本気で事に取り組んだわけです。

私は、父の秘書として文書作りに邸にやって来る男に何度か会ったことがありました。私にはこの男こそ打ってつけに見えたのです。その顔付きが気に入ってましたし、私の役に立ってくれるはずだと期待したわけです。私は、この男がやって来たら、私の所に寄こすように言いつけました。男がやって来たので、私は本題に入る手始めに、当時流行っていた恋文を書いてくれるように頼み、内密にと忠告しました。次の日、私はその男の家に案内させました。彼が二日後でなければ約束した仕事を仕上げられないのは充分分かっていました。私はそのために訪ねたのではありません。彼が住んでいる家が私の計画に都合がいいかどうか見ておきたかったのです。その家は広くてなかなか清潔なばかりか、かなり辺鄙で人影もまばらな界隈にあったので、これは使えると分かりました。「貸間あります」、という貼紙さえ見ました。これこそ私に必要なものでした。男は私を見ると、鳩が豆鉄砲を食ったように驚きましたよ。粗末な家具が赤貧洗うがごとき生活を示していたからでしょうね。私は朝食を探しに行かせ、その男にも一緒に食べさせました。そして、すでに書き上げた分の代金だとかこつけて、ちょっとした贈物をし、しまいにはこの男を丸め込んでしまったわけです。なぜなら、私の気さくな態度がすでにかなり効いていましたからね。この男には女房がいて、私にはこの女房が遣り手で、物怖じしないように見えたのです。私が打ち明けることに決めたのはこの女房です。再び来た時に確認したように、気前がいいと思わせておいて、私は家に入った時と同じようにそっと外に出ました。

　二日後のことです。私はその男を邸で見かけました。つまり、自宅にいないのが分かったわけで、頼んでおいた書きものを見るという口実で、彼の家に行ってみたのです。女房が亭主を迎えに行きかけたので、私はそれを引き止め、自分はしなければいけないことは何もないのだから、あんたとおしゃべりでもしながらご亭主の帰りを待つことにするさ、と言ったのです。また朝食を探しにやらせ、女房がどんなに渋っても、一緒に食べさせました。私の従僕には邸にいる亭主に私が待っていると言いにやらせ、厄介払いをしました。もしもこの女が若いか、器量よしだったら、こんなことはしなかったでしょうね。しかし、疑惑を招く恐れはありませんでした。私の行ないを保証してくれるほどこの女は年をとっていて、不器量でしたからね。(一二)この女には才気があり、それだけで充分だったのです。私は初めのうちは女の身分に見合ったことしか話題にしませんでした。彼女は惨めな時世を嘆き、亭主と自分の稼ぎがもう何もない、本当にかつかつに暮らしている、などと愚痴をこぼしたわけです。《つまり、危い橋を渡らずに大儲けできる方法が何か見つかったら、逃がしはしないというわけだね？》と私が笑いながら鎌をかけますと、彼女が、《そりゃ、もちろんでございますよ》と、本音で言っているなと分かるような態度で答えたのです。《秘密は守れるのかね？》と私が尋ねます。《そりゃもう。――と彼女――口をすべらせたことなんぞありませんよ。》《そいつは女にしては珍しいね。――と私は笑い顔で言い、そして――まぁ、聞いてくれ。――と、私は真顔で続けました――そういうことで、助けが要る人の役に立つ気があるなら、事が成就した暁には、即座にルイ金貨五十枚と、かなり長い間、月に二十エキュの手当を出すと受け合うよ。と言っても、私の頼みを聞いてくれても、あんたは神や人様にそむくわけじゃないさ。問題は秘密を守ることだけなんだ。》

　この女は目を輝かして喜びましたし、その喜びに嘘はなさそうに見えたのです。彼女は、そういうことなら、もっと腹を割って話をしてくださっても大丈夫でございますよ、と誓ってくれました。私は、引き受けるにせよ、引き受けないにせよ、これから私が言うことは決して他言はしないと彼女に誓わせました。彼女は私の要求通り色々と誓いを立てて約束してくれましたし、いまだにその誓いを破っていません。と言うのも、父はこの女と亭主が情事に一枚噛んでいたことをまだ知りませんからね。

　私は彼女に、助ける相手というのはほかでもないこの私で、私には夢中で愛している娘がいるけれど、たいへんな良家の出なのに裕福でないので、父はどうしても結婚を認めてくれない、その娘も私を愛してはいるが、極めて貞淑で自分の義務に戻ることは何ひとつ私に許そうとしない、その上さらに、その娘の母親が、いま私が話した理由を私から聞いて、二人の結婚を認めてくれそうにないんだ、と彼女に打ち明けたわけです。《要するに、——と私が話を続けました——問題は誰にもまったく知られずに二人が結婚することなのさ。彼女は後見人がいる未成年者(一二)だけれど、この私は成人している。私たちが会いたい時に会えて、二人だけになれる部屋を貸してくれるかどうか、そいつが問題なわけさ。そのほか、私が父の怒に触れないためにも、そればかりでなく、父の怒りで彼女と母親と一家全員を破滅させないためにも、秘密を守ってくれることが肝心なんだ。話とはこういうことさ。——と私が言ったわけです——さて、今度はあんたが手を貸してくれるかどうかだな。》

《ご自分でなさろうとしていることを、よくお考えになったんでございますか？——と、この女が聞き返したのです——ご結婚のことなんですがねぇ、あたしにはひどく難しく思えるんでございますよ。と申しますのも、お二人のために司式を買って出てくださるような大胆な司祭がパリのどこにいますかねぇー？　司教区裁判所で結婚となると、なおさら駄目です。デ・プレ様のことですからその日のうちに知られてしまいますしね。お部屋のほうは、これはわけもございませんよ。かぎつけられないようにご自分で用心なさることですね。でもねぇー、娘さんの行動ですが、どうやって母親の目を暗ますんでございますか？　なんにも疑われずに、あなた様との逢引きにやって来る時間があるんですかねぇー？　それに、身籠っても、まったく気づかれずに済みますかねぇー？　そうなるのは確かなんでございますよ。恋をする女が男を抱けば、いつまでもただじゃ済みませんからねぇ。》《もっともな言い分だな。——と私が言いました——それに、びっくりするようなことを聞くね。逢引きのことは、二人でそれこそ慎重に時間を決めるつもりさ。》《色恋が絡んで来ると、頭がぼうっとして、あんまりそうは行かないもんでございますよ》と彼女。《二人が好い仲だってことを誰にも疑われないように慎重にやって来たんだからね、迷惑を掛けないように慎重にやるよ。——と私がやり返したのです——彼女が妊娠したら、——と私はつけ足しました——母親には知らせるつもりなんだ。こっちのほうはもう危険はないはずだからね。それで、妻はそれまで二人が会って来た部屋で出産できるしね。田舎に旅行に行ったとか、修道院に引き籠ったとか、口実はあるものさ。》《そういうことなら、よろしゅうございます。あたしゃ乗りますよ》と彼女が言ったのです。

《それでは、あとはもう結婚式だけだ》と私が言ったわけです。

《そうですね。——と彼女が相槌を打ちます——でも、それがすべてでございますよ。》《司教区裁判所に関しては、私たちの間にはその管轄に入るようなことは何もなかった(一三)。その上、この方法は私には適当だとは思えないしね。パリの司祭だけれど、私は誰も呼ばないつもりさ。父に告げられるからね。》《いったい、どういう風になさるおつもりなんでございますか？》と彼女が尋ねました。《密かに私たちを結婚させてくれる司祭が要るんだがなあ……。——と私が答えたわけです——証明書でさえ要求しはしないさ。》《でもですね、——とこの女が言うのです——そんな司祭ならお二人を結婚させる資格はないでしょうに……。それに、そういう結婚は無効にされてしまいますよ。》《ずいぶんせっかちだね。——と私が彼女に言ったわけです——私たちは人目を忍んで式を挙げたいだけさ。証明書も欲しくないんだからね。私が話しているお嬢さんは、神の前で実際に結婚の祝福を受けて自分の良心を安らかにしたいと、ひたすらそれだけを求めているんだよ。それで、ほかのことについては私の貞節を頼りにしているわけさ。》

《おやまぁ、そんなに勿体ぶっているんですか？——と彼女——騙しておしまいなさいよ。あなた様はちょっとやそっとでは司祭を見つけられませんよ。ところが、司祭に化けようって男はごまんといますからね。》《私は悪党じゃないよ。——と、私はこの女の提案にひどく驚いて言ったのです——それに、破廉恥で冒瀆的なことをして、神様の目の前で自分を忌まわしいものにしたくないね。彼女は私と事実上の結婚をしたいのだから、私も彼女と事実上の結婚をしたいんだ。私自身が満足し自分の良心を安らかにするためばかりじゃなくて、正真正銘の秘跡を尊重してきちんとしたいのさ。》《ご自分のことまで先に手を打っておくとは、ずいぶんとうまいもんでございますね。——と彼女——そのお嬢さんはそんなあやふやなことで身を任せるのですから、あなた様にぞっこん惚れ込んでいるに違いございません。ですが、その方をずっと好きでいられますかねぇ、あなた様は？》《いられるさ、それは請け合うよ》と私が答えます。《あなた様ぐらいのものでしょうね。——と彼女は頭を振りながら言いました——惚れた腫れたでこんな結婚をしても一時でございますよ。あたしゃ、あなた様はふた月ともたずに飽きると睨んでます。そうでなけりゃ、神様はあなた様をよそ様とは違う変わり者にお創りになったわけでございますね。》《私の恋人に会った時に、そんな話は聞かせないでくれよ。——と私は言ったのです——私には面白くないからね。》《何もご心配には及びませんよ。——と彼女が笑いながら言ったものです——よしんば口が酸っぱくなるほどお嬢さんに言ってみても、馬の耳になんとかでございましょうね。お嬢さんを説き伏せるどころか、あたしゃ、敵を作るのが関の山。恋をしている娘は自分の心と好い人の言うことしか聞きゃしませんからね。》《身に覚えがあると見えるね》と私が言ったのです。《かも知れませんねぇ。——と彼女は笑いながら言いましたよ——昔はこれでもそれなりのことはございました。》《しかし結局のところ、——と私が言葉を継いだのです——私たちのために一肌脱いでくれる気なのかね？》《危い橋を渡るのはよく承知してますが、一所懸命やりますです》と彼女が言ってくれたのです。《私の方は、——と私が彼女に言ったわけです——秘密は守るし、絶対に裏切らないと誓うよ。また妻と私の身に何が起ころうとも、あんたには関係のないことだし、手を貸してくれたことは決して誰にも知られはしないさ、そう約束するよ。》《あたしもそう願いたいものです。——と彼女——うってつけの司祭がいるのを思いつきました。——と彼女がつけ加えました——今日にも会ってみます。ですので、明日になったら、あたしどもがしたことをお知らせしますから、ご足労でもここに立ち寄ってくださいましな。》私はそうすると約束し、彼女の手にルイ金貨十枚を握らせて、こうつけ加えました。《これは約束してくれた秘密の口止め料だよ。力添えを期待しているからね。その分はこれとは別さ。》こうして、私は遣り手の女を見つけ、味方に引き入れたことに大いに気をよくして、立ち去ったわけです。

私は自分がしたことをレピーヌ嬢に知らせました。そして、次の日の朝九時ごろに、私はこの女の家に行って返事をもらうことになっているから、その返事を伝えるために、レピーヌ嬢に会ってくれるように頼みました。私は、前にそこに行った時と同じように例の恋文にかこつけて、その女の所に本当に行きました。亭主がいて、女房から何もかもすっかり聞かされていたのですが、彼は女房がやる気でいることにどうしても首を縦に振りません。それで、私はさんざん時間をかけ、ようやく彼を説き伏せたわけです。その女は私にこう言いました。《あなた様とのお約束通り、あの司祭様に話をしました。あちらはあなた様と話をしないことには、何も約束したがりませんのです。あなた様にその気がおありなら、あたしが迎えに行って来ますが……。いずれにしろ、あなた様はあちらを信用できますし、秘密についても確信できますよ。と言うのも、あたしは司祭様に告解をするということで話をしたからでございます。その上、素姓は明かしませんでした。司祭様はあなた様のことは知りませんので、姿を見せても大丈夫でございますとも。あちらが応じてくれれば、事は済みますです。また、応じてくれなくても、そのためにお二人が前より悪くなることもございません。それに、あちらはノルマンディ地方から近隣にわんさと送り出されたような、えらく貧乏な司祭ですが、立派な聖職者でしてね、まともな人なんでございますよ。》私は朝食と、とりわけ上等の葡萄酒を探しにやりました。というのは、その聖職者を上機嫌にさせたかったからです。そのあとで、私は司祭を迎えにやりました。

彼女は司祭の所に行き、司祭を連れて来ました。《こちらがお連れした方です。——と、彼女がその司祭を私に紹介しながら言います——あなた様のお気が済むまで、ご用件を一緒にお話しください。》私たち、つまり司祭と私は、この女が鍵を預かっている隣の空き部屋に入りました。そこは貸間になっていて、この部屋がその時から妻と私が二人だけの逢瀬を重ねる場所になったわけです。私たちだけになると、早速私は話を切り出しました。《失礼ながら、私がここに来たわけは繰り返して言うまでもありません。この家のお上さんから話はお聞きになりましたね？》《確かに、お上さんは何か言っておりましたな。——と司祭——しかし例によって、女どもの話はあまり要領を得んものでしてな、あなたからじかに教えていただきたいものです。》私はいちばんよい説明はお金の話をすることだと思ったわけです。私は大筋をざっと話してから、財布の内味を司祭に見せて、こう言いました。《ここが肝心なところです。あなたがその気になれば、これはあなたのものです。断われれば、お生憎さまということです。五十枚ものルイ金貨がそう簡単に危い橋も渡らず見つかるものではありません。》彼はそういう話になる前に、やることを取り決めておくべきだったと言いました。急に説教を始めたのですが、へたな説教師なものですから、退屈といったらありません。子供は親に従わなければいけないとお説教され、親に逆った子供を襲った不幸を教えられましたよ。彼は聖書や聖史から自分の知っていることをかなり場違いに引き合いに出すものですから、すべてがまるで神の呪いの言葉のようでした。それで、とうとう私が本気でうんざりしはじめたところに、お上さんがよかったら食事にしましょう、と言いに来てくれたのです。私は司祭の手を取り、連れ出しました。

この司祭は普段うまいものを食べていなかったのですね。それが証拠に、大したものでもないのに手当たり次第にがつがつ食べたのに、葡萄酒は三杯しか飲まず、ほかには赤葡萄酒を混ぜた水を少し飲んだだけでしたからね。私は、こんなにたらふく食うのに、酒をいっこうに飲まない人を今まで見たことがありません。しかし、それが彼の立場を変えましてね。彼がまた説教を始めたのです。ところが、夫婦がお互いに持たねばならぬ情愛に関する別の文章を引用し、なかなか見事なものでした。私は彼に相槌を打ちましたよ。で、聖パウロ(8)が双方から大まじめに引き合いに出されたわけです。私は、結婚の絆とは何か心得ている、もし私がそれに悖《もと》るような振舞いをすれば、それは無知からではない、そう司祭に告げました。そして妻に対する思いやりと永遠の愛を司祭に誓って、ついには司祭に決心させたわけです。彼は私にこう言いました。《私がお二人を結婚させて進ぜましょう。そればかりか、娘さんとあなたが、お互いの安全のために私が要求することをすべて実行するという条件で、結婚証明書も出しますぞ。お二人はそれぞれ私が口述することを私の前で書き取り、お互いにみずからの手で署名して、相互の誓約書を作ります。その誓約書によって、これから挙げる式に欠けていることを、必要とあらば式をやり直して補うとお互いに約束してもらいます。それも、公表しても齟齬をきたす虞がなくなり次第、ただちにやり直すのですぞ。この齟齬なるものは誓約書に書き留められるでな。お二人は罪を懺悔し、私が授ける秘跡を正当かつ有効とみなすと私の手を取って誓ってから、その誓約書に判を押してもらいます。この二枚の誓約書は祝福が済んでから、床入りの前に、お二人ばかりでなく、私とお二人の結婚に立ち会う証人によって署名されるわけですな。あなたがお書きの誓約書は、娘さんの手元に残されることになります。これはあなたの判で封印をされ、その封筒には公証人の前で、中に収められたものは自分の偽らざる率直な意志の表明である、そうあなたに認めてもらいます。》私はこういった慎重なやり方すべてに対して彼に不満などころか、感謝したほどです。私は彼の希望通り何でもするし、妻にも同意させる、そう彼に約束しました。

このように解決されると、私たちは同じその部屋で翌日の九時に会うと決めました。司祭には約束を守ってもらうため、私は財布の中の一部を与えました。残りは家具を買うために宿のお上さんに渡したのですが、充分でなかったので、更に金を渡すために私は亭主を邸に連れて行きました。お上さんには、いちばん清潔で見た目もいちばん感じがよいと思うものを買うように頼んだのです。何もかも不足のないように、必要な食器類を記した書付けを彼女に渡しておきますと、彼女が見事にやってくれました。というのも、翌日には部屋はすっかり綺麗になっていましたからね。

私はこういうお膳立てをし、翌日レピーヌ嬢を連れて来ると約束はしたものの、それを彼女に知らせるにはどうしたものか考えあぐねていました。彼女は二人だけの逢引を考えていましたからね。実は、私が今にも邸の中に入ろうとした時、哀れな女が私に物乞いをしながら、紙切れを見せて、それを受け取れと合図しているのに気がついたのです。私はそれを受け取り、その女には駄賃をたっぷりはずんでやりました。読んでみると、《この前話をした所に三時に来てください》という言葉があるだけです。私はこの書付けがどこから来たか即座にぴんと来ました。そこで、私は前と同じ場末の教会に三時きっかりに行きました。その教会が閉まっていたので、私は無駄足を踏んだと思ったのです。ところが辺りを見回すと、レピーヌ嬢が真っ直ぐ行くように合図しているのに気づきました。私は路地の曲り角で彼女を待ち、よかったら、ゆっくり安心して話ができる場所に案内すると言いますと、彼女は初めは拒みましたが、どういう所か話すと、同意してくれました。私たちはそれぞれ乗って来た辻馬車を帰し、別の辻馬車を探しにやって、その馬車で例の部屋に行ったのです。その部屋に上がると、子供が部屋の鍵を私に渡してくれて、私は椅子を二つ運び入れました。

《ねぇ、きみ、——と私が彼女に言ったのです——とうとう私たちはもうすぐ一緒になるんだよ。きみは今私たちの愛に幸せな結論が出される部屋にいるんだよ。そうだとも、——と、私は彼女の足元に身を投げ出して話を続けました——この世でいちばんかわいい人を自分のものにして、私は誰よりも幸せ者だ、ここで自分にそう言い聞かせたいのさ。》《お立ちになって。——と彼女が目に涙を浮かべて言ったのです——わたしはあなたさえ満足ならいいですわ。でも、わたしには痛ましい結末になるようで心配なの。悲しいわ！——と彼女が続けます——神は私たちをお結びなのに、なぜ運命は私たちにこんなに大きな差をつけなければいけないのかしら？　わたし、あなたを幸せにしてあげたいと思いながら、不幸にするだけのような気がします。》

私はこういう不吉な予感を彼女の頭からすべて一掃してしまおうと努力しました。彼女はもうそんな素振りは少しも見せないようにしました。しかし、自分が不幸に襲われて死んでしまい、私を生涯悲惨な境遇に陥れてしまうという胸騒ぎで、ずっと脅えていたのは確かです。』デ・プレは身の上話をここまで話すと、またしても目に涙を浮かべたのです。そして、やっとまた話を始めました。

『私は自分がしたことをすべて彼女に知らせ、彼女に代わって約束してしまったと言ったのです。私は自分が出すぎたことをしてしまったのか、彼女を巻き込むのが早すぎて怒っているのか、言ってほしいと頼みました。彼女は、《わたしが言いたいことはただひとつです。何でもあなたのおっしゃる通りにしますわ。あした私たちが今いるこの場所に必ず来ます》と答えてくれました。彼女はこうも言いました。《昨夜あなたが投げ入れてくれた手紙のせいで、いても立ってもいられなくなり、今日のうちにあなたと話がしたくなりましたの。あなたが受け取った書付けはわたしが書かせました。あなたに直接手渡すように言いつけて、その書付けを哀れな女の人に託しました。その人には、お駄賃はわたしがあげるほかに、あなたからもたっぷりいただけるはずですと約束しましたわ。ついでに、きちんと届けてくれたら、あしたもまた同じようにあげますと約束しておきましたの。届けてくれたかどうかはご返事で分かりますもの。》

私が指示する約束の場所に来るには、これから先どうするのか、私は彼女に聞いてみたのです。《そのことは心配なさらないで。——と彼女——わたしがうまくやりますから。あなたが会いたいようでしたら、わたし、間違いなくすぐ行きます。》《お母さんはあなたを全面的に信用すると思っているのですか?》と私が聞いたのです。《ええ、そう思ってますわ。——と彼女の返事——どうするのか知りたいようですから、言わなければいけませんわね。わたし、母には二人で今こうして相談していることは知られたくありません。でも、それが既成の事実になった時に、知らせるつもりですの。あなたは成人していますから、その点では何も言うことはありませんわ。母はデ・プレ様と敢えて事を構える気はありませんから、私たちが結論を出さないように邪魔するはずです。母はデ・プレ様の言葉にまだ傷ついていて、好きではありません。デ・プレ様の言葉にまだ傷ついていて、あの言葉は決して忘れないでしょう。でも、もしも結婚が明るみに出るようなことになれば、あなたのお父様から結婚させたと咎められ、不機嫌のあまり仕返しをされると恐がっていますので、私たちが母に内緒で結論を出したとしても、私たちの結婚を隠すために真っ先に私たちの役に立ってくれるはずですわ。》《きみの言う通りだね。——と私が言ったわけです——しかし、きみのお母さんは私たちの結婚を正式なものと思うだろうか? 手続きと式のことを認めてくれるだろうか?》《この結婚が正式なものでなければ、——と彼女が言います——わたしも同意しませんわ。あなたは、取り持ってくださる聖職者は慎重の上にも慎重を期している、そうおっしゃいませんでした?》と彼女が言葉を継ぎました。《言いました》と私が答えると、彼女が《そうよね。だから、私たちの結婚は正式なものなのですから、母に隠す必要はないと言ってますの》と答えました。《しかし、自分の良心が安らかでありさえすれば、私のものになる、そう約束してくれなかったのですか?》と私が聞いたのです。《もう一度そうお約束しますわ。——と彼女——でも、わたししかこの結婚に満足できないのなら、そんなにきちんとお約束しませんわ。反対に、母も満足できるということなら、わたし一も二もなくお約束します。わたしたちに祝福を授けてくださる方が実際に司祭様でありさえすれば、わたしから見ればこの結婚は正式なものです。——と彼女が言い足しました——わたしとしてはそれ以上は求めません。しかし母にとっては、そうはいきませんの。わたしが何を言いたいかよくお分かりですわね。わたしはすべてをあなたに献げます。

神の前であなたの妻になるだけでわたし満足ですもの。でも、人々の前でわたしを不幸な女にするかどうかは、あなたが決めることですわ。》《とんでもない。——私は再び彼女の膝元に身を投げ出して言ったのです——決してきみは騙されはしないよ。私はきみに信頼されたのをよいことに、決してつけ込んだりはしない。きみは神の前でも、人々の前でも私の妻です。私たちを引き裂くことができるのは死だけです。》《わたしもそう願っていいます。——と彼女が言いました——あなたは本当にいい方だと思っていますから、いつか捨てられるなんて心配していませんわ。あなたに捨てられても、わたしには少なくとも、どんな残酷な人でも尊重する秘跡と誓約の信義をあなたが冒瀆するのを拝見するという悲しい喜びがありますわ。そして、自分は人々の前では罪人であっても、せめて神の前では無実だと信じることにします。》

その家のお上さんが買物から帰って来ました。その後にはお上さんが私たちのために買ってくれた荷物を持った荷担ぎ人足が数人ついて来ていたのです。私たちはそれには知らんぷりを決め込みました。お上さんは私の恋人を見て、あまりの美しさに感嘆の声を上げ、物知り顔で褒めちぎりましたよ。私たちはその部屋で軽い食事を済ませると、レピーヌ嬢は翌日の九時に同じその部屋に来ると約束して出て行きました。私は型通りの朝食を準備するように言いつけてから、レピーヌ嬢のあとを追うように外に出たわけです。

私たちはほとんど同時に約束の場所に着きました。レピーヌ嬢は自分の部屋が短時間のうちにすっかり綺麗になり、きちんと整理されているのに気づきました。二人ですべてを吟味してから、何もかも選り抜きのものばかりでしたからね。二人ですべてを吟味してから、例のお上さんに、私たちが待っているので、司祭を迎えに行ってくれるように頼みました。お上さんが迎えに行っている間、私はレピーヌ嬢と二人きりでいたわけですが、彼女はまた不安に襲われたのです。急に顔を曇らせては悲しそうな様子をして、目に涙をにじませているのに私は気づきました。《ねぇ、きみ、まだ何か悲しい気がかりなことがある？——と私は尋ねたのです——お願いだから、私と一緒に喜んでください。一緒に喜んでくれないと、私は手離しで喜べません。》《わたしも精一杯、喜んでますわ。——と彼女が答えました——でも、つい将来のことを考えてしまいますの。正直に言って、将来が恐ろしいのです。でも、そのためにあなたが少しも苦しみませんように……。——と彼女が言葉を継ぎます——わたしが恐れているのはただただあなたのためです。わたし、自分のことはちっとも気にしていません。それに、あなたがおっしゃるように、わたしを自分のものにしないと幸せになれないというのが本当でしたら、あなたの幸せのためですもの、わたし、あなたのために自分が何をしても決して後悔しないつもりです。》《きみが幸せになれないなら、私も決して幸せにはなれないさ。——と私が応じたのです——幸せになると信じてください。それに確かに、私の幸せはきみを身も心も自分のものにできるかどうかで決まるけれど、あとで少しでもきみに悲しい思いをさせる恐れがあるとしたら、そのどちらも喜んで諦めます。》《それが今のあなたの偽らざる気持ちだということがよく分かりました。——と彼女——自分が不幸になるのはあなたのせいではないと信じていますし、少なくともそう信じなければいけないと思ってます。——と彼女がやるせなげに言ったのです——でもわたし、自分が幸せになるように生まれついたとは考えられませんの。それでも、どんな不幸に見舞われても、決してあなたのせいにはしません。我が身を引きずり込む自分の性《さが》と、生まれついた星回りを恨むだけです。(一四)》彼女はこんなことしか考えることができず、つい涙に泣き濡れてしまったのです。そこで、私はこんな考えを吹き飛ばしてしまおうとできる限りのことはしましたが、私自身が彼女の想いについ胸が熱くなっていました。

待っていた司祭が到着しました。私たちはたっぷり一時間以上もずっとその司祭と三人だけでいましたが、その司祭はレピーヌ嬢を見ると、私が話したとおりの申し分のない美人であるばかりか、自分の予想に反して申し分のない服装で、敬意さえ抱かせる風情でしたので、常識的でごくまともなことしか言いません。司祭はこれから二人が取り交わす誓いについて、極めて適切な説教を手短にしただけでした。彼は私たちに、聖書が男は妻のためにすべてを捨てるべし、同じく女も夫のためにすべてを捨てるべしと説く時、それは私たちに語りかけているのであり、私たちはほかの夫婦よりもこの言葉に文字通り従わなければいけないと教えてくれました。《実際、——と司祭が言いました——両親に結婚させられた人が、結婚しても期待していたほどの満足を得られない時に、両親に不平を言うのはそれなりに理があります。そういう人は両親にこう言えるわけです。あなた方が私の妻、あるいは夫を選んだのです。だから、あなた方はあの人の意地悪や不機嫌に責任があります。もし私が自分で選んだら、もっと居心地がよい満ち足りた生活をしているはずです。しかし、あなた方は選んでやるから任せなさいというこ とでした。それに私はあなた方の意向に逆らうまいとしたために、好きにもなれず、ひどく相性が悪くて、私たちの家庭をごたごたの絶えない、さながら地獄にしてしまった人に鎖で縛りつけられていますし、私はその鎖のために犯す罪によって、生涯にわたって安らぎを得られず、またおそらく来世での救いもかなわないでしょう。あなた方の場合はこうは行きませんぞ。——と司祭は私たちに向かって話を続けました——お二人はお互いに自分で選んだのですから、決して別れないと決意しなければいかんのです。あなたは、——と彼は私に言いました——あなたは自分よりずっと財産が少ないこのお嬢さんを選びましたが、あなたが秘密にするのは世間を憚っているからにすぎません。この財産なるものは神の前では何の意味もありませんが、秘跡はやはり秘跡です。あなたが欺くのは彼女ではありません。それはあなた自身です。あなたが神を侮《あなど》ればただでは済みませんぞ。ですからあなたは、自分が彼女に及ぼす危険に彼女と一緒に立ち向かい、また、何事が起ころうとも、彼女を決して捨てないと決意しなければならんのです。お嬢さん、——と司祭はレピーヌ嬢に向かって話を続けました——あなたはこの方にご自分を捧げるわけです。貞淑な女性が守らねばならぬことはご存じですね。しかし、貞節で従順であるばかりでなく、ほかの女性と違って、あなたには特に守らなければならない義務が山ほどあります。この方はあなたを愛しているので、あなたと結婚するわけです。この愛はですな、あなたの従順で慎み深く貞淑な振舞いと、全面的な献身によって支えられなければ、たちまち消えてしまいますぞ。そういうものでしかないのだと心してくだされ。いささかでも道にはずれた行動をしたり、いささかでも彼に不満の種を与えれば、彼の目には取り返しのつかない、許し難い罪に見えるわけですから、それだけにあなたは一層この愛を育み、彼から尊敬されなければなりませんぞ。彼はそのような罪をいいことに、当然のこととしてあなたと婚姻の秘跡を二つ同時に蔑ろにするかも知れません。この点に関しては彼はおそらく人間の法によって支持されるでしょうからな。》要するに、司祭は極めて適切な話をしたわけで、少しも勿体ぶらずに昼食を私たちと一緒にしました。朝食にしては遅すぎましたからね。その食事はなかなか楽しいものでした。亭主が街に出ていて、お上さんが私たちの給仕をしてくれたわけです。

昼食が済むと、司祭は私たち二人に結婚誓約書、というよりむしろ長文の承認証書を書かせましたが、これは確かに見事なできで、私は裁判でも支持されるだろうと思っています。二通とも同じもので、名前が入れ替わり、男女の性別が違っているだけでした。私たちは秘密は守ると誓い合い、そのあとで私は司祭にいつ私たちに祝福を与えてくれるのか尋ねました。司祭は、私たち二人がそれぞれミサを授かり、告解を済ませたあとでなければ祝福はしない、そのあとでなら私たちの希望する時にいつでも祝福するとのこと。これにはぐうの音も出ませんでしたよ。結婚誓約書にはそうなっていましたからね。告解の日取りは、私が翌日に、次に彼女が日曜日にすると決め、そして、次の月曜日の朝六時に結婚式と決められました。司祭は自分の礼拝堂で私たちを待っていると約束すると、帰って行きました。

再びレピーヌ嬢と私の二人だけになると、彼女は、あの司祭は良識もあり誠実な人のようですね、母は私たちがすることに文句の言いようがないと思います、と言ってくれました。実際、婚姻の公示と小教区台帳への婚姻登録に関しては教会法は守られませんでしたが、そのほかは通常の習慣通りでした。だから、私たちの結婚は正式でないとは言えなかったのです。彼女は気が済んだようでした。彼女は部屋を隅から隅まで見て回り、満足しました。私はこの家のお上さんにルイ金貨五十枚を約束してあったと彼女に言って、すぐに彼女に財布を受け取らせ、彼女から払ってやるように言いました。彼女はお上さんを呼び、食事のあと片づけをさせました。

そのあとで、彼女はお上さんにこう言ったのです。《ここの家具にはすっかり満足しました。あなたの心遣いにお礼を言います。デ・プレさんがあなたにルイ金貨五十枚をお約束しましたね。それぞれ二十五ルイずつで、これがわたしの分です。》この女は何やらちょっと渋ってから、その金を受け取りました。《月曜日に、わたしたちはここで昼食をとることになっています。——とレピーヌ嬢が話を続けます——わたしが昼食を振舞いたいのです。さあ、これがそのお金です。わたしたちを充分にもてなしてくださいね。これはわたしの結婚式です。わたしは式を楽しいものにしなければいけませんものね。》この女はそのとおり彼女に約束し、出て行きました。
また彼女と二人きりになったので、私は結論を早く出そうとできる限り迫ったのですが無駄でした。《だめよ、いけませんわ。——と彼女が言います——こんな風にわたしの弱みにつけ込まないで。》私は時間を無駄にするだけだとよく分かったので、それ以上は迫りませんでした。私は逢引きの場所に来るにはどうするのか尋ねたのです。わけても月曜日には彼女はおそらく一日じゅう外出ということになりますからね。《日曜日にはひとりの妹と教会に行きます。——と彼女が答えました——教会から、わたしとも母とも仲のよいお友達のある貴婦人に会いに参ります。その方にはパリ市外に行楽に出かけるために、その日の晩に迎えに来ていただくようにお願いするつもりですの。わたし、その方が来てくださらないのはよく分かっていますが、それでも月曜日の朝、家を抜け出す口実にはなります。それで、その貴婦人にはヴァレリヤン山[9]に行きたいけれど、許してもらえなかったと言うつもりです。その方はこれくらいの役には立ってくれますわ。わたし自信があります。最悪の場合でも母に小言を言われるだけで済みますわ。つまらないことで数え切れないほど叱られて来ましたのよ。ですから、こんな折ですもの一度くらい自分から進んで叱られる値打は充分ありますわ。何がなんでも、——と彼女は話を続けました——とにかくここには来ます。》私たちは口づけを交わし、彼女は帰って行きました。

　私は錠前屋を呼びにやり、錠を一つと鍵を三つ、妻とお上さんと自分用にそれぞれひとつずつ、注文しました。そして時刻も早かったし、宿の亭主が帰って来たので、私はしばらく亭主と一緒に過ごしました。この男には、私が自分でするか、友人たちがするかはともかく、安定した職を見つけて助けてやると約束してやったのです。私は見つけてやりましたし、神のご加護があれば、彼の財産の面倒は生涯みてやるつもりです。女房のほうは身に沁みるほど有難がり、また、私の未来の妻の美しさにすっかり感じ入って、綺麗だ、綺麗だと何度も連発しては、飽きずに彼女の噂をしていました。この女房はこの時から妻が大好きになり、妻のためにどんなことでも厭わず手を貸してくれたほどです。ところが、かわいそうにこの女は、今となっては、私のほとんどただひとつの慰めになりました。それほど妻の痛ましい死はこの女の胸を打ったのです。その悲しみは私に敗けないほど本物だと私ははっきり言い切れます……。》デ・プレは物語のここのところで、またしても目に涙を浮かべました。

《私がその家から出ていこうとすると、——とデ・プレが話を続けました——日曜日の午後でしたが、翌日、私たちを結婚させてくれることになっていた例の聖職者にばったり出会ったのです。彼は散歩に出るところでしたので、私は一緒に行くことにしました。

　私たちはいつの間にか父の邸からかなり離れた、サン＝トノレ街のカプチン会修道院[一五]の庭に来ていました。私たちはそこのベンチに腰を降ろしたわけです。この司祭の知合いのひとりのカプチン会士が私たちと一緒になったのですが、私は彼らを個人的にはあまり知らないので、勢い話題はもっぱら信心のことばかりになり、それも突っ込んだ話になりました。まったく思いもかけない偶然で、父がこの同じ庭にいて、私が司祭と修道士と一緒にいるところを目撃して、何を話しているのかと好奇心を起こしたのです。父は私たちの近くに来て、立ち聞きをしました。私にとってはこれ以上にお誂え向きの話題はないようなことを私たちは話していました。放蕩息子についての話だったのです。さんざん放蕩した挙句の果てに心底から回心し、神に帰依したという説教で、徹底的に論じられました。で、実際、司祭と修道士の話しぶりが私の信仰心をかき立てたわけです。この二人は私が耳に胼胝のできるほど聞いたことがある話しかしなかったのですが、話が深かったので、私の目には涙が浮かんだほどです。私が涙をぬぐい動揺を隠そうとして顔を脇に向けると、ちょうどそこに父が私の背後のブドウ棚の陰にいるのに気づきました。私がどんなに驚いたか、考えてもみてください。父の姿に私は狼狽してしまい、なかなか冷静になれませんでしたよ。父はそれに気づき、《この程度はさして悪い事じゃない。失礼ながら、もっと悪い事に時間を使ってもかまいませんぞ。御身がこんなに篤実な方とは知らなんだ》と私に言ったのです。私はひと言も返事ができず、父に深々とお辞儀をして、一緒に来た司祭と立ち去りました。

夜、邸に帰ると、父が私にひどく腹を立て、すでに二、三回も私が帰宅していないかどうか尋ね、私と一緒でないと夕食をとろうとしなかったことを知りました。私は自分が破滅したと思いましたよ。私は結婚式の話をした覚えはなかったのですが、父は司祭から話を何か聞き出したのだ、そう思ったものです。そのために困り果てていたのですが、私の思い違いで、それが正反対でした。私は修道士が、それも特に托鉢修道会士が、父にどういう所業に及んだのかはまったく知りません。しかし、父は連中を疫病神のように憎んでいました。私がカプチン会修道院を出るとすぐさま、父は門番に私が時々その修道院に来るかどうか問い質したのです。門番は、来ます、と答えました。これは本当です。あなたの友人で私の友人でもあるガルーアンは、この修道会に入ったわけですが、当時この修道院にいたので、私はしょっちゅう彼に会いに行っていましたからね。父はこの返事に私が二人の教会人に言ったことを結びつけ、さらに、私が七、八日前に理由もなく自分の従僕に暇を出し、代わりの父の従僕も欲しがらなかった事実を思い合わせて、私が修道士になりたがっている、私が従僕に暇を出してもう徒歩でしか外出しないのは、自分の行動を覚られたくないからだ、そう思い込んだわけです。結局のところ父は正しかったのですが、引き出した結論はまったく別でした。

父はすでに修道院に対して激しい怒をぶちまけていて、それが私の姿を見ると一層ひどくなりました。《まったく！　このわしに見事な恩返しをするつもりだな。――と父が私に言ったのです――お前は生活の資がないのや、金が稼げないのが恐いのかね？　なにゆえ物乞いをして暮らそうなんぞと誓いを立てたがるんだ（一六）？　もしも修道院に身を投じるような卑しい心根だと分かったら、――と父はものすごい剣幕で言葉を継ぎます――いまいましい、たった今その首をへし折ってくれるわ。さもなくば、少なくとも身動きできぬ所に閉じ込めてやるわい。

碌でなしなんざぁ、くたばっちまえ！　いまいましい！　わしの目の黒いうちは、奴らの仲間入りなんぞさせん。こいつは請け合いだ。手は打っておくからな。》

——と父が続けます——ちくしょう！　情けない奴め、穢れた

父がこのような心配をしているのを見て、私は腹を立てたりはしませんでした。その点に関しては父の同意がなければ決めないと誓って、それで満足していたからです。父は修道士を罵倒し続けましたが、私には痛くも痒くもありませんでした。修道士になる気など毛頭ありませんでしたからね。父は夕食の間ずっと修道士の話ばかりして、猛烈にこきおろしました。父がなぜ連中に憎しみを抱いていたのか私にはいっこうに分かりませんが、父は彼らに施し物をするどころか、彼らの姿を見つけると所かまわず邪険にあしらっていました。とは言え、父はたいへんな慈善家でしたが、父の気前の良さにあずかるのは年寄りとか捨て子とか体の不自由な者とか、みんな自分で生活費を稼げない人に限られていたのです。これについては、私が目撃した父の邪険な態度を覚えていますので、これは話しておかなければいけません。

ある日のこと、父は門前で邸に水を送る鉛管を修繕させていました。父が補装工と鉛管工が働いているのを眺めているところに、隠者のような男がやって来て、父に施し物を乞うたわけです。父は返事の代わりに、その男に職人たちを差し示しました。《この者どもは働いておる。——と父が言ったのです——自分たちで稼ぎ、公衆のお荷物にはなっておらん。それにだ、——と父が続けます——キリスト教徒が愚かにも信心に凝りおって、これほど多くの無駄な口を養っておらねば、フランスにはこれほど多くの怠け者や浮浪者はおらんはずじゃ。》そして父はその男を見据えながら、《よくお分かりかな？》とつけ加えたのです。その修道士はあたふたと父に背を向けてしまいました。

私の話に戻りましょう。　父は乞食坊主ども、父は修道士をそう呼んでいたのですが、その乞食坊主ども父は修道士を実に見事に笑い物にしたのでにしたので、召使たちはみんな、も、父は私の意向をすっかり知らした。また、私はあくまでもカプチン会士になりたがり、それを誰にも知られたくなくて従僕をお払い箱にしたのだ、そう信じ込んだわけです。あの界隈に隅々まで広まった噂の出所はこんなところにあったのです。父はその従僕を呼んで来させ、その従僕に私のそばを影のように離れずに、私の行動を逐一報告せよと私の前で命じました。《もしも其の方がこの命令に背いたら、わしをよく見ろ、其の方を縛り首にしてくれる男じゃよ。わしの約束を忘れるでないぞ。わしに二言はない。其の方が言いつけを守るかどうか、わしには分かるからな。》そうまで言わなくてもよかったのです。私には翌日から尾行されるのはよく分かりましたからね。私はそいつの先を越して、夜の明けないうちに庭から抜け出しました。そして、目当ての教会へ向かう前にさんざん回り道をしたので、私を見失わないためには、悪魔よりもずる賢くなければいけなかったでしょうね。

私はぴったり定刻に着きました。みんなは小さな礼拝堂で私を待っていて、私が中に入るとすぐに礼拝堂は閉じられました。かねて事情を知った人たちばかりだったので、ただちに私たち

の結婚式が執り行なわれました。それから扉が開かれ、例の司祭は公然とミサを執り行いました。妻が先頭で外に出ると、そのあとにほかの人々が続きます。私は司祭とあとに残り、謝礼をたっぷり渡しました。私が簡単な食事ですが一緒に来てくださいと頼みますと、司祭は来てくれました。それで、妻も相当な贈り物をしました。昼食、それとも朝食の前かな、司祭は五日前から保管していた私たちの結婚誓約書を取り出しました。彼は私たちに日付けと名前をそれに記入させ、自分でも結婚誓約書であることを証明してから、この秘密にあずかっている四人の人々、つまり宿の亭主と、近くに住んでいる二人の商人、それにひとりの村役人にも署名させました。この人たちはみな司祭の友人で司祭の保証付きです。司祭はこれらの証人の前で私たちに要求していた宣誓、つまり、すべて正当かつ有効とみなすと私たちに宣誓させました。そして妻が書いた誓約書を私に渡すと、私を自分の部屋に連れて行きました。その部屋に司祭が二人の公証人を呼び入れたので、私はこの二人の前で自分が書いた誓約書を封筒の中に収め、自分の判で封印をしたわけです。その封筒には、中に収められた書類は私の手で書かれ、署名されたもので、私が死亡するか事故に遭った場合の、私の偽らざる率直な意思が記されている、また、その意思は書類に説明されている理由によって、秘密にされることを私は望むと認めました。二人の公証人は私がこの聖職者の手に託すものは、ほかでもない遺言だと信じました。

　それから私たちが例の家に戻ると、司祭はこの封筒を妻に渡して、こう言ったのです。《奥さん、あなたの安全のために人々の前で人間としてできることはこれがすべてです。神の前でのことは、心安らかにしていなされ。あなた方の結婚は正式なものです。この封筒は保管しておいてくだされ。しかし、その時が来るまで開封してはなりませぬぞ。そして開ける時には、敏腕で、とりわけ誠実な司法関係者と、友人たちの注告に従って用心の上にも用心してくだされ。》この上はもう言うべきことは何もなかったし、また、彼女は何のわだかまりもなく私を夫とみなすことができたと私は思っています。したがって、彼女はいっさい異を立てませんでした。また私がそんな彼女に喜んだのは当然です。

　彼女は質素な小さなコルセットをつけ部屋着姿で現われたのです。私はこういう飾り気のない格好に満足しました。復活祭が過ぎ二週間以上は経っていたのですが、薄着には向かない季節でしたからね。そして私たち、司祭と私が席をはずしている間に彼女は髪を結い、私たちが戻った時には、気に入られたい女心で完全武装していました。銀糸の縞模様の青いブロケード〔金銀糸入りの絹紋織物〕のガウンを羽織り、同じ色のコルセットをしていて、コルセットでぎゅっと締めつけていないのに、彼女の上半身の美しさが窺えました。レースと銀糸の房飾りが施された白い繻子のペチコート、そしてガウンと同じ生地のスカートにはスペインレースと銀糸の小さな吊鐘状の房飾り（一七）がついています。銀糸の組紐とダイヤモンドの止め金が付いているモロッコ皮の黒い靴。横と後ろ側に三本の銀糸を織り込んだ黒い絹のストッキング、きちんと結い上げられた髪、非常に美しい襟元のレース、見事な真珠の首飾り、要するに彼女は魅惑的な姿だったのです。

私たちは証人を交えて昼食を舌鼓を打ちながら食べました。しかしその昼食はいかにもふさわしいものでうまかったとは言え、それでもやはり私を退屈させたものです。やがて食事も終わり、一同が引き下がりました。二時ごろでしたか、私たち、彼女と私は二人だけになりました。』

デ・プレはここでもまた溜息を漏らし、繰り言を言いはじめました。彼は『幸福なあの時は過ぎ去ってしまった。もう彼女には会えない。彼女は死んでしまった！』と、声を上げて言ったのです。そして、ほかにも同じようなことを綿々と言い続けました。やがて、彼はずっと落ち着いた口調で話を続けました。

『私は夜の七時まで彼女と一緒にいました。差し向かいの語らいは軽い食事を取る時まで途切れずに続き、私たちは昼食の残りものを最初に出された時よりももりもり食べたものです。私たちはそれから二日後に、というのは、彼女にはそれ以前は無理だったからですが、また会う約束をしました。

彼女には作らせておいた三つの鍵のうちの一つを渡しました。私は書くために必要なものを机の上に一そろい残しておきました。それは、彼女にしろ私にしろできるだけしばしば来るでしょうが、同じ時間に落ち合えなかったり、二人のうちどちらかが相手を待てないような時には、そのたびに次の逢瀬を指定したり、消息を教え合うことに決めたからです。宿のお上さんには満足してもらえたし、お上さんは家事は引き受けると私に約束してくれました。私は部屋のもう一つの鍵をお上さんに渡し、男冥利に尽きると満足してその家をあとにしました。

私にはあの従僕のほかにもう恐いものはありませんでした。しかし従僕の目を暗ますために、家主が同じ隣の家からもう一つ部屋を借りてもらい、家主の同意を得て、部屋から部屋に抜ける連絡扉を作らせたのです。したがって、妻は私と同じ出入口を使いませんでした。というわけで、あの従僕がこの男の家に私と一緒に上がって来て、私がいる間ずっとそこにいても、従僕には妻が出入りするのが分からないようにしたわけです。妻が自分の部屋にいると分かった時は、それは妻が細紐を引っぱると分かるのです、私は従僕に取るに足らない用事を山ほど言いつけて追い出し、次から次とずっと探し回るようにしました。妻が来ていない時には、彼女が置いていった手紙をお上さんが取りに行ってくれたので、私は即座に返事を書くことにしていました。こうして、あの従僕がいる時は一度も妻の部屋には足を踏み入れなかったし、妻がいない時はもちろんです。そして私は、新しい書きものだとかこつけては、毎日この男の家に通いました。

妻は発想が豊かだとあなたに話しましたね。その証拠をひとつお見せしましょう。ある日のこと、二人でその部屋で落ち合い、午後ずっと一緒に過ごしたことがありました。私たちは妻が三日間は都合がつかないと思い、それより前には会えないことになっていたのです。妻は翌日になると早速都合がついて、すぐ私に知らせなければならなくなりました。私は二人の友人と城壁の上を散歩していました。窓からそれを見た彼女は、

《お部屋に行きます。そこでお待ちします。》

という言葉を書きました。

彼女は私たちが散歩しているところにやって来て、私たち

が自分の前を通りすぎる時を捕えたのです。彼女が大声で私を呼び止めたので、私は振り返り彼女を見ました。《失礼ですが、つい先ほどあなたの上着の裾からこの書付けが落ちました。——と、彼女が快活に私に話しかけたのです——あなたの好い人は、こんなうかつな恋人を持って、ずいぶん嘆いていますわよ》彼女は私にその書付けを渡すと、そのまま行ってしまいました。連れの友人たちは彼女をよく知っていました。しかし、私は人前では彼女と会っていなかったし、誰も私たちの仲を疑っていなかったので、友人は私のうかつさを責めたわけです。私はその書付けを読むと、いかにも関心がなさそうに破り捨て、友人たちにはこんな書付けなど私には関係ないことだと思い込ませました。私はそのまま彼らと一緒に残りました。そして結局、それぞれ用があって別れたのですが、私は自分から先に用があるなんてことは言い出しません。私は彼女に会うと、才気があるのは舌を巻いたけれど（一八）、こういう危ないことは慎重にしなければいけない、思い切ったことをあまりたびたびしないように、と言っておきました。

別の日のことです。私はミサで彼女を見かけました。彼女は具合が悪そうで、私は気が気ではありません。会えないと思いつつ、午後になってから例の部屋に行ってみたのです。彼女はすでに来ていて、寝ていました。私が立てた物音を聞きつけたお上さんが、私と話をしたいけど、物音を立てないでくださいと合図をしてきました。私は従僕に尾行されなかったので、真っ先に彼女の部屋に入るところでした。お上さんが言うには、妻は一時間ほど前に来たけれど、頭がひどく痛くて夜まんじりともしなかった、と言ったそうです。妻は日中、少なくともこんなに早く私が来るとは思ってもいなかったので、着くとすぐベッドに身を投げて、寝入ってしまった、とのことでした。《このまま休ませておあげなさいまし。——とその女が続けました——休息が要りますのです。ちょっと散歩でもして、また来てくださいましな。》私は外に出ました。そして三時間以上もたってから、また来た時には、もう妻はいませんでした。ほんのちょっと前に彼女は帰っていたのです。机の上には妻が書き残した短い手紙がありました。それはこういうものです。

手紙

夫は寝ている妻を起こしてはいけない、わたしそうは思っていませんでした。とりわけ妻は眠りたくて来たわけではないと分かっている所ですもの。あなたの慎み深いのには感謝しますわ。わたしの病気は心配ご無用です。どこも悪くありません。具合が悪いと知らされるのを心配なさったようですから、そうご報告できるのをたいへんに喜んでいます。わたしは無駄足を踏んでしまいました。たった三カ月前でしたら、こんなことはなかったはずですわ。あのころのあなたはわたしに夢中で、こんなに水臭くはありませんでしたのに、他人行儀になってしまったのですね。でも、わたしは探しに来たものを失いたくありません。あした同じ時間にまた参りますから、その時は今日あなたにお貸しした分と、あしたの分を合わせて返していただきます。

この手紙はなかなか気が利いていると思いましたよ。それに私の愛情が冷めたという愚痴も、私には情がこもっていて新鮮に思えたものです。妻が私をからかおうとしたように、私も同じような調子で妻に手紙を書きました。こんな具合です。

手紙

私は貴女には休息が必要だと思いました。また、病気を装っているとも思えませんでしたので、貴女の睡眠時間を尊重しました。今日はお好きなだけぐっすり寝てらして結構です。なぜなら、貴女がこの手紙を読むころには、私が病気になっているような胸騒ぎがするからです。私は貴女の病気が移るのが心配でした。それに貴女には自分の病気を移すような危い目に遭わせたくありません。貴女はたびたび私の借金を拒否なさったり、いやいや認めてくださったり（一九）で、貴女が支払いに不安を感じられることはほとんどないと私は確信しています。そういうわけですから、私が支払いを三カ月延ばすのを御了承ください。このような空白期間を置くことによって、愛情は失ってしまったかつての激しさを取り戻すでしょうし、もはやそれほど水臭くはないはずです。

私はお上さんに妻の手紙とこの返事、それに、やってもらうことを教えました。翌日、私は妻よりも先に来て、妻が入って来る物音を聞くと隠れました。お上さんが、昨夜、私は机の上にある手紙を書き終ると、ぷりぷり怒って出て行った、と彼女に言いました。《えっ、まさか！――と、私の返事を読み終ると彼女は叫んだのです――わたしはちょっとからかっただけなのに、かっとなるなんて、こんなことってあるかしら？》彼女の目に涙が浮かぶのを見ると、私はそれ以上苦しめる気はなかったので、彼女のところに行って抱き締めてやり、すぐに仲直りしました。

私が二人で一緒に散歩する気はあるかと聞くと、彼女はありますとの返事。二人が連れ立って散歩に出たのはこの一回限りです。それにしても私たちはそこら辺りでは誰にも会わないと確信していたのですがねぇ。散歩の帰りでしたが、何にでもよけいな口を出す悪魔のせいで、私たちはまったくとんでもない出来事にぶつかったのです。

一年のうちでもいちばん美しい季節でした。畑は一面に刈り入れを待つばかりの穂におおわれています。朝方小雨が降って埃も払われ大地も固まっていました。太陽は雲に覆われ、そよそよと吹きわたる風が初夏の暑さを柔らげていました。妻は計画したことをいざ実行となると、勇敢で大胆ですらあると私は言いましたが、あなたはすぐそれがお分かりになるはずです。ライ麦の穂並は人の背丈ほど、いやそれ以上もあり、私たちのほかには人影もなく、私は妻を愛していました。というわけで、妻を草の上で愛撫するという新しい楽しみを私に提供してくれたのです。私は妻にライ麦畑の中に入るように頼みましたが、妻はさんざん渋りました。しかし私がどうしてもと言うものですから、妻は畑の中に入りました。彼女は自分がどんなに嫌であっても、ひたすら私を満足させたい一心なのだと確信させてくれたのは、この時だけではありません。実際、彼女は私たちにふりかかる出来事を予想していたようです。こうして私たちは気づかれなかったと思ったので、畑の中に入ったわけです。

　私は自分の気まぐれを満足させにかかりました。私たちが事に及んでいると、私は男に抱きすくめられるように感じたのです。その男は私たちが苦しくなるほどの力持ちで、がむしゃらに私に襲いかかったのですが、私たちを押えつけることはできませんでした。妻が金切り声を上げ、その場を逃れます。私が脇に飛びのいて、彼女が逃げられるようにしたわけです。私はとっさの分別を失ってはいませんでした。思いがけず抵抗され、自分の厚かましい振舞いが失敗するのではと恐がり出していたその男の両腕を、私はぱっとつかみました。私は男をぎゅっと押さえ込みます。《私の剣を抜いて！——と私が妻に言ったのです——突き刺して！　ためらわずに殺しなさい、このならず者を。ならず者に決っているんだから。》妻が無造作に剣を突き立てようとします。すると、私に両の腕をがっちりつかまれて、逃げ出せないその男が妻に許しを求め、命乞いを始めたのです。その言葉を聞いて、私は妻に男の喉元に切っ先を突きつけ、立ち上がろうと少しでも動いたら、突き刺すように言います。妻がそのとおりにしましたので、私は男の腕を離し、起き上がって、乱れていた服装を整えました。妻の手から剣を受け取り、妻に家に帰るように言ってから、百姓とおぼしきその男に、《きさま、命は貰ったぞ》と言ったわけです。

　この碌でなしは、この上ないほど驚いて、私の言う通りにしました。私の思うままになっていたのです。私は男が声を上げたり身動きしないように、地面に座らせて腰に剣を突きつけます。奴が叫んだり動いたりしたら、死んでいたことは確かです。そして、たっぷり時間がたって、デ・プレ夫人が遠ざかり、もう侮辱されたり醜聞になる恐れがなくなったのを見計らって、私はその男を立たせました。《一緒に来い。——と私がその男に命じます——きさまのライ麦に金を払ってやるからな。》この男が言うには、いかがわしい奴らを見つけたとばかり思ったそうです。ところが、私たちの様子から自分の勘違いだと思い知らされたわけです。男は私が引き立てる所にはどこへでも来ました。妻が去った方向とは逆です。私たちは場末に入り、そこでライ麦代として、私は杖が折れるほどその男を打ち据えてやりました。私のことを知っている従僕が二人、その近くの公園にいる主人を待っているところで、二人でこの男を閉じ込められた犬みたいにたたきのめしましたよ。それで、この男は同じような状況でも人の邪魔をしに行く気は決して起こさないと思います。私は黒い服を着た女性がひとり同じ場所を通ったのを遠くから目にしていました。で、その人を出しに使ったわけです。この二人の従僕に黒い喪服を着た婦人が通るのを見かけたかどうか尋ねますと、彼らは、見ました、しかしその方はひどく急いでいましたので、遠くに行ってしまいました、との返事。二人は私がその人と一緒だったのだと信じ込みましたよ。これこそ私の狙いです。二人にはそう思わせておいて、この出来事は決して話さないように頼むだけにして、彼らの労をねぎらってやりました。
　父はその晩のうちにこの出来事を知りました。好奇心に駆られてこの従僕たちにその女性を見たかと尋ねておいたのです。彼らは、その方は二十八、九の、喪服を着たたいへんに綺麗な女性でしたが、知らない人です、と父に答えました。というわけで、彼らは私の妻を私と同じように知っていただけに、疑いはすべて一掃されたわけです。その晩、父は夕食をとりながらこの出来事について私を冷やかしました。ところが、父は気を悪くするどころか、ただ笑うばかり。《わしは修道院にいるよりは、こういうそなたのほうが好きでな。——と父が言います——まあ、遊ぶ相手には気をつけることさ。仮にだ、——と父がつけ加えます——今日一緒に襲われたその別嬪さんがやくざな女にすぎんのなら、杖と棒しか使わなくてよかったわい。しかし、これが評判を守ってやらねばならぬ人妻とか、未亡人とか娘となると、そなたは間違っているわけだ。そのならず者は地面に捨てておくべきだったのさ。(二〇)なぜかと言うに、そやつがその人にまた出会って、この女だと認めたが最後、誹謗中傷されるからのう。》
　父はこの件についてはそれ以上は言いませんでした。父の言い分はもっともでした。しかし、私はその男が妻を見ても分かりはしないと確信していたのです。私は奴をこっぴどい目に遭わせてから、妻にまた会いに行きました。折悪しく彼女を危ない目に遭わせ、また、彼女のあんな姿を私以外の男に、それも選りに選ってならず者の百姓に見られてしまったことが私には残念でした。彼女は泣いていました。しかし私は彼女を慰めるために一緒になって悲しんだりせず、何もかも茶化してしまったのです。その野次馬にどんな金を支払ってやったか話してやりました。私たちはそいつに中断させられたことをすっかり終えてから、仲よく別れたのです。
　私たちは春と夏、そして冬の間ずっと想像もできないほど楽しく過ごしました。私はどんな男よりも幸せ者でした。妻はそれまでよりも美しく、魅力的になったように見えたものです。二つの心がこれほどしっくり行くことはあり得ませんね。私たちはばったり出会った時には、丁寧に、しかしよそよそしい挨拶を交わしていました。それがあまりにも徹底していたので、彼女の母親でさえ騙されてしまい、私に完全に無視されていると歎いたほどです。この人は相変わらず自分の家に通って来ていた例の男性陣のひとりに、私と会って、自分に何か含むところでもあるのか探り出してくれと頼み込みました。こういった働きかけは打算的なもので、前に話題にした私の友人のことでレピーヌのお内儀にはまだ私が必要だったのです。デ・プレ夫人がこのことを教えてくれたので、私たちはその返事を一緒に相談しました。そして、私はそれまでとおり相変わらずレピーヌのお内儀には献身的に尽すつもりだし、何事によらず、またどこでも役に立つつもりでいる、しかし、父が断固として禁じているので、自分のためというよりはお内儀のために訪問しないだけであって、もし私が完全に自由の身なら、お内儀の所に入り浸りになっていたはずです、と返事をしておきました。私たちは裁判所(二一)で会いましたし、お内儀が私を必要とあらば、どこへでも案内しましたし、私は財布さえ提供したものです。

ところが、お内儀の前では娘に話し掛けても、例の親睦会の消息を尋ねるだけでした。私は自分次第でできることでも、何かこの婦人にしてやると、父が気分を損ねないか伺いを立てて用心しました。父は私に、その反対で、自分も嬉しく思う、そなたが熱心に通いつめることに反対したのは、その結果を思ってのことにすぎんのだから、そうしてくれるように自分からも頼む、と言いました。

人前では彼女と私のような生活をしている二人の人間が、実は夫婦であるなどと信じることはできません。愛をとことんまで確かめ合う十五分前か後にすれ違う、こんなことは私たちにはよくあったのですが、赤の他人に挨拶するように、挨拶を交わし合うのは確かに何か奇妙なことです。

九月の末ごろ、妻は妊娠しました。彼女からそう告げられて、私は悪い気はしませんでした。これは自然なことでしたからね。隠すことなど朝飯前で、これほど簡単なことはなかったし、そのために二人が会えなくなることもありませんでした。しかし、人知の及ばぬ不測の事態が起こることはいくらでもあるので、私はそれまで何度となく与えようとしたのに、妻がずっと拒んで来たお金を無理やり受け取らせたわけです。冬の間はずっとそれまでと同じように過ぎました。ところが、お腹がかなり目立つようになり、もうそれ以上は隠しておけなくなったのです。彼女の母親に打ち明けることを考える必要がありました。彼女はそんなことは簡単にできると思っていたのですが、いざ実行する段になると、彼女が予想していなかったのか、それとも簡単に乗り切れると思っていたのか、多くの障害にぶつかりました。

妻は、母親に相談しないで結婚したこと、また母親は私の父の怒りと仕返えしを恐れていたのに、選りによって私と結婚したのですから、結婚を母親は喜んでくれないのではないかと恐れたのです。妻は私たちの結婚は母親には紛れもない放蕩と思われるのではないかと恐れたのです。私は彼女が恐がるのをしかり、できるだけ不安を拭ってやりました。《しかしいずれにしろ、——と私は妻に言ったのです——これは済んだことだし、私は少しも後悔していないよ。きみは後悔してるのかい？》と私が彼女に問いかけますと、彼女は《とんでもない。わたし後悔などしていませんわ。これがわたしの定めなら、これからだってなってみせますわ》と言いました。

私は急場しのぎの提案をしたのです。彼女がそのとおりにしてくれたらなぁー、今でも彼女は私のものなのに。《それでは、——と私は彼女に言ったのです——お母さんの所には帰らないで、ここに残りなさい。そして外には出ないようにしなさい。誰もここまできみを探しには来ない。ここで密かにお産ができるはずだよ。レピーヌのお内儀には修道院にいると手紙を出しなさい。あの人がそれを信じるにしろ信じないにしろ、そのためにきみがよけい悪くなることもないからね。ともかく、あの人が信じなくても、ほかの人たちにはそう信じ込ませなければ、あの人の名誉に関わるからね。けれど、私は毎日きみに会うつもりだよ。そして、いつか打ち明けても大丈夫な日が来たら、打ち明けてみることだね。しかし、知り合いの前にはもう姿を見せてはいけないよ。特にきみの体つきが変わったとすぐに気づかれてしまう界隈はね。》《おっしゃる通りね。——と彼女が言いました——でもわたし、母に知らせないわけにはいきませんわ。だからお願い、賛成してちょうだい。》《しかし、どうするつもりなの？》と私が聞き返したのです。《それを考えなければいけないのよ。——と彼女——母に話す前に、わたし、話しておきたい人が……。》《そんなことは絶対にしてはだめだよ。——私は話を遮ってそう言ったのです——きみのお母さんのほかには誰であろうと二人の関係は知られたくないんだ。私がきみのお母さんに信頼されているとすれば、お母さんはまだ何も知らないはずだからね。》《それでは、わたしのために奔走してくださるわね？——と彼女が私を抱き締めながら言ったのです——わたしをまだ愛しているわね？》《前よりも愛しているさ。——と私は答えました——好きだからこそ、きみを少しも嫌な目に遭わせたくないんだ。きみがしてほしいというその奔走だけど、二人にとって悪い事でない限り、誠心誠意やるつもりだから、大船に乗った気でいなさい。それはどういうこと？》《あなたがここにいらっしゃる時に、母を呼びにやって、あなたとわたしで二人の関係を母に打ち明けるのです。——と彼女が言います——母が怒って何を口走っても、そのまま言わせておかなくてはいけないわ。どんなに怒っても我慢しなければいけないわ。そのあとで、二人で道理を説き、下手に出て、おとなしくさせるのです。》《それは大賛成だね。——と私が相槌を打ちました——その必要があれば、あの人の足元に身を投げ出すつもりさ。あの人がきみに手を出したりせず、侮辱的な言葉だけで済むなら、何でも我慢するつもりだ。そうでなかったら、だまっていないからね。》《平手で二、三発ぶたれるくらいで済みますように！——と彼女が笑いながら言います——でも、あなたがその場にいらっしゃるのですから、母にそんなことをさせないのがあなたの役目ね。母は道理には耳を傾けてくれるでしょう。そして、母はわたしを見ればあとに引けないのは分かりますから、同意しないわけにはいきませんわ。少なくとも秘密を守らなければいけないはずです。》《どうしてもお母さんに知らせたいのだね。——と私が聞き返しました——気が進まないな。きみが後悔することにならないかひどく心配なんだ。とにかく、きみがそうしたいのだから、私にはそれで充分、そうすることにしよう。けれど——と私はつけ加えました——ここに残って、家にはもう帰らないほうがずっといいし、お母さんにはきみの居場所を教えずに、修道院にいると手紙を書いたほうがずっといいんだ、これは忘れないでほしい。私は知らせたあとのことが心配でね。私ならこういう虫の知らせを信じて、忠告に従うのだけど……。》

《わたしの身にもなってちょうだい。——と彼女が言いました——あの人はあくまで母ですわ。それに母は、たとえほかの人たちにはわたしが修道院にいると信じ込ませても、自分では何やかやと疑惑にさいなまれないかしら？　母はどう思うでしょう？　後生ですから、——と彼女は私を抱き締めて続けました——わたしの気の済むようにさせて。》《まぁ、いいだろう。——私は肩をすくめながらそう答えました——もう反対はしない。時間を決めてくれさえすればいいよ。間違いなくここに来るから。》《母を迎えにやる必要がありますから、——と彼女が続けます——あなたとわたしは、母がここに来る前に来ていなければいけませんわね。》《それで、——と私が聞きます——それにはいつが都合がいいんだい？》《明日の朝早速ね。——と彼女の答——母は外出する用事はありませんから、家にずっといるでしょう。わたしが母に手紙と馬車を差し向けます。それで、わたしたちはここで待つことにするのです。》

翌日、私たちは約束の場所で落ち合いました。私は彼女がどんなことが起こっても覚悟しているのが分かりましたが、すでにこんな手紙が書いてあったのです。

手紙

母上様

ご相談したいことが起き、ご足労いただきたく、ペンを執りました。どうかわたしが差し向ける馬車に乗り、馬車がお連れする所にひとりでいらしてください。おいでになれば、どういうことかお分かりになります。わたしと一緒にいる方に立ち合っていただき、わたしの口からでなければ説明できないことなのです。あなたの慎ましき僕にして娘より。

マリー＝マドレーヌ・ド・レピーヌ

彼女は自分が乗って来た四輪馬車の御車に、レピーヌのお内儀がひとりで来たら家まで連れて来るように、そして、もし連れがいたら教会で止めるように言いつけて、この手紙と馬車を差し向けました。私がその教会にお内儀を迎えに行くことになっていたのですが、お内儀はひとりでやって来ました。

お内儀を迎えに行っている間に、私たちはどのように迎えるべきか決めました。そして私がお内儀を迎え、先に話をすることにしたのです。それはなぜかというと、この人は恐ろしい女でずっと通って来たし、実際そのとおりでしたが、私は身重の妻をそんな女の怒りに晒すのは適当でないと判断したからです。結婚誓約書の原本はどちらのも手渡せないので、私はこの人に見せるために自分の誓約書の写しを作りました。すでにきみに話したように、姓名と性が違っているだけで、それ以外はまったく同じなので、妻が持っている封筒を開封しなくても、私は写しを作ることができたわけです。私は妻の誓約書の原本の写しを作りました。私がちょうど書き終えたところに、馬車が門口に止まる音が聞こえました。私はデ・プレ夫人をもう一つの部屋に行かせ、その部屋の鍵を掛け、つづれ織りの壁掛けを降ろし、扉の前に椅子を幾つか並べました。その扉は床面よりかなり高く切ってあったので、これで見えなくなりました。こうしておいて、私はレピーヌのお内儀を迎えに出たのです。

お内儀は思いもかけない所で私に会って、仰天しましたよ。《お上がりください、お内儀。——私は彼女に手を差し延べながらそう促しました——あなたを迎えに行かせたのはこの私です。お嬢さんは自分の手紙を私に使わせてくれただけです。》《娘はどこにいるのです？》と彼女が聞きます。《ミサに行っています。すぐにここに来ます》と私が答えたので、彼女は上がって来て部屋に入りました。彼女がすぐに帰りたがらないように、私はもう一度階下に降りて馬車を帰してしまいました。それからまた階上に上がって、彼女に気づかれないように扉に厳重に鍵を掛け、鍵を抜き取っておいたのです。彼女は、家具がたいへんに見事なのに気づき、この部屋は誰のものなのかと質問しました。私は手っ取り早く質問を打ち切らせ、妻が二人の話をすっかり聞き取れる場所に彼女を座らせました。

《お内儀、——と、私は彼女の近くに腰かけて話し掛けたのです——お嬢さんがやむをえずあなたを呼んでおきながら、ここであなたを待っていない訳をご存じでしょうか？》《いえ、まったく知りませんのです。ご存じなんでございましょうか、あなた様は？》と彼女が聞き返したのです。《ええ、よく知っています。——と私が答えます——お嬢さんはあなたに話しませんでしたが、あることをなさったのです。しかし、お嬢さんは親に対する敬意に反していますが、それだけのことです。そして、あなたが私を買っていてくださるので、私から頼まれれば、あなたが許してくれるだろう、そう信じたわけです。お嬢さんは、あなたの同意がなくても自分は結婚できる、と同時に、私ならあなたに結婚を認めてもらえる、そう信じたのです。——と私は話を続けました——これは既成の事実です。あなたがどんなに騒ぎ立てても、何の役にも立ちません。私はあなたに言っておかなければいけないことがあります。それは彼女が妊娠五カ月目で、十カ月以上も前に私の妻になったということです。》

お内儀がたびたび私の話を遮るものですから、私はやっとのことで話を終えました。この人はこう言いました。《何ですって！ 尻軽女が結婚した！ 子供ができただって！ 締め殺してやる！ どこにいるんです？ あんたが身を持ち崩させたんだ！ 父親に言いつけて、あんたをサン＝ラザール（二二）にたたき込んでもらいます。娘は四方を壁で囲まれた所に入れてやる。私は不幸の上塗りじゃありませんか！ 立派に育ててやったのに！ 私は破滅です！ 裁判は敗けです！ 私に物乞いをさせるなんて！ 締め殺してやる、どこにいるんです？ 碌でなし！ 人でなし！ あばずれ！》要するに、彼女は私がもう思い出せないほど、さんざんわめき散らしました。

私は、もし遮ったら、彼女はすぐにはやめないだろうと考えました。なぜなら、遮れば彼女を依怙地にしてしまうばかりか、さらにひと息つく暇を与えることになるし、私がひと言も口を挟まなければ、おのずと冷静になりますからね。そこで言いたい放題勝手にしゃべらせておきましたよ。彼女はかんかんに怒り、毒づいていました。ベッドの中や裏側、それに下まで、娘のいそうな所を手当たり次第に探し回りましたが、例の小部屋には気がつきません。なおも、娘を締め殺してやる、どこにいるんだと私に迫ります。彼女は、《これは否応なしだ》と言ってました。私はそんな逆上ぶりからデ・プレ夫人を救って、もちろん、ほっとしたものです。彼女は出て行こうとします。ところが扉は厳重に閉じられていましたし、鍵は私が持っていたので、残らざるをえません。新規まき直しで、また怒り出しました。そして今にも私の目を突き、顔をひっかくのじゃないかと思った時もあったほどです。しかし、そんなことはまったくありませんでした。その怒りたるや猛烈で、二時間以上も治まることなく続きましたが、私は口を開きません。彼女が少し落ち着いたのを見計らって、今度は私が話をしました。ある気性の人に対しては下手に出るのは適当ではないし、下手に出ればますます片意地にさせるだけですから、私はこの人に敗けずに傲然と横柄な態度をとったわけです。

　というわけで、私はお内儀に歯に衣を着せずに言ってやりました。《いかにも私はあなたの同意を求めずにお嬢さんと結婚しました。そんなことは気にもしませんでしたし、今でも気にしていません。もう一度こんなことがあっても、同じようにするでしょうよ。私があなたの家族の仲間入りをしたからといって、あなたを侮辱することになるとは思ってもみませんでした。また、お嬢さんが私との結婚を承諾したからといって、非難されるとは思ってもいませんでしたよ。あなた自身もよくご存じのように、私は成人しています。あなたがそんなに憤慨するなら、気の済むように何なりとしてくださって結構です。私を脅迫したように、父のところに苦情を言いに行っても結構。父は、私が口出ししなくても、私に代わってあなたの邪険な振舞いの仕返しをたっぷりしてくれるはずです。あなたが自分で言ったように、私はしばらくサン＝ラザールにぶち込まれれば済むことです。私がお嬢さんを捨てれば、父は機嫌を直してくれますからね。しかし、私は今でこそあなたと話をしていますが、誠実な人なら誰も洟も引っ掛けなくなるに決まっています。お嬢さんは正妻なのに、結婚したはずの相手の男の淫《いん》…、私はこの言葉をすばりと言ってのけましたが、淫売としかもはや思われなくなり、あなたはその張本人になるわけですからね。そうなれば、あなたがひどく気にしている訴訟も勝つわけがないでしょう。そして、名誉と廉潔を旨としている私の父は、あなたの卑劣で恥ずべき捧げものに満足するどころか、あなたをさもしい利害のために自分の名誉と血を分けた我が子を犠牲にした、狂暴な性悪女とみなすはずです。あなたは誰からも蛇蝎《だかつ》のごとく嫌われ、あなたの破廉恥ぶりを知った名誉を重んじる人をみな敵にまわすことになりますよ。反対に、もしあなたが自分の名誉心と用心深さが示す方針に従うなら、このような不都合にはいっさい陥らないはずです。お嬢さんと私は十カ月以上も前に結婚したのに、誰にも、あなたにさえも疑がわれませんでした。私たちは疑われずに続けて行くことができます。妊娠したことですが、彼女が修道院に入りたいと人前であなたにお願いしますから、あなたは修道院に連れて行く振りをするだけでいいのです。彼女は私たちが話をしているこの部屋に来てお産をすることになります。あなたの訴訟に関しては、あなたの利益は私の利益にもなるわけで、私にできることなら何でもお役に立つつもりです。私の財布はあなたにはいつでも開かれていますから、あなたは訴訟を続けるために借金に追い込まれることもありません。

　要するにですね、あなたは立派な婿で立派な息子に色々なことをしてもらえると期待できるわけです。しかしその反対に、あなたが私の妻と私に逆らって何か企らんだりしたら、その仕返しに私は何をするかわかりませんよ。お嬢さんのことは、お嬢さんを遠くに行かせれば、私は父の怒りからうまく守ってやることができます。確かに、結婚を解消せよと要求されたら、私はそれに同意せざるをえません。しかし――と私は怒っている振りをして話を続けました――あなたから独り立ちして暮らして行けるだけのものを私は彼女に与えるつもりですが、邪魔はさせません。そこで手始めに、あなたは彼女を生涯にわたって見たつもりになってくれさえすればいいのです。今から一時間もしたら彼女はもうパリにはいないでしょう。私の心変わりだけが心配で、あなたの厄介な性質も、あなたの意地の悪さも、父の怒りも心配しなくて済む所に彼女を落ち着かせるまで、私は彼女から離れるつもりはまったくありません。やってみてください、――と私が扉を開けて追い打ちをかけます――好きな時に出て行って結構です。あなたはひどい分からず屋ですから、私はもう引き止めません。しかしですね、これから自分がどうすべきか考えてください。そして生涯拭い切れない後悔の種を蒔かないように気をつけることですね。》

少し強引なやり方のほうが何でも言いなりになるよりはうまく切り抜けられる、そう私が思ったのは正しかったのです。お内儀は娘はどこにいるのか尋ねました。しかしその様子から、落ち着きはじめたのが見てとれました。《お嬢さんはこの近くにいます。――と私が彼女に言います――あなたの話を聞いていますよ。それに、ひどい扱いを受けにわざわざ出て来るまでもありませんからね。来るかどうかは彼女次第ですが、私が呼ぶ前に出て来たら、私は彼女の夫であり主人であることをあなたの前で教えてやり、折悪しく姿を現したことを思い知らせてやるつもりです。》今度は私の方が本気で怒っている振りをしていたので、彼女はすっかり機嫌を直しました。《しかし失礼ですが、――と彼女――このような事態がデ・プレ様の知るところとなったら、と申しますのも、デ・プレ様のことを考えればこそ私どもはこのような事態を残念に思うわけですが、何をなさるか分かったもんじゃございませんよ！》私は、お内儀が御し易くなったと分かってから、秘密は長い間ずっと漏れなかったので、これからも漏れるわけがないし、秘密を守るのはたやすいことだと説いて聞かせました。彼女は一部はそう認めましたが、またしても娘に会わせろと要求します。私は、急ぐには及ばない、あなたがすっかり平静にならない限り、お嬢さんを来させるわけにはいかない、と突っぱねました。

それから私は、何にもまして肝心なことですが、二人の結婚は正式なものであり、私が同意するか、あるいは不可抗力によらなければ解消できないことを彼女に告げました。私は万全を期してとられた措置を彼女に示し、そして彼女を納得させるために、私たちを結婚させてくれた司祭に会うように勧めたのです。彼女はその司祭を呼んで来てほしいと私に頼みました。

司祭は予期していなかったことなので、入って来た時にはちょっと驚いているように見えましたが、すぐに落ち着きを取り戻しました。すべてをとり仕切ったのはこの人ですし、それを擁護しなければ自分の名誉に関わるので、司祭はお内儀に可能な限り万全の措置が講じられたこと、結婚式は内容も形式も正式なものであることを示してくれたわけです。内容というのは、それが結婚の秘跡だったからであり、形式というのは、私は必要な年齢に達していて誰とも婚約していなかったからです。司祭が充分に話してくれたので、お内儀は折れてくれました。彼女はまた娘に会わせろと要求します。私はその時はもう心配はまったくないと思いました。椅子をどかし、もう一つの部屋の扉を開け、妻の手を取りました。私が妻を母親のところに連れて行きますと、妻はその足元にひれ伏しました。母親は泣きながら妻を立ち上がらせます。妻も涙を流し、できる限り丁重に母親に詫びました。やっとレピーヌのお内儀がおとなしくなったので、私は胸をなで下ろして、二人を抱き締めました。

こうしてこの瞬間に和解したわけです。私は姑とこの聖職者を夕食に引き止めました。私たちは二人に隠す謂れはありませんでしたからね。そして実際、私の軽はずみさえなければ、いまだに何も露見していないはずなのです。デ・プレ夫人は翌日早速その部屋に来て住むこととし、お産をするまでその部屋から一歩も外に出ないことにみんなで決めました。そしてその日の晩に、妻は居合わせた人々の前で、しばらく修道院で過ごす許しを母親に求め、その翌日、母親が妻を修道院に連れて行くような振りをして、私たちがいたその部屋に連れて来ることになりました。

レピーヌのお内儀がいちばん先に帰りました。妻と私だけが残ったのです。妻が言うには、私が母親にあまりに高飛車に話したので驚いたけれど、結局はそれですべてがうまく行ったのだから、私のとった方針が正しかったことが分かったそうです。私は返事をする代わりに彼女に接吻し、それから抱き締めて、こう言いました。《ねぇ、お前、これでやっと幾晩か一緒に過せるし、お前を思い通りにできるわけだね。》彼女はそれには答えず、どんな言葉よりも意味深長な微笑を浮かべて、私を抱き締め返しただけでした。

私は彼女に、一度も外出しなくて済むように、必要なものをすべてその日のうちに買いそろえておくように頼みました。彼女が言うには、足らないものは何もありません、何か必要なものがあれば、自分が外出しなくても宿のお上さんが探して来てくれます、とのこと。この女は妻が大好きで、身を粉にして妻に仕えてくれました。それに彼女は妻の誇りを傷つけることもなかったので、私は妻に、彼女の世話ぶりには感謝しているし、その礼はするつもりだ、おかげで私たちを裏切るかも知れない女に頼らなくて済むからねと言ってから、妻の提案をすぐに受け入れました。私は何もかも決め、翌日その部屋に来て母親と夕食を一緒にすると約束してから、外に出ました。

彼女たちは決められたとおりに実行してくれて、私が行くと二人ともそろっていました。私たちは一緒に昼食をとり、私は絶対に肉断ちをしてはいけないと妻に申し渡しました。私は初めて彼女と一緒に泊まったのです。彼女がその部屋にいた四カ月の間に、私はさらに幾晩かその部屋に泊まったものですが、それも疑惑の種を蒔くのが心配でごくたまにです。私の軽はずみな行動からあの不幸な出来事さえ起きなければ、これは彼女の出産後まで続いたでしょう。あの出来事が妻の命を奪い、私をこんなに絶望させる原因になったのです。その上、非常に芳ばしくない私の印象を世間に広めているのです。きみにはその話をしておかなければいけないな。しかし、ひと息つかせてくれたまえ。これからきみに知らせなければいけない悲痛な出来事のせいで、滅入っているところなんだ。（二三）』本当にデ・プレは涙で泣き濡れて、生きた心地もしないようでした。彼はしばらく何も言いません。そして、やっと次のように話を続けたのです。

『私は彼女と二日間会っていませんでした。彼女は出産を間近に控え、とにかくひどく気難しくなっていたのです。いつもより気分が優れず、また、私が自分のところになぜ来ないのか分からなくて、私に手紙を書き、宿の主人を通して私に届けさせたわけです。私はそれを読み、彼女に会いに行く仕度をしました。邸の中庭を通り抜ける途中で、父のデ・プレ氏に出会い、書斎に連れて行かれたのです。彼は私に就かせたい官職について話をし、さらに私のために探しておいた結婚相手についてちょっと触れました。単に遠い先の話としてしたまでのことですが、それでも私はどう返事すべきか分からないほど狼狽してしまいました。私は自分の狼狽ぶりを隠そうとして、自分が何をしているのかも上の空でハンカチを取り出したのですが、受け取ったばかりの妻の手紙を落としてしまったのです。私はその手紙を拾わずに外に出ました。妻に会いに行ったのですが、それが今生の別れになりました。彼女は、まず私を抱き締めてから、気分がひどく悪いのです、この家では充分な看護を受けられません、と言いました。実家に帰って出産したらという母の申し出を受け入れたいのですが、許してほしいのです、と私に頼みます。こうも言いました。《ここ一週間は生まれないとはっきり感じてますの。妹たちや弟が相手は誰か知らないけれど、わたしが結婚したことを知って、眉をひそめるどころか、わたしに会いたいと言ってききません。それに、母が昔使ったお産婆さんをわたしも使いますから、秘密は今まで通り漏れませんわ。》レピーヌのお内儀がその場にいて話に加わり、ついには私を説き伏せてしまいました。何かが起きる、そう虫が知らせてくれることがあります。しかしそれでも不幸は避けられないものです。私は運び出すのは色々な理由から賛成するわけには行かなかったので、二人にはその理由を話し、理由を挙げるだけでなく頼みさえしました。私は二人に口が酸っぱくなるほど、妻がお産する時にはその部屋にいたい、運び出すことに自分は言い知れぬ恐怖を感じているから、できる限り反対しているのだ、と言ったのです。妻にとっても私にとっても不幸なことは、妻が私を説き伏せるために私に対する影響力を駆使したことです。私は、妻のような出産間近の女性に手を合わせて後生ですと頼まれると、むげに断るのはむごいと思ったのです。というわけで、私は嫌々ながら同意しました。これが妻を死なせた原因です。

　妻を母親の家に移すのは翌日の朝八時と決められ、その間に母親は妻を迎えても差障りのないように必要なものをすっかり整えさせました。私はその晩はかなり遅くなってから妻と別れたのですが、彼女に同意させられたことを危うく何度も取り消そうとしたものです。そして私は長い間、それも出産後でなければ彼女に会わないつもりだったので、私たちは本当に情のこもった別れの言葉を交わしました。何たることだ！――と、デ・プレは滝のような涙を流して言ったのです――私たちは、あれが永久の別れだとは思っていなかったし、二度と会えないとも思ってはいなかったのに……。
私は父の邸に戻りました。そこでは私に関するすべてが様相を一変してしまっていたのに、私には異常なことは何ひとつ分かりませんでした。そんなことは誰も知らなかったのですから、誰からも知らされなかったわけで、私は父が仕掛けた致命的な罠に自分からはまってしまったのです。私が父の書斎を出るとすぐに、父も出ようとして、私が話をしていたところを通りかかり、一通の手紙を見つけました。その手紙と父との間には事務机があり、父は初めはその手紙に気づかなかったのです。父はそれが何であるのか気にも留めず、朝受け取った手紙の中の一通だろうと思って拾い上げ、何気なしに机の上に放り投げました。しかし、運命とは不思議なものですね。この手紙がほかの書類をはじき飛ばし落してしまったので、父はまたその書類を拾いました。そしてこの不吉な手紙が今度は開いてしまい、女文字だと分かってしまったのです。そうでなければ、父は初めと同じように何ら関心を示さなかったはずです。父は見かけない文字を見ると、その手紙を広げ、こういう言葉を見つけました。

手紙

いとしいあなた、あなたはわたしをお捨てになったのですか？　わたしの体力が衰え、ずっとふさぎ込んでいるというのに、何ということでしょう！　わたしに託されたあなたの愛と二人の絆の貴い授かりものを生み落とす時を待つばかりですのに、まるまる二日間も会いにいらしてくださらないなんて！　悲しいですわ！　申し分ないほど恵まれていた健康も相変わらず悪くなる一方です。たった一日だけあなたを抱き締めずに過ごした時も、予想される苦しみからわたしを助け、励ましていただくためにあなたが必要な今も、あなたはわたしをお忘れになってしまったようですわね。後生ですから、妻の命を救いたいとお望みなら、今日こそはいらしてください。

マリー＝マドレーヌ・ド・レピーヌ

これを読んで父がどれほど激怒したか、考えてもみてください。生まれつき激しい人間は怒りを爆発させる時よりも、沈黙している時のほうが恐ろしいものです。父は何も言わなかったのですが、私を逮捕し、思いつく限りのあらゆる手段を用いて母と娘を追い出し、私たちを永久に別れさせようと決意したのです。父はいつものように裁判所に行きました。ひとりの憲兵班長と数人の羅卒に、翌朝六時にサン＝マルタン街の外れにあるフランドル乗合馬車事務所に待機しているように命じました。父は許可を得るために必要なことはすべてやり、しかも極秘のうちにことを運んだので、召使の誰もこのことをまったく知らなかったのです。父は街で昼食を済ませ、夕方になってようやく帰宅すると、入りしなに、私が帰ったらすぐ自分のところに寄越すように言いつけました。それは十一時ごろでした。父は私がいささかでも不審に思うようなことはひと言も口にしません。明日の朝、何か用事があるかと私に聞き、ずっと以前に案内しておくべきであった所に私を連れて行きたいと言ったのです。私は父が話題にしたことがある娘の父親に会いに行くのだなと思いました。そう考えて、どこなりとお望の所へお供します、私の用事はただひとつ、裁判所の弁護部に行くだけです(二四)、と答えました。《そいつは結構。――と父が言います――朝、六時に一緒にわしが心積りにしているところに行くとしょう。わしは長居はせんつもりさ。そなたもだがな。》

　一年のうちでいちばん日が長い六月の十九日(二五)、私たちは六時きっかりに父の四輪馬車に乗り込みました。この不幸な日のことを私は生涯忘れないでしょう。父はフランドル乗合馬車事務所の前で馬車を止め、私を部屋に上がらせました。会いに行くのだと私が思い込んでいた例の父親は田舎の人なので、私はその人が少し前に来て、そこに泊まっているものとばかり思ったのです。というわけで、私は何の疑いも抱かずに上がりました。ところが、その部屋に入ったとたんに、私は四人の屈強なならず者に取り押さえられ、真っ先に剣を取り上げられてしまったのです。私は生きた心地もしませんでした。《そなたにはここに長居はさせんつもりじゃ。――と父が言います――じきによそに案内してくれるじゃろうて。これじゃよ。――と、父はあの運命の手紙を私に見せながら話を続けました――これに見覚えがあるじゃろ?》私は父の足元に身を投げ出そうとしたのです。しかし父は私にくるりと背を向け、そこにいた憲兵班長に《彼には誰とも話をさせてはならんぞ。半時間ほどたったら、話しておいた所に騒ぎにならんように連れて行ってくれ》と言ったのです。そう言って父は出て行きましたが、おそらく私を収監する命令を出しにサン＝ラザールに行ったのでしょう。私と一緒に残った憲兵班長は服を着替えるよう私に頼み、私の別な服を差し出しました。それは真新しいずっと豪華な服でした。監獄に連れて行くのに、こんな綺麗な服に着替えさせるとはどういうつもりなのだ、と私はその憲兵班長に問い質しました。その憲兵班長は、《これはお父上の仰せつけです。あなたが田舎に行ったと思わせるためですよ》と答えたのです。私が自分から進んで着替えなければ、連中が無理やり着替えさせるのは目に見えていました。私はそれ以上はごたごた言いません。服を脱ぎました。そしてその時には、私と体つきと年格好が同じ羅卒に私の服を着せ、着替えたこの碌でなしが私の従僕を従えて二人そろって私の馬に乗り、街じゅうを大急ぎで駆け抜けることも、また、あとに残った恥知らずの私の従僕が居酒屋で飲んだくれながら、私は田舎に行ってすぐには帰ってこないと何人もの人に吹聴することも、もう私はお見通しでした。私が哀れな妻を捨てたという噂が広がったのはこのためです。その妻は私よりもはるかにむごい仕打ちを受けました。

　私は自分の年齢を根拠に、暴力による強制だと抗議しようとしました(二六)。ところが、憲兵班長はそれを聞き入れようともしません。私は妻にひと言書いて、それを届けてもらうために、この男の足元に身を投げ出して、ルイ金貨が五十枚入っている財布とダイヤモンド、それに懐中時計を差し出し、その上、好きなだけ手形を出すと言ったのです。それを許してくれるなら、私の全財産を二人で山分けするなどと、思いつく限りありとあらゆる誓いを立てて憲兵班長に約束しました。そして、拒んだら恨んで何をするか分からないぞ、と脅かしもしました。それでもやはりこの男は私の頼みにも、贈り物にも、申し出にも、脅迫にも動じません。私はだいたい八時ごろ、サン＝ラザールに引き立てられましたが、ちょうどそのころ、哀れな妻は息を引き取るところでした。

デ・プレ氏はサン＝ラザールを出ると邸に帰り、そこから徒歩でレピーヌのお内儀の家に行きました。彼の訪問にこの女は驚きました。ところが彼がかっとなって、激情に駆られた時しか口にしない言葉を浴びせ、用向きを言った時には、それ以上に仰天してしまったのです。彼はこの人を女の屑扱いしました。彼女が二人の結婚に関しては自分は無実である、娘がいるなら罰してやる、と誓っても無駄でした。彼はその言い訳を認めず、相変わらず遣り手婆扱いです。そして私の妻を放蕩者、娼婦扱いにして、監禁してやると息巻いていました。

デ・プレ夫人が母親の家に入った時には、父は怒り心頭に発している最中でした。彼女は合い鍵を持っていたので扉をノックせずに済み、また廊下も長くて階上の騒ぎも耳に入らなかったのです。彼女は自分を運んでくれた轎を、実家に帰ったのだから必要ないと思い、帰しました。また、父のけたたましい剣幕に、家の小間使いの娘も料理女も従僕も階上に上がっていたために、妻は父が来ていることを知らされませんでした。

したがって、妻は何が起きているのか知らずに階上に上がったわけです。父はその姿を見ると、恨みと怒りがひときわ激しくなり、妻が聞き慣れない言葉を浴びせました。妻は階段で気を失って倒れ、二十段以上も転げ落ちてしまいました。このような光景は母親の愛情を目覚めさせるはずなのに、その母親が哀れな状態の娘に極めて獰猛な野獣でさえも顔負けするむごい仕打ちをしたのです。必要な手当をいっさいしてやらないばかりか、自分の娘と認めませんでした。お内儀は父に、《旦那様、二人の結婚がわたしの差し金かどうかご覧ください》と言って、すぐさま別の轎を探しにやりました。そして哀れな妻が気絶し血まみれになっているのに、まるで死んだ獣のように、その手足を粗野な人足どもにつかませて轎の中に押し込み、そのまま市立施療院（二七）に送り込んだのです。何というむごいことを！　何という残忍なことを！　自分の財産を失うのが恐くて、血を分けた我が子をこれほど無慈悲に犠牲にすることができるとは！

父の怒りがどのようなものであったにしろ、これほど胸を打つ光景に父の怒りも毒気を抜かれてしまいました。この邪険な母親のむごい仕打ちに怒もやわらいだのです。父はあまりの驚きでひと言も物が言えませんでした。気の毒だという思いに心を捕らえられ、美貌に目を見晴ったこともある女性を哀れに思い、その運命に同情しはじめました。父は彼女が結婚したことを恨んでいましたが、彼女の命や子供の命となると話は別です。自分が激しすぎたことを悔み、たった今目撃した光景に、薄情なこの母親よりも当惑してその家を出ました。

父はこの母親に、このような状態の娘に必要な世話をするのはいっこうに構わないし、娘とお腹の子供の面倒をみてやってほしいとさえ言いに行かせたのです。母親のほうは、本人が私に話したところによれば、地獄堕ちにも値する思惑から、このような行動をしたのは、ひとえに父と顔をつないでおきたかったからだそうで、先走ったことをしてしまって困り果てていました。また、娘を市立施療院に送り込んだのも、ただ単に自分は娘に関心がないことを父に知らせたかっただけのことで、すぐに娘を引き取りに行き、自分の部屋に連れ戻すつもりだったそうです。

というわけで、お内儀はその施療院に行ってみて分かりましたが、娘は、なんともはや、ひどいありさま！　すばらしく美しい、見事に着飾った若い女性が死にかかっているのを目にしたのです。この人は娘を引き取ろうとしました。しかし娘は運び出すこともできない状態で、せいぜい小さな特別室に移してやるのが精一杯でした。哀れな妻は今にも死にそうだったのです。妻は轎で運ばれた時にゆり動かされ、それで一度は意識を取り戻しました。しかし、ひと言もものを言う力がなくて、すぐにまた気を失ってしまいました。二度目に意識を取り戻した時、妻は（私には何と呼んだらよいのか分かりませんが）ある場所に、つまり放蕩三昧やパリの悪所の哀れな屑となった五万もの娼婦たちの真っ直中にいて、自分もその仲間入りをして、見すぼらしいベッドに横たわっているのが分かったのです。

何て恐ろしいことだ！　妻が今にも死にそうな目を開けるとすぐに、私がいま話した部屋に母親が立ち合って、そのまま移されました。妻を慰めようとはしたのですが、衝撃があまりにひどくて致命的だったのです。およそ一時間はずっとそのままで、生きている印といえば、焦点の定まらぬ眼差しで当てもなくあたりを眺めるばかりでしたが、ようやく彼女は口を開きました。彼女が真っ先に心がけたのは私を呼ぶことでした。私はいない、と告げられます。彼女はペンと紙を求めます。そんなことをすれば、ますます悪くなるのは目に見えていたので、皆が書かせまいとしたのです。しかし彼女が何度も哀願するので、ペンと紙が与えられました。彼女は痙攣に襲われるまで書き続けました。ところで、きみが見たのはその紙で、私は肌身離さず持っています。これを読んでください。』

デ・プレはその手紙を私に差し出してそう言ったのです。私はその手紙を彼の手から受け取り、やっとの思いでこんな言葉を読みました。

手紙

わたしは死にます。一度にこれほどたくさんの不幸に見舞われるとは思ってもいませんでした。わたしを死に追い込んだ張本人は誰、などと尋ねたりはしません。どなたも許してあげたいからです。さようなら、いとしいあなた。あなたには思い出しか残せません。わたしにはあなたの子供のことは分かっています。あなたの御子は死んでしまいました。わたしも死にます。もしもあなたを抱きしめてから……

私が読んだ言葉はこれだけで、あとは書かれないまま終わっていました。デ・プレはこの手紙を私の手から受け取ると、接吻してから、また懐にしまいました。そして万感胸に迫り、涙と嗚咽でむせいでいましたが、悲しい物語を続けてくれました。

『きみに話したように、彼女は痙攣に襲われ、最後まで書けなかったのです。意識が少し戻ると、彼女は罪の許しを求めて、与えられました。死んだ赤子を生み落とし、それから十五分後に、苦しみ、血の海に浸りながら、誰に対しても恨み言をひと言も言わずに、息を引き取りました。』

『これで、——とデ・プレは涙にかき濡れて続けました——いとしい妻よ、私たちの愛は終わったのだね。死んでもいつまでも忘れはしないよ。』ここで再びデ・プレはさんざん苦しみました、それも前より激しくです。ところで、神は他人の死に極めて敏感な魂を私に授けてくれたわけではないのですが（二八）、それでも私はもらい泣きをしてしまいましたよ。彼の物語と行動には本当に胸を打たれました。それは皆さんも同じですね、私は気がついていますよ」とデュピュイが一同に言った。実際、彼らは目に涙を浮かべていたのである。「おしまいまで話してくださいな、お願い。——とコンタミーヌ夫人がデュピュイを促した——とても悲しいこの恋物語の感想はあとで言いますから。」

デュピュイは次のように話を続けた。「デ・プレは少し気を取り直してから、話を続けました。『私のほうは、きみに話したように、サン＝ラザールにいたわけです。私がそこにぶち込まれたちょうどその時、妻が亡くなったことは知る由もありません。私は納得がいかないまま焦燥感で一週間が過ぎました。人の好い伝道師が絶えず誰かやって来て、私の相手をしてくれました（二九）。この人たちは私を慰めてくれましたし、自分が監禁されたことよりもっと大きな不幸を少しずつ私に悟らせようとしたのですね。ついに彼らは最愛の妻が亡くなったことを教えてくれました。その時ほど自由が欲しかったことはありません。と言うのも、不意を突いて仕返しをすることもできず、絶望のあまりみずから命を断つこともできなかったからです。私は常軌を逸したことをさんざん喋りまくり、また、やってのけました。三カ月もの間、私を何かと慰めようとしたのですが、その甲斐もなかったのです。私は錯乱していると言われました。それに、私が煩悶したのもごく当然のことで、苦しみを抑えられなかったのです。

敬虔なこの人たちは私の苦しみを気遣ってくれました。彼らは私を落ち着かせようと私の苦しみを分かち合ってくれたのです。彼らは首尾よく行かなかったとしても、少なくとも人を殺すことしか思いつかない私の逆上ぶりを鎮めてくれました。私は狂暴な振舞いにおよぶ恐れがまったくなくなり、すっかり持ち直したと認められて、ようやく彼らの所から出たわけです。しかし、私はパリには戻らず、ノルマンディにある義兄のド・ケルヴィル氏（三〇）の領地に行き、たった一週間前にそこから帰って来たばかりです。

私は到着すると、すぐその足で市立施療院に行き、哀れな妻を嘆き涙を流しました。妻の亡骸が眠っている場所を尋ねたのです。すると、妻と子供は一緒に埋葬されていて、私はその上で気を失ってしまいました。あそこにはもう行けません。妻が書いた手紙を母親が持って行ったことが分かりました。私は母親を訪ね、その手紙をもらいました。きみがいま読んだのがその手紙です。もう今となってはこの邪険な母親に仕返しをしてやりたい、私はただその一心で生きています。その母親は私に恭順の意を示し、許しを乞い、娘の死を悼む気持ちを示しはしましたが、私はできる限り邪魔をしてやるつもりです。さらに私を逮捕したうえ、私が哀れな妻にひと言書かせてくれ、それを届けてくれと頼んだのに、この悲しい慰めを情容赦なくはねつけた、あの碌でなしの憲兵班長にも仕返しをしてやります。碌でなしの私の従僕には、こいつはいちばん罪が軽いけれど、もう仕返しをしてやりましたよ。で、私が恨みを晴らした時に、運命が私の行く末をどのように定めているか分かるのでしょうね。先立たれた今となっては、嘆いても非難しても詮ないことなのでしょうか？　噂のように、本当に私があの可哀そうなマドゥロンを捨てて、死なせてしまったのでしょうか？　この私は、仮に彼女のために自分の命や十万もの人の命を捧げなければいけないとしても、彼女を生き返らせたいのです。』

以上のように、奥様方、――とデュピュイが話を続けた――こんな風にデ・プレは私に自分の身の上話を語ってくれたわけです。ところで、私にはひとりの男の苦悩が本物でないかがどうか、その目からは読み取れません。デ・プレは幾つかの理由から結婚を公表しませんでした。その中でも主な理由は、彼女が亡くなった場所が場所だけに彼の面目がまる潰れになるからです。確かにデ・プレのせいで亡くなったわけではありませんん。しかしそれを証明するには、彼は何もかも公表しなければいけなかったはずです。そうなると、家の召使たちしか目撃者がいなかったので世間では誰も知りませんが、彼女が亡くなった責任の一端は、彼の父親が逆上したことにあると分かってしまったでしょう。故人はこうして得られる名誉を喜ばなかったでしょうし、母親だけは喜ぶでしょうが、彼はその母親を破滅させてやると誓ったのです。私は今でもデ・プレには同情を禁じ得ません。これ以上に感動的なことがあるとは私には思えませんからね。彼は妻の霊に永久の貞節を献げると私に誓いました。彼はそれを守ってきました。と言うのも、父親が生前どんなに働きかけても、デ・プレを結婚させることはできませんでしたからね。そして自由な身分になり、法官職の中でも最高の職務を与えられている今となっても、あの暮らしぶりからすると、女性との交際をいっさい断ってしまい、復讐しか頭にないことは充分に明らかです。例の憲兵班長はデ・プレの復讐を忘れませんでした。この男はフランスにいられなくなりましてね。デ・プレがこの男の生涯を徹底的に調べ上げ、グレーヴ広場で車裂きの刑[10]にできるほど充分な証拠を見つけ出したのです。それで、この男は裁判やデ・プレの恨みから我が身を守るために、逃亡するほかなかったのですが、デ・プレは今でもこの男を探させています。

父親のデ・プレ氏はレピーヌのお内儀をひどく毛嫌いし、あのむごい仕打ちからというもの、この人のことは見るのも嫌になったのですね。そして息子が父親に盛んに働きかけたので、デ・プレ氏は係争中の訴訟の審理を自分から降りてしまいました。この訴訟はいまだに終わっていません。と言うのは、デ・プレはお内儀をいつまでも苦しめるために、敗訴させるか、あるいは判決を遅らせようと友人たちを総動員したからです。姉の死を心から悲しんでいる子供たちは別にして、この人にはこの訴訟でいい思いをさせたくないのです。したがって、この訴訟は子供たちの母親が亡くなったあとでなければ終わりそうもありません。デ・プレは結婚させてくれたあの聖職者にはかなり有利な司祭職を世話してやりました。自分たちに手を貸してくれた男にもまともな職を見つけてやりましたし、二人の世話をしてくれたあのお上さんは、今では執事として、と言うのは、デ・プレの邸をすべてとり仕切っているのはこの人だからですが、彼の所にいます。要するに、デ・プレは自分の邪魔をした連中には怒りと執念深い恨みをぶつけてきましたし、今でもそうしていますが、自分に好意的だった人や、自分や亡き妻のために尽力してくれた人たちにはひとり残らず謝意を表わしたわけです。」

「もしもこれが本当でしたら、——とロンデ夫人が応じた——あの方は非難よりも同情されるべきだわね、これは確かですわ。」「お二人には同情します。——とモンジェイ夫人が言い添えた——こんな不幸な目に遭わなくてもよかったのに。」「わたくしも同情してますのよ。——とコンタミーヌ夫人が言った——でも、こういう風に両親に隠したり逆らって結婚すると、たいていは決して幸せにはなれないのね、そう言わざるをえないわ。デュピュイさんの今のお話が本当でしたら、デ・プレさんは永劫の苦しみを味わうことによって、その生き証人になりますわね。」「彼の話は本当です。私が保証しますよ」と誰かが声を掛けた。声がしたほうにみんなが目をやると、それはコンタミーヌ氏で、彼の妻が駆け寄って抱擁した。

「人を驚かすなんてひどいですね」と愛すべきデュピュイがコンタミーヌに言った。「人様の女房を朝から晩まで引き止めて、真夜中に亭主に迎えに来させるとはひどいじゃないですか？」とコンタミーヌが一同に会釈しながら答えた。「ご存じですか？あなたが妻を堕落させるのを私は見ていられなくなったのですよ」とコンタミーヌがデュピュイに言った。「結婚したまえ。——とコンタミーヌがつけ加える——そして、今のあなたのような人の顰蹙を買う生活はしないことです。」「あらあら、怒らないでちょうだい。——と妻が彼に言った——もうじきあなたも満足するはずよ。ご当人の意見が一致しましたの。こちらにおいでのデ・ロネーさんに、感想を聞いてみてくださいな。」

「なるほどねぇ、——とコンタミーヌ氏が受けて言った——こちらがそのご当人？　私の勘違いじゃなかったわけだ。それで、あなた、——と彼はデ・ロネーに言った——あなたはやっと物分かりがよくなったわけですね。どうです、結婚の感想は？」

「感想ですか、——とデ・ロネーが言った——信じていただけるなら、式は済んだも同然です。」

「とにかく早くすることです。——とコンタミーヌ氏が応じた——結婚とは不思議なものです。恐ろしいほど物事を変えてしまいますからね。結婚するとすべてがその値打ちの四分の三は失います。」「あなたのご高説には慎んでお礼を申し上げます」と愛すべきデュピュイが、深々とお辞儀をしてコンタミーヌに言った。「本当に、女ってとても不幸ですわね。——とモンジェイ夫人が言い添えた——コンタミーヌ夫人は自分はどんな女性よりも幸せで、こちらにおいでのご主人を毎日ますます好きになると、わたしたちに耳に胼胝《たこ》ができるほどおっしゃってますのよ。でも、ご覧のとおり、ご主人は彼女をまずまずだと思っているだけですもの。」「まあ、とんでもない！——と美しいその貴婦人が答えた——わたくし、彼の言葉にいちいちめくじらを立てたりしませんわ。肝心なのは行ないですものね。わたくし、主人のすることに満足してますの。わたくしが夫に軽蔑されているように、皆さんも夫に軽蔑されるのは覚悟して、結婚してくださいね。結婚したからといってもっと不幸になることはありませんわ。」「淑女の皆さん、——とコンタミーヌが相変わらずからかうような口調で言った——私は妻に不幸だなどと言わせません、それはよぉーくお分かりですね。妻は私のすることに満足しています。これは少なくとも私がご婦人にとって役立たずではない徴です。もし皆さんの中でどなたか本気で私めにご用がおありの方は、私めが……。」「こちらの皆さんはお決まりですわよ。——と彼の妻が遮って言った——どなたもそれぞれ好い人がいらっしゃるの。だから、いい格好して見せても無駄よ。あなたはわたくしで我慢なさい。あなたにはこれ以上のは見つからないんだから。」「まあいいでしょう。——とコンタミーヌ——ともかくお前が好きだよ、いないよりはましだからね。」ロンデ夫人、その恋人、そしてほかの人たちもみな話に加わったが、夜もかなり更けていたし、立ち話だったので、話はすぐに終わった。コンタミーヌ夫人が一同を持てなしたいと言うので、翌日、コンタミーヌ夫人の家に昼食に集まることに決め、それぞれ家路についたのである。デ・フランはその席にジュッシー夫妻を連れて来ると約束した。コンタミーヌ夫妻が連れ立って帰り、デュピュイはロンデ夫人を自宅に送って行った。モンジェイ夫人は女友達と一緒に泊るのでそのまま残り、デ・ロネーとデ・フランはデ・ロネーの家に一緒に帰った。

デ・ロネーはデ・フランと二人だけになると早速、夜食の前にコンタミーヌ夫人とデュピュイ嬢の三人で何を話していたのか友人に尋ねた（三一）。「気になりますか」と笑いながらデ・フランがデ・ロネーに聞いた。「全然。——とデ・ロネーも笑い顔で答える——私のことはまったく話に出なくて、あなた自身のことだったと請け合ってくれましたからね。あなたに何の話をしたか見当はついています。それに、あなたは私に隠したりしないと保証してくれましたしね。」「私はあなたにあのことを話すと確かに約束しました。——とデ・フランが相槌を打った——ところが、あなたに滑稽だと思われるような、いささか自慢話になりそうな気がしなくもないのです。」「話していただかなくても、もう何のことか分かりました。——とデ・ロネーが答えた——そうじゃないかと思っていましたが、これではっきりしました。モンジェイ夫人とデュピュイ夫人のことをあなたに話したのですね。コンタミーヌ夫人とデュピュイ嬢はあの人と一緒になるのがいちばんいいとあなたを説得しようとしたわけですね。」「そのとおりです。——とデ・フランが答えた——二人はあのご婦人をたいへんに褒めましてね。」「それで二人は、あの人が相変わらずあなたを本当に愛している、と言ったのですね？」とデ・ロネーが尋ねると、デ・フランは「そう私に信じ込ませようとしました」と答えた。「それでは、私が、この私が保証します。——とデ・ロネーがつけ加えた——で、あなたは親友たちの忠告に従えば、あれほど美しい獲物を逃がしたりはしませんよね。コンタミーヌ夫人とあなたの代母さんは、私より先にあの人のことをあなたに話したまでのことです。私もあなたに話すつもりでした。もちろんあの人が話してほしいと二人に頼んだわけではありません。モンジェイ夫人にしてみれば秘めごとを口にするのはどんなに辛かったか、私には分かります。デュピュイ翁が亡くなるほんの少し前のことでしたが、たいへんに有利な縁談があったために、あの人はデュピュイ嬢に胸のうちを打ち明けました。その縁談はあの人を娘のように可愛がっていたデュピュイ翁が望んでいたのですが、あの人はそれを断わったのです。これはあの人が夫に先立たれてから断った最後の縁談になります。しかし、たいへんに素晴らしい縁談なのに断ったものですから、もう結婚する気は全然ないのだと思われてしまったのです。はっきり言って、その原因はただひとつ、あなたですよ。私は確かな方から話を聞いているので、そう確信しています。」「しかしですね、――とデ・フランが応じた――私は激しい愛の衝動や、結婚には本当に意気投合しなければいけないし、そうあってこそ生まれる情熱を今まであの方に感じたことがないのです。」「何ですって！　あの人を好きではなかったのですか？」とデ・ロネーが言った。「あの人のことはずっと尊敬してきましたし、ひと方ならぬ敬意を払ってはきました。しかし、あの人の所に足繁く通ったのは恋心からではありません。」「ええっ、ではいったい、なぜ好きだなどとあの人に言ったんです？――とデ・ロネーが聞いた――あの人は本気にして、夢中になってしまったのですよ。」「あの人にそう言ったのは本当です。――とデ・フランが溜息まじりに答えた――しかし、あの人は私を不幸にした別の激しい情熱の隠れ蓑にすぎなかったのです。これは明日になれば分かりますよ。」「その別の激しい情熱ですが、シルヴィは亡くなったのですから、これはもう論外です。――とデ・ロネーが応じた――（と言うのも、あなたが彼女のことを話したがるからですよ。）問題はモンジェイ夫人の好意を認めることです。あの人は容姿端麗で、たいへんに貞淑ですし、せいぜい二十五歳か六歳そこそこですから、あなたにぴったりの年齢です。今では一人娘になっていて、両親のほうばかりでなく、亡くなったご主人の恩恵も受けていますし、また、兄弟姉妹や叔父や叔母からも相続していて裕福です。その上、あなたを愛しているんですよ。もしもご存じなかったら、――とデ・ロネーが続けた――紳士たるものにとって、自分は愛しているのに好きになってくれない女性と結婚するよりは、自分は愛していなくても好いてくれる誠実な女性と結婚するほうがずっと有利です（三二）、このことを私や経験から学んでほしいですね。この逆説はちょっと言いすぎですが、それでも言わんとするところは明らかです。よく考えてみてください。ご自分でも納得するはずです。モンジェイ夫人ご本人が実に魅力的な方です。しかし、たとえ容姿に魅力がなくても、あの方の気性と優しさ、それに証明済みの揺るぎない貞節さを見れば、あなたはあの方を好きになるはずですし、また家庭にあっては紳士が求める心遣いはすべて叶えられるはずです。」「寝ることにしましょう。――とデ・フランが答えた――あした私の話を聞けば、結婚しろと私にまだ勧める気になるかどうかお分かりになりますよ。私はその時までは、何をか言わんや、です。」そう言い終ると、デ・フランは本当に自分の部屋に引き下がり、デ・ロネーも自分の部屋に引き下がった。

翌日、二人は、九時になってもまだベッドの中とは何事だと責め立てるデュピュイにたたき起こされた。彼らは四輪馬車に乗り、ジュッシーの家に行ったが、そのジュッシーはまだ寝ていたのである。デ・フランは二人の友人ともども朝食に来たのだと彼に来意を告げる。「いいですとも」とジュッシーは起きながら言った。そして、そこに友人たちを残して別の部屋に移り、着替えた。ジュッシーがすぐに戻って来て、紳士と紳士の丁重な挨拶を交わし終ると、デ・フランはジュッシーに奥方のことを尋ねた。するとジュッシーが、妻は寝ている、妻にとってはまだ宵の口なのだ、と答えた。「もうベッドを別にしているんですか?」とデ・フランが笑いながら言うと、ジュッシーも同じ口調で答えた。「いや、とんでもない。まだお互いにうんざりしてはいませんよ。妻を見たいなら、さあ、来てくださ い。パリでも最高に美しい眠れる美女をひとりご覧に入れます。」ジュッシーは本当にデ・フランの手を取って部屋から連れ出すと、いちばん近くの部屋に引き入れた。しかし、彼の妻はベッドの中には見つからず、お化粧中だったのである。「お前はまだ寝ていると思っていたよ」とジュッシーが妻に言った。「朝食をなさると聞こえましたので、——と彼女が答えた——ご一緒したくなって。」「それはいいね。——とジュッシーが言った——急いで。みんな待っているから。」彼らはじりじりしていたわけではなかった。

デ・ロネーとデュピュイが彼女の美しさと物腰を褒めると、彼女はそれに才気のある女性らしい受け答えをした。デ・フランは、仲直りをするためにジュッシー夫妻を会いに来させるとモンジェイ夫人に約束したこと、また、仲直りはコンタミーヌ夫人の邸で行なわれることをジュッシーに告げた。「私たちは喜んで伺います。——とジュッシーが言った——そのご婦人は私の古い知り合いのひとりで、以前、その方に幾つかの訴訟を続けるように依頼されたことさえありました。(三三)」「それは違います。——とデ・フランが彼に言った——私たちが話しているのはその方ではありません。その方のお嫁さんです。」「それではコンタミーヌ氏は結婚したのですか?」とジュッシーが聞くと、「そうです。こちらの奥様が変わらぬ愛の鑑なら、あちらの奥様は貞節の鑑です」とデ・フランが答えた。

ジュッシー夫人は顔を赤らめ、その話を知りたいと打ち明けたのである。食事が済むとデ・ロネーはジュッシー夫妻にまたその話を語って聞かせた。彼が話を終えると、「とても非凡な女性ね、お会いしたいわ」とジュッシー夫人が言った。「彼女に会いたいということなら、——とデュピュイが応じた——デ・フランさんからあなたの話を聞いた彼女もほかの人たちも、あなたに会いたくてむずむずしています、これは私が請け合いますよ。仲間がみんな、かなりの人数ですが、コンタミーヌさんのところに集まります。その席でデ・フランさんが自分の恋物語を語ってくれることになっているんです。」「そういうことなら私は行かなくてよいとしても、——とジュッシーが答えた——モンジェイ夫人がお出でになり、それにあなたは——と彼はデ・フランに向かって話を続けた――夫人に関心があると私に言われたのですから、私にはそれだけで充分です。私たちはあなたの都合のいい時に行きます。」「十二時過ぎか。――とデ・フランが言った――今ごろ、むこうでは私たちを待っているところです。」「それでは、これから行きましょう」とジュッシーが答えた。そこで、デ・フランとジュッシーが同じ四輪馬車で出発し、デュピュイはロンデ夫人を迎えに行き、デ・ロネーは、一分の隙もないように身なりを整えたジュッシー夫人とようやく一緒に出かけた。

婦人たちはほとんどみな同時に到着した。コンタミーヌ夫人がみんなを丁重に家に招き入れる。ジュッシー夫人とコンタミーヌ夫人は何度も何度も挨拶を交わした。そしてこの時から彼女たちの間には、あらゆる点から見ても、生涯変わらない友情が結ばれたのである。ジュッシー夫妻がモンジェイ夫人に詫びると、夫人は二人をこの上なく快く迎えた。恋人と一緒に到着したロンデ夫人は一座の人々全員を魅了した。

一同は選りすぐりの人々で、実際、フランス中どこにもそこにそろった五人の人妻や娘よりも美しい女性を見つけることはできなかったであろう。彼女たちはお互いに美貌をたいそう気の利いた言葉で褒め合った。そしてついには、お互いのこの挨拶がさらに打ち解けた会話に発展したのである。デ・フランはしばらくモンジェイ夫人と二人だけで話をした。みんなはこの二人が何を話し合ったかは知る由もないが、この愛すべき未亡人が顔を赤らめたことに気がついたのである。一同は昼食の席に着く。コンタミーヌ夫人が自分とモンジェイ夫人の間にデ・フランを座らせると、それぞれが思いおもいの席に着いた。

食事中には結婚が会話のテーマになった。デ・ロネーとデュピュイの結婚が格好の話の種になったのである。「確かに、――とジュッシーが会話を受けて言った――女というものは悪であるとしても、少なくともそれは必要悪なのです。」「そのとおり。――とコンタミーヌが相槌を打つ――女は必要悪です。信頼できる人の手に委ねられている者は幸いなるかな、完全に女なしで済む者ははるかに幸いなるかな、ですよ。」「わたくしたちをこきおろすなんて、嫌な人たちね」と、美しいジュッシー夫人が肩をすくめて笑顔で言った。「あなたの意見に賛成するのは、不幸な結婚をした男ぐらいなものです。――とデ・ロネーがコンタミーヌに話しかけた――私たちにはあなたが選択を誤ったと嘆く謂れがあるとは思えませんがね。」「私は妻に不満があるわけじゃありません。――とコンタミーヌが答えた――妻よりずっと分からず屋がいますし、その数たるやたいへんなものですからね。しかしですね、男はどんなに幸せな結婚をしようと、失った自由が惜しくなる時がしばしばあるものです。お察しのとおり、私は不幸な結婚をした人々のことを言っているのではありません。私が言っているのは、私たちのように至極しっくりいっている結婚の……。」「何ですって！――と彼の妻がひどく驚き、今にも泣き出しそうになって遮った――わたくし、あなたに嫌われるようなことを運悪く何かしたかしら？」「お馬鹿さんだね、お前は。――とコンタミーヌが笑って言った――（三四）そんなことを聞かれるのが嫌なのさ。話を続けさせてほしいね。私には、――と彼がさらに話を続けた――私たちほどしっくりした結婚生活が世間にあるとは思えません。私は結婚した時よりもずっと妻を愛しています。妻も私を愛していると確信していますし、確信できると思っています。もちろんそうさ、黙って！――と、彼が口を開きかけた妻に言った。そして、一同に向かってこう続けたのである――とは言うものの、時に私を疲れさせるのがこの結婚という奴なのです。」「自堕落な生活が好きなのですか？」とロンデ夫人が問いかける。「ほら、もうひとりいました。――とコンタミーヌが答えた――終わりまでじっと聞いていられる女性がいたら、それはこの世の奇跡です！――と彼がロンデ夫人を見ながら続けた――とんでもないですよ、奥様。自堕落な生活はどうしても好きになれません。いらいらして死んでしまうでしょうね。しかし、妻の愛情は夫には重荷になることがしばしばある、そう私は言いたいのです。とにかく私のことを例に挙げましょう。私はかなりしばしば仕事を家に持ち帰ります。私が仕事のことを考えていると、妻は私が機嫌が悪いのだと思って、その時でもないのに愛撫しに来て、せっかくの思いつきを台無しにしてしまい、私はもう思い出せなくなります。私が書斎で仕事をしている時も同じです。妻を悲しませるのが心配で、私は追い出す勇気が出ません。したがって、妻のことを気にしたり、妻が私を気にしたりで、結婚していないわけではないのですが、せめて妻と離れていたいと思う時がかなりしばしばあるものです。という次第で、結婚生活にも悩みはあります。そういった悩みを体験的に語れるのは妻帯者だけですし、私がそんな悩みにぶつかるのですから、ほかの亭主族も必ずぶつかると確信しています。(三五)」「えぇーぃ、いまいましい。――とデ・ロネーが応じた――私たちが結婚したら、私の素敵な恋人も同じように私を疲れさせるのか。」「そうよ。――と愛すべきデュピュイ嬢がやり返した――わたくしがどれほどあなたを愛しているか、コンタミーヌさんのように、皆さんがいる真っ直中であなたに言わせるためにね。」「まあ、贅沢な不平の種ですこと！――とコンタミーヌ夫人が笑い顔でつけ加えた――それでは、わたくし、もうあなたを困らせたりしないわ。――と彼女は夫に向かって続けた――今度はいつもあなたのほうからわたくしを探しに来ていただきます、約束しますわ。」「またまた極端なんだから。――とコンタミーヌが笑いながら答えた――過ぎたるは及ばざるが如しさ。いやきっと、お前が真っ先に私に文句を言うことになるだろうね。」「確かなことは、――とデ・フランが言った――女房が亭主に惚れているにしろ、いないにしろ、女房というものは……。」「誰も本気にしないわよ。――とコンタミーヌ夫人が手でデ・フランの口をふさいで言ったのである――ここに両生動物みたいな人がいます。――と夫人は笑いながら続けた――この人をどう見たらいいのかしら、わたくし、分からないわ。でも、一人前の男にしろ、子供にしろ、まるで女性にひどく痛めつけられたみたいに、やたらにわたくしたちをこきおろすのよ。」

「確かに、奥様方、彼が女性に満足するわけがありませんよ。――とデュピュイが友人を弁護して言った――そうは言っても、手掛りはほんの少ししかなくて、推測が多いのですがね。しかし私は知っていることを、デ・ロネーさんもいる席で、本人に言ったのです。それに、首飾りを彼が奪ったのではないか……。」「あなたにそれを教えた人は、人間とは思えないな！——と、ひどく驚いたデ・フランが話を遮った——あの首飾りを奪ったのは確かに私です。しかし、あなたはどうしてそう思ったのです？　どうしてそのあとのことを知ったのですか？」「それで、あなたは——とコンタミーヌ夫人がデ・フランに話しかけた——ご自分のお話をいつ聞かせてくださいますの？」「話さないとは言ってません。——とデ・フランが答えた——もう何も隠す気はありません。自分の恥をもう一度さらけ出しても、苦しむのはこの私だけですからね。ここにおいでの女性は皆さん神と自然が創造した傑作です。自然は皆さんをたいへんに美しく、また魅力的に作り、神は非の打ちどころの無い女性にするために、皆さんをあらゆる美徳で飾り立てました。ですから、私の話は皆さんを憤慨させないはずです。私は私自身の体験を通して、皆さんに知っていただきたいことがあります。私が女性に毒づき、女性はみな欺瞞的だと信じているのはわけがあるからです。こんな言い方はあまりにも一般的だとしても、少なくとも私が言えることは、ひどい仕打ちを受けたので、女性についてはきっぱり好意的に話せないということです。

私は今までひとりの女しか愛したことがありませんが、その人に裏切られました。それで、もしもこの世に貞節なことが確かで、裏切らない女性がいると分からなければ、生涯ずっと女性は諦めるつもりです。本当に賢明で貞節な女性こそ私が憧れる人です。しかし、そういう性格の女性はごく少数ですから、私がそういう女性を自然が生み出した極めて稀な奇跡と考えて、そのほかの大部分の女性を攻撃し、それを一般化しても、皆さんは間違っているとは思わないはずです。」

「デ・フランさん、悪口はそれくらいにしておくことです。——とデュピュイが遮った——あなたは何も話してくれませんでしたが、お察しのように、私はあなたの事件のことはいろいろ知っています。あの事件の重要人物のひとりであるガルーアンは、ご存じのように、私の親友でした。彼は悔い改めの法衣を纏い、立派なキリスト教徒として亡くなったのです。死者に鞭打つのはよしましょう。しかし、ここに彼の妹のロンデ夫人がいることも、彼の死後の名誉のことも承知していますが、シルヴィを弁護するために、是非ともあなたに言っておきたいのです。それは、あなたの話の中にはあなた自身でさえ理解の及ばぬ箇所があるということです。ガルーアンはシルヴィがあなたの妻だと思わなかったし、したがって、あなたを恥辱する気はいささかもなかった、そう私はあなたに言いましたね。そして、シルヴィのほうですが、彼女はたぶん、どんな人間でも、いかに貞節な女性でも逆らえないある力によって操られたのでしょうね。要するにですね、ガルーアンは恐ろしい、危険でさえある、秘法に通じていたのです。私はたぶんいつか別の折にはっきり説明することになるでしょう。シルヴィは、外見では罪があるように見えますが、本当は無実だったのかも知れません。これだけはあなたに言っておきたかったのです。さあ、どうぞ、話をして構いませんよ。ロンデ夫人は、私からあなたのことを聞いているので、この程度のことは知っています。さて、皆さんがあなたの話を聞きたくてうずうずしていると思います。

私としては、昨日コンタミーヌ夫人に約束させられたように、自分の物語を語る番になったら、どうしてこんなことを知っているのか、あなたに話すつもりです(三六)。」

明るみに出ていることはほんのわずかなのに、非常に驚くような話だったので、集まった人々はみんな、実際、知りたくてうずうずしていたのである。食卓を片づけさせ、従僕たちを下がらせると、みんなはデ・フランに始めるように頼んだ。彼は、顔をそむけながら、自分は自惚れていたため、赤恥をかき、当惑するでしょうね、と言った。そのあと、彼はしばらく考え込んでいたが、次のような話をしたのである。

第一巻　終

デ・フラン氏とシルヴィの物語

「私はこの辺りでは極めつけの名家の長男ですが、それにもかかわらず親類縁者の誰よりも裕福ではありません。と言うのも、父は軍職に就いていましたし、この方面では金持ちになることはありませんが、それに反して、父の二人の弟は財務行政と徴税請負に従事したので（一）、その地位からして富を築くにはずっと恵まれ、ずっと有利だからです。人の言うところでは、富とはまったく手を汚さずには得られないようです。しかし、彼らは世間では信用と権力をほしいままにして、嵩にかかって財産を築き上げています。世間から私が叔父たちや従兄弟たちよりも軽く見られているのはこういうわけなのです。父はチュレンヌ殿とラ・フェルテ殿によるヴァランシエンヌ攻囲戦で戦死しました（二）。そして、私とは腹違いの兄も、グラモン殿に従って出陣し、そのすぐあとで戦死しました（三）。こうして、かなり若い私だけがひとり息子として残り、母の庇護を受ける身になりました。母は大貴族の娘ですが、父は母の実家から財産をほとんどもらいませんでした。その上、返済しなければいけない父の借金もあって、母と私は父の二人の弟が世間で華々しく幅を利かせているのに比べると、つらい状態に追い込まれ、いわば彼らの後見下に置かれたわけです。私はというと、父が亡くなった時には学校に通っていたので、父の死は骨身にこたえました。そして、叔父たちが、私が教えられなかったある種の権威を母と私に押しつけていることが分かった時には、それよりもずっとこたえたものです。父はつねづね自分の運命をものともせず、貴族の家柄にふさわしい気概を持つように私に教えてきました。弟たちの生活ぶりを見て、その噂をする父の口ぶりはもっぱら軽蔑的で、海綿野郎とかユダヤ人とかしか呼んだことがありませんでした。このため、私は幼かったにもかかわらず、彼らに対する嫌悪感をすでにたたき込まれていたわけです。こうして私はお乳と一緒にこの嫌悪感を吸って育ったので、彼らの要求に屈することがどうしてもできませんでした。また、若者の行動に責任をとり、その行動を監督する資格があり、悪に染まった時には行ないを改めさせるほどの威厳がある人々に、若者は敬意を抱き従順でなければいけませんが、私は叔父たちに対してはどうしてもそんな気にはなれなかったのです。

　学業を終えると、叔父たちは私を委託業務に就かせようとしました。(四)私はその仕事に就きましたが、生来の自由人なので、服従と時間厳守の励行には慣れることができませんでした。所長はそのことで叔父たちに苦情を言いました。私はそれを知り、所長と喧嘩をしたわけです。書類と事務所はやってみたいという人に任せ、呼び寄せられもしないのにパリに戻りました。自分から進んで武芸と馬術を習いはじめました。それが私の好みだったからです。私が帰京したことに驚き、その理由を聞いた叔父たちには、あの所長とは一緒に生きて行けない、二人は相性が悪すぎるのだ、そう言ってやりました。母への言い訳には、もちろん本音を言いました。たとえこの身がフランス中でいちばん貧しく、いちばん哀れな貴族だったとしても、決して町民や百姓を虐げる人間になるほど身を落としたくはありません、私には情けもあり名誉心もあります、王税を徴収するという名目で、彼らに加えられている苛斂誅求に手を貸すことはできません、私は木石ではありませんから、彼らが被っている過酷な生活を安らかな眼で見てはいられないのです、また委託業務に携わっていると、彼らを破滅させるか虐げざるをえないけれど、そんなことをするくらいなら、彼らを苛斂誅求《かれんちゅうきゅう》から解放するために自分の全財産を投げ出してもかまいません、父が叔父たちをユダヤ人とか高利貸しと見ていたのはもっともで、私には彼らの使用人たちは死刑執行人の下働きの雇人、あるいは飼い主のために獲物を捜す猟犬に見えます(五)、要するに、私は紛れもなく父の息子であって、父と同じで収税吏や徴税請負人になるために生まれて来たのではありません、こんなのは私の良心にも名誉心にも馴染みません、そう母に言ったのです。

　昔からの世間のしきたりに染まってしまっていた母は、私の言い分を認めませんでした。母は良心の傷みを父から吹き込まれていたのに、なりふり構わなくなっていたのです。金持ちほどよいものはないと信じ込んでいました。それに野心が消えてしまったわけではなかったので、二人の義理の妹たちの勝ち誇った態度と華やかさにじりじりしていました。その妹たちは商人の娘にすぎませんが、母とは比較にならないほど豪華に着飾っていたのです。父の存命中は、母はこの二人を軽蔑していたのですがね。(六)そこで、母は極めて的確にまた極めてしつこく私にお説教をしたわけです。私はその教えを生かすべきでした。おそらくそれ以来ずっと後悔して来たのかも知れません。しかし私はみずから破滅するように運命づけられていたので、母の説く道理に従うどころか、私から見れば、自分の名誉と魂を失うような生業に就かせる気かと、母に食ってかかりました。こう言ったのです。『父上にたたき込まれた感情は、ずっと高邁でずっと高潔です。人に何と言われようと、私はそういう感情に従います。母上が生前の父上を愛しておられたのなら、そしてご自分の家柄をお忘れでないのなら、父上への思い出に敬意を払うことによって、私にそれを示すべきです。ひとり息子に父上が日ごろから毛嫌いしていた処世術を無理やり押しつけ、父上への敬意を冒瀆すべきではありません。』ついには私はひどく激高してしまい、母への敬意を忘れて、母には死ぬような思いをさせたまま引き下がってしまったのです。そのために母は病気になりましたが、そのわけは誰にも打ち明けませんでした。私にだけ話してくれたのですが、それも愛情に溢れる話し方だったので、私はひどく動揺してしまい、母の望み通り何でもすると約束したわけです。母は健康を回復すると、私に叔父たちと仲直りさせました。叔父たちは前に私が飛び出した徴税事務所よりもずっと実入りのいい、パリから八十里のところの委託業務を私に任せました。私がそこでどのように振舞い、また、そこをどのように逃げ出したか、皆さんにお話ししましょうか？　そうですね、話しておくべきでしょうね。

　そこは補助税管理部[七]で、私はその方面のことはからきし分かりませんでした。ところが、何でもこなす使用人がひとりいて、私は署名をしているだけでした。けれどもこの男のずるいやり方を見抜いてからは、私はたちまちこの男に引けをとらないすご腕になりました。朝の八時きっかりから正午まで、そして午後二時から夕方の六時まで、外出しないで事務所にいなければいけません。私は冬の間と春先までは事務所にじっとおとなしくしていたのですが、田園を散策するにはもってこいの美しい季節になり、自分と同じ年ごろの若者たちが散歩したり、遊び回ったりしているのを見ると、じっとしていなければいけない事務所が、私には牢獄どころではないように見えたのです。そこで、私はそこから抜け出すことに決めました。

　今度は、母を心配させたくなかったし、叔父のデ・フラン氏たちとも諍いを起こしたくなかったので、もう忘れてしまいましたが、ありとあらゆる嘘を両方に書き送ったわけです。病気というのもありました。すぐに病気ではないと分かってしまい、手厳しい返事が帰って来ました。私は怒られました。当然の報いを受けたわけですが、それでもやはり私はかっとなってしまったのです。正午に私は三通の長文の手紙を同時に受け取りました。それを読み、食事をし、また読み返しました。ところが頭の中では、最初の作り話がものの見事に失敗したので、ほかに何か名案はないかと思案に暮れていたのです。それで時間が経ってしまいました。事務所のことは忘れてしまい、大勢の人が待っています、と言われた時には三時近くになっていました。私が階下に降りると、ほかの客に混じって、その町の徴税管区長[八]が入市税免除の証明書を持って来ていたのです。

　この男は、自分は国家に極めて有用な大物の役人であると言いふらしていたので、みんなの前で私と喧嘩を始め、私をまるで下僕の屑みたいにあしらいました。ほかの時ならちょっと可愛がってやるか、あるいは少なくとも、そのあとでそうしてやったように、手荒に扱ってやりもしたのです。しかし私はその時はこう考えました。収支報告書ができていないし、帳簿さえも整理できていない、それに、もしこいつと暴力沙汰に及んだら、あいにくちょうど町に滞在している代官と関わり合いになる、代官は生来の紳士だが、厳格で律儀だから、自分の義務を果たさない徴税請負人の手代を容赦はすまい、代官は私を非難するだけでなく、たぶんもっときちんと私の仕事ぶりを調べようとするだろうから、間が悪い事に私の得にはならない。そうなるとこの仕事からうまく逃げ出せなくなる、とすると、その結果は何もかも嫌なことばかりになるはずだ。

その時はこういうことをすべて考えた上で、私はこの徴税管区長に言いたい放題、勝手にしゃべらせておきました。彼を退散させようと思って、こちらから先に彼の意向を聞いてやりました。彼はいっこうに帰りません。帰るどころか、お説教を続けます。『事務員どもにみずから治めさせろとの国王陛下の仰せは、こういうことではないぞ。お前には決められた時間がある。お前は役人に（と言っても、乞食が彼と同じ大物だと言わないかどうか、知れたものではありませんが）待ちぼうけを食わせたり、取り継がせたりせず、いなければならぬ時間にはきちんと事務所にいなければならない。俺は代官に（代官殿とは言いませんでした）文句を言うつもりだが、もしもお前が自分の義務をわきまえていないのなら、代官がとっくりと教えてくれるはずだ。』これこそ私が恐れていたことです。したがって、私は何を言われても静かに、自分でも驚くほど冷静に聞き流しました。それればかりでなく、私はこの男に礼を尽くしもしました。つまり、自分が間違っていたと認めたわけです。私が言い訳に、受け取っていた手紙を見せますと、彼はそんなものは仕事を片づけたあとで、事務所でも自分の部屋でも読めたはずだ、とにべもなく決めつけます。それでも私はじっと我慢して、やっとこの男を門口まで見送ったのです。しかし、心は深く傷ついてしまい、仕返しをして、何でもいいから奴に思い知らせてやる、そう堅く決意しました。

私はその晩早速会計報告に真剣にとりかかりました。すぐに終えましたよ。四日ですべて仕上げ、もう代官殿の視察も恐くはありませんでした。この徴税官区長が私に及ぼす災いといっても、せいぜいこの程度のものだったのです。

この男の剣幕が評判になりました。彼は、私を頭から怒鳴りつけ、ひと言ものを言わせなかったと空威張りして、自慢気に吹聴したのです。誰もがこれには驚いていませんでしたよ。なぜなら、私はそんなに辛抱強いとは思われていませんでしたからね。私は人からそう言われましたし、何もかも認めました。そして、不利な抗議をしても始まらないと思ったし、そんなことをしても名誉にはならないでしょう、と言ったのです。このことがあってから、私は世間では悪事を働けない、実に温厚な人間ということになりました。みんなが二人を仲直りさせたがります。彼は怒鳴ったことを詫びるようなことを言ったのです。私は釈明する気などさらさらありません。自分が間違っていたと相変わらず言ったのですが、仕返しを堅く決意していました。私にはもう恐いものはありません。仕事に後ろめたいところはなく、報告できる状態でしたので、この仕事から抜け出したかったのです。

およそ二週間後に、この男はすぐに発送しなければいけないかなり大きな書類の束を持ってやって来ました。その書類を運ぶことになっている男たちが、偽名を使ってブドウ酒で不当な利益をあげているこの徴税官区長に金で雇われ、後ろに控えています。十時になったばかりで、彼の意向に沿うには十五分もかかりませんでした。ところが突然、愚弄してやろうという考えが頭に閃いたのです。私は、彼がそれまでついぞ受けたことがないほど丁重に応対し、このお殿様と埒もない話をしながら、書類を少しずつ調べました。その町の色事や宮廷や戦争のことなどを話題にしたわけです。そして時を稼いで、最後には時間切れにしてやろうと、思いつく限り月並みなことを片っ端から取り上げては話を引き延ばしました。この男は頑固者で、田舎の金棒引きよろしく政治通を鼻にかけていました。私は彼が問題をさらに煮詰めなければいけないように、苛々させてやったのです。彼はそれにはまりました。してやったりです。正午の鐘が鳴った時には、私は書類の最後の一枚を手にしていて、署名するばかりだったのです。それは瞬時に済む仕事でした。彼は私が仕事を続けるものと信じ込んでいました。私の馴れなれしい話しぶりから、彼は頭の中では私をラブレーの間抜け野郎(1)と思っていたのですね。彼は間違っていたのです。私は立ち上がると、二時に出直して来ていただかなければなりません、と極めて冷やかに言ってのけました。この挨拶にこの男はがっかりして、署名をするようしつこく頼みます。私は何もしません。『私は記憶力は抜群で、――と私は傲然と言い放ちました――貴方の教えが忘れられません。国王陛下は私が二時に事務所にいるように望んでおられます。これは忘れないつもりです。しかし、正午には事務所を閉めることができることも忘れないつもりです。』彼が何と言っても無駄でした。我慢しなければいけなかったのです。そのため彼は激高してしまいました。しかし私がその目の前で、彼とは不倶戴天の敵と先刻承知の二人の男に食事を誘いに従僕を送り出した時には、それどころではありませんでした。彼が出て行きましたので、私は別れの挨拶代わりに、『徴税管区長殿、二時ですぞ』と笑いながら言ってやりました。

その二人の男がやって来たので、徴税管区長と私の間に起きたことを聞かせてやりました。二人は腹を抱えて大笑いし、心底から私に拍手喝采したものです。私たちは昼食をとり、私は二時きっかりに階下に降りました。徴税管区長は立腹のあまり自分では来られなくて、書類を受け取りに従僕をよこしました。この従僕は彼の使用人ではなかったのですが、たとえそうであったとしても、徴税管区長に地団駄を踏ませるためとあらば、私は同じことをしたでしょうね。書類を預けた本人以外には書類は渡せないと突っぱねてやったのです。従僕は引き下がり、手紙を持って再び現われました。私はその従僕に、自分の職務に関係する書類以外のほかの書類を保管する義務は負いたくないし、直に手渡すのでなければその書類は渡せない、そう徴税管区長に伝えるように言いつけて、その手紙を送り返しました。彼は強欲で、書類を待っている男どもには、お話ししたように、自分で金を払っていたのです。そこで、自分が乗り出さざるをえなくなったのですね。しかし、ものすごい膨れっ面で乗り込んで来たものですから、私は吹き出さずにはいられませんでしたよ。と言うのも、彼はいやいや乗り込んで来たわけですからね。彼は憤慨し、喧嘩を吹っかけようとしました。しかし、私はもう代官殿の視察も恐くなかったので、ひどく高飛車に出て、さっさと帰った方が身のためだと思い知らせてやったわけです。

私と食事をした二人の男は、彼にはひと言も話しかけずに、爆笑したり、彼の物真似をしながら、お互いに威張り合ったりして、彼を大いに腐らせたものです。二人はこの話を聞きたがる人には誰にでも話しに行きました。小さい町なので、話はその日のうちに町じゅうに知れわたり、この時以来、彼には渾名がつけられたというわけです。なぜなら、彼は名前を呼ばれる代わりに、もはや「二時の徴税管区長殿」としかほとんど呼ばれなくなったからです。この策略は代官殿の耳にまで達しましたが、代官殿はただ笑うばかりでした。私から見れば、実際、徴税管区長などというのはたいした貴族でもないのに、命令口調で話すこともなかったのです。

　私は仕返しをしましたが、職は失いませんでした。主君に殉じて戦死した勇敢な男の息子である私には、辺鄙な片田舎で事務所の垢にまみれて生涯を過ごすのは、恥ずかしかったのです。その間に、私と同じ生まれの青年たちが銃士隊に入ったり、ほかの部署に就いたりして、武勲を立てて名を成さんとしているのですからね。これこそまさしく私の気性に合っていたのです。この思いが猛烈に頭にこびりついて、私は本当に病気になってしまいました。代官殿が、私が健康を回復するまで、仕事の代理を任命しました。任命されたその人は私と同じ年齢ですが、はるかに気が利くパリの人でした。それが、奥様、――とデ・フランはモンジェイ夫人に言った（九）――貴女の兄上だったのです。私は元気になっても、その職を奪う気にはなれませんでした。兄上のために代官殿に手紙を書き、懇願さえして、自分の悩みを打ち明けたわけです。叔父たちは彼に満足していて、私をよそに振り向けるつもりで、彼に仕事を続けさせました。私のところに彼の周旋料が送られて来たので、私は自分で彼に渡しました。彼はたいへんありがたいと言ってくれましたよ。貴女にお目にかかれたのも彼のおかげで、彼が亡くなられたとデ・ロネーさんから聞きましたが、心からお悔やみを申し上げます（一〇）。

　私は田舎ではもう何もすることがなく、また仕事もないので、パリに帰りました。叔父たちは私よりも彼を選ぶ気でいたので、私には任せたいような仕事がなかったのですが、お義理に引き止めましたがね。そして、行楽の時期は過ぎていたので、不幸なことに、私は秋と冬の間ずっとパリにいなければならなかったのです。私は不幸なことにと言いました。そのわけは、もし私がどこかよそにいたら、あのようにみずからの過ちで、といっても、私の理解を越えたある力に駆り立てられてしたことですが、身を破滅させることもなかったはずだからです。つまり、我々の行動はまったく主体的なものだけれど、人生は必ずしも我々の意志だけで決められるものではなく、運命を司る星（一一）が人生の主な浮き沈みとその配列を決定していると少なくとも言えるのではないか、そう私に信じ込ませるような、ある力に私は駆り立てられたのです。実際、私が理性の力を振り絞ってみても、みずから飛び込んだ危険とおのれの弱さを悟るのが関の山で、その危険から脱出する力は与えられていませんでした。

　九月八日の聖母マリア生誕の祝日に（一二）、私はノートルダム大聖堂のミサに出ていました。柱にもたれていたのです。捨て子の世話をしている鼠色の修道女（一三）のひとりが私のところにやってきて、子供にこれから洗礼をしますので、名づけ親になってください、この子は今夜、見つけられたのです、と私に頼みます。修道女たちは何らかの施し物を得るために、普通は風采の立派な人々にこのような言葉をかけるわけです。私は断わりませんでした。その修道女が代母は、と尋ねるので、私は侍女らしい少女と一緒にいる略式の喪服をきちんと着こなした若い女性を指し示しました。修道女はその女性に話しに行ったのですが、その人は私には渋っているように見えました。私はその人のところに行き、同意させました。私が挨拶をしますと、彼女は大層礼儀正しく挨拶を返し、話しぶりも非常にきちんとしていたので、この人は並の人ではないな、と確信しました。私は一緒に来ていた従僕に、孤児院に私を迎えに来るように言いつけて、馬車を探しにやりました。そして、代母に手を貸しました。彼女に付き従っている少女のほかに、彼女には従僕の少年がいて、こういうことすべてから、私は彼女に対して好意的な判断を下したわけです。私たちは子供の洗礼に行きました。型通り役目を果たし、名前についてはひどく譲り合ったのですが、結局はその子が女の子だったので、彼女が名前をつけました。子供たちが喜捨を仰ぎに来ます。実際、幼いその子たちは同情に値しましたし、代母になったその女性に自分を売り込むのはなかなか気分が良かったので、私は自分の財布ではなく、とにかく芽生えはじめた自分の感情に見合った施しものをしたのです。すると、彼女の方でもひとりの女の子にそれ相応にふるまいました。

こういった気前のよさのおかげで、私はいわばちょっとした特権を授かったので、その修道女に孤児院で私たちに朝食を出してはくれないかと頼んだのです。私は何も食べていないので、ここの臭いを嗅いでいたら、子供の臭いだけれども、気分が悪くなったと修道女に言ったのです。事実、私の心臓は決して強くはありません。その修道女が私の言葉を信じてくれたのか、あるいは、その修道女の言う通り、体調が悪くなり私の顔にそれが出ていたのか、それは私には分かりません。修道女が私を小さな食堂に案内してくれたので、私はなかなか承知しない代母を連れて行きました。鍋の中から牛肉を一切れと焼き網の上の羊のあばら肉を出してくれたのです。私は代母になってくれたその人に、『もし私がこの家の主なら、別の食事を差し上げるでしょう。しかし、よそに行きましょうと申し出る勇気がありませんでした。貴女の健康を祝ってからお別れしたかったので、とっさに閃いた口実に飛びついたのです』と言いました。彼女は私のこの言葉を快く受け入れ、『貴方が私のためにお食事をお願いしたのだと分かったら、入りませんでした。しかし、突然お顔が青くなり、何かお召し上がりにならなければいけないと分かりました。それで、ぐずぐずして貴方の具合を悪くさせてはと思って、ますます悪くならないように、勿体ぶらずについて参りました』と言ってくれたのです。

私の従僕が馬車を探して来ました。私が彼女の手を取ってやりますと、彼女はそばを離れずについている小間使いの娘と一緒に馬車に乗りました。気取った女たちや、場違いにやたら丁寧で作法を知らない女性たちに見られる、勿体ぶったことを彼女はしませんでした。この人は社交界を知っているな、上流人士との交際でしか身につかないような闊達で大らかな態度ながら、女らしい慎みが窺えるのだ、そう私に確信させてくれるような物腰で彼女は馬車に乗り込んだのです。これが彼女の評価をますます高めることになりました。彼女の自在な会話、豊かで自然な表現はこの評価を裏切らなかったので、私はこれほど美しくこれほど完璧な女性にはお目にかかれないな、と心中密かにうなずいたものです。

私が突飛な行動に走ったのも、私に降りかかった不幸も、すべて彼女ゆえのことで、彼女が私の心に芽生えさせた恋心のせいですし、私の情熱の強さ激しさも、思いを遂げるために私がしたこともすべて、彼女があれほどの長所と美貌の持ち主でなかったら、言い訳になりません。ですから、私の言い訳が通るのかどうか皆さんにご自分で判断していただくために、彼女の人物描写をしてみせれば私の面目も保てるわけです。私がのぼせあがったのも、これ以上はいないほどの飛び切りの美人で才媛のためだったわけですから、大目にみてもらえるでしょう。

ご婦人方、――とデ・フランが自分で話を中断して言い添えた――私が言うことは、あまり気が利いた話でないのは本人がよく知っています。しかし、彼女を実物よりも美しく見せようとの魂胆だと思って、私の無作法を許しください。

彼女はせいぜい十九そこそこでした。身長は平均よりは少し上でしたが、魅力的な体つきをしていました。ほっそりしていて、服を着たままの彼女を私はやすやすと腕で抱き上げることができたほどです。髪の毛は身の丈よりもゆうに一ピエ〔約三二センチ〕は長く、巻毛にしていましたが、二人とお目にかかれないほどの最高に美しい栗色でした[一四]。髪に櫛を入れてもらう時は、彼女が机の上に乗り、これからすぐお話する彼女の叔母と小間使いの娘が二人がかりでした。額は色白で艶やか、大きくて悩ましげな黒いその目は、出目気味でした。その目は時にたいへんに鋭くなり、きらりと光ると射すくめられてしまったものです。眉毛は髪の毛とおなじ栗色。鼻はちょっと鷲鼻できりっと締まり、いい形をしていましたし、朱を注いだような自然な赤みをいつもおびた頬は、雪のように白い顔に映えて、すばらしく印象的でした。笑みをたたえた小さな口、真っ赤なまるい唇、きちんと並んだ白い歯。えくぼが浮かぶふっくらした顎。それに卵形の顔。まばゆいばかりに白くて格好のよい喉元。すべすべしたきめ細かな肌。胸は規則正しい動きによって、息づいている心臓の鼓動を示し、申し分のない健康状態であることを示していました。彼女はそう元気はありませんが、しっかりしていました。そして彼女は冗談半分に、女というものはひとりの紳士の手を一杯にするものを持っていれば、それでいつも充分に健康なのです[一五]、と私にときどき言っていたものです。二の腕は肉付きがよく、手も肉付きがよくてむっちりしていました。歩く姿には公妃の趣がありましたよ。踊りは完璧で、歌も同じく完璧、クラヴサンとギターをかなり上手に弾きこなしました。太ってもいず、痩せてもいず、そのちょうどまん中の中肉といったところでした。」

「それがシルヴィの肖像ですね」とデ・ロネーが言った。「私が描きたかったのはやはり彼女ですからね」とデ・フランが言う。「非の打ちどころのない美人ですわ」とコンタミーヌ夫人が言った。「彼女の体ほど素晴らしいものはありません。――

とデ・フランが話を続ける――彼女の精神もそう見えたものです。奸智に長けた女どもが束になってかかっても、彼女ひとりの才覚にかないませんでした。彼女は感情を表に出さず、最高の女優が自分の役をじっくり研究したあとで、やっとできるような変わり身の早さで、自然に顔つきや話題を変えました。それにもかかわらず、実に率直に見えたものです。彼女には二つの顔があって、無節操で移り気、快楽を、それも特に愛の快楽を愛し、そのためなら名誉も貞操も富も義務も、すべてを投げ出すほどでした。厚かましいまでに大胆で、要するに、肉体的にはあらゆる種類の美しさを備えていたのに、精神的にはあらゆる種類の欠点を持っていたのです。しかし、彼女はその欠点を巧みに隠すことができたので、実際とはまったくの別人と思われていたわけです。それでこの私でも、二年間も彼女のところにできる限り熱心に通い詰めたあとでさえ、彼女は率直で、貞節で、無欲である（一六）、つまり、外見通りの女性だと断言したでしょう。なにせ私は彼女と結婚したあとで初めて、その逆だと納得したのですからね。」

「貴方は結婚していらしたのですか？」とモンジェイ夫人が声を上げた。「ええ、奥様、してました。――とデ・フランが答えた――貴女が驚かれるのも無理もありません。」「私は、そうじゃないかと思っていましたよ」とデュピュイが言った。「それはともかくとして、――とデ・フランが応じた――結婚していたのです。これは家族には隠しておかなければいけない秘密で、皆さんには誰にも明かさないようにお願いしておきます。ほかにも黙っていたいわけがあるのです。しかし、話を続けさせてください。もっと驚くようなことがあるのです。」

「孤児院からの帰りに、私は彼女を家まで送りました。彼女はそこからかなり離れたところに住んでいましたが、私がいる界隈からはそれほど離れてはいませんでした。彼女は叔母とおぼしき人と一緒に住んでいたのですが、この人は本当は彼女の親類でも何でもありません。彼女は、どうぞお入りください、と言いました。私は急いでいたわけではありません。その家はたいへんに見栄えのするものでしたし、彼女の住まいは豪華な家具が備えつけられていました。その叔母がいなかったので、私はシルヴィと二人だけになったのですが、大それたことを言ったわけではありません。その時の私は落ち着きがなくて、人と話を交わすような状態ではありませんでした。私は訪問するのを許してくれるよう頼んだだけです。彼女は極めて礼儀正しく許してくれました。私が求めたのはたったそれだけです。

　彼女と別れた時には、私はこれが自分だとは思えないほど人が変わり、物思いに耽けっていました。私の恋心はその時から次第に激しくなったのではありません。その時に彼女を心の底から愛してしまったのです。礼儀上しばらく会うわけにはいきませんでした。会いたくても、会うことができません。その晩早速、私はその家の門の前を通りました。彼女は近所の娘たちと一緒にそこに座っていました。しかし、男はひとりもいません。私は彼女たちが引き下がる十一時まで行ったり来たりするばかり。翌日も同じ行ったり来たりでした。そして、彼女が数人の娘たちと堡塁（一七）への道を歩いているのを見たわけです。彼女たちは草の上に座り、皆でいっしょに歌を歌っていました。シルヴィはひとりで『プロセルピナ（一八）』の中のアレトゥーザの一節を歌ったのです。それはこういうものです。

歌

あの人に誘われるのはやはり恐い、
あの人の変わらぬ愛が恐ろしい！
いいえ、またお会いしたら、
わたしの心はどうなるかしら。

実に見事な歌いぶりで、私はもう誘惑に逆らうことができませんでした。私が近づきますと、彼女は私だと分かり、非常に丁寧に迎えてくれました。私は町民階級の女性たちにとって名誉となるような様子をしていましたし、また彼女の連れはほかならぬ町民階級の娘たちでしたから、快く迎えられたわけです。私はシルヴィの手を取りました。私と彼女自身の打ち解けたこの振舞いが、いぶかしげに彼女を見ていた人々をちょっとびっくりさせたのですが、そんなことに私たちは頓着しませんでした。

『美しい代母さん、貴女を恐がらせるような好い人がいるのですね。——私は彼女を立たせながら、そう言ったのです——その恐さには実感が込もっています。貴女のような人を恐がらせるとは、なんという男冥利！』『とんでもございませんわ。——と彼女が笑いながら言いました——いま歌った歌にはわたしの気持ちは込められていません。これは新曲で、美しいですし、わたしの歌い方はかなり正確だと言われてますの。この歌を口にしたのはただそれだけのことで、わたしの考えとは何の関係もございません。』皆さんには私たちが交わした話は繰り返しません。長すぎて思い出せませんからね。私は彼女の言うことには何もかも魅せられましたし、彼女の考えの細やかさ、表現の巧みなことには本当に感心したものです。要するに、私は降参したわけです。

また彼女を家に送って行きますと、清涼飲料を売っている店の前を通ったので、彼女と連れの娘たちを中に入れようとしたのですが、彼女は言うことをききません。『貴方は飲まず食わずでいるわけではありませんし、孤児院の中でもありませんわ。——と彼女が笑い顔で言ったのです——それに胸がむかむかしているとも思えません。』『心臓の調子があまりよくないのです。——と私が答えます——心臓を弱らせるような衝撃をたった今貴女が食らわせたからです。だから耐えるために何か必要なんです。』『心臓が悪いのですね。——と彼女——でも都合のいい病気ですこと。貴方は気つけ薬が見つかるところでしか悪くならないのですもの。でも、今晩はなくても大丈夫ですわ。たとえ貴方の病気が長引いても、健康には差し支えないでしょうから。』『どんな強壮剤でも治せない新しい病気でないかどうか、どうして分かるのです？』と私が笑いながらやり返したのです。『ですから、強壮剤なんか必要ありませんわ。——と彼女が言い返します——最悪の場合でも、貴方の病気は大したことはありません。笑っていられるのですから。』『ずいぶん手厳しくやり込めるのですね』と私も笑いながら応じます。『気分が悪いとおっしゃるなんて、人を馬鹿にしていますもの』と彼女も同じ口調で答えました。

　彼女の家の門口に着きますと、そこに彼女の叔母がいましたので、私は丁寧に挨拶をしました。シルヴィは私のことを、二日前に一緒に子供の洗礼に立ち会った方ですと叔母に紹介しました。その叔母からは極めて礼儀正しく迎えられました。そして、私はとめどもない楽しい想いで頭を一杯にして、シルヴィと別れたわけです。心地よい彼女の声は、とりわけ、生まれてこの方ずっと音楽を愛して来た私の恋心を冷ましはしませんでした。翌日、彼女の家に足を運びましたが、日中のことで作法通りの訪問です。彼女は前よりも親切に見えました。楽器を弾いてくれたのです。それも実に見事でした。私たちは当たり障りの無いことを話題にしました。私は三時間以上もそこで過ごしたのに、ほんの一瞬しかいなかったような気がしたものです。夕方、再び訪ね、近くに住んでいるので、彼女やお仲間と夕べの一時を一緒に過ごしに来たのです、と彼女に告げました。散歩に出るにはあまり良い天気ではありませんでした。あるホールに入り、歌に合わせてダンスをしたのです。私はすっかり夢中になってしまいました。これほど見事なダンスは見たことがありません。すっかり我を忘れてそこを出ると、ただもう、こんな完璧な女性にはお目にかかったことがないと、心の中でつぶやいたものです。

　私は数日後、彼女たちをみんな、つまり彼女と叔母と、彼女といつも一緒にいる近所の三人の娘を誘い出し、パリ郊外に散策に出かけました。そこで昼食にすることになったので、私はできるだけ奮発し、みんなをもてなしてやったのです。みんな満足そうでしたのに、私は何か注文する時間がなくて、あまり満足できませんでした。シルヴィが旅籠屋の階段を降りる時に、足を踏み外しました。私がかいがいしく振舞ったので、彼女の身に起こったことに私がどれほど関心を寄せているか明らかになったわけです。私はひとりの男に大急ぎでパリに馬車を探しにやりました。と言うのは、四分の一里もないので、私たちは徒歩で来ていたからです。彼女は私の心遣いに礼を言います。彼女の足はひどく腫れ上がり、私が運び込んだベッドに、二週間以上もじっとしていなければいけませんでした。私は食事に出るほかは彼女に付きっきりでしたし、彼女の望みとあらば、決して外出しなかったでしょう（一九）。叔母というのは普通はあまり扱い易くはないものですが、例の叔母は叔母としては愛想がよかったのです。私の邪魔をするものは何もなく、私は歓迎されていました。行動の動機が分かっていたからです。私は口に出してこそ言いませんでしたが、私の眼差しや振舞いが語っていましたからね。私はみんなには分かっていたと確信していましたし、それに、シルヴィは私に対して大層慎み深い生活をしていましたが、その眼差しは胸に秘めた思いを測らずも表していて、もちろん私はそれに気づいていました。

　ついに私は心のうちを打ち明けました。誰よりも彼女を愛していると告白し、彼女を手に入れるためには誰に話をしなければいけないのか、教えてくれるように頼みました。こういったことで未婚の女性が普通はとる手順を彼女はとりませんでした。それどころか、私にこう言ったのです。『お気持ちも、わたしの名誉を重んじてくださることも、たいへんに有難いと思っています。でも、貴方ご自身のために一時的な情熱の衝動に負けないようにお願い致します。あとになって、いつかきっと後悔することになりますわ。』私は永遠の情熱的な愛を彼女に誓いました。『私の愛は何ものにも、時の流れにも負けはしません。これほどあなたを愛しているのですから、あなたと愛を誓い合えたら、決して後悔などしません。あなたは私が初めて愛した人です。最後の人になるのはもちろんです。』『わたしは自分が――と彼女が言いました――それほど激しい情熱をかきたてる美貌と値打ちを備えているなどと自惚れてはいませんわ。わたしを信じてくださいまし。――と彼女はつけ加えました――もっと素敵な方におっしゃってください。あなたはわたしを愛していると思っておいでですが、勘違いなさっていらっしゃるのです。もしもわたしがあなたの言葉を信じたら、わたし自身が思い違いをすることになりますわ。あなたはわたしの素性も、将来のこともご存じではありません。ことによると、あなたより遥かに身分が高く、これ以上あなたの訪問を大目にみていると、あなたを騙すことになるかも知れません。ことによると、あなたよりも、またあなたが望んでおられるよりも遥かに卑しくて、わたしのような身分の低い者にご執心あそばすと、あなたは恥をかくかも知れません。ですから、あなたのためにも、わたしのためにも、面目をつぶさずに抜け出せるうちに、そうなさってくださいませ。』

『だめです。――と私が言います――私の力ではもう抜け出すことはできません。あなたの忠告はもう手遅れです。今あなたがお話しになったことで、私が恐れているのは、あなたが脅かした家柄の違いだけです。あなたの言う通りであってほしくありませんし、それでは私にはあまりに不都合です。あなたが私には及びもつかないほど高い家柄の生まれなら、私の絶望のほどをご覧になれば、私の愛情と敬意に偽りのないことがお分かりになるはずです。もちろん高い家柄のために私の敬意が増すことはありません。しかし、もしあなたが私よりも低い家柄の生まれなら、私の愛でそれを乗り越えてみせます。』『お言葉にお気をつけくださいませ。――と彼女が言いました――後悔の種になるようなことをはっきりおっしゃらないことですわ。もう一度思い出してくださいませ。あなたはわたしのことをご存じないのです。』『知っています。――と私が言い返しました――あなたはこの世でいちばん美しく、いちばん素晴らしい方だとずっと思い続けます。ほかのことは私にはどうでもいいのです。私を虜にするのはあなたのほかにはいません。あなただけが……。』『あなたはのぼせていらっしゃるから、――と彼女が私を遮って言ったのです――わたしのことは何でも良く見えてしまうのですわ。もっと目をお開きになれば、いつまでも良くは見えないはずです。わたしを信じてくださいませ。あくまでもわたしに忠実でいようなどとなさらないでくださいまし。わたしはあなたがお示しくださる情熱に値しません。ご自分を取り戻してください。何も急ぐには及びませんわ。今わたしを愛しているよりも、もっと激しくわたしを憎む日が来ないとも限りません。ですから、恥になるようなご執着ぶりを自慢なさいませんように。』

私は彼女にもっと説明してもらおう、私を心の中ではどう思っているのかはっきりさせようと長い間ねばったのですが、うまくいきませんでした。彼女の素振りから私に無関心でないことはよく分かっていたのです。しかし打ち明けさせようとすると、それができません。嫉妬については、私はいっさい感じていませんでした。男が彼女の家にいるところも、彼女と一緒にいるところも見たことがなかったし、私が彼女の家に入ったたったひとりの男だったからです。私が問い合わせた近所の人たちは、あそこは男気の無い修道院だと言ったものです。彼女はと言えば、外出はほとんどせず、しかもそれは近所に習いごとに行く時だけでした。彼女の居所はいつも分かっていました。近所の娘たちがしょっちゅう彼女の所に習いごとに来ていました。訪問を受けたり、訪問したりといってもせいぜいこの程度だったのです。ところが、彼女の家族のことが分かりませんでした。私が聞いたのは、十八カ月ほど前に彼女と叔母が正式の喪服を着てその家にやって来て住むようになった、二人はごくひっそりと暮らしていて、その家に入るのを目撃された男は私ひとりだ、ということだけです。こういったことすべてに私は恐ろしいほどの不安にさいなまれていました。私は彼女の出生の秘密を見破ろうとしたのですが、その時いまだ来たらず、でした。

そうこうしているうちに、叔父たちが別な仕事を私にくれました。しかしパリを離れることになるので私は断わり、母にはこう説得しました。『母上と叔父上たちには一方ならぬお世話になっていますが、私が叔父上たちの意向に有無を言わずに従おうとどんな決意をしても、母上は私を就職させないでください。私のような気質では、就職先で毎日新しい敵を作るのが落ちですし、金持ちになるどころか、評判を落とすのが関の山です。私の良心が安らかでいられるとも思えません。私は職に就かなければいけませんが、その選択は私に任せてください。司法職のほうが私にはずっと向いているようです。私には法官の職がうってつけです。父上の財産はそれほど無駄使いしていませんし、母上の倹約のおかげで、私が一家の名折れにならぬ立派な職に就くことができるほど立ち直りました。』母は私の言い分を認めてくれました、いやむしろ認める振りをしてくれたのです。実は、母が叔父たちに相談したところ、彼らは私の勝手にさせることにしたわけです。こうして私は再び法律を学びはじめました。何たる変わりようでしょう！　法服やペンをどうしようもないほど毛嫌いし、戦いと剣のみに憧れていたこの私が、勉学に舞い戻ったのですからね。ところが、すんでのことで裁判所の法服に泥を塗るところでした。狂気の沙汰のなせる業で、私はみずから自分を呪っていたのです。恋ゆえに私が犯した気違い沙汰はこれだけではありません。恋は至上の力をもち、私はそのために名誉も、徳行も、肉親も、財産も、好きなことも、何もかも犠牲にしたのです。何もかも恋に関連づけて見ていたのです。

シルヴィのところに私が足繁く通ったのが明るみに出てしまい、母には風の便りに知られてしまいました。私が狂おしいまでに恋をしているのが分かってしまいました。叔父たちがくれた職を私が断わったわけも母にはもう疑う余地はなかったのです。しかし母は叔父たちにはそんなことはおくびにも出さず、優しく私をかばってくれました。無理強いしても私の気持ちを変えられないのを知っていたからです。そこで母は優しくして私を操ろうとしたのですが、何ら得るところはなかったのです。逆に私にはシルヴィがますます美しく見えましたよ。私をパリから遠ざけようと、思いつく限りのあらゆる方法が試みられました。名誉に財産を絡めてきましたが、私は何もかも鼻先であしらいました。私はシルヴィのためなら何でも我慢できるばかりか、私がそういう生活を選んだのは、恋心と彼女の魅力のせいであることを母に隠しておけなかったのです。母は私が分別を失ってしまったのがよく分かっていて、分別を取り戻させる振りをしました。しかし、それは本音ではないと私に思わせるような態度で振舞っていました。

　私はシルヴィの出生の謎を解こうと努力し、謎を明かしてくれるよう彼女にしばしば懇願しましたが、まったく埒が明きません。もしもまったく異常なやり方でその謎が解けなかったら、さらに長い間ずっと分からなかったでしょう。

　一月のある夜のこと、(一〇)私はかなり夜も更けてから彼女の家を出たのです。真夜中近くでした。真っ暗闇で、空も大地も見えません。従僕が掲げていた松明(一一)は風で消されてしまい、どの街灯も灯されていなかったので、私は手探りで歩く始末。そばに誰かいる気配に、私は、誰だと問い質しました。『デ・フランさんじゃござんせんか?』とひとりの男が尋ねます。『いかにも、私だが。——と私が答えました——何の用だ?』『これをどうぞ。——とその男が私に言ったのです——この手紙をじかに渡すように言いつかりやした。手紙がどっから来たかはお調べにならんこってす。しかし、内容が事実であることをお確かめくだせぇやし。あんたにとっちゃ重大なことなんでさぁ。』そう言って、男は封印された手紙を渡すと反対方向へ歩いて行きました。私はその男を目で追いました。なぜなら、見たことがなかったからです。そこで、呼び止めましたが、返事をしません。私はこんな異常なやり方で何を書いてよこしたのか、どんな内容なのか、ひどく気にしながら家路をたどりました。足元の見分けもつかない暗闇でも、まるで字が読めるかのように、私はすぐ封筒を開封しました。すぐに自分の滑稽な好奇心に気づきましたがね。私は懐に全部しまい込み、母の家に帰ったわけです。部屋に入って私が真っ先にしたことは、ローソクに近づき、あまりにも謎に満ちたその手紙に目を走らせることでした。真っ先に目に飛び込んで来たのは次のような言葉です。

シルヴィへの恋に関するデ・フラン氏への警告状

非常に細かい男文字でびっしり書かれた便箋が三枚あったのです。読むのに時間がかかるので、私はベッドの中で横になって読みました。この手紙は皆さんには繰り返しません。長すぎて思い出せないのです。(一二)

　手紙の男はこんなことを言っていました。私はウェスタの巫女(2)のような純潔な娘、良家の娘を愛していると信じている。私に関心を持っている人々は、私がしきりに望んでいる婚約に嫌悪感を抱いている。私のご執心ぶりはともかく恥ずべきものである。愛情に値しない娘に騙されているのを見ていると哀れを催すのである。この娘は父親も母親もまったく知らなかった。彼女は私たちが二人で洗礼に立ち会った、あの孤児院で教育を受けた。彼女は生まれるとすぐ両親に捨てられ、さる門前に置き去りにされていたが、そこから孤児院に運ばれ、八歳までその孤児院にいた。彼女が美人であることは否定できない。子供の無かった亡きクランヴ公爵夫人が、その孤児院に彼女をもらいに来たのはまさしくそのためであった。彼女は公爵夫人の所で十八歳まで育てられた。そこで完璧な教育を受け、娘としてできる嗜みはすべて身につけた。彼女は屋敷ではもっぱら貞節の鑑しか目にしなかったのに、身持ちを疑われたが、罪ありとは敢えて断定されなかったのである。しかしながら、クランヴ公爵夫人はそれにはあまり満足していなかったようである。なぜなら、公爵夫人はシルヴィに遺贈すると約束してあった財産を遺言書に記さず、わずかばかりの現金と幾つかの家具、それに終身年金しかシルヴィに遺さなかったからだ。シルヴィはモランのお上さんと共謀して、私腹を肥したという噂が広まっている。この女はかつてはクランヴ公爵夫人の侍女のひとりであり、公爵夫人から最も信頼され、当時シルヴィと一緒に住んでいたが、シルヴィはこの女を自分の叔母ということにしていた。シルヴィは、公爵夫人が死ぬ少し前まで持っていたたくさんの宝石類や多額の現金を盗んだ。それらは公爵夫人の金庫の中から消えてしまっていたのである。公爵夫人の書記と執事を兼ね、屋敷を切り盛りしていたガローという名の若い男に、二人はその金のありかを教えられ、この男に唆されて、シルヴィが盗みを働いたのだ、と言われている。この若造は彼女に結婚すると約束していた。こいつこそ彼女が道ならぬ情事に及んだという噂の相手なのである。しかし、これはすべてあくまでも疑惑にすぎない。というのは、公爵夫人の遺産相続人が盗みの動かぬ証拠に基づいてガローを投獄したが、ガローは獄死してしまったからである。

　この手紙の男のおかげで、彼女の出生や身持ち、それに盗みと放蕩などの嫌疑について、私はあらゆることを思いめぐらす羽目になりました。皆さんが思いつく限りのあらゆることをです。手紙は最後に、私に忠告はしない、なぜなら私は聡明で高貴な生まれなので、名誉を重んじる由緒正しい家柄の人間にふさわしくないことはいやしくもできるはずはないからである、と言って結んでいました。つまり、手紙の男はこの娘に対する私の無分別を嘆いていたわけです。（二三）男は私に警告していました。手紙の写しを私の母親に送っておいた、私の親類はこの手紙にはいっさい関係がないのに、親類から来たと私に誤解される虞れがあるので、私の留守中に屋敷に送りつける気にはなれなかった、またこの警告状を届ける者はこれを書いた当人であるが、他人にこのような秘密を託す気にはなれず、かと言って顔を見られる虞れがあるので、白昼じかに手渡す気にもなれなかった、私が手紙をシルヴィ本人に見せなければ、手紙の内容を話してもかまわない、彼女はそれを否定できないはずである、いずれにしろ、手紙に名前と住所を挙げられた人物は彼女に関するすべてを私に詳細に明らかにすることができる、彼らは、シルヴィが極めて胡乱《うろん》な横道からクランヴ公爵夫人の屋敷に転がり込んだ時も、公爵夫人が亡くなった時も、屋敷で召使をしていて、シルヴィをずっと見ていたからである、と言うのです。

これを読んで私がどうなったか、考えてもみてください。すべて作り話だと思ったり、信用したりで、どっちにすべきかわけが分かりませんでした。シルヴィが自分の出生について決して私に明かそうとしなかったことをまた思い出しました。すると私は手紙はまさしく真実だと確信したわけです。頭の中をさまざまな決意が駆けめぐり、ひとつとしてまとまりません。私は一晩中どうすべきか思いめぐらしました。その手紙を何度も何度も読み返しました。こんな手紙を書いた奴は悪魔にでも食われてしまえと呪ったり、私に暴いた奴を恨んだりしました。その一瞬後には、恥辱の淵から救ってくれたのだから、奴にはどれほど恩を受けているか分からない、と分別顔で認めたりしていたのです。要するに、頭の中では愛と名誉とが言葉では表現できないせめぎ合いを繰り広げていたわけです。九時過ぎてもまだ決めかねていると、そこに母が手紙を手に部屋に入って来ました。

『母上、おっしゃりたいことはすべて分かっています。——母を見るとすぐに私は言いました——お持ちの手紙のことはここに述べられています。』『ひどい手紙です。——と母が言います——それでは分かっていたのですね。でも、あなたは私のところに来た警告状は見ていませんね。持って来ましたから、——と母が言い足しました——これを読んで、すぐに私の部屋に持って来なさい。』母は私が手に持っている手紙と同じ筆跡の手紙をベッドの上に投げて寄越すと、出て行きました。その手紙には、

ご子息の行状に関するデ・フラン夫人への警告状

という題がつけられていました。

手紙の男は母にこう書いていました。ご子息にはシルヴィが嫌いになるように、シルヴィに我慢できなくなる事実を洗いざらい知らせておいた、しかし何か命令するよりも、ご子息にふさわしい決断を本人にさせるほうがより適当であると判断して、忠告はしなかった、ご子息は名誉心があり才覚もあるので適切な選択ができる、ご子息を憤慨させる確実な方法はご子息に法を適用することだと自分は思っている、この点についてはご子息の意向に全面的に任せたほうがうまく行くと信じた次第である、このような愛情から生じる忌まわしさ、恥ずかしさを息子に充分に理解させるのが母親の賢明さというものである、自分はご子息を旅に出すようお勧めする、旅に出たり田舎勤めをしたりすれば、気が紛れ、頭の中のもやもやもすべて消えてしまうはずである。

手紙の男は、シルヴィとモランのお上さんの二人は極めて危険な人物である、そう母に警告していました。ご子息がこの二人のところに通いはじめるやいなや、ひとりは見せかけの貞淑さを装い、もうひとりは相変わらず叔母の振りをして、姪とかいう娘の傍らでご子息を気ままに振舞わせ、姪は姪でご子息につけ入る隙を与えず、このようにして二人はご子息を籠落しようと決意したのである。この女たちはご子息が打ってつけの鴨

かどうか知るために、お宅の家族を調べ上げた、そしてご子息がひとり息子で気軽な身の上であると知った時には、これこそ打ってつけと信じて疑わなかった、ご子息には二人が安楽に暮らせる財産があるからである、そして、貴女とほかの親類の同意を得ることに関しては、ご子息はいずれ恋に夢中になるであろうから、その時にご子息に乗り切らせようと示し合わせたのである、彼女たちを悩ませているのは家柄だけである、そこで、素寒貧のある貴族にシルヴィを自分の娘ということにしてもらうために、金貨百ルイを与えようとした、この貴族にはシルヴィとほぼ同じ年ごろの娘がひとりいたが、少し前に国許からパリへ上京する途中で亡くなったので、この男にはこんなことができたのである、手紙の男はこの貴族の名前と住所を母への手紙に書いてありました。さらに、シルヴィはたぶんこの貴族にほかにも何か約束したらしいが、この貴族は葡萄酒に目がなくて、酔うと口が軽くなるから、聞き出すことができるだろう、とも書いていました。彼女たちはこのように慎重を期せば、シルヴィとご子息の結婚は極めて確実だと思ったので、モランのお上さんはクランヴ公爵夫人の屋敷で一緒に住んでいて友人と思っているある女に、シルヴィは近々たいへんな金持ちで良家の若者と結婚する、この若者はシルヴィの美貌に惚れ込んで、シルヴィを金持ちにしてくれるのだと口を滑らした、とも書いてありました。そのうえ、その女の名前を挙げ、家はどこかも教えていました。

男は母に最後に書いていました。もしご子息が名誉や道徳に逆らってあくまでこの娘と結婚したがるなら、貴女はそれを妨げるために、ご子息を籠落しようとしているシルヴィとモランのお上さん、それにご子息までも、その行動を矯正してくれる所に入れるよう、親類の申告によって逮捕を請求することまで含めて、いちばんきびしい手を打つべきである、そう書いていました。一刻の猶予もならないのである、ひとたび既成の事実となり、教会が介入して来たら、どう見ても恥辱にまみれることになり、その上、多額の金がかかるのであるから、貴女は速やかに決断をくださなければならない、ご子息は女をものにし、迷いが消えて、憑きものの恋心も魅力もその力を失ってしまうと、とたんに果てしのない後悔の餌食になり攻めさいなまれるのは必定である、とも警告していました。手紙の男は、このような意見を貴女やご子息にせざるをえないのは、シルヴィを憎んでいるからでは毛頭なく、もっぱら由緒ある名家に対する敬意からであり、また、無分別とご執心から自分を失ない、恥も恥ずべき行為も目に入らない若者を哀れと思うからにほかならない、とも表明していました。

皆さんお察しのとおり、また新しい悩みの種です。しかし、私は決意しました。手紙の男が描き出したこの娘の姿、この娘についての情報が私に嫌気を起こさせたのです。私は起き上がると、母の部屋に行きました。『ところで、――と母が私を見るとすぐ言ったのです――どうするおつもり。』『どうすると思います、母上。――と私が笑顔で聞き返します――今度のことは時間の無駄遣いだったと考えなかったら、あなたの息子の名折れになります。この警告状を書いた男に感謝してますよ。何者かは知りませんが、私のことを誰よりも心配してくれるいちばんの友人と思うことにします。母上は手紙に書かれている乱暴な忠告に従うには及びません。私はシルヴィを愛しました。それを否定したら、騙すことになります。しかし、私は彼女を知らなかったのです。彼女のことを教えられて軽蔑しています。母上には何やかや小言を言って私にますます恥をかかせないようにお願いします。もう思い出したとしても、笑い飛ばしてやるだけです。私が今度のことを真剣な恋だと思ったとしたら、世間中の物笑いになっても仕方ありませんからね。これが私の偽らざる気持ちだと母上に納得していただくために、徴税代行のためとか、従軍するとか、あるいは母上が前に提案なさったように、大使に随行するためとか、私がパリを離れる口実を見つけてください。出発の準備はできています。』

『あなたが愚かな振舞いから立ち直って、ほっとしました。——と母が私に言いました——自分の考えを飾らずに話してくれたものと信じますよ。このことは二度と口にしません。口にすれば、あなたが正直に言ってくれたように、ますます困らせるでしょうからね。ことはおのずと明らかになるのですよ。これで将来は思慮深くなってくれると思っています。その人は身持ちが堅かったのですか、シルヴィさんは？』と母が追い討ちをかけます。『ええ、もちろんです。——と私は答えました——堅かったですよ。私は本物だと信じていましたが、猫かぶりの彼女の貞淑さのせいで、ますます好きになったのです。なぜなら、もし彼女が私にすっかり参っていたら、私は心変わりしていたでしょうね。』『二人は相性は悪くなかったわけね。——と母が笑いながら言いました——狐に狸ですものね。でも、彼女のほうがあなたより狡猾で、あなたは騙されたわけです。さあ、——と母が続けました——この手紙を全部持って行きなさい。私には用のないものです。これから叔父様の所にお食事に行きます。あなたのつまらない行ないのために、あれこれ頼み込むのはほとほと嫌になりました。しまいには叔父たちも私のように、堪忍袋の緒が切れるのではないかと、とても心配です。あなたのことではいつもやり直しですからね。後生だから、一生に一度でいいから紳士らしい生活をしておくれ。世間様に見上げたものだと一度言わせておくれ。あなたは今度のことで思慮深くならなかったら、金輪際なれませんよ。あなたの言うことはどれもこれも飛び切り立派です。——と母はつけ加えました——でも、あなたが遠くへ行って安心させてくれない限り、そんなことは信じません。馬を二頭買いに行きなさい、あなたと従僕用にです。』

　私は母に誓いました。口から出任せでなく心から話をしました、今すぐにも馬に乗る準備はできています、あんな汚らわしい女には生涯会いません、思い出すだけでもぞっとします、そう言ったのです。最後には、自分の気違い沙汰を心の底から後悔していると、言葉を尽くして言いました。私はそれが自分の考えだと信じていたので、そう誓ったのでしょう。ところが自分の弱さをまだ知り尽くしていなかったのです。いやむしろ、運命を司る星が私の破滅を定めていたことも知りませんでしたし、私を脅かしている危険の恐ろしさを避けることができず、身をもって知る運命であることも私は知りませんでした。

　母のデ・フラン夫人と別れたとたんに、私の心は千々に乱れ動揺してしまいました。シルヴィの所にはもう行く気はなかったし、腹を立てたり軽蔑したりするほどの値打はない女だと思いました。それまでは彼女に対してむやみに腹がたって仕方がなかったのです。しかし、恨み骨髄で、私は一計を案じ、将来の舅になるはずであった例の貴族に喋らせたら、さぞ面白かろうと思ったわけです。その貴族の名前と住所は知っていたので、私はそこに行きました。その貴族を見つけると、売り馬を二頭お持ちですか、お持ちだと聞いたように思ったので見に来ました、と口実を作って言葉を掛けたのです。偶然、その旅籠屋には本当に馬が二頭いましたが、別の貴族の持ち馬でした。私は馬を見ましたが、持ち主が外出中で待たなければいけなかったのです。万事、私の目論み通りです。待っている間に一緒に食事に行く気はないか、と私はルヴィエールに水を向けました。私に弱いところを突かれたので、彼は同意し、私たちは近くの居酒屋に行ったのです。

　私はルヴィエールにできるだけたくさん飲ませ、自分は病み上がりだということにしてできるだけ飲みませんでした。彼がそれを真に受けたので、私のほうが本当に滅入ってしまったほどです。皆さんはデ・プレ氏の物語をご存じですが（二四）、そのデ・プレ氏の義兄であるケルヴィル伯爵が到着しました。伯爵は自分の馬を売りたがっていて、私は買いたかったので、取引はすぐにまとまり、私は馬を屋敷に送りました。私が取引の祝い酒にと伯爵を食事に引き止めますと、彼は同意してくれました。ところが、正午の鐘が鳴り出すと、彼は私たちと別れることになり、極めて重要な用があってしばらくよそへ行かなければならない、もし三十分だけ残って待っていてくれたら戻って来る、と私に言わざるをえなかったのです。私はひたすら例の男と二人だけで居残りたかったのです。そこで、ケルヴィル氏には二人で待っていると約束しました。

　二人だけになると、私はルヴィエールに彼の家族や田舎の住まいのこと、所有地や財産、仕事、パリに来た用件などについて尋ねました。私は質問するたびにグラスになみなみと葡萄酒をついでやりました。彼はまるで聴罪司祭の足元にひざまずいているかのように、答えてくれたものです。皆さんにお話ししたように、この人はルヴィエールという名のル・マンの田舎貴族で、動乱中に自分に付き従った多くの貴族の運命を自分のために食い物にしたある王族と（二五）、ずっと運命を共にして来たので、文字通りの素寒貧でした。この人は当時の事件によく通じていると見え、みずから関わったような口ぶりでさまざまな事件を話してくれましたよ。つまり、彼は自分の不運を呪ったわけです。彼は『娘がひとりおってな、どこぞの貴婦人に仕えさせる心づもりでおったのよ。そのために娘をパリに連れて来たところなんじゃが、その娘にぁ、二日患っただけでイリエで死なれてしもうたわ。俺様がむかし仕えた方の息子から余生を過ごせるだけの年金をふんだくるか、パンを得るために軍隊なんぞに職を探してくれるよう願い出るために、旅を続けて来ましたんじゃ』と言いました。この話は手紙の男が書いていた内容とぴったり合っていました。そこで私は、シルヴィとその叔母を知らないかと聞こうとしていたら、彼の方から先に話してくれたのです。

ルヴィエールは二年ほど前に亡くなったクランヴ公爵夫人と知り合いだったそうで、夫人なら力になってくれたはずだし、夫人が孤児院から引き取った娘に引けをとらない自分の娘を少なくともそばに置いてくれたはずだから、夫人が亡くなったことは残念でならない、と言っていました。私はそのことには無関心を装い、そ知らぬ顔をして、それはどういうことです、と彼に尋ねたのです。彼はシルヴィの身の上話を一つひとつ順を追って語ってくれました。彼はシルヴィの素行と獄死した秘書の悪口を言って、しまいにはこんなことを言い出したのです。『この世のことは運次第さ。それにしても、信心に打ち込んでいるお袋しかもうおらん身の上で、大層なお大尽の若造とかいう、とにかくあの娘は見事な結婚相手をめっけたもんじゃ。この若造がさ、あの娘との結婚を喜んでおってな。本当はな、あの娘の意外な身の上も家柄も何にも奴さんはご存じないと来たもんじゃ。しかしさな、――と彼はにやりと笑って話を続けたのです――あの子の器量、それだけで充分じゃないのかね？　あの娘の叔母になり済まし、俺様がさっき話したあの娘の盗みを手伝ったモランのお上さんが、この俺様に哀れな奴を騙す片棒を担がせたがってな。それと引き換えに途方もない約束をしてくれたわけさ。この女は金貨百ルイを俺様に寄越しさえしたんじゃ。』『それで、貴方はどんな役割なのです？』と私が口を挟みました。『あの娘を俺様の娘に仕立て上げて、結婚契約書に署名するんじゃよ。――と彼が答えました――俺様が貴族の称号をあの娘にやれば、あの娘は彼氏の目には悪く映らんじゃろうて。』『しかし、こんなことが露見したら、えらいことになりますよ。裁判所とひと悶着ありますね』と私が続けました。『そうさ、むろんじゃ。――と彼が言い返しました――一体このわしをどこで見つけるのかのう？　わしは宿なしなんじゃよ。それに、誰がこんな秘密を嗅ぎ回るもんかね？　あの娘でもモランのお上さんでもなーい。亭主は真に受け、それっきり詮索なんぞせんじゃろうて。仮に亭主が調べたとしてもさ、俺様には国許でしか知られていない、それもほとんど知られていない、あの娘と同じ年ごろの娘がおったと分かるのが落ちさ。なぜなら、娘は俺様の妹と一緒にほとんどずっと修道院にいたからで、誰も娘が亡くなったことを知らんからのう。それにじゃよ、シルヴィは身元が割れんように、知り合いからずっと離れた所に住んでおって、結婚したら亭主の領地があるとかいうポワトゥーに、自分を連れて行くように仕向けるはずじゃよ。』『いずれにしろ、――と私が言いました――時が立てば秘密がばれますよ。』『そんなことは屁とも思わんさ。――とルヴィエールが言います――金が手に入れば、びくびくしながらいつまでもこんな所にぐずぐずしちゃいないさね。』『それでは、何で困っているのです？』と私が聞きました。『良家のぼんぼんを騙す後ろめたさじゃよ。――と彼が答えました――噂では、なかなかの紳士だそうじゃないか。しかしだな、それでも俺様が要求してる物をシルヴィがくれれば、何もかも目をつぶるつもりなのさ。』『ほかに一体何を要求しているんです？――と私が笑い顔で聞き返したのです――彼女は百ルイ出しただけでは駄目なんですか？』『そうさな、金についてはかなり満足しておるわい。――と彼が言ったのです――というのは、ほかに将来の婿殿から羽をちょっぴりむしり取ってやるつもりだからさ。だがのう、シルヴィは俺様の血を分けた身内だと認めはするが、真っ赤な嘘にはしとうないんじゃ。つまりさな、署名する前に俺様が欲しいのは……。俺様が言いたいことは察しが付くじゃろう。』『やることが極道ものですね。――と笑いながら私が言ったのです――これ以上その人に恥をかかせなくても、手ひどく騙すだけで充分じゃないですか?』『あっ、そうかい!――と彼が首を振りながら言い返したのです――そんな気の小せえことを言って俺様を騙す気だな! クランヴ夫人の司厨長からあの娘が密通していたと聞かされてんのさ。手が早いそやつに俺様は太刀打ちできんと言うのかね? それに間男には間男で、あの娘が婚約前に亭主にどれほど不貞を働こうが、そんなことは知ったことかってんだ。それに……。』『しかし――と私が遮りました――その人はただのお余りをもらったと気がつくはずです。』『奴さんは悪魔よりも悪賢くならなくっちゃなるまいよ。――とルヴィエールがやり返したのです――医者どもに何か分かるかね? 産婆どもは返答に詰まらないかね(二六)? 俺様はシルヴィに手紙を出したんじゃよ。――と彼は話を続けました――あの娘は猫をかぶって、相手になるのをぴしゃりと断わってきおったが、どっこい、そうしてもらわにゃ、俺様は何もする気になれんのさ。あの娘は別嬪で、いい体をしてて若いときてる。俺様はこの年まであんまりぞっとしない大罪を数々犯して来たんじゃ。でな、こんな罪をまた犯したって、これ以上俺様の良心がうずくことは、まぁ、あるまいよ。』

ルヴィエールは何もかもこんな風に、ひどく無邪気でひどく楽しそうな様子と口調で話してくれたので、私はこれほどよこしまで危険な男を目の前にして憤慨し、極めて陰険な罠だと確信したにもかかわらず、思わず笑ってしまったものです。彼は話を続けて、私のその確信をさらに裏付けてくれました。『いつまでもこのままじゃおくものかってんだ。――と彼が言います――あっちは俺様に約束しろとせっついているのよ。あとのことばかり期待しおって、それも、あの別嬪さんの生まれをあの方に申し渡すためなんじゃ。ゆんべモランのお上さんから手紙を受け取ったんじゃよ。これがそれさ。――彼はその手紙を私に渡してからまた続けました――俺様が嘘つきかどうか、ご覧じろってんだ。』私はこの女の筆跡を自分自身の筆跡のように知っていました。手紙は確かにこの女のものだったのです。私は手紙を読みました。内容をそのまま言うと、こうです。

手紙

あなたは何度お願いすればお分かりになるのです。時間が無駄になっているのはあなたのせいです。二週間前にあなたはけりをつけるべきでした。私どもはそのためにがっかりしています。シルヴィはあなたとの関係を今にもいっさい絶ってしまおうとしました。彼女に対し、あのような要求はゆめゆめ考えぬことです。たとえすべてこのままだとしても、彼女は決して同意しません。もう一度財布の口を開けるのならまだしもです。あなたほどの年齢の人がこんなことを考えるとは、驚かないでいられるでしょうか?

彼女はそのためひどく気分を害し、このような提案にかんかんになって怒りました。明日の正午にいつも落ち合う場所にいらしてください。新たに提案をしますから、それで最終的にまとまるかどうか検討しましょう。拒否なされば、私どもはもっと強欲でも、少なくとももっと禁欲的な、あなた以外のどなたかを探すつもりです。

私はこの手紙を読み終えたとたんに、取っておきたくなりました。ポケットから別の紙を取り出すと、この男がぐでんぐでんに酔って油断しているので、紙をすり替え、それから彼に言ったのです。『なるほど、事はおのずから明らかになるか。しかし、私が貴方だったら、こんな手紙は取っておきませんね。もし読まれたら、何事かと疑われますよ。──私は手紙を、つまりすり替えた手紙を破り、火の中に投げ入れながら続けました──私ならこうしますね。』ルヴィエールは怒るどころか、私のしたことを笑い飛ばしました。『俺様に代わってあんたが先にやってくれたまでよ。──と彼が言いました──ほかの手紙はそうして来たんじゃからな。』『しかし、──と私が言ったのです──今日は会う約束を反故にさせてしまってすみませんでした。』『ほかにもずいぶん反古にしたもんさ。──と彼が答えます──こっちの狙い通りに運ぶには、あんなあまっちょどもには探し回させるがいいんじゃよ。』『なぜ貴方に会う場所を言って来たのです？　──と私が聞きます──その人の家では会えないのですか？　そのほうが邪魔される心配も少ないし、ずっとくつろいで話ができるでしょうに。』『いやはや！　──と彼──そんなことすりゃ、何もかも台無しだーね。あの娘の所で俺様が姿を見られれちゃまずいのさ。あそこには彼氏が根を生やしておってな。シルヴィと俺様の話がまとまらないうちに、俺様が奴さんに見られたら最後、ぺてんなんぞおじゃんさ。奴さんも、俺様を見かけるかも知れん近所の連中も、俺様だと分かるはずじゃろうて。そこでさ、そんなことにならんように、あの娘の家とは反対のパリのはずれで落ち合うんじゃよ。いつもチュイルリー公園の大きな泉水のある辺りで、人気のない時にな。おまけに散歩には向かん季節ときたもんじゃ。俺らの打つ手に抜かりはないさ。話がまとまり、シルヴィが金をくれたら、俺様はただちに国許に帰るつもりじゃ。あの娘は俺様の娘だと公表されるじゃろうて。例の彼氏には陰謀だなどと疑わんように、俺様宛に手紙を書かせ、郵便箱に自分で投函させるんじゃ。俺様はその手紙を国許で受け取り、見せびらかしてから、返事を出し、パリに戻って来るという寸法さ。シルヴィと彼氏が俺様を四輪馬車で迎えに来るわな。俺様はひとりは婿殿として、シルヴィは娘として挨拶するわけじゃ。その時にシルヴィの家に出向いて、泊まることになるが、当然のことながら、モランのお上さんは俺様の妹に仕立てるわけさ。』

『こんな具合に俺らは手はずを決めたんじゃよ。あんたはどう思うかね？──と彼は話を続けました──この計画は上出来で、成功間違いなしと思わんかね？』『必ずうまく行きますよ。──私はそう答えました──おめでたいその男は引っかかるでしょうね。いやぁ、文句のない実に見事なたくらみです。しかし、あなたのためには、最初の数幕がシャトレで始まり、大団円が市庁舎前で終わる、[3]そんな悲劇の題材にならなければいいですがねぇ。』『そんな悲劇の主人公になる心配はないさ。――と彼が言い返しました――何となれば、連中が結婚したら、俺様はお人好しぶりを拝見したあとで、奴さんからさらに幾らか羽をむしり取って、世間で言う夜逃げをするつもりじゃからな。』

　彼はこの企みについてまだほかにも色々な話を聞かせてくれ、ケルヴィルが戻って来るまでの時間つなぎになりました。支払いは私がしましたが、時間を無駄にしたとは思いませんでしたし、私が知ったことのほうが価値が無いわけではなかったのです。私たちはもっとまともなほかの場所に食事に行きました。ルヴィエールは私たちから離れません。食事が終わるころ、私たちのいる部屋にケルヴィルの知り合いの男が数人やって来ました。彼らは話を交わし合い、ケルヴィルがその人たちに雪辱戦に応じないかと尋ねたのです。彼らは応じると返事をし、カードを持って来させると、私に四人目にならないかと聞きました。私は賭事は全然やりません。その上、連中はパリにうじゃうじゃいるいかさま師ではないかと心配していたのです。しかし、擦ったとしても手持ちの金はほんのわずかだったので、勝負の仲間入りをしました。私の間違いでした。私たち、つまりケルヴィルと私が連中を相手にトリオンフ[二七]をやり、すっからかんにしてしまい、連中が注文した分は私たちが払ってやらなければいけませんでした。要するに、私は馬の代金と酒手の三倍も稼いだわけです。

　彼らが出て行ってから、ケルヴィルは私にこう言いました。『金を取り戻して本当にほっとしました。あれは徴税官の二人の息子で、連中にたった二日前に財布を空っぽにされちゃってね。文無しになってしまい、馬を売ざるをえなかったわけです。それで、貴方があの馬をもう一度売ってくれたら、十ルイ儲けさせますよ。』私があの馬は母の屋敷にいるので、売れませんと彼に言いますと、彼は快く私の弁解を聞き入れてくれました。ルヴィエールは私たちがカードをやるのを見ると、どこか知らない所に寝に行ってしまったので、私たちは連れだってオペラに行き、それから差し向かいで夕食をとりました。

　私たちが別れた時は、夜もかなり更けていました。何もかも砕けんばかりの凍てつく寒さで、静かな美しい夜でした[二八]。私の従僕は馬を母の屋敷に連れて行き、その後は私を見つけられなかったので、居酒屋の給仕が松明を掲げてくれました。ほんのちょっと引っかけた葡萄酒の勢いで、私は悪ふざけを思いつきました。不実な女に会いに行って、うろたえる様子や、シルヴィとモランのお上さんがあわてふためく様を楽しんでやることにしたのです。私はシルヴィにはまったく気がなかったので、腹の底から笑い飛ばし、彼女の行く先々でからかってやろうと手ぐすねを引いていたわけです。ところが、私は自分の弱さを知りませんでした。パレ・ロワイヤルからバスチーユ近くまで、私はパリ市中をほぼ横断しました。これから手に入れようと思っている楽しみに気をとられ、松明を掲げてくれる給仕に話しかけることも、待たせておくことも思いつきませんでした。したがって、私が裏切り者どもの家に入ると、その給仕は私が自宅に戻ったものと思って、引き返してしまったのです。ひどく遅かったので、彼女たちは床に就くところでした。『どうしてこんな時間にいらしたのです？——不実な女は私を見るとすぐにそう言ったのです——夜の十二時近くに人に会いに来るものでしょうか？　今日はお会いしませんでしたが、一日中、何をしてらしたのかしら？　何でおいでくださらなかったのです？　あなたのことを心配していましたのよ。』『まったくくだらないことです。——と、私はからかうように答えました——おかげで、尊敬措く能わざるあなたの推定上の叔母、モラン夫人と、ル・マンの田舎貴族、ド・ルヴィエール氏、それに別嬪さん、あなたも吊し首にすることができるわけです。』ルヴィエールという名前と、いつもとは違う侮蔑的な私の態度に、シルヴィとモランのお上さんはびっくり仰天です。その様子に私は腹を抱えて大笑いです。『もちろん、——と私はシルヴィに畳み掛けました——あなたが男の味をみたいのなら、私は年寄りなどに引けを取らないと思いますよ。あなたに百ルイ要求する代わりに、こちらから差し上げましょう。そのほかに、私があなたのそばで無駄にした時間も、充分に考慮していただけないでしょうか？　私はあなたが自分の娘だなどと言わないのは確かです。ところでご立派な奥様、——と私はモランのお上さんに言ったのです——あの素敵なお兄様は今日はチュイルリー公園には行きませんでしたよ。これはあなたの手紙です。早急に問題を片づけるために、すぐもう一通書いてください。急を要します。[二九]もしもルヴィエールが相変わらず自分の娘と寝たいというなら、もっと禁欲的な人をほかに探さなければいけません。それにあなた、別嬪さん、あなたの里親たちは値が高かったのですか？——私はそうシルヴィに向かって続けたのです——ガローが獄死してしまったのは残念です。あなた方は死ぬまで添い遂げるほど惚れ合っていたそうですね。二人は市庁舎の前で抱き合わせに括られるはずだったそうですね。しかし、お仕置きは延期されても取り止めになってはいません。続けることですね。そうすればまたあなた方の番が来ます、あなたとご立派なモラン夫人のね。』

　彼女たちは二人とも、話すまでもなく、ご想像いただけるようなありさまでした。私は勝ち誇り、存分に仕返しをして溜飲を下げました。二人はじっと押し黙ったままで、その当惑ぶりは理解し難いほどでした。この場面は、声こそありませんが、面白いものでしたよ。『おふた方、お別れです。——と私が二人に言ったのです——あなた方が本気で仕えている魔王ベルゼブル[4]に二人とも命を奪われるといけないので、神があなた方を改宗させてくれるように祈っています。』

　私はこう挨拶をして返事も待たずに出て行こうとしたのです。ところが、できませんでした。シルヴィが扉に飛びつくと締めてしまったからです。私はかなり手荒に彼女を押し退けましたが、彼女は怯みません。怯むどころか、涙にくれて私の足元に身を投げたのです。『不実な女、どうしろと言うんだ？——と私が言います——帰らせてください。私が恨みを飲み込み、許される限り思い切った行動に走らないだけでもよかったと思ってください。』『いやでございます。——と、彼女が私の片足に力一杯取りすがり、突き放されないようにして言ったのです——わたしの話を聞いてくださらなければ帰せません。あなたがいちばん大切にしていることにおすがりして、お願い致します。』『ええっ、いまさら何を言うのです？――と私が言ったのです――私がまたあなたの口車に乗るとでも思っているのですか？　前代未聞の陰険で卑劣な裏切り行為の言い訳をしようというのですか？』『いいえ、言い訳をするつもりはありません。――と彼女が答えました――わたしが間違っていたことは認めます。でも、わたしの過ちをすっかりご説明すれば、少なくともわたしはずっと罪が軽いことがはっきりするはずでございます。確かにわたしは過ちを犯しました。しかしその過ちは不運からしたことで、あなたを侮辱する意図はなかったことも事実です。それどころか、ただただあなたを失うのが恐ろしくて、過ちを犯してしまったのです。わたしがこんなにあなたを愛していませんでしたら、あなたに非難されるようなことは何もしなかったでしょう。』

　この瞬間、私は彼女を見やりました。私は我を忘れました。彼女はまだ私の足元にいましたが、酷い心も和ませてしまう風情でした。彼女は涙に泣き濡れていました。あらわな胸元があっさりしたガウンの合わせ目から見え、ナイトキャップを被るためにほどいた髪の毛が、結い上げられないまま体に沿って垂れ、彼女をすっぽり包み込んでいたのです。こんな屈辱的な姿が彼女の生まれながらの美しさを一層きわだたせていました（三〇）。結局、私を引きずり回す運命の星は、私の愛の対象と私の心の偶像しか私にはもう見せてくれなかったのです。不信心に陥ることなく、私はそう言えるだろうか？　彼女はマグダラのマリアの生まれ変わりのように見えました。その姿に私はほろりとしてしまいました。彼女を立たせ、言いたいことを思う存分言わせました。私は彼女を見てもぼうっとしていて、もう我を忘れていたのです。頭の中に次々と現われてはせめぎ合うさまざまな想念に、私は引き裂かれていました。いやむしろ、生きてはいるものの死人同然で、もう意識がない無感動状態だったのです（三一）。長い間ずっとそういう状態でした。私はやっと我に帰ったのですが、我ながら自分に納得いかなくて、彼女に『明日また来ます。もっと冷静になっているでしょうから。しかし、お渡しするこの手紙をよく調べてください。あなたはこの手紙を否定できないのですから、釈明してください』と言うだけにしました。私は釈明すると約束させて、念のために彼女の指から高価な指輪を無造作に抜き取りました。そして帰りしなに、怒りでぎらぎらした目でモランのお上さんを睨みつけ、頭のてっぺんから爪先まで震え上がらせてやりましたよ。私は剣に手を掛けたのです。もしも運よく鍔が紐で結ばれていなかったら、おそらく私はこの女を殺していたでしょうね。結び目をほどかなければいけなかったので、その間に自分が何を仕出かそうとしているのか考えることができたのです。この女は私の手で殺す値打もありませんでした。彼女には、『お前のことは不吉な運命に任せたぞ。そのうち死刑執行人がお前の背信行為を裁いてくれるさ』と言うだけで満足して、外に出ました。

　私の精神を動揺させたさまざまな衝撃が肉体にも激しい影響を及ぼしたのです。空き腹で酔った時のような酔いはもう感じませんでした。私は哀れな、ひどく衰弱した状態で、シルヴィの家から二軒目の明りの見える扉をたたき、屋敷まで運んでもらうために轎を呼ぶほかなかったのです。

その夜は前の夜ほど穏やかではありませんでした。それどころか、この娘の前で自分の弱さを思い知らされたという確信、あらゆる予想に反して急に変わった心境、彼女のこととなるといかにも脆い自分の決意、これほど恥ずべき思いを絶ち切れない屈辱感、こういったことすべてが初めに考えたことと重なって、私はひどく落ち込み、我ながら自分がおぞましく、また情けなくなったのです。私は熱を出し、心身ともに病気になってしまいました。体力がもつとは思っていませんでしたし、生きることに少しも未練はありませんでした。ずっと自分を苦しめて来た不幸（三二）や自分の性癖からして予想される不幸から、死が私を解放してくれることを望んでいたのです。これほどつらい精神状態はありません。対立する情念が次から次とせめぎ合い、私は何もかも嫌になっていました。こんな状態では私は死の宣告を喜んで、あるいは少なくとも何の関心も示さずに受け入れたことは確かです。しかしその時は来ませんでした。私の運命は全うされていなかったのです。まだ恥辱の最たるものが私を待ち構えていたのです。私は生きているのが嫌になり、あくまでも食事をとろうとしなかったので、それが治療法になって、一週間もすると熱がひきました。

誰からか分からないけれど、ひんぱんに私の容態を尋ねに来た人がいました。私はそれがシルヴィからだと信じて疑いませんでした。この心遣いに私は心を動かされ、彼女が潔白であってほしと祈ったものです。彼女の裏切りについては確信していたにもかかわらず、彼女の話を聞けば、もうそれほど罪深い女に見えないのではないかと期待したのです。そう考えて、私は真っ先に彼女を訪ねたわけです。しかし、そこであったことを皆さんにお話する前に、母の話を先にすべきでしょうね。私が未練がましく彼女に会いたがっているとは知らず、そんなことは疑ってもいなかった母は、私の容態を心配する誰だか分からない人の心遣いをまったく意に介しませんでした。私が病気になったのは、面目を保つために、心ならずも私がとった決意のせいだと母は信じて疑がわなかったのです。その日のうちに私が母の屋敷に送ったあの馬は、不実な女から遠ざかるという私の断固たる決意を母に示していました。私の病気は、私が断ち切ろうとしている愛の強さと、心の最も感じやすいところで私が無理をしていることを母に教えていました。母はそんな私を哀れと思ったのですね。シルヴィのことはまったく話題にせず、自分が私のいちばんの友人であるかのように、優しく私の苦しみを分かち合ってくれました。母は自分にはまったくふさわしくない、このような役割を演じてくれましたし、私の気持ちを汲んでやろうと優しくしてくれ、私の部屋に詰めっきりで情愛を示してくれたのです。こういうことすべてが、私がいつも抱いて来た母への敬意と重なって、私は、もしも自分も母も恐れている事態にみずから飛び込んで、こんな優しい母を死なせることになったら、お前は生きる資格はないぞと自分に言い聞かせていたのです。とうとう私は腹を固めました。つまり、自分に勝ったので、シルヴィを捨てようと思ったのです。それで私は、彼女の家に行った時には、そう決意していたわけです。

病気だったほんのわずかの間に、私はすっかり変わっていました。肉体よりもひどい痛手をこうむった精神はもっとずっと落ち込んでいたのです。私はシルヴィにダイヤモンドを返し、自分の手紙を受け取って、最後の別れを告げつもりでした。自分のこの決意を実行する剛毅さはあると思っていたのに、たちまちその過ちを思い知らされたよ。彼女は顔面蒼白で、私が驚くような変わりようでした。彼女も私と同じくらい憔悴していたのです。生気の消えた顔や、やつれた目は、彼女の美貌の中に私がそれまで見たことがなかった優しさがあることを教えてくれました。日ごとに彼女の新たな魅力を発見するのが私の宿命だったのです。私はそんな彼女をかわいそうに思いました。憐れと思う気持ちが私の愛情をすっかり目覚めさせたのです。私は自分の決意を忘れました。そして、あらかじめ考えておいた酷いことを言うどころか、彼女を慰めることしか考えませんでした。何というさもしさ！　何という弱さ！　自分で泣かせておいてその涙を拭ってやったのです。私は、もう泣かないでください、自分が口にした酷い言葉はついかっとなって怒りを抑えられなかったからだと思ってください、そうお願いしました。つまり、後悔しているし、そのために病気になったのだから、私は充分に罰を受けている、と言ったのです。どれほど憤慨したか私に思い知らせて、私をますます後悔させないでください、そうお願いしたのです。要するに、彼女を安心させ、彼女は今まで通り私に対してずっと影響力を持っていることを示すために、私は何ひとつおろそかにしませんでした。

これほど情のこもった、これほど敬意の溢れた態度は、彼女の予想に反していたので、彼女は少し元気を取り戻しました。ちらりと私を見る、やるせなげな眼差しと、時々もらす溜息で私はひどく悲しくなりました。彼女は私の狼狽ぶりに気づきました。そして、彼女が言っていたところによれば、言い訳をするためでなく、私が加えたけしからぬ扱いがいかに不当であるかを私に示すために、この好機を捕らえたのです。

『これはあの手紙です。——と彼女が言いました——これはお返しします。わたしはこの手紙を書いた人もその人の筆跡も知っています。この人が、この腹黒い男が、自分を行動に駆り立てるのはわたしへの憎しみではないと言っているのはもっともですわ。それどころか、振られたはらいせなのです。でも、——と彼女は私の手を取って言ったのです——わたしの話をお聞きになれますか？』『ええ、聞きますよ。——と私——自分の過ちを悟るためではありません。私の心はあなたが潔白だと認めています。そうではなくて、あなたに満足してもらうためです。』

『それでは、デ・フランさん、——と彼女が続けました——わたしは事実をねじ曲げるつもりはございません。その手紙に書かれていたことは状況と外見からすればすべて当たっています。しかしそれには、まだ知られていないわけがあって、間違っているのでございます。その秘密はヴィルブラン騎士分団長様、モラン夫人、それにわたししか知りません。それをこれからお教え致します。』

彼女がヴィルブラン騎士分団長殿のような証人の名を挙げるのを聞いて、私は喜びました。この方は母のごく近い親類で、申し分のない紳士であり、詐欺に手を貸せるような人ではまったくなかったからです。と言うわけで、私は話が嘘か真か見極められると思ったのです。彼女にはそんな素振りは露ほども見せません。しかしそのために、私は彼女の話にできる限り注意力を集中したわけです。彼女はこんな風に話を続けました。

『わたしが父も母も知らなかったというのは事実でございます。しかし、両親がどういう人であったかはよく知っています。わたしが正式の結婚で生まれた子供ではないということも事実です。でも、両親が懇ろになる前に結婚の秘跡を受けなかったからといって、それがわたしの責任でしょうか？　わたしが捨てられたというのも事実です。八歳の時にわたしが孤児院から引き取られたのも事実です。けれど、わたしを引き取ってくださったクランヴ夫人は、わたしに会うずっと前から、わたしの素性をご存じだったことも事実なのでございます。しかし、どうしてそうなったのか、お話しなければいけませんわね。

クランヴ公爵夫人は、ボーフォール様とご一緒にカンディアで戦死したビュランジュ侯爵様の妹君です。[三三]ビュランジュ侯爵こそわたしの父なのでございます。侯爵は負傷しました。しかし亡くなる前に、手ずから遺書を認めるだけの時間はございました。と申しますよりはむしろ、今まさに神の裁きを受けるにあたって、良心の重荷を降ろしておきたいと妹君のクランヴ夫人に手紙を書いたのでございます。侯爵は、母親に仕えていた侍女とのかりそめの恋や、その侍女との間に儲けた娘のことを書き、自分は三人の兄弟の中ではいちばん年下でずいぶん若かった上に、マルタ騎士団[三四]に入ることになっていて、子供の面倒をみられなかったこと、また相談できる人は誰もいなかったし、その子の母親がお産で亡くなってしまったので、その子を捨てざるをえなかったことを、クランヴ夫人宛の手紙につぶさに書きました。ビュランジュ侯爵は日時や場所、そして、わたしを見分ける手がかりをすべてクランヴ夫人に挙げたのでございます。その子を引き取ってくれるように夫人にお願いし、兄たちが亡くなり自分が一家の長になった時に、その子を引き取らなかったのは返す返すも残念であると苦衷を述べて、かくも長い間、その子を放っておいたのは恥ずかしいことであると釈明をしたのでございます。侯爵は自分のただひとりの相続人であり妹であるクランヴ夫人に、その子の面倒見てくれるようにお願いしました。そして侯爵は、夫人がわたしに対して一層鷹揚に振舞ってくれるようにと、わたしには遺贈はいっさいしないで、した場合に夫人が支払わなければいけないその遺贈分はすべて、娘のための寄託物として夫人の手に委ねたのでございます。この手紙はヴィルブラン騎士分団長様によってクランヴ夫人に届けられ、開封されました。わたしの父は臨終にあたりヴィルブラン様に打ち明けていましたし、またヴィルブラン様には遺言通り実行してくれるよう妹に頼んでいただくために、ヴィルブラン様のお名前がこの手紙の中に挙げられていました。

わたしを引き取る決意を固めたクランヴ夫人は、幾つかの理由から亡くなった兄のビュランジュ侯爵様の言いつけを、思い切って公表なさいませんでした。夫人はその手紙を孤児院のお偉方にお見せしただけです。そして決意したことを実行するに当たって、ご自分が間違いを犯さないように、クランヴ夫人から何もかも打ち明けられていたモラン夫人が、わたしと同じ年ごろのほかの子供たちの中からわたしを割り出す役を任されたのです。わたしはモラン夫人に引き合わされました。仕事を教わりはじめた少女たちをクランヴ夫人が見にお出でになりました。ヴィルブラン様もご一緒でした。モラン夫人がわたしに口づけすることになっていて、これがお二人が決めていた合図だったのです。モラン夫人がわたしに口づけしますと、クランヴ夫人がわたしをご覧になりながら、《これほど慎重にする必要はなかったようね。この子はかわいそうなビュランジュ侯爵に瓜二つですから、十万の子供の中からでもわたくしはこの子だと分かったでしょうね》とおっしゃったのです。クランヴ夫人は孤児院のお偉方にわたしを引き取ると申し出て、孤児院にたいへんに豪華な贈物をなさり、わたしを連れ帰りました。

　こうして、わたしはクランヴ夫人のお屋敷に引き取られたのでございます。事実、わたしは夫人の姪だったわけですから、お分かりのように、これは偶然によるものではございません。わたしがガローの死を残念に思っているはずだとあなたはおっしゃいましたが、そのとおりですわ。のちほどお分かりになることですが、彼はクランヴ夫人から託されて、わたしの父の手紙を持っていました。でも、もしあなたがその手紙について真実をさらに調べてくださるということでしたら、孤児院のお偉方は皆さん亡くなってしまったわけではございません。その方々はわたしを見れば分かるはずですし、たいへんに誠実な人たちですから、この点に関しては当然なことながらわたしを正しく評価してくださいます。少なくともヴィルブラン騎士分団長様は、この方のことはもっと重要なことでまたお話ししますが、神様のおかげで矍鑠《かくしやく》としていらっしゃいます。わたしは一年半以上もお会いしていませんが、モラン夫人はしばらく前にプチ・サン＝タントワーヌ施療院(三五)でお会いしました。ヴィルブラン様はあなたに本当のことを教えることができますし、わたしがひと言でも嘘をついているかどうか言うことができます。以上がわたしの出生に関することでございます。

　わたしがクランヴ夫人のお屋敷に引き取られるとすぐ、夫人は考えられる限り心を込めてわたしを教育してくださいました。これは、夫人がどうでもよい子供たちに対して抱くありきたりの思いやりではなくて、もっと親身な関心をわたしに寄せていてくださったことを充分に証明しています。そういう子供たちにイタリア語や歌やダンス、楽器の演奏など、要するに立派な家柄の娘を磨き上げるあらゆる嗜みを習わせたりはしません。わたしのためにかかった養育費はたいへんなものでした。つまり、あなたに警告状を出した男が言っているように、ただの召使ふぜいにモラン夫人という家庭教師や、小間使いの娘や従僕をつけたりなどしませんもの。この人たちは今もわたしの家にいます。この男はこういうことを否定できないので、ひと言も触れないことにしたのですわ。今度はわたしの素行に関わる大事なことに触れなければいけません。

　この食わせ者はわたしがガローと不義密通をしたとわたしを非難しています。この男は、クランヴ夫人がそれをよしとせず、遺言によってそれを示したと言うのです。それはこういうことでございます。

　クランヴ夫人はわたしに結婚させて身を固めさせたいと思っ

ていました。夫人はガローに目をつけたのです。彼は才気があり、風采もかなり良く、実務を家業とする良家の若者でした。《わたくしが彼を褒めたりしたら怪しまれるでしょうね。ですからこれ以上は言わないつもりです》と夫人はおっしゃいました。クランヴ夫人はガローがわたしを憎からず思っているのを気づいておられたのです。そこで彼にその話をしました。彼はわたしを愛していることを認めましたので、夫人はこの相手ならわたしにふさわしいと判断し、彼がわたしに言い寄ることをお許しになったのです。ガローはわたしの所に足繁く訪ねて来ました。これがわたしたちが密通したという噂の根拠になったのでございます。と言いますのも、クランヴ夫人はガローとそなたを一緒にさせるつもりです、とわたしにおっしゃっていましたし、わたしたちは二人とも同じお屋敷に住んでいましたから、それだけに足繁く訪れるガローをわたしは避けることができなかったからです。それにまた、わたしたちは彼が訪ねて来る動機を隠しておくように言いつかっていて、その動機をモラン夫人以外のほかの人たちに知られない限り、クランヴ夫人は彼の訪問をお許しになっていたからです。こんなことがあって、わたしはひどく胡乱な横道からお屋敷にやって来て、お仕事は全然しなかったにもかかわらず、もしもクランヴ夫人にお嬢様がいらしたら、こう扱われるだろうという扱いを受けていましたので、お屋敷中の召使たちがわたしに対して抱いていた妬みがますますかき立てられました。こんな事があって、この人たちはヴァルランという名のクランヴ夫人の司厨長にますます焚きつけられたのでございます。ヴァルランはわたしをまったく小馬鹿にしていて、わたしはこの男のご主人のクランヴ夫人に訴え出なければいけませんでした。そのためこの男は一度お屋敷から追い出されたことがありましたし、厳しいお叱りを受けました。

わたしの身の上話を先に進める前に、——とシルヴィが話を続けました——あなたにお話をしておいたほうがいいですわね。この男は女房持ちで、クランヴ夫人の小間使いと結婚してお屋敷にいたのに、さらにお屋敷を放蕩の場にしたがるほどの極道者でした。恥知らずにもわたしにこんな事を言ったことがありました。《クランヴの奥様はひどい病身で、そう長生きはできまいよ。だから、あんたが奥様から授かった境遇に留まっているためにゃ、友達を探しておかにゃいかんのさ。あんたはいい気になっていられないんだよ。あの方があんたに何を遺してやろうとしても無駄さ。相続人たちが遺言書を、少なくともあんたのための分は破棄させちまうよ。あんたは後ろ楯を捕まえておかにゃならんのさ。》こう言って、この女たらしはわたしに言い寄ったのです。わたしはこんな恥知らずな言葉にふさわしいようにあしらってやりました。平手打ちを食らわせてやった上に、クランヴ夫人に言いつけると脅かしてやったのです。その日は言いつけることはできませんでした。この男の妻が夫人のお側にずっといましたし、妻の前で嫌なことを話したくなかったからです。

ヴァルランは自分のことについて、わたしが夫人に何も言わなかったことを妻から知りました。これで彼は大胆になり、その夜早速わたしの寝込みを襲おうと企てたほどです。わたしには彼が部屋の扉を、扉のそばに寝ていた娘にもわたしにも物音を聞かれずに、どのように開けたのか分かりません。しかしとにかく、わたしはお腹に置かれた彼の手の冷たさにはっと目が覚めたのは確かです。わたしは助けを求めて叫び声を上げました。彼はわたしの体をつかみ、必死にわたしを黙らせようとして、手荒なことをしましたので、かなり長い間そのあざが消えなかったほどです。わたしの叫び声を聞いて駆けつけた人たちが、この女好きの腕からわたしを引き離してくれました。わたしはすぐさま肌着のまま、クランヴ夫人のところにこの男を裁いてもらうために駆けつけました。夫人のお部屋はわたしの部屋から離れた所にあったのです。この男の妻がわたしを引き止めようと何をしても無駄でした。わたしの足元に何度もひれ伏しさえしたのです。それで、わたしは満足しました。クランヴ夫人はわたしをご自分とご一緒に寝かせてくださいました。そして翌日早速夫人はわたしの目の前で家僕たちにヴァルランを棒で叩かせて追い出しました。それから門番に、《あの男に二度と屋敷の敷居を跨がせてはなりません。さもなければお前が追い出されるのですよ》とおっしゃいました。

こうして彼は二カ月以上ずっと外にいて、それから戻って来たのです。人の良いクランヴ夫人がお気に入りの彼の妻の頼みに負けてしまい、その上、彼がクランヴ家に父から息子と仕えた古い召使で、夫人に素行を改めると約束したからです。わたしはそんな彼のためにとりなしてやりました。わたしの頼みがなかったら夫人はヴァルランに決して会おうとしなかったでしょう。クランヴ夫人は召使全員の前で彼にじかにそうおっしゃいました。こうしてヴァルランは戻って来たわけです。彼はわたしが夫人と一緒に食事をしている間ずっと、両膝をついてみんなの前でわたしに許しを乞いました。しかし、夫人は彼に徹底的に思い知らせてやるおつもりでしたので、彼はわたしに促されるまで立ち上がりませんでした。わたしは彼を許し、彼の無礼は忘れてやりました。彼に嫌な思いをさせるどころか、わたしの一存でできることは何でもしてやったのです。そして、わたしを辱めようとしたことは少しも根に持たずに、ヴァルランと二人だけで話をする機会を用心深く避けるだけでいいと思ったのです。

けれども、わたしは彼を絶望させましたし、彼のわたしに対する恋慕の情は怒りと憤りに変わっていましたので、彼がほかの召使たちをそそのかして、わたしの素行や、誰も理由の分からないガローの日参ぶりの悪口を言わせたのです。わたしは家僕のひとりからそれを知りました。彼がその家僕に直接そう言ったそうです。そのことで、ついにわたしは彼に面と向かって苦情を言わなければならなくなりました。

ヴィルブラン騎士分団長様がお屋敷においででした。わたしはヴィルブラン様には隠しごとはしませんでした。それも、ヴィルブラン様はいつもわたしをかばってくださるように思えましたし、わたしはまだ知りませんでしたが、先ほどお話ししたような理由で、クランヴ夫人がわたしの身に起こった出来事やわたしがしていることを何でもヴィルブラン様にお話しになっていらしたので、なおさらです。私は普段はクランヴ夫人と二人きりで食事をしていました。お屋敷にいた人たちの中で、夫人が陪食をお許しになったのはわたしだけで、侍女も、侍従も、秘書も、みんな夫人の食卓から締め出されていました。ヴィルブラン様もお食事に残られ、わたしたち三人だけでお食事をしていたのです。

ヴァルランがいつものように食事を下げに来ました。その時、わたしはクランヴ夫人に言ったのです。《奥様、どうかヴァルランに（名前は呼び捨てにしました）お説教するのをお許しください、そうでなかったら彼に聞いてくださいませ。わたしのことを彼のように悪し様に言うのはどうかと思いますわ。それが出鱈目であれ、事実であれ、奥様だけがご存じないのはいいことではございません。ヴァルラン、――とわたしは軽蔑口調で彼に言いました――どんな資格があっておこがましくもわたしの行動を非難しているのか、とくと伺いたいものだわ。それになぜ家僕などのほかの同輩たちとわたしのことを無礼な話の種にしているのですか？　わたしのことで非難すべきことを何か見つけたのなら、お前のような解決能力のない者たちで噂したりしないで、なぜ知っていることを奥様に申し上げないのですか？　親切にしてやればおとなしくなると思っていたのに、ますますひどくなるばかりじゃないの。奥様とこの方の前でわたしに謝りなさい。わたしが身持ちが悪いとどうして分かったのかと認めなさい。そして自分が腹黒い人間で食わせ者であると言いなさい。》《また何かあるのですか？》とクランヴ夫人が遮りました。《そうなのです、奥様。――とわたしはヴァルランを手で示して続けました――ここにおいでのご立派な人がほかならぬ奥様を侮辱しているのです。彼の言うことを信じるなら、奥様は堕落した娘をご自分の食卓やベッドにお迎えになるという栄をその娘に賜ったことになります。奥様にお裁きいただきたいのは、このことでございます。》

わたしが話をしている間ヴァルランは生きた心地もありませんでした。でも、クランヴ夫人から叱り飛ばされた時には消え入らんばかりでした。《ヴァルラン、屋敷から出て行きなさい。――と夫人が彼に言います――二度と足を踏み入れてはなりません。さもなくば、お前のような礙でなしは、このわたくしに敬意を払うつもりで、シルヴィのこともひたすら敬意を込めて話すと決めなさい。お前のためを思ってわたくしに雇い直させた彼女の好意に、これではいかにも仇をなすものです。シルヴィ嬢や――と夫人がわたしに向かってつけ加えました――この男はそなたのお好きなように始末なさい。この男が戻れたのもひとえにそなたのおかげなのですからね。この男はそなたに任せますよ。そなたがご自分でお裁きなさい。棒で滅多打ちにさせようが、引き止めようが、わたくしにはどうでもよいことです。けれど、また彼の馬鹿げた振舞いを耳にしたら、そなたと、それにわたくしのためにも、きちんとけりをつけますからね。そなたはこの屋敷では誰に対してもいささかでも我慢するようなことがあっては絶対になりません。召使たちに対してはわたくしとまったく同じ権限をそなたに与えているのですよ。このならず者はそなたのお好きなようになさい。わたくしは何でも賛成しますからね。》《お嬢さん、――とヴィルブラン騎士分団長様がわたしに言いました――この男を許してやってくだされ。ヴァルラン、――とヴィルブラン様が彼におっしゃったのです

——お嬢さんが奥様以外のほかの人に苦情を持ち込まなくて、おぬしは幸いだったんじゃよ。何となれば、奥様がどれほど尊敬されていようとも、シルヴィが別なやり方で仕返しするのを止めることは、おそらくできなかったじゃろうからのう。おぬしは彼女の素性を知っとらんが、我輩を信じて、彼女のことは慎みなされ。》《ヴィルブラン様、わたしが彼に要求するのはそれがすべてでございます》とわたしが口を挟みました。《シルヴィ嬢や、——とクランヴ夫人が私に言いました——この男をどうするつもりか言っておやりなさい。そなたの命令通り実行されます。》《お願いがございます、奥様》とわたしが夫人に言ったのです。《この男に直接言いなさい》と夫人がわたしを遮っておっしゃいました。《それでは、ヴァルラン。——と、わたしは言いました——大目にみるのも二度限りですよ。しかし三度目は何もかも帳消しですから、肝に銘じておきなさい。行きなさい。わたしがしているように、お前も自分の義務を果たすのです。そして、わたしの親切もこれまでだということを忘れないように。》

デ・フランさん、——とシルヴィは私に話しかけて話を続けました——これ以上高飛車に嫁入り前の娘を擁護できないと思いますわ。けれどもわたしは自分が光栄にも夫人の姪であることはまだ存じませんでした。わたしがその恩恵に浴していたことと言えば、お屋敷中の誰よりも大きな顔をしているように、またどんなことも我慢しないように、夫人からいつも厳しく命じられていたことくらいなものでございます。ヴァルランはわたしのことでは、当のわたしから屈辱的な目に遭わされましたが、これほどに屈辱的なことはありません。それなのに、あなたとあなたのお母上様にお節介にも警告状を届けたのは、ほかならぬこのヴァルランなのでございます。わたしは彼の筆跡をよく知っています。このならず者は筆跡をごまかそうともしませんでしたし、わたしに見せないようあなたに頼むだけで満足したのですもの。ですから、自分の気に入らない交際に水をさそうと馬鹿な真似をしてぼろを出したのですわ。

ヴァルランはその後おとなしくなりました。わたしのことも、ガローのこともう敢えて口にしませんでした。ガローは口約束だけでは気が済まず、お屋敷の真っただ中で彼を杖で打ち据えたましたが、そのために不具戴天の敵をひとり作ってしまったのです。

ヴァルランはクランヴ夫人がご存命中は、敢えて彼に意趣返しをしませんでした。しかし夫人がお亡くなりになると、いかにも彼らしいやり方で仕返しをしたのです。ガローが投獄され、屈辱のうちに獄死したのはヴァルランのせいです。わたしたちがモラン夫人と共謀して盗みを働いたとヴァルランがあなたに書いていることですが、実際にガローの立場はわたしと同じでしたから、わたしが無実であり彼も完全に無実であることを理解していただくために、今度はそのお話をしましょう。

クランヴ夫人がわたしをガローに嫁がせるおつもりでいらしたことは申し上げました。ところが夫人は、わたしたちの結婚を実現させようとしていた矢先に病に倒れられたのです。ちょうどこの時、夫人はわたしの父の亡きビュランジュ侯爵様の所領地の代価の残り分として、極めて高額のお金を受け取られたのでございます。そんなわけで、侯爵様の法律上のただひとりの相続人でいらした夫人は、このお金をわたしにくださるおつもりでしたので、このお金はわたしのものでしたし、今でもわたしのものだと言うことができるわけです。夫人はわたしをご自分の姪として結婚させ、結婚契約と自分の遺言でわたしを優遇しようと決心しておいででした。ところが、この現金を受け取られると、夫人にはできることでしたから、ご存命中にすべて片づけてしまおうと改めて決心なさったのです。夫人はわたしを愛しておられましたし、ご自分の死後わたしに大層な権勢の相続人たちと争うような危険な目に遭わせたくなかったのですね。その人たちはことによるとわたしを自分たちの一族と認めようとせず、自分たちの威信によって遺言書を破棄させ[三六]、わたしを後ろ楯のないまま放っておくかも知れませんし、そればかりか哀れな乞食にしてしまうかも知れなかったからでございます。クランヴ夫人に承認されたわたしの父の手紙は本物であると証明できるのは確かです。しかし、その手紙は偽物であるとか、わたし自身が偽物であるとか言われたかも知れません。ついには調査と確認が必要になり、訴訟になると出費はかさみ、まったく後ろ楯のない娘がいみじくも恐れていたような結果になったかも知れません。夫人は先手を打っておこうと、何もかもヴィルブラン騎士分団長様とご相談なさったのです。ヴィルブラン様はずいぶん長い時間、夫人と閉じ込もっておられましたが、夫人がわたしたち、つまりひとりだけ秘密を知っていたモラン夫人、それにガローとわたしをご自分のお部屋にお入れになった時もまだそのお部屋においででした。

　わたしが自分の素性を知ったのはこの時でございます。どんなに喜んだか考えてもみてください。クランヴ夫人はガローの手に先ほどお話した手紙をお渡しになると、それが本物であると保証なさり、ヴィルブラン様にも保証してくださるようお願いされたのでございます。ガローは、わたしが言葉では言い尽くせないほどの感謝の気持ちを込めて、その手紙を受け取りました。わたしが、ガローもほかの人たちもわたし自身でさえもその時までずっと信じて来たような、名もない血筋ではなく、名だたる血筋の出である証拠としてその手紙を受け取ったのです。とは言え、クランヴ夫人がわたしに対して抱いていてくださった特別なご好意、また夫人が思わずわたしに漏らすお言葉、それに寛大なお心などが、大きな疑問になっていたわけですが、とうとう真相が幸いにも明らかにされたのでございます。

　夫人はわたしたちの結婚式について決めてあったことを変更したとガローにおっしゃいました。先ほどあなたにお話した理由をお挙げになり、それからこうお続けになったのです。《あなた方がお二人ともわたくしの相続人から訴訟をいっさい起こされないように、アネ様[5]から受け取ったお金を今ここであげます。このお金を受け取り、今日にも持ち帰りなさい。しかし結婚式まではこれはシルヴィの元に残して置いてほしいのです。そのあとは遺族のものになります。わたくしは、どうしてかは言いませんが、このお金は譲渡したと公表して、あなた方がこのお金で争いに巻き込まれないようにしておきます。その他のものについては、わたくしが身罷ると利害関係が生じる方々の前で、ささやかな宝石をわたくしの手で直接シルヴィにあげるつもりです。それから遺言によってわたくしが彼女に遺すものですが、これはごくわずかなものになりますから、わたくしの甥と姪が彼女と争いを起こすことはないはずです。》

　クランヴ夫人が遺言によってわたしには一万フランの現金と、幾つかの家具と千二百リーヴルの終身年金しかお遺しにならなかった理由は以上のとおりですが、ヴァルランが言っているように、夫人がわたしとガローにご不満であったからではございません。わたしたちは夫人のお望み通りにしました。わたしはそのお金を持ち帰り、自由に使える安全な場所に保管して、今でも手付かずのまま持っています。わたしは結婚誓約書に署名してガローに与え、ガローは自分が署名したものをわたしにくれました。お金はわたしの手元に残りましたので、わたしの誓約書にはわたしが持ち帰るそのお金の三分の一が違約金として記載されました(三七)。この二枚の誓約書はわたしたちがお願いした順に、クランヴ夫人それからヴィルブラン様によって署名され承認されました。それからわたしたち、ガローとわたしはお二人の手を取ってできるだけ早く結婚すると誓ったのです。デ・フランさん、これが——と、シルヴィは私に一枚の紙を渡しながら続けました——わたしの手元に残ったガローの誓約書です。』

　それは実際に彼女が話してくれたとおりでした。

『こうして婚約した翌日早速、クランヴ夫人の甥御さんのアンヌマス侯爵様と姪御さんのトネ嬢が、トネ嬢はクランヴ氏方の姪、アンヌマス様は夫人方の甥ですが、このお二人だけがクランヴとビュランジュ両家のただ二人の相続人で、夫人は両家の寡婦資産を相続し、用益権者になっていらしたので、夫人に会いにおいでになったのです。夫人はヴィルブラン様にお屋敷においでくださるようお願いに行かせました。ヴィルブラン様がお着きになると早速、夫人はわたしをお呼びになり、使用人がみな引き下がると、わたしの前でこのお二人にこうお話になりました。

《やがてわたくしが身罷れば、あなた方お二人がわたくしがこの世に所有しているものの持ち主になります。わたくしは遺言状を作成しました。でも、この遺言状はあなた方を悲しませはしませんよ。いちばん厄介な事はここにいるシルヴィに関することです。わたくしは彼女に小さな宝石をあげます。お二人がその宝石を要求なさらないように、このことを告げることができてほっとしました。そこで、彼女と奪い合いにならないように、わたくしはお二人の前でその宝石を彼女に手渡したいのです。》夫人は本当にその宝石を持って来させました。《シルヴィ、お取りなさい。——とおっしゃって、夫人はわたしにそれをくださいました——一部はわたくしの思い出として取っておいてちょうだいね。そして残りは、不如意の時や結婚式の時に、よかったらお売りなさい。これはそなたにあげるのです。これはそなたのものなのですよ。》わたしは涙を流しながらそれを受け取りました。

　クランヴ夫人はそれから姪御さんの方に向き、こう言われたのです。《お嬢さん、この小さな宝石類は貴女にとってはまったくとるに足らないものです。ここに大きなのがあります。これを貴女に差し上げます。貴女は何も必要がありませんから、これは私の形見として取っておいてくださいね。で、貴方には――と夫人はアンヌマス侯爵様に向かって続けました――何もかもあげてしまって、貴方のことを忘れたていたら、不平を言うのは当然ですわね。貴方には家具付きのこの屋敷と、食器類、馬、要するにここにあるものすべてを残しておきますからね。この屋敷から何ひとつ掠め取られないようにするのが貴方の役目です。でも、わたくしの衣装箪笥、下着類と被り物はみな除いておきますね。それにシルヴィがずっと使って来た家具もシルヴィにあげることにします。お二人にお願いだけど、彼女と取り合いをしないで増やしてあげてくださいね。遺言状にはこういう風に決められてあります。お二人に前もってお知らせできて、本当にほっとしました。わたくしが身罷ったら、シルヴィにはほかに幾らかの現金とわずかな終身年金を遺しておきますが、わたくしの贈物を彼女と決して取り合いをしないでくださいね。貴方がたお二人にくれぐれもお願いしておきます。この子はお二人が目をかけてやるだけの値打ちがあります。この子をよろしく頼みますよ。お二人ともこの子の面倒をみて、できるだけ力になってやるとわたくしに約束してくださいな。わたくしがこんなお願いをしなければいけないわけは言わないでおきます。》

お二人はクランヴ夫人の希望通り約束してくださいましたし、クランヴ夫人への思い出のために約束を守ってくれました。お二人には本当に満足することばかりです。

夫人はそれからお二人に、自分はあらゆることを良心的に処理してきましたので、自分が身罷ったあとに現金は残らないか、わずかしかないはずです。けれども、夫に先立たれ、また兄たちを亡くしてからというもの、クランヴ家とビュランジュ家の負債を完全に返済しましたから、借金は一文もありません、とおっしゃいました。夫人はお二人にガローは、面倒を厭わず苦労を重ねて債権者全員に支払いができるように少なからず貢献してくれた、非常に忠実で非常に献身的な若者だと推奨なさいました。そのあとでわたしに引き下がるように合図なさり、かなり長い時間お二人とヴィルブラン様だけになりました。きっとわたしのことをお話になったに違いありません。と言いますのも、クランヴ夫人のお部屋から出ていらした時には、お二人ともわたしを大層やさしく抱き締めてくださり、いかにもわたしの素性を教えられたと思わせるような態度で、わたしに友情を約束してくれたからでございます。

このお二人は現在結婚していらっしゃいます。一年ほど前のことでした。それに、こういう高貴な方々は世間でたいそう重きをなしておられますから、あなたがご存じないはずはありませんわね。お二人もこのお話の証人として挙げておきます。お二人ともたいへんにお元気で信頼できる方々ですわ。

アンヌマス侯爵様はお若くて、クランヴ夫人がお亡くなりになった場合に、ご自分の利権に目を光らせようとしても、お屋敷の召使たちを掌握することはできませんでしたし、また夫人のご存命中に家具や食器類をしまい込んでしまったら、夫人が悲しまれるので、侯爵様はヴァルランにそれらの管理を任せ、クランヴ夫人にお仕えしたように、ずっと仕事をしてもらうとヴァルランに約束なさったのです。侯爵様はそのとおりになさいましたが、ヴァルランは長くはいませんでした。無礼で粗暴なためにまたお屋敷から追い出されたのでございます。その上、侯爵様は、償いをさせると彼に誓いました。侯爵様はわたしにもお屋敷を見張ってほしいとお頼みになったのですが、わたしはそれを聞き入れることはできませんでした。四日後にクランヴ夫人が亡くなられ、わたしはとても辛くて、ほかのことは考えることもできず、とにかく親切でこんなに高貴な生まれの保護者を失って、ただ泣いてばかりいました。クランヴ夫人はわたしにモラン夫人を推薦してくださり、またモラン夫人にはわたしが結婚するまで決してわたしから離れてはいけないとお命じになったのですが、わたしはそのモラン夫人と二人だけでただもう部屋に閉じ籠っていたのでございます。

　わたしの信用がなくなってしまったことを真っ先に教えてくれたのはヴァルランでした。夫人が目を閉じられるとすぐに、彼はわたしが引き籠っていた部屋にずかずかと押し入り、新しいご主人様の命令だと称して、無礼千万にもベッドや腰掛けから金糸や銀糸の鐘形の房飾り(三八)がついている覆いをはぎ取ろうとしたのです。モラン夫人がわたしにこの行動には用心するよう促します。悲しみが、彼の無礼な振舞いと重なって、わたしにすべてを乗り切らせました。わたしは人を呼び、彼の乱暴な振舞いも恐くないほど人が集まったのを見てから、彼に近づき、力任せに平手打ちを食わせてやったのです。わたしはその足ですぐアンヌマス侯爵様に会いに行き、わたしの部屋の家具を取り払うようヴァルランにお命じになられたかどうか伺いました。侯爵様はこの男の厚かましい振舞いを幾重にもお詫びになり、この男に部屋から持ち出した物をすべて元通りにさせました。そして、数個の燭台に、蝋燭の芯切り鋏とその受け皿、水差し、蓋付きの小鉢、銀のコップと、ほかにも銀の食器類をヴァルランに届けさせてくださいました。すべてわたしの所にございます。今あなたがご覧になっている家具は、わたしがクランヴ夫人のお屋敷で使っていたものです。

　ヴァルランはそれでも修まりませんでした。彼はクランヴ夫人が亡くなる十日ほど前に多額のお金を受け取られたのを知っていたのです。アンヌマス様が身の回り品の管理を任せておられたある実務屋にヴァルランがその話をしますと、その人はそれを信じました。財産目録が作成されました。そのお金はわたしがいただいたもので、今でも持っていますが、見つかりませんでした。ガローはそのお金はどうなったのかと聞かれて、亡き奥様は何に使われたか教えてくださらなかったけれど、使ってしまわれたと答えました。ヴァルランはガローが盗んだと言い張り、その主張に基づいて、ガローは逮捕され、投獄されたのです。アンヌマス様はパリにおられませんでしたので、わたしは会いに行き、亡きクランヴ夫人があれほどアンヌマス様に推奨なさった人間に加えられた不正を説いたのでございます。クランヴ夫人が現金は使ってしまったと、ご自分でアンヌマス様におっしゃったことを思い出していただき、ヴァルランの行動の動機を説明いたしました。あの方はガローが投獄されたことにも、またご自分が出発に際して与えておいた、はっきりした言いつけを無視して実行されたことにも驚かれたのです。文書でヴァルランの主張をすべてを否定され、パリに戻ったらすぐご自分でガローに釈明すると約束してくださいました。あの方は二日後にパリに戻られましたが、この若者は牢から出ようとせず、あくまでも自分を告発した人間に対して名誉回復を要求したのです。そんなことがすぐに叶うはずはなかったのに。ガローを逮捕した邏卒たちに自分でも手を貸していたヴァルランは、酷いことに自分と同じように血も涙もないこの邏卒たちにガローを徹底的に拷問させましたので、どこか内臓が破裂していたこの不幸な若者は、体の端々から血を噴き出し、投獄されて五日目に死んでしまったのでございます。わたしは父の、亡きビュランジュ侯爵様の手紙も、わたしがガローのために作った結婚誓約書も、いまだに取り戻すめどがつきません。

以上が、ヴァルランがわたしたち、ガローとモラン夫人とわたしのせいにしている盗みでございます。これについては今はあなたのご判断にお任せ致します。宝石については、アンヌマス様は叔母様が宝石をどうなさったかよくご存じでしたので、要求なさいませんでした。けれども、お屋敷の誰もその行方を知りませんでしたから、また、クランヴ夫人が非常に美しい宝石をたくさんお持ちでいらしたのをみんなが知っていたのに、封印されていてまったく見当たらなくて驚いたので、ヴァルランは、しめたとばかりにわたしが盗んだことにしたのです。

デ・フランさん、——とシルヴィが話を続けました——わたしが自分の素行について釈明するために知っていることは、これですべてお話ししました。わたしの無実が非常にはっきりしたと思います。あなたは真実を突き止めることができます。わたしが証人として挙げた方々は信頼できますもの。あとはルヴィエールのことだけになりました。この件につきましては申し開きは致しません。わたしが悪いのです。わたしはあなたを騙そうとしました。しかし、こういう嘘のためにわたしに罪があるとしましても、あなたはわたしを非難しなければいけないのでしょうか？　いいえ、非難などとんでもありません！——と彼女が情のこもった目で私を見ながら続けたのです——わたしが敢えて過ちを犯したのもひとえにあなたへの心遣いであったことは、充分にお分かりですね！　わたしはもっと名のある血筋の出ですと申し上げても、それを証明しようとすれば、結局はあなたにお認めいただけないような騒ぎになるのですから、それよりは没落した一介の田舎貴族の娘とあなたに思われたかったのでございます。わたしは誰に対しても自己弁護は致しません。あなたがわたしの素性を知りたがった時、わたしが渋ったのを覚えておいでのはずです。わたしを引き立て、ほかの方となら誇りに思える我が身の生まれが、あなたに対しては忌まわしく、また恥ずかしく見えたのでございます。それであなたに素性を明かす勇気がありませんでした。わたしはあなたを騙そうとしました。しかしルヴィエールは、わたしがどれ位の値で娘の名前を買おうとしていたか、あなたに話したに違いありません。わたしはルヴィエールに贈物をするほかに、二度と会わないよう要求しましたし、そのためにさらにお金を払ったことでしょう。あなたはこの男をご存じですわね。ところが、わたしはこの男と交渉に入った時に、やっと会ったことがあるのを思い出したのでございます。この悪巧みはぼろを出さなかったかどうかご覧くださいまし。わたしの財産と彼の娘という肩書はどのように辻妻を合わせたらよいのでしょう？　ほんの五カ月ほど前にあなたとわたしが子供の洗礼に立ち会った時に、二人が署名した教区戸籍簿(三九)をご覧になれば、あなたはわたしの名前を見つけないでしょうか？　これだけでも、わたしには家柄だけがおぞましくて、家柄のことしか考えていなかった証にならないでしょうか？　これは詐欺を常とし、それで蓄財を謀る人間によって仕組まれた悪巧みでしょうか？　もちろん違いますわ。全体がちぐはぐで、この犯罪はたちまち見破られてしまいますから、わたしが常習犯でないことは信じていただけますね(四〇)。

　わたしの悪巧みはあの腹黒い男に見破られてしまいました。絶望ですわ。うまく行かなかったからではありません、あなたに対して誠意が欠けていたからでございます。あなたはとうとうわたしの生まれがお分かりになりました。わたしにその責任があるわけではございませんが、この生まれではあなたにふさわしくありません。もうあなたのお心を求めは致しません。誠意が欠けていたのですから、そんなことできませんもの。でもせめて人の道にもとる犯罪とわたしの罪を一緒にしないでくださいませ。そしてわたしを見直していただきたいのです。わたしがあなたに期待しているのはそれだけです。あなたご自身が悪意からではなく不運ゆえの振舞いだとお認めくださるはずでございます。

　あなたとはお別れします。極悪人がわたしの操についてあなたに吹き込もうとした誤った印象を正すことができて、とても嬉しゅうございます。そうですわ、デ・フランさん、法によって破廉恥と宣告された生まれのこの身でも、わたしは命を授けてくれた血筋の誠実さを失わなかったのですもの。わたしは誰に対してもこの身を許したことは一度もございません。あなたに対してもなかったのですから、金輪際ないと敢えて自負しています。あなたの腕の中での幸せな生活を密かに夢みていました。――と、彼女は目に涙を浮かべながら続けたのです――もうそれは諦めます。でも、あなたに差し上げていた心の中のこの席を占める方は誰もいません。修道院ならわたしの恥と涙を隠してくれるでしょうし、運命の女神の過ちさえなければ、わたしの品行の清らかさと隠れ家での貞淑さによって、わたしはあなたの妻にふさわしかったとあなたは納得してくれるでしょう。

　あと二つだけお願いしたいことがございます。わたしの指輪をあなたは美しいと思ってくださいました。どうかそれを取っておいてくださいませ。その指輪はわたしのことや、二人の仲を裂いたのはわたしの過ちでなく、ただただわたしの不運であったことを時々あなたに思い出させてくれるでしょう。もうひとつはモラン夫人のことを根に持たないでほしいということでございます。彼女は何もかもわたしに言いつけられてしただけです。善いことをするのだと思ったのです。それも、わたしがもっとあなたにふさわしい女に見えるように、わたしが命と引き替えてでも隠し通したいと思っていたことを隠そうとしただけです。彼女はいささかなりとも名誉を重んじる女性にあるまじき提案をしたことは一度もございません。無礼にも手紙でわたしにそのような提案をして来たのはルヴィエールでした。わたしはかっとなってその手紙を引き裂きましたが、幸いその紙切れが見つかりました。これでございます。――と、彼女はそれを私に手渡しながら言ったのです――あなたはこれを元通りにすることができます。モラン夫人はわたしの言いつけで返事を出しました。ですから、彼女をお疑いになっても無駄でございます。モラン夫人がずっといたお屋敷は美徳の殿堂でございます。もし彼女が本当に貞淑でなかったら、いつまでもそこに留まってはいなかったでしょう。クランヴ夫人が彼女に秘密を明かすこともなかったはずですし、若いわたしを託すこともなかったはずでございます。モラン夫人はクランヴ夫人の言いつけ通りわたしのために我が身を投げ出してくれましたし、わたしの血筋は彼女にとっては変わることなく貴いものでしたが、その血筋を敬ってくれています。これであなたにお願いすることはもう何もございません。どうかこの二つをよろしくお願い致します。わたしは喜んで俗世間を捨てるつもりです。何よりもわたしにはもうお会いくださいませんように。わたしたちはいっさいの交際を絶たなければいけません。お会いしてもわたしは当惑するばかりでございます。それに、あなたがわたしのためにお母上様から悲しい思いをさせられるようなことが、ほんのちょっとでもあってほしくはございません。お行きくださいませ、デ・フランさん。あなたに恥をかかせるこの鎖を断ち切ってください。ご自分を取り戻してくださいまし。そして修道院に籠るのをお許しくださいますように。あなたに捨てられたのではなく、わたしがお願いしたからこそあなたが去って行かれたのだ、そう自分に言い聞かせられるのがせめてもの慰めでございます。もうあなたをお引き止めは致しません。今生のお別れでございます。』

　私はたったひと言も口を挟みませんでしたが、シルヴィは長々と話をし終わると私のかたわらから立ち上がりました。私が彼女を見やりますと、その大きな目には必死に堪えようとしても堪えきれない涙が滲んでいました。彼女が自分の動揺ぶりを私に見せまいとして出て行こうとしましたので、私は引き止めました。私は元の席に無理やり座らせると、その膝元に身を投げ、握っていたその手に口づけをして、一緒に涙を流し、たったひと言も言葉を掛けることができなかったのです。彼女の別れの言葉に胸を打たれ、私は長い間じっとそのままの姿勢でいました。私たちは二人とも悲しみで胸がひどく締めつけられ、目だけが心の動きを語っていました。『仕方がありませんわ。――と、ついに彼女が言ったのです――なぜお引き止めになるのです？　なぜお帰りになりませんの？』『えっ、そんなことができるでしょうか？』と私。私はそう答えたきり、あとは口を開くことができませんでした。彼女が私を立ち上がらせます。で、私は椅子に座り直し、そのまま一時間以上も放心状態で呆然としていました。覚えているのは彼女も私と同じで冷静ではなかったということぐらいです。

　ついに私は腰を上げました。そして何も言わずに、自分の指から彼女の指輪を外し、彼女に差し出したのです。しかし彼女は受け取ろうとしません。私は暇乞いをして、別れの言葉を述べました。しかし私の目は言葉とは裏腹でした。この時の彼女はなんと美しかったことか！　何たることだ！　私の立場だったら誰でも参ってしまっただろう！　別れを告げるその目はなんと意味深長で魅力的だったことか！　私は、改めて彼女のダイヤモンドを持って来ます、別れの言葉だけでは済まされません、そう彼女に言ったのです。彼女は目で答えただけでした。そして私は、それまで以上に心を奪われて彼女の家をあとにしたわけです。

　私が母の家に帰った時は出た時よりも物思いに沈んでいました。何もかも嫌になり、我ながら自分にうんざりしていました。あれほど嫌気を起こさせたあの同じシルヴィが、私の目と心には、もはや食わせ者ではなく、自分の生まれを嘆き、品行方正で、策略を用いるほど情熱的な恋をしている、実に神々しい女性と映ったのです。恋をしている私には、シルヴィが私を騙そうとした悪巧みは、私を失うのが恐いあまりに企てたもので、私を思う情熱の現われとしか、もう見えませんでした。彼女は私をそれほど激しく感動させた、輝くばかりの美貌の持ち主にあらためて見えたのです。私は彼女に対する決意や、あれほど高飛車に言ってのけた侮蔑の言葉を何度も思い出しては、ひたすら彼女に許しを求めていました。破廉恥な行ないは死刑執行人の手に任せると彼女を脅迫したことも、私にはあまりにも酷い侮辱に思えて、自分のすべての血と引き替えても、大した償いにはならないように思えたものです。私の運命を司る星に逆らって何ができたでしょう、運命の星の影響力が私を引きずり回していたのです。

　私は運命に我が身を委ねましたが、悔いがなかったわけではありません。母に示した決意とは正反対の、新たな決意を母に隠せるだろうか？　パリに居残り、シルヴィの許に舞い戻ることを母に弁解できるだろうか？　母はシルヴィの弁解を自分と同じように認めてくれるだろうか？　次から次と何度も決意を翻したあとで近親者とうまく行くだろうか？　これでは進んで自分を意気地なしと思わせるようなものではないのか？　奇人じみたそんなことが言えたものだろうか？　こういった思いで私は恥じ入ったのですが、ぐらつきはしませんでした。

　翌日、前の二度の訪問で見せた横柄な態度はどこかに消え、私はしおらしそうに恐縮して、シルヴィを再び訪ねたのです。私は、実際、そとおりでしたよ。それに惚れた弱みから、そうに決まってるでしょう！　私はできるだけ豪華に装っていましたが、彼女はそれに気づき、そんな私に満足したように見えたのです。彼女はと見ると深い悲しみに沈んでいました。部屋の家具はほとんど取り外され、一部の家具は荷造りされていました(四一)。彼女は、何をしにいらしたのです、と私に聞いたのです。私は、あなたに魅了された虜を連れ戻しました、私はあなただけのために生まれて来たのです、不愉快な思いをさせてしまい絶望しています、そう答えました。

　私は彼女が散々ごねるだろうと思っていたのに、勿体ぶらずに好意を示してくれました。すべてを水に流すと約束してくれたのです。『でも、――と彼女が続けました――ただの好意から仲直りするのだと思わないでくださいね。もっと強い動機がわたしを駆り立てるのです。それはあなたへの思いですし、どうしようもない恋心ですわ。あなたはわたしのためにお母上のお怒りを蔑ろにしておいでです。ご親類を憤慨させようが、恨みを買おうが、またそのためにどういうことが起きようが蔑ろにしておいでですね。ヴァルランの警告状がわたしにすぐさま何もかもはっきり予想させてくれました。あなたは何もかも無視していらっしゃいます。わたしのほうもあの警告状の不安などあなたのためなら何とも思いませんわ。修道院に籠ると決めた決意をあなたのために捨てます。あなたがおっしゃった酷い言葉などもう思い出したくもありませんわ、あなたがお忘れになりたいことですもの。』この点について私たちは、自分はあなたのために生まれて来たのだとお互いに相手を納得させようと、言葉を尽くして話しました。私は部屋の家具をもとに戻させました。そして私は、二人でする抗議のことをずっと気にしながら、彼女と一緒に昼食をとったわけです。

『しかし結局のところ、——と、私が彼女に言ったのです——あなたも私も相変わらずヴァルランに侮辱されるのでしょうか？』『わたしは彼を知っています。——と彼女——彼は手をつけたことはやり続けます。飽きもせず警告状を次から次と出す悪党ですわ。彼は怒りに取り憑かれていて、この怒りは収まることはありません。それどころか、あなたがわたしに会い続けていると知ったら、ますますひどくなるはずです。』『しかし、この男を黙らせる方法はないのですか？』と私が聞いたのです。『わたしには分かりませんわ。——と彼女が言います——今朝、ヴィルブラン騎士分団長様の所に伺い、何もかもいっさいお知らせして、この碌でなしを懲らしめてくださるようにお願いしました。あの方はわたしにずっと好意的でしたし、ヴァルランに対してもずっとご威光をお持ちでしたから、あの方がパリにおいでなら、ヴァルランもわたしを侮辱するかどうかよくよく考えてみるはずですわ。でも、あの方はほんの一週間ほど前にピレネー地方のバルボッタンの湯治場[四二]に出かけられ、夏も終わりにならなければお帰りにならないそうですの。わたし、アンヌマスご夫妻に愚痴をこぼそうかと考えましたが、すべきではないと思い直しました。なぜなら、このならず者はご夫妻に後脚で砂を掛けて出て行ったばかりでなく、わたしはヴァルランを恨むあまりに何か口を滑らし、クランヴ夫人に禁じられましたのに、したくもない説明をあとからする羽目になるかも知れなかったからです。もしこれが、——と彼女が続けました——教養のある紳士でしたら、ヴァルランに会ってくださるようあなたにお願いしますわ。きっと彼は兜を脱ぐでしょう。ですが、あなたがわたしのために何かしてくださるおつもりなら、お約束しますわ、残っているあなたのお疑いを今日にもヴァルラン本人に晴らしてもらいます。』『もうそんなものは全然ありませんよ』と私は答えました。『どうでもいいですわ。——と彼女が言います——わたしが彼に話せばいいことですもの。よろしかったら、これから彼が何と答えるかお聞きくださいませ、お願いしますわ。』『どうするつもりです？』と私が聞いたわけです。『ヴァルランを迎えにやりさえすればいいのです。——と彼女が言いました——あなたは彼の話を本人からお聞きになれますわ。』『あなたに一杯食わせたあとですから、彼は来ないでしょうね』と私が言ったのです。『彼のことを知らなかったら、わたしもあなたと同じようにそう心配しますわ。——と彼女が言います——でも、わたしは、彼が才気も判断力もない、ただの間抜けで乱暴者であることも、心には美徳のかけらもなく恥知らずなことも知っていますから、わたしからたいへんに感謝されると思って、やって来ます、わたし自信がありますのよ。』私は彼女の好きにさせました。そこで彼女はこういう短い手紙を書いたのです。

手紙

お話したいことがございます。すぐに拙宅までお越しください。

わたしひとりでお待ちしています。使いの者について来てください。

シルヴィは従僕に、自分はひとりでいると伝えるように言い含めて、この手紙を持たせてやりました。『この男をどうするつもりですか?』と私が尋ねました。『ヴァルランに説明させたいのです。――と彼女が言います――彼をこのような行動に駆り立てたのは何なのか、デ・フラン夫人とあなたに警告状を出した理由は何か、なぜわたしにひどい中傷をしたのか、手紙に書いてあったことはどこから知ったのか、説明させたいのです。つまり、彼の行動の動機は何なのか、目的は何なのか、彼が期待しているのは何なのか、わたしはそれが知りたいのです。どうかあの男の言い訳を聞いてくださいまし。ここだと思った時にお姿を見せてくださいね。でも焦らないでください。慎重になさってくださいね。』

私たちはヴァルランを待ちながらこういう話をしていたわけです。しかし、おふた方、――と、デ・フランが自分から話を中断して、邸の主人と奥方に声を掛けたのである――お聞きになっていて喉が渇きませんか、私には分かりませんが、私のほうは、ずいぶんしゃべったので喉が渇きました。こんなに長い物語を一気にお話しするには、もっと小説の主人公に成り切らなければいけません。ひと休みしましょう。(四三)」

それぞれが彼の言う通りだと認めたのである。軽い食事になったが、食事の間に一同は聞いたばかりの物語を話題にした。そして全員が、もしシルヴィが自己弁護のために述べたことがすべて本当なら、彼女はまったく無実であり、裏にはよこしまな振舞いも悪意もない、と言うモンジェイ夫人に賛成したのである。「実際すべて本当でした。――とデ・フランが答えた――私はシルヴィと結婚しておよそ二カ月後に、彼女がガローのために作成した結婚誓約書と、彼女の父親のビュランジュ侯爵殿がクランヴ夫人に宛てて書いた手紙を回収しました。私にその手段を提供してくれたのはヴィルブラン騎士分団長殿でした。この方が、ご自身は知らされていなかったので、私がシルヴィに関心を持っているとも知らずに、私が先ほど皆さんにお話ししたシルヴィの身の上話を、私もいた席ですっかり母に話してくれたのです。」「そういうことなら、――とデュピュイが口を挟んだ――かわいそうにシルヴィはひどい扱いを受けた愛人たちのいつも犠牲になったわけですね。彼女はたいへんに慎み深くまた非常に貞淑なのに、いつも謂れもなく疑いを掛けられたり、本当はまったく潔白なのに、外見的には過ちを犯したことにされたりして、とうとう亡くなってしまったのです。またれに見るほどの貞淑な女性であった哀れなモラン夫人は、シルヴィとの恩愛の絆と彼女への愛情に一生を捧げたのです。」「みんなで時間をかけて考えることにしましょうよ。――とロンデ夫人が割って入った――今のところは、デ・フランさんがお話ができるなら、物語をおしまいまで聞かせてほしいわ、お願いします。皆さん賛成なさると思いますのよ。」

「私は、ヴァルランが上がって来る物音を聞くと、すぐに隠れました。――とデ・フランが話を続けます――『お嬢さん、どんな風の吹き回しなんでさぁ？――と入りしなにヴァルランが言ったのです――さっきあんたの手紙を受け取りやした。あっしはなんかのお役に立てる果報者ってわけですかい？　こんな機会はあっしのすべての血と、この世であっしのいちばん大切なものを全部投げ出しても、ものにしてみせまさぁ。』『お座りください、そうしたら話しますから』とシルヴィが言います。ヴァルランはちょっと渋りました。しかし結局、彼女はヴァルランを座らせ、それから従僕を引き取らせました。『あなたに会えて手放しで喜んでいます。――と彼女がヴァルランに言ったのです――重要なことでやむをえずお知らせしたのだと思ってくださって結構です。』『そりゃ分かってまさぁ、お嬢さん。――と彼の答え――あっしがここにいるのはあんたにその必要があればこそで、さもなきゃ嫌がられることぐれえはね。』『いるのはわたしたちだけです。――と、彼女は話を遮って言いました――あなたの前にむやみに姿を見せると危ないのは忘れもしませんが、ここであなたが無礼を働くのではという心配はしていません。』『とんでもないこってす、お嬢さん。――とヴァルラン――何も心配はありゃしません。最初の無作法でひでえ目に遭ったんで、二度目はまっぴらでさぁ。』

『もしも――とシルヴィが言います――あなたが今までに犯した過ちを何もかも恥じて、同じ過ちを犯さなかったということでしたら、わたしはもうあなたに苦情は言いません。しかしともかく過ぎたことですから、水に流すことにしますわ。あなたが自分の過ちがもとで辞めたアンヌマスご夫妻の所に戻れるように、わたしの影響力で働きかけることさえ承諾します。わたしは無駄働きはしないことも、うまく行くことも保証します。そのためにあなたにひとつだけしてほしいことがあります。してもらえますか？』『いいですとも、お嬢さん。――と彼が言います――その頼みがあっしの一存でできることなら、断るわけありゃしませんよ。』『あなたにとっては何も辛いことではありません。――と彼女が切り返します――しかし、してもらえるという保証が欲しいのです。』ヴァルランはぞっとするような誓いを立てて実行すると彼女に保証しました。『それではあなたを信じることにします。――と彼女――わたしの頼みというのは、嘘いつわりなく本当のことを言ってもらうことです。こういう頼みだと思っていましたか？』彼は狼狽しているようでした。『たった今わたしに誓った誠意はどこにいったのですか？』とすかさず彼女が問い詰めます。『えぇ、思っていましたとも。――とヴァルラン――こんなことじゃねぇかと思ってたんでさぁ。どうやらデ・フランの奥様と息子さんのこってすね。』『そのとおりです。――と彼女が言います――なぜわたしのことを盗人とか、ガローに誑し込まれた娘だとか吹聴するのか、おっしゃい。あなたは知らないのですから、わたしの生まれについて言っていることは許します。けれど、あなたのような輩の中でいちばんまともな人間でも、わたしと同じ身分の最低な人間の召使になれたら光栄だと心得ておきなさい。きちんと正直に答えなさい。自分にとっては正念場だと覚悟しなさい。このわたしに謝罪しなさい。そして、わたしにほかの人の力を借りてあなたに謝罪させるようなことをさせないことです。あなたのような身分の人間がわたしに楯突けるわけがありません。このことを肝に銘じておきなさい。そして誠意を込めてきちんと謝りなさい。』

ひどく高飛車な態度にヴァルランは打ちのめされました。彼は言い逃れをし、大仰な説明をしようとしたのです。『私が知りたいのはそういうことではありません。――と彼女が言います――まともに答えなさい。わたしが放蕩をし、盗みを働いたと言っていますが、あなたはどんな証拠があるのです?』『あっしはひとつの疑惑として世間の噂通り言ったまでのこってす』と彼は答えました。『その噂の出所はあなたですね。――と彼女が言います――そのためにあなたはヴィルブラン様の前でクランヴ夫人とわたしからお咎めを受けたのに、なぜまたぶり返すのです? なぜ噂を流していたのですか?』『あぁ、お嬢さん、横恋慕すりゃ何でもするんじゃありやせんか? あっしの気持ちがどんなものかよぉくご存じのはず。それで、あっしよりもガローのほうが受けがいいのを見て堪らなかったんでさぁ。』『彼はあなたのような人から見ればずっと紳士でした。――と彼女がやり返します――しかし、そんなことをして何を望んでいたのですか? 彼は独り身であなたは結婚していたのですよ。彼がわたしに求婚してもわたしを侮辱することにはなりませんが、あなたは違います。』『そりゃそのとおりでさぁ、お嬢さん。――とヴァルランが言ったのです――しかしあんたをそう見えるとおりに見ていただけで、あんまり侮辱するとは思ってなかったんですがねぇ。』『分かりました。――と彼女が答えました――つまりあなたは、もっぱら自分の獣性に振り回されていたわけです。でも、噂を知らずにわたしに言い寄っているとあなたが思っている人に、なぜ今になって同じことをおこがましくも知らせたりするのですか? わたしを喜ばせるためですか? あなたの狙いは何なのです?』『あっ、お嬢さん。――ヴァルランはシルヴィの足元に身を投げ出して答えたのです――あんたは自分のことが分かっちゃいねえんだ。一旦あんたに惚れ込んだが最後で、恋心がいつか消えると思っているんですかい? あっしはあんたにはずっと同じ気持ちでさぁ。変わったことがあるとすりゃ、今あんたの貞淑さが分かり、尊敬する気になったことぐらいのもんです。デ・フランさんにはあんたに嫌気を起こさせようと、あっしは手紙を出しやした。お袋様には、あの方が自分からあんたと別れないなら、別れさせてもらうために手紙を出しやした。あんたがほかの男の腕に抱かれるのを見ている気にゃなれませんからねぇー。激しい恋心があっしの分別を追い出しちまったんでさぁ。あの方があっしに乗せられればえらく気が重くなるのはよく承知してますんで。だがね、あんたがあの方に捨てられ、何やかや仲違いの騒ぎのあとでなら、この間死んだあっしの女房の後釜に収まるのを断わらねえんじゃねえか、そう期待しているんですがね。』

『それではその結果、わたしがその面当てにあなたの腕の中に飛び込むと期待したのですね？――とシルヴィが聞き返しました――それに、わたしはほかの人に軽蔑されても、ともかくあなたには気に入ってもらえるわけですか？　いかにもあなたのような卑怯者にお似合いの考えですね。とんでもないわ。今度こそは目を覚ましなさい。たった一か月前には元気だった奥さんが亡くなったことについて、わたしは詳しく立ち入る気はありません。わたしが睨んでいるように、もしそれがあなたの仕業でしたら、あなたは無用な罪を犯したことになります。わたしの血筋とあなたの血筋とでは雲泥の差があって混じることは決してありえません。ともかくこれがあなたの警告状の動機で、それが分かってとてもうれしく思います。しかし、モラン夫人とわたしがデ・フラン氏とその家族のことや、あなたが手紙に書いたことはすべて知っているなどと、あなたはどうして分かったのですか？』『ありそうなことだと思われたもんで、そう書いたんでさぁ』とヴァルランが答えます。『そういうことについては、あなたはよそ様の確かな事実に滑稽な推測を加え、そのあとでそれを真実だと思い込むという本物の才能を持っているのは知っています。』

『それで、ルヴィエールの居場所はどうして分かったのですか？』と彼女が追い打ちをかけました。『お嬢さん、それについては答えるのは勘弁してくださいよ。』『だめです。――と彼女が言ったのです――どうしても知りたいのです。』『それじゃ、言わなくっちゃなりませんね。――と彼が答えました――しかしますますあんたの憎しみを買うことになるんですがねぇー。』『その反対です。――と彼女が言います――あなたが率直になればなるほど、わたしは寛大になります。さぁ、話しなさい。』『何を話しやしょうかねぇ？――と彼――女房が死んで、あんたにその後釜に来てもらえることになったんで、あっしはあんたを探して、この住まいを突き止めたというわけ。そしたらこの近くの居酒屋で、ある若い貴族があんたの所に足繁く通っているって教えられたんでさぁ。ある晩のこと、その貴族のあとをつけんですがね、それがデ・フラン氏だと分かった時にはがっくりでさぁ。あっしは二人を仲違いさせ、なんとしてもあんたを物にする手はねぇか、さんざん頭を絞りやした。そんなことを考えているてぇと、ルヴィエールにポン＝ルージュ橋で会ったんでさぁ(四四)。奴さんはチュイルリー公園に行くところでした。あっしらはたちまち昔の付き合いに戻ったってわけです。あっしは奴さんが何を為出かすか分かんねえ男で、大罪すら屁とも思わねえ男なのを知っていましてね。奴さんが手練手管を用いようが、狼藉を働こうが、あっしは一肌脱いでもらうために、奴さんを打ち明け相手にするつもりでいたんでさ。ところが、チュイルリー公園に入ると、奴さんが、ある人と会う約束があるんだが、その人はあっしを知っていて顔を見られちゃまずい、だからあっしの話を一緒にゆっくり聞いている暇はねぇときたもんだ。あっしが遠ざかると、その人が到着したんですがね、それがモラン夫人だと分かったわけでさ。あっしは彼女に見られないように隠れやした。そしてあっしはルヴィエールにもう一度会って、こんなとんでもねえ時刻に人目を憚って二人で何を相談してるのか探り出してやるつもりで、二人の話が、かなり長かったんですがね、終わるのを待ちやした。(四五)

あっしはこの男の弱みにつけ込んで、めしを食いに連れて行き、ことの次第を知ったというわけです。おかげでこっちの望み通り何でもできたって寸法でさぁ。それであんたが早々と話をまとめないように、あんたや、ガローさん、それにモラン夫人のことを口から出任せにしゃべって、あんたに最後の愛の証を要求しろとルヴィエールを口説き落したってわけでさぁ。あんたはすごく身持ちが堅く慎み深いんで、操を汚すようなことをあいつに許すわけがないのはこっちは百も承知。奴さんがうまく行くはずがないのはすっかりお見通しでしたがね。それも手紙と計画をまとめる時間を稼ぐために、あんたの仲直りを先送りさせたかっただけです。奴さんにあっしらの居場所をあんたに教えさせたのはこういう目論みだったわけでさぁ。あんたに奴さんの手紙を届けたのはこのあっしです。そして奴さんには要求を取り下げないと誓わせたんでさ。

それからあっしはデ・フラン夫人と息子さんに手紙を書きやした。あっしはね、あの方があんたに会うことは決してねぇだろう、あっしの手紙があんたのとこまで行くこともあるまい、せいぜいあの方はモラン夫人やルヴィエールに恨みをぶつけるのが関の山、あっしの目論み通りになりゃ、ルヴィエールなんざ犠牲にしても構うもんか、まあ、そんな心づもりでいたんでさ。お嬢さん、これが真相なんでさぁ。これがあんたにずっと惚れ込んで来たばっかりに、あっしが犯した罪のすべてでさぁ。(四六)あんたの目には怒りが見えるんで、あっしの愛は永遠だなんぞと誓えやしません。だがね、あっしの前では良家の出だという格好をしているあんたが、なんでまたルヴィエールなんぞの名を借りたがるのか、なんで奴さんの娘になるのがあんたには名誉になるのか、そいつを聞いてもいいもんなら、聞いてみてえもんですがねぇ……。奴さんが田舎貴族に生まれたってのは本当ですよ。だがね、奴さんの所業ときたら貴族生まれとは思えねぇよ。』『わたしは答えるとは約束していません。――とシルヴィが答えたのです――それはあなたにとっては謎ですが、わたしはこれ以上話す気はありません。しかし、わたしの評判を落とし、モラン夫人とルヴィエールを犠牲にするつもりだったと白状しておきながら、わたしが彼のためにあなたを犠牲にする気になると心配はしないのですか？　ルヴィエールの方が意趣返しのために、結局はわたしに代わってあなたの無礼と侮辱の仕返しをするとか、そういう心配はしないのですか？　もしも彼がその気になったら、あなたが首尾よく切り抜けられるとは思いません。少なくともあなたが前よりも勇敢だとは思えませんわね。それに、あなたが卑怯なやり方でやっと意趣晴らしをしたガローよりは彼の方がずっと勇敢です。

いえいえ、何も心配しなくていいのです。わたしはすべて水に流す、それにあなたに力添えをするとさえ約束しました。どちらも実行します。しかし分別をわきまえ、わたしのことはひたすら主家を敬うつもりで話すように肝に銘じておきなさい。そしてこのことではクランヴ夫人とヴィルブラン騎士分団長様に言われたことを忘れてはなりません。もしヴィルブラン様がパリにおいでなら、わたしはあなたにあの警告状の償いをしてもらいました。嘘ではありませんよ。そしてわたしのことにも、デ・フランさんのことにもこれ以上、お節介はしないことです。立派なご家庭に波風を立たせるような警告状を出すのは、いかにもあなたのような碌でなしのしそうなことですね！――と彼女が続けたのです――どのような権限で、わたしを誘拐で訴えよとか、あなたを侮辱したことも面識もない人を監獄に放り込めなどと、知られていないのを良いことに、出すぎた忠告をするようになったのですか？　わたしがデ・フランさんにあなたが何者かお話したら、おそらく今ごろあなたは棒で打たれて死んでいるはずです。あの方に恨みをご存分に晴らしていただきさえすればいいのですからね。用心なさい。繰り返して言っておきます。あなたの馬鹿げた振舞いは遅かれ早かれあなたに災いをもたらします。約束しましたので、あなたを許します。けれど、わたしは自分の敵としては世間にあなたしか知りませんから、デ・フランさんにしろわたしにしろ降りかかる災難はすべてあなたのせいにします、このことを忘れないでください。行きなさい。――と彼女が立ち上がりながら言いました――わたしの忠告を忘れてはなりません。しかし、わたしの心もあなたの心も安らかになるように、できることならわたしのことは忘れなさい。この家に二度と足を踏み入れてはなりません。あなたのような大それた極悪人がこれ以上ここにいるのを許しておくと、わたしの部屋が穢れます。アンヌマス御夫妻のご返事はあなたに伝わるように計らいます。明日、御夫妻の所にお食事に伺うつもりです。』この言葉を言い終わると、彼女は無造作にヴァルランを追い出しました。

私は隠れていた所から出ました。『それで、どう思います？』とシルヴィが私に言いました。『そうですね、あれこそ恐ろしい男です、手がつけられない極悪人ですよ。――と私は答えました――私がこれほどの悪人にあなたの仕返しをする方法を思いつかなかったなら、あなたの目の前であろうと償いをさせずにはおかなかったでしょうね。あの男に引けを取らないもうひとりの悪党を使うのです。つまりルヴィエールのことです。この二人はまとめて面倒をみてやらなければね。これ式のことは私には朝飯前です。後日と言わずに、明日にも早速必ずやり遂げてみせますよ。自信があるんです。』『あなたがあんなに静かに聞いていらしたことも、もう驚きませんわ。――と彼女が答えました――あなたのお考えに大賛成です。――と彼女がつけ加えます――それにご覧のとおり、わたしも彼を脅かしておきました。二人のうちどちらかがわたしたちの仕返しをしてくれるのは確かですわ。でも、あなたとわたしが巻き添えにされずに首尾よく行くとは思えませんの。あの二人は引き離されると、自分たちの喧嘩の原因をしゃべりますわ。わたしたちはそれに巻き込まれてしまいます。それに、お分かりのように、そうなりますとわたしはあまり好意的に扱われないでしょうから、そんな騒ぎはご免ですわ。パリ中でものすごい噂になり、デ・フラン夫人のお耳にまで届くはずです。世間の人はこういう恋愛沙汰を非難するでしょう。そして、外見からしてすでに厄介なのに、話すたびにさらに尾鰭をつけて、あなたとわたしの名誉を台無しにする事件に仕立て上げるはずですわ。わたしを信じてください。――と彼女が続けました――あの二人のことは二人の運命に任せましょう。あの人たちの運命がわたしたちの仇を打ってくれますわ。』『あなたのおっしゃることは実にもっともです。しかし、あなたを巻き込まないようにことを運びますよ』と私は彼女に言ったわけです。

そのあとで、私は彼女を悪し様に母に言ったことを正直に白状しました。そして、私がパリに引き止められる理由を母に見透かされていないとしても、私は母にパリを去ると約束したので、ひどく困っていると正直に打ち明けたのです。『なぜなら、――と私は言い足しました――あのような騒ぎのあとで、私は言い訳になんと言ったらいいのでしょう？　私たちが秘かに会って逢瀬を重ねていると、母は騙されやすい人間ではありませんから私を尾行させ、私がすることはすっかり母に明らかになるでしょう。もし母が私に騙されていると気づいたら、私に対して極端な行動に走るのが心配なのです。それ以上に心配なのは、あなたがその犠牲になることです。なぜなら、母がずっと私に示してくれた好意を当てにするからには、母を騙すのは良くないと思うからです。経験からしても、生まれつき気性の穏やかな人は、ひとたび堪忍袋の緒が切れると、何もかも恨みに思い、まったく容赦しません。これこそ母の性格です。私はあなたのことをひどく憤慨した口ぶりで母に話しましたので、母は私がもうあなたのことは考えていないと思い込みました。――と私が続けたのです――もしも母が私の気持ちを覚り、私が長い間あなたと示し合わせて騙していたと分かったら、母は何と言うでしょう？』『これこそヴァルランのせいですわ。――と彼女がさめざめと涙を流して遮ったのです――もう駄目ですわね。永久にお別れしなければいけませんわ。わたしたちがあくまでも一緒になろうとすると、わたしたちにのしかかる災難がもう何もかも目に見えますもの。』

『私があなたに求めているのは、泣き言でもそんな忠告でもありません。――と私がやり返したのです――私があなたと別れようとしても、私の心は言うことを聞きませんよ。二人がずっとこのままでいても、恐れているような厄介な結果にならない方法を探すために、そう言ったまでのことです。』『それに避けられない結果もですね。――と彼女が私を遮って、つけ足しました――でも、おっしゃって、――と彼女が続けます――離れていても耐えられるほど自分は強いとお感じになっていらっしゃいますの？』『おやおや、――と私が応じます――何てことを言い出すんです！』『わたしにはそうするしか決心のしようがありませんもの。――と彼女――その期間は長くても短くても、お好きなようにご自由になさって。でもそうお決めにならなければいけませんわ。』『私を追い払うのですか？』と私が言ったのです。『そうですわ、追い払うのですわ。――と彼女――あなたを失うのが恐いばかりに、わたしがどれほどあなたを愛していればいけないのですから、こんな荒療治に訴えなければいけないのですから、わたしがどれほどあなたを愛しているか分かってくださいね。あなたはお母様とのお約束を粗末にはできませんわ。たやすいことだという素振りでお約束に従わなければいけませんし、わたしへの愛着をすっかり断ち切ったように見えなければいけませんが、そうなさればお母様のあらぬお疑いを取り除くことになりますわ。あなたはあとをつけられなくなりますし、行動を監視されなくなるでしょう。あなたには折りに触れてたくさんの口実が与えられ、早くお帰りになれるはずですわ。わたしたちを脅かしている今にも嵐になりそうなこの雲は、別れている間に消えてしまうでしょう。手紙がわたしたちの仲を取り持ってくれます。わたし、あなたもわたしも別れたあとの不測の事態を少しも心配しなくていいと思っているわけではありませんの。あなたが戻ってきてくだされば、あなたの変わらぬ愛の証しになります。あのようなことが起きても縁が切れませんでしたので、あなたがほかの女性のためにわたしをいつかお捨てになるなんて、わたし想像できませんもの。わたしのほうですが、今では自分でもぞっとするあの悪巧みは、ただただあなたのためにしてしまったことですが、わたしがいつまでも心変わりしないとあなたに証明しているように見えますの。ひと言で言えば、わたしたちはお互いに心を信じ合うことができると思いますわ。少なくともあなたの側にもわたしの側にも心変わりがあるとはまったく思えません。決心なさってください、いとしいかた。――と、彼女は私の手を握り締めて続けました――真っ先に自分に打ち勝ちましょう。これが他のすべてに勝つ方法ですわ。』その日は私たちは何も決めませんでした。そういう方針は私には辛すぎて急には決めかねたのです。私たちは翌日また会う時間を決めただけでした。そして私は上辺はかなり落ち着いていましたが、実は心を無惨に引き裂かれて、母のところに帰ったわけです。

　道々、私はシルヴィから提案された方針をとくと考え、この計画は正しくまた必要であると判断しました。私は母と一緒に夕食をとりました。『それで、母上、――と私が母に言ったのです――デ・フランの叔父上たちにはわざわざ会ってくださったのですか？　私が間もなく出発するのは、あの方々に仕えるためでしょうか、それとももっぱら私の一身上のためでしょうか？』『あの人たちを説得するのにずいぶん苦労しましたよ。――と母が答えました――あなたが次々とくるくる変わるものですから、あの人たちは、あなたが迷いから完全に立ち直り、今度こそは真面目に行動してくれると私が信じているのは、非常識だと思っています。でもともかく私が保証人になりました。あなたは四日後にローマに帰られるレス枢機卿様とご一緒に出発するのです(四七)。あちらでは物入りで、人前に出る立場になるわけですから、上品で豪華な支度を整えなければいけません。その支度は叔父様と私がします。あなたがあの国を観るのは良いことですし、あの国が紳士の好奇心をかき立てるのももっともです。一年か二年であなたがもっと成長したら、あなたの将来のためにお相手を見つけてくれるでしょう。しかし目下のところ叔父様がたは、あなたに何ひとつ任せる気はありませんよ。あなたの軽はずみな失敗やのぼせぶりを心配しているのです。ですから費用はあなたの自前になります。自分のものをもっと大事になさい。それに、あなたが利息をつけて返してもらえるようになれば、たちまち取り戻せますからね。』これが母から聞いたことですが、私は少しも驚きませんでした。それどころか、私は聞いてほっとしたような様子をしたものです。『それで、あのシルヴィさんのことは、ひと言も聞かせてくれないのですね。――と母が私に言いました――二人ともどうなっているの？』『ご想像にお任せします。——私はまったく関心がないという態度で母に言いました——あの警告状が来てからは会ってもいません。パリに彼女しかいなかったら、何もかもひっくり返ってしまえばいいのです。』『よかったわね。——と母——その気持ちを持ち続けなさい。そうすれば安らぎも、名誉も、財産も見つかりますよ。』

　それでも私は、翌日シルヴィの所に行き、ルヴィエールを呼びにやる決意をしていました。私はそのどちらも実行しませんでした。目を覚ましたとたんに、馬を売ってくれたケルヴィルが私の部屋に入って来て、内密の話でちょっと時間を割いてくれと私に頼んだのです。私は従僕を下がらせ、何事です、と彼に尋ねました。『あなたにはざっくばらんに話します。——と彼が言います——あなたには光栄にもずっと前に知遇を得たわけではありませんが、私はパリには知辺がまったくありません。あなたを相談相手に選び、援助を仰ぎに参上したわけです。』そう言うと彼は胸のうちを打ち明けてくれました。そして私は彼の役に立つのはルヴィエールをおいてほかにいないと分かったわけです。ケルヴィルはある男の仕業で、二日後に行なわれることになっていた結婚式を、二週間も延期せざるをえなくなっていたのです。私はケルヴィルが宿にしている旅籠屋に一緒に行き、そこでルーアン高等法院の大立者のひとりである彼の父君にお会いしました。

　私はルヴィエールを探しに行きました。彼は同じ所に泊まっていましたが、大金は使えないので、そこでは食事をしていなかったのです。ルヴィエールは私を見るとすぐに激しく非難しはじめました。それで、もし私が彼の言うことに腹を立てたら、私たちはどっちが口が悪いか分かったことでしょうよ。私は彼が怒りをすっかりぶちまけるまで放っておき、そのあとで自分こそ問題のデ・フラン氏その人だと言ってやりました。私はヴァルランが何をしたか、彼がルヴィエールのことを何と言ったか、言葉巧みに毒を込めて聞かせてやったのです。(四八) そして、私が本当のことしか言っていないことを示すために、ヴァルランが母に書いて寄越した警告状の中のルヴィエールに関する箇所を見せてやりました。私はその手紙をわざわざ持って来たのです。幸いにも彼はこの男の筆跡を知っていて、そうと分かるとびっくり仰天です。それから彼は私に詫びを入れ、こう言いました。『お近付きになる栄に浴さないもんでな、あんたを騙してやろうと気楽に引き受けてしもうたのよ。何もかも不如意でそうするしかなかったんじゃ。ルイ金貨を百枚つかまされてとうとうその気になってしもうてな。』

　彼が長々と述べた言い訳はシルヴィとモラン夫人の弁護になっていて、ヴァルランの腹黒さを余すところなく私に知らせてくれました。ヴァルランは、何もかも私のせいなのだから、私を殺してしまえと彼を説得しようとさえしたのです。彼はヴァルランに対して凄まじいばかりに怒りを爆発させ、私に恐ろしいことを言います。私は火を消す振りをして、油を注いでやりましたよ。ルヴィエールは誰よりも見事にそれに引っかかりました。そして彼が私の思う壷にはまったのが分かり、彼が鬱憤を晴らしに行こうと杖と剣を手に取ろうとした時、私は彼を居酒屋に連れ込み、ヴァルランの一件について彼をなだめますと、彼はもうその話はしませんでした。しかし黙り込んだその様子から、彼がヴァルランをこの世から消す決意を固めたことが分かったのです。

私は彼が落ち着いて来たのを見て、もし私の友人のために一肌脱いでくれる気があるなら、ヴァルランにしてやられたものを幾らか埋め合せるぐらいの、かなりの贈物を約束すると彼に言ったのです。彼はすぐにそれはどんなことかと聞き返しました。私はケルヴィルが置かれている難しい立場を名前を変えて話しました。ルヴィエールはすぐには首を縦には振りませんでしたが、しばらくして突然こう私に言ったのです。『そいつは解決したようなもんさ。今から明日の正午までにわしが窮地から救い出してみせる、そうその人に断言してくれてもかまわんね。その人はわしを当てにしていればいいのさ。そして結婚したいとずっと言っていることじゃよ。その人は結婚したい時にしかできないのは請け合いじゃでな。』ル・マンのこの男は実行力があるので、私はこの男が首尾よくやってくれると信じて疑いませんでした。そこで、私は彼が手を貸す問題の人はケルヴィルだと教えたわけです。彼はそれをひどく喜んで、『あれはざっくばらんな、気っ風のいい男でな、たんと詰まった財布を持っておって、飲みっぷりがええからのう』とのたまいましたよ。私はこの男の友人になるために必要な資格に感心しましたが、そんなことはおくびにも出しません。

その紳士が父親と一緒に恋人に会いに出かけていたので、私たちは彼を待たなければいけませんでした。私は、ルヴィエールに関しては上出来だったし、シルヴィは話に出てこなかったので、彼女の所に行く気はありませんでした。ルヴィエールは私が彼女と仲直りしたのか尋ねさえしません。それほど彼は私の前では彼女のことには慎重だったわけです。

ケルヴィルがやっと帰って来ると、彼らは相談の末、すべきことを取り決め、それは翌日実行されました。しかし私の恋愛沙汰には関係ありませんので、ケルヴィルの情事をお話しする別の折りに譲ることにします。（四九）彼は結婚して一年後にそれまでの争いが続くのを避けるために、フランスを去らなければいけなかったのですが、皆さんには彼がローマで私に語ってくれたとおりお話ししますよ。

次の日、私はシルヴィに会いに行き、彼女に言ったのです。『ルヴィエールにヴァルランのことを教えてやったよ。彼は昨日の晩、ヴァルランに会いに行って、俺はシルヴィに呼び出されて何もかも吐いちまった裏切り者を信用していたってわけさ、この俺にはあの裏切り者をばらせとけしかけやがったくせに、とヴァルランに言ったんです。あの裏切り者とは私のことですよ。』私はルヴィエールが私たちみんなの仕返しをする決意でいることもシルヴィに話しました。彼女は自分が巻添えにされるのが恐くて、その話を悲しみましたが、そんなことはまったくありませんでした。事実、ルヴィエールは、ケルヴィルを窮地から救い出した同じその日に、しかも私が彼のことをシルヴィに話していたちょうどその時間に、剣で敵の心臓を貫き、一撃のもとに殺したのです。ヴァルランはひと言も口をきかずに倒れました。ルヴィエールはと言えば、彼はどこか私の知らない所に逃げ、私はそれ以来、彼の噂を聞いたことがありません。

こうしてヴァルランは非業の死を遂げ、頼まれもしないあの警告状の報いを受けたわけです。とは言え、ルヴィエールはこの男に楽をさせてやったのです。なぜなら、彼はルヴィエールのおかげでグレーヴ広場の露と消えなくて済んだのですからね（五〇）。事実、四カ月か五カ月後に、私はシルヴィの推測が当たっていたことを、つまり彼が女房を毒殺していたことを知りました。それはともかくとして、この男はまさしく死に値しますが、私たち、つまり彼女と私は、ひとりの男が死ぬ原因に多少なったことをやはり後悔したものです。彼が死ぬと、まるで生きていたこともなかったかのように、彼のことはもう噂にもなりませんでした。彼をあやめた者の名前さえ分かりませんでしたし、ルヴィエールはそれほど巧みに手を打ったわけですね。で、私はその男の姿を聞かされて、ようやくルヴィエールだと分かったという次第。」「あなたは間違ってますよ。——とデ・ロネーがここで口を挟んだのである——私はルヴィエールの生涯なら細かいことまでほとんど知っています。彼はほんのしばらく前に獄死しました。八回も審問を受けていて、私はそれを読みました。彼は死亡したために、また、彼と同じ貴族の極めて立派な方々の思惑のおかげで、死後の名誉を裁かれずに済んだのです。この点を除けば、彼について知りうる限りのことはすべて分かっています。彼の生涯はただもう邪悪な悪行の連続で、その所行たるや、本人にとってはまったく不吉なものですが、まともな人間がひとりの極悪人の生涯で共感できることがあるとしても、それができない人にとってはまったく滑稽なものです。私たちは近いうちに彼の所行を笑い飛ばしてやることにしましょう。さあ、あなたの話を続けてください。」

「私のほうは、——とデ・フランが応じたのである——私たちで、つまりシルヴィと二人で決めたとおり、出発する決意を固めました。そして私はなおもパリに残っていた二週間以上もの間、もう彼女の家には会いに行きませんでした。しかし私たちは毎日よそで会っていたのです。私たちは彼女が待っていてくれた四里離れた所で、手紙の安全を期して対策を立て、私はそこで彼女に別れを告げました。彼女はモラン夫人をそばに置いておいてもよいかと私に聞きました。モラン夫人はあなたの前に敢えて姿を現そうとしないで、わたしがあなたにお会いする時には隠れていましたけれど、ずっとわたしと一緒にいます、でも、あなたが少しでもあの人に不満がおありでしたら、これ以上は置いておかないつもりです、と言うのです。シルヴィはさらに『彼女はわたしのことを知っているただひとりの女性ですから、わたしが信頼できるただひとりの女性です。またわたしは幼い時から馴染んできましたので、彼女がいなくなるとたいへんに苦労します。けれども、あなたに少しでも悲しい思いをさせ、少しでも疑われるような羽目になるくらいなら、こういう思惑は何もかも無視します』と言ってくれました。

これほど誠実な態度に私は魅せられました。私は彼女に、確かにあの女のことは好意的な目では見ていないし、あの女がルヴィエールに書いた手紙が相変わらず心に引っかかっている、と答えました。『と言うのは、——と私が続けます——彼女はあの男にあんな破廉恥な要求をあなたが認めるわけがないと手紙で知らせてはいますが、無礼にもそんなことをあなたに話し、ことによるとあなたに同意させようとしたのではとちらりと思ったからです。』『それは違いますわ。――と彼女が言い返しました――ルヴィエールがわたしに手紙で提案して来たのです。それにモラン夫人はその手紙を、細かく破いた紙きれをあなたに差し上げたあの手紙ですが、あれをわたしから見せられると、そんなものは見るのも嫌としか言いませんでしたのよ。』『それはともかくとして、――と私が言ったのです――あなたの貞淑さは十二分に信じていますから、あなたにとってそれほど必要な女性を取り上げられませんよ。私があなたに勧められることはただひとつ、彼女が言うかも知れない間違った忠告に従わないことです。』『それも違いますのよ。――と彼女が遮りました――彼女はすっかりあなたに好意を寄せていますし、あなたがとても好きなのです。わたしが家柄のためにあなたに嫌われてしまうと心配して頼んだからこそ、彼女はルヴィエールと交渉する気になったのですわ。ですからわたし、断言します、彼女が真っ先にわたしの選択を喜んでくれ、あなたのことをご立派だと言ってくれましたの。それにとりわけ人柄については、どうか彼女を昔からご存じの方に問い合わせてください。彼女は非の打ちどころがないほど貞淑だとお分かりになるはずですわ。』私は『それでは彼女を置いておきなさい。心から賛成しますよ』と答えました。ベッドの陰に隠れていたその女が出て来て（と言うのは、これはある旅館でのことなのですが）、私に変わらぬ忠誠を誓いました。彼女は貞節や忠誠に戻るようなことを何もシルヴィに言ったことはないし、私にはいつまでも忠実でいると私に納得させようとしました。私はその挨拶にさっさとけりをつけ、二人に昼食を持って来てくれるように彼女に頼みました。そしてその間、私たちだけに、シルヴィと私だけになったのです。」

「シルヴィがモラン夫人は非の打ちどころのないほど貞淑な女性だと、あなたに言ったのは正しかったのです。――とデュピュイが口を挟んだ――私は前にもあなたにそう言ったことがありますよ。」「そうでしたね。――とデ・フランが答えた――私が結婚したあとでヴィルブラン騎士分団長殿が彼女のことをそう言ってくれました。しかしおそらく彼女は必ずしもずっと貞淑ではなかったはずです。」「あの人は死ぬまでずっと貞淑でしたよ」とデュピュイがやり返した。デ・フランは「まあ、お聞きください」と彼に言ったのである。

「お話したように、私はシルヴィと二人だけで残ったわけです。私は愛の証を与えてくれるように彼女に迫ったのですが、どんな試練にも心変わりしないという口約束で満足するほかありませんでした。彼女は私が預かっていたダイヤモンドとは比較にならないほど美しいダイヤモンドをひとつ私に受け取らせ、自分のためにそれを持っていてくれるように私に頼むと、私が返したダイヤをいつも指にはめていると約束しました。また、金貨が一杯詰まった財布を私に受けとらせようとしたのですが、それは断わりました。実際、その必要はなかったのです。私たちはそれぞれの肖像画を交換し合い、それから別れたわけです。

　この旅行にはローマへの往復と滞在に五カ月しかかかりませんでした。クレキ殿のお供をするのを口実にして（五一）、恋ゆえにずっと前から帰心矢の如しであった自分の国に帰って来たのです。

私は何度も彼女の便りを受け取っていましたし、彼女にはひんぱんに手紙を出しました。しかしその手紙はお互いの永遠に変わらぬ愛の誓いばかりですから、それにはいっさい触れなくてもよいことにさせてください。シルヴィに私が到着する日を知らせたところ、八里以上も私を迎えに来てくれました。私たちのこの再会ほど感動的なことはありません。私は狂おしいまでに愛していましたし、同じように愛されていると信じていました。私は、彼女が同意してくれるなら、身内には何も言わずに、結婚する決意を固めたと彼女に告げたのです。彼女には私の言い分をじっくり吟味させました。つまり母はヴァルランが彼女について手紙を書いたこと、また母はそれを信じ込んでいるせいもあるし、そればかりでなく、私をあまり若いうちに結婚させたがらないので、私たちの結婚には決して同意しないはずだということです。仮に私が母にその話をしても、あらゆる気配から私が恐れているように、母が同意しないとすると、あくまでも反対するだろうから、私たちは母が生きている間は決して一緒になれない、ということを彼女に示したわけです。

　彼女は私の考えを正しいと判断しました。こう言ったのです。『あなたのお母様が、ほかの方とならあなたにとって有利なことが見つかるのに、この結婚にはそれが何もないと思われるのが恐いからではありませんのよ。わたしにはあなたがお求めになるくらいの、いえ、それ以上の財産がございます。そうではなくて、お母様はこの財産は、ヴァルランに吹き込まれたように、破廉恥な方法で手に入れたと思われるからですの。それにまた、お母様はわたしの生まれをご存じではありませんので、捨て子であったことしかご存じない娘とあなたが結婚なさるのはお望みにならないからです。』『私はそこまでは言いたくなかったのです。――と私が彼女に言ったのです――しかし図星ですよ。私が秘密にしなければいけなかった本当の理由はそれなんです。』『済んだことですわ。――と彼女――私が結婚したいのはあなたのご家族ではなく、あなたですもの。あなたは必要な年齢になっていますし、わたしは誰の指図も受けていません。ですから、あなたのご都合のつき次第、わたしはあなたのものになりますわ。』私は彼女が持って来た金を受け取りました。母にその金を見せて、自分がきりもり上手だと思わせるためです。これが私たちの決めたことです。私たちは一緒にパリへの道を再びたどり、ここから一里の所で別れました。

　もう一度繰り返して言います、結婚には運命的なものがあるに違いありません。私は彼女を愛していましたし、熱烈に愛してはいたのですが、結婚の秘跡は受けまいと何度となく思ったものです。内心では秘跡が嫌で嫌で仕方なかったのです。けれどもそんなことはまったくおくびにも出さず、それどころか、今お話ししたような決意を私たちが固めるとすぐ、私はできるだけ早く結論を出すことにしました。それに当時は結婚するのに現在ほどたくさんの書類が必要ではありませんでしたので(五二)、私は二日後に結婚できるように事を運んだわけです。

　私たちは結婚契約書を作成し、彼女はそれに、故ビュランジュ侯爵殿とマリー＝アンリエット・ド・……嬢の庶子、シルヴィ・ド・ビュランジュと署名しました。私は彼女から一文たりとも受け取ることを認めませんでした。私は寡婦資産として終身年金を彼女に約束しただけですが、彼女はこの年金の元金に通常相場の五分の利子をつけ、その六倍のお金を私の手に託しました。これは彼女のたっての希望です。『わたしには身寄りはひとりもいません。――そう彼女は言っていました――相続人はひとりもいないはずです。もしも相続人を残すとすると、それは子供たちですわ。その場合、あなたがその子たちの父親になります。子供たちの財産はあなたの手元にあるのがいちばんですわ。もしもわたしがあなたより先に亡くなり、――と彼女が続けたのです――子供を残さなかったら、わたしはあなたをとても愛していますから、誰にも何も遺せないような不如意や危険の中にあなたを置き去りにするわけにはいきません。すべてわたしのものです、すべてあなたに差し上げます。もしもあなたに先立たれたら、子供をお残しくださるにしろくださらないにしろ、あなたの亡きあとにわたしをこの世間につなぎ留めるものは何もございません。すべて誰のものになるのか、わたしにはどうでもいいことです。と言いますのも、わたしはもちろん余生は修道院に引き籠り、そこでクランヴ夫人が残してくださった年金と、あなたが約束してくださる寡婦資産でかなりまともな生活ができますもの。』

　私をきちんと評価してください。――と、デ・フランは自分で話を中断して言ったのである――皆さんは今までこれ以上に正直で、誠実で、率直で、寛大な態度と欲の無い話を聞いたことがあるでしょうか？　このお金のほかに、彼女はさらに自分の宝石をほとんど全部私に無理やり受け取らせました。それも私にくれたお金にほぼ相当するものでした。私がまもなく死んで、彼女を若くして未亡人にしてしまったかも知れないのにですよ。彼女は財産を持っていたら、私の死後に、立派な結婚相手を、私とはまったく違う相手を見つけることができました。私と結婚すれば彼女の生まれは覆い隠されたはずです。それにその財産は、宝石と実にみごとで非常に豪華な家具のほかに、現金だけでも、私の期待を上回っていました。いや、とんでもない、彼女は私しか愛していない、私しか頼れない、私がいなければ何もかもどうでもいい、そういうことを私に示すために、私のためにすべてを手放したのです。彼女は私に無理やりすべてを受け取らせました。そして財産を手放して結婚することによって、私の亡きあとは余生を絶対に修道院で過ごさなければいけないように、私のために自分を追い込んだのです。

　そうではありません。私はこういう振舞いを思い浮かべ、思い出せば出すほど、ますます女というものは分からないものだと自分に言い聞かせています（五三）。私には、これほど立派で潔い行為のあとでは、もう躊躇すべきではないように思われました。したがって私はもう躊躇しませんでした。私たちは二日後に結婚するはずでした。そんな時に契約の翌日でしたが、私はランシー伯爵殿（五四）から、できるだけ早く自分のところに来るよう切にお願いする、鶴首して待っている、という手紙を受け取りました。ローマから戻って来られたのは伯爵のおかげです。私は定められた日に伯爵の許に出頭すると約束してあったのですが、この約束がなければ、伯爵は私のフランス帰国に手を貸してくれなかったでしょう。約束の時はほぼ四日後に迫っていて、およそ三百里の旅行に要する日数には足らなかったのです。

私たちのような仲にまでなって、シルヴィをなおも娘のまま放っておくべきか、これには私も決めかねましたよ。私が彼女に自分が置かれている窮状を話しますと、彼女は、少なくともあと二日パリに残っているよう、私を説得しようとします。私は、自分の名誉がかかっていること、……司教猊下が私に兄君の手紙を託していて、私の遅延や怠慢を兄君に報告すること、それ以上に、私の名誉と約束が関わっているのだから、出発して約束を果たさなければいけないことを彼女に告げました。彼女は涙を流し、私をほろりとさせました。しかし、私の個人的な関心によって出頭しないと決めることのできない名誉の問題でしたので、私は曲げられなかったわけです。

とは言え、私には彼女の要求を真っ向から拒否する気力はありませんでした。私は彼女に無理やり受け取らされた金庫の鍵を返しました。彼女の家を出ると、……司教猊下のところに行き、私がこれから駅馬車に乗るところだと兄君に手紙を書いてくれるかどうか伺いを立てたのです。司教は私をせきたてるように言い付かっていましたので、私の決心を喜びました。司教はどんな事件が問題になっているのか尋ねましたが、私はシルヴィばかりでなく、司教にも何か話すのは適当でないと判断したわけです。彼がローマへの手紙を書いている間に、私は紙とペンを取ると、シルヴィに手紙を書きました。

手紙

私は、貴女の涙がこれほど身に滲みなかったら、貴女に直接別れを告げたことでしょう。しかし貴女の涙を見ると、自分の気力が萎えてしまうのではないかと心配せずにはいられなかったのです。私の名誉がかかっているのです、いとしいシルヴィさん、名誉が命じることを実行しなかったら、私は貴女に値しません。私は貴女の優しさに言葉では言い表せないほど激しく胸を打たれ出発します。一緒にいられないことをお許しください。貴女は私を愛してくださっているので、この苦しみを分かち合ってくれるものと思います。しかし、可愛いシルヴィさん、この別離は長くはありません。私が無理やり貴女から離れようとしていることの事実が、名誉と約束のためとあらば、私はすべてを犠牲にすることを貴女に証明してくれるはずです。そして私はその名誉と約束にかけて、今日から一カ月後に貴女の許に帰って来ると誓います。私のためにご自愛ください。こんな短期間に悲しみのあまり貴女の美貌が衰えても、私は少しも有難いとは思いませんよ。貴女の健康状態をお知らせください。私が帰った時に少しでも健康が優れなかったら、私に気に入られたいという心遣いが足らなかったせいにします。

私は母にも急な出発を報告する手紙を書きました。私は礼拝堂付き司祭に二通の手紙を託し、私がパリ市外に出てから手紙を届けるように言いつけ、すぐその足で馬に乗ったのです。ローマにはみんなの予想より四日も早く到着しましたよ。というわけで、問題になっている事件にけりをつけるために決められた日まで、ひと休みする時間があったのです。その事件とはランシー伯爵に関するもので、私は事件には友人として登場しただけです。皆さんはどんなことか察しが付きますね。彼は火遊びをしていたのですが、そのために危うく亡き者にされるところで、二人の恋敵が、イタリア人なのに、フランス風に彼を憎んでいたのです。結局、私たちは円満に解決しました。

私はその晩早速モラン夫人から一通の手紙を受け取りました。その手紙はシルヴィが私の手紙を読んで気を失って倒れたこと、彼女は私に捨てられたと思っていること、熱と腹痛に襲われ、最悪の事態も懸念されること、私が出発した日にシルヴィは二度も瀉血を施されたことなどを知らせていて、その手紙の日付は私が出発した日になっていました。

私は即座に暇乞いを願い出ました。そしてさんざん苦労してマルダチーニ枢機卿(五五)の仲介でようやくその許しを得ました。と言うのは、フランス大使はローマに滞在するすべてのフランス人を、とりわけローマで重要な役割を果たすことができる人々を自分の側に置いておく必要があると思っていたからです。私はひとりで再び駅馬車に乗りましたが、思っていたほど早く着くことはできませんでした。アルプスとサヴォワの山々を横行する盗賊に襲われて盗まれ負傷してしまい、身ぐるみ剥されてしまったのです。幸いシルヴィがくれた指輪は救いました。彼らがどうして指輪に気づかなかったのか分かりませんが、おそらく暗かったからでしょう。御者はご親切にも私を連中の意のままにさせておきました。おそらく私を売ったのはこのならず者でしょうね。ともかくこの御者はこの時以外は見たこともない道に私を連れ込んだのです。しかし、こいつはそれがいちばんの近道だと言っていました。『ほかの連中もこんな目に遭っていてさ、この世にドーフィネの人間がいなかったら、ノルマンディーの人間がいちばんの悪者さ』と嘯《うそぶ》くのを聞いてからというもの、私はこいつの裏切り行為だと確信しています。脱線をお許しください。私はすぐに思い出すのも難儀なほどたくさんのものを失いました(五六)。とりわけ奴らにシルヴィの肖像画を奪われ、それがいちばん残念でしたが、いつまでも残念がっていたわけではありません。なぜなら、当のご本人が私のものになると保証されていましたし、金がないのでたいていのことは我慢できたからです。

奴らがお情けで残してくれたわずかばかりのもので、グルノーブルまでたどり着くのにさんざん苦労しましたよ。やっとグルノーブルに着いたのですが、我ながら自分だと分からないほどの体たらく。破けたシャツを着ているのを考えれば、立派な旅館に行くわけにもいかないので、私はみすぼらしい旅籠屋に行きました。その門の前を運よくカルメル会の修道士(五七)がひとりとおりかかったので、声をかけたのです。私が災難を語って聞かせますと、彼は心を動かされ、私の言葉が嘘偽りでないことを一も二もなく信じてくれました。私は彼にダイヤモンドを渡し、それを質にして、私がパリから便りを受け取るまで、金を工面してくれるように頼んだわけです。彼は宝石商人を連れて来てくれ、その宝石商がダイヤモンドを引き取り、その男の言うところでは、あり金を全部私に寄越したそうです。それから私はグルノーブルでいちばん上等な馴染みの旅籠屋に取って返しました。そこで着替えをし、道中を続けることができないので、仕方なしにそこに逗留する羽目になったのです。その日のうちに母に私の身に降りかかった災難を手紙に書きました。しかし私が絶対に必要だと頼む金を、そっくりすぐ送ってくれるほど母の手元に充分な金があるか疑わしかったので、シルヴィにも手紙を書いて、お金を送ってくれるように頼みました。こうしてうまく行ったわけです。

私にはなぜ母がお金を決して家に置きたがらなかったのか分かりません。母が抱いていた唯一の理由は、押し込まれて喉をかき切られる恐さだったと私は勘ぐったものです。実際、母は何もかもデ・フランの叔父たちの手に預けていて、一度にせいぜい二週間分の生活費しか受け取りませんでした。私が最初に受け取ったパリからの便りは母からのではありませんでした。デ・フラン氏が二人ともパリにいなかったのに、母は彼らから借りなければいけなかったからです。シルヴィは現金を持っていましたので、私の手紙が届けられると、一刻も時間を無駄にしませんでした。私が頼んだよりも多額のお金を駅舎に持って行ってくれたのです。そして郵便馬車が戻って来ると、私はこういう返事を受け取りました。

返信

あなたの災難はわたしにつれない仕打ちをなさった報いです。わたしはあなたを襲った盗賊たちを不満に思うどころか、あなたが行く時にも帰りと同じようにあなたを襲ってくれたら、彼らに感謝したでしょう。けれどもダイヤモンドがなければあなたは途方に暮れ、本物の愁い顔の騎士（五八）になってしまったでしょうから、ダイヤが彼らに奪われなくて本当に喜んでいます。でも、あなたはわたしの許にお帰りになれるのですから、わたしは盗賊たちに奪われたほかのものは惜しいとは思いません。あなたをわたしの許に返していただくために必要なものをお送りします。駅馬車の駅長があなたに合計……のお金を渡してくれるはずです。できるだけ早くこちらにお戻りくださいませ。でもお元気でいらしてくださいね。わたしに迎えに来させたいのでしたら、きっとそうだと思っていますが、日時と場所をお知らせください。ではまた、いとしい方。わたしは郵便馬車を遅らせているようですわ。出発の準備ができ、この手紙を待っているだけのようです。郵便馬車は予定よりも早くグルノーブルに着かないのでしょうね。あなたは馬車が到着しなければ出発なさらないのですから、わたしは自分でそれだけ時間を無駄にしているようですわ。

私は手紙と金を受け取りました。私はすぐさまダイヤモンドを請け出しに行き、それからカルメル会の神父に礼を述べ、一緒に駅舎に行ってもらいました。そして、シルヴィの住所を教え、さらに母から来るはずの手紙と金をその住所に転送してくれるようにお願いしたわけです。私はリヨンまでは馬で行き、リヨンからパリまでは乗合馬車に乗りました。シルヴィは八里の所に私を迎えに来ました。そして二人でこれからしなければいけないことを相談してから、誰からも私の姿を見られないように、晩の八時まで、十月ですからつまり夜です、パリには帰らないことにしたのです。

　再会するとシルヴィは、そんな彼女をそれまで見たことがなかったほど激しく、夢中に私を抱き締めました。彼女が言っていたところによると、私を失う不安で彼女の目には前にも増して私が愛しく見えたのだそうです。私はみんなの前から姿を隠し、彼女と結婚したと思われないようにする、そう二人で決めました。なぜならもし私たちが誰にも、とりわけ、まさか私がパリで結婚するとは思わず、ずっとグルノーブルにいると信じている母に、結婚したことを知られたくなければ、この時を利用すべきだったからです。私は彼女を自分のものにできる喜びを静かに味わうだけで数日間は我慢し、また、母からの手紙と金を私が自分で受け取ってからグルノーブルを出発したと母に信じ込ませるために、手紙と金を転送してくれるカルメル会の神父の便りを受け取るまで、私は人前には出ないことにしました。

　私は上京する時にこんな具合に計画を立てておいたのです。この計画をシルヴィに話しますと、彼女は、あなたが主人で、わたしはそのご意向に従うだけですわ、と答えました。私は婚姻公示とその他の手続きの免除証明書をもらうために、便宜を計ってくれる人々に手紙を書くのは翌日に延ばしました。免除証明書は手に入っていたのですが、結婚が延期されたので、その証明書がまだ使えるかどうか分からなかったのです。そこで、それをはっきりさせるために私は翌日を待ったわけです。私たちはモラン夫人を交えて夕食をとりました。私たちの心は満たされていたので、たいへんにおいしい夕食になりました。それから寝場所の相談をしなければいけなくなったのです。シルヴィは私に自分のベッドを使ってほしかったのですが、私は彼女がよそで寝るのでなければ、それに越したことはない、と言ったのです。私たちは、彼女も私も、少しもふさぎ込んではいませんでした。私たちのような関係ですから、ほかの時ならまったく許されないけれど、結婚式の前日なら許される遠慮のなさで、私はなれなれしく振舞うことができたのかもしれません。そこで私たちは飽きもせず長々と言い争ったわけです。これほど面白いことはないと思いますよ。私が勝ち、彼女はそのまま自分のベッドで、そして私はモラン夫人のベッドで寝ました。

　私は本当に久しぶりに寝心地のよいベッドでぐっすり休んだので、起きるのがたいへんに遅くなってしまいました。女性が男のために買える身の回りの品が一そろいと私の服の生地があり、私の寸法を取りに仕立屋が来ていました。実際、私にはこういった支度が必要でしたから、シルヴィに感謝しましたよ。夕方には大層きちんとした服装になり、結婚式に出られるようになったのです。私は昼間のうちに、決着をつけるために必要な人々に手紙を書いておきました。しかし、その方々の陳情や熱意にもかかわらず、私は翌日まで思いを遂げられませんでした。それで二日目の夜も前の晩と同じように過ごしたわけです。しかし前の晩ほど寝ていられず、朝はずっと早く起きました。私はガウンを羽織ってシルヴィの部屋に入ったのです。彼女は寝ていて、そのベッドの傍らにいたモラン夫人が、『お嬢様は一晩中まんじりともなさいませんでした。私どもは一緒にしゃべり明かしたのでございます。シルヴィ様は寝入ったばかりのところです。あなた様は、お嬢様もそうですが、すぐにお休みになられたようには見えませんので、お嬢様を起こされても、このまま休ませておやりになればお喜びになります』と私に言ったのです。私は彼女の目を覚まさないように傍らに身を横たえました。私もぐっすり休んだわけではありませんから、私のほうも寝入ってしまったのです。目を覚ました時には、彼女はもういませんでした。起きていて、私が寝ていたその部屋で着替えをしていました。彼女はこのことでさんざん私を冷やかし、いかにも女らしい機知を発揮して私をからかったものです。そして遅かったので、私たちは昼食にしました。

　夕方の六時ごろ、シルヴィが住んでいる建物のおもだった住人の中で、私たちの証人になってくれる人たちと、モラン夫人の二人の親類が入ってきました。近所の人に何か特別なことがあると悟られないように、夕食は内密に用意されたのですが、それでも私たちはたいへんに旨い、きちんとした夕食をとったのです。私たちは真夜中にそこからすぐ近くのサン＝ポール教会（五九）に行き、そこで結婚式を挙げ、二時ごろ、邸に帰りました。みんなでもう一度ご馳走をいただき、それぞれが私たちに暇乞いをすると、私たち、彼女と私は床入りしたわけです。愛し合っている二人のことです、あとは想像してください。

　私は一週間というもの、ミサに行くほかはまったく外出せず、彼女と一緒に過ごしました。そして帰って来ると、朝早くから私は再びベッドに舞い戻ったものです。何という生活でしょう！　こんな生活が長く続けば、男はどんなに幸せなことでしょう！　この生活は非常に気に入りましたが、諦めなければいけませんでした。グルノーブルのあの親切なカルメル会の神父から知らせを受け取ったのです。神父は私との約束を忠実に実行してくれましたので、私はお礼に本を数冊送りました。と言うわけで、私は妻の所を出ようと考えました。翌日早速私たちは二人の秘密を知っている人たちと一緒に、パリから六里のところに散策に行くのを口実にしました。みんなで朝の六時に四輪の貸し馬車で出発しました。私はグルノーブルで作らせたあの同じ服を着込んだわけです。私たちはフォンテーヌブロー街道のル・プレッシ（六〇）に行きました。なぜなら私はこの方向から帰って来たと思われたほうが良かったからです。三時ごろ、私たちは別れ、シルヴィとその一行はパリへの道を取りました。私の方は宮廷があったフォンテーヌブローへ行き、私に会ったと必ず言ってくれそうな友人をそこで見つけるつもりでした。実際、私はグルノーブルでの思いがけない事件をすでに知っていた友人を見つけましたよ。彼らは私を慰めようと芝居に連れて行ってくれ、夕食を振舞ってくれた上に、賭では二百ルイ以上も負けてくれたのです。

　翌日は疲れないようにヴァルヴァン（六一）から川船でパリに帰り、母の家にたどり着きました。母は私がムーランから四輪馬車で二、三日後に帰って来るものとばかり思っていました。それはムーランに母と私はさして重要でないちょっとした用があって、母は私にそこを通るように言いつけていたからです。私はもう一度服を作らせなければいけませんでしたが、夕方にはやはり外出しました。どこに行ったかはご想像にお任せします。私が結婚し、帰京してから六週間ほどすると、お話したように母のごく近い親戚の、ヴィルブラン騎士分団長殿が母に会いに来て、屋敷で食事をしたのです。私はできるだけ丁重に応対しました。そしてシルヴィがこの方をいちばん良い証人として挙げていたので、事情に通じているはずだから、シルヴィが私に言ったことは本当かどうか、私は母と同席して見てやることにしました。

　そういう心づもりで私は食事中にヴィルブラン氏の旅行を話題にし、氏が前日到着したばかりであることを知ったわけです。私はシルヴィと別れたわけではありません。彼女の所に泊まったことさえありました。その前の晩に、私は交渉したい官職があってヴェルサイユに行く振りをしておきましたので、母は私がヴェルサイユから帰って来たものとばかり信じていましたよ。というわけで、私はシルヴィがヴィルブラン騎士分団長殿には何も話をしていないと深く確信しました。その上この人は何事であれ嘘をつくような人ではありませんでしたからね。旅行の話がたまたま戦役のことになり、いつの間にかカンディア戦争の話になったのです（六二）。彼は参戦した将校としてその話をしてくれました。そして彼がその死を悼む貴顕の士の中に、高貴な生まれのひとりの将官、ビュランジュ侯爵殿が彼の親友として、また実に勇敢な男、真の紳士とし名前が挙げられたのです。彼は侯爵殿の家族の話をし、クランヴ公爵夫人の名前を挙げました。これこそ私が待っていたことです。『ヴィルブラン様、公爵夫人の所でシルヴィという名の娘に会われたことを覚えておいでですか?――と私が尋ねたのです。――この娘に夫人はひとかたならず目を掛けておいでですが……。』『そのとおりじゃ。――と彼が私に答えました――我輩はその娘を知ってもおるのじゃよ。我輩にできることなら、喜んであのこのために一肌脱ぎますがのう。なぜと言うに、我輩はあのこを大層重んじておりましてな、今どこに住んでおるのか分かれば、会いに行くところじゃがのう。』

『彼女はあなたにずいぶんお世話になっているのですね。――と私が応じました――ああいう娘があなたのような方から重んじられているのは、滅多にないことですね。』『君の知らないことだが、我輩はあのこを重んじなければならんのです。――と彼が言います――その上にじゃよ、我輩がパリを発った時には、この上なく美しい、洗練された女人になっておりましたな。』

『確かに――と私が答えたのです――クランヴ夫人の思いやりによって立派に仕込まれなかったら、ひとりの娘があれほど見事な長所を一身に備えることはできませんよ。クランヴ夫人は彼女のあらゆる能力に磨きを掛けようとなさったのですね。』

『クランヴ夫人は――と彼が応じました――この娘に大層好意を寄せておられたのじゃが、その理由は単なる思いやりだけではなかったのじゃ。夫人はもっと強い理由でそうせざるをえなかったのですな。我輩は夫人が、シルヴィを非常に慎み深くまた可愛いと思っています、義務で始めたことを情にほだされて続けているのです、とご自分で言っておられたのを聞いたことがありますのじゃ。』『何ですって！――と私が遮ったのです――クランヴ夫人の操を疑わせるようなことをおっしゃるのですね。』『そうお取りになったら間違いでしょうな。――とヴィルブラン氏が答えました――クランヴ夫人は貞節そのものじゃった。仮にシルヴィが夫人の身内だとしても、それはある縁によるのでしてな、夫人の恥にはならんのです。しかし、――と彼が続けました――どうやら、君は彼女を知っているようですな。』

『ええ、知っているのは私が請け合います。――と母が答えました――息子はよく存じていまして、人様からあの人の質の悪い振舞いを教えられなければ、どうなったことやら、私には見当も付きません。』『これは驚きますな、奥様。――と騎士分団長が言い返しました――貴女からシルヴィのことを身持ちの悪い娘なんぞのように言われるとはねぇ！　シルヴィの行動はこの上なく厳格な婦徳が求めることを徹底的に実行しようとする娘にいかにもふさわしいもので、あのこを身近で見ていたクランヴ夫人が、あのこの行動を何かあげつらったのを我輩は一度も聞いたことがありませんぞ。』『では彼女は、あなたがお会いにならなくなってから、すっかり変わってしまったのでしょうか？』と母が問い返しました。『あのような娘の貞節を非難するからには、――と騎士分団長殿が泰然と言い放ったのです――有無を言わせぬ証拠を握っていなければなりませんぞ。噂などを信じてはいけませんぞ。白状しますとな、――と彼が続けました――我輩はあのこに関わることには大いに関心を持っておりますのじゃ。それにあのこが受け継いだ血筋を裏切ったなどと、証拠もなしに我輩は信じませんな。』

『ヴィルブラン様、彼女は一体どんな血筋の出なのですか？――と私が口を挟んだのです――彼女が育てられたあの名門の血筋なのですか？』『我輩の察するところ、君はあのこと別れたようじゃが、仮に君が別れていなかったならば、――と彼は穏やかに答えました――仮に君がまだあのこの友達ならば、よしんば権勢家どもの不興を買おうとも、君にはあのこが何者か明かすところじゃがのう。彼らは、我輩の目の前であのこの素性を教えられ、証拠も見せられたので百も承知のくせに、シルヴィ自身がそのことを知らないので、知らない振りをしたがるのじゃ。また家柄に関しては、君はあれほどの家柄は見つけられんじゃろう、それゆえに、縁組をしても君には恥にならんはずじゃ。それに財産じゃが、君があれほどの財産をいつか見つけるなどということは、もちろん不可能じゃな。我輩は自分でもことの次第を知っておるし、信じてもおる。しかし、噂のようなあのこの質の悪い振舞いなんぞまったく信じませんな。』

『あなたには目を覚ましていただかなければいけません。――と私は立ち上がりながら言ったのです――釈明として言っておかなければいけませんが、極めて強力な根拠があったからこそ私は彼女と別れたのです。』私はヴァルランが母に書いて寄越した警告状を書斎に探しに行きました。私は、ヴィルブラン氏の言うこととシルヴィが私に話したことが一致するか確かめるために、彼に見せたいばかりに警告状を取っておいたのです。ヴィルブラン氏はそれを受け取ると初めから終わりまで読みました。読み終えると、それを私に返し、再び話を始めたのです。

『読んで驚きましたな。――と彼が言ったのです――君にこんな警告状を出した男は、ほかのことはおろかルヴィエールのこともろくに知らんのじゃからのう、この男が本気で書いたとすれば、自分が真っ先に騙されたことになると我輩は断言できますな。あるいは、非常に誤った外見に基づいてもっぱらあの娘に害をなす目的で書いたのだとすれば、こいつはとんでもないならず者だと断言できますぞ。この男を君はご存じかな、こんな警告を出した男を？——と彼が言葉を継ぎます——やってみるだけの値打があるなら、我輩はこの男に教えてもやるのじゃがのう……。それともほかの措置でも講ずるとしますかな。』『いいえ、私はどんな男か知りません。——と私が答えました——私はただ誘惑の予防薬としてこの手紙を取っておくだけです。』『それでは、——と彼が答えたのです——我輩が知っている確かなことを話さにゃなるまいて。シルヴィのような娘の評判のためとあらば、今では故人となられた方々から託された秘密じゃが、生きている人間におもねるのでなければ、我輩が漏らすだけの価値は充分あるからのう。漏らしたと言うても、あの方々も自分たちの血を受け継いだ娘の評判が関わっているとお分かりになれば、我輩の不謹慎をお許しくださるじゃろうて。そのためにしばらく耳を貸してくださるかな、どうじゃな。』母が真っ先にヴィルブラン氏にそうしてくれるように頼みました。

ヴィルブラン氏はシルヴィの生まれや、捨て子にされ、孤児院を出てクランヴ夫人の許に引き取られたこと、ガローとの秘めごと、クランヴ夫人が彼女に贈ったお金と宝石のこと、ヴァルランの厚顔無恥な振舞い、夫人の屋敷でシルヴィが受けた教育のことなどを私たちに説明してくれました。そして最後にシルヴィが私だけに話してくれたことを、いささかも状況を変えずに、母を前にして話してくれたわけです。さらに彼はこう言いました。『シルヴィは実の母親が誰かずっと知らなんだし、まだ知らんのです。あのこはビュランジュ夫人の侍女であったモングラという名の小貴族の娘だと信じていますのじゃ。しかしこれは間違いでしてな。何となればこの娘は秘かに結婚し、お産で亡くなりましたが、シルヴィの母親はずっとあとまで生きておりましたからのう。あのこの母親は結婚する約束で、ビュランジュ騎士、あとのビュランジュ侯爵に身をゆだねた大貴族の娘なのじゃよ。この二人は心から愛し合い、本気で結婚を決意しておったのです。ところが二人とも我が意を得ぬまま、自分たちの関係をあからさまにできなかったわけでしてな。二人はそれと分かるような証拠を添えてシルヴィを捨てざるをえなかったんじゃ。ビュランジュ殿は兄上たちが亡くなられると、修道の誓いを立てておらなんだで、愛人と結婚して子供をそばに引き取るつもりでフランスに戻ったんじゃ。ところがじゃ、その愛人は、逆らったのじゃが、無理やり某氏と結婚させられておってな。彼はそのご婦人の評判を守るために、シルヴィの母親はお産で亡くなった、その人はただの侍女であったと姉上に知らせたわけなんじゃよ。愛人の裏切りでほとほと女に愛想を尽かした彼は結婚は諦めておってな、ついにカンディア島で戦死しましたのじゃ。某夫人も間もなく彼のあとを追われました。

我輩が理解できぬことは、——と騎士分団長が続けました——シルヴィがルヴィエールと共謀して仕組んだ悪巧みですな。我輩はこの人物を知っておるのじゃ。——と彼が言い足しました——仮に彼に正しい裁きが下されたならば、貴族とは言え、彼は三十年以上も前に車裂きの刑に処せられていたはずなのじゃよ。それでいささか思い当たる節がありましてな。もしも君がこの手紙を我輩に任せてくれるなら、君には悪いようにはせんよ。たとえ我輩自身の気を晴らすだけだとしても、明日にもシルヴィに話すつもりじゃ。あのこに会えるものなら、今日にも行くところじゃがのう……。』『これはあなたのお好きなようになさってください。――私は手紙を彼に渡しながらそういったのです――あまり関心がありませんので、こんなもの私にはどうでもいいのです。はっきり申し上げて、潔白であろうと、不運であろうと、あるいは罪があろうと、私は彼女との結婚は決して考えないつもりです。』『それほどきっぱりしたそっけない物言いからすると、君は彼女をひどく恨んでいるに違いありませんな。――と彼が私を遮ったのです――しかしながら、我輩は彼女に関心を持ってはおりますが、こんなことで憤慨したりはしませんぞ。しかし彼女が君に仕返しをしないとすると、すっかり人が変わってしまったのじゃと我輩は断言できますぞ。彼女は誰かに近づいたり、誰からも拒否されたりするような人間じゃないと敢えて断言しておきますぞ。』彼が私の好い人を結婚相手にと執心しているのが分かり、私は嬉しかったものです。母でさえも、今にも怒り出しそうなヴィルブラン氏を見て、自分が大層尊敬し、シルヴィに深い関心を寄せている人を目の前にして、私がシルヴィにとげとげしい言葉を使い軽蔑したことに機嫌を損ねてしまいました。母は私に代わって彼に許しを乞い、私に出て行くよう合図したのです。

私は騎士分団長に丁重に挨拶してから部屋を出ました。氏の従僕がその住まいを教えてくれましたが、幸いにもシルヴィの住まいと目と鼻の間にありましたので、私はすぐその足でシルヴィの所に行ったのです。そしてひと言も物を言わずに、机の上に筆記用具を一そろい並べ、彼女を座らせると、ずっと微笑みながら、彼女にペンを取らせました。それから私が何でそんなことをするのか、そのわけを聞く暇も与えず、『私がこれからお前に言うことを書き取りなさい』と彼女に言ったわけです。彼女は何事かと知りたがりましたが、私は彼女に次のような短い手紙を書き取らせました。

手紙

前文ご免くださいませ。わたしには至る所にすご腕の回し者がいます。つい先ほどデ・フラン夫人のお宅で、あなた様が手のつけられない狼籍者の息子をお相手に、毅然としてわたしの味方をしてくださった由、御礼を申し上げます。あなた様にわたしの行動をご説明申し上げるのはたいへんに嬉しゅうございます。わたしはあなた様の好意的なご意見を裏切ったことは決してございません。あなた様に感謝しておりますし、ずっと数々のご親切を賜って参りましたので、あなた様の御前で申し開きを致さなければなりません。拙宅までお越しいただけるなら、首を長くしてお待ち申し上げます。あなた様の慎ましき従順なる僕より。

かしこ

シルヴィ・ドゥ・ビュランジュ

私はこの手紙を受け取り封をして、その手紙を彼女の前に置きました。『宛名をお書き』と私が彼女に言いつけました。『どなたの？』と彼女が聞き返します。『あの方……、あの方……』と、私はあの方という言葉を五、六回繰り返しました。『ねぇ、言ってよ、さあ！』と、彼女が笑っている私を見て笑いながら言ったのです。『ヴィルブラン騎士分団長』と私は言いました。この言葉を聞くと、彼女は私の首に飛び付きながら、大きな叫び声を上げました。『では、あの方はパリにいらっしゃるのね、会ったのね？』と彼女が言いました。『そうさ。書いておしまい』と私が答えたのです。彼女は宛名を書き終えると、従僕にヴィルブラン様がお戻りでなかったら待っているように言いつけて、手紙を届けさせにやりました。ほどなくヴィルブラン氏がやって来たのです。私は氏と交わしたばかりの会話をシルヴィにかいつまんで報告するのがやっとで、すぐに従僕が、ヴィルブラン様が上がって来ます、と告げに来ました。彼女はヴィルブラン氏を迎えに出て、私はしばらく姿を消しました。

二人が優しい言葉と丁重な挨拶を交わし合ったことは、皆さんに報告するまでもありません。ヴィルブラン氏は終わったばかりの話を彼女がどうしてそんなに早く知ることができたのか尋ねました。『わたしには親しい方がおります。——と彼女が答えました——その方がデ・フラン夫人のお宅で話されること、行われることすべて教えてくれますのよ。』『まめまめしくかしずかれているものじゃ。——と氏が笑いながら言います——しかし真面目なところ、どのようにして知ったのかな？』『わたし、ふざけてはいませんわ。——と彼女も微笑みながら答えたのです——わたしの親しい方が報告してくれたのです。これからその人をご覧にいれますわ。あなた様が光栄にも夕食をご一緒してくださるなら、私たちは本当に嬉しゅうございます。来てちょうだい。——と彼女が私を呼びました——いかがです、ヴィルブラン様、——と、彼女は私を示しながら続けました——これ以上よく知ることができまして？　この人が私の親しい人ですの。』『もっともですな、奥様。——と彼が答えました——あなたをお嬢さんと呼んだのは我輩の間違いじゃた。今ならこちらがなぜにあのようなことを言っていたのかよく理解できますぞ。我輩は君を大いに喜ばせたわけじゃ。——と私を抱き締めながら彼が言いました——まったく無邪気な役を演じておったものよのう。それに、君がシルヴィとの結婚は決して考えないと言うのももっともじゃ。何となれば、我輩の見るところ、ご母堂がご存じないうちに、ことは済んでおるのじゃからのう。』

『ええ、済んでいます。——と私が答えました——母ばかりでなく、私の一族の誰もこのことはいっさい知りません。貴方はあのならず者が母に書いた警告状をお読みになったので、私が秘密にした諸々の理由がお分かりになりました。私は母の前ではこの男が何者か知らないと言いました。妻はそれは貴方があれほど噂なさったあのヴァルランだと私に教えてくれましたし、事実、まぎれもなくあの男でした。母はあの警告を信仰箇条のように信じています。それで私は、確かな方法がないのに、母の迷いを覚えようとするのは適当でないと判断したわけです。それに母が拒否するのは分かり切っているのに、同意を求めてシルヴィを失う羽目になるよりは、母には内緒で結論を出した方が良いと思ったのです。それどころか、母の疑いをすっかり晴らすために、シルヴィとは完全に手を切ったと思われるように努力しているわけです。

私は彼女と結婚する前に、あの警告状のすべてについて二人で話し合いました。彼女を信じたことを本当に喜んでいます。光栄にも貴方にお会いするとすぐに、私はあれこれ水を向けて、話がシルヴィのことになるよう仕向けました。彼女が私を騙したかどうか知ろうとしたのではありません。彼女の言葉が真実であることを疑ったことは決してありません。そうではなくて、貴方はもちろん私たちの秘密を嗅ぎ出そうとなさったわけではありませんから、それだけになおさら誠意を込めて母に本当のことをみずから教えていただけるからです。あのようにお話をしてくださり、本当に嬉しかったのです。――と私が続けました――貴方が私のシルヴィのためにと心掛けておられるのが分かり、私は信じられないほど喜んでいました。私は貴方がかっとなるのを見て、しめた、と思ったものです。貴方の人柄を心から尊敬していなかったら、母をもっとよく説得していただくために、間違いなく貴方をますます怒らせてしまったでしょう。』

『怒らせたかも知れませんぞ。――とヴィルブラン氏は微笑みを浮かべて答えたのです――デ・フラン夫人がおられるのは重々承知しておったが、生前は我輩にとってはかけがえのない人じゃったし、数々の恩顧を受けた人の娘を見捨てるわけには行かなんだからのう。彼の思い出を我輩は永久に持ち続けるつもりじゃし、その上、彼は自分の秘密を打ち明けてくれ、今わの際にはあのこの父親代わりになってくれとこの我輩に頼んだのじゃ。こういう次第でな、クランヴ夫人はシルヴィに関することはすべて我輩に教えてくださったわけじゃよ。』

『ヴィルブラン様、貴方が彼女のためにしてくださったご親切はよく存じています。――と私が応じたのです――貴方に御足労を煩わすことについては、私がどのように振舞ったか彼女がお話しできます。私は、貴方が屋敷を出られるのを待ち受けて、シルヴィは私の妻になったと打ち明けるのは適当でないと判断しました。私は彼女のことをあのように話しましたので、貴方に不愉快な思いをさせたのは確かですし、また、貴方はなかなか静かに聞いてくださりそうもなかったのも確かです。その上、まったく思いもかけない打ち明け話に貴方が驚かれ、人目を引いたことも確かです。私の打ち明け話を証明するために、私が用心に用心をして隠して来た秘密を明るみに出すか、あるいは、嘘をつかなければいけなかったはずだと確信しています。私は妻にこちらに来ていただくようお願いに伺わせることにして、嘘は避けるべきだと思いました。貴方が彼女に会いたがり、話をしたがっておられるとお見受けしましただけに、厚かましくもこのようなことに及んだ次第です。』『これでよかったのじゃ。――と彼が答えました――じゃがな、奥方がルヴィエールに関わる点をどのように申し開きをしたのか、それを知りたい我輩の気持ちも認めてくだされ。なぜと言うに、率直に言うて、それが我輩は心配なのじゃよ。二人の結婚式はどのように挙げられたのかも知りたいものだて。要するにじゃ、クランヴ夫人が他界されてから彼女の身に起こったことすべてじゃな。』『お気持ちはごもっともであるばかりでなく――と、私が彼に言ったのです――私からもお聞きくださるようお願いします。まず第一に、貴方にご満足をいただくためです。そして次に、シルヴィと私は貴方のご好意に期待しているのですが、ほかの誰よりも貴方の口から聞かされれば、理性も真実も説得力がありますので、ほかの人々に貴方のお気持ちを聞かせていただきたいのです。』

『我輩は仲立ちを断わりはしませんぞ。我輩でお役に立つことなら大船に乗った気でいなされ。二人が一緒になったのを見て、考えられる限りの大喜びをしていると君に断言しておりますのじゃ。何となれば、あなた方は二人とも息子と娘、つまりさな、君は――と私に向かって言い足したのです――我輩が今までに得た最も親しい友人の息子で、我輩はその友人の従妹と結婚したと言えるわけじゃし、それに奥方は……。』『それではお二人はご親戚なのですか?』とシルヴィが遮りました。『そうなのじゃよ、奥様。――と騎士分団長が答えます――デ・フラン夫人と我輩は父親同士が兄弟でな。』『あっ、悪い子ねっ。――と彼女が私の頬を軽くたたきながら言ったのです――あなたはそんなことわたしに言わなかったわよ。わたしが嘘ばかりついていたと思っていたのね。それではヴィルブラン様、――とシルヴィは彼を抱き締めながら、言います――あなた様をお優しい親類、実の父親と思ってもいいのですわね。』ヴィルブラン氏は、彼女の愛撫をいかにも礼儀正しく受け止め、私には、彼女は自分がいちばん恩顧を受けた人の娘だと言って、彼女のために尽力すると彼女に約束してくれました。『かようなわけじゃから、――と、彼がさらに言いました――お二人のために、そしてお二人をお生みになられた方々の思い出のために、どんなことであろうと、我輩でお役に立つなら、全力を尽くすつもりじゃ。』

私たちは彼の好意に礼を述べました。そのあとで、シルヴィはクランヴ夫人が亡くなられてから自分の身に起こったこと、また私たちがどのように知り合い、どのように結婚したかをすべて話しました。彼女の汚点になったのはルヴィエールに関することだけでした。私はこの男を悪党のヴァルランと喧嘩させたのは自分であることは伏せておき、そのことを除いて、自分でもルヴィエールの話をしました。ヴィルブラン氏はありのままにすべてを知ってたいへんに喜んでくれたものです。彼はシルヴィと私の行動の褒めるべきことは褒めてくれましたが、彼女が仕組もうとした悪巧みについては彼女を許しませんでした。彼は真実が何物にも増して好ましいことを彼女に教えたわけです。彼女は下手な言い訳はしませんでした。『自分がビュランジュ侯爵様の娘であることが証明できれば、そんなことまで致しませんでした。でもわたしにはそれができませんでしたので、身寄りを作るために細工をと思ってしまったのでございます。このことでは本当に後悔しています。そのためにずいぶん涙を流しました』と言うだけで満足したのです。ヴィルブラン氏は彼女に言いました。『反対に、その小細工にそなたがみずから騙されたことじゃろうな。嘘はただの一時、真実は末代までじゃよ。ルヴィエールが死んだのは自業自得だとすれば、そなたはたとえ下の下の生まれが汚点に見えたとしても、あの男の生涯にはそれよりも多くの汚点が見つかったはずなのじゃ。何となれば、たとえ神がわしらをどんな身分にお生みくださろうと、わしらは自分の生まれに責任はないが、自分の行動には責任があるからのう。』彼女は、皆さんがお察しのように、これを認めたわけです。

　ヴィルブラン氏は彼女の家で夕食をとり、そして私たち、ヴィルブラン氏と私は裁判所の廷吏とガローの相続人の手から、ビュランジュ侯爵殿がクランヴ夫人に宛てた手紙と、ガローが持っていたシルヴィの結婚誓約書を取り戻すために、対策を立てたのです。私たちは翌日それを実行しました。そして両方とも今でも私の手元にあります。

　シルヴィは夕食の指図をするためにしばらく部屋を出ました。彼女は私を呼んで、ヴィルブラン様に自分が食事を賄ってもいいかどうか私に尋ねたのです。私はそうするつもりだったと答えました。私たちは前後して戻りました。私たちが食卓に着くと、モラン夫人がいつものように席に着きます。ヴィルブラン氏がモラン夫人のことを私に話してくれたのですが、その言葉は私の疑惑をすっかり吹き飛ばしてくれました。モラン夫人が私の疑惑を再び目覚めさせなければよかったのに！　食事中にシルヴィがヴィルブラン氏にこう言いました。『ヴィルブラン様はパリには家付きのきちんとした召使がいらっしゃいません。パリでは借り物の食卓で暮らさなければいけませんし、家具付きのそのホテルの使用人たちには何やかやお愛想も言わなければいけません。そしてこの人たちは貴方様ほどの年輩の方には嫌がらせをしかねませんわ。その上、こういった公衆の場では、何もかも望み通りの快適な暮らしはできません。二、三軒の目と鼻の先なのですから、家具付きのお部屋だけお取りになって、どうぞわたしの所にお食事にいらしてくださいな。お定まりのお食事しか作りませんが、わたしの所には貴方様の旅籠屋では見つからない、香りのよい素晴らしい葡萄酒がございます(六三)。そうなさってくださいまし。嬉しゅうございますし、光栄ですわ。』私も妻と一緒にお願いしました。ヴィルブラン氏はさんざん渋ってから、自分の従僕たちは彼女の家では決して食事をしない、彼らは呼ばれた時しか家の中に入らない、という条件でこの申し出を受け入れました。

　そうこうしている間に、妻が多額の金を私の手に渡し、そのほかにも自分の宝石の一部をさらに売りたがり、私に官職を買わせたがりましたので、私は同意しました。私は素晴らしい職を交渉して、代金は現金で払うと申し出ました。これが母にまで伝わり、母からどこでそんな大金を見つけたのかと尋ねられたのです。私は、友人が貸してくれるのだと答えておきましたが、母は間違いなく事の次第を見抜くはずだと分かったので、母を苦しめるそんな疑惑を残しておくよりは、本当のことを打ち明けることにしました。私はヴィルブラン氏に母に会って、何もかも話してくれるようにお願いしました。

　ヴィルブラン氏は少し前に二人で取り戻しておいたビュランジュ氏の手紙を持って、すぐさま母の所に行きました。結婚誓約書は破られていました。ヴィルブラン氏は初めのうちは何か目論みがあるような素振りは見せません。私たちはシルヴィの所で一緒に昼食をし、氏はそこで私と別れたわけですから、私が母の家にいないのは百も承知していたのです。それでもご子息を呼んでほしいと言いますと、母は息子はいませんと答えて、息子にどんな用ですかと彼に尋ねました。

　ヴィルブラン氏は懐から書類を取り出し、淡々と母に答えたのです。『シルヴィのことでご子息の頭に残っている疑惑を晴らしに参りましたのじゃ。ご子息にはシルヴィを見初めた時のように評価していただき、こちらで言われているとおりに信じてほしくないものでしてな。我輩は彼女ばかりでなく、極めて信頼できるほかの方々からも、本当のことをすっかり見極めましたぞ。知り得る限りのことはすべて知っております。――と彼が続けました――彼女はどの点でも押しなべて潔白ですぞ。彼女らしからぬことを何か為出かしたとは信じようなかったのじゃが、我輩は間違っておりませんでしたな。縛り首に値するならず者は、あの警告状を書きおった奴じゃ。』詮索好きな母はまるで女……。」「お話をしまいまでしてくださいな、デ・フランさん。――とコンタミーヌ夫人が彼を遮った（六四）――そんなことで女性の真価はびくともしないわ。」

「失礼しました、奥様。――とデ・フランが答えた――話に夢中になって我を忘れてしまいました。お聞きの女性陣を憤慨させると考えもせずに、つい本当のことを口を滑らせてしまいました。かくして、母はことの次第を知りたかったとヴィルブラン氏に告げたわけです。これこそ彼の思う壷でした。彼は実の娘を弁護するかのようにシルヴィを弁護し、自分が言うことについてはみずから保証人を買って出ました。シルヴィは潔白であると母を説き伏せたのですが、ルヴィエールの事件だけは別で、言い落とす気になれず、溢れるばかりの愛情で救ってやろうとしたわけです。

　ヴィルブラン氏は母が自分の望み通りになったのを見定めると、私のことを再び話しはじめ、この娘が私を優遇する気でいて、また実際に下へも置かなかったことを母に理解させました。私は誰に負い目を感じることなく財産を手に入れ、一挙に身を固められること、私にはこれ以上の結婚相手は見つからないと自分は確信していること、自分がそのことを私に話して、私が間違いなくまだ愛しているシルヴィと私を仲直りさせると申し出ていることを、母に納得させようと努めてくれたわけです。『それに彼女のほうは――と氏が続けました――相変わらずご子息を愛しておりましてな。ですから奥様、貴女がこれに同意してくだされば、わしら二人が無駄働きせんことは我輩が請け合いますぞ。我輩はどうすればお気に召すのかのう、考えてくだされ。』

『ヴィルブラン様、私たちは無駄働きはしないと思いますわ。――と母が答えました――貴方に対しては、今の貴方よりも率直に振舞わせていただきます。事情はよく分かりました。今さら私の同意など要らないのでしょう。私はデ・フランが買いたがっている官職で目が覚めましたよ。あの子はあちらからお金をもらっているのですね？――と母が続けます――そうじゃありませんこと、ヴィルブランさん？』誠実さの塊みたいな氏は、そうだ、と白状すると、私がしたことを母に認めさせようとできる限りのことをしてから、結論としてこう言ったのです。母の同意を得ずに行動したことを広い心で許してやれば、二人はこの世でいちばんの果報者になれるだろう。
シルヴィが貞淑なのは自分は分かっている。母が彼女を嫁と認めても決して後悔しないと自分は確信している、手元に引き取られるに越したことはない。アンヌマス夫妻のほうには彼女の好きな時に話をさせましょう。アンヌマス夫妻は彼女の嫁ぎ先の家族のために、彼女を親戚と認めないわけはもちろんないし、自分が先ほど母に言ったことを夫妻は彼女に言うのは嫌だなどと間違っても言うはずはない。要するに、彼女が私に対してとった正直な態度からすれば、尊敬されてしかるべきなのだ。自分は私が彼女と結婚したことを非難するどころか、褒めている。自分が私の立場だったら、同じことをしただろう。私が母に何も言わなかったからと言って、驚いてはいけない。母が同意しないのではないかと私が心配したとしても、また、禁じても、私は彼女を妻にしたがると母がいささかでも疑ったら、私に思いを遂げさせまい、財産を譲るまいと懸命に反対するだろう、そう私が心配したとしても、無理からぬ話である。こうなったのも、あの悪党がシルヴィのことで母に下らぬことや出鱈目を書き送り、母の頭に強烈な印象を刻み込んでしまい、そのために私が自分のほうからはいっさい母の目を覚ますことができないと思ったからだ。したがって私が母に何も言わなかったのも、もっともなことである。ヴィルブラン氏は肝心なことを証明するビュランジュ氏の手紙を母に読んで聞かせ、その他のことは目撃者として保証してくれたわけです。
ヴィルブラン氏は俗世間に関わることをすべて言ったあとで、神に関わる話を続けました。氏は、私たちふたりは間違いなく相手のために生まれて来たのだと母に言ったのです。つまり、私たちが知り合うに至った不思議なめぐり合わせを氏は母に語ったわけです。彼はここには運命的なものがあると母に指摘しました。私たちはお互いに会ったとたんに一挙に急速にのめり込んだこと、私たちが変わらぬ思いで愛し合ったこと、私が彼女と別れるとすぐに変わり果てた姿になったこと、私たちを別れさせようとした企てが無駄であったことなどです。これらすべてが二人がお互いに寄せる愛情がどれほど根強いものであるか示しているし、その上さらに、彼女はその一方で私にすべてを与えすべてを捧げたその無私無欲ぶりは立派なものだ、そう彼は母に指摘したわけです。これらすべてがそろって摂理と運命による結婚であることを示している、神は間違いなく私たちをお互いのために誕生させ賜うたのであり、私たちをついに結びつけた秘跡は尊重されるべき神の御心を成就させたものにすぎないと言って、ヴィルブラン氏は話を締めくくりました。[六五]
母は口を挟まずに彼が言いたいことをすべて言わせました。母はどういう方針をとるべきかかなり長い間決めかねていました。心が決まるまで長い間じっくり考え、結局こう答えたのです。『ヴィルブランさん、私があなたに全幅の信頼を置いていませんでしたら、率直に申し上げて、ただ今お話しくださったことはひと言も信じませんわ。けれども、あなたはこの上なく立派な紳士で、とりわけ誠実な方だと存じていますし、あなたのお口は嘘をつけないと堅く信じていますので、伺ったお話が紛れもない事実であることはもう疑いません。信じていますし、ほかならぬあなたが請け合ってくださったのですから、それだけで事実だと信じます。もしデ・フランが同じことを喋ったとしたら、正直なところ、私はあの子をぺてん師扱いしたでしょうね。けれども、あなたからですので、これは紛れもない事実なのだと得心しているわけでございます。

しかし、ヴィルブランさん、私の身になって、ご自分ならどうなさるか腹蔵なくおっしゃってください。私にはたったひとりの息子ですのに、その子が私に何も知らせないで結婚しているのですよ。こんな仕打ちだけでもすでに母親にとってはとても辛いものですわ！　かてて加えて、息子は私が身持ちの悪い女、放蕩者、盗人、ぺてん師と思っているのを自分でも承知の上で、その娘と結婚しているのですよ。とにかく、私は今あなたからそういう娘ではないと教えられて、初めて目から鱗が落ちたわけですからね。あの子は私をどうするつもりなのでしょう？　自分はどうするつもりなのでしょう？　もしもあなた以外のほかの人から息子の結婚を聞いたら、私は悲痛のあまり死んでいましたわ。でも、せいぜい遺産代わりにありとあらゆる呪いの言葉を遺してやったでしょうね。そしてそれが大騒ぎになり、彼も妻も名誉を完全に台無しにしてしまったはずですわ。彼はそういうことを予想もしないで、結婚しているのです。

彼女については私は迷いからすっかり目が覚めました。でも私が彼女のことを話して聞かせた主人の弟たちの目を覚ますことができるでしょうか？　私はあの人たちに彼女のことを説明したのでございます。あちらでは、それが原因で私が即座に息子をイタリアに送り出したのを知っています。あの人たちは自分たちで彼女の話をして聞かせた人たちの誤解を解こうとするでしょうか？　仮にあの人たち自身が誤りを覚るとしましょう、そんなことは私には考えられませんわ。なぜなら息子を公平に見れば、あの人たちは息子がやりそうなことや、私が息子のためにしかねないことはすべてよく知っていますから、もし私があの人たちに息子の結婚の話をすると、あちらでは私を信じるどころか、息子に甘いだけで分別を失っているとか、私はみすみす騙されたのだとか、今度は私が自分たちを騙すつもりなのだ、と想像するはずでございます。そんなわけですから、あちらでは息子を人間の屑、最低の恥知らずと思うことでしょうよ。そして、シルヴィは捨て子だ、あの金は彼女が盗んだものだと、結局は私がした話と見掛けだけを相変わらず信じるでしょうね。

デ・フランは叔父たちがいなくても大丈夫、叔父たちから何と思われようと彼にはどうでも良いことだ、とあなたはおっしゃるかもしれません。これについては私もあなたと同じ意見です。ですが、子供は彼しかいないこの私が、家に息子の連れ合いを引き取って嫁として扱っているのに、その彼女が一族中どこででも身持ちの悪い女だと言われるのを見て、私が平気でいられるでしょうか？　それにしても、ヴィルブランさん、――と母が続けました――あなたは彼女の悪巧みをどのように弁護なさいますの？　彼女は自分がビュランジュ氏の娘だと証明できなかったですって！　これはまたご立派な理由ですこと！

あなたは見事にその手紙(六六)を見つけられましたね。彼女には見つけられなかったのでしょうか？　あれは恋の勇み足だとか、デ・フランを失う恐さゆえだなどとおっしゃるなら、そんなことにまんまと騙されるのは、気の触れた若者か夢想家ぐらいのもので、それはあなた自身がよくお分かりですわね。この悪巧みはじっくり練られたものでしたから、若気の至りでは済まされません。私としましては、こんな狡猾な人は危険な気がしますし、恐ろしいですわ。私の考えでは、二十歳そこそこの小娘にしては知りすぎていますし、やりすぎです。私はこのことでは彼女を許せません。また、たとえこの点だけだったとしても、決して家には引き取らないつもりでございます。

彼女が息子に寄せている愛情には満足していますわ。息子を愛していますし、自分の夫ですものね、今では当り前のことをしているだけです。確かに本当に好きでなかったら、あれほど豪勢な贈物を息子にしなかったでしょう。あなたともども私も、彼女は最高の値で息子を買ったのだと認めますわ。私は彼女の鷹揚なところが好きですし、貞淑なのも、息子のために何もかも犠牲にした強さも好きです。どうか彼女がそれを後悔しませんように、そして、いつまでも同じ気持ちでいてくれますように。でも、ほかのことでは彼女を許せません。

こんなわけですから、ヴィルブランさん、私が決めたことを率直に申し上げますと、絶対に彼女を家には迎えません。あまり策を弄する人と一緒では私が安心して生活できませんものね。結婚については、私は認めもしませんし否認もしません。私が反対しなければ、息子は自分の好きなように彼女と一緒に生活できます。反対しないどころか内々では彼女を嫁として扱うことにしますわ。ですが、お話しましたように、彼女はとかく白い目で見られるでしょうから、人様の前ではご免です。彼女の訪問を受けることも、訪問することにも同意しますわ。けれども、私が認めた嫁が一族のほかの人(六七)から軽蔑されるのを見て悲しい思いをしないように、私の目の黒いうちはこの結婚は絶対に秘密にしておきたいのです。デ・フランのためにはこのようにしたほうが、親戚と仲違いしないためにも、妻の評判を保つためと言うよりは、むしろすっかり台無しにしてしまわないためにも、よいのでございます。

世間の噂にならないように、彼女にはひとりで住んでもらい、息子はずっと私の所に住まわせます。二人の関係が顰蹙を買わないように、息子には彼女だけが住む家を借りさせます。彼には昼間はそこに滅多に行かないか、まったく行ってほしくありませんわ。つまりですわね、二人の情事を人様に気づかれたくありませんの。秘跡を受けたことですし、彼女は潔白なのですから、二人のことでは応援はするつもりです。でも、彼女は私の名誉にはなりませんので、誰からもうちの嫁だと思われたくはございません。以上が、ヴィルブランさん、私が決めたことで、何事があろうとも変えるつもりはございません。息子が結婚を隠しておく気なら、私たちは仲良くやって行けるでしょうし、私を蔑しろにしたことは許すつもりです。しかし結婚を表沙汰にする気なら、二度と息子に会うつもりはありません。息子の連れ合いにはなおさらです。』

ヴィルブラン騎士分団長はこれ以外のことを母から引き出す

ことも、また母の決意や言い分に反対することもできませんでした。ヴィルブラン氏は私が待っていたシルヴィの家にわざわざ来てくれました。私たちが何も隠さないでくださいとお願いするまでもありませんでした。氏はこの会話を一字一句たがえず報告してくれたのです。私は母が事態をこれほど冷静に受け止めるとは予想していませんでした。これは母がヴィルブラン氏に全幅の信頼を寄せている賜であり、ヴィルブラン氏の配慮の賜であることが私にはよく分かりましたので、私は氏に礼を述べたわけです。とは言え、シルヴィはこのような決定に不満なのではないかと心配したものです。これでは彼女にとってかなり辛いように見えましたからね。私がその心配を彼女に告げますと、私の思い過ごしで安心しました。

『あなたはまだわたしのことをよく分かってないのね。――と、彼女はヴィルブラン氏のいる前で私を抱き締めながら言ったのです――わたしが結婚したかったのはあなたで、あなたの一族ではありませんわ。ですから、わたしがあなたの妻になったことをあなたの叔父様がたが知らなくても気にしません。あちらはわたしのことをご存じではありません。わたしは少しもあちらのことを知りたくないし、知られたくもないわ。あなたのお母様のことですが、わたしに対する態度には本当に満足してますのよ。あなたのお母様はわたしが秘跡によってあなたと一緒になったことをご存じですし、それだけで充分にわたしたちの間にこれから何が起きてもすべてお母様に申し開きができますわ。二人の結婚が表沙汰になるのをお望みではありませんが、おっしゃる通りです。お母様は個人としてはわたしを潔白だと信じていますし、わたしはそれだけで充分ですのよ。あなたのために、お母様にわたしを見直していただきたかっただけですの。本当のことが分かっていただけましたので、これ以上、高望みしませんわ。わたし、ほかの人にどう思われようと構いません。秘密を守れば、わたしたちには結婚生活の楽しみのほかに、隠しごとをする楽しみがありますもの。わたし色々な理由でこうなって本当にほっとしてますのよ。なかでも主な理由は、あなたがわたしを好きでなくなってしまうのではないかという不安ね。そもそもの初めから、わたしはあなたの一族では蔑まれているわけですから、必ずそういうことになるのでしょうね。ほかの人たちに軽蔑されている人がいつまでも愛されことはありませんもの、あなたの愛もいずれ冷めるのでしょうね。わたしはデ・フラン夫人が示してくださった条件で満足してます。だから、あなたもそうしてちょうだい。』

私はこれほどこだわりのない返事に喜びましたし、ヴィルブラン氏は彼女に賛成しました。私たちは、食卓に付き、その席で私はすぐに官職を買うことにし、母の家にもっと近い所に、シルヴィがいる家よりももっと便利で、彼女がひとりで住める家を探すことにしたわけです。

ほどなくして私はその家を見つけました。その界隈はかつてはパリでもいちばん賑やかでしたが、廃虚になってそこにサン＝ロックの丘ができてからは、現在ではいちばんすたれている地区で、貸家がたくさんあったのです。(六八)庭があって、庭の忍び戸は路地に面していて、その路地伝いに母の家の庭に行けました。というわけで、私は忍び戸一つで二つの庭を行き来していたものです。夜はいつでもノックしないで入れたので、これは私には好都合でした。私がしていたように、鍵を一つ手に取りさえすれば良かったのですからね。シルヴィがそこに来て住み、そして私はしばらくしてからその家を買い取りました。昔風の造りで、それほど使い易くも綺麗でもないので、売るか人に貸すつもりでいるのですが、目下のところはこの家に住んでいようと決めているわけです。

　この新参の女性の美貌がその界隈で評判になりました。最初にその噂を私に聞かせてくれたのは、あなたでしたね。――とデ・フランがデュピュイに言葉をかけてから話を続けた――私は彼女のことは知らない振りをしました。皆さんにお話したような理由で、私は彼女が自分の妻であることは誰にも伏せておこうと決めていたからです。人前では彼女に滅多に会いませんでしたし、それどころか、私はほかの人に気があるように思われていたのです。」「話を続けてください。――とデ・ロネーが、ちょっと狼狽気味の美しいモンジェイ夫人を救うために彼に言った。事実、夫人は顔を赤らめたのである。――私たちはあなたがしたことは何もかも知っています。今さら記憶を呼び起こすまでもありませんよ。」

「おっしゃる通りです。――とデ・フランが応じた――私が生涯に犯した過ちはこれだけではありません。私にはシルヴィに会う時間はありましたし、それに皆さんやガルーアンとよく一緒にいましたので、彼女が、あの人たちはどなたと私に聞いたのです。私は皆さんのことをこれ以上の友人や立派な紳士はいないと褒めました。紳士としての私のいちばん痛い所を突いたのがガルーアンだったので、私は彼を褒めちぎったわけです。彼女は皆さんを当たり障りなく大層褒めたのですが、まだ私の言葉に裏があるとは全然気づいていなかったので、彼女はガルーアンを褒めすぎです。私はその時はそのことを深く考えもしませんでした。けれども彼に対する嫉妬にしろ、反感にしろ、憎しみにしろ、その時以来、私の頭にはそのことが何度も浮かびました。彼女は本気なのだと私は思います。

　シルヴィはまったく引き籠った生活をしていましたし、彼女の所に足繁く通う人はいませんでした。その上、彼女はいかにも貴族らしく見え、召使たちは小人数ながら、大層立派な身なりをしていました。彼女はとりわけレースや刺繍や好きな宝石などでいつも実に見事に装っていました。数もかなり多いこれらの宝石は上物で美しいものです。要するに、彼女の何もかもが極めて裕福でたいへんな良家の娘であることを示していたわけです。そんなわけで、行き先のない好き者たちが彼女を放っておく手はないと考えたのです。彼女は人込みは好きではありませんでした。そこで小人数の選り抜きの仲間の中に立て籠ったのです。この人たちはほとんど毎日、奥様、あなたの所か、――と、デ・フランはロンデ夫人に言ったのである――あるいは彼女の所に集まっていましたね。ガルーアン夫人はあなたと妹さんたちが彼女と交際するのを許していたわけです。ガルーアンもデュピュイさんもあなたの仲間でした。私はシルヴィがみんなに好かれているのに気づき、喜んだものです。仲間うちで差配格とみなされ出したガルーアンの心遣いに気づいても、私は心配はしませんでした。神様のおかげで、私は嫉妬もできないお人好しのパリっ子ですので、全然妬きもしなかったのです。それどころか、シルヴィの気晴らしになると非常に喜んでいました。そのため私は彼女が仲間の人たちに会うのに反対するどころか、勧めさえしたものです。彼女は私たち二人だけになると、なにかと気を遣ってくれたことを私と一緒にからかっていました。彼女はサン＝タントワーヌ街でしていたように自分の流儀で、つまり男っ気なしに、女性にしか会わない暮らしをさせてほしいと私に頼みました。私にはそんな気はありません。実際、私のためにあれほど尽くしてくれ、日ごとに情熱的になるのをこの目で見ていた女が、不実な女になると私に予想できたでしょうか？　占い師でなければいけませんが、私は占い師ではありませんでした。

シルヴィが母の邸の近くに住むようになってすでに三カ月近くたっていましたが、彼女は母にはとおりがかりに会うだけでした。二人とも会いたがり、お互いに個人的に話をしたがっていたのです。しかし、真相を覚られないように彼女を邸に入れるには、何を口実にすべきか？　私だったら彼女を庭から来させたでしょうが、母は決してそれを望みませんでした。母は彼女の姿に大層満足していました。彼女の物腰と美貌が気に入っていましたし、耳に入る噂が母の好奇心をいやが上にもかき立てていたのです。母は彼女の才知がほかのことと釣り合っているかどうか知りたがりました。で、非常に才知があると確信していましたが、自分自身で知りたがっていたわけです。ヴィルブラン騎士分団長殿は、彼女が引っ越しをした時はパリにいなかったのですが、その時には帰って来ていて、一役買って出てくれました。シルヴィを自分の親類として母の家に連れて来てくれたのです。氏は非常に遠い親類の私の伯父に当たるわけですから、事実、彼女はヴィルブラン氏の親類だったのです。今度は母が彼女に会いに来ました。私は二人がお互いに満足しているのを知って大喜びしましたよ。騎士分団長殿はしばらくしてマルタ島に帰任するために出発しましたが、私が詳しいことは敢えて言わずにシルヴィの最期を知らせますとひどく心を打たれ、それから、かの地で三年ほど前に亡くなりました。ヴィルブラン氏はパリでは私たちのために母や叔父たちに働きかけてくださり、実の父親にしか期待できないようなことまでしてくださいました。母とシルヴィは、表向きは単なる礼儀からですが、実際は義務と相性とから、しばしば訪ね合っていたのです。と言うのも、母は彼女に対して本物の愛情を抱いたのは確かで、そのためにデ・フランの叔父たちにシルヴィとヴィルブラン氏のことや、ことの次第をすべて打ち明けるまでになりました。そして叔父たちには自分と協力して私たちの結婚を公表する気にさせたほどでした。これは、今まさにすべてが明らかになるという矢先に、私が急に出発しなくてもよかったら、実行されたはずです。

私は交渉するつもりだった官職は買いませんでした。値が折り合わなかったばかりか、その上、国王の金を取り扱わなければならず、またほんのわずかな未納金[六九]が残っただけでひとりの人間の事業を破産させてしまうし、私は柄にもなく細心の注意を払い利に汲々としていなければいけないので、私たちはみんなあまり気乗りがしなかったのです。こういったことすべてが原因で私は交渉を打ち切りました。それに私は二日前から交渉して来たその官職と同じような宮内府の官職を買いたかったのです。私が話をまとめようとしていた矢先に、私がポワトゥー地方[七〇]に所有しているかなり大きな領地の領主館が、火事になったという知らせを受け取りました。亡くなった父が遺してくれたのはこの領地ぐらいのものです。

そこで私はただちに馬に乗ったわけです。行ってみると知らせて来たよりもはるかにひどいことが分かりました。私が雇っていた小作人が捕らえられていたのです。この男はたくさんの家具と銀器を盗んだと言われていて、盗みを隠そうとして自分で館に火を掛けたと訴えられていました。盗んだ物は事業がうまく行かなかった近くのある貴族に取り上げられてしまっていたのです。私はこの件については大いに関心がありました。なぜならこの小作人は私に多額の借金があった上に、焼けた館は父が五万フラン以上もかけて建てたものだからです。そこで私は小作人とこの貴族に対して訴訟を起こさざるをえなかったわけですが、この貴族がみずから書面で申し立てたところによると、この貴族が火事の原因になったのです。事業家たちと領主裁判所の検事がそう私に納得させてくれました[七一]。

そのため私は四カ月以上もパリの外に足止めを喰ったのです。で、いらいらしましたよ。私は、この訴訟は上訴されパリの高等法院に持ち込まれると予想して[七二]、現地で判決を待っていずに、パリへ向かって出発し、訴訟を続ける配慮は検事に任せました。そして、シルヴィを驚かして楽しんでやろうと思って、彼女には自分が帰ることは知らせなかったのです。ここが私のこの話の不吉なところです。私の恥辱、私の怒り、私の弱さの極みを心してお聞きください。

さきほどお話したように、私は家の庭の鍵を持っていました。自分が帰ることを誰にも知らせておきませんでしたので、私を待っている者はいなかったわけです。私はみんなが寝込んだ時間に到着するつもりでした。夜中の二時でした。庭の忍び戸には掛け金がかかっているだけで、鍵がなくても開くのが分かったのです。これは召使たちが怠けているからだと思って、ほかにわけがあるとは疑ってもみませんでした。私は彼女が寝ているところを驚かしてやろうと、できるだけ静かに彼女の部屋に上がったのです。ところが、灯されていた蝋燭の明りで、ベッドのそばの肘掛け椅子の上にある男物の服と、一緒に寝ている二人の人間を見た時には、私自身がびっくり仰天してしまいました。それはガルーアンとその腕に抱かれている不実なシルヴィだったのです。

なんたる光景！　こみあげる怒り！　絶望！　私がどうなったか皆さん想像してみてください。私は二人とも一突きにしてくれようと剣を手にしました。しかしシルヴィが動いたためにその気がなくなってしまったのです。私は惚れ込んでいたその胸に目をやりました。激しい怒りが萎えてしまい、憤りが込み上げて来ても、もうひたすら自分の不幸を嘆くだけでした。これほど軟弱になれるものでしょうか？　私はその時自分が怒りを爆発させたら、彼女を汚辱にまみれさせるのが恐かったのです。彼女がこれほど無惨に私の名誉を踏みにじっている時でさえ、私は彼女の名誉を尊重したのです。私は残酷な復讐をする決心がつきかねました。このような時には復讐が法で認められていますが、私の細やかな愛情、寛大な心にはいかにもそぐわなかったのです。『女を刺し殺して何の名誉になろう？　敗北の脅威を思い知らせずに、寝入っている敵を殺して何の名誉になろう？』私はそう自分に言い聞かせていました。

こう考えると、私はこの考えを紛れもない寛大な心の衝動とったのですが、実は自分の弱さを錯覚したにすぎなかったのです。私は外されていた不実な女の首飾りを奪うだけで満足しました。女が犯す罪の中でも、最たる罪の現場を私が押さえたことを彼女に思い知らせるために、私はその首飾りを持って、外に出ました。

私もデ・ロネーさんともども認めますが、人間は苦しみでは決して死なないものです。外に出たとたんに、こんな傷つきやすいところを傷つけられ、愛の復讐をしなかったことを後悔しました。(七三)その一瞬後には、人様の前で自分の評判を傷つけることもなく、世間の物笑いにもならないのだから、節度を守ってよかったと満足する始末。私は休息をとることもできず、自分の領地に取って返しました。自分の情熱と受けた恥辱にふさわしい仕返しをするために、そこですっかりお膳立てをしました。私は彼女を許せませんでした。侮辱されたことが私にはひどく堪えたのです。で、あの時は彼女の命を助けたけれど、四方を壁に囲まれた地下牢の中でパンと水をあてがって彼女の命を擦り減らし、長くなればなるほどますます辛くなる苦しみを彼女にじっくり味あわせてやろう、そう決意したわけです。あんな女は自分が抱いてやる値打ちもないとみなして、みずから快楽を断ったり、何者の仕業か悟られぬように、愛人から彼女を攫《さら》ったりするのを楽しみにしていました。こういう目論見で私は彼女に、間もなくパリに帰る、と手紙を出したわけです。彼女から手紙を受け取りましたが、その手紙は思い浮かべるたびに、今でも私を戦慄させますし、彼女に対するおぞましさをますますかき立てました。手紙は変わらぬ愛の誓いと、私の留守をかこつ甘い愚痴、それに私の帰りを促す願いごとばかりです。

『そうだとも、不実な女め、望みを叶えてやるぞ。パリに帰ってやるからな。しかしそれは、お前の血でお前の不実と私が受けた恥辱を雪ぐためだぞ。』そう私は叫びました。とうとう私はパリに着きましたが、私だとは分からぬほど変わり果ててひどい落ち込みようでした。私は母のところにい続け、彼女の期待に反して家に会いに行きません。朝早速彼女から短い手紙を受け取りましたが、それにはびっしり私のつれなさを嘆く言葉ばかり。私は返事を出しませんでした。それで彼女はじりじりして、自分で邸に来て、私の部屋に上がって来たのです。

私は冷やかに彼女を迎えました。彼女は懸命に私の気を引き立てようとします。私は早ばやと怒りを爆発させたくはありません。彼女より先に彼女の愛人に復讐したかったのです。私は彼女の熱心なご機嫌取りには応じずに、旅の疲れでぼうっとしているのだと詫びるだけにしました。彼女は不実に輪を掛けて、自分が求めているのは官能の歓びではない、愛していると何度も誓ってくださった心のうちを聞かせてほしいだけです、とまで言ってのける始末。いまいましい、私がどんな思いでいたことか！　その瞬間、私は今にも怒りを爆発させ、恨みを存分に晴らしてやるところでした。この話し合いでは致命的な傷をどれほど負ったことでしょう！　彼女の情熱がこれほど激しく、これほど優しく見えたことは一度もありませんでした。私はその情熱が燃え上がるのを見れば見るほど、ますます屈辱を味わっていたのです。それで、この時入って来た母がそこにいてくれたおかげで、こんな辛い葛藤から抜け出せなかったら、私は間違いなく怒りか弱さのどちらかに負けるところでした。

　私はその日早速外に飛び出し、ガルーアンをあちこち探し回って、とうとう見つけ出しました。彼は私に丁重に挨拶しましたが、私が望んでいたのはそんなことではありません。私は闇雲に喧嘩を吹っ掛け、彼に剣を抜かせました。彼を負傷させ、すでに地面に倒していましたので、もしも誰かが割って入らなかったら、復讐を遂げていたことでしょう。私が喧嘩を吹っ掛けたわけですから、みんなが彼の側につきました。

　私は不実な女の金の一部を母の家に移してあったので、長い旅に必要な金を取りに母の家に戻り、残りは安全な場所に置きました。母には厳しい裁きから逃れたいのだと理解してもらったのです。母はこの喧嘩は私が仕掛けたことを知っていて、私を駆り立てた隠れた動機が何かあると睨んだのです。私が喧嘩好きで通っていたことは決してなかったし、とりわけ普段はごく仲の良い友人が相手だったので、母はますますそうではないかと疑ったわけです。母はこの喧嘩の原因を私に尋ねました。それもあまりにしつこく尋ねるものですから、私はさんざん出鱈目を並べたてたのですが、嘘であることを見抜かれてしまい、本当のことを母に打ち明けました。

　母は、私が帰って来た時にすっかり人が変わっていたことにも、もう驚きませんでした。その反対に、私が二人とも刺し殺さないように、怒りを抑えることができたのには驚いたものです。母はこれからどうするのか聞きます。私が仮の話をしますと、母はそれに賛成してくれ、私の不名誉な結婚が誰にも知られていないことを喜びました。私は田舎に舞い戻ってひたすら苦しみを癒すことにし、それから、この不名誉な結婚を解消させ、汚辱にまみれた絆から我が身を解放するために、ほんの数日で帰って来るつもりだと母に告げました。私は、七日か八日たったら私が指示する場所にシルヴィを呼び出すために、彼女に手紙を書くことにしていたのですが、その手紙をシルヴィに直接手渡してくれるよう母に頼んだのです。母はそれを断わり、いかなる裏切り行為にも決して手を貸そうとしませんでした。そしてシルヴィに会ったり、訪問を受けたりしなくて済むように、その日のうちにパリから二〇里の所にいる自分の兄のヴィルブラン伯爵の家に発ってしまったのです。モラン夫人は幸いなことにしばらく前に、私が不実な女の裏切りを発見した少しあとで、亡くなっていました。モラン夫人は彼女の部屋に寝ていたのですから、おそらくあの裏切りの片棒を担いでいたのでしょう。モラン夫人の最期は必ずしも自然だったわけではなくて、急死だったそうですが、私は真相を究明しませんでした。それはともかくとして、私は夫人が亡くなって手放しで大喜びしたものです。おかげでこの私を大きな障害から救い出してくれたわけですし、私にはこの女をどうしたものか分からなかったのです。シルヴィと一緒に監禁すると決めてはいたものの、夫人のような連れがいたら、シルヴィの苦しみはひどく和らげられるような気がしていたのです。

私はシルヴィに会わずにパリを発ちました。しかし彼女が抱いたかも知れない疑いをすっかり消してしまうために、自分が生涯に書いた手紙のなかでもいちばん情の込もった手紙を彼女に書きました。その手紙は念入りに考え抜いたものですから、もっと優しくないほうがそれだけ優しかったわけです。一週間後に、私は彼女に指示しておいた住所で返事を受け取りました。彼女には自分のいちばんの不満は、パリを離れると別れわかれになることだと特に書いておいたのです。彼女の返事は、自分は世界の果てまであなたに付いて行く準備はできています、というものでした。

これこそ私が彼女に言わせたかったことです。私はすぐにまた彼女に手紙を書きました。私はパリに戻るつもりはさらさらない、彼女のところに通わされるのはもううんざりしている、私は二人の結婚がいつか公表されるのを望んでいる、彼女を迎えるために領地に何もかも準備した、私の目的は田舎に落ち着くことで、もし彼女がたびたび言って来たように私を愛しているなら、私のところに来ることによってそれが証明できる、早く来れば早く来るほど、私は彼女の優しさと愛情を信じるはずである、そう書いたのです。来てくれるものと思っているが、来てくれるなら、家具や食器類を売り払っても構わない、私たちは田舎で何でももっと安く見つけられるだろう、こういったことを私は彼女に知らせたわけです。そして、彼女が乗る馬車と、私の所からほんの小一里の指示した町に到着する日を知らせてくれるよう、彼女に頼みました。さらに、私を探している人々がそれを知り、私を見つけ出そうと彼女を尾行させるはずだから、私のことや、自分が私の妻であることは話さないように頼んだのです。

すべてこのとおりに実行されました。しかし、彼女が自分の家でほかの男の腕に抱かれているのを見つけて私が仰天したように、今度は彼女のほうが私の歓迎ぶりに同じように仰天しました。私は気がきくポワチエの男をひとりそばに置いておきました。この男に言いました。私はパリですごい美人の娘を誘惑したところ、その娘が親にまったく内緒で私に会いに来る、その娘は尾行されているかも知れないし、私は見つかってしまうかも知れないから、私が迎えに行くわけにはいかない。そう言って、この男にやるべきことを教えますと、この男は実に見事にやってのけました。

皆さんに話したように、私の家は、パリからボルドーに行く馬車が泊まるポワトゥー地方の町から一里の所にあります。この男は夕方その町に行き、ド・ビュランジュ夫人という貴婦人の名を呼びました。彼女が返事をしたわけです。男は彼女に一通の手紙を手渡します。その手紙には、私は落馬してしまい、馬に乗って彼女を迎えに行けない、その上、彼女が尾行されているか心配している、そう書いておきました。そして頼んだのです。私は彼女に従僕と小間使いの娘はその夜は旅籠屋に残しておくように、ふたりは翌日になったら私が迎えにやらせる、彼女は使いの男が引いて行く馬に乗り、その男のあとについて私に会いに来てくれるように(七四)。すべてこのとおりに実行されました。

召使が私が待ちうけている家に彼女を連れて来ました。その家は例の館の焼失を免れた焼け残りで、私の目論みに合うように改造させておいたのです。（七五）私は彼女が私のほかには誰にも会わないように部屋に上げました。この部屋には家具といっても粗末な携帯用のベッドと、敷布や掛け布団のないただの藁布団と、田舎にあるような三脚の木の腰掛けが一つあるだけで、つづれ織りの壁掛けも、囲炉裏も、暖炉も、窓もなく、明りは私が上の方に残しておいた円窓から入るだけで、その窓には鉄格子がはめ込まれてあったのです。日は落ちていましたが、こういった物を見分けられるぐらいの明るさはまだ充分ありました。『ここは何なの？　まるで牢獄じゃない？』彼女はそう私に言いました。『これがあなたの部屋です。——と私が答えたのです——ここはあなたが死ぬまで自分が犯した罪と私に与えた恥辱を嘆くために、あなたにあてがわれた場所です。』死刑の宣告が罪人にどんなに強い衝撃を与えたとしても、この恐ろしい言葉が彼女に与えた衝撃にはとても及びません。彼女は答える力もありませんでした。私の足元に倒れ込み、声も出せず身じろぎもしません。しかし私はずっと前から決意していたので、いつの間にかびくともしない鬼の心になっていたのです。これが最初の復讐の喜びでした。私は彼女に対してこんな心境になっていたので、彼女のそのありさまを侮蔑の眼差しで眺めました。嫌悪感はますます募るばかりで、かわいそうだという気は少しもせず、そんな衝動は露ほども感じませんでした。私は彼女の体を探り、身に着けて持っていたものをすべて取り上げました。彼女が自害するのに使えそうなものはいっさい残さなかったのです。私は、死に様をもっぱら見せしめにするために生かしておく、そんな死刑囚として彼女を扱ったわけです。

シルヴィは私に激しく揺り動かされても意識を取り戻しませんでした。私はこれほど惨たらしくて心を打つ情景に我が目を楽しませながら、残酷な喜びに浸っていたのです。何という変わりようでしょう！　自分が熱烈に愛し、まだ熱烈に愛している女にどうしてこうまでも残酷になれるのか、私は心の中で何度も何度も問いかけたものです。私は彼女をそのまま放っておき、ほんの一瞬でも哀れを誘われるのが恐くて、自分の家に残っている気にはなれませんでした。私はそこから三里のところにいるある貴族の邸に行き、そこで夕食をとって寝ました。そこから戻ったのは翌日もかなり遅くなってからです。彼女を連れて来てくれた同じあの召使に彼女の従僕と小間使いの娘を迎えにやり、この二人はどちらも自分のそばに引き止めておきました。二人を彼女につけたのは私で、この二人は彼女の過ちには関係ないと確信していたからです。二人にはそのうちシルヴィに会える、シルヴィは親戚の女性のところに行ったのだ、と言うだけにしておきました。というのは、何かの折りに機会あり次第、二人ともお払い箱にするつもりだったからです。しかし、彼女が私の家にいるのを誰にも知られたくなかったので、彼女を迎えに行ってくれた召使に暇を出し、この男にはポワトゥー地方はおろか、この王国から抜け出した方がこの男のためになったので、そうできるよう金をたっぷりくれてやりました。その時の私は彼女を永遠の牢獄の中で人知れず亡きものにすることしか頭になかったのです。

私が上がって行きますと、彼女はまだ床にばったり倒れたままでした。意識は取り戻していましたが、驚きが冷めやらぬありさまで、間違いなく十六時間以上も同じ状態でいたわけです。彼女のその様子を私は皆さんに言葉で言い表すことはできません。想像を絶しているからです。彼女は私を見ました。しかし私の中に素直な愛人、情け深い夫を見つけるどころか、裁判官、冷酷な主しか見い出せませんでした。『さあ、不実な人、納得しましたか？——私は彼女にあの首飾りを見せてそう言ったのです——あなたの愛人は取り逃がしたけれど、あなたは逃がしはしない。あなたがた二人には必ず仕返しをしてやります。』彼女は返事もせず、私の足元に身を投げ出し、滝のような涙を流すばかりでした。私は迷いから覚めていましたので、それには蔑みの薄笑いを浮かべただけです。私は百姓女の中でも最低の女にならば役に立つぼろ着の包を彼女に放り投げました。彼女に服を脱がせ、髪の毛を本人に切らせると、目の前でその髪の毛を蝋燭で燃やしました。あれは今でも惜しい気がします。私は今まであんなに美しく、あれほど長くて豊かな髪にお目にかかったことがありません。(七六)私は彼女が身につけていたものはすべて剥ぎ取り、渡したばかりのぼろ着をまとわせ、ストッキングも靴も取り上げました。彼女の体にはこんなものを身につけさせ、食べ物の方は、黒パンと水を残しておき、三日おきに持って行ってやっただけです。

そうこうしているうちに、ガルーアンとの一件は私が期待していたよりはるかに早く片が付きました。私はパリに戻る約束をしていましたが、そんな気は毛頭なかったのです。母にはシルヴィをどんな風に扱っているか書いて知らせました。母は彼女を哀れに思い、彼女に代わって私に許しを乞い、懲罰には強く反対しました。母は、このような処罰は酷すぎるし、こんなことになると予想していたら、彼女にはパリを発たせなかっただろう、そう私に書いて寄越しました。また、彼女には結婚を解消するように言い含め、解消したあとで彼女を捨てるか、あるいは虐待はしないで、修道院に閉じ込めるように私に忠告してきました。要するに、私の復讐は紳士にあるまじき野蛮人の振舞いだと言うのです。母の忠告は正しかったのですが、私がその忠告を活かす時は来ませんでした。本当に私は彼女を三カ月間もパンと水で閉じ込めたのです。そして私はこの期間を使って館を前よりも広壮で美しく建て直させました。余生をそこで過ごすつもりでしたし、その建物で得られる楽しみのほかに楽しみもなかったからです。私は彼女の苦しみと不幸を嘲りに行っては、残酷な喜びに浸ることも時にはありました。彼女は何度となく私の足元に身を投げ出しましたが、許しは乞わずに、自分はそれには値しないと懺悔していました。そしてすぐに殺して死そのものよりも大きなこの不幸を終わらせてください、と懇願するだけでした。私はそれには何も答えずに引き上げたものです。

時が経つにつれ私の激しい怒りは和らぎました。彼女を不幸にしてみても、自分がより幸せになれないことは私にはよく分かっていたのです。私は幾つもの違った衝動でさいなまれていました。彼女を罰していることを私自身が後悔し、そのために自分が罰を受け、彼女の苦しみの報いを受けていたのです。彼女がどれほどおぞましい状態に置かれているかすっかり分かり、哀れと思いはじめました。つまり、哀れと思う気持ちが私のかつての愛情に再び火をつけたわけです。私は彼女を許し、こんな扱いをしたことを彼女に詫び、ついにはより良く生きることだけを条件に、彼女の腕の中に今にも飛び込もうとしたのです。

　彼女の小間使いの娘と従僕は二里ほどの所に雑用をさせにやりました。私はシルヴィに会いに行き、ダイヤモンド、衣服、下着やレース類、要するに彼女の身を飾り、彼女が好きだと分かっているものはすべて返してやりました。私は彼女に普段の装いをさせ、買わせておいた家の、きちんと家具を備えさせた部屋に彼女を連れて行ったのです。彼女には私がこんな扱いをしたことは誰にも言うことを禁じ、その反対に旅行から帰って来たと言うように命じました。私は、小間使いの娘と従僕が帰って来た時に、お前たちのご主人様がお帰りになったと言って、二人を彼女に返してやりました。もうパンと水ではなく、おいしい極上の田舎料理や家禽や猟の獲物の料理をそろえて彼女をもてなさせました。こう変えてからも私は長い間、彼女には会いませんでした。会いに行けないのはなぜなのか自分でも分かっていなかったのです(七七)。彼女にはその気になったら、ミサに行ってもよいし、散歩に出てもよいと告げさせました。彼女は許されたのをいいことにそれにつけ込んだりはしませんでした。そして私は彼女が日増しに健康を回復し、肉付きが良くなるのを知って喜んだものです。

　彼女が自由の身になって一カ月以上経つのに、私はまだ彼女に会っていませんでした。私はそちらに食事をしに行ってもよいか、彼女に聞きに行かせたのです。彼女は、それはあなたがお決めになることです、と答えて来ました。私が行ってみると、彼女は落ち込んでいて、体力はまだ回復しきらず、私に面と向かって見られて戸惑い、私を見ることができず目を伏せていましたが、こういった様子すべてにも増して、私は自分の弱さと彼女への思いを断ちがたくて、それまで見たことがないほど彼女がいとおしく見えたのです。

　私は言葉で言い表せないほど混乱して、彼女の部屋を出ました。私には自分が陥っている危険がすべて分かりました。そしてついには、自分自身のことが分からないまま、領内の囲い地にある森の中に入り込んで行ったのです。私は彼女のことについて自分を見つめてみました。これ以上彼女を自分のところに置いておくと、間違いなく彼女と縒を戻すことになるのが分かりました。自分の愛が冷めていず、前よりも激しくさえなっていて、復讐を装ってこの私を愚弄していたことを知ったのです。私は自分の弱さと自分の性向が恐くなりました。要するに自分が汚辱にまみれるのが恐かったし、それ以上に、すでに私を襲ったように、激しい怒りの発作が再び私を襲い、圧倒されるのが恐かったのです。私は、ほんの一瞬激昂しただけで、自分がその時まで後生大事にして来た日々がおじゃんになってしまうに違いないと考えました。彼女の小間使いと従僕を自分の所に置いておいて幸運だったと考えたものです。なぜならこの二人は彼女を知っていましたし、この二人がいたおかげで、私は自分の手を彼女の血で染めずに済んだし、絶望と言うよりはむしろ裏切られた愛がかきたてる残酷な衝動のままに突っ走らずに済んだことがたびたびあったからです。

　私は自分が恥辱のどん底に飛び込んだり、彼女の胸を突き刺したりしないように、どうしても彼女が修道院に籠り、私たちは別れなければいけないと悟ったのです。こういう気持ちで、さきほど話した母の手紙を手にして、彼女の部屋に再び足を運んだわけです。彼女はさめざめと涙を流して私の足元に身を投げ出しました。白い繻子の部屋着を着ていて、私がほかのどの服よりも優雅で魅力的だと何度となく彼女に言った装いでした。飾り気はありませんでしたが、こざっぱりしていました。私の心を取り戻そうという彼女の気持ちが私には痛いほど分かったのです。私はその瞬間そんな彼女に満足したのですが、すぐさまこんな言い寄り方は新たな裏切りだとみなしたわけです。

『もうそうやってひれ伏している時ではありません。――彼女を立たせながら私はそう言ったのです――私はもうあなたを苦しめるつもりはありません。お読みなさい。――と私が母の手紙を見せながら言います――私が受けた忠告が分かるはずです。あなたが同意してくれれば、私はこの忠告に従うことにしました。そうでなければ、あなたは完全に自由です。好きなところに身を退かれて結構です。決めてください。あなたのものはすべてお返しする準備はできています。しかし、いつか仲直りできると思わないでください。あなたは私をひどく不幸にしましたし、私はあなたをあまりにもむごく扱いましたので、私たちがいつか心から和解できるとは思えません。』

　私は彼女にその手紙を読ませました。読み終わったとたんに、彼女の目から涙が止めどもなく溢れ出ます。彼女は即座に修道院を選びましたよ。私はそれを喜び、彼女のために修道院を探しました。見つけるのはさして時間がかかりませんでしたが、条件をまとめるほうが手間取りました。私は彼女が既婚で、自分の好きな時に自由に退出できることを望んでいると言ったのです。(七八)そこの修道女たちはそんな法外な自由は自分たちの僧院を冒瀆していないかと心配しました。しかし結局は、私がシルヴィと小間使いの娘のために多額の寄宿料を提供して、修道女たちに決心させたわけです。彼女はひとたび修道院に入れられてからは一度も外に出ず、与えられた自由に乗じたりはしませんでした。私は修道院のことを彼女に知らせ、それと同時に、必要な物をそろえ、私が連れて行くことになっているその修道院に、私のあとに従って、行く準備をしておくように告げさせました。彼女は夕食にいらしてくださいと私に頼みに寄越しましたが、私は自分自身が恐ろしくて、そういう慰めを彼女に与えるどころではなかったのです。

　私は、彼女が起きているのが分かったので、朝早速彼女の部屋に入りました。彼女のほかの姿は見たくなかったのです。私は、彼女が動揺しているのに気づいたら、自分が動揺してしまったでしょう。彼女のきれいだったことといったら！　私はただ感動するばかり！　私が涙ぐみますと、彼女は私をよく知っていますから、自分の姿が私を動揺させたことに気づいたのです。彼女はますます動揺させようとしました、あるいは、ことによると抑えようとしたのかも知れません。小間使いの娘に、私と二人だけで話をしたいから、しばらく席をはずすようにと言ったのです。私はこういう二人だけの差し向かいがどんなことになるか即座に見て取って、そんな危ない橋を渡る気になれませんでした。私はその娘を呼び戻し、自分が出て行きますと、彼女は目に涙を浮かべて私を追ってきました。

　彼女には私が新たに雇った小作人から欲しいだけの金を受け取れるようにしておきましたし、この小作人は私の領地の収入限度額までは彼女に与えると書面で約束しました。私は彼女から預かっていたものはほとんどすべて人に預け、彼女にはその人たちから地方でもパリでも引き出せる極めて多額の為替手形を渡しました。現金のほかに私が使った彼女の財産の計算書も渡し、彼女にはすべて無理やり受け取らせました。私はそれから彼女を二輪の馬車に乗せました。彼女といっかな別れようとしない小間使いの娘も一緒です。私は彼女の従僕と一緒に馬に乗りました。この従僕は今でも私のところにいて、私に仕えているあの従僕です。こうして私たちは私が彼女のために選んでおいた修道院に着いたわけです。

　シルヴィはひと言も物を言わず、よろよろした足どりで、さめざめと涙を流し、修道院に入りました。彼女は私が帰る前にしばらく話をさせてほしいと頼んで来たのです。彼女と私の間には仕切り格子があるはずですので、私は拒否しませんでした。彼女はひとりでやって来ました。ひどく憔悴していて、立っているのがやっとのありさま。私に座らなければ話は聞きたくないと言われて、彼女は腰掛けました（七九）。

『それでは今生のお別れですのね。――彼女が涙に濡れながらそう私に言ったのです――あなたと永久に別れたまま、再会の望みもないなんて！』『あなたが望んだことです。――と私――あなたが私たちの運命を決めたのです。私たちが二人とも不幸になるように、あなたが決めたのです。しかし私のほうがあなたよりはるかに不幸です。私はあなたを囚人としてここに引き止めるわけではありません。ここから出るのもあなた次第です。私たちが一緒にいないのであれば、あなたがどこにいようと私にはどうでもいいことですからね。私たちはあなた次第で人も羨む生涯を送れました。しかしあなたの不貞が私たちの運命を決めたのです。』

『あぁ、あなた。――と彼女が泣きながら言いました――わたしの過去は消すことができません。あなたが恨みからなさったことは何もかも正しいと思っています。わたしは決して自分の行動の言い訳は致しません。あまりにも罪深く思えますから。わたしには自分があのような無分別に走ったことが夢のような気がします。わが身を省みればみるほど、いつもあなたを思って来たこの気持ちを省みればみるほど、ますます自分の過ちが分からなくなります。それが自分の定めだとも思いませんし、感覚の虜になったとも思いません。わたしは何か超自然の力に操られたのでございます。あなたがわたしに課そうとなさったお仕置を、わたしはすべて不平を言わずにお受けしました。ここに引き籠ることも承知しました。でも、あなたと永久にお別れするなんて、そんな恐ろしいことがあるとは考えてもみませんでした。あなたに閉じ込められた最初の部屋より修道院の方が身も心も安らかだとしても、いやです。たとえまたどんなひどい扱いを受けても、あなたから離れすぎますから、ここに残るのはいやです。わたしをいじめてください。わたしを閉じ込めてください。でも遠くには行かないで。パンと水の牢に入れてください。そして、侮辱されて怒りに変わってしまった愛の忠告に従って、どんな残酷なことでも存分になさってください。あなたに去られるとわたしは絶望しますが、あなたがわたしの側にいらっしゃる限り、責め苦を受けても絶望しませんし、そのほうがわたしの受ける罰は軽くなります。あなたの家にはこことよりも厳重にわたしを閉じ込めておける、閂《かんぬき》や鉄格子、扉や錠がないのでしょうか？　わたしは残りの日々をそこで過ごします。あなたはそう約束してくださったではありませんか。わたしを罰してください。でも遠くには行かないで。わたしを懲らしめる手でも、その手が見える限り、大好きになりますから。』

『もうそんな時ではありません。――と私が彼女に言いました――私があなたに抱いていた愛情と、ことによると今でも抱いている愛情だけを信じるなら、私はあなたの理屈に負けてしまうでしょう。しかし私は自分の名誉というものを信じています。熱烈で情熱的な私を卑劣にも裏切ったあなたが、どうして私に忠実でいられるでしょう？　どうして自分を苦しめた男を愛せるでしょう？　あなたはここであれ、よそであれ、穏やかな生活を送ることができます。ところが、この私は安らぎは死の中にしか望むべくもないのです。私は死に場所を探しに行きますが、あなたと私が望んでいるほど早く見つかりそうもありません。私は動揺と恥辱と絶望にまみれた生活を送ることになるでしょう。お別れです、私はあなた……。』『もう結構です。――そう彼女が私を遮って言いました――それ以上はご容赦くださいませ。あなたを苦しめるようなことはもう何も言いません。わたしが宝石を置いて来たところから取り出してくださいませ。昨夜わたしが過ごしたベッドの藁布団の下にあります。俗世間で残っているのはこれだけでございます。これはあなたがくださった手形とお金です。――と彼女が続けました――わたしはまったく必要ありません。何もかも差し上げましたが、少しも惜しくないと固く信じていますので、これもすべて差し上げます。わたしはあなただけのために俗世間に生き長らえて参りました。あなたを失えば、もうこの世に未練はありません。もう世間に舞い戻ろうという気はさらさらございませんし、わたしの人生も間もなく終わるでしょう。でも、残り少ないわたしの人生が、自分の意志ではなかった罪を本当にわたしが悔い改めたと、あなたに認めさせてくれるでしょう。私には決してお会いになりませんように。わたしのことは決して問い合わせないでくださいませ。わたしはあなたがお亡くなりになったものと自分に言い聞かせるつもりです。辛い日々を短くするにはこれで充分でございましょう。世間を捨てても悔いはありませんから未練はございませんが、あなたへの未練は心の中で押し殺してしまうように努めます。わたしは正当な愛と、事実としての罪と、まったくの濡れ衣の一度に犠牲となって間もなく死にます！　わたしは婦徳に背いたことは一度もございません。なのにわたしが罪人だなんて！　あぁ、――と、彼女は滂沱の涙を流して続けたのです――こんな矛盾がわたしの中に実際にあるのは、どんな魔力によるのでしょう？　あぁ、悲しいわ！　親の因果が子に報いというのがまさしく本当のことだなんて！　わたしは自分を誕生させた罪をつぶさに負っているのです(八〇)。わたしの死後の名誉のために、わたしの人生がかき立てるおぞましさを許してくださいね。——そう彼女は私を見ながら言い添えました——わたしの亡骸まで憎まないでください。わたしは当然あなたに愛されるはずでしたのに、毛嫌いされてしまいましたが、わたしの不幸な末期は当然あなたの哀れを誘うはずでございます。さようなら、あなた。もうわたしのことはいっさいお考えになりませんように。そうなされればあなたはずっと満足して生きていけます。あなたの上に神のお恵みが満たされますように、また、神がわたしをあなたの犠牲者とお思し召しくださいますように、お祈りします。それだけを祈りつつ、最後のお暇乞いと致します。』

　言い終わると同時に彼女は泣き濡れながら引き下がりました。この光景に私は涙を誘われましたし、今でも毎日涙を誘われるのです。私は去って行く彼女を見ながら、『あぁ、何たることだ、かつてはあれほど優しくあれほど情熱的だった愛が、このような痛ましい結末を迎えるとは！』と、叫びました。私は今にも彼女を呼び戻すところでした。そして応接室にかなり長い間身じろぎもせずにじっとしていたのです。

　やっと家に帰ると、しばらくは後悔と愛とに苛まれました。私が彼女に与えた金と手形が、私は受け取る気はなかったのに、届けられました。私が家にいない時を見計らって、封をした箱に入れて私の小作人に渡したのです。手紙は一通もありませんでした。私は例の宝石を彼女が置いて来た場所ですでに見つけていました。これほどの無私無欲ぶりには心を打たれましたが、私は変わりませんでした。

　私は自分が絶えず晒されている終わりのない葛藤から解放されるために、フランスを去る決心をしました。そう母に手紙を書きますと、母は私の決意に賛成してくれたのです。母には私の財産を見てくれるように頼みました。私の小作人には時々シルヴィのいる修道院に行って、彼女が何か必要なものはないか問い合わせるように言いつけ、実行すれば彼自身が得をするように、彼女が受け取ったものは二倍に計算すると書面で彼に約束したわけです。こんな配慮は無用でした。彼女は私の姿が見えなくなったとたんに、俗世間を完全に捨ててしまったので、小作人から鐚一文も決して受け取ろうとしなかったし、小作人に会おうとも話をしようともせず、外部の人とは誰とも会おうとしなかったのです。

　私のほうは、自分の弱さのせいで彼女の修道院に行こうと絶えず思っていたのですが、一度も行かずに、ひと月ほどしてから出発しました。そして、どの道を取ろうが私にはどうでもいいことなので、母に別れを告げるつもりで、ほかの人には誰にも姿を見られないように、パリへの道をたどったわけです。私はジュッシーさんがご自分の恋物語を聞かせてくれた所までやって来たのですが(八一)、それ以上先には行きませんでした。母から非難されることをあれこれ想い描いてみて、自分はそれに耐えられないと思ったからです。実際、母から言われることを厚かましく聞いていられたでしょうか？　私は母には手紙を書くだけで満足し、わけても、シルヴィは結婚の解消には決して応じようとしなかったと、ありのままに書きました。また、たとえ彼女がそれを認めたとしても、私はそれに乗ずる気にはなれない、そう母に知らせました。私はどこに行っても付いて来る悲しみに苛まれているので、その悲しみを終わらせるために死に場所を探しに行く、と書き送りました。

　私は母の返事を待たずに出発し、イタリアへの街道を辿ったわけです。何もかも気に入らず、ひたすら死ぬことばかり求めていました。あまりの苦しさに耐えられなかったのです。熱にも襲われましたが、死ぬことだけを望んでいたので、熱の発作を我慢しました。とうとうリヨンで完全に参ってしまい、精も根も尽きてしまったのです。わが身をいたわらず、続けようとしたのですが、私にできることはグルノーブルに運んでもらうのが関の山でした。私が到着したちょうどその日に、熱がますますひどくなり、グルノーブルに留まる決心をせざるをえなかったのです。私がいた旅籠屋では顔を知られていたので、思いつく限りの手当をしてくれました。私は譫妄状態に陥りました。その合間に、皆さんにお話ししたあの親切なカルメル会の神父を迎えに行かせたのです（八二）。神父がやって来ました。そして怒りと高熱の発作で私には余命いくばくもなかったので、発作が一時治まった時をつかんで、死ぬ覚悟をしなければいけない、生きる望みはいささかもないと私に告げることにしたのです。カルメル会の神父が私に引導を渡す役を引き受けました。神父が口を開いたとたんに、私には彼が何を言おうとしているのか分かったのです。私は機先を制して、神父が医者たちは私を見放したと白状した時には、彼を抱き締め、今までこれほど嬉しい知らせを受け取ったことはなかった、と彼に言いました。神父には私に覚悟させる手間を省いてやりましたが、私を良きキリスト教徒として逝かせてくれるように、もう私から離れないようにお願いしました。

　熱の発作が続いている間、私はずっとシルヴィとガルーアンの名前を口走っていました。私が告解をしたので、私の魂と心がどんな状態か神父の知るところとなったわけです。私が話をしたことによって、発作が早まり、譫妄状態がますますひどくなりました。私はシルヴィを自分の腕に抱き締め、意気投合した心のうちを打ち明け合い、愛の言葉を交わし合っていると信じたのです。ガルーアンが彼女を私から引き離しにやって来て、私から彼女を奪えないので、私の腕に抱かれている彼女を刺し殺そうとしているように思えたのです。私の狂乱ぶりはさらにひどくなり、あまりにも激しくなったので、私を縛りつけなければいけなかったほどです。この発作に続いて人事不省に陥り、それから意識を取り戻しました。私はなぜ自分が縛りつけられたのか尋ねたのです。付きっきりだったカルメル会の神父が、私がした気違いじみた振舞いと私が口走った譫言をすっかり教えてくれました。これには当惑しましたよ。私は告解を済ますと、罪の許しを求めました。この人の励ましほど心を打つ言葉をその時までひと言も聞いたことがありません。彼は私が妻とガルーアンを許すと約束しない限り、罪の許しを授けてくれませんでした。私次第で妻をいろいろな切っ掛けから遠ざけることができたし、私が四カ月近くも留守にしたばかりでなく、嫌がる妻を無理やり仲間に会わせたのだから、私が妻の堕落の原因になったようなものだ、そう彼は私を諭してくれたのです。神父は敵を許さなければいけないことを私に教えてくれました。夫婦の貞節についての神の掟は双方に関わるものであることを教えてくれました(八三)。また、あるのは男の堕落と女を非難しながら男を甘やかしている暴力だけだと私に教えてくれたのです(八四)。しまいには彼は私に巧みに水を向けたので、私は彼が約束させようとしたことは何でも約束しました。私は誠心誠意そう約束したわけです。私がすべてを水に流すとシルヴィに手紙を書いてくれるよう彼に頼みますと、書いてくれましたので、私はその手紙に署名しました。しかし彼女には封筒の上書きが私の筆跡とは思えなかったし、その手紙を受け取ろうとも読もうともしなかったのです。彼女は世俗的には死んだのだと断固として自分に言い聞かせていたのですね。

私はすべての秘跡を受けましたし、みんなは私が今わの際にいると信じたのです。しかし容態が急変してまた希望が生まれました。私に付きっきりのカルメル会の神父が、私に妻ともう一度一緒になるという決意を持ち続けるように気遣ってくれました。そして、私は本気でそう決意したおかげで気持ちがずっと落ち着き、具合は日毎に良くなりました。多量の瀉血のために体力が衰えているだけで、ただそのためにグルノーブルに留まらざるをえなかったのです。

私が初めて外出したのはノートルダムという大聖堂に行くためでした。私たちがとおりかかったある商人の店先に目をやると、そこにシルヴィの肖像画があったのです。アルプス越えをした時に盗賊どもに奪われたあの肖像画ですよ。私はそれを見て彼女への思いが蘇り、気を失って倒れてしまいました。私に付きっきりのカルメル会の神父は、病気が治り切っていないものと思ったわけです。神父が動くままにひたすら従っていた私の従僕が、奥様の肖像画だ、と叫びながらそれを掴みました。神父はその時になって事情が飲み込めたわけですね。彼がその商人に話をしますと、商人が言うには、見知らぬ人から偶然その肖像画を手に入れたとのこと。私は従僕の手から肖像画を取り上げ、目に涙を浮かべて接吻しました。その商人はそれが私から盗まれたものだと分かると、私が欲しがったので、くれました。私は肖像画を持ち帰り、それ以来ずっと持っています。

この肖像画が彼女の許に帰ろうという私の決心を動かぬものにしてくれましたし、私はもうただただ馬に乗りたい一心でうずうずしたものです。それはやっと、私がグルノーブルに到着してから二カ月以上たち、妻が修道院に籠ってから四カ月近くたってからのことでした。私がカルメル会の神父に同行してくれるようにお願いしますと、同意してくれましたので、私たちは衰弱した私の体力が許す限り強行軍したわけです。ついに私の領地に着いたのですが、そこで小作人から最初に聞かされたのは、シルヴィがたった二日前に亡くなったという知らせでした。

まったく思いがけないこの知らせに私は打ちのめされてしまいましてね。もう彼女の不貞は忘れてしまい、思いに浮かぶのは私たちがお互いに抱いた愛ばかり。この時はさすがに親切なカルメル会の神父も私を慰めるのに精も根もつき果てました。

皆さんには私がどれほど後悔したかは言いますまい。私は彼女を死なせてしまった自分を責め、みずからわが身に罰を加えようとしたのです。私がわが身を突こうとしたその剣は取り上げられてしまい、私は六週間以上も狂人として厳しく監視されました。そしてやっと、死ぬ気がなくなったわけではありませんが、わが身を危める気はなくなったわけです。正直なところ、私を絶望から救い出してくれたのは、このカルメル会の神父をおいてほかにはいません。

　私たちは連れだってシルヴィが息を引き取った修道院に詣でました。彼女が埋葬された所では苦しみがまたしてもよみがえりました。私は彼女のために墓石を作らせ、できる限り心を込めて作りました。小間使いの娘はまだそこにいて、彼女のことをずっと嘆き通しでしたが、私から少しは聞いていたし、シルヴィからあとのことを聞いていたので、何もかも知っていたのですね。この娘は私を野蛮人扱いし、人非人扱いしましたが、彼女が正しかったのです。カルメル会の神父が彼女をなだめてくれました。私は彼女を修道院から出して、世間で金持ちにしてやるつもりでしたのに、彼女は主人を弔うためにそこに残りたがりました。私は彼女に修道院入りの寄贈財産を与えて、その寄進者の仲間入りをさせてやりました。そして神が私をお召しになる時のために、いとしいシルヴィの隣に自分の墓を確保しておきました(八五)。で、そのために、私はそれ以来どこに行っても遺言状と、それを執行してもらうための財産をいつも持ち歩いて来たわけです。

　ついに私たちはかくも痛ましい場所を去り、私は生涯そこには戻るまいと固く決意しました。私は親切なカルメル会の神父を再びグルノーブルに伴い、神父が過分だと言うお礼をして、彼を満足させてやりました。私がすっかり気を取り直すようにと、彼はしばらく私を自分の修道院に逗留させてくれたのです。もし私に隠遁生活を好む性向がわずかでもあったら、生涯そこに留まったでしょうね。しかし、私はそこの単調な生活にうんざりしました。私は自分の道をそのままたどり、ローマに行ったのですが、そこでもうかなり前から亡命していたケルヴィル氏に会ったのです。

　ランシー氏と彼と私はハンガリーに行きました。私は死に場所を見つけたい一心だったために勇敢な男とみなされたものです。絶望のなせる業でしかなかった行為が超自然的な勇気とされたのです。私たちはそこでラープ水路におけるトルコの敗北を目撃しました(八六)。もし私が名声に汲々としていたら、ここでかなりの名声を得たでしょう。けれども死に場所だけを探していましたし、神聖ローマ帝国皇帝とトルコ人の和議が成立したので、私はスペインとの戦争に火がついていたポルトガルに移ったのです。和議がすぐあとに成立しましたが(八七)、私はションベール殿(6)と一緒に帰る気にはなれず、ここにおられるジュッシー氏と親交を結んだわけです。私がかの地で送った惨めな生活は彼が知っています。

　二年前のことですが、私は、母が亡くなったという知らせをポルトガルで受け取りました。その知らせは私にはひどく身に堪えました。私は祖国を完全に捨ててしまっていました。つまり帰国は諦めていたのです。で、ジュッシー氏がいなかったら、私は今でも数々の辛い思い出を呼び覚ます所から、遥か遠くにいるでしょうね。とは言っても、私が祖国を再び見る喜びに無関心でいられなかったのは事実です。祖国への愛情は決して消えないものですし、(八八)私は祖国で幸せを見つけたことがあったので、完全にここに腰を据える気になっているのです。しかしそうは言っても、シルヴィの最期を思うと本当に苦しくて今でも激しく心を動かされます。シルヴィは聖女のような最期でした。彼女は不最後の息を引き取るまで私のことを覚えていました。彼女は不実でしたが、私は彼女のことをおそらく生涯衷心から悼み続けるでしょう。」

デ・フランが自分の物語を語って聞かせた人々の中に、目に涙を浮かべなかった者はひとりもいなかった。そしてデ・フランのほうはまた気を失ってしまった。それほどまでに彼の苦しみは激しかったのである。彼は間もなく我に帰り、みんなからひたすら慰められた。彼がずっと落ち着いたのを見て、コンタミーヌ氏が彼に言ったのである。「あなたの節度には感服します。しかし私は賛成しませんね。そういうのは私の好みじゃありません。神は私を激しい気性にお生みくださらなかったとは言え、私なら間違いなく情夫と愛人を一突きにしてくれたでしょうね。実際、あなたは恐れることは何もなかったのです。それに秘密が漏れないように、私はモランのお上さんにも同じ罰を加えてやったでしょうよ。この三人を殺しても何も起こらなかったでしょうね。」「おっしゃる通りです。――とデ・フランが応じた――最初にかっとなった時に彼らを血祭りに上げるべきでした。しかしながら、私はより穏やかでより人間的な道徳律に従ったことを後悔していません。私はモラン夫人の死に関しては潔白ですし、シルヴィとガルーアンは心から悔い改めたのに、彼らが死ぬような状態(八九)だったとしたら、私は永久に後悔ばかりしているでしょう。」「あなたが言われたことは、申し分のない紳士で真のキリスト教徒の言葉です。――とデ・ロネーが言った――しかし、失礼ながら言わせてもらいますと、あなたは彼女を受け入れないで、自分をさんざん苦しめた挙句、どうして冷酷に、かたくなに彼女を受け入れなかったのか、私には理解できませんね。わけても、即座に彼女を罰せずに節度を守ったあとなのですからねえ！　正直なところ、あなたの口から彼女の別れの言葉を聞いて、私はひどく心を動かされほろりとさせられましたので、私があなたの立場だったら、大きな心で彼女を許し一緒に連れ帰ったでしょうね。」「私もそうしたでしょうね。――とコンタミーヌが口を挟んだ――それに、私の不名誉は誰にも知られないのは確かですから、そんなことは後悔しなかったはずです。と言うのも、私は女のことは、正真正銘のはした女と思うことにするでしょうからね。そういうことで、我々を正しいと認めようじゃありませんか。あなたが彼女をあのように扱ったのは、かなり酷い仕打ちでしたよ。」「そういう理由からではなく、――と、まだ口を開かなかったジュッシーがつけ加えた――私なら彼女を受け入れたでしょうね。つまり私自身のためです。ここに私の妻がいますが、――と彼が続けた――彼女がいつか不貞を働くのではないか、などと私は心配してはいません。いずれにしても、そんなことを知らせてくれても私には嬉しくありませんからね。少なくともあなたがシルヴィを愛していらしたと同じくらい、私は妻を愛しています。しかし私が妻の現場を見つけ、即座に仕返しをしないとすると、私の不名誉が漏れないなら、私は妻を軽蔑するだけで決して仕返しはしません。また私の不名誉が周知のことなら、妻と別れるまでのことです。けれど、私なら騒ぎにならないようにするほかに、人が犯した罪のために自分の肉体と魂をすり減らさないように、また、その人の牢番で、死刑執行人で、崇拝者に同時になるなんてことのないように、充分に気をつけるつもりです。率直なところ、あなたの奥方が受けた罰は罪にしては重すぎます。で、どうして人間の心はこれほどの酷さを秘めているのか、私には理解できませんね(九〇)。」「その上にですね、——とデュピュイが言った——彼女の過ちは罪とは関係なかったのです。彼女はそうではないかと疑いましたし、私は関係ないと確信しています。これは——と彼が続けた——彼女がパリを発ってからおよそ六カ月後に、ガルーアンに書いた手紙です。読みましょうか？」みんなが読んでくれるように彼に頼んだ。それには次のように書かれていたのである。

修道院にいるシルヴィがガルーアンに出した手紙

わたしは貴方が無我夢中でわたしを愛していると確信していませんでしたら、わたしがどうなったか案じておられるに違いない貴方を、その不安から解放してあげるつもりはございません。わたしたちの交際はあまりにも罪深いものですから続けることはできません。神は貴方が思っておられる以上に冒瀆されたのです。なぜなら、わたしは自分が交わしていた約束と、貴方にお会いする前に立てた誓いを貴方に隠し、貴方にお会いしたあとでそれを破ったからです。そのためにわたしはすでに肉体的にも精神的にも、この世で受ける限りのあらゆる罰を受けました。死ぬことを除いてありとあらゆる辛酸を嘗めたのでございます。貴方とわたしの間で起きたことにわたしはあたかも同意したかのように、心から後悔しましたし、今でも後悔しています。しかし、わたしの心はその同意には関わりはございません。そのためわたしは非常に苦しみ、非常に当惑していますし、これはわたしの命のある限り終わることはないでしょう。わたしの命はわたしが望んでいるよりも長く、自分の過ちをすべて償うためにはあまりにも短すぎます。貴方には永久のお暇乞いを致します。もうわたしのことは考えないでください。わたしは貴方のことは考えたくもありませんし、決して考えてはいけないのでございます。今これを認めながら貴方に思いを馳せているのも、貴方のためではなく、わたし自身のためです。貴方は秘密にするとわたしに誓ったことをお忘れにならず、決してその誓いをお破りにならないでください。あるいは、いっそのことわたしの名前までお忘れください。これは貴方がわたしから初めて受け取る手紙ですが、これ以外に受け取ることは決してございません。もうわたしのことは考えないでください。貴方がわたしの噂を耳にすることは決してないでしょう。あぁ、悲しいですわ！　わたしはずっと身を誤ることなく生きて参りました。わたしの生涯はまどろみの中で平穏に過ぎましたものを！　わたしがずっと誇りにして来た貞淑さと貞節が将来を保証してくれるように見えましたのに、騙されていたなんて！　もう騙されません！　わたしは自分の弱さが身に染みましたので、謙虚にならなければいけません。これからは修道院の壁と鉄格子がかくも不吉な切っ掛けからわたしを守ってくれましょう！　あぁ！　わたしの貞節は貴方を退けられなかったということだけで決まるのでしょうか？　貴方はわたしの弱さを打ち負かしたからといって得意にならないでください。ほかならぬ神がわたしの慢心をたしなめるためにそう望まれたのです。神はわたしを懲らしめるために貴方をお使いになられたのです。神がいま貴方を無用者扱いしておられないかどうか心してください。わたしが負けたのは貴方の長所や説得の結果だとは思わないでください。そう思われると貴方御自身が間違いを犯すことになりましょう。あれは神の御心のままにわたしが陥った無分別の結果です。神はわたしを見放されておられたのです。ですから、わたしは貴方以外のほかの誰とでも同じようにわけもなく飛び込んでいたことでしょう。わたしが申し上げているのは確かなことですし、わたしは貴方に対して心の中では本当に無関心だったことも確かでございます。(九一)幸いにもわたしの過ちは一日限りで終わりました。けれども、神の目から立ち直ったと見られるために、わたしは過ちを生涯嘆き続けなければいけません。わたしはもはや世間に姿を現わすことはありませんし、世間には永久の別れを告げております。未練はもはやいささかもございません。わたしは自分を世間につなぎ留めてくださるはずであった方を裏切りました。もはや貴方のことは考えるたびに悔やまれ、恐ろしくなるばかりです。わたしがどこの修道院に引き籠っているかはお知らせしません。なぜなら、わたしは貴方の名前が口にされるのを決して聞きたくありませんし、わたしの名前も決して貴方に聞かれたくないからでございます。貴方さえいなかったら、とても幸せで平穏であった人生をかき乱されてしまった、そう自分の不幸をすべて貴方のせいにすることができるとしましても、貴方がいかなる災いにも襲われませんよう、お祈り致します。わたしの心のうちをご照覧くださる神は、わたしが貴方のためにひたすら神の祝福とお恵みを願っているのをご存じです。(九二)あぁ、悲しい、自分で願いが叶えられる資格を無にしてしまったなんて！　わたしに下された罰が貴方にも下されませんよう、お祈り致します。貴方が世間で生きて行けるのでしたら、幸せに生きてください。しかし、神はわたしに貞節を失わせるための道具として貴方をお選びになられたのですから、貴方をお怒りになっておられることにも思いを致してくださいまし。神は信仰と心からの回心をお求めになるはずですから、貴方が悔い改めてくださることをひたすらお祈りしています。楽々と勝利を収めたからには、貴方よりも強力な何かが貴方のために戦っていたとお分かりになったはずですが、貴方はそのような勝利に今まで気が咎めなかったのでしょうか？　わたしが心から愛していた貴方よりはるかに立派なある方が、貴方以上に激しくわたしの貞節を攻撃したのでございます。その方はわたしの貞節を本当に揺るがしました。けれども、わたしの心はその方の味方になりましたが、勝ちはしませんでした。わたしは自分の感覚に打ち勝ちましたので、もう戦いを恐れなかったのでございます。何という自惚れでしょう！　何と罪深いことでしょう！　わたしはいつも自分を支配してきましたので、粗暴な恋に何度も勇敢に立ち向かい、無駄な努力を笑い飛ばしてやろうと思っていました。一度も裏切られたことのない、みずからの強さと貞節を恃んでいたのでございます。あの卑劣な敗北のあとでわたしはどれほど狼狽したことでしょう！　もう一度繰り返して申し上げます。貴方以外の別の力がわたしと戦っていたのです。貴方は神の御手の中にあっては、わたしをひざまずかせる道具でしかなかったことに畏れを抱いてください。このことは貴方のために心配せずにはいられません。ひとえに貴方の救いが懸かっているのでございます。そして、これこそわたしが貴方のためにお祈りしていることです。お別れです、貴方はわたしを奈落の底に突き落としました。わたしがそれを悔いて罪を贖っていることに思いを致してください。また、わたしを洪水のように押し寄せる苦悩と後悔の中に陥れたあとですから、わたしの隠棲を手本になされば、ご自分の永久の功徳になることにも思いを致してください。

「これはシルヴィの文体です。——とデ・フランが言った——彼女は悔い改めた娘みたいに書いていますね。自分が結婚していたことはまったく触れていません。つまり、奥歯に物が挟まったような言い方なので、そんな疑いがかすかに残るだけです。」「表現の達者なことには感心しますね」とデ・ロネーが言った。「それ以上に女性たちの多才ぶりには感服しますよ。——とコンタミーヌが言う——デ・フラン氏の前で感想を言うべきなのか私には分かりません。」「どうぞ。——とデ・フランが促した——率直に遠慮なく話してください。」「私には、——とコンタミーヌが応じた——シルヴィがガルーアンに送った別れの言葉は、彼女が悔い改め、本気で神に帰依した結果というよりは、彼女を失ってもめげない愛人を世間に残して来た怒りのように見えますがねえ。で、率直に言って、彼女の改悛は、私の意見では、あまり本気ではなかったのです。少なくとも彼女には、みんな地獄に落ちればいいと思っている地獄落ちした人の改悛に通じるところがあるように見えます。で、彼女は修道院にいたのですから、ガルーアンを修道院に飛び込ませよう[九三]としたのは、間違いなくそういう動機からですね。彼女の首尾は上々で、彼は修道院に入りました。その原因は彼女ですよ。」「コンタミーヌさんが根も葉もない疑いをかけて、シルヴィの美徳の輝きを曇らせてしまうのは、わたくし我慢できませんわ。——まだ口を開かなかった美しいジュッシー夫人が怒ってそう言ったのである——彼女の思い出はわたくしには大切なものです。彼女の人生にわたくし感嘆してますのよ。彼女の苦悩と苦痛を思うと、デ・フランさんがわたくしには野蛮人に見えますわ。もう少し言わせてもらいますわね。彼には率直なもの言いをお詫びします。でも隠し立てはどうしてもわたくしの性に合いませんの。わたくし、奥様が世を捨てて亡くなられたことに魅せられてますのよ。もしも、――とジュッシー夫人はコンタミーヌ氏に話しかけた――シルヴィがガルーアンに未練があったら、なぜ自分を責め苛なんだ男にすべてを捧げたのでしょう？　なぜ彼のためにすべてを捨ててしまったのかしら？　門が開かれていたのに、なぜ修道院に生きたまま身を埋めてしまったのかしら？　それに、彼女の後悔が本気でなかったとしたら、なぜ彼女は亡くなるまで悔い改め続けたのでしょう？[九四]　そうよ、――と夫人が続けた――シルヴィは無実だったのよ。たとえ彼女の悔悛が初めは強いられたものだったとしても、彼女は心から悔い改めるようになったんだわ。夫への別れの言葉とガルーアンへの手紙から、わたくし、そう確信してますのよ。彼女の言葉は自分を偽ったり、自分を抑えたりしている人の心からは決して出て来ない、人の心を打ち、人を引きつける感動的な口調で溢れていますもの。そこには何か知られていないことがまだあるのね。[九五]」

「わたくしの従兄は感想を言わないのね」と、親切なデュピュイ嬢が言った。「美しいお従妹さん、私に話をさせようなんて、嬉しくないなぁ」とデュピュイが彼女に言った。「申し訳ないけど、――とロンデ夫人が彼に言ったのである――デュピュイ嬢のおっしゃる通りよ。兄が彼女に何か危険な、敢えてこの言葉を使えば、魔術的な手管を弄したと、あなたは信じ込ませたいような口振りでしたもの。」「奥様、この人たちは二人とも亡くなりました。――とデュピュイが答えた――しかも二人とも死後の名誉を尊重しなければいけない、そんな最期でした。二人が生きている間にしたことは忘れることにしましょう。」「デュピュイさんのおっしゃる通りだわ。――と、コンタミーヌ夫人が熱を帯びはじめた会話を中断させようとして言った――最善の解決法はないわね。それにデ・フランさんのお話で、みなさんの頭に悲しい思いがこびりついたでしょうから、それを消すために夕食のお話をしましょう。ちょうど時間ですわ。そして、気晴らしをすることだけ考えましょうよ。」「さあ、ご婦人がた、――とコンタミーヌが立ち上がって応じた――女性の最初の忠告は正しいと私は絶えず人から聞いてきました。家内の忠告に従いましょう。」一座の人々は皆立ち上がり、召使たちに食卓に食器を並べる時間を与えるために、ちょっと庭をひとめぐりした。そして一同を陽気にさせようと、コンタミーヌ夫人が先に立って歌を歌うと、ほかの人たちも同じように歌った。その合唱は長くはなかった。食事の用意ができたからである。

　夕食の間は楽しいことだけが話題になった。そしてみんなはデ・フランの気を紛らせようとできるだけのことをしたのである。デ・フランは自分を抑えているにもかかわらず、尽きぬ悲しみが鬱積しているのにみんなは気づいていたからである。彼のためにもロンデ夫人のためにも、シルヴィのことはひと言も触れなかったし、ロンデ夫人の前では夫人の兄に関わりのあるいかなる会話も控えたかったのである。一同は、みんなを食事に招きたいというデ・ロネーの家に翌日行く約束をして、夜もかなり更けてから別れた。ロンデ夫人は近々結婚する相手のデユピュイがそこで自分の恋物語を話すことになっているのを知っていたので、デ・ロネーの家に行きたがらず、もっともらしい口実を並べ立てて、その言い訳をしようとした。ロンデ夫人の思いは叶えられた。と言うのは、デ・ロネーが何もかも報告してくれるのをよく知っていた美しいデュピュイ嬢が、デュピュイが話を始めそうになったら、すぐにロンデ夫人と一緒に席をはずすと約束したからである。そして、この条件で夫人は行くことに同意した。モンジェイ夫人も行くのを渋った。なぜならモンジェイ夫人はデ・フランが泊まっている家には入りずらかったからである。しかし夫人のこの考えに気づき、そんな理由は意味がないと思ったデュピュイ嬢が、モンジェイ夫人を連れて行くと約束した。かくして、それぞれ家路をたどったわけである。コンタミーヌ夫妻は自宅に残った。ジュッシー夫妻は一緒に帰り、デュピュイはロンデ夫人を送って行った。デ・フランとデ・ロネーはモンジェイ夫人と美しいデュピュイ嬢をデュピュイ嬢の家に送り届けると、すぐ一緒に引き下がった。

「さて、——二人だけになるとすぐにデ・フランが友人に言った——今やあなたは私の物語を知ったわけですが、まだ私に再婚しろと勧めますか?」「ええ、ますますね。——とデ・ロネーが答えた——穏やかな生活を送るためにそうすべきです。モンジェイ夫人の腕の中でなら、あなたはこびり付いているシルヴィの不幸な思い出はすっかり忘れますよ。その話は別な折りにしましょう。目下のところは、明日ここに来る素敵な一行を迎える支度をするために、残っている時間を私にください。お察しのとおり、何もかもきちんとしておきたいのです。——とデ・ロネーが続けた——なにせコンタミーヌとジュッシー、それに二人の奥方のほかに、ロンデ夫人と我々の友人のデュピュイが来ますからね。」「そのほかに、——とデ・フランが笑いながら彼に言った——あなたの親切な愛人もね。」「あなたの好い人もです。——とデ・ロネーも笑いながら続けた——デュピュイはあなたをあの方と婚約させたいわけをちょっと話すはずです。彼はロンデ夫人がいても躊躇わないでしょう。そして、あなたに結婚を諦めさせたシルヴィの不貞は、自発的なものでなかったことをたぶんあなたに分からせてくれるはずです。その上、たとえ彼女の不貞が自発的だったとしても、そのためにほかの女房は考えられないというのは理由になりませんね。とりわけ折り紙付きの貞淑さときてますからね。その時までのこととして、お休みの挨拶としますか。」デ・ロネーは本当にデ・フランを部屋に残し、自分の部屋に引き上げると、そこに召使たちを上がらせ、翌日のために言いつけておかなければいけないことを彼らに指示したのである。

朝早くからデュピュイがデ・ロネーに会いに来た。ところがデ・ロネーはほかのことで忙しかったし、緊急の用件で出掛けざるをえなかったので、デュピュイはデ・フランと二人きりでかなり長い間話を交わしていたが、その間、デ・フランは大きな声で叫んだり、しばしば溜息を漏らしたりして、何度となく天を仰いだ。そしてついに、その話は万斛の涙でようやく終わったのである。デ・フランはあとからやって来た人々に物思いから呼び覚まされた。すると、彼はデ・ロネーから留守の間は丁重に歓迎するよう頼まれていたので、デュピュイの話で湧いて来た悲しみを懸命に隠そうと努めた。彼は首尾よく切り抜けた。デュピュイは彼をジュッシー夫妻、モンジェイ夫人、それにデュピュイ嬢とともに残し、自分はロンデ夫人を迎えに行き、しばらくすると夫人を連れて来た。

　やっとデ・ロネーが帰って来て、家にいなくてみんなが馬車から降りる時に迎えに出られなかったことを詫びた。彼の詫び言は聞き入れられたが、実際、それは道理にかなっていたのである。コンタミーヌ夫人だけは、一同の気持ちを引き立てる手始めに、その詫び言を聞き入れない振りをして、自分の愛人の出迎えをほかの男に任せたと言って彼をからかった。彼もからかいながら防戦したが、この夫人にはまったく押されっぱなしで、コンタミーヌとモンジェイ夫人に自分の味方になって、悪口を黙らせてほしいと頼んだほどであった。味方になるどころか、彼らはコンタミーヌ夫人に肩入れしたのである。みんながそれに倣ったので、寄ってたかってけしかけられた哀れなデ・ロネーは、ひざまずいて両手を合わせ、彼らに許しを乞い、自分の愛人にも許しを求める始末であった。彼は許され、かくしてこの戯事は、爆笑を誘わずにはおかなかったので、一同にとっては食卓を盛り上げる格好の座興になったわけである。

　一同は食卓に付き、豪華な昼食をとった。食べはじめたところに、テルニー夫妻が到着した。彼らはデュピュイ嬢に会いに家に行ったのだが、そこで彼女がデ・ロネーの邸で食事をしていると知って、少しも躊躇わずにやって来たのである。夫妻は大歓迎され、かくして一同が全員そろったわけだが、テルニーの愉快な性格が座興に少なからず役に立ち、実に楽しい昼食になった。デ・ロネーは何ひとつ抜かりなく客人たちをもてなし、椀飯振舞いをしたので、女性たちは眉をひそめ、わたくしたちはあなたのお友達だと信じていたからこそ、気さくにお食事に来ましたのよ、でも、あなたがたいへんに豪華なもてなしをなさるので、思い違いをしていたことがよく分かりましたと、非常に巧妙に彼に言った。確かに、実に贅沢な昼食であった。デ・ロネーは笑いながら、それはデ・フランさんのせいだとうそぶき、デ・フランは、自分にはいっさい関係ないと答えた。一同は十二分に楽しんだ。女性たちは酒宴の歌を歌い、お互いに褒め合った。要するに、正真正銘の歓喜の宴となるために、欠けているものは何ひとつなかったのである。

　ロンデ夫人と親切なデュピュイ嬢は、来客があるからという口実で一同に暇乞いをし、夕食には戻って来ると約束した。二人が出て行くと、みんなはデュピュイに約束を守るように促したが、彼はもとよりその気でいたので、二つ返事で承知したのである。彼は「喉が乾いたら待たないですぐ飲めるように」と言って、葡萄酒を一瓶とグラスを一つ自分の側に持って来させた(九六)。そして従僕たちを下がらせると、聞いているのが嫌になったら止めてくれるように頼み、それから次のような話を始めた。

デュピュイとロンデ夫人の物語

「皆さん全員の物語を聞いたあとで、私は小説の一般的な規則に従って、自分の物語を正真正銘の主人公として語らなければいけないわけですから、自分の行動を非難されるのは覚悟の上で、話すことにします。私の話は褒められたものでないのはよく分かっていますし、自分に裁きを下すつもりです。詐欺師や極道者の所業があることはよく分かっていますが、滑稽味があるのもよく分かっています。皆さんは志操堅固で誠実な主人公なのに、——と彼が続けた——この私は放蕩者の主人公なのです。私を激怒させた挙句、私を落ち着かせる秘訣を見つけたのはロンデ夫人だけです。彼女に会う前は、正反対でした。いつも自分の気質にあった楽しみを追って来ました。いつも娯楽と快楽を愛してきました。探しているものが見つからずに気落ちしたり、あるいは求めていたものを手に入れても、嫌気がさして気移りするなんてことはもうたくさんでした。これから正直に話しますが、もしもロンデ夫人がここにいたら、そうはいかないでしょうね。しかし彼女は出て行きました。それに、皆さんはたいへんに立派な方々ですから、これから一週間は彼女に嫌気を起こさせるようなことは何も言わないと信じて、事実を自分が思っているとおりに話します。彼女と私が結婚したら、彼女が奇蹟を起こして私を回心させたのだと分かるように、私が真っ先に私の過去のことなど忘れさせてやりますよ。その時まで、彼女はそんなことは知らないほうがいいのです。従妹がここにいないので本当にほっとしています。彼女は嫁入り前で、したがっておしゃべりだからというだけでなく、既婚の女性にしか聞かせられないことを言うでしょうからね。そうだとすれば、皆さんにはご内分にしていただいて、本題に入る前に教訓をひと言。それは、父を亡くした私がそうであったように、十八歳で財産を与えられ、好きにせよとほっぽりだされるほど、

若者にとって危険なことはないということです。（一）

お二人は――と、彼はデ・フランとデ・ロネーに言った――私が勉学時代をどんな風に過ごしたか、受持ちの教師がいつもどんな目で私を見ていたかご存じですね。書生言葉で言えば、私は学寮でも一、二を争う悪餓鬼でした。勉学中に私がした悪戯は少なめにみても、フランシォンの悪戯に引けを取らないでしょうね。（二）子供でもできる悪戯で皆さんを楽しませたくなったら、きっと別な日にその話をすることになるでしょう。目下のところは、もっと深刻でないとしても、少なくとももっと重要な出来事に移らなければいけません。

　私の家族のことや、私には兄がひとりいただけで、私たちは決して仲が良くなかったことは皆さんご存じのとおりです。これは稀なことではありません。兄は私より十歳年上で、それをよいことに私の行動に兄貴風を吹かせたがり、そのために私は彼を力任せに邪見にあしらったので、それからというもの彼は私に何も言わなくなりました。彼は私を恐れたからではなくて、私よりも意地が悪かったのです。つまり、私が碌でなしになるのが分かると、私の怒りを買うような真似をするよりは、私に気ままに生活させておいたほうがよかったということです。そして彼はずっと前に田舎に腰を落ち着け、ごくたまにしかパリに来なくなったので、私たちはお互いにまったく没交渉に暮らしています。父の存命中は彼が依怙贔屓され、それために私たちの不仲があおられたのは事実です。兄は母の秘蔵っ子でしたが、母は外面に騙されていたのです。私より思慮深くて引き籠りがちな人間でもないのに、見かけはいかにもそう見えたのです。そういう兄より、ざっくばらんで自然な私の態度は父に気に入られていました。こうして私は父のお気に入りで、彼の方は母のお気に入りだったのです。

　けれども、父が私に対して抱いていた特別な愛情に、私はつけ入りはしませんでした。父を亡くした時は、私はひどく若くて、父からもらった年相応の贈り物によってしか父の愛情を感じ取ることができなかったのです。しかし父の死によって私の地位はもはや確固たるものでないことが分かりました。と言うのは、父の存命中に身を固めていた兄が、邸の財産のうち実質的なものは大部分持ち出してしまい、父が亡くなると、母は私に何もしてくれる気がなかったからです。

　私は父の遺産はもらいましたが、それだけでした。しかし誰からも恩に着せられず、誰にも依存しなくて済むのですから満足したものです。とは言え私にはその財産から上がる収入しかなかったので、財産を湯水のように使ったわけではありませんが、気ままに使いましたよ。そんなわけで、飲んだり食べたりするほかにすることがなかったので、私の放蕩は驚くにはあたりません。かなり前に私は本気で放蕩から足を洗いました。初めはある未亡人でしたが、ロンデ夫人が私を本当に紳士に仕上げてくれたのです。お説教はこれで充分です、本題に入りましょう。

　まず言っておきたいのは、若い衆の筆おろしは老女か醜女という諺は、私に関する限りまったくの間違いだということです。私が女性を意識した最初の相手は器量よしで体つきも見事でしたし、せいぜい十九か二十歳でした。どうしてそういうことになったのか皆さんに話さなければいけませんね。私は低学年のうちは学寮にいました。少し大きくなると、冬の間だけ学寮にいて、夏は半寄宿、つまり昼食は教師の所で食べ、夕方には父の家に帰っていたのです。私はまだ十三歳にもならず、これからお話しすることが起きた時は、やっと第二学級にいたのです。三年以上もあとのことですが、私は自然学の口頭審査を受けたのですが、その時はやっと十六歳で、しかも十六歳になる一週間前のことでした[三]。

ある夕方のこと、私は邸に帰るところでした。猛烈な暑さでした。道路のほぼ真ん中あたりで、足元に扇を見つけたのです。私はそれを拾い、どこから落ちて来たのかと見上げました。いちばん目の部屋[四]に若い女がいて、私に言ったのです。『ねぇ、ぼく、置いといて、置いといてね。ほら、従僕が取りに行きますからね。』『私が自分でお持ちします、奥様。』と答えながら、私はすぐその家に入りました。階段で出くわしたその女の従僕が扇を私から取り上げようとしましたが、私は渡そうとしません。私たちはほとんど同じ年ごろでしたので、私は返事の代わりに彼を脅かしてやったのです。私は突き進みました。『これ、あなたの扇です、奥様。』扇を返しながら私はそう言いました。『お礼を言いますよ。――と彼女が私に言いました――わざわざ上がって来てくれなくてもよかったのに。うちの童僕が降りて行ったところでしたのよ。』『そうですね。――と私が答えました――でも、あなたを近くでみる楽しみは味わえなかったでしょうから。』私の返事に彼女は吹き出しましたよ。彼女が授業のことを質問しますので、私は気は利いていなくても、少なくとも図々しいまでの大胆さで彼女に答えました。これも私がおろそかにした長所です。年齢のわりに、私ほど大胆で図々しい少年は今まで見たことがなかった、そう人からいつも言われました。そのあと私が変わったのか、皆さんにはそのうち分かります。明日肉のパイを一緒に食べに来てくださいという彼女の頼みで、私たちの会話は終わりました。実によく覚えていますが、『いつも朝早くから起きている生徒に朝食を約束するなんて、あなたは自分がどんなことをしているのか分かってないのです。』と私は言ったものです。『かまわないのよ。――と彼女が言いました――あなたの好きな時にいらっしゃいな。わたしは約束は守りますよ。』

私は来ると彼女に約束し、忘れずに行きました。彼女は何度となく私のことを美少年だと言い、私は奥様もきれいだと答えたことを、皆さんに言っておくべきでしょうね。彼女はフランス語を実に正確に話しましたが、発音の方はあまり上手ではありませんでした。少し訛りがあって、私はそれをたいへんに快いと思っていましたし、実際に快かったのです。そう思っていたのは私ひとりだけではありません。彼女は娘でも妻でもなく、その両方でした。マルタ島の女で、結婚しないままある貴族に従って島を出奔し、その貴族にパリに連れて来られ、醜聞にならないように生活費などをあてがわれていたのです。要するに、騎士団[五]の分団長の情婦でしたが、太っていて陽気で、髪は褐色、目は大きくて黒く、胸はとても豊かでまっ白、またたいへんに愛敬がありました。彼女こそ私の最初のひとでした。

翌日は朝の六時に彼女の所に行きました。ご婦人に会うにはもってこいの時間です。私は教室か学寮の扉でも叩くように、彼女の扉を叩いたのです。彼女の童僕が開けてくれました。こんなに朝早くやって来て、起こされてはかなわないと彼は思ったのですね。扉を閉めようとしたので、私はその暇を与えません。彼を押し退けて、寝ている別嬪さんを起こしますと、その別嬪さんが、そこにいるのは誰、と聞いたのです。『私です、奥様。――と私が答えました――あなたが約束してくれたパイをもらいに来ました。』『あら、まぁ。――と彼女が応じます――いらっしゃい、いらっしゃいな、ぼく。』彼女は童僕に窓を開けさせ、それから菓子屋に使いにやりました。私たちだけが残り、私は彼女の近くの椅子に腰掛けました。彼女は前の日と同じように私に質問し、初めのうちは私の年齢に見合った話をしてくれました。しかし私は普通よりずっとませていたので、私のちょっと馴れなれしい態度に彼女はやがて言葉遣いを改めたのです。桁外れの暑さで、彼女は風に当たらなければいられなかったのですね。なんと彼女は私が今までにお目にかかったことがないほど美しい胸元と二つの乳房をあらわに見せてくれたんですよ。

　私は邸の下女たちを怒らせたことがときどきありました。そこで、私は遠慮なくその時と同じ方法に従ったのです。彼女の乳房に手をやり口を押しつけて、おっぱいを吸いたい、と彼女に言いました。ともかく、良い機会を与えられて、図々しい小僧がどんなことを為出かすか想像してみてください。私のかわいいのぼせぶりに彼女は吹き出し、私は自分が興奮しているのを感じました。自然は偉大な教師です。私は上手に振舞いましたよ。彼女は私のなすがままにさせてくれました。雀[1]は自分の巣を見つけたわけです。こうして、私は彼女を満足させてその巣を出たのです。と言うのは、彼女は私にまた来てほしがりましたからね。彼女は中途半端な快楽しか得られず、私は恋の炎が燃え上がるほど成長してはいませんでした。

　それはともかくとして、これこそ私の小手調べというわけで、そのあと何度も繰り返されたので、悪魔だってその数は言えないでしょうよ。彼女は秘密にするよう私に忠告し、私はそれに背かないように用心しました。彼女との関係は二年以上も続きました。彼女がどうなったか皆さんには言う必要はありません。しかしその二年間は、ほかにもちょっとしたお菓子を彼女から貰えるという楽しみがあったので、私は彼女の所にずっと入り浸りでした。

　彼女は騎士分団長と一緒に散歩することはいっさいありませんでしたし、私もそれには付き合いませんでした。そして、分団長は彼女が私におしゃべりをさせて、楽しんでいるだけの仲だと思っていたので、私を先に立って可愛がり、自分たちの楽しみには何にでも私を加えてくれたものです。私はいつもふところ具合がよくて、ポケット一杯の砂糖漬けの果物のおかげで生徒たちからは一目置かれていました。

　こんなわけで、私はもう夏ばかりでなく冬もどうしても寄宿生にはなりたくなかったのです。私の成績が前より良くなったのも彼女が原因でした。彼女は、私のように一人前になりかけた男の子は、先生に叱られないように一生懸命にやらなければいけないと言って私を諭し、私の名誉心を刺激してくれたのです。彼女はさらに、もし私がよく勉強しなければ、それは私が往き帰りにあまりに多くの時間を無駄にしているせいだと思われ、寮に入れられてもう会えなくなるだろう、とも言ってくれました。

　これこそ私を納得させてくれた主な理由です。こうして私は非常によく勉強したおかげで、教師たちは満足し、父は一層私を可愛がってくれました。父は私がいつもその女の所にいたのをよく知っていました。しかし騎士分団長もできないのに、父にどうして疑えたでしょう？　その上、父は彼女のことは彼女の思惑通り、つまりフランス人と結婚してパリに連れて来られた外国の女としか知らなかったのですからね。騎士分団長はそう思われるように、騎士団の十字章を隠しておこうといつも非常に気を使っていましたが、特に彼女に会いに来る時は、そうでした。彼女が遠くに行ったので、ついに私たちの関係は途絶えたわけです。

　私はそのすぐあとで学業を終えました。私を軍職に就かせるつもりでいた父は、私にその訓練を受けさせたのです。ルデューヌ公爵[六]の馬術教師は父の親友で、叔父の親友でもありました。二人は私に乗馬を習わせたいので、私の面倒をみてくれるようこの馬術教師に頼んだのです。そこで私は彼の所に行きましたが、長続きしませんでした。公爵の邸の近習たちの中に、まったく見かけ倒しのドフィネの田舎貴族がいました。彼は悪魔みたいに意地が悪いのに、ちょっとした聖者と思われていたようです。例の馬術教師はこの男に含むところがあったのですね。ある日、彼は馬を長鞭[七]で打ったのですが、そのためこの男は私が吹き出すほど棒立ちになってしまう始末。『背筋を延ばせ』と馬術教師が冷やかに彼に言いました。この近習はひと言も口答えしません。しかしふくれっ面をして、私を爆笑させたわけです。私は彼と同じ悪童だったのです。彼は地面に降り立つと、私に食ってかかりました。馬術教師は何くわぬ顔でそれを聞いていて、私にも同じ目に遭わせてやろうと決めたのですね。今度は私が馬に乗りました。轡鎖《くつわぐさり》が外れていたのですが、私はそれに気づきません。私は一回目の輪乗りを始めたとたんに、腰のまわりをぐるりと鞭で打たれた感じがしたのです。それは例の近習の仇討ちになったわけで、今度は奴が腹を抱えて大笑いです。私はひどい目に遭わせてやるぞという目付きで睨みつけ、奴を目がけてまっしぐらに突っ込んでやろうと馬首を回しました。ところが馬術教師殿に馬の首を掴まれてしまったのです。『良き騎士たるには、馬具をすべて点検しないで馬に乗ってはならん。馬の轡鎖がゆるんでいるぞ』と、馬術教師は私の血を凍らせるような冷やかな態度で言ってのけたじゃありませんか。私はそのために鞭を食らったわけです。私はこんな冷酷で厳格な先生につくのは金輪際ごめんだと固く決意して、その朝の馬術を終えました。その時はそんなことはおくびにも出しませんでしたが、それ以来そこには行く気になれず、乗馬はよそで習いました。

　私はパリの決闘好きどもがたくさん通っていた、ある師範の所で剣術を習っていました。その連中と知り合いになったのです。連中は初め私をぽっと出と誤解しました。あとでこの連中と友達になるには、まずそのうちの少なくともひとりを見事に打ち負かさなければいけないことがよく分かりました。彼らは私に非難がましいことはいっさい言いませんでしたし、それ以来私たちは一緒にうまくやってきました。

父は私をある技師の所に下宿させてくれ、そこで私は築城術を習っていました(八)。たいへんにきれいな小間使いの娘のことで母と私は些細な事でいさかいになり、私は邸を出ていたのです。母はこの娘を私のせいにして追い出してしまったのですが、母の言うところによると、私がこの娘を自分の部屋でも使っていたからだそうです。おそらく母は間違っていなかったでしょう。しかし母には確かなことはまったく分かりませんでした。にもかかわらず、やはり私にひどく嫌な顔をするものですから、私は父に邸から出してくれるよう頼んだのです。それには兄がパリにやって来たことも役に立ちました。

兄は母から秘蔵っ子として迎えられました。母の兄に対する可愛がりようと私に対する冷たさを私は比べてみたのです。それでついには父の家が私にはひどく不愉快になったのです。私は父に繰り返して訴えましたし、父は何かの折りには私の味方をしてくれました。そのために父と母が何となく冷たくなったのですね。結局、ヤコブのように私が兄に譲歩することにしてほしいと父に頼みました(2)。私のことで起こる騒ぎはすべて私に不幸をもたらすだけだと父に示したのです。父はもちろん邸の主でいるのが好きでしたが、家庭の平和を愛していました。しかしお話ししたように、私を下宿させてくれたわけです(九)。

私は冬の間はずっと下宿にいました。そして、マスケット銃(3)を持てるほど大きくなると、父は私を自分の親友の中隊に入れてくれたのです。父は私がこれから仕える連隊長のアラモーニュ氏を個人的によく知っていて、私が出発する前に挨拶に行かせようとしました。父はアラモーニュ氏宛の手紙をくれたのですが、私はパリではアラモーニュ氏を見つけることができず、氏がいるヴェルサイユに手紙を持参することに決めたわけです。私は父に自分の意向を伝え、ほかに言いつけはないか伺いに父の邸に立ち寄りました。ちょうどある街角に差しかかると、ふしだらな娘たちばかり住んでいると先刻承知のところに、兄が入って行くのが見えたのです。初めは見間違いだと思いましたよ。で、確かめるために、私は馴染みの居酒屋の中庭に入り、そこに馬を残して、ご立派なその家に入ったのです。部屋に入るまでもなく、兄の声が聞き分けられ、私は鍵穴から兄だと確認しました。

皆さんにお話ししたように、兄は行ない澄ました態度によって母にはカトー(4)の生まれ変わりだと思い込ませていました。彼はほんのしばらく前に田舎で結婚していて、しかも完璧なまでに容姿端麗で、たいへんに裕福な良家の若い娘を娶っていたのです。しかし夫婦の貞節の掟は、神がアダムにたったひとりのイヴしかお創りにならなかった(一〇)、天地創造まで遡るにもかかわらず、彼はこの掟をそれほど厳格に守らなくてもいいと信じていたのです。

兄は結婚してパリに戻って以来(一一)、かつてないほど引き籠った生活をしていました。母親の腰巾着だったのです。彼も、また母も説教を欠席したことがありませんでした。要するに、このおめでたい母親の言うことを信じる人がいたら、母の秘蔵っ子を聖人に列するために、調書作成に奔走したことでしょうね。私はパリでの兄の行状を邸の従僕から何もかも教えられていました。この従僕は私と同様に、行ない澄ました態度のせいで、兄があまり好きではなかったのです。その態度には召使がみんな怒っていましたからね。兄がパリに来てから六カ月以上たっていましたが、私は母に会うたびにきまって息子殿の話になり、お兄さんを見習いなさいというお説教を聞かされるのが落ちでした。兄が上がり込んだ遣手婆のマルチニエールの女将の所に、私が時々出入りしているのを母は知っていたのです。母はその現場を押さえるためにやれることは何でもやりましたし、その場で私を叱りつけてやると息巻いていたものです。母はこんなことをする女でした。けれども私のほうが母より抜け目なかったので、母はいつも無駄足を踏んでいたわけです。女将は醜聞を引き起こさないので、母はこの女を立ち退かせることができませんでした。

　たとえどんなことになろうと、私は一挙に母の目の鱗を落としてやろうと決意しました。街角に屋台店(5)を出している靴直し屋を呼び寄せ、その男と話しているところを見られないように、私の馬がいる居酒屋に連れ込みました。『俺は文無しなんだ。――と、私はその男に言ったのです――今すぐヴェルサイユに行かなくちゃいけないってのにさ。さっきお袋に金を無心したところ、断られちゃてね。お袋にはマルチニエールの女将の所に金を盗みに行くと言ってやったんだ。俺はこれから本当に女将の所に行くから、俺が入るのを見たとお袋に教えに行ってくれ。俺が馬鹿を為出かしはせぬかと心配して、探しにやって来るのは確かさ。俺を喜ばしてくれよ、一杯おごってやるからさあ。』その男はちょっと渋りました。しかし、私は奴さんが母の回し者のひとりであるのを知っていましたから、私が言ったとおり喜んでやらないと、張り倒すぞと脅かしてやったのです。というわけで彼は母の所に向かい、私は、本当にマルチニエールの女将の所に入ったと彼に信じ込ませるために、そこに上がる振りをしました。そして、彼が邸に入るのを見届けるとすぐにそこを出て、居酒屋に取って返し待ち伏せたのです。

　長い間そこで待つまでもなく、人のよい母が平手打ちは確実に食わせそうな烈火のごとく怒った顔をして、やって来るのが見えました。母は御者と二人の従僕を従えて歩いて来ました(一二)。私は母がマルチニエールの女将の所に入ったのを見届けると、すぐさま馬に乗りました。遠回りして父の邸に行き、父には自分がたった今して来たことは、しくじらないように、何も言いません。まもなく私の企みが図に当たったことが分かりました。しばらくすると母がたいへんな膨れっ面をして帰って来たのです。そして、その後について来た兄はひどい悄気ようでしたので、私には疑う余地はありませんでした。実際、母は、女の膝に乗り片手で女の胸を掴み、もう一つの手にグラスを持っている兄を見つけたわけです(一三)。

　母親も、息子も、どんなに驚いたことでしょう！　私は驚いた振りなどしませんでしたが、邸でのことには驚きました。私は父とだけ話をしました。父は私にお金をくれて、食事をして行くように私を引き止め、普段よりも早く食事にさせたのです。私たちは四人そろって食卓につきました。誰もひと言も口をききません。母はかんかんに怒っていて、口を開こうとせず、食べようとも、話をしようともしません。兄は母の真似を決め込んでいます。そして私はといえば、笑い出さずにはいられませんでした。実際、それぞれの態度と、その理由はお笑いでしたからね。父はそのために機嫌を損ねました。

『お前たちが不機嫌なのは次男坊が、——と父が言いました。父は私をもっぱらそう呼んでいたのです——ここで食事をしているからかね？　彼はお前たちと同じこの邸の者じゃないのかね？　一体、何だってそんな仏頂面をせにゃならんのだ？　それにお前は、——と父が私に向かって続けたのです——何をくすくす笑っているんだ？』『何があったか理解するのはさして難しいことじゃありません。——と私は笑いながら答えました——母上はあのご立派なマルチニエールの女将の所に私を追いかけて行かれたのです。ところが、母上の回し者の靴直し屋が勘違いしたものですから、あそこで私ではなく、兄上を見つけたのです。』

違う、とは言えません。母のあとについて行った従僕たちが私たちの給仕をしていて、彼らが思わず笑いましたからね。私は父が怒り出すと思っていたのですが、怒りもせず、それどころか、父も笑い出しました。父が兄に個人的に何と言ったか、私には分かりません。しかしその時は、こんなことは妻のある男にとっては恥ずべきことだと兄に言って、『お前が神を恐れないとしても、せめて人様と、特に外科医どもは恐れることだな』とつけ加えただけでした。

私はそれ以上は望んでいませんでした。私はヴェルサイユに行き、それから初陣を飾るつもりで、そのあとすぐフランドルへ向けて出発したわけです。けれども私は出陣しませんでした。私たちの大隊はずっとアミアンに駐屯し、私がそこでしたのは演習ばかり。私はそれにうんざりして、帰ろうか、それともチュレンヌ殿下の軍に合流しようかと、賜暇を願い出ようとしていた矢先に、父が今わの際にいて、何としても私に会いたがっているというパリからの手紙を受け取ったのです。(一四)

賜暇は簡単に取れましたので、私は駅馬車に乗りました。父が生きているうちに会えるように到着しなければいけない時でしたからね。父の最期の言葉がどういうものだったか、言うには及びませんね。私はそのうちの自分に関係のある言葉をうまく活かすことができず、ほかの人たちは人たちで、父が忠告したことをきちんと実行しませんでした。私にとっては、父はあまりにも早死にでした。と言うのは、私が何かできそうになり出した時でしたし、私は援助がなかったので、何もやれませんでしたからね。(一五)和議さえ成立し、そのため私は若さを無為に過ごすことになってしまったのです。

父は七月の終わりごろ、亡くなりました。そしてこの私は、自分で勝手にするようにほっぽり出され、その冬は私とまったく同じ碌でなしの浮浪者たちと一緒にパリで過ごしました。(一六)私たちは気違い沙汰の遊蕩に耽ったものです。特にカーニヴァルにはね。しかし皆さんにその話をする前に、あり得ないような滑稽きわまりない意外な出来事をお話ししておかなければいけません。

私たちの仲間は八人で、なかでもガルーアンがその仲間でした。彼と私だけに従僕がそれぞれひとりいて、人に知られたくない時には従僕を厄介払いしていたものです。四旬節前の最後の木曜日に、フォーブール・サン＝ジェルマンで大舞踏会がありました。私たちは仮装してそこに乗り込むことに決めたのです。古着屋でできる限り奇怪な衣装を探し出したのです。尻尾も爪も全部そろっている悪魔の衣装が籤《くじ》引きで私に当たりました。と言うのも、私たちは籤引きにしたかったからです。私たちは夕食を食べに行こう、つまり、いつも通り底なしに飲もうと繰り出したのです。そのあとで二台の四輪馬車で舞踏会に乗り込んだのですが、御者どもにひどく吹っかけられ、その挙句に前払いしなければいけませんでした。私たちはへまなことをしました。と言うのは、私たちが舞踏会に加わると、すぐにこの騙りどもはずらかってしまい、それっきり見つけることができなかったのです。

舞踏会が終わって、私たちは御者を呼びましたが、見つかりません。自分たちの家からはかなり遠かったのです。どうすべきか？　私たちは明かりがついていた居酒屋に入りました。飲み物は出してくれましたが、泊まらせてはくれません。したがって、歩いて帰らなければいけませんでした。その夜は猛烈な闇夜でしたし、葡萄酒を飲みすぎたせいで、私たちには道路がひどく狭く見えたものです。私たちは折あしく別れて、それぞれ家路をたどったわけです。私は自分がどこにいるか分からず、靴直し屋の屋台店にぶつかって、危うく首を折るところでしたよ。それが何か分かると、私はそこで朝になるのを待つことに決めました。その中に潜れるだけ潜り込み、屋台店の台の上に横になったのです。

私は飲んだ葡萄酒のせいで、寝心地のよいベッドに寝るようにぐっすり寝てしまいました。仲間のことはまるで会ったことがなかったかのように、もう考えもしませんでした。蒸留酒売りが駆けまわるころに、つまり夜が白み始める前に、そこから出るつもりだったのですが、一度寝込んでしまうと、目が覚めなかったのです。この屋台店の持ち主の靴直し屋も、おそらく遊蕩に耽っていたのでしょう。九時過ぎてからやっとやって来たのです。

私は日も高くなってから、寒さで凍えて目を覚ましました。自分がどこにいるのかもう思い出せません。それでも思い出そうとしたので、思い出したわけです。まっ昼間にそんな扮装でそこから出て行くなんて、私には決心できません。もし靴直し屋が屋台店の場所替えをするために来なかったら、私は寒さを堪えてそこで夜になるのを待ったでしょう。靴直し屋は悪魔が店に取り憑いたと信じて、すさまじい叫び声をあげます。すると人通りの多いその道路にいた人が皆目を向けました。

見つけられたのが分かると、私はそのねぐらから抜け出し、一目散に駆け出すことに決めました。仮面を顔につけたまま屋台店から飛び降りると、誰もが本物の悪魔だと思っていたので、私がみんなに爪を見せるとさっと道を空けるのです。私はすっくと立ち、深呼吸をするとすぐさま、行く先も決めずに全力で駆け出しました。そしてちょうど道を曲がったところで葬式の列に紛れ込んでしまったのです。司祭たちはくるりと背を向けます。そして私が亡骸のちょうどそばに差しかかると、担いでいた連中が亡骸を落して、逃げ出す始末。連中の恐がりようといったら、吹き出さずにはいられませんでしたよ。私はそのまままとある居酒屋まで走り続け、そこに飛び込んだのです。そこは幸いにも舞踏会が終わってから私たちが飲んだ居酒屋でした。その夜私を見かけたふたりの給仕たちが私のことを覚えていたので、恐怖はくまなく消えたわけです。

　私は邸に引き立てられるぐらいで済むと思っていたので、邸に従僕と服を探しに行かせました。それが間違いでした。私が葬式の列を混乱させ、亡骸が落ち棺が壊れてしまったために、遺族と謹厳な会葬者たちは、これは待ち伏せだと思ったのですね。私をたたきのめしてやろうと居酒屋を取り囲んだそうです。それで、こういうごろつきの手から逃れるために、私は警視を迎えにやらなければいけなくなりました。警視は私を知りませんでしたが、私の名前は知っていました。彼は私の申し立てが本当かどうか知ろうと、自分で母の所に出向き、母に私の珍事を語って聞かせたのです。母は腹を抱えて笑いころげ、自分の四輪馬車と二人の従僕、それに私の従僕を差し向けてくれました。私が服を着替えますと、その姿は下層民の心に敬意を刻みつけるものでしたので、私は体面を傷つけることなく居酒屋から立ち去ったわけです。

　これしきのことで私は仲間から抜けたりはしません。次の日曜日、つまりカーニヴァルの最後の日には、私たちは仲間のひとりの持ち家で、石工が工事中のために誰も住んでいない家にいました。その家に私たちはより多くの自由を求めてよく集まったものです。家具といっても、せいぜい椅子とテーブル替わりの板が数枚あるだけでした。一ダースばかりの陶製の盛り皿が私たちの取り皿、つまり食器になり、それらのほかに取っ手のない壷が数個と木製のけちな燭台が三台あるだけで、いつも清潔だったのは酒瓶だけでした。と言うのは、酒瓶はいつも新品だったからです。二つの床石が火床替わりで、粗末な布で覆われた二つか三つの藁束が、私たちと仲間のご立派な娘たちのベッドというわけです。要するに、これは紛れもない貧民窟[一七]で、ここで私たちは世界中でいちばん華麗な宮殿の中よりも上手に、私たち流のやり方で楽しんでいたのです。その上、たいへんなご馳走とすばらしい熱気。つまり、私たちはそこで上等な葡萄酒を飲み、たいていはナイフを使わず、いつもテーブルクロスもナプキンもなしで、うまい物を食べていたのです。いちばんありふれた私たちの楽しみのひとつは、三、四人の愛と美の女神ヴィーナスの娘たちを酔わせて、彼女たちの喧嘩の種を蒔き、殴り合いをさせることでした。これは間違いなく面白いですよ。それにこの種の楽しみほどおかしいことはほかにありませんから、私はまだ嫌になることはないでしょうね。

　というわけで、その日曜日に、私たちは乱痴気騒ぎを徹底的にやることに決めました。仲間は十二人でした。つまり八人の男と四人の遊び女です。ウーブリ売り[6]が通りかかるのが聞こえました。私たちが呼びますと、その男が上がって来ましたが、あまりにもむさくるしい所に入り込んでびっくりしていました。彼には景気づけに一杯振舞ってやりました。私たちはかねて決めておいたように、彼を相手に、彼の籠の中身の四倍の賭けをやったのです。彼は私たちに払う金を取りに行こうとしましたが、そんな事は許しません。即決裁判方式で、そう私たちは言っていたのですが、彼を裁判にかけたのです。私たちが彼を罪人のように縛りあげると、娘たちは、ひとりが裁判官に、ほかのひとりが警視に、もうひとりが主席検事に、残ったひとりが書記になりました。ウーブリ売りは被告用の訊問台に乗せられ、払うだけの現金がないのになぜ賭けをしたのか、と尋問されます。かわいそうに奴さんは何が何やらわけが分かりません。男たちは当事者かつ告訴人で、別嬪さんたちが裁判官です。彼女たちは票決に入り、当事者かつ告訴人で、主席検事役を務めた浮かれ女の論告通り、裁判官を気取る浮かれ女が、彼を絞首刑その他に処す、と宣告しました。

これほどの乱痴気騒ぎは、私たちのように酔ってでもいなければできるはずがありません。なにせこの男は恐怖で危うく死ぬところだったのですからね。判決を執行するために、私たちは中庭にあった建築用の起重機の上に彼を乗せました。その首には縄をかけましたが、この縄は彼に気づかれないように切っておき、山積みになっている漆喰と藁の上に蹴落としたのです。彼は両手を縛られているので、身動きができません。私たちの目的は彼を恐がらせるだけでよかったのです。彼が完全に震えあがったのですから、してやったりというわけです。

私たちはものの見事に騙してやったのでみんな笑い出しましたが、いつまでも笑ってばかりいられませんでした。哀れなこの男は藁の上で気絶したまま、ぴくりとも動きません。楽あれば苦ありです。私たちは後悔し、思いつく限りの救急処置をしましたが、男はやっと意識を取り戻しましたが、ぐったりしたままでひどい熱。大きな暖炉の近くに彼を運び、葡萄酒を惜しまずに振舞ってやりました。

私たちは外科医を呼びにやり、その外科医には自分たちがしたことを包み隠さず白状しました。彼はその男に瀉血を施して、それから、愚かなことをしたのですから当然ですが、私たちを叱り飛ばしました。彼は私たちにその男の熱を冷ます手当をさせ、男のために口止め料を出させました。(一八)そのとおりにしましたが、幸いにも、長い間彼を看病するには及びませんでした。この男は一週間具合が悪くて親方の所に戻れませんでした。親方は四旬節にはもう彼は要らないので、雇い直そうとしません。私たちは心配して彼に奉公口を見つけてやり、一流貴族の料理頭にしてやりました。それで、彼はそれからは自分が体験した恐怖を真っ先に笑い飛ばすようになりましたよ。私たち、つまりガルーアンと私は、人の命を弄ぶような危険な気晴らしには、何であれ今後はいっさい加わらないと固く誓い合ったものです。

まあ、こんな具合に私は喪中の一年目を過ごしました。この二つの例によって、皆さんにはほかのことも察していただけるでしょう。ガルーアンは、お話ししたように、私たちの仲間でしたし、それもいちばん活発な仲間でした。彼が間違いなく自然を越えた秘法を極めたのはそのためです。私はといえば、私はこの種のことにはまったく趣味ではなかったので、正直なところいかなる秘法にも通じたいとは思いませんでした。いずれにせよ、私は紛れもない放蕩者の生活を送っていたので、こんな質の悪い仲間から抜け出すためには、私には仲間が散りぢりになる必要があったのです。四旬節が始まりました。生活を変えなければ、自分が必ず破滅するのは私自身がよく分かっていた上に、復活祭とそれと同時にやって来た聖年（一九）のおかげで、仲間は解散しました。そこで私は行ないを改めましたが、しかし快楽への執着をばっさり断ってしまおうとしたわけではありません。醜聞にならないよう、極端に走らないようにしました。

　こうして私はもっとまともな交際をすることにして、交際できる近所の女性を探しはじめました。最初に申し込んだのはソフィーでしたが、彼女はそのあとデピネーと結婚しました。私は彼女には明らかにお気に入りの恋人がいるとは思っていませんでした。いると思っていたら、無駄骨は折らなかったでしょう。なぜなら、もちろん私は横恋慕する気などありませんからね。しかしこの娘は自分のことをひた隠しに隠したので、私は彼女には意中の人はいないと思ったのです。そう思ったからこそ私は彼女にご執心だったわけです。彼女は美人ではないけれど、なかなか愛敬があります。体つきは見事ですし、少なくとも、彼女にあまり洗練されたことを求めていなかった私にとっては、全体的に見れば、気にかけるだけの価値が充分あります。

　ソフィーは初め私をかなり快く迎えてくれました。私はことを進めようと思ったのです。しかし私は間違っていました。私に愛想がいいのは、自分の恋人をちょっと嫉妬させて、引き戻そうという彼女の魂胆のせいにすぎないのだ、そう気づいたのです。ほかの時だったらこんな色恋沙汰は笑い飛ばしてやったでしょう。しかし騙されていたのが私には気に入りませんでした。事実、彼女は私がある程度馴れなれしくしても許してくれたし、それは罪のないものでしたが、それでも私にはともかく先に進める資格があると確信させてくれたのです。私はデピネーが結婚を申し込むとは思っていませんでした。したがって、ソフィーをいきり立たせると、彼をひどく侮辱することになるとは思わなかったのです。私は二人の間には何か罪になることがあったと思いました。そんなことは何もなかったのですが、私はそう思いたかったのです。

　ある日のこと、私はデピネーが彼女の家にいることを知りました。ソフィーは彼がひんぱんに訪れて来るわけを私に少しも話してくれなかったし、私を騙そうとしていたのですね。そこで私は意趣返しをしてやることにしました。デピネーが彼女の家にいると知って、私は彼女の家に行き、ノックもせずにいきなり彼女の部屋に入ったのです。その時の二人の状況は私が願っていたとおりでした。二人は暖炉のそばにいて、彼は肘掛け椅子に座り、彼女は恋人の両足の間にあるスツールに座って、恋人の両膝に左右の肘を突き、デピネーの腹の上で頭をのけ反らせていたのです。そして彼は、鞍袋に収められたピストルよろしく、右手を愛人の左の胸に、左手を右の胸に突っ込んでいました。

　私が入って行く物音に、彼女が私のほうを振り向きました。そして、こんな状態でいるところに不意に踏み込まれたのを怒って、立ちあがったのです。『まったくもう、こんな風に人様の家に入るって法がありますか！』と、彼女はしかめっ面をして私に言いました。『まったくもう、――と私は同じ調子でやり返しました――私があなただったら、鍵をかけておいたのに！』『ここに何を探しにいらしたのか、お聞きしたいものですわ。』と彼女。『幸せで満足している二人の恋人を探していたのです。見つけましたよ。でも、そのままにしておきます。』そう言って、私は外に出ました。デピネーが大急ぎで私のあとを追いかけて来たので、食ってかかるものと私は思ったのです。ところが反対に、私がいま目撃したことは何も喋らないでくれ、そう頼むじゃありませんか。自分はひたすら結婚する気でソフィーに言い寄っているのだ、だからこそ彼女は人前では罪とされるかも知れないけれど、二人の間では罪にならない愛の証を自分に与えてくれたのだ、と言うのです。そして最後には、秘密にしてくれるものと当てにしている、と決めつけました。私は答えてやりましたよ。俺を馬鹿にしてるな。黙っているくらいなら何度でも縛り首になったほうがましさ。ソフィー嬢が俺を激高させたんじゃないか、そっちより俺のほうが先に好きになったのに、あんなことをしてくれた試しがなかったぞ。(私は、デピネーのほうが先に彼女を愛していたという素振りは、見せたくありませんでした。二人は仲直りしてから初めて愛し合うようになったとしておきたかったのです。)『結婚だってぇー、馬鹿ばかしい。――そう私はつけ加えました――結婚したら、信じてやるさ。しかし当て馬にされるのはまっぴらご免さ。』彼は繰り返し頼みましたが、埒があきません。私は彼に何も約束しないで別れました。もし彼がその気になったら、私を張り倒せたでしょう。しかし彼は、張り倒されるのが恐かったのです。

その晩早速私はソフィーに会いに行き、口止め料として非常に無礼な条件を極めて礼儀正しく提案しました。彼女が同じことを私にしてくれるなら、黙っていると約束したのです。その提案に応える代わりに、彼女は危うく私の目を引っかくところでした。私はそうはさせません。しかし爪で引っかかれなければ、女性を侮辱するのを生涯ずっと楽しみにして来たので、口喧嘩をすることにしました。けれども彼女は口うるさくなかったので、私が期待していたほどの楽しみは得られません。彼女は初めこそかっとなりましたが、懇願を繰り返し、私は条件を繰り返しました。

『何ですって、お嬢さん、――と私は彼女に言いました――私があなたに騙される気になっているとでも思っているのですか? 私を嫌いではないと言ったじゃありませんか。私に馴れなれしくさせておいたくせに。もし私が率直に公表したら、間違いなくあなたの汚れのない生活に汚点がつきますよ。だから、私をいたわった方が得なのは分かっているでしょう。にもかかわらず、あなたは突然に私を見限るのですからね! その上さらにいい気なことに、秘密にしてくれと私に頼んでいるんです。まったく、私をひどいお人好しか、薄のろと思っているに違いないんだ!――と私は続けました――そんな頼みは女と関係を持ったくせに、自分では公表しようとしない修道僧にしか通用しません。私のような男にはだめです。これは世間を侮るものです。あなたの不実に仕返しをしないとしたら、私自身が毎日あなたのような尻軽女のいい鴨にされるでしょうよ。どう考えてみても、あなたは交換して得はしなかったし、私だってデピネーに負けやしません。』『千倍もあなたのほうがいいですわ――と彼女が言います――でもあなたは彼のように秘跡を受ける気でわたしを見ていませんもの。もしあなたがそうおっしゃってくださっていたら、わたしはあなたを選んだはずですわ。あなたさえよかったら、今でもあなたを選びますわ。』『あなたには謹んでお礼を申しあげ奉ります。――と私は皮肉な調子で応じ、すぐさま歌い出したのです。――あいつがクリーム持ってるのに、僕は牛乳なんかちっとも欲しくない。』これでソフィーは面食らってしまいました。彼女は涙を流して、食ってかかりました。それで私は彼女と別れたのです。

私は彼女のことも彼女の恋人のことも全然気にならなかったので、聞きたがる人には誰にでも知っていることを話して聞かせました。そのために彼らは物笑いの種になったのです。なぜなら私は例の情景を私流に潤色して描くように気をつけましたからね。これによって私は二人の結婚を早めたわけで、二人は悪口をやめさせるためにすぐに結婚しました。それが本気で、秘跡も授けられると分かると、私は自分には彼らの邪魔をする権利があると思い、彼らが無駄な結婚をしたのを見て楽しんでやることにしました。

私は放蕩仲間から、自然の精力を完全に消耗させ、かなり長い間、男をご婦人の役立たずにしてしまう調合物の話を聞いたことがありました（一〇）。私はそれをガルーアンに頼み、彼からもらったのです。それは岩清水のようで、それほどきれいに澄んでいました。私はそれをデピネーに飲ませてやることに決め、小瓶に入れ懐に収めました。こんな行為は極道ものですが、私は細かいことまでよく調べていなかったのです。それに、もっとひどいことを皆さんにお話することになるでしょう。私はソフィーに会いに行き、猫をかぶって彼女に言いました。『あなたと恋人について無礼なことを言った罰として、その償いをするためにあなたの言いつけ通りに従うつもりでやって来ました。申し訳ないと思っていますし、あなたのお気に召すよう償いをする覚悟はできています。』要するに私は本当に心底から後悔していると彼女に教えたわけです。彼女の良いところは認めてやらなければいけません。いつまでも根に持ったりしないのです。彼女は私を心から許してくれ、私を結婚式に招待さえしました。私は再び悪党の口ぶりで、あなたは自分の勝利に満足しているはずです、結婚式を見せつけ私を絶望させるような酷なことまでしなくても、私を辱めただけで充分なはずじゃないですか、と言ったのです。『私はあなたを侮辱したことが本当に悔やまれ、いたたまれなくなったからこそここに来たのです。――と私は続けました――私が気楽でいるわけないでしょう。あなたをずっと愛します。しかし決してあなたを困らせたりはしません。あなたがほかの男の腕の中にいるのを見たら、私の心は怒りで張り裂けてしまうような気がします。私にはパリの外でこの悲しみを噛みしめさせてください（一一）。あなたとあなたの恋人には、私の馬鹿げた振舞いと悪口を広い心で許していただければ、それだけでいいのです。』自尊心と言うのは不思議なものですね。ソフィーは自分が優しくも激しい恋心を私に吹き込んだと得意になりました。彼女は罠にはまったわけです。そして私の決意を悲しみ、進んで私と仲直りして、私と自分の恋人を和解させようとさえしました。

この時デピネーがやって来たので、私は彼にお祝いの言葉を延々と述べました。彼はこの捧げものに勝ち誇り、途方もなく自惚れてしまったのです。ソフィーは和解を全面的なものにするために、朝食を探しにやりました。私は例の水を巧妙にグラスに注ぎ、葡萄酒と一緒にデピネーに飲ませてやったのです。朝食を終えると、私は無二の親友を装って彼らと別れました。こんなことを仕出かしたのは公現祭[7]のころでした。

私はロアン殿の家臣である私の友人と一緒に、ブルターニュのロアン殿[二二]の領地にカーニヴァルと四旬節を過ごしに行きました。私たちが帰って来たのは復活祭が終わってからです。私はソフィーの消息を尋ねました。そして、彼女は結婚以来、黄色い顔色をしていて、夫の健康が優れず、夫婦仲がしっくりいってないことを知りました。これで例の飲物の効き目が分かったわけです。私はソフィーに会いに行きました。彼女は私を大歓迎してくれたのですが、ひどい変わりようでした。私はどんな病魔に襲われたのか彼女に聞きました。私が根掘り葉掘り尋ね、秘密は守るとさんざん誓ったものですから、とうとう彼女は溜息混じりに私に言ったのです。『わたしとデピネー氏が結婚する前に、あなたが私たち二人について言い触らしていたことは、大間違いだったのです！　かわいそうにあの人には男らしいとこが全然ありませんの。それで、わたしまだ結婚した時と同じままなんです！』『何ですって！――と、私がひどく驚いた振りをして彼女に言いました――あなたは徒然荘に泊まっているのですか？』[二三]『悲しいけど、そうですの。』と、彼女があまりにも無邪気に答えたものですから、私は笑わずにはいられませんでしたよ。私は彼女の心のうちを哀れと思い、煽り立ててやりました。彼女を幸せにできない男を相手に自分の若さを擦り減らさないように説得したのです。離婚するように促して、彼から解放されたら、すぐ彼女と結婚すると約束しました。

私は彼女が夫に強く望んでいたはずの熱狂ぶりを彼女に示したのです。彼女はその瞬間それを比較してみて、涙を流しました。私は自分が陥れた彼女のこの動揺につけ入り、あわや目的を達するところでした。ところが、話を聞かされた彼女の夫に、その手段を断たれてしまったのです。

彼女は私が約束したことを覚えていました。彼女とて生身の人間ですから、デピネーから満足を得られないので、誘惑に引っかかり易かったのですね。彼女は自分の結婚がまやかしであることを知らせようと決意しました。デピネーが何を言っても、彼女にその決意を翻させることはできませんでした。つまり彼女は私の忠告にしか従わず、二人の間で交わされる言葉を細大漏らさず私に報告していたのです。かわいそうなこの男は魔法にかけられたと思っていました。そして愉快なことに、彼も彼女もその奇蹟に私が絡んでいるとは決して疑わなかったのです。

ついにはいわゆる契約破棄が噂されるようになりました。しかし、ひとたびソフィーが私に約束の履行を求めることができるようになると、私は彼女に固い約束をしてあったので容易に取り消せませんから、私は訴訟の決定を待たずに例の魔法を解くことにしました。私は筆跡不明の手紙を書かせると、それをソフィーの母親宛に送らせ、これは飲み物のせいにすぎないのであって、その効き目は結婚式の日から四カ月たてば消えるだろうと知らせました。母親にはその時まで娘に契約破棄を先に延ばさせるように依頼し、また、その時には娘が夫に満足できるように取り計らってほしいと頼みました。この女はこれをソフィーに話し、ソフィーは私に話してくれたのです。私はそれをぺてんとして扱い、わが身の不幸をかこちました。私が彼女に落胆のほどを示しますと、彼女は私のことを考えてくれました。そこで私は彼女に母親に逆らって夫に対する訴訟を進めさせたのです。

私は自分がしたことに満足し、それ以上は望みませんでした。私がガルーアンに打ち明けますと、彼がすぐ私を苦境から救い出してくれました。彼は解毒剤を知っていて、私が姿を見せなくて済むように、自分でデピネーを食事に連れ出し、彼をまったく別人にする薬を、子牛の胸肉のシチューに入れて食べさせたのです。ガルーアンは彼にそんなことはいっさい話しませんでした。彼はデピネーに女房の前に出るのを恐がらなくていいのだと元気づけるだけでよしとしたのです。デピネーの精力を衰弱させている憂欝な気分を吹き飛ばすために、――とガルーアンは言っていましたが――普通よりも多く飲ませました。そして、ガルーアンは最後にモンテーニュ氏が『随想録』の中で同じような事柄について語っている言葉を引き合いに出して、(二四)デピネーを元気にして別れました。

デピネーは男らしさが戻ったと感じて、妻に会いに行きました。彼のお姑さんは本人からそれを知らされると、彼を妻と二人だけにしておきました。妻のほうは、何度も騙されて来たので、またしても騙されるのを恐れて、彼の言いなりになろうとしませんせん。はねつけられて、彼はもろに奮い立ちました。飲んだ葡萄酒の勢いで一層大胆になったのです。そして、頼み込むなど無用なので、彼は力に訴え、ついに目的を遂げたわけです。

それ以後、彼は自分の弱みのためにとらざるをえなかった屈辱的な態度を、彼女に対してもうとらなくなりました。彼はあらゆる点で変わったのです。彼は私のたび重なる訪問に疑いを抱いていたのに、そんなことは敢えて口に出して言おうとしませんでした。しかし私の訪問が続くのを見て、彼は妻を非難し、絶対に私と会ってはならぬと妻に命じたのです。彼女は私にその話をしてくれ、そのことで苦しんでいる様子でした。けれども私は満足していましたし、彼女も満足していたに違いないので、私は彼女に別れようとしたあとなのだから、安らぎを得るためには私を見限って有無を言わずに夫に従い、夫の信頼を取り戻すように努めるべきだ、また私自身は、そのためにどんなに苦しもうとも、彼女の破滅の原因にならないように、もう会わないことにする、と言ったのです。彼女は私の返事をずいぶんつれないし、ひどく薄情だと思い、そう私に言いました。しかし私にはそんなことはどうでもよかったのです。それ以来、私は彼女と話をしたことは一度もありません。私たちは仲の良い友人でしたが、彼女は心の底では私をあまり愛していなかったと思います。まあ、こんな具合に、私が心を入れ替えたあとの最初の色恋沙汰が終わったわけです。私がろくな改心をしていなかったことがお分かりですね。この情事は極道ものです。とは言っても、このあとにあった情事に比べたら、何ということもありません。これから皆さんにその話をしましょう。

それは皆さんご存じのセレニーとのことです。彼女は未婚の若い娘で、体つきは申し分ないほど見事でしたし、なかなかの美人でした。顔色は少し浅黒く、生きいきした黒い目はひたすら恋に憧れていました。彼女は五月生まれで、この時期には自然はつれない女を創りませんし、創ってもほんのわずかなので、私は彼女の側にいても時間を無駄にすることはないだろうと思ったものです。しかし、セレニーには、私は結婚したいと思うほど本気で愛しました。しかし、私がそう思っていたのは彼女と私の間に結論が出るまでで、そのあとは私はもう婚姻の秘跡は考えませんでした。私たちふたりは近くに住んでいましたから、私はずっと前から彼女のことは知っていたのです。私が初めて彼女に話しかけたのはある結婚式で、そこに彼女は百姓娘に変装して来たのです。彼女は野良の娘のように、と言っても人を魅了するほど優雅で清潔でしたが、卵が二つと小さなチーズが一つ入った小さな籠を持っていました。その時の暑さで彼女は黒い仮面をつけていられなかったのです。『やぁ、きれいな娘さん、あなたの卵を割ったらさぞかし愉快でしょうね。』と私が彼女に言ったのです。『今日は日曜日ですから、オムレツは食べませんわ。』と彼女が言いました。『あなたの卵を割りたいのはオムレツを作るためではありません。——と私が言います——あなたに牛乳を届けさせるためです。』『わたしには余るほど牛乳を出してくれる雌牛が一頭いますのよ。』と彼女が答えました。『牛乳を凝固させる方法を知っていますか?』とわたしが応じます。『もちろんですわ。——と彼女が言います——そのほかに、バターもチーズもつくれますわ。』『猫にはそれを食べさせないのですか?』と私が言いました。『うちには猫はいませんの。』と彼女。『しかし、あなたは捕まえがいのある二十日鼠ですね。——と私が続けました——私はあなたの野鼠になりたいですね。』『わたしは町に野鼠を探しに来ましたのよ。——と彼女が言ったのです——町の野鼠のほうがずっと素敵でずっと礼儀正しいように見えますもの。』『今日は誰か見つけましたか?』と私が聞き返します。『いいえ、——と彼女——商人は見つかりませんでした。ですから、陳列品は持ち帰りますの。』『それを私に売ってくれませんか?』と私が聞いたのです。『喜んで。——と彼女が答えました——あなたなら大安売りしますわ。わたし、待つのは飽きあきしてますから。それに、わたし帰りたいのです。』

私たちが話を続けようとしていると、彼女をダンスに誘いに来たので、中断されてしまいました。そのあとで彼女は私を選びました。そして私がもうひとり別の女性を選んだあとで、彼女をまた選ぼうとした時には、もう彼女の姿は見えなかったのです。翌日私は彼女の家に行き、商談をまとめに来た、と彼女に言いました。彼女は吹き出し、売り出し日ではありません、と私に言います。それがきっかけになってもっと筋の通った会話になりましたが、その話も、かなり長い間彼女と交わしたほかの話も、ここでは繰り返しません。

とうとう私は心のうちを告白しました。それで縁談が進行中の彼女のいちばん上の姉の話になったのです。皆さんご存じのように、彼女たちは三人姉妹で、三人ともかなり前に次々と結婚しました。それも、三人ともその気になってから六年以上も経ってからのことです。私はセレニーと彼女の姉の結婚について話をしました。私には彼女も結婚したがっているように見えたのです。私は彼女を妻に迎えたいと申し出るつもりだ、断られないと信じていると彼女に言いました。『わたし、それは賛成しますわ。けれど、受け入れられもしませんわ。なぜなら、母は長女に持参金をすべて現金で持たせようと一生懸命に奔走しましたので、姉は現金を与えられ、たいへんに優遇されているからです。それに、家に残っているのはすぐに売り払うことができない財産ばかりですし、その上、トワノンが上の姉と同じように片づかない限り、母は私の結婚を認めてくれませんもの。トワノンはわたしの姉です。彼女が先に主役を演じるのが当り前ですわね。わたし、あなたが本気でわたしを愛していらっしゃるのか疑ってさえいますのよ。』『どういうところから、私があなたを熱烈に愛していないと思えるのです？』と私が聞きました。『わたしにご執心なのは、あの美しいデピネー嬢を早く忘れるためのお戯れではないか、それが心配ですの。――と彼女が言ったのです――あの方を愛してらしたことも、まだ愛してらっしゃることも、あなたは否定できませんものね。』『彼女をできる限りの優しさで愛したことは認めます。――と私が答えました――彼女を侮辱したことを本当に後悔していることも認めます。彼女が離婚を考え、再び希望が生まれたのが分かって私が喜んだことも認めます。しかし、私が身を退いたのは、彼女が夫といざこざを起こすのを恐れてのことで、完全に紳士的であったということを、少なくともあなたは否定できませんん。』『それに本当の恋人だからだわ』と彼女がすかさず応じました。『確かに、そうです。――と私が続けます――それが私の性格ですから。私は自分のことよりも、愛している娘や奥方の安らぎと利益をいつも大事にするつもりです。彼女には真剣でしたが、それはあなたに対しても変わりません。嘘でないことはあなたにはいずれ分かるはずです。』

『あの方に対するあなたの振舞いが紳士的であることは、わたしのほうでも認めていますわ。――と彼女が答えました――もしもあなたがあの方を愛したように、わたしを愛していると確信したら、わたしもあなたを愛していると認めます。』私は彼女の疑いを晴らして安心させました。そして彼女を納得させるいちばんよい方法は、母親に結婚を申し込んでもらうことであり、私は忘れずに実行するから、それを許してほしい、そう彼女に言ったのです。彼女は同意しましたが、私がうまく行くとは思えないとも付け加えました。

私は本気でセレニーを愛していたので、翌日早速彼女の前で母親に結婚の申し込みをしてもらいました。私がその挨拶に頼んだ方は才気のある人で、その役目を見事に果たしてくれました。その方は二人の娘を前にして母親に話をしました。母親ならセレニーのために断れない縁談を持って来たと母親に告げたわけです。姉娘はそれが自分に関係ないと分かると、悔しくて顔を赤らめました。母親も妹も、私の代理人もそれに気づきました。母親はこう答えました。デュピュイ様は自分と娘に面目を施してくださいました、しかし、トワノンが良縁を見つけるまでは、自分は約束でき兼ねます、トワノンのほうが姉なので、先に片づくのが当り前でしょう、自分にできることはせいぜい二人を同時に嫁がせることぐらいです、それは自分が思っているよりも早くなるかも知れない、デュピュイ様にはその時まで待っていてくださるようお願い致します、下の娘が先に結婚すると、世間では上の娘の結婚に差し障りがあるので、自分にはこうするしか仕方がない。私の代理人はこういう返事をもらって引き下がりました。

セレニーは母親の返事をひと言も違えず、また姉が怒ったことも、私に報告してくれました。『セレニー、そういうことだと――と、私は彼女を両の手で抱き寄せて言ったのです――お姉さんが幸せになって満足するまで待たなければいけないのだろうな。』『わたしはこういう返事だとすっかり覚悟していたわ。――と彼女が言いました――でも、従うほかない必然なのよね。』『必然だって？――と私がやり返します――で、もしもお姉さんが結婚相手を四年間も見つけられなかったら、私たちは四年間も待ちぼうけを食わされるんだよ。それにこの分だと、たぶんもっとかかるだろうな。――と私が続けました――あなたも自分で考えてほしいな、一体、誰が彼女を欲しがるって言うんです？　彼女には紳士を惹きつけるような魅力がまるっきりないときてるからね。』セレニーが姉を好きでないのを私は知っていましたし、その上、その姉は器量よしでも、見事な体つきでもないのを知っていただけに、私はこんなことを気軽に言っていたのです。『どうなさるおつもり？』と、セレニーが笑いながら私に聞きました。

『私の言うことを信じてくれるなら、――と私が続けます――彼女より先に、彼女を無視して結婚するのです。これはもっぱらあなた次第だけど。しかしあなたは愛情ばかりでなく、決心する必要があります。』『決心するだけで済むなら、――と彼女が言いました――必ずしますわ。どういうことかおっしゃって。』『あの人たちには話さずに私たちで二人で終えてしまうべきです。』と私が答えました。『そんなやり方ははしたないわ。』と彼女。『取るべき方法はこれしかありませんよ。――と私がやり返します――あなたのお母さんは私を受け入れています。なのに、あなたと私の思いを叶えてくれないのは、お姉さんの長子相続権のことしか頭にないからです。しかし、お母さんはもっと強い理由に気づけば、黙認してくれるに違いありません。私はあなたが必ず満足の行くようにすると約束します。――私は彼女を抱きしめてそう言ったのです――あなたは私が紳士だと認めてくれています。だから、私が自分の務めを果たさないのではないかなどと心配してはいけません。あなたのほうでもそんなことをするはずがないと私が確信しているようにです。よく考えてみてください。そうすれば、私が極めてまともで実行できることしか提案していないのが分かるはずです。』『わたしを馬鹿にしているのね。――と彼女が答えました――実行できるのは認めます。だからといって、それが正しいということにはなりませんわ。』私はその日はそれ以上せき立てませんでした。時が経ち、機会がめぐって来れば、彼女はいつの間にか私の言う通りになると期待していたからです。耳貸す娘はなかば陥落、という格言は実に真実を穿っていますね。私の目に狂いはありませんでした。私は彼女と別れ、外に出ました。私が入った時には下にも置かぬ歓迎ぶりだった母親は、帰る時にはお愛想たらたらでした。姉娘はさにあらずで、わたしを横目で眺めるばかりでした。

二日後に私がまた彼女の家に行きますと、ただならぬ気配です。つまり、私が妹を選んだので、それに我慢できなかった姉が、セレニーに悪態をついたのです。セレニーは弁解として、自分が姉より可愛いと人様から思われているからといって、それは自分のせいではない、と一点張りでした。姉は彼女が私に言い寄ったのだと言い張ります。セレニーはその反対だと主張します。そして、そこに首をつっ込んだ母親は、体と同じように根性もよくない姉のかたわらにいて時間を無駄にしました。妹が口をつぐむと、母親は喧嘩が収まったと見て、出て行きました。私は二人の姉妹がこのように険悪な時に入って行ったわけです。

私を見たトワノンは、『ほら、いらしたわよ。お嬢様はまもなくご満悦ね』と、いまいましげに言いました。『私が来ると嫌われるどころか、彼女に少しでも喜んでもらえるなら、やはり嬉しいですね。――と私が答えたのです――教えてくださって恩に着ますよ。白状しますと、今まで彼女はそういうことを何も言ってくれた試しがありません。私はこんな嬉しいことになるとは思ってもいませんでした。』『姉は誤解しているかも知れませんことよ。――とセレニーが応じました――姉が言ったことをあまり信じてはいけませんわ。』『えっ、何ですって、美しいセレニー、――と私が彼女に言ったのです――こちらが私に親切にしてくださることまで焼き餅を焼くのですか?』『姉がわたしを妬んだりしなければ、わたしはあなたを羨んだりしませんわ。――と彼女が言い返しました――こういう親切がただただ姉の真心から出たもので、あなたが親切にされたのもひたすら姉の心根のおかげだと、喜んで思うことにしますわ。』『こちらの行動の動機が何であれ、私のためにしてくださることには、私はいつも感謝する心構えでいますよ』と私が言ったのです。『では、失礼します。――と、出し抜けに彼女の姉が言いました――二人ともどども勝手に解説なされればいいわ。二人にはわたしは邪魔なのはよく分かっています。ここにいてあなた方を悲しませるつもりはありません。』

セレニーは姉を呼び止めましたが、無駄でした。『一体どうしたんですか?――と私が彼女に聞きました――あなたとお姉さんがこんなに刺々しいのはなぜです?』『わたしがあなたに愛されているのが、彼女には我慢できないのよ。――そう彼女は笑いながら言ったのです――姉はわたしにあなたの心を盗まれたと思ってますの。彼女のご機嫌を伺ってくださいな。そしたら姉は落ち着くはずですし、わたしたちまた仲良くなるでしょうから。』『そうじゃないかとずっと思っていたんです。――と私が答えました――彼女は私が好きだったというのではなくて、あなたを羨まずにはいられないのに、私があなたに結婚を申し込ませたので怒っているのでしょう。よくお分かりですね、何もかも私たちの予想通りになったのが。――と私が続けました――これはあなたが判断することですが、誰かが哀れと思って彼女に愛を告白するのを期待して、あなたは時間の生け贄になり、娘盛りを過ごすつもりですか?』『姉をずいぶんけなすのね。――とセレニーが笑いながら言いました――彼女は哀れを誘うほど不器量ではありませんわ。それに、きっと誰かがあなたとは違った目で姉を見るはずです。』『そのとおりだね、美しいセレニー。――私は彼女を見ながらそう答えました――あなたの虜になっている私の目には、ほかの可愛い人が全然見えないんだ。彼女が幸せになって私たちを早く幸せにしてくれるように、あなたと同じくらい器量よしならいいのだけど……。しかしこれは、ないものねだりだな。あなた次第で私は完全に幸せになれるのです。それに言わせてもらえば、あなたも同時に幸せになれます。私はお願いしておいたことだけを頼んでいるのです。あなたが少しでも自分の心に聞いてくれたら、あなたの心は私に味方してくれたと確信しています。』

『本当にわたし、そのことは考えました。確かにそれがいちばんの近道ですわ。――と彼女が言ったのです――でも、わたしともども、それは危ないことだらけだと認めてくださいな。』『私にはその危険が分からないな。――と私がやり返します――どんな危険なのです？』『あなたの心変わりですわ。――と彼女の返事――あなたの言葉だけを信じてあなたのものになったら、あなたに軽く見られますもの。わたしの浮いた噂が世間に広まりますし、その時までに忘れられてしまっていたら、わたしは自分から進んで恥をかくことになりますわね。』『そういう言い分はほかの世界の人間にしか通用しません。――と私が応じたのです――私とではなぜ恥をかくことになるのです？　妻は夫が相手では恥をかかなければいけないのでしょうか？　あなたが私と契りを結んだという噂が広まったとしても、それは全面的に申し開きできないのでしょうか？　そのために私があなたを軽く見ると思うのは滑稽です。それどころか、あなたが私を愛し信じきっているのが分かりますし、あなたの愛の証はひとえにあなたのおかげなのですから、私はますますあなたが好きになるでしょう。そして私の愛は好みから来る愛であるとともに、感謝の愛にもなります。私を不実だと思うのは杞憂というものです。あなたはそんな心配を口にしながら、私を紳士だと信じると言ったことを忘れていますね。この意見はまともですし、私にはかなり侮辱的なあなたの心配と食い違ってはいませんか？　しかし私の誓いも約束も信じてくれないのなら、あなたの気が済むように何でも書きますから、それは信じてください。私は自筆の誓約書と、あなたのお母さんに話を持ち込んだ人とを同時に否定できるでしょうか？　そんなことは常識に反するのはあなたがよくお分かりです。決心してください、いとしいセレニー。――私は彼女の足元に身を投げ出し、その手に接吻しながら、そう続けました――あなた次第で私たちは幸せになれるのですから、拒まないでください。』私がしつこく迫ったので、彼女は根負けしました。けれども私たちは不意を突かれるのを心配して、無分別なことはいっさいしませんでした。しかし翌日は、病気になった嫁いだ上の姉を彼女の母親と姉が一緒に見舞いに行くことになっていたので、翌日に時間を割くことにしたのです。

私たちはこの逢引では前の日ほど慎み深くはありませんでした。示し合わせておいた合図で私は入りました。彼女が召使たちを追い払ってあったので、私は誰にも見られなかったのです。彼女の部屋の窓はほとんど閉められていて、彼女が私に口述することをやっと書けるくらいの明るさでした。彼女は慎重を期したと信じましたが、まったく無意味なことをしたものです。私は彼女の望み通り何でも書きました。そして彼女が満足したあとで、私が満足したわけです。

　私は、期待していたことが見つからなかったからにしろ、心変わりからにしろ、彼女が私に身を任せたとたんに、結婚する気がなくなりました。私はそんな素振りは露ほども見せず、こぼれる涙を拭いてやり、繰り返し愛撫してやりました。私たちは人里離れた借家で逢瀬を重ねると固く約束し、その間にも私は相変わらずいつも通り彼女の家に行っていたのです。これはかなり長い間続きました。とうとう、四カ月たってから彼女は妊娠していると私に告げました。私はそれが気に入りませんでしたが、彼女には言いません。それどころか、自分の思い通りに事を運ぶために、彼女には前にも増して熱烈な愛情を示したのです。私がポン＝ヌフ橋の事件に遭ったのはこんな時でした。あそこにはあなたもいましたね。」

　デ・フランはその事件を思い出して思わず吹き出した。「その事件て、どんなことですの？　またしても極道ものなんでしょう？」とコンタミーヌ夫人が尋ねた。「違いますよ、奥様。——とデ・フランが答えた——悪巧みはいっさいありませんでした。彼は正々堂々と演じたのです。デュピュイさんがあの事件を何と名づけようと勝手ですが、——とデ・フランが続けた——私はあんなことはまったくやる気になれませんね。」「いやはや、——とデュピュイが応じた——あれは気違いじみた、軽率で乱暴な振舞いです。こういう形容詞で、——と彼は笑いながら言い足した——あなたは満足ですか？」「わたし、その事件のことを知りたいわ」とコンタミーヌ夫人が言った。「いいですとも、奥様。——とデュピュイが答えた——皆さんには隠し立てはいっさいしないつもりですからね。」

「さきほど皆さんに言いましたが、——とデュピュイが話を続けた——セレニーと私は家具付きの貸し部屋にいました。幸せな恋人たちにしか役に立たない、こんな部屋がパリには山ほどありますが、私たちはその一つを借りていたのです。それは夏の暑い盛りで、私たちはすっ裸になるのをしばしば楽しみにしていたものです。これはあまり褒められたことではありませんが、私たちはお互いに夢中でしたので、そんなことは気にも留めませんでした。私は水浴びがしたくなって、私たちは六人で遊び仲間になったのです。そのひとりがデ・フランさんだったわけです。私たちはポン＝ヌフ橋の下に行きました。仲間の方々は船の近くに残ったのですが、ガルーアンと私は、泳いだり飛び込んだりするのを楽しみにしていたので、まっすぐ橋の下に行き、そこで機械を登り、三階の部屋から飛び込んでいました。(二五)私たちがパッサードに興じているのを見ている人がたくさんいましたが、その中に、橋の縁にいた碌でなしのひとりの兵士が、下々の者がそこで用を足した糞便を、私たちめがけて足で蹴飛ばしています。私がそいつに、やめろ、と言おうとして顔をあげると、ちょうどその顔に汚物が命中したのです。

　皆さん笑ってますね。笑わない人がいるでしょうか？　見物人も笑っていました。笑えませんよ、この私は。私は潜って体を洗うと、船の間をよぎり、階段の川上で岸にたどり着きました。私はすっ裸で、馬方どもの容赦ない鞭を浴びながら階段を上がると、ポン＝ヌフ橋の上に躍り出て、それで済むと高をくくっていた碌でなしのその兵士に、体当たりで襲いかかったのです。そいつの髪の毛を掴み、鼻に三、四発げんこつを見舞ってやり、橋の上からそいつを川にたたき込むと、私もそのあとを追って川に飛び込んだのです。そいつは私の行動にぶったまげたのと、あんな高い所から落とされたのとで、気絶してしまいました。服のせいでそいつは川底に引き込まれるところでしたので、もし助けに行かなかったら、兵士の土左衛門になっていましたよ。船頭はその時の私みたいに怒り狂っている男には敢えて逆らいませんでした。友人たちが私のそばに集まってきました。私は馬方どもの鞭で打たれて血だらけになり、手がつけられないほど怒っていたのです。誰ひとり笑う者はいません。笑ったら、誰であろうと私は許さなかったでしょうね。みんなが服を着ると、私は船頭にそのならず者が運ばれたコンティ河岸に舟を移動させました。私たちはみんな下賤な輩どもを震えあがらせるような様子をしていましたし、私たちが何者であるかは従僕たちがおのずと語っていました。

　その兵士は地べたに延びていて、周りは黒山の人だかりです。その中には彼と同じ兵士が四十人以上はいました。彼は死にかけていましたが、その体を私が枝が折れるほど打ち据えるのを誰も止められなかったのです。彼の同僚たちはさっさとずらかっていました。私たちは再び橋の上に行き、笑った連中を見つけ出しては、私がこっぴどい目に遭わせ、ほかの連中には笑う気など起こさないようにしてやりましたよ。私は学校河岸（二六）に取って返したのですが、馬方はひとりもいません。私は従僕たちに連中の道具を切り裂かせ、もっと悪い事もしてやりました。それから体に残るあざと、不様をさらけ出し嘲笑されたために猛烈にいきり立ちながらも、私は友人たちに連れられるままに一緒に再び馬車に乗りました。

　私はセレニーのことしか考えませんでした。彼女にそんな姿を見せる気にはもうなれなかったのでしょう。体には一週間以上もシャツがへばりつき、六週間以上もあざが残っていました。

　私はやっと治ってみると、彼女のことはもう考えませんでした。セレニーは私に妊娠していると言いましたが、私はもう彼女と結婚する気などまったくなかったのです。彼女が愛の証を示してくれたのは、私への愛情からというよりは、私の家族と私の財産、それに私から得られる世間での威信のせいで、要するに彼女の野心のためであったことに私は気づいていました。彼女は浅ましいほど打算的で、妻としての寛大さ無欲さなどは彼女の与り知らぬ、あるいは実行しようとしなかった美徳です。愛人としては非常に楽しいけれど、妻としては戦慄させられるような我を忘れる熱狂ぶりに私は気づいていました。こういうことすべてから、私は決して彼女と結婚はすまいと決心していたのです。彼女は妊娠したことに触れながら、母親にもそれを打ち明けなければいけないと私に言いました。この頼みには参りました。きちんとした手筈を整えるために、――そう私は彼女に言っていたのですが――打ち明けるのはしばらく待ってほしいと頼みはしました。ところが本当は、この情事から逃げ出す口実を、何か考える時間を稼ぐためだったのです。

そんな時に、彼女の姉が結婚相手を、しかもたいへん有利な相手を見つけたのです。私は喜びました。彼女のためではありませんでした。彼女のことはほとんど気にかけていませんでしたから ね。そうではなくて、アルゴス(8)がひとり減るからです。それによって私は自由になれると思ったのです。私は、愛の力によって自分の思い通りセレニーを操るために、彼女にますます気を遣い、足繁く通っては、気前の良いところを見せました。その目的は果たしましたよ。と言うのは、私は彼女を非常に激しく愛しているので、決して彼女から離れられないと信じ込ませることができたからです。自分を愛し、自分の美貌に魅せられている娘は、自惚れと人から示される愛情にいつも騙されるものです。私はこのことを身を以って体験しました。碌でもない理由を挙げて彼女を丸め込んだのですが、あまりにも容易かったからです。

セレニーのことは母には話してなかったし、彼女と結婚したいと言ったこともありませんでした。結婚を申し込んでもらったことも母には知らせてなかったのです。けれども、私は母の同意なしに結婚できる年齢にはなっていませんでした。しかし母が認めてくれるものと思っていたし、さもなければ母の同意なしで済ます決意をしていました。皆さんお察しのとおり、これは立派な心がけです。私に対する母の心ない態度と、私の行動に対する母の無関心ぶりから見て、母への敬意が求める務めはまったく気にかけなくても良いように思えたのは本当です。それはともかくとして、私は自分が悪い事をしているのを充分に承知していたのは確かです。しかし改めようと心を痛めなかったこともまた確かなのです。(二七)

母は私が結婚の申し込みをさせたことを知りました。それはちょうど兄がパリにいた時のことです。私たちは二人とも母の所に寝泊まりしていましたが、喧嘩をしないように気をつけていました。お互いに言葉を交わす機会を用心深く避けていたので、兄が帰京してから私たちは顔を合わせたこともなかったのです。親類は私たちの仲の悪さに眉をひそめていました。これについては私たちにはそれぞれ別々に話があったのです。私と話し合う役を引き受けたのは叔父でした。叔父は私を迎えに来ました。そして、紳士としてまた立派な親類として、道に迷っている若者に助言できることを、それからそれへと私に諭して聞かせたわけです。叔父は兄との仲直りでは、私が弟として先に折れて出るように望んでいました。私たちの仲違いは母親の胸先に短剣を突きつけているようなもので、一族全体を当惑させている、そう叔父は私には言ったのです。

私は叔父に言いました。その責任は母が一身に引き受けるべきです。母の有難みは私を生んでくれたことぐらいで、これは母がよく知っています。こんな有難みはごく普通でありふれていますから、心も血もつながっている母の息子であると実感させてくれるような、ほかの有難みがあとに続かない限り、物の数に入りません。そんなことを母はしてくれた試しがありません。母は私が好きではありませんし、好きだったこともないのを私はよく承知していますので、母の食卓から自分が消えたほうが喜んでもらえると思ったのです。これこそ私がよそで食事をせざるをえないただひとつの理由です。もし兄と母が住んでいる同じ邸に、この私がいるのが我慢ならないほど嫌なら、母はそう言えばいいのです。今更そんな仕打ちをされても私は驚きはしません。あの邸は私のものですが、私はよそで寝泊まりするつもりです。それにあの邸は遺産分けで私の手に入ったのですから、母も兄もあそこには鐚一文の権利もないはずです。私は母の許にたびたび伺い、私が実際に抱いている愛情と敬意を示す気にはどうしてもなれませんでした。けれども母から息子として扱われた覚えが今までなかったので、私はいつの間にか母をもう母と思わないようになってしまったのです。兄に対しては、含むところはないどころか、兄の役に立ちたいとさえ思っています。ですから、その時が来れば、私は命を賭けても役に立ってみせます。しかし、正直なところ、母が私たちを差別しているのが私には気に入りません。私も彼と同じく嫡出なのに、薄情にも彼のために私は犠牲にされて来たわけですから、そんな男に私は心から喜んで会うことはできません。

叔父のデュピュイ氏にもっともだと判断されたこれらの言い分は、ほかの親類にも、また母にさえも、理不尽だとは思われませんでした。母とは話をすることは疎か、会わなくなってから四カ月以上はたっていたのです。私たちの話合いがお膳立てされ、私はそれに逆らいませんでした。すべてが双方の苦情と釈明と弁明のうちに終始し、何ひとつ私の有利にはならず、兄と私は剣やナイフに飛びつく始末でした。

親類一同がそろって邸で食事をしたのです。私は心ならずもその場にいました。なぜなら母は数日前には私に愛情を示してくれたのに、態度を変えないのが分かり、私はいきり立っていたからです。それに、兄上が私よりはるかに有利な立場にいるのが分かり、私は我ながら自分が恥ずかしかったのです（二八）。

食事中にセレニーのことと、私が結婚を申し込んだことが話題になりました。私は自分が考えていることも、彼女と私がどういう関係であるのかも喋らないように用心しました。それどころか、私は名誉のためにやむをえず自分のとった行動を擁護したわけです。一同には葡萄酒が入っていて、私をからかったのです。私はできるだけ上手に応戦しました。しかし冷やかし好きな人は私の味方ではなかったので、私は追い詰められました。私は冷やかされても聞き流し、どのように冷やかされても堪えていたのです。ところが兄が時宜をわきまえずに言った冷やかしには打ちのめされてしまったのです。彼は財産のことでセレニーを見下してばかりいましたので、また実際に私には良い結婚相手ではなかったので、彼にすればセレニーはまったくお話にならないように見えたのです。兄は彼女を乞食女、貧乏人扱いしました。もし彼が私に敬意を払っているなら、黙らざるをえないような口調で私は言い返しました。ところが彼は軽蔑的な態度をとり続け、しまいには田舎口調で、『こりゃてぇーへんだ、おら、あの方の親戚になるだんべ。あの方のとこさ行って、恭しくお辞儀をせにゃなるめぇーよ。』と言う始末。私は彼に頷いただけですが、誰もそれには気づきませんでした。しかし彼は私が愛しているのを承知の上で、その娘を私の目の前で軽蔑したわけですから、私はその仕返しをする決意を固めたわけです。

私は兄に剣を手に取らせることに腹を決めました。私が即座にそうしなかったのは親類の人たちがいたからにすぎません。その親類はしばらくすると退散しました。一同が去り、そして母は見送りの挨拶をしてから、みんなが食事をした広間からかなり離れた自分の部屋に戻りました。兄はソファーベッドの上に身を投げ出していて、私は一冊の本を手に取っていました。母にはもう私たちの話は聞こえないと分かると、すぐに私は扉の閂をかけに走り、兄の方に進み出たのです。『さあ、兄上。――と、私は剣を手にして彼に言いました――あなたが口ほどに剣も達者か、お手並を拝見させてもらいます。母の依怙贔屓の償いと、セレニーを軽蔑した償いをしてもらいます。』『冗談じゃない！――と彼が言ったのです――僕があああ言ったのはただ会話を盛りあげるためで、お前を憤慨させるつもりはなかったさ。』『あなたの言い訳など聞きたくありません。――と私は兄に言いました――応戦してもらいます。さあ、急いで。御託を並べられて貴重な時間を無駄にするわけにはいかないぞ。』私が許す気がないと見て、兄も剣を手に取りました。

兄は私より意地が悪いと皆さんにお話ししましたが、それを思い知らされましたよ。彼は長い間ずっと防御の姿勢のままでした。『あっ、いまいましい！――と私が彼に言ったのです――受け流す気だな。そうはさせないぞ。』そう言うと同時に私は彼をそれまで以上に激しく攻め立て、傷を負わせました。彼は血が流れるのを感じて、私と同じように、自分でも私に立ち向かってきます。私たちはもうお互いに容赦はしません。二人とも流れる血を見てたけり狂いました。物音で駆けつけた母や召使たちが扉を打ち壊さなかったら、二人のうちのどちらかが間違いなくその場に動けなくなっていたでしょう。彼らが早く来たので私は命拾いしました。私の剣の切っ先が兄の剣の鍔に下がっていた紐の結び目に突き刺さり動きがとれなかったのです。狭くて後ろに跳び退くこともできません。彼は激しく攻め立てます。窮地に追い詰められた私は、彼に跳びかからざるをえませんでした。つまり私たちは取っ組み合いをしていたのです。ところが、彼の方が私よりはるかに逞しいので、私は間違いなく負けていたはずです。私たちはそれぞれ腕と胴に三箇所ずつ負傷していました。血と怒りのせいで私たちは恐ろしい姿になり、自分たちの言動を吟味することもできません。召使たちは驚きのあまり身をすくめていましたし、母は涙を流し、大声でわめいていました。私は母の言うことに耳を貸すつもりはありませんでした。『これが、母上、――と私は去りがけに母に言ったのです――あなたの別け隔てのない愛情の最初の結果です。さようなら。――と私は兄に向かって続けました――次はこのままじゃ済ませないぞ、たっぷり借りを返すからな。』『よし、分かった。――と彼――望むところだ。両方で探し合うのだから、会うのに手間はかからないさ。』

私は自分の部屋に上がりました。そこには手当をしてもらうために必要な時間しかいないつもりだったのです。セレニーと私が会っていた部屋に行く気でいたのです。しかしそうは行きませんでした。私が手当をしてもらうとすぐに叔父が入って来ましたが、私は意識を失ってしまったので、外科医とその童僕、そして私の従僕が私をベッドに運ばなければいけなかったのです。私が兄に負わせた傷ははるかに危険な箇所だったとは言え、私は極めてひどい扱いを受けていました。ところが兄の傷は私より浅手だったのです。私の傷のうち二箇所は指一本の間隔で上腕部を貫き、もう一箇所は鎖骨の上から脇の下へ達していました。私が意識を取り戻してしばらくすると、母が私の部屋に入って来ました。私の怒りは収まっていましたし、叔父のデュピュイ氏があからさまに私の肩を持ってくれました。母は私のことは考えもせずに、兄には危険がないと分かるまでそばに付きっきりだったのですが、私はそれには気がつかない振りです。私は兄の具合はどうかと、たいそう穏やかに母に尋ねたのです。彼の具合は非常に悪い、と母が言いました。『それは残念です。――と私が答えました――しかし兄が人のことに首を突っ込まなければ、こんなことにはならなかったはずです。』母はかっとなって次から次と私に非難を浴びせ、散々まくし立てたので、ついには休ませてほしいと私は母に頼みました。

私は即座に邸を出て行く気でしたのに、母はそれを許そうとしません。そして、私がいっさいを任せた叔父も賛成してくれませんでした。叔父には勝手に振舞えば間違いを犯すことになると諭される始末。一族の心遣いによって治まったこの不幸な事件の話はもうしたくないので、この事件はこれで終わり、召使たちには箝口令《かんこうれい》が敷かれたことを皆さんに言っておかなくてはいけません。私はこの事件をセレニーに知らせました。彼女が私に会いに来ましたので、ことの次第を話して聞かせたわけです。そして、もしも私の命が危なくなったら、臨終の床で彼女と結婚する手筈を一緒に整えさえしたものです。彼女は何もかも私に感謝し、嬉し泣きしましたよ。二週間しか床に就かなかった兄は、彼女が帰る時に彼女に会ったのです。彼はこの上ないほど丁重に彼女に挨拶して、召使たちが指示されていたように、私たちは盗賊に襲われたのだと彼女に言いました。

兄は自分の部屋から出られるようになると、すぐに私の部屋に上がって来ました。彼が来るとは思っていなかったので、私はびっくりです。私たちは肩を抱き合いました。彼が言うには、あのようなことになってしまって申し訳なく思っている、自分は他愛のない冷やかしのつもりで言ったのに、私がその冷やかしにこだわる気質なので、決してあの話はしないと約束するし、それればかりか私の思いが叶うように母を一生懸命に説得すると約束するとのことでした。私は、あなたは自分の権利を主張して私を弄ばなくても、年齢からしても財産からしても私より優位に立っているのだから、それで満足なはず。起きてしまったことは喜んで忘れます。あなたの申し出には感謝しますが、私は母の同意は要りません。母に同意を求めるくらいなら、いっそのこと結婚しないほうがましです、と答えました。皆さんお分かりのとおり、こんな返事はひどく無作法です。が、返事はこのとおりで、兄はそれでも満足しました。今度は私が彼を訪ねますと、大歓迎してくれたのです。母は私たちが仲直りしたのを見て喜びましたし、この仲直りは間違いなく本物でした。と言うのは、その時から私たちは頼まれない限り、お互いに相手のことには干渉しないで、仲良くやって来たからです。兄は自分の所にある私のものを返すと何回も言ってくれました。しかし、確かな人の手に委ねているのだと分かっていましたし、それだけでは彼と同じような素晴らしい官職を手に入れることができず、かと言って彼より劣る職には就きたくなかったので、私はそのまま彼に預けておきました。兄にはロンデ夫人と近々結婚すると手紙で知らせました。すると、いかにも恥ずかしくない、私にとってたいへんに有利なこの結婚を考えて、兄は私が思ってもみなかったものを贈ってくれましたよ。それで何かことある時には、立派な血筋は争えないものだ、兄弟はやはり兄弟なのだと思い知らされたわけです（二九）。

　セレニーの話に戻りましょう。皆さんにお話ししたように、セレニーは私に会いに来ました。そして私がこれほど肩入れしてくれたことを感謝しました。身籠ったことを明かさないように、私が言って聞かせた理由を彼女は何もかも聞き入れました。私はこんな風に彼女を納得させたのです。姉が結婚することになったけれど、彼女が姉と同時に結婚すると、その必要があるからだと勘ぐられるから、私たちは延ばさなければいけない。そんな事情は隠しておいたほうが私たちには都合がいい。なぜなら、彼女の母親がそれを知り、私が約束を反故できないと知ったら、知る前に比べてより有利な条件を私たちの結婚契約書に盛り込んでくれないからだ。さらに、私に対して酷薄だったと後悔しはじめている私の母の気持ちを大事にしなければ、兄と私の間で起きたことは私には何の足しにもならない。もしも母が私の結婚はやむをえないからだと知ることにでもなれば、きっと母は前にも増して冷たくなるはずである。母が優しくなりはじめたのは自発的ではないかも知れないが、母のその気持ちは大事にしたほうが得なのである。私は新たに母の不平の種を少しでも蒔いてはいけないと思う。と言うのは、母は必ずそれを口実にして、私のためにしてくれると約束したことをすべて反古にしてしまうからだ。

　こういった理由はすべて根拠薄弱なものですが、ともかく彼女を納得させたわけです。こういう理由でも、どんなに疑り深い娘でもころりと騙してしまう愛の証がものを言ったことは確かです。こうしてセレニーは身重であることを用心深く隠すと私に約束しました。彼女は大柄で体つきも見事でした。それで小柄な女性や中背の女性にはできないほど上手に隠し通せたのです。彼女は六カ月の身重で姉の結婚式に出席しましたが、誰もそれには何も気づきませんでした。臨月になると、もう婦人用の胴衣は着けず、具合が悪いとこぼしてはベッドにいるか、さもなければいつも部屋着でいました。要するに彼女は用意周到でしたので、うまくやり通せたのです。

　私自身がこのお芝居の出演者でなかったら、お芝居だとは疑ってもみなかったでしょうね。しかし首尾よく行ってみると、本当に芝居だったと納得したわけです。私は毎日彼女に会っていましたし、私の訪問が怪しまれることもありませんでした。もう母親しかいません。それに、その母親には私のことを婿だとずっと思わせてきましたし、娘と同じように母親にも、私の母の好意を得るために延ばしているのだと理由を説明しておきました。セレニーの母親は彼女が病気だということで、私にはベッドに臥せっている彼女といつでも話をさせてくれました。私は母親の前でその病気を嘆いてみせ、それも結婚を遅らせている理由のひとつにしていました。

　人の好いこの人は結婚が少しくらい遅れることに不満はなか

ったのです。続けざまに何人も結婚したら彼女はすっからかんになってしまったでしょう。というわけで、それぞれが延ばす心づもりでいたので、それぞれが既成の事実であればよいのにと思っている振りをして、誰もほかの人には結婚をせきたてなかったのです。セレニーは夕方になると起き出して、私たちはかなりしばしば一緒に散歩したものです。彼女が九カ月目に入ると、身二つになるのは大体いつごろか知るために、私は非常に腕のいい産婆の所に彼女を連れて行きました。この女は、カドレのお上さんと呼ばれていて、サン＝タントワーヌ街とジョフロワ・ラニエ街の手前の狭い路地の角に住んでいました。この産婆はセレニーに、まだ二週間はあるから、その時まで栄養をたっぷりとり、上手に気晴らしをしていればほかにすることはない、と言ったのです。私は子供のために必要な産着を買ったり乳母を雇ったりするために、産婆が欲しがるだけ与えました。そして二週間後にまたセレニーをそこに連れて行ったのです。

先ほど皆さんに言いましたが、これから話すことは私が目撃者でなかったら、私自身が信じないでしょうね。皆さんはセレニーがどこに住んでいたかご存じですし[三〇]、カドレのお上さんがどこに住んでいたか言いましたね。ですから、その間の道のりはかなりあるのがお分かりですね。ところが、セレニーは行きも帰りも歩き、私が用意させておいた轎に決して乗ろうとしなかったのです。このことから私は、娘というものは、どんなに繊細であっても、自分が犯した過ちを隠し、不身持ちのために自分が陥った窮地から秘かに抜け出すためなら、何を為出かすか分からない、そう得心したものです。私がいつも通り夕方セレニーの所に行きますと、彼女は部屋着を羽織っていました。私たちは夕方だいたい七時ごろにカドレのお上さんの所に行ったのです。十一月で、秋もずいぶん深まっていましたが、非常に暖かく散歩にはもってこいの陽気でした。

その時が来ました。つまり、彼女が産婆の部屋に入ったとたんに、陣痛が始まったのです。妊娠する危険を初めて冒した時には、非常に苦しそうな叫び声をあげたその同じセレニーが、喜びの溜息と苦しみの溜息との違いはあるとは言え、大きな溜息を一度漏らしただけで、女の子を産み落としました。私たちがそこを出たのは九時前でした。それで、私が彼女に何と言おうとも、帰宅するためにどんな乗り物も利用させることはできなかったのです。

この子は里子に出されました[9]。私は六歳までこの子を育て、六歳の時に天然痘か[10]、別の病気で亡くしました。乳母は別の病気だと私に言ったので、そう信じています。それから二年くらいしか経っていません。私はセレニーを家に送り届けました。彼女はきっかり四日しか床についていませんでした。もし彼女が結婚していたら、六週間以上は床についていたことでしょうね[11]。

その子には私と彼女の名前で洗礼を受けさせましたが、嫡出子としてではありません。私はもう彼女と結婚する気はなかったので、もっぱら面目を失わずに彼女から逃げ出すことばかり心を砕きました。そして会わなければうまく行くだろうと思ったのです。四方八方にその機会を窺い、古くからの知人たちに頼み込みました。私がこの連中と一緒にいた時に、あの同じ産婆の家で起きた滑稽な出来事は皆さんにお聞かせせずにはいられません。

私たち四人はラ・モルテルリ街（三一）で夜食をとって帰るところで、夜中の一時近くでした。私たちは徒歩でした。にわかに篠突くような大雨になり、ノアの大洪水の再来かと思われたほどです。こんな時間ではどこに雨宿りすべきかも分からず、道はまっ暗闇でかろうじて道だと分かりました。たった二週間前にセレニーがお産をしたカドレのお上さんの所に、明りがついているのに私は気づきました。子供はまだそこにいたのです。カドレのお上さんが私たちをその部屋に入れてくれたので、私たちは火を焚いて体を乾かし、その夜と悪天候をそこでやり過ごすことになりました。

私たちがいた部屋は仕切り壁でもう一つの部屋と仕切られているだけで、その部屋ではカドレのお上さんが、九カ月前に嬉々として受け入れた愛の結晶を苦しみながら産み落とそうとしているひとりの娘を楽にしてやろうと立ち回っていたのです。こんな出来事は産婆の家では珍しいことではありません。ところがその時はみんなが大笑いです。その娘はひどく若くて、陣痛を感じるとどうにも堪えかねて苦しんでいたのです。彼女は金切り声で叫んでいました。舌足らずなその言葉の中から、私は三、四回『バター！　バター！』という言葉を聞き分けたのです（三二）。私たちは放蕩にふけって来たばかりで、酒気を醒ますために何かちょっとしたものが必要でした。バターという言葉が何度も繰り返されたので、私はその娘がいる部屋の扉に駆けつけ、ちょっと開けて、『バターを全部使っちゃだめだぞ。――と、カドレのお上さんに言ったのです――玉葱のスープを作るのに取っておいてくれよ。』ひどく無邪気な態度で言ったこの言葉が、私が予想もしていなかったことを引き起こしました。カドレのお上さんは腹を抱えて大笑いし、私も大笑いです。お上が笑っているのを見たのと、同時に暖炉の前に仰向けに寝て、両膝をあげたまま押っ広げている、まったく奇っ怪な状態の哀れな女が目に入ったからです。そのおてんば娘も笑い出しました。しかも腹の底から笑って息んだので、その瞬間に子供が生まれたのです。私たちには玉葱のスープを作るためのバターが与えられました。そして、私はほかの誰よりもお産の役に立ったわけですから、私がその子の名づけ親になりました。その命名式は大して豪勢ではありませんでしたが、酒盛りになり、夕方ようやく私たちは食卓を離れ、その家を出たわけです。

セレニーの話に戻りますと、私は、産後の回復時間を彼女に与えるため、私たちは二人とも節度のある生活をすべきである、しかしお互いそばにいてはそうは行かない、私たちは成り行きに打ち勝つ自制心がないだろうから、二人は離れていた方がよいのだ、と彼女に説いたのです。彼女は散々渋りました。しかし口が酸っぱくなるほど説得したおかげで、私はカーニヴァルまでは田舎で過ごし、パリに帰って来たらいつまでも一緒だと約束して、彼女に認めさせました。

出産のためでなく、ちょっと熱を出して床についていた彼女に暇乞いをして、彼女の部屋を出て行こうとしたちょうどその時、私は彼女の飾り戸棚が開いているのに気づいたのです。中にあった財布を手で触れると、彼女にとって重要なものが入っているのが分かりました。その財布を取り出してみると、中に私が彼女のために作った結婚誓約書があったのです。『これだけでももらい得だ。彼女と結婚したければ、こんな誓約書は無用の長物だし、そんな気にならなければ、自分の苦しみの種を彼女の手に残しておくって法はないな』と私は独りごちたものです。というわけで、私はその誓約書をためらわず、しかも喜んで破りました。そしてセレニーのことは、まるで会ったこともなかったかのようにもう考えもせず、ブルターニュに向かって出発しました。

私は冬ばかりでなく、春も大半はパリの外に留まり、復活祭の十二日後にやっと帰って来ました。私が知った最初の消息は、セレニーが皆さんご存じのアレックスと近々結婚するということでした。初め私はそんなことは全然信じなかったのです。ところが貼り出された婚姻告示(12)の確かな事実には、疑問の余地はありませんでした。その日の午後、私は彼女の家に行ったのです。私が現われたので彼女は驚きましたが、狼狽はしませんでした。婚約者が一緒にいました。『こちらはデュピュイさんです。――彼女はそう言って私を婚約者に紹介しました――何度もお話したことがありましたわね。』『それでは、セレニー嬢と結婚なさると言うのはあなたですか?』と私が彼に聞いたのです。『そうです。――と彼の返事――こちらが同意してくださるものですから。』『どこから見ても、これ以上に立派な娘さんをあなたは見つけることはできません。――と私は彼に言ったのです――彼女に会って彼女を知りさえすれば、私と同じように判断なさるはずです。』『私はそう確信していますよ』と彼が私に答えたものです。こんな会話は私にはあまりにも退屈すぎて続けていられなかったので、私は二人と別れ、母親に会いに行きました。

『何ですって、奥さん。――と私は母親に言いました――それでは、あなたは約束してくださったのに、近々セレニーを結婚させると言うのは本当なのですか? 私に約束してくれたことをもうお忘れなのですか?』『ずいぶん昔のことですわ。――と母親が私に答えたのです――それに、あなた様ご自身が娘をすっかりお忘れのように見受けられましたので、娘がアレックスさんに心が傾いていると打ち明けましたのに、それに逆らって私だけがあの約束を覚えているには及ばないと思ったのです。』『それでは、つまり彼女は彼を愛しているのですか? 私を裏切るのですか?――と私がやり返します――私は彼女の幸せに異を唱える気はありません。――と私が続けます――しかし私が彼女と二人だけでしばらく話をするくらいはかまわない、少なくともそう認めてくださるものと思います。彼女の決意を翻させるためではありません。私が娘の心変わりを元に戻そうとしても無駄でしょう。しかし私の心に引っかかっていることを彼女に話せば、それでさっぱりします。』『あなたが娘に説明なさるのを私は邪魔だて致しません。――と母親が応じました――あなたのお好きな時に娘に話をしてくださって結構です。でもあまり得るところはございませんし、婚約を解消させることはおできにならないと思いますよ。』『できないからこそです。――と私が言いました――それでは明日の朝、私と二人だけで話ができるよう彼女に取り計らってください、お願いします。』そう言って、私はセレニーに対する激しい怒りに駆られながら外に出ました。

私は彼女と結婚する気はもうなかったので、実のところ彼女の結婚などどうでもよかったのです。けれども彼女が自分から別れたと得意にさせておく気はありませんでした。私たちの仲違いは私が嫌気を起こした結果であって、彼女の心変わりの結果ではないとしておきたかったのです。私には自分の価値が問われているように思われたのです。私は結婚したくはなかったのですが、彼女がアレックスを自分で選んで結婚するというのが面白くありませんでした。私は彼女と話をするまで、決心するのを延ばしていたのですからね。

翌日の朝までで、それ以上は待てません。私が彼女の部屋に入ると、彼女は起きてはいましたが、まだ着替えていませんでした。女性は服装が自分の美しさを引き立てると信じていますが、どんな服装よりも私には彼女の部屋着のほうが好きでした。『美しいセレニー、あなたは不実な女だと言うのは本当ですか？――と私は彼女に言ったわけです――あなたが婚約したという手紙をもらいましたが、私はそんなことはすべて嘘だと非難しました。私たちの間にはいろいろなことがあったのですから、あなたの貞節を信じる権利が私には当然あると思っていました。しかし何もかも忘れてしまったようなので、思い出してもらうためにわざわざ駅馬車でやって来たのです。率直に話してください。アレックスはあなたが選んだのですか、それともお母さんですか？　あなたが私の愛情を振り切るのは両親の威光のせいですか、それともあなたが心変わりしたためですか？』

『わたしをとことん悲しませたいのですか？――と彼女が蔑むような態度で私に言ったのです――わたしの弱みと誠意をあんなに残酷に弄んだくせに、それではまだ不足なのですか？　わたしがほかの殿方の腕の中にいるのが分かっているのに、今さらわたしをまだ愛しているなどと言うのですか？　わたしを騙したばかりか、あなたの不実を暴く手段を私の手から奪っておくなんて、あなたは男の風上に置けない陰険な人じゃありませんか？　わたしにくれた結婚誓約書を卑劣にも奪い取ったではありませんか？　別れの挨拶もそこそこに出て行ったではありませんか？　消息を知らせてくれましたか？　居所を知らせてくれましたか？　手紙を出すことも、わたしの身に起きたことも知らせることができないようにしておかなかったですか？出て行ってください。――と彼女は続けて言ったのです――わたしのことは放っといて。わたしが自分の過去を忘れ、あなたのような極悪人に当然の徹底的な仕返しをしないだけでも、満足すべきです。』『分かりました。――と私が答えました――正直なご挨拶ですね。しかしともかく、私は後悔してここに帰って来たのです。何もかもあなたのものです。今すぐあなたと結婚するつもりです。その気はありますか？　私は苦境からあなたを救い出す確実な方法を知っています。』『あなたと結婚ですって、わたしが！――と彼女はかっとなって言い返しました――あなたのような不実な男のものになるくらいなら、絞首台に吊されたほうがましです。』『では、その分ではもう私を愛していないのですね？』と私が聞き返します。『愛しているどころか、心の底からあなたを憎んでいます。どんなに恐ろしい悪魔が現われても、あなたほど恐ろしくはありません。』と彼女。『その言い方はひどいな。』と私。『わたしがあなたをどう考えているか、それを言い表すにはこれでも足りません。』と彼女が切り返しました。

正直に言うと、予想していなかった誇りと軽蔑の混じったこのような態度に私は打ちのめされました。そのために彼女を前より好きになり、この瞬間に彼女と結婚しよう、アレックスから彼女を奪い取ろうと再び本気で考えました。そんな気持ちで私は言ったのです。『ええっ、何ですって、美しいセレニー、あなたは私との絆を永遠で罪のないものにするのが、自分の名誉になることをお忘れですか？ 子供が、神と自然とあなたの名誉が子供に拒否してはならぬと命じている権利を、あなただけに期待しているのをお忘れですか？』『わたしは何もかも忘れました。』と、彼女は傲然と言い放ったのです。『この私は、忘れてはいません。――と今度は私が誇らしげに言います――私の誠実さがあなたを苛々させるのがよく分かりました。ほかのやり方であなたを従順にさせるしかないですね。私にはあなたに約束を守らせることも、あなたを破廉恥な女にすることもできるのですよ。選択はあなたに任せます。今すぐ決心してください。もうこれ以上あなたのご託をぐずぐず聞いているつもりはありません。』

『あぁー、裏切者！――彼女は目に涙を浮かべて言ったのです――わたしをとことん不幸にしなければ気が済まないの？ さぁー、――と、彼女は胸を露にして言いました――気が済まないなら突いてください。とにかく死んでしまえば、あなたに酷い目に遭わされませんもの。』『ここで悲劇のヒロインを演じても始まりゃしませんよ。――と私がかぶりを振りながら言ったのです――正確に言ってもらいます。私と結婚する気があるのですか、ないのですか？』『命と引き替えても、あなたとは決して結婚しません。』と彼女。『それじゃ、あなたの恋人が私から話を聞かされたあとでも、結婚したがるかどうか拝見しようじゃありませんか。』と私が応じます。『あなたという人は、さらにそんなことをする悪党なのね？――と彼女が言い返しました――わたしたちの結婚があなたに何の関係があるのです？ あなたがわたしをもう愛していないのは確かです。わたしを相手にここで何を言おうと、それはただのお芝居です。――と彼女が言い足しました――わたしが真に受けたら、あなたは結局は嫌気を起こすはずです。』

『違います。これは私の本心です。――と私が答えました――私があなたのために作った誓約書を奪ったことが不満なのですね。ペンと紙をください。インクは要りません。私の血でもう一枚作ります。それにはあなたの子供も認知しますし、あなたがアレックスと別れるのは私のためだということも認めます。公証人を呼びにやってください。すぐに契約書に署名します。これ以上どうしろと言うのです？ こういう保証なら私が持ち去った誓約書よりずっとましじゃないですか？ もう私の口約束など信じなくて結構。実行あるのみです。この申し出は婦徳があなたに命じるところで、あなたが私に受け入れさせるべきものであって、私があなたに受け入れさせるべきものでしょうか？』
『あなたはただのぺてん師です』と、彼女は椅子の上にくずおれて泣きながら言ったのです。私は彼女の膝に取りすがりました。何度も意のあるところを訴え、そして和解するために、かつての馴れなれしい態度に戻ろうとしたのです。私は彼女を椅子から抱きあげて、ベッドに運びました。彼女は叫び声こそあげませんでしたが、私がびっくりするほど激しく抵抗しました。で、男は無理やり女を征服することはできないと得心した次第。私の方が先にへばってしまったのです。この取っ組み合いで私たちは二人とも、皆さんには想像もできないほど混乱してしまいました。彼女は私の腕から逃れると、私の剣に飛びつきます。私はその剣を素手でもぎ取ります。彼女は私の目を掴みかかり、一瞬にして私の顔が血だらけになるほど引っかきました。私も本気でかっとなってしまい、彼女を手ひどく張り飛ばしていました。私のような男よりも粗暴な男にふさわしい振舞いです。私はあまりの恥ずかしさに口を開いてものも言えない始末。

こういうことがすべてどちらも口をきかず無言のうちに行われたのです。彼女は椅子に座ってまた泣き出しました。そして私は、鏡の前でできるだけ丁寧に顔を拭いましたが、ものすごい形相で外に出たわけです。そのありさまと、セレニーを愛撫するどころか手を出してしまった狼狽ぶりを隠すために、私は顔にずっとハンカチを押し当てたままでした。そしてそのありさまと自分がしたことに腹を立てながら、私は自分の部屋に引き籠りました。まるでパリじゅうの猫に顔を爪で引っかかれたように見えたのは確かです。私は一カ月近く外出できませんでした。

私は誓約書を反故にする気は少しもなかったので、家に帰るとすぐに、セレニーに宛てて、かなり長い練りに練った誓約書を自分の血で認めました。これにできるだけ情の込もった手紙を添え、彼女の不興を買ったと思われる自分の行動のすべてについて許しを乞うたのです。私は彼女に、妻たるものの本分は夫と全面的な絆を築くことにあって、夫にはいつももろ手を差し伸べる心構えでいなければならないこと、彼女は私に身を任せた時から、私を夫とみなさなければならないこと、彼女の名誉や婦徳、彼女の子供、彼女の魂の救い、要するに神と世間を畏れるなら、あらゆることからして彼女は約束を破ってはいけないことを、もう一度思い出させようとしたのです。約束を思い出してほしい、アレックスのものになって私を絶望の淵に突き落とさないでほしい、そう私は懇願しました。結局、彼女が私に対して演じるはずであった役を、私が彼女に対して演じていたわけです。そしてしまいには、アレックスと交わした愛の誓いを直ちに破棄するなら、そんなことはすべて水に流すと約束し、もしも道理をわきまえなかったら、破滅させるぞと脅迫する始末でした。

私にできることはこれが精一杯でした。私はこの手紙と誓約書の写しを取っておきました。と言うよりむしろ、精神的に不安定で支離滅裂なことを書いていると我ながら感じていたので、両方の下書きを破り捨てずに取っておいたのです。自分をじっと見つめてみれば、自分を行動に駆り立てているのは愛ではなく、アレックスと辛抱強く張り合うのを潔しとせず、彼に負け

るのは恥だと思う、そんな悔しさと空しい虚栄心だと、間違いなく気がついたでしょうね。[三三]

それはともかくとして、私はこの手紙と誓約書を一緒にしてきちんと封をし、従僕にセレニーに直接手渡すように言いづけて届けさせました。彼女はこの従僕を知っていました。彼が私の所に来てから四年以上経っていましたからね。従僕は帰って来ると私にこう言いましたよ。彼女に面会を求めたところ、出ては来たけれども、自分のことを知っていて、手紙をなかなか受け取ろうとしなかった。非常に重要なことだと言って、やっと受け取ってもらったのである。彼女がひとりで閉じこもったので、自分は返事を待っている間に、結婚式のことを尋ねてみたら、式はこれ以上延ばさずにその晩のうちに挙げる、そう昼食の時にセレニーがみずから決めさせたことが分かった。彼女は自分が面会を求めた時には、アレックスと差し向かいでいた。従僕はさらに言いました。旦那様がお書きになったものをすっかり読み終えるくらい時間が経ってから、彼女が手前にまた会いに戻りました。そして返事もせずに、これから目にすることをご主人様に報告しなさいと命じながら、手前が渡した封書を破り、台所の暖炉にくべてしまいました。

この報告は私を激昂させました。私はイノサン墓地[13]の納骨堂で代書屋をやっている男をひとり呼びにやりました。従僕にはセレニーの家で行われることは何ひとつ見逃さないように言いづけて、もう一度送り出したのです。もしセレニーがアレックスと結婚したら、私はアレックスに何もかもぶちまけてやる決意で、従僕が不実な女に届けた手紙と結婚誓約書をその代書屋に書き写させました。彼女と私の情事、赤子を取り上げた産婆の名前とその住まい、その子の名前、その子が洗礼を受けた日と小教区、里子に出された場所と乳母の名前も書かせたのです。要するに、私はアレックスに何もかも隠さずにぶちまけ、彼の愛人を性悪女として描いてみせたのです。

私の従僕は夜中の三時ごろ帰って来て、私にこう言いました。セレニーの母親の家で盛大な晩餐会があったのですが、彼女はずっとたいへん淑やかそうにしていましたよ。晩餐会のあとで一同は教会に行き、そこで結婚式を挙げました。帰りには床入りすることになっているアレックス家へ向かい、そこで招待客に朝食が振舞われました。手前は路地に面していて壁掛けで覆われている小さな窓に隠れたわけです。[14]そこは新枕のベッドと向き合っていました。この従僕は率直でしたので、正直に言ったものです。この仕事には、旦那様を喜ばせたいのと好奇心とが半々でしたね。窓から道路に飛び降りて、首を折るのも覚悟の上ときたもんです。見張をしてから十五分もたたないうちに、セレニーがお袋さんや姉様方、それにほかの女たちに伴われて、部屋に入る音が聞こえました。その女たちが彼女をベッドに入れ、服を脱がせながら、臆面もないことをさんざん彼女に言ってました。彼女はそれには答えずに、うぶな娘みたいにただ泣いて溜息をつくばかりでした。『大真面目にさんざん馬鹿なことを言うのを聞いていて、――と従僕が言いました――どうして吹き出さなかったのか手前にも分かりゃしません。[三四]とうとう、――と従僕が続けました――もう何の物音も聞こえなくなったんです。それで別嬪さんが床に入り亭主を待っているところだなど思ってますと、しばらくするとその亭主がやって来て、別嬪さんに近づきました。亭主が今度こそ自分の思い通りにするんだ、もう嫌だとは言わせないぞ、と言いながら接吻するのが聞こえましたよ。しばらくは扉が幾つか閉まる音しか聞こえませんでした。——と従僕が続けました——しかしそのあとがすごい聞きものでしたよ。口火を切ったのはセレニーで、ひどく苦しそうな叫び声をあげ、金切り声で母親を呼ぶじゃありませんか！　その上、彼女が泣き言の合間に馬鹿ばかしいことをあんまり言うものですから、手前は大声で笑い出して捕まるのが恐くなり、窓から道路に飛び降りました。いまいましいその路地がぬかるみだらけだったもんで、服と手を汚してしまいましてね。しかしそれだけで済みました。それから手前は、旦那様がご自分でこの茶番に居合わせなかったのが本当に残念で、報告しようと大急ぎでやって来たのです(15)』

私はこの話を聞いて、この女の偽りの貞淑ぶりにはもはや手心を加えまいと決意しました。従僕には彼女と私の間にあったことをすべて洗いざらい話し、私が書いた手紙と、書き取らせた手紙の写しを彼に読んで聞かせました。アレックスへの手紙には、セレニーが生娘を騙るための逃げ口上に歌った挽歌を教えられた、彼女が自分を純潔な処女で通そうとしたのは噴飯ものであって、この点に関して貴下は断固たる決断を下し、彼女の貞淑さを再考すべきである、そう私は書き加えさせたのです。要するに、私は彼女を失墜させるためにできる限りのことをしたわけで、実際、彼女がその手段を私に与えてくれたことを大喜びしたものです。私はすべてを封筒に納めると、合せ文字の印で封印をして(三五)、その手紙を従僕に託して、その朝早速新婚の夫婦が起きる前に本人の手に届けるよう手配させました。従僕は私の仕返しに肩入れしていたので、見事にやってのけましたよ。

私の従僕は知合いの男を見つけ出し、その男に手紙を渡して、今すぐ届けてくれるように頼み、こう言ったそうです。『この手紙は昨日の晩に届けなけりゃいけなかったんだが、飲んじまったもんで、届けられなかったんだ。うちの旦那が俺を待っているんで、今のところまだ行くわけにはいかないんだ。これを届けてくれ、頼む。誰からの手紙だと聞かれたら、アレックス様がお読みになれば分かるはずだと言ってくれ。でもな、非常に大事な用件だから、アレックス様が目を覚ましたら、すぐに渡すように言いつけてくれよ』

あとで分かりましたが、このとおりに実行されました。アレックスが目を開けるとすぐに、従僕が自分の忠勤ぶりを売り込もうして、手紙をベッドの中にいる彼に渡したのです。彼は火を起こさせると、起きて部屋着を羽織り、初めから終わりまで読みました。彼がどう思ったか想像してみてください。読み終わると彼は、『こんな手紙も、出した奴も糞食らえだ』と言いましたよ。彼は従僕を引き下がらせましたが、従僕のほうは主人の驚きぶりにびっくりして好奇心を起こし、扉のところで立ち聞きしたのです。アレックスはセレニーに、『ほら、これはあなたを讃える詩です』と言いました。この言葉に彼女は震えあがりました。しかし、彼女が何事かとそれに目をやった時には、それどころではありません。私が彼女に出した手紙、私が彼女に送った誓約書の写し、それにアレックスに送られて来た手紙によって、アレックスに何もかも知られてしまったことは、彼女にはもはや疑う余地がなかったからです。その時の彼女の心境はどんなものであったか、私は大いに知りたいものです。もはやおぼこ娘を気取っている場合ではありません。事実は否定することができず、それを認めるのはたいへんに厄介なことでした。しかしながら、彼女は捨身の決断をしたのです。これは彼女の生涯でいちばん真摯な行為ですね。またおそらく、住まいはアレックスが賃貸契約をするまで自分が維持して来たので、自分が追い出されはしないと、夫の気性に高をくくっていたのかも知れません。彼女は泣きながらぱっと立ち上がると、夫の足元にひれ伏し、たぶん夫の要求を上回っていたのでしょうが、貞淑な妻として生きると約束し、そして、特に私には生涯会わないと彼に誓ったのです。

　この犠牲的行為に免じて彼女の夫がすべてを許したに違いありません。なぜなら彼らは非常にうまく行ってますからね。この事件はアレックスが慎重だったため、また二人にとっては黙っていたほうが得だったために、噂にはなりませんでした。(三六)私はと言えば、夫から受ける評価を台無しにしただけで大いに溜飲が下がったので、彼女に対してそれ以上怒りを爆発させる気にはなれなかったわけです。アレックスがどう考えたか私には分かりません。けれども彼女は、私とばったり出会った時には、私には目もくれません。また私を見る時は激しい怒りの眼差しを浴びせるのですが、そんなことは私には痛くも痒くもありません。二人のことは私にはまったくどうでもいいことですからね。これが私の二番目の情事です。こんなことでは、自分で確信していますが、当然私は悪党とみなされますね。正直に言って、私の行動は彼女との結婚を本気で望んでいた証しになりますし、したがって、私が愛の痛手をこうむり無分別に走ったのは不当に軽蔑され絶望したためであって、すべて彼女の落度にしているわけですが、それでも彼女が私のものになるためにアレックスと別れでもしたら、私は猛烈に困ってしまったというのが本当のところです。私は彼女と結婚せざるをえなかったでしょうね。しかし彼女の決断が正しかったことは確かです。彼女は私と一緒になるよりも、彼と一緒になったほうが間違いなく幸せになれたでしょう。皆さんご覧のとおり、私は自分の罪を白状しているわけで、私が今わの際に差しかかったら、皆さん私の罪を許してください(三七)。

　私はアレックスに女房に騙されているぞと教えてやったのですが、これからお話しする出来事は、私が非常に名誉を重んじる人間で友人を裏切らず、友人が騙されることにも黙っていられない人間であることを、皆さんに教えてくれるはずです。

　平民ですが良家の出で、グランプレという名の私の放蕩仲間のひとりが、自分と同じ良家のある娘に結婚を申し込んでいて、私にも紹介してくれたのです。彼がその娘と交際を始めてからかなりたっていました。彼女の美貌や姿、声や才知、それに立居振舞いなどを、彼がひっきりなしに褒めあげるものですから、ついには私も彼女に会ってみたくなったのです。私は彼と一緒に会いに行き、レカール嬢と私はたちまち親しくなりました。陽気な気性らしく、少し放縦なところがあるのに私は気がつきましたが、そんなところが私とたいそう馬が合ったものですから、私は彼女に惹きつけられました。私はちょっとの間に大いに発展させたわけですが、巧妙に立ち回らなかったら、百年かかってもそれ以上の進展は見られなかったでしょう。あとで皆さんがお分かりになるように、彼女は恋人たちの助けを借りずに、欲求を満足させる秘訣を知っていたのです。外見的には自由でそっけない気性に見えたのですが、実際は悪女でした。彼女は中背で、肌は少し浅黒くざらざらしていて、口はちょっと大きめですが、この欠点も素晴らしい歯のおかげで大目に見られていました。目は褐色で溌剌とし、ちょっと痩せ型で少し毛深い方でしたが、いつも冴えない顔をしていました。つまりすべての特徴が彼女は愛の快楽が好みであることを示していたのです。私は初めて彼女に会った時にそう判断しました。グランプレは昔も今も実に申し分のない紳士で、皆さんにお話ししたように、私の親友のひとりです。私は自分のそんな思いを彼に話しました。すると彼は、君は意地の悪い人相見だよ、レカール嬢はパリでいちばんお淑やかで、いちばん慎み深い娘さ、と答えたのです。

　恋人を買いかぶっている恋する男の目を覚まそうとするのは、しかも単なる推測に基づいてするのは、ギニアの黒人をきれいな水で白くしようとするようなものです。私はその話はそれ以上はしないで、彼の恋人を身近で観察し、できることなら、彼女の気質的な弱点につけ入ることにしました。皆さんに私が描いてみせた彼女の姿は美人だとは言えませんが、それでも愛敬があったのは確かです。もし彼女が身持ちが堅くて誠実であったなら、紳士の心を余すところなく捕らえたこともまた確かです。私はほかの女性には丁重に接していたのですが、彼女にはそうはせずに、彼女と私の性格に見合った態度で、つまりおどけることにしました。で、これがかなり効を奏して、ひと月もたたないうちに、彼女の胸に接吻したり、手で触れたりできるようになったのです。私は人前では実に慎み深い態度を守っていましたから、指先で彼女に触れることすら気が引けたでしょう。ひと言も淫らな言葉や二重の意味がある言葉を彼女に言ったことはありません。ところが私たちが二人だけになった時の私の振舞いほど図々しいものはありません。要するに、組み鐘のいちばん大きな鐘の音を除いて、ほかの奉仕はすべて受けていたわけです（三八）。私は中途半端でやめる手はないと思っていたので、もしも彼女自身が自分は守りが甘いのではないかと心配しなかったら、間違いなくわたし流のやり方で首尾よくいったはずです。彼女が自分自身を警戒せざるをえなかったそのわけを、皆さんにお話ししなければいけません。

　レカール嬢の小さな雌犬に盛りがついていたのです。そこで彼女は、この小さな動物が闇雲に恋人をどこかに探しに行ってしまうのが心配で、自分の部屋から出て行かないように細心の注意を払って監視していました。私はこの獣の病が哀れに思え、手本として利用したいと思ったのです。私が間違っていたかどうか皆さんにはすぐに分かります。私は素晴らしい雄犬を探し、望み通りの犬を見つけました。その犬をレカール嬢の家に連れて行き、地面に下ろしてやったのです。その犬はまもなくオランジュと仲良くなりました。これが彼女の雌犬の名前です。私はレカール嬢に犬たちの睦み合いを指し示し、動物たちが私たちに生き方を教えてくれていると言ったのです(三九)。私はこの教訓をできる限り発展させて、格好の話題に持ち込みました。ついにオランジュはむず痒いところをかいてもらいました。私はそれを友人の恋人に教えて、オランジュのように扱いやすくなるよう彼女を説得しました。誰でもほかのことを頼むように、娘に最後の愛の証を求めた試しはありません。諺に言うように、知らず知らずのうちに、そうなるのです。レカール嬢は目の前のお手本を見て、戯れを通り超した私の激しい愛撫に煽られて、間違いなく誘惑に負けるところでした。ひたすら快楽を表している彼女の目に、私は彼女の心のときめきを見て取ったのです。紅潮した彼女の頬は貞操が死にかかっている証拠で、口の端に浮かぶ小さな白い唾は、身内で火が燃え盛っている証拠です。私はすでに彼女を座っていた椅子から抱きあげていました。ちょっと抵抗しただけなのが同意のしるし。私がもっと都合のよい場所に二人で飛び込もうと向きを変えようとしていたところに、ひとりの女中が部屋に入って来て、私たちをまっこうから攻撃することになったのです。私はその女中をすぐさま怒鳴りつけましたが、この女は私を喜ばせてくれたのです。

彼女は私たちが二人ともひどく興奮しているのを見て、なぜだろうと不審に思ったのです。彼女は顔を赤らめました。それで私の顔は怒りと憤りで青ざめました。しかし恋人たちの逢瀬の時は過ぎ去ってしまいました。そして別嬪さんはそれ以来大いに行ないを改めたので、私はまるまる一カ月以上も通い詰めたのに、彼女がひとりでいるのを見つけることはできませんでした。私たちは個人的に話をしていたので、話が聞かれることはなかったのですが、私たちが何をするか見られていたはずです。

二人のそんな会話の中でのことですが、レカール嬢はご親切にも私にこう言ったのです。自分はあなたを心から優しく愛しています、あなたの腕の中で生涯を過ごせたら幸せになれるでしょう、あなたからも愛されていると信じていますし、もしあなたが母に求婚してくれたら、自分としても充分に応援するつもりなので、二人は結婚することになります。この提案は私を震えあがらせました。セレニーはおろか、それ以上に彼女との結婚など考えてもいませんでしたからね。それに実際のところ、あらゆる点で彼女はセレニーよりもずっと劣っていたのです。またたとえ劣っていなかったとしても、私が彼女に抱いている愛情には、彼女を妻として迎えるにふさわしい敬意が欠けていました。グランプレに対する彼女の背信行為と誘惑に対する彼女の脆さが私の脳裏をよぎり、そのために彼女に自分の名誉を託したら、とんでもないことになるぞと考えずにはいられませんでした。

こんな気持ちでいた私は、いかにも本心であるかのように装って、申し出を受けられないのを申し訳なく思っている、もし自分が自由に申し込めるなら、ためらわずにそうしただろう、と彼女に言いました。私は母と一族の威光を彼女に思い知らせてやりました。つまり、私は母からほかの縁組で婚約させられたも同然になっていて、それだけに母から遺産相続権を剥奪される恐れがある、という具合。私は母に逆らって自分で決められる年齢に達していないけれど、彼女が私の約束と私が血で署名した誓約書を信じてくれるなら、私は生涯彼女のものだし、母が決めたほかの縁談はきっぱり破棄できる、そうでたらめを並べ立てたわけです。彼女のような娘に結婚誓約書を書くことなど、私には恐くはありませんでした。ひとりにつき五十枚でも奮発したでしょうよ。彼女は私に弄ばれているとはっきり分かって、私と彼女が仲がいいのを羨んでいなくもなかったグランプレに再び鞍替えし、私を捨てて彼の所に舞い戻りました。

　グランプレは心のうちを私に打ち明け、本気でこの娘との結婚を考えているのかと私に尋ねました。私は、とんでもない、僕が結婚できないのは承知のはずじゃないか、と答えたのです。『そういうことなら、――と彼が続けました――頼むから、彼女の所に通うのは止めてくれないか。君が結婚するつもりなら、彼女は君に任せるさ。君に気がある娘を奪い合ってみても、無駄なのはよく分かっているからね。でも秘跡は君の目的じゃないわけだし、僕の目的だから、もう彼女にはつきまとわないでほしいんだ、頼むよ。』私は喜んでそう約束し、その約束を守りました。彼には恋人のまやかしの貞淑さを気づかせようとさえしたのです。私は秘密にすると彼に約束させてから、彼女のあの雌犬がきっかけになって、彼女と私の間で今にも起こりそうになった出来事を彼に語って聞かせたのです。彼はまったく信じません。と言うより、まったく信じようとしませんでした。偶然レカール嬢が彼の妻にふさわしくないことを私が発見しなかったら、どう見ても、今ごろ彼女は彼の妻になっているはずです。

　私が放蕩にふけっていたころは、パリじゅうのヴィーナスの女子大修道院長を知っていました。私がすっかり足を洗ってからもう三年以上も経っていたのに、そんな女たちのほとんどが住んでいる所はまだ覚えていたのです。その中に、サン＝ニケーズ街のキャンズ＝ヴァン施療院の裏手に住んでいた女がいて（四〇）、ドロルムの女将と呼ばれていました。この女がさして大きな家ではありませんが、まるまる独り占めしていたのを私は知っていました。ある日のこと、私はその家の門前を通りかかったのです。私はひとりでした。女将の家から、なんとあのお淑やかなレカール嬢が出て来るじゃありませんか。私は勘違いだと思いました。しかし彼女に見られないようにできるだけ近づき、サン＝トノレ街に入るかなり手前で、彼女だと確信しました。

　私がすぐさまドロルムの女将の所に取って返すと、女将は私を昔からの知り合いのように歓迎してくれました。私は女将に新しい獲物はいるか、商売はどうかと聞いたわけです。『相変わらず悪くなるばかりでしてね。』と彼女は答え、それから警察代理官や刑事代官や警察署長、それに彼らがパリに築きあげた見事な秩序を罵倒しました。私はその話を遮って、きれいな娘が最近入って来たかどうか尋ねたのです。『もうちょっと早く来れば、うってつけの娘がいたのにねえ。――と女将が答えます――出て行ったばかりでございますよ。あのこはお金が目当てじゃないの。何にも受け取らないんですからね。でも自分のしてることには安心していたいんですね。それであたしや、信用できる方にしか引き合わせないんでございます。』私はあの美しいレカール嬢のことだと分かりました。彼女には含むところがありましたから、私は友人の目を覚ます好機とばかり喜んで飛びついたのです。もしも私が根っからの悪党だったら、この出会いをひとりで利用していたことでしょう。しかしグランプレは私にとっては非常に大事で、騙すことはできません。それに彼女は尊敬するほどのこともないので、私は彼女に持てたいとは思わなかったのです。私は即座に自分が何をすべきか決めました。『その娘さんが言うことはもっともだね。――と私はドロルムの女将に言いました――そういう気性が好きだな、俺は。その娘はここによく来るのかい？』と私が続けます。『ええ。――と女将の答え――明日十一時ごろ来ることになっているんですよ。今日はたっぷり一時間以上もここに居残って、殿方を待っていたんでございますがねぇ。その方はあたしに約束したのに、お出でにならなかったんでございます。あのこは誰のものにでもなるわけじゃございません。お聞きのとおり、あとあとのことを恐がってましてね。』『それで、お前さんは迎えに行くわけにはいかないのかね？』と私が聞き返しました。『あたしゃ、素性さえ知らないんでございますよ。――とこの女が答えました――住まいも知りゃしませんしね。あたしの友達がひとり休みで、それであのこに来てもらっているんでございます。ですから、あたしの知っているのは、身元を知られたくない家柄の娘で、身元が割れないように、それはそれは気を遣っていることぐらいのもんです。』『そのこがあした来るのは確かなんだね？』と私が女将に尋ねました。『確かですとも、間違いございません。――と彼女の答え――あのこは来ると堅く約束しましたから、破るわけありませんよ。それに食事を用意しておくようエキュ銀貨を一枚置いていきましたしね。なにせ、お聞きのとおりで、お金のために来るんじゃないんですからねぇー。』『もちろんさ、俺もだよ。――と私がやり返します――その娘と付き合いたいね。お前さん、俺が病気持ちじゃないか確かめるために調べるかい？』と私が続けますと、彼女が言いました。『とんでもない。あなた様がお相手にたいへんご用心なさっているのは、あたしゃ、よぉーく存じてます（四二）。あのこに会えるように、早くお出でくださいましな。』

『取っておいてくれ、――と私は女将にピストル金貨を一枚渡しながら言いました――昼飯を用意してくれ。もしその娘さんがお前さんの言う通りだったら、俺のことは分かってるだろう、礼は弾むよ。まぁ、聞いてくれ。――と私が言い足しました――女将には隠しごとはいかんからね。俺はこの近くのある娘を口説いているところで、もうすぐ結婚することになっているんだ。で、そのために秘密にしておかなくちゃいけないのさ。つまり誰にも見られたくないんだ。俺が来るころには女将の所に誰も上げないようにしてくれないか。なによりもこの俺を担いじゃだめだぞ。もしもこの娘が穢れていたら、まっ先に後悔するのはお前さんだからな。彼女は名前を知られたくないって。お前さんの知合いだとだけ言っておいてくれ。』『何もご心配には及びませんよ。とにかくおいでくださいましな。――と女将が私に言いました――ご満足いただけるのは請け合いです。』こうして私は翌日の朝、十一時に会う約束をしました。けれどもしくじるのが心配で、私は十時に女将の所に行くと決めました。

　私はその晩早速グランプレを探しました。彼女が、彼より狡猾なレカール嬢が、肝心な事に及んでいる間に、彼は恋人のそばでその喜びを指をくわえて眺めている始末。私は彼に、話したいことがあるんだ、家に帰って待っているから来てくれたまえ、と告げました。彼はそうすると約束し、そのとおりやって来ました。

　彼は入りしなに、『君の頼みとは何だい?』と言いました。

『来てもらったのは僕のことじゃないんだ。――と私が彼に言います――君自身のことなのさ。僕は友人の中でも君をいちばん買っているし、君の好みに応じていつでも一肌脱ぐつもりでいる。君は美人が好きときている。友人仲間ではこういう人物は僕には恥にはならないよ。明日、美人で姿もみごとな娘と会う約束があってね、君に付き合ってほしいんだ。』『恩に着るよ。――と彼が私に言います――しかし色事で危ない目に遭うのはご免だなぁ。僕はレカール嬢と一週間後に結婚することになっているから、僕は断ったほうがいいと思ってくれたまえ。いい子でいたいんだ。少なくとも結婚した最初の夜ぐらいは彼女に楽しく過ごさせてやりたいからね。そのあとでなら、問題のその娘に会ってもいいけど。』『そのこを見たことがあったら、――と私は答えました――否やはないね。いずれにしろ、君はいい子でいたいんだから、ますます尊敬するよ。とにかく断らないで一緒に来てくれたまえ。君は好きなことをしてればいいんだから。しかし、あのこに会ってくれれば僕は大喜びなんだけどなぁ。』『やはり勘弁してほしいな。――と彼――自分がそういうことに弱いのを知ってるし、その娘が君の言う通りだとすれば、自分の決意を忘れてしまうからね。だから会ったことにしておいてくれないか。』

『まったく、君ときたらとんでもない間抜けなんだから。――私は怒ってやり返したのです――秘密を守るとだけ約束してくれたまえ。そしたら、君にとってこの上なく重大なことを明かすから。』『そういうことなら、約束するよ。』と彼。『それでは、――と私が言い足しました――君の好きなようにしてくれたまえ。僕が話した娘と言うのは君の貞淑な恋人なんだ。あの魅力的なレカール嬢その人さ。』『あぁ、デュピュイ君、――と彼が私に言ったのです――こんな話は真実だと証明できなければ、口にできないものだよ。これほどでなくても、親友同士や兄弟でさえ喉のかき切り合いになるからね。』『喉をかき切られるのはまっぴらだよ。――と私が彼に言いました――ほかの人からもご免だし、君ならなおさらさ。で、この話を君に証明するには、君のご立派な恋人がヴィーナスの神殿にいるところを、君に自分で見てもらうに限るってわけさ。君があそこに行きたくないのなら、秘密は守ってくれたまえ。そうすれば明日の昼までには、彼女を取っちめてやるさ。請け合ってもいいよ。今度は僕の言うことが分かったかい?――そう私はつけ加えたのです――これ以上見事なフランス語で話せやしないよ。』『そんな話がありえるのかな?』と、彼がひどく困惑した様子で聞き返したのです。『ありえるか、ありえないか、僕にも分からない。――と私は答えたものです――しかし本当なのはよく知ってるよ。』そのあと、グランプレはレカール嬢と彼女を生んだ母親、それに彼女を育てた乳母を罵倒し、二時間以上も嘆きどおしでした。そんなことをしてもどうなるわけでもありませんから、私は勝手に言わせておきました。

『しかし、――と、やっと彼が言いました――現場を押さえることができるかな、彼女は用心するんじゃないだろうか？』

『それについては心配無用さ。――と私が答えました――仕上げを御覧じろだ。もちろん君には僕の言う通りにしてもらうけど、もはや真実は疑いえないと思ったら、そこで初めて姿を現してほしいんだ。』彼は私の言う通りすべて約束してくれました。計画がおじゃんになるようなことを彼が仕出かさないように万全を期して、私は彼を泊めることにし、一緒に夕食をとらせたのです。私は従僕を信頼していました。同じような微妙な問題に一枚加わってもらったことがあったのです。私はその従僕に手筈を抜かりなく整えておくように指示しました。

　私たちは十時近くになってやっと起きました。そしてドロルムの女将の家へ向かいました。私は従僕を真向かいの居酒屋に張り込ませ、レカール嬢が着いたら笛を吹いて私に知らせるように、また彼女に顔を知られているから、顔を見られないようにうまく隠れていろ、と言いつけておいたのです。彼はそのために鋳掛屋の笛を手に入れました（四二）。グランプレと私は上の階に上がりました。私はドロルムの女将に、連れの紳士は私が結婚する娘の兄で、秘密が漏れる気遣いはない、私たちはそれぞれ娘がいてほしいし、存分に楽しみたいから、穢れていない娘をもうひとり迎えにやる必要がある、そう告げました。

　その日はお忍びの遊興に当てられていました。ドロルムの女将は迎えにやった人妻を私たちの所に連れてきました。私はその女を、いわゆる掌のように、よく知っていたのです。彼女のことはこの話にはまったく関係ありません。ただ彼女は私を見ると非常に驚いたとだけ言っておきます。私は彼女を安心させ、秘密は守ると約束してやりました。彼女は行ないを改め秘密にしておくにふさわしい女性になったので、私はその秘密を守ってきました。

　グランプレは猛烈にいらいらしていました。私は十一時の鐘が鳴るのを聞くまでは落ち着いたものです。思いがけない不都合を私は心配しましたが、その心配は長くは続きませんでした。従僕がニンフ〔ギリシャ神話の美の乙女、女陰部の意味もある〕の到着を知らせる合図の笛を聞いたからです。私は大急ぎでグランプレとこの人妻をベッドと壁の間に隠し、自分はテーブルと暖炉の間にある肘掛け椅子に陣取りました。暖炉が要るほど寒くなりはじめていましたからね。私は扉の方に背を向け手には本を持っていました。窓は閉められていて、部屋の中はほとんど何も見えなかったし、その上、私はその日に初めて袖を通す服を着ていました。ドロルムの女将は、グランプレと自分が連れて来た人妻はもう一戦を交えていると思ったのです。女将があからさまにそう言ったので、私は喜んだものです。

『あらまあ、――と女将がまっ先に声をあげました――それじゃ、お友達はあたしが探して来たお内儀がお気に召したのですね？　あなたには、――と彼女が続けます――こちらがお約束の娘さんですよ。病気なんぞ移される心配はいっさいございません。お二人ご一緒にお楽しみいただけますよ。』ご覧のとおり、ひどくあけすけな物言いなのです。慎み深いレカール嬢は、明るい所からまっ暗な部屋に入ったため、私だとは分かりません。私は何も言わずに、ドロルムの女将の手から彼女を受け取り、顔に接吻しました。そして、馴染みになる手始めに、私は手を彼女の胸やスカートの下に滑り込ませたのです。彼女は私のなすがままに任せ、私の接吻にいかにも礼儀正しくお返しをしてくれました。

『あなた方ときたら、手探りで、ひと言も物を言わずに愛し合いたいらしいわね。――とドロルムの女将が言いました――このお嬢さんが美人じゃないか、ご覧くださいましな。』と言うなり、女将は窓のカーテンを開け放ったのです。私はレカール嬢を見ても、予期していたことなので、驚きはしません。彼女の方はそうは行きません。私だとは思いもかけなかったので、私の分までたっぷり驚いたのです。彼女は開口いちばん『あっ、まさか！』と大声をあげました。『あっ、まさか！』と私もおうむ返しに答え、間髪を入れずに扉に閂をかけに走りました。生きた心地もなく、罪の現場を押さえられて泣いている彼女に近づくと、私はこう言ってやったのです。『お嬢さん、こんなまともな所であなたに会って喜ぶとは思ってもいませんでした。しかし、あなたも私もここに泣きに来たわけではありません。ここに来たのは楽しむためです。こんな所で退屈するのはご免です。気取りっこなしですよ、お嬢さん。――と私が追い打ちをかけます――私たちは二人とも舞踏会にいるのです。喜んで踊る気にならなくっちゃ。』『なんて運が悪いんでしょう』と彼女が泣きじゃくりながら言ったので、私が言い返しました。『それほどじゃありません。私は紳士じゃないんですか？ それにあなたの友人じゃないんですか？ さぁさぁ、――と、私はドロルムの女将を促したのです――お嬢さんのエキュ銀貨が無駄になるじゃないか。昼食を出してくれ。それに、お嬢さん、――と、彼女に言ったのです――テーブルに着きましょう。ほかにもあとで話があるんです。』そう言うなり、私は彼女の被り物、手袋それに肩掛けをはぎ取りました。

ドロルムの女将は私たちのために支度させておいた食事を取りに出て行きました。レカールの別嬪さんも出て行こうとしましたが、私に抜かりはありません。『まあ落ち着いて、素敵なお嬢さん。――と、私は彼女を引き止めながら言いました――ここにはほかにもうひとり会わせたい人がいるのです。』私は今度は扉に鍵をかけ、鍵は抜き取っておきました。私は別嬪さんの手を取って、テーブルの近くに連れてゆくと、大声で言ったのです。『グランプレ君、出番ですよー。羊のようにおとなしい君のお淑やかな婚約者がここにいます。君さえよければ、司祭も公証人もなしで、すぐ床入りをする支度ができてます。』

グランプレという名前に、彼が剣を手にして、隠れていた所から出てきました。そして、一突きにしてくれようと決意して、彼女に迫ります。彼女が一段と高い叫び声をあげます。私はとっさに彼に飛びつきました。『ふん、よせやい、鞘におさめろよ。――と、私は笑いながら彼に言いました――〈最も短い愚行が最善〉ですよ[16]。』『えいっ、雌犬め！』と彼が叫びました。彼が口にできたのはこの言葉だけです。と言うのは、彼は気を失ってばったり倒れてしまったからです。私は彼に飛びつきました。そして彼と一緒に出て来た例の人妻の助けを借りて、ベッドに寝かせたわけです。別嬪さんの方は、出ていけないのは百も承知してたので、彼女の好きにさせておきました。

レカール嬢はグランプレが剣を手に自分の方に向かって来るのを見たとたんに、すさまじい叫び声をあげました。そして扉の方に跳びのくと、そこで金切り声で叫びずっと泣いていました。そのすさまじさと言ったらありません。ドロルムの女将は扉の向こうで、扉を開けさせようとものすごい騒ぎ。私はグランプレの介抱はもうひとりの人妻に頼み、泣きわめいている別嬪さんを捕まえて暖炉のそばに連れて来ました。それから扉のところに行って、監獄の差入れ口よろしく半分ほど開け、自分の家で何事が起こったのかとびっくりしている女将を中に入れたのです。こんなことにはびくともしない私ですから、落ち着きはらって扉を閉めると、テーブルに近づき、大きなグラスで葡萄酒を一杯飲み干しました。グランプレが正気付きました。私は彼の剣と自分の剣を隠し、そうしておいてから、みんなを巻き込んだ騒動のわけをドロルムの女将に教えてやりました。

私はまたしても予想もしていなかった喜びを味わいました。つまり、まさに人々の犯す罪によって生活しているこの女将が、あの美しいレカール嬢にどんな説教師でも及ばぬほど上手に、身持ちを改めるように説教をし諭すのを聞いたというわけです。そのために時間を取られてしまい、食事の時間がなくなりそうだったのです。そこで私は給仕をさせ、みんなをテーブルにつかせました。不実なレカール嬢はグランプレの足元にひれ伏して、何度も何度も許しを乞うたのですが、彼は答えず足蹴にしただけでした。こういう礼儀作法は私の好みにかなっていましたが、私は一風変わったやり方で彼女を慰めてやったのです。商売女たるものこんな些細なことには慣れっこになるべきで気にすべきではない、そう彼女に言ってやったのです。私は無理やり彼女を席に着かせ、その上さらに、彼女は腹が減っても喉が乾いてもいないのに食べさせましたし、飲ませました。グランプレは私が望んでいた以上にうまく窮地を抜け出したのです。彼は少しずつ気を取り直し、かなりの食欲で飲んだり食べたりしました。しかし、笑顔だったのは私ひとりだけというのが本当のところです。

食事が済むと、私は美しいレカール嬢をこのまま帰すつもりなのかとグランプレに尋ねました。彼女は君の意のままになるのだから、断られて来た仕返しをするのが、せめてもの礼儀というものだと彼にけしかけたのです。グランプレは彼女の手を取りました。彼女は子羊のようにおとなしくしていましたよ。こんな場所で捕まる娘ほど愚か者はいません。グランプレは彼女をベッドに横たえました。そして、彼女が完全に降伏したのを見届けると、彼女の顔を手袋でたたきながら、こう言いました。『失せろ、恥知らずめ。お前なんぞは紳士が触れる値打ちがあるもんか。』そして彼女をそこに放りっぱなしにしたのです。

彼女は前よりもいっそう激しく泣きはじめました。今度は私の出番です。『美しいお嬢さん、私は酷いことはしません。──と私が言ったのです──私とグランプレ君とではわけが違うからね。それに私は美しい娘に会いたいばかりにここに来たのです。それがあなたで本当に喜んでいるわけです。』私はその時、グランプレの怒りを余すところなく発散させ、彼がレカール嬢を許してやってほしいと私に言わざるをえないようにしよう、そう思ったのです。私は彼女をまっ裸にすると、彼女の体を隈なく調べ、彼女にその姿のままで彼女の恋人と私の健康を祈って乾杯をさせました。しまいには、事に及ぶ気はありませんでしたが、それ以外の放蕩者が場末の売春婦にできることをすべてやってのけました。私はとことん彼女を屈辱的な目に遭わせ、辱めたわけです。そこで、ついにグランプレは彼女に代わって私に許しを乞い、それくらいにしてほしいと頼みました。

　グランプレの怒りを和らげることだけが目的でしたので、私は喜んでそうしてやりました。それだけではありません。彼女のために秘密にしておくとグランプレに約束させたのです。彼は自分の名誉がかかっているだけに、この約束を破りませんでした。私も彼女がこんな破廉恥な生活をやめるという条件つきで、同じように口外しないと約束したわけです。この出来事は皆さんのほかには今まで話したことはありません。そして、もしも彼女の評判を守ってやるだけの値打ちがあるなら、この話は決してしなかったでしょう。ところが、今や彼女は紛れもないメッサリナ[17]なのです。彼女はこの事件のすぐあとで非常に立派な紳士を見つけました。この人とはかなりまともに暮らしていたのですが、夫に先立たれてからは、すっかり変わってしまいました。ドロルムの女将が探して来たあのもうひとりの女ですが、彼女を知っていたのは私だけでしたので、秘密にすると約束してやりましたよ。彼女はその秘密を贖いましたし、私は今でもその約束を守っています。なぜなら彼女は行ないを見事に改め、秘密にしておくにふさわしい女性になりましたし、私自身がそう確信していますからね。グランプレと私の話に戻りましょう。私たちは、美しいレカール嬢を憤慨させ、グランプレにはこんな自堕落な女と結婚する気をなくさせただけで、ほかには悪い事もせず、女将の家を出ました[四三]。

　ここで皆さんにガルーアンの話をしましょう。と言うのは、彼が修道士になったのはちょうどこのころだったからです。しかしその話は彼の妹のロンデ夫人と私との間に起きたこととまとめてあとでします。この二つの話は切り離せないからです。

　その前にある未亡人と私に起きたことを皆さんに話しておかなければいけませんが、その人の名前は伏せておくことにさせてください。私たちの交際はきちんとした形で終わりましたし、お互いに愛情を抱き合い貞節を守りました。それに絆はまだつながっています。そのために私は何がなんでも秘密にしておかなければいけないのです。この情事は一風変わっています。狡猾で悪辣な策略で始まり、いかにも紳士にふさわしい誠実さとともに幕を閉じました。私をまともな道に導き、悪い仲間から抜け出させ、ついには私を見事に紳士にしてくれたのは、ほかでもない彼女だと言うことができます。

　兄が為替手形を送ってくれたので、それを換金してくれる大銀行家の所に、私は行かなければならなくなったのです。その銀行家は国境での返還金[四四]のことで宮廷人と実業家にかかりっきりだったので、面会できるまで私は待っていなければなりませんでした。私は小さな庭に面した窓によりかかっていたのです。この窓は二階のかなり低いところにありました。生い茂った葡萄棚があって、そのためにその下にいる人を見ることもできず、その人から見られることもありませんでした。にもかかわらず、一緒にいる二人の女性の話は聞くことができたのです。しかも非常によく聞こえたので、彼女たちは小声で話していたのに、私は二人の会話をひと言も漏らさず聞くことができました。話と言うのは、ひとりはすでに亡くなり、もうひとりは存命中のそれぞれの夫のことでした。片方の女性がさめざめと涙を流していたのですが、それが私が会いに来た銀行家の妻でした。彼女を慰めていたほうが姉で、六カ月ほど前に夫に先立たれていたのです。この姉が自分のほうが不幸だったと妹に理解させ、妹を慰めようとしていたのです。私は、二人が姉妹で、妹の嘆きの種が夫の放蕩と不貞であることを知ったわけです。

　悲嘆にくれた女が話を続け、こう言っていました。『お姉さん、わたしよりも不幸な女がこの世にいるでしょうか？　夫はわたしと結婚する前は熱心に通い詰め、ありったけの愛情を示して言い寄ってくれました。彼がわたしにしてくれたことはすべてお姉さんもご自分でご覧になったわね。わたしは彼の貞節を信じてはいけなかったのでしょうか？　それにしても、結婚して一年もたたないのに、不実なあの人はよそに運試しに行くのですよ！　あの人の浮気が紳士らしかったらまだしもなのに。あの人ったら手当たり次第に追っかけ回しているんですものね。わたしこれが許せないの。少し前にわたしが雇った二人の小間使いの娘にも手をつけたのよ。うちの料理女さえ彼にはものの数ではないとは見えなかったみたい。わたしその女に暇を出さなければいけなかったわ。お姉さん、わたしが間違っているのかしら？――とその女性が続けました――わたしはもう結婚前ほど美しくないのかしら？　身持ちの悪い料理女よりわたしのほうがきれいで、愛敬があって、ずっとずっと魅力的じゃないのかしら？　少なくともわたしのほうが若いし、比較できないほど清潔ですわ。でもね、わたしが召使には不器量な年配の女しか置かないようにしたものだから、今では彼は家の中に化物みたいな女しか見つからないので、放蕩にふけってうつつを抜かしているのです。お姉さん、わたしの身にもなってください。こんな仕打ちが我慢できます？（四五）』『できないわね、おそらく。――と慰め役の女性が答えたのです――ねぇ、あなた、あなたのご主人はいけない人よ、本当に非難されるべきだわ。でも、あなたが苦しむのもおかしいわね。彼の不貞の仕返しをする方法は、幾らでもあるでしょうに？』『えぇっ、何をおっしゃるの、お姉さん？――と妹が聞き返します――今まで夫しか愛したことがないし、今でも愛しているのは彼だけです。それればかりか、殿方に抱擁される喜びをわたしあまり感じませんもの。』『それでは夫の不貞はどうでもいいことじゃないの？――と慰め役の姉が聞き返しました――どうして勝手に駆けずり回らせておかないの？　でも、あなたを慰めるためには、わたしの身に起こったことを話せばいいわね。――と彼女がつけ加えたのです――わたしは六カ月前に未亡人になりました。夫には三年間連れ添いましたが、結婚した時の夫の愛情に比べたら、三年間は見かけからすれば短いものです。

家族全員がわたしはこの世でいちばん幸せな妻で、彼はパリじゅうでいちばん貞節な夫だと信じたわ。実際わたしは、夫の熱が冷めたことや、尻軽女と放蕩に耽けっていることを、あなたにも誰にも今まで一度も嘆いたことはなかったわ。でもね、わたしにはあなたよりもずっと嘆く権利があったのよ！　なのに、あなたは夫が冷たくなった、ただそれだけのことでこんなに涙を流しているけれど、あなたが、もしも破廉恥な女たちに汚された夫に汚されてしまい、外科医にすがらなければならなくなったとしたら、どうなさるつもりかしら？　ところが、わたしは今まで何も言わなかったけれど、これはわたしに実際にあったことなの。夫はあなたのご主人よりずっと放蕩者でしたが、わたしは夫の生活ぶりをいつも隠して来たのね。でも、なぜそうしたのかしら？　それは、わたしなりに理由があったの。世間では人それぞれがただもう自分の快楽だけを追っているのをわたしは知っていましたし、また、もしもわたしが夫のように自分の性《さが》に溺れてしまっていたら、きっと夫以上に悪い事をしていたかも知れない、そう考えたからなのね。』

『あっ、お姉さん！――と悲嘆にくれた女が言います――淑女がお姉さんが今話したような話をしたり、夫を裏切ろうと考えたり、夫の不行跡の真似をしたり、そんなことができるでしょうか？[18]』『あなたにそんな気を起こさせたとしたら、それこそたいへんね。――と未亡人が答えたのです――そうじゃないのよ、ねぇ、あなた。どんなことがあっても、いつも淑女でいなければいけないわ。悪いお手本の真似はしてはいけないのよ。男性になぞらえて女性のことを話したまでのことです。あなたは花嫁さんみたいなことを言っているけど、ご主人があなたに飽きはじめたように、あなたがご主人に愛想が尽きる時が来れば、わたしの言いたいことがもっとよく分かるはずよ。さぁ、腹を割って話してちょうだい。――と彼女が続けました――あなたが結婚してから、愛の喜びをあまり味わったことがなかったなんて、感じたこともないなんて、そんなことはありえないわ。そうじゃなかったら、あなたは焼き餅なんか焼かないはずよ。』『正直に言うわね。――と花嫁が言いました――わたし、まっとうな官能の喜びは味わったわ。でも、夫がわたし以外のほかの女を愛撫しているのが、とても嫌なの。』

『一体どうして男性を抱擁する喜びを感じないなんて言うの？』と未亡人が聞き返しますと、花嫁が言ったのです。『でも、お姉さん。結婚した男性となら許されているのですから、許されている時なら、感じてもいいのよね。』『馬鹿ばかしいわ。――と未亡人が答えました――罪がない喜びだからいっそう貴くなるわけじゃないわ。官能の喜びは結婚の契約にも、司祭の祝福にも関係ないのよ。このことを突き詰めて考えてみれば、結婚と言うのは、ご執心の人と一緒になれなかった場合に生まれる混乱を避けるために、とりわけ、女性が自分で選んだ最初の男性に身を任せられるように、法律で公に認められた男と女の結びつき以外の何物でもないのよ。男性と言うのは妻以外の女が相手でも、自分の妻が相手でもすることに変わりはないわ。男はひとりの女をものにすると知らず知らずのうちにその女に飽きてしまうのね。それで、変化を求めて新しい快楽を探すわけ。その新しい快楽も結局のところは同じだけれど、でも、ますます手に入らなくなるし、想像力をますますふくらませてくれるから、ますます甘美なものになるのね。女性だってその気になりさえすれば、同じようにするはずよ。そうしないのはただ世間の噂やあとあとのことが恐いからなのね[四六]。だから、女性が夫の放蕩三昧を嫉妬するのは、普通は、夫を愛しているからではなくて、夫の愛撫を受けられない苦しみとか、膨れあがった自尊心とかのせいね。自尊心のせいで女性は、自分はほかの女より美しいし、ほかの誰よりも夫の心を満足させることができると思い込んでしまうのね。

　正直に白状なさい。――と彼女が追い打ちをかけます――結婚してから、誘惑されたいと思った男性に会ったことはないの？　たとえあなたがあったと認めなくても、だからと言って、わたし、なかったとは思わないわ。仮にあなたが心配することも醜聞になることもなく、そういう男性を探すことができて、探したとしたら、その男性にかき立てられた衝動にあなたは喜んで従ったはずよ。これが本当のところではないかしら？』『お姉さんったら、そのことでずいぶん質問なさるのね。――と花嫁が答えました――そんなこと、わたし、答えられないわ。自分の欲望のままに何をしても罰を受けなかったら、世の中、たいへんなことになるわ。』『世の中には、――と未亡人が応じました――女性が自由に生きている国があります。そういうことが女性に許されているからなのね。そういう国では、男性をいまわしい犯罪から守るために、女性は男性を探し求めるように命じられているわけ[四七]。そういう女性たちに、自分たちの生き方とわたしたちの生き方と取り替えたいですかって聞きに行ってご覧なさい。――と彼女が続けたのです――彼女たちは、いやです、と言うはずです。彼女たちが正しいのよ。なぜって、規則といっても彼女たちは自然の掟に従っているだけだからなのね。それにこれらの掟は、彼女たちは知らないけれど、わたしたちを虐げている名誉のために、わたしたちが有無を言わずに従い、わたしたちの第一の義務としている厳しい法律を嫌っているからなの。

　実際、女性にとって愛の喜び以外にほかに喜びが一体この世にあるのかしら？――と彼女がさらに続けます――わたしたちはその喜びを邪魔をされず、名誉を傷つけず、落ち着いてじっくり味わうためにこそ、夫を選び自分の主人として受け入れようと決心するのではないかしら？　またそのために、自分からへりくだって、ひたすら夫の意向にだけ従い、夫の不機嫌さえも耐えているのではないかしら？　ねぇ、あなた、わたしは自然に従って、現在の生活と比べて話しているだけよ。ほかのことはすべて脇に置いておきます[四八]。それから、あなたに言っておくわね。わたしたちを男性に結びつけるこの喜びがなかったら、わたしたちのうちで誰が結婚したがるかしら？　もしも恥もかかず危険も犯さずにこの喜びを好きな方と一緒に味わえるなら、わたしたちのうちの誰が、たったひとりの男性のものになり、結婚生活の悲しみや煩わしさを受け入れたがるかしら？　もちろん、わたしたちが娘のまま自由を持ち続け、自分の望みの男性をわたしたちの腕の中に迎え入れても罰せられなければ、この世には結婚なんてまったく見られなくなるはずです。そして、わたしたちを導くのは愛と気まぐれだけですから、文句なしに、わたしたちはもっと幸せに生きて行けるはずです。その時には、わたしがさっき話した、自分たちの生き方とわたしたちの生き方を取り替えたがらない女性たちと、わたしたちは同じ条件になるのよ。だから、そういう国ではこの喜びだけのために、女性はこの貴重な自由を放棄することになるわけね。女性がすべてを犠牲にするのはこの喜びのためですし、これが女性にとってこの世に存在するただひとつの喜びね。ねぇ、あなた、あなたはほかにご存じ？　白状するわね、わたし、ほかの喜びはまったく知らないわ。』

『本当ね、――と花嫁が答えます――あなたがおっしゃったことは、自然がわたしたちに与えてくれた性向にぴったり合っているわ。でもね、お姉さん。自分の性向に従えば、獣のような生活になるわ。』『その点は賛成ね。――と未亡人――それは本当に獣のような生活よね。それはそうだけれど、あなたにどうしても言っておきたいの。モリエールが『アンフィトリヨン』(19)の中でメルキュールに、

　愛の喜びの中にあっては、獣は人が考えるほど愚かではない(四九)

　と言わせているのは、わたしには的を射ているように思えるのね。

　そうよ、獣だって愚かじゃないのよ。自然というよりはむしろ、男性が力で女性に押しつけた名誉というものに支配されていない獣は、たいへんに幸せだとわたし思うの。それで、――と彼女が続けます――わたしたちはこれが女性の本音だと認めたのですから、ねぇ、あなた、男性も同じようなものだとしても、わたしたちにとって驚くべきことかしら？　もしも男性がたぎるようなこの衝動を感じず、その衝動に従わないとしたら、それこそむしろ驚きだわ。と言うのは、法律はこの点に関しては、女性にだけ厳しいようですし、また女性には容赦しない慣習は、実際は女性より男性の方がはるかに罪深いにもかかわらず、男性の行動は認めるか、少なくとも黙認しているように見えるからです。つまり男性は女性よりも強くしっかりした精神を持っていると言い張って、わたしたち女性よりも誘惑や自然の衝動に見事に持ちこたえるはずだと言うのね(五〇)。けれど、――と彼女は言い足したのです――男性の心変わりに不満を抱いてはいけないのよ。なぜなら、わたしたちも同じように心変わりする気になれば、男性と同じように心変わりするからなのね。また、わたしたち女性の行動がもう軽蔑されることがなくなり、男性と同じように評判を落とすことがなければ、男性がわたしたちを求めるようにわたしたちも男性を求めるからです。

　名誉を重んじる妻は夫と供に生きて行かなければいけませんが、わたしはそのとおり生きてきました。――とその未亡人が続けました――神様がわたしをお生みくださったこの国の慣習に従って来たのです。もしも心配もせず醜聞にもならずその慣習から逃れることができたら、わたしはそうしたでしょう。そしてこの点にこそ、わたしは本当の婦徳があると思っているの。本当の婦徳とは、自分の性行から生まれるさまざまな情念を克服することです。わたしは未亡人です。わたしはずっと貞淑でしたし、いつまでも貞淑でいたいと思っているわ。でも、わたしが自分の感覚だけに従っていたら、いつまでも今のままではいないわ。わたしのような女性は非常に少ないと思うの。つま

り、妊娠するのが怖いとか、いまわしい病気になるのが恐いとか、あるいはともかく評判を失うのが恐いとか、そういうことで思いとどまっているだけなのね。ひたすら美徳を愛し、ひたすら神を畏れて本当に徳高い女性はほんの一握りです。でも、これこそわたしたちが世間の目を気にして失くしてはいけない動機なのね。しかし自分をよく見つめてみましょうね。そうすれば、自分が自尊心に弄ばれていることも、自分の救いは二の次で世間におもねていることも分かるはずです。』

『わたしは今まで気にかけなかったことですが、あなたは紛れもない真実をたくさん示してくださったわ。』と花嫁が答えました。『こういう真実を認める女性はほんのわずかね。――と未亡人が言います――それも女性たちだけの時よね。でも、自分を注意深く見つめてみれば、ほとんどすべての女性が心の中では認めるはずよ。ねぇ、あなた、――と彼女が続けました――これはみんなご主人のちょっとしたつれない仕打ちを慰めてあげたい一心で言ったのよ。彼はいずれあなたの許に戻って来ます。いつかあなたの良さがもっとよく分かるはずよ。貞淑な妻は最後にはいつも夫を不行跡や放蕩から救い出します。あなたは今は夫を非難してもいいけれど、それは胸のうちに収めておくことね。彼には嫉妬の素振りは少しも見せちゃだめ。そんなことをしたら彼をいっそう刺々しくしてしまうわ。いつでも夫を受け入れる心構えでいることね。夫を非難しても、憎んだり真似したりしないように、よくよく気をつけてね。こういうことでは、男でも女でも、憎しみよりも思いやりが大事なの。とりわけご主人に咎め立てはちょっとでも禁物よ。そして、軽蔑する素振りや嫌な顔を彼に見せないでね。そんなことをすると、なおさら彼に嫌気を起こさせ、ますます遠ざけてしまうわよ。(五)』

この話を聞いて私ほど驚いた男はいません。ひとりの女性が官能についてこれほど見事に哲学的な考察を展開し、女性たちがいつも口を慎んでいる問題にこれほど率直に自分の意見を述べているのですからね。と言うのも、誓って言いますが、今お聞かせした話には、ひと言たりとも私のでっちあげはありません。それどころか、忘れてしまったので、省いたことがたくさんあります。彼女は聞かれているとはまったく思っていなかったのは確かで、もうひとりの女性にだけ話していたことも、その女性が妹であったことも確かです。にもかかわらず、彼女がこれほど率直に自分の意見を話してくれたことに対して、私は心のうちで感謝しました。まるで彼女が私にじかに話をしてくれたかのように感謝したものです。

私は彼女のことが知りたくなり、そしてできれば、彼女と話がしたくなったのです。私が庭に降りて行くと、二人ともまだ座っていました。正式の喪服を着ていたので、すぐに未亡人がどちらか見分けがつきましたよ。たいへんに美しい女性で、髪は、ほんの少し見えたところからすると、喪服と同じで黒髪です。顔はあくまでも白く大層つややかで、燃えるような真っ赤な唇は私が見たことがないほどの美しさ。ちょっと出目気味の黒い目は情熱と生気に溢れていて、その眼差しは鋭く自信ありげでした。まばゆいばかりの白い喉元と手。要するに彼女がえも言われぬほど気に入ったわけです。すでに彼女の気性は分かっていましたが、姿を見て私は完全に参ってしまいました。彼女はしょげているようには見えず、それどころか、私は悲しそうではなく嬉しそうな様子に気づきました。妹もたいへんに感じのいいひとで、もしもその未亡人が妹より先に気に入らなかったら、夫のつれない仕打ちを慰めるために、私は大喜びで妹のほうに一身を捧げたでしょうね。彼女は姉とは三つ年下で、十九か二十歳そこそこ、未亡人のほうは二十二か三です。妹は贅をこらした略式の喪服を着ていました。その服装は当を得たもので申し分なかったのですが、彼女には翳《かげ》があるのに気づき、私の好みではありませんでした。未亡人のほうは私の願いが何もかもそろっていたのに、何かしら哀れを誘ったのです。

　私はほんのしばらく庭をひとめぐりしました。その庭は小さかったものですからね。彼女たちに話しかけるつもりで、私は取って返したのですが、二人は立ちあがり庭に面した広間に入ると、扉はそのまま閉じられてしまったのです。彼女たちの背格好が目に入りました。二人とも申し分ない体つきでしたが、未亡人のほうがすらりと背が高く、妹とは違っていかにも惚れぼれする風情。私は彼女に心を奪われてその庭を出ました。ひとりの従僕に、たった今見かけた二人のご婦人はどなたかと私が聞くと、その従僕はそれに答えて、未亡人の名前を教えてくれました。ただの好奇心からだという素振りで、彼女の住まいを聞くと、彼は住所も教えてくれたのです。私は階上に上がり、邸のあるじと話をし、換金してもらいました。そして新しい情熱に胸を膨らませて、その邸をあとにしました。

　私はその晩早速その未亡人が住んでいる街に行き、彼女の家の近くにある居酒屋で友人と食事をしました。彼女の邸に入り込めるような口実は何かないかとずっと思案しながら、私はその後三・四日たて続けにその居酒屋に通いました。ところが、いっこうにその口実が見つかりません。すでに皆さんに話したことのある従僕のポワチエに打ち明けておいたのですが、さすがに抜け目ないポワチエもお手上げです。彼も私も邸に知合いがいないどころか、ついぞ彼女の噂さえ聞いたことがなかったのです。

　ポワチエは、自分がこの貴婦人の従僕とわざと喧嘩をしましょう、と私に提案しました。『そうすれば、旦那様は仲直りと見せかけて、あちらの女主人と話をする口実ができます。』と彼は言っていたものです。私はその話にほぼ乗る気でいました。熱心なこの男が突然、まともな方法で彼女に渡りをつける秘訣を見つけたと言って来なかったら、私はそうしていたでしょう。『お前はどういう風に立ち回ったんだい？[20]』と私は彼に聞き質しました。『先ほどあの方の邸から水売り女が出て来るところを見ましてね。この女がひどく大きな腹をしていて、もうすぐなんでさあ。』と彼が私に言いました。『えーっ、それが私とどんな関係があるんだい？』と私が聞いたのです。『それが、旦那様はその子の洗礼にご一緒に立ち会うことになっているんです。あの方が代母になるはずです。——と彼が答えました——手前にいっさい任せください。旦那様が代父であちらが代母です。[21]』

　四日後に、人足をしているその女の亭主が子供の名づけ親になってくれと私に頼みに来ました。私はその男を知りませんでしたが、世話好きな私の従僕に連れられて来て、従僕はまるで仕組んだことではなかったかのように、自分でも私に頼むのです。ことをそこまで運ぶのに、彼がどう立ち回ったのか私は知りません。私はその男に頼みは聞き届けてやると約束し、同時に私の相手の代母に予定している人の名前を尋ねたのです。するとその男はあの魅力的な未亡人の名前を挙げました。その方から約束を取りつけたのかと私が聞きますと、その男は、取りつけてないけれど、これからお願いに上がるところで、受けてもらえるものと確信している、と言うのです。その男は私がつけてやったポワチエと一緒に彼女の家に行きました。

この貴婦人は、男から用向きを聞き終わると、代父は誰か尋ねたのです。ポワチエは男に代わって、それはある貴族で自分の主人だと答えました。そして、『奥様、――と彼は言い添えました――旦那様は代母になられる方がご自分で出向くだけの値打ちがあるかどうか、その下見のために私めを寄越したのでございます。と申しますのは、その値打ちがないなら、旦那様は伺わないつもりでいるからです。』『あらまあ、――と笑って彼女が言いました――それでは、その方はそなたを信頼しているのですか？』『そうです、奥様。――と厚かましい私の従僕が答えたものです――手前の目が肥えているのをよくご存じでして。』『それで、――と彼女が言います――わたしが出席すれば、その方はいらしてくださるのかしら？』『そりゃもう、奥様。――とポワチエ――ご自分であなた様をお迎えに参ります。』『ずいぶん有り難いことですこと。――と彼女が言いました――でも、その方ですが、わたしが出かけるだけのことはおありなのかしら？　目が肥えているそなたに聞きたいものね。』『仮にうちの旦那様が――とポワチエが彼女に答えます――フランスじゅうで最高にいい男で、猛烈にご婦人に優しくて、飛びきりの紳士でなかったとしたら、手前はそんなところなんざぁ、十五分だって残っちゃいません。そうですとも、奥様、それだけの値打ちはございます。もっと早くお知合いにならなかったのを、きっとあなた様は残念に思われるはずです。』『もしもね、――と彼女が笑い顔で切り返しました――ご主人が掛値なしに召使に引けを取らない方だったら、非凡な方に違いありませんわね。わたしもお会いしたいわ。――と彼女が続けたのです――そちらのお好きな時にいらしてください、わたしはいつでも結構です。』『奥様、あなた様のよろしい時にしましょう。――と彼が答えました――うちの旦那様は貴婦人への礼儀は心得ています。ですから、いつでもあなた様のご都合に合わせるはずです。』『ご主人はそういった礼儀もすべてそなたに任せているのですか？』と彼女がポワチエに尋ねました。『そうです、奥様。――と彼の返事――代母になられる方がおきれいなら、そうしなさいとの仰せでした。この点については、私めが片をつけるようにとの言いつけでして。』『では、わたしをきれいだと思うのね？』と彼女が笑って言ったのです。『まるで天使のようです。――とポワチエが答えます――旦那様は手前よりもずっとずっとお綺麗だと思うのは確かです。なぜなら、あの方は目が鋭いので、手前が見抜けない数え切れないほどの魅力をあなた様の中に見つけるはずですから。ですが、奥様、――と彼が続けました――使者の用向きを果たすためです、どうか私めに時間を教えてください。』『いつでも喜んでそちらの時間に合わせます、そうご主人に伝えてください。』『そりゃだめです、奥様。――とポワチエが言います――手前はあなた様に時間を伺うよう言いつかっています。ですから、教えてくださるようお願い致します。言いつけ通りにしないと、私めが怒られますんで。』『それでは、――と彼女――今日の午後、三時にしましょう。そちらで迎えに来てくださるなら、お待ちしています(五二)。』

ポワチエはこの返事と話のやり取りを私に報告に来ました。その話に私は笑ってしまいましたが、驚きはしませんでした。ポワチエは大胆でどんな窮地も切り抜けられるのは分かっていましたからね。それで私は彼が気に入っていたわけです。私は洗礼式後の軽い会食やその他の手配をいっさい彼に任せました。彼は私の期待以上に、実に見事にやってのけましたよ。

彼が言うには、我がいとしの未亡人は部屋着姿でしたが、装いを改め、着飾っているのは疑いのないところだ、とのこと。私も装いを改め、できる限りきれいで豪華な服装にしました。母に四輪馬車と、せめて召使のお仕着せのジュストコール(22)を貸してくれるように頼むと、母は馬車も召使もすべて貸してくれました。私は盛装した三人の従僕を従え、非常にきれいな四輪馬車で、つまり最高のいで立ちで代母の邸に行ったわけです。ポワチエは露払いを務めました。

恥ずかしながら白状しますと、彼女を身近に見た時は、あまりの美しさにひどくどぎまぎしてしまい、伺った用向きについてやっとのことで挨拶する体たらくでした。彼女は私の驚きぶりを、そうは取らなかったようです。『失礼ながら、あなたは従僕に騙されたのです。――と彼女が私に言いました――彼からわたしの姿を吹き込まれて、それであなたはお出でになったのです。ところが、実物はわざわざ来るには及ばなかったというわけです。』『違います、奥様。――と私は彼女に言いました――騙しはしませんでした。私をはっとさせるその美しさからすれば誇張であるはずがありません。しかし、あなたのような美しい方に今までひとりもお目にかかったことがありませんが、率直に申しあげて、伺わなかった方がよかったようです。私はあなたの許から逃げ出したとしても、あなたの許にみずからの自由を残してしまい、おそらくはその自由を嘆くことになるはずです。』『そのご心配は痛み入ります。――と彼女がにこやかに言いました――でも、わたしに関してはそういったご心配は無用です。どなたもご本人の承諾がなければ、わたしは引き止める気はまったくございません。』『では、あなたのお側なら自由を失ってもいいということでも、お引き止めにはなりませんか？』と私が切り返しますと、彼女がこう言ったのです。『ご自分の意志で自由をお捨てになるのでしたら、なくしたと嘆くのはお門違いですわ。また、お出でになったことを悔やむべきではありません。』『自分の自由がこれほど美しい方の手中にあるなら、悔やみはしません。――そう私が言ったのです――その自由をあなたがどう利用なさるか、それ次第で私は悔やむことになるわけです。』

『あなたはもう条件をつける気でいらっしゃるのね。――と彼女が微笑みながら言ったのです――初対面から用心深すぎます。

そんなに取り越し苦労なさるものではありませんわ。そんなことでは心配ごとや不安があとからあとからついて回ります。その日その日に生きたほうがよろしいですわ。』『あなたはこういった捧げものには慣れています。——と私は言いました——ですから私の捧げものにも平気でいられるのです。』『わたしが平気でいるのは慣れのせいか、——と彼女が相変わらず微笑みながら続けます——それとも信じていないせいか、わたしには分かりません。けれどもこのような捧げものはあまりにも性急すぎて、わたしには本気だとはとても思えませんわ。』

『私には——と私は彼女に言いました——性急なために軽くあしらわれているのかどうか分かりません。しかし感嘆と愛が一挙に芽生えたのは、あなたのようなたいへんに美しい方のせいであるのは、私自身が承知しています。あなたの側には感嘆と愛が連れ添っています。この愛が偽りだと責めるには当たりません、告白するのが性急すぎただけです。』『わたしはその二つを別々に責めているわけではありません。——と彼女が言います——その二つをまとめておかしいと言ってますの。正直に申しますと、しばらく実のあるところを見せてくださったあとでなら、告白もずっと信じられると思いますわ。なぜならわたしにはその値打ちがある、そう見極めた上でのことだとわたし思いますもの。』『それ式のことで済むなら、ご満足いただけるはずです。——と私が応じます——あなたを愛しています、そう毎日生涯ずっとあなたに言います。私は毎日あなたの中に何かしら新しい魅力を発見すると推測しているからです。私の目に狂いのないことが証明されるはずですから、私の告白を考慮していただきたいのです。』

『筋を通すために推測から出発すれば、——と彼女が言います——あとは推測されたことで、わたしの価値はあなたの頭の中にしかなくて、私の中にはまるっきりないと、たいへんに慇懃ですが明からさまにおっしゃっていることになりますわね。』

『あなたは私が今までに出会ったいちばん美しい女性だ、そう言うのは推測になるのでしょうか？——と私がやり返します——それにあなたは、私が近づきになった女性たちが束になってもかなわないほど、才気豊かな女性だと言うのも推測になるのでしょうか？』『美しさについては、——と彼女が微笑みを浮かべて言ったのです——どう判断すべきか心得ています。鏡が事実を語ってくれますもの。才気のほうは、あなたが推測なさっているのかどうか、わたしには分かりません。でもそれが真実でしたら、おつむの弱い女性しか今までお付き合いがなかったあなたにご同情いたしますわ。しかし、——と彼女がつけ加えたのです——あなたご自身はたいへんに才気換発で、才媛とばかりお話をなさって来たようにお見受けします。』『正直なところ、——と私が答えました——今までに才媛で通っている女性たちに会ったことはあります。けれども、あなたと肩を並べられるほどの女性には会ったことがありません。ですから、こう断言しても、推測しているわけではありません（五三）。』

『あなたとわたしが張り合ったり反論したりしていると、際限のない諍いになってしまいますわ。はっきり申しまして、わたしのことを好意的に考えてくださり悪い気はしません。でも、あなたはそのためにここにお出でになったわけではありません。

ご一緒に子供の洗礼に立会うためですわ。よかったら出かけましょう。』

実際、私たちは出かけました。私は彼女に手を貸して彼女の四輪馬車まで導き、私も一緒に乗り込みました。私の馬車がそのあとに続きます。洗礼式では普通こうしたのです。そのほかのことはポワチエが実に見事にやってくれたので、軽い会食も極めて適切なものでしたし、場所もまずまずでした。したがってすべて私自身が期待していたよりもずっとうまく行きました。未亡人はこれには驚きましたよ。彼女はそんなことはひと言も口にしませんでした。けれども、何もかも入念に準備されていたと彼女がはっきり分かってくれたので、嬉しかったものです。率直に言って、たとえ二日あったとしても、私の従僕がこれほどうまく難関を切り抜けるとは思っていませんでした。

私は代母を家まで送り届け、かなり長い間そこに居残りました。そして暇乞いをする前に、訪問する許可を求めたのです。すると、彼女が許してくれましたので、私はそれ以来毎日そこに通ったわけです。

彼女は未亡人でしたし、束縛されずに自由に生きるのが好きで、誰にも自分の行動の言い訳をする必要がなかったので、私はたちまちのうちに彼女と非常に親しくなったのです。私は彼女から憎からず思われているのに気づきました。彼女が日ごとにますます気に入っていましたので、そう気づいた時には嬉しかったですね。実際、私は毎日何かしら新しい魅力に気づいたものです。彼女の邸にはかなりの人が押しかけて来ましたが、そのうちの何人かは少しばかり心安らかではなかったのです。けれども、私はその人たちと諍いを起こすこともありませんでした。彼らのことを喋ると、伏せておきたい名前を暴いてしまうような何か手がかりを与えることになりますので、皆さん、何も言わないことにさせてください。信じてくださるなら、彼らのことは余分ですからね。

私は彼女にも、レカール嬢を相手に使ったあの同じ方法を守っていました。と言っても、あれほど厚かましくはありません。人前ではカトーみたいに謹厳でした[23]。そして内輪ではおどけることにしていたのです。その当時の私は結婚できる年齢になっていて、彼女は私に大層合わせてくれたようです。しかし母や家族の誰かに話をする前に、私は彼女の同意を得ておきたかったのです。彼女は若かったし、容姿は非の打ちどころがなく、極めつきの美人で、才気は留まるところを知らず、莫大な財産の持ち主です。亡くなった夫との間には一歳半の女の子がひとりいるだけでした。彼女は良家の出で、同じく良家の出の徴税官の夫に先立たれ、舅も夫も彼女のものとなった全財産を遺して、おそらく地獄に落ちてしまったのでしょう。そしてこの二人とも手に入れた官職のおかげで貴族になっていたのです[五四]。要するに私には打ってつけだったのです。ところが彼女は、女として精一杯の愛情で私を愛していたにもかかわらず、いつも自分の主人でいたいという梃子でも動かぬ決意によって、結婚の秘跡には決して同意しようとしませんでした。皆さんには、これからする話で彼女の性格が分かってもらえるでしょう。

彼女が夫に先立たれてからほぼ十カ月、私が彼女と交際を始めてから三、四カ月経っていました。そんなある日のこと、私は彼女の邸にいたのですが、再婚しないまま妊娠したある未亡人のことが話題になったのです。一座の人はかなりの数で、それぞれが自分の感想を述べました。その未亡人の愛人は彼女に結婚すると約束していたのに、その約束を守ろうとするどころか、自分が先に立って彼女を笑い物にし、彼女のことを暴露したということでした。私はこの話から一計を案じたのです。私はこの女性についてはひと言ついでに触れ、同情するだけにしておきました。しかし、この愛人に対しては怒りを爆発させ、碌でなし中の碌でなし、極めつきの悪党扱いしたのです。

『そうです、私は女ではありません。――と私が話を続けました――だから自分のために話すのではありません。しかし私が女で、男に身を任せてしまうほど弱みがあったら、当然そうするでしょう。またもしその男が私を裏切り私のことを暴き立て、私を軽蔑することにでもなったら、いや、話題になっている男のように、結婚を約束しておきながら結婚したがらない、そんな不実の最たる話ではなくて、二人の間にあったことを誰かにひと言でも漏らしでもしたら、思い知らせてやります。つまり、私を新手の拷問にかけようと世界じゅうの死刑執行人どもが駆けつけても、私がみずから手を下すか、あるいは人を張り込ませて、その男を殺し、復讐するのを止められやしないということです。えぇっ、紳士たるもの女を征服したからと言って、自慢すべきことですか？――と私がさらに続けます――こんなのは恥ずべきことで、男の風上にも置けません。これはフランス人共通の悪徳です。しかし、私自身もフランス人ですが、こんな卑劣なやり方はまったく認めることはできないので、私はその女性を知りませんし、その女性に関心はありませんが、私が自分で仕返しをしてやりたい気分です。』

私が最後の言葉を言っているところに、ちょうど問題のその男が入って来ました。彼はこの未亡人の今は亡き夫の弟で、地方に居を構えていて、そこで話題になっている女性をたらし込み、パリではその女性を軽蔑していたのです。彼女は男のあとを追ってパリに数日前に来ていました。私はその男に会ったことはありません。彼は均整がとれ、服装も立派で、めかし込んでいるようでした。しかし私は意地の悪さでは彼に引けを取らないと思っていたし、期するところがあったので、彼を張り飛ばすことなどわけもなかったのです。我がいとしの未亡人は私を黙らせようと、彼が何者か私に耳打ちしました。私は彼女にこう答えたのです。『あなたは私を知らないのです。私はまっすぐな人間です。それに、狡猾な男に卑しいお追従を言って自分の気持ちを偽るのはまっぴら。私にできることは、せいぜいあなたの前で喧嘩をしないことです。しかし、自分が考えていることを隠すわけにはいきません。』

この男は椅子をあてがわれると、『奥様方、何を話していたのです？』と聞いたのです。私の未亡人の妹が『名誉を重んじる女性が、ほかの女性たちが放蕩にふけっている噂を聞いた時に、自分の評判が高いことを知って味わう満足感を話題にしていましたの』と答えました。『そういう話題では話は尽きませんな。――とその男が応じました――昨今は身持ちの悪い女がわんさといて、その数も見当がつかないほどです。』

『身持ちの悪い女がたくさんいることは認めます。――と私がやり返しました――（私はふしだらな女たちのことを話しているのではありません。こういう女たちは一顧だに価しませんからね。ひとりの愛人にしか身を任せない女性のことを言っているのです。たとえばこの話のきっかけになった女性がそれで、身持ちが悪いという言葉は強すぎて、忠実な愛人を侮辱さえしていますが、普通は身持ちが悪い女と言われているのです。）その数が多いことも認めます。しかしですね、彼女たちから誠実な人だと信じられている数多くのならず者どもが、こういった女性たちをものにした時の誠意を持ち続け、せめて彼女たちの秘密を守ってやれば、ひどい醜聞にはならないはずです。

実際に、今では私たちはみんな、――と、私はその男のことと承知の上でしゃべっているのを、本人には悟られないように話を続けました――ジロンヌ嬢という田舎のある女性が身を任せたという話を知っています。たった二日前には誰もそんなことは知りませんでした。そして彼女の愛人が紳士だったら、決して知らなかったはずです。ところが世間の人はジロンヌ嬢についてでたらめな噂をしたり、愛人を悪党と見なす話の種をもらったりで、彼はありがたいことをしてくれたものです。とにかく、――私は誰にも口をさし挟む暇を与えずに、言い足しました――この男が彼女に結婚を約束したことをみな知っていますし、彼女に秘密にすると約束したことも知っています。この男は、昨今では男の相手をするとどんなことになるか経験から知っていたのは未亡人さ、などと抜かしているのですよ。約束を破古にするにしては、何とまたご立派な理由でしょう！　しかし、彼女と結婚しないとしても私はまだ許せます、なにせ法律によってこの男に結婚を強制することはできませんからね。結婚する気もないのに、結婚の秘跡を授かると約束をして女をたぶらかし、秘跡というかくも厳かな言葉を持ち出して、それにつけ込んだり冒瀆したりするのは、極めつけのぺてん師の所業じゃありませんか？　この男は密かに、私はもうあなたと結婚したくありません、あなたは私に結婚を強制はできません、と彼女に告げ、実際にできないことを彼女に証明できなかったのですかね？　彼女はできないとなればお手上げだったでしょうし、自分の過ちや愛人の不実を嘆いたことでしょう。しかしですね、少なくとも彼女は評判を守れましたし、世間の悪口や嘲笑の種を蒔かずに済んだはずです。いや、とんでもない、ずばりと言うべきです。つまり、卑劣にも女性を弄ぶことなどぺてん師にとっちゃちょろいことで、誓いを破ることなど屁とも思っちゃいないのです。その上、恩知らずにも女性の評判を台無しにせずにはいられないときている。いやはや、何たることだ。――と、私は手を合わせ、天を仰ぎ、偽善的な態度で続けました――一体ぜんたい誠意はどこにあるのです？　善意はどこにあるのです？　他人の過ちを伏せておく思いやりはどこにいったのです？　みずから裏切り者で変節漢だと公言するなどということが、いつから許され、自慢になったのです？　私が話題にしているような男は誠実な人々に相手にされる値打ちはまったくありゃしませんよ。そうじゃありませんか、あなた？――と私は当の本人に向かって言ってやったのです――裁きとして、そんな奴はどこに行っても白い眼で見られるがいいのさ。そうじゃありませんか？』

一座の人々はみな私を見ていました。とりわけご婦人方は私の話に心底から満足していましたよ。その男が何者か私に教えてくれた未亡人は、どうなることやら見当もつかないありさま。しかし彼女はその後の成り行きにはすっかり驚いていました。この男は言葉では言い表せないほど困りきっていました。これほど的を射た話はほかにはなかったので、彼は私に何と答えていいのか分からなかったのです。彼は愛人を不実だとか、胸くそが悪いとか、何かほかの欠点を挙げて非難したりはしませんでした。愛人に愛想が尽きたのは、そもそも彼自身が不実だったからです。未亡人であること、それだけを彼は縁切りの口実にしていたのです。

『あなたは、ひと言も口をきいてくれませんね。――私は相変わらず彼に向かって続けました――私と同じ意見ではないのですか？』『お宅はこちらで売り込んでおきたいわけですな。――と彼が私に言ったのです――そういう態度をとれば、事がうまく行くと思っているのが見え見えですぞ。』『こちらで売り込んでおこうなんて気は毛頭ありませんね。――と私は胸を張って彼に言い放ったのです。――こちらの奥様だけがご主人に先立たれ、結婚できるわけですが、その奥様は私の訪問を許してくださっています。しかしジロンヌ嬢が愛人に与えたような自由を私は奥様にいっさい求めてはいません。ところであなたは、奥様がいつかそんな自由を与えるかも知れないと邪推しているようですな。あなたこそご本人の目の前でよくも婦徳を疑うようなことが言えますね。私の目論見を見抜いたとか言う、あなたのいわゆる洞察力は見当はずれです。――と、私は相変わらず誇らしげに言い足したのです――奥様の歓心を買うためにあんなことを言ったわけじゃありません。私がジロンヌ嬢を弁護する気になったのは、ほかでもない、私が主張することが正しいからです。しかしですね、貴方、貴方のほうこそ売り込んでおきたいことがあるようで、それで私が正しいと認めないのですね。』『お宅が話題にしている事件には、事件を根底から変えてしまうような事情があるのです。』と彼が言いましたので、私が答えました。『そういう事情があるなら、この事件は別の見方ができるのは認めます。しかし、そんな事情があるとは私には思えませんねえ。この男の軽率さからしてそういう事情を隠しておけなかったでしょうし、私たちはほかのことも何もかもすべて知っているはずです。彼はそれを結婚を拒否し縁を切る口実に使うはずです。もっとまともな理由があるなら、もっぱら愛人が未亡人であることを口実にしたり、なりふり構わずひたすら約束違反に出ることもないはずですからねぇ。』

『デュピュイさん、あなたはご存じないのです。――と居合わせた婦人のひとりが私に言いました――あなたがお話のほうがボーヴァルさんご本人ですのよ。』『奥様、それは知りませんでした。――私は落ち着きはらって言いました――こちらがジロンヌ嬢の愛人、ボーヴァル氏ですか。初めてお目にかかります。しかし、私たちが話題にしている事件は、立派な紳士でいらっしゃるこちらの様子とはまったくそぐわないですね。』『それでは、お宅は――と彼が私に言ったのです――紳士たる資格は据え膳は食わぬことにあるとお考えなのですか？　生涯据え膳に釘づけにされたくなかったら、火遊びなどしないことだというのですか？』私は言ってやりました。『失礼ながら、それはこのご婦人が騙されたように、女性を騙さないばかりでなく、不倶戴天の敵をも欺かないことにある、そう私は思っています。紳士たる資格は――と私は続けました――真心とか、誠実さとか、善意とかにあって、不幸な人々を本当に思いやり、愛してくれる人には優しく誠実に答え、受けた親切には感謝し、約束はたがわず断固として守り抜く、そういうことにあるのです。ジロンヌ嬢とあなたの仲違いには、こういうところはまったく窺えません。私は誠実な人間ですから自分の考えを偽ることはできません。ジロンヌ嬢は知りませんので、感謝されようとは少しも思っていません。それに、あなたの恨みを恐れるあまり、自分から進んで嘘をつくわけにも行きませんからねぇ。彼女には哀れを誘われますが、あなたには憤りと嫌悪を感じますね。これは黙っていようとしても、それはできない相談です。』『ずいぶんはっきり言うものですね。――と彼が言います――お宅には私を裁く裁判官になってもらいたくないものです。』『なりませんよ。――と私が答えます――私は百合の花の紋章に座る光栄には欲していません（五五）。それに私がたとえそうなったとしても、法に従って裁かざるをえませんね。』『お宅の意見では、――と彼が言いました――法律はいたって不正なものですな。』『とんでもない。――と私がやり返します――法律は正しいもので、私は逆らうつもりはありません。しかし、法律とは人間的なものです。これですべてが言い尽くされています。私がこれからお話しすることから、あなたが初めに勘ぐったような、こちらの奥様の受けをねらってなどいないことは分かっていただけるはずです。現在の法律に話を戻します。未亡人に義務を守らせるために法律は非常に慎重に定められています。未亡人は自由に行動できますし、気に入った配偶者を選ぶことも、またその気がなければまったく配偶者を迎えなくてもよいのですから、厳格な法律によって抑えられなければ、確かにたいへんな醜聞を世間にまき散らすことになるでしょう。これらの法律は、やもめ暮しの間に妊娠した未亡人は破廉恥であると宣告していますが、妊娠させた男には、たとえ彼らがどのような約束をしていても、結婚する必要があるのに強制してはいません。そしてこのような場合、家族とか、年齢とか、財産とかはいっさい法律の関知するところではないのです。これが未亡人を騙しても人々の前では罰せられもせず、そのひとを軽蔑さえしていられる原因になっているのです。けれども、故意に未亡人を騙した時には、娘をたぶらかした場合に劣らず、実際は神の前でも人々の前でさえもやはり罪になります。私の意見では、約束違反を隠すために、国家の治安と世間の醜聞にしか関知しない法律を楯に取るのは、立派な紳士ではありません。法律は神の前でも正しい人間だとか、後悔しなくてよいとか保証していませんからね。要するに、法律は自分の心の奥にある後ろめたさを消してはくれないのです。ボーヴァルさん、あなたの心を省みてください。――と私はさらに言ったのです――私は確信しています、あなたには良心も心も安らかとは思えないはずです。安らぎは完全に潔白である賜物ですからね。あなたは人々の前では正しいと思っていても、神があなたをいつか我が子とみなしたまうという確信も、また、あなたを御国に迎えたまうという確信もないはずで、少なくとも私はそう信じています。自分の所業を否認し、あまつさえ、神への善行を拒んでいるあなたは、神に破廉恥と宣告してもらいたがっているわけですからね。』

　居合わせた人はみな私と同じ意見でしたし、この男の狼狽ぶりは刻一刻とひどくなり、私に反論するどころではなかったのですが、皆が私に加勢してくれました。そして、全員がこぞって彼をこっぴどく叱責したので、彼は愛人と誠意をもって仲直りすると約束したのです。その人が呼ばれて来ました。即座に結婚契約書が作成され、そして四日後に彼らは結婚したというわけです。この婦人が一同に、とりわけ私にどれほど感謝したかは皆さんに話しません。彼女の愛人が、自分を改心させ説得したのほかならぬこの私だと彼女に告げたからです。二人は地方の出身で一週間後には帰省しましたから、この出来事はさして評判にならず、皆さんまで伝わりませんでした。皆さんはこの二人の名前から未亡人の名前を割り出すことはできないはずです[五六]。

　このように公然と女性の側に立ったため、未亡人とのことは少なからず進展しました。彼女は私のことを秘密を漏らさない男と思っていました。そして、私たちが結論を出す障害になっているのは、もはやあとあとの不安だけだということに私は気がついたのです。私はこれを極道者の手口でうまく切り抜けました。それはこういうことです。

　こういう会話をした次の日に、私が早速未亡人の家に行きますと、彼女が、あなたのおかげで実に楽しかった、お礼を言います、あの二人が婚約したことにたいへん満足しています、と言ってくれました。

『何か下心があってあんなことをしたわけではありません。――と、私は彼女に言ったのです――思っていたことを言ったまでです。しかし白状しますと、あの男の軽率なのには本当に腹が立ちました。――とつけ加えたのです――せめて秘密は守ってやるべきでしたよ。それに今度のことで私に何か褒められることがあるとすれば、それは秘密に関することですね。なぜならほかのことについては、子供にだって上手に喋れるようなことしか言ってませんから。とは言え、あのご婦人はずいぶん不手際で、彼のほうはまたたいへんな世間知らずときてますね。――私は笑ってそう続けました――何たることでしょうね！　二人ともそろいもそろって後腐れのない愛し方の秘訣を知らないなんて、そんなことがありえますか？（これが極道者の手口です、とデュピュイが声を変えて言った。）私だったら、――と私が追い打ちをかけます――女性とどんな関係になっても、私にその気がなかったら、決して妊娠させたりしませんね。これほど易しいことがほかにありますか[24]？』『あなたはその秘訣をご存じなのね？』と、すかさず未亡人が聞き返しましたので、『ええ、心得てますとも。お要りなのですか？』と私が言ったのです。『いえ、とんでもない。――と彼女が笑いながら言いました――どうもありがとう。でもあなた、あなたはそれを使うほど不幸なのですか？』『そうなのです、ためらわずに使うでしょうね。――と私――私のせいですし、女性を救い出すためです。ただし、私がそのひとを愛していて、自分も愛されていることが確かで、評判を守ってやる価値があるひとならばの話ですがね。』

　私は、未亡人が私の話に注意深く耳を傾け、私が差し出した毒をじっくり味わいながら飲み込んでいるのに気づきました。私たちはかなり長い間このことについて話し合い、それから話題を変えました。こうして、彼女は自分がそういう事態に陥る星回りであったとしても、私ならたやすく救い出してくれると確信したことが私にも分かり、私はそこを辞したわけです。彼女が私の愛に身を委ねられなかったのは、あとのことが心配だっただけで、この障害さえ取り除かれれば、もう障害はないはずだ、そう私が睨んだのは正しかったのです。それが分かったのは、二日後の午後の三時から四時ごろで、私がいつものように彼女の邸に行った時のことでした。

　彼女が本を手にして窓辺にいるのが見えました。しかし、かなり離れていたので自分の姿は見えないだろうと思い、私は挨拶はしなかったのです。彼女は私を見るとすぐさま、さっと引き下がるじゃありませんか。この行動には驚きました。私は彼女にそのわけを質《ただ》すつもりで邸に入りました。私ほどの百戦錬磨とはいかぬ男がその時の彼女の姿を見たら、さぞやびっくりしたでしょうね。奥様方、その姿を皆さんにお聞かせする必要があります。

　読書に没頭している女性はもういません。休息用ベッド[25]に仰向けに寝そべっている女性がいたのです。頭を左に回して壁のほうを向き、左腕は体に沿ってまっすぐに延ばされています。右腕はベッドからはみ出て、本が置いてある椅子の上に置かれています。腿と左足はベッドのかなり浅い所に乗っていましたが、右足はベッドから飛び出し、宙に浮いていました。スカートと肌着が膝の上までまくれあがり、この上ないほど格好のよい足とむっちりと肉づきのよい太腿が丸見えで、その白いことと言ったら、深紅のガーターとダイヤモンドの留金で止められぴんと張った絹の黒いストッキングによって引き立っていました。彼女は質素な短いガウンと縮みの黒いスカート、それにたいへんに清潔な未亡人好みの下着しかつけていなかったのです。喉元と胸の一部があらわになっていて、一枚のハンカチーフで頬と顔の下のほうが隠されていました。彼女はこんな実に魅惑的な姿で寝ている振りをしていたのです。と言うのは、本当は寝てなどいませんでしたからね。

　彼女がどんな目論見で窓から退いたのか私には実によく分かりました。想いをとげる逢瀬の時を彼女がずっと前から準備してくれていたのが分かりました。私は彼女が眠っていると信じている振りをして、部屋の扉を静かにそっと閉め、これまた静かに彼女に近づきました。顔の上からは何も取り除けずに、ハンカチーフとかぶっているナイトキャップはそのままにしておきましたが、スカートはそのままにしておくわけはありません。彼女は快楽を登りつめるまで寝ている振りをしていて、その時になって目を覚ましたように見えましたが、私の腕から逃れようとちょっと体を動かしながら絶頂に上り詰めたのです。

　白状しなければいけません。女を抱きしめても、このひとほど深い喜びを感じたことはかつてありませんでした。また、これほど美しい女性を抱きしめたこともついぞありませんでしたし、これほど愛したこともなかったのです。ことが済んだあとで、彼女は怒った振りをして見せましたが、それはそれほど激しくもなく、あまりいい加減でもありませんでした。私はその怒りは自然だと思っている振りをしました。しかし本当は、彼女のそういう態度に魅せられましてね。彼女の足元にひれ伏し、まるで私だけが悪かったかのように、許しを乞いました。彼女は喜んで許してくれ、私たちはそのことを確固としたものにして、私は文句なしに彼女に満足したわけです。そして彼女も私に満足したようでした。

私は、秘密にするという条件は守ると彼女に約束しただけでほかに条件はなく、彼女の家を出ましたが、私はその約束を守って来ましたし、生涯守るつもりです。私たちの別れ方は誠実でしたので、私は彼女を尊敬し、いつまでも愛し続けなければいけないのです。誰であれ彼女の名前を私の口から彼女を裏切って吐かせることはできません。真心から私に接してくれましたので、彼女のことはおろそかにせず、いつまでも尊敬しなければいけません。これがこの情事に関して皆さんに言い残したことです。

私たちは双方でそれぞれきちんとけじめをつけ、動揺することも不安になることもなく、二年近くも毎日会って過ごしました。私は取るに足らない男、単なる友人として彼女の邸に姿を見せていたのです。彼女はもう結婚はしないと何度も公言してきましたし、実際、彼女以外の女性なら誰でも非常に有利だと思うような縁談を幾つも断って来たので、もう男に言い寄られ、つきまとわれることもいっさいありませんでした。彼女が私を情こまやかに愛している、私しか愛していないという証拠は、私のものになってくれたことだけに限りません。それは毎日の彼女の数々の立居振舞いに窺えました。私がまったく思いもかけない時に、彼女は私を驚かし愉快な思いをさせてくれたものです。彼女は私が気に入っていると分かっていることは何でも全面的に尊重してくれました。機会があると何くれとなく世話を焼いてくれましてね。私に官職を買わせようと、何度となく自分の金を受け取らせようとしました。しかし私は彼女が結婚を望まない限り、いつも断りました。そして、これこそ彼女がしたくないことだったのです。私たちの間にはお互いにどんな秘密もありませんでした。彼女は何事も私に無断ではしませんでしたし、どんなことでも、どこでも私の忠告に従いました。私が彼女に気に入られたい一心だったように、彼女はひたすら私の意志を自分の意志としていたのです。彼女は私を完全に紳士にしてくれましたし、ありがたいことに、悪い仲間たちから完全に抜け出させてくれました。彼女には愛人の情熱と有頂天ぶりが見えましたし、妻としての優しさ、世話女房ぶりも貞節さもありました。こうして、私は彼女にしか会わず、鐚一文の金も使わなかったし、彼女は私の肖像画以外は私からどんな贈物も決して受け取ろうとしなかったので、私は四輪馬車と召使たちを手に入れ、今でも使っています。これには私の収入に比べて多額の出費がかさみましたが、私はともかく持ち堪え、以前よりも多額の金をいつも持っていたという次第。私は、賭事はおろかほかのことにも、鐚一文も無駄にしなかったと言うのは本当です。

わりない仲になり頻繁に訪ねてもお互いの情熱と好意は冷めも弱まりもしませんでした。私は彼女と妹の会話を立聞きし、そのあとで彼女の邸に入り込むためにどんな手を打ったかすべて彼女に打ち明けました。彼女のほうも、私が義理の弟の邸で見かけた男と同じ人物であるとはっきり分かっていたし、私たちふたりが一緒に子供の洗礼に立ち会うことになったのは、私の差し金であるのは疑いのないところだったので、自宅で私を見たとたんに好きになってしまった、そう打ち明けてくれたのです。彼女はこう言いました。あなたがボーヴァルさんにした話を聞いて、あなたに我が身を委ねることにきっぱり決めた。あなたが本当に紳士だと信じて疑わなかったからだ。愛し合ったあとのことが心配だったのは本当です。でも、あなたがあの秘訣をご存じだと言ったので、とうとう決心がついた。彼女はこうも白状しました。『最初の抱擁と接吻はわたしのほうでひとえに望んだことです。寝ている振りをしたのは、お昼間に顔を向き合わせるのが、ただもう恥ずかしかっただけです。窓のところでずっとあなたをお待ちしていて、あの時はさっと引き下がりました。わたしが仕掛けたような、あんな機会をあなたが逃すはずはないと確信していましたもの。それに、もしもあなたがあの機会を逃したら、わたしにひどい恥をかかせることになったでしょうから、たぶん二度とお目にかからなかったでしょうね。今までに男性を愛したことのあるどんな女性にも負けないくらいあなたを愛してます。それに、それは充分にお気づきになったはずですわね。』

私はこの言葉を聞いて彼女を抱き締め、こう言いました。『私の愛しいひと、私たちはお互いのために生まれて来たのです。私は永遠にあなたを愛し続けるとはっきり感じていますし、あなたも永遠に私を愛してくださるものと堅く信じています。終生の契りを固めましょう。私たちの仲を世間じゅうに知らせましょう。私と正式に結婚してください。あなたの心は私のものですし、私の心はあなたのものです。しかし私たちの仲と私たちの愛を隠すために苦労するのは止めましょう。』『いけませんわ。――と彼女が私を抱き締めて言ったのです――わたしはあなたを知っていますし、あなたはわたしを知っています。わたしたちは決して小心者ではありませんわ。今のような仲の良い友人で、愛人のままでいましょうよ。そのほうがより深く愛し合えますし、より長く愛し合えますわ。わたしはずっとあなたの忠実で誠実な愛人です。あなたもいつまでも忠実で誠実な愛人でいてくださるものと思っています。』私は彼女からこれ以外のほかの答はとうとう引き出すことはできませんでした。私がどんなに頼んでみても、妊娠している時でさえ、結婚に同意させることはできなかったのです。

二年経って彼女は妊娠五カ月だと私に告げました。そして続けたのです。『あなたを不安にさせるのが恐くて、妊娠したことをもっと早く知らせる気になれなかったの。こんなわたしを救い出すことができるかしら？　正直に言ってちょうだい。』『だめです、私の愛しいひと。――私は彼女の足元に身を投げ出して答えました――私にはできません。私があういう悪巧みにすがったのは、あなたの気持ちが分かっていたからです。』『そのためにわたしの愛が冷めることはありませんわ。――と彼女は私を抱き締めて言いました――ますます尊敬します。あなたは立派な紳士なので秘密を漏らしはしませんね。漏らさないでね。あなたのためにこうなったのですから、人に知られないようにできるだけわたしを助けてちょうだい、お願い。』『私の愛しいひと、――私が彼女に言います――私は少しも悔やんではいません。私と結婚してください。私には願ってもないことです。あなたがこうなったからには、私の心からの申し出をこれ以上断ることができるでしょうか？』

『これほどあなたを愛していなかったら、お受けしますわ。――そう彼女は答えました――そのお気持ちであなたの愛情に嘘がないことが納得できましたから、わたしにはそれで充分です。でも結婚の秘跡については、考えないことにしましょう、お願い。生まれて来る子には、神様がわたしの命をお守りくださるなら、決して悲しい思いはさせません。その子の行く末についてはわたしに任せてくださいね。それが叶わなかったら、この子が世間で相応の生活ができるだけのものをあなたに託します。この子はわたしの子です。――と彼女が続けます――わたしはこの子に秘跡を受けさせませんから、この子は秘跡の保証人がいない私生児になります。(五七)でも、わたしにとっては愛の結晶ですから、この子には別のことで埋め合せをしてやるつもりです。わたしの力の及ぶ限りこの子を大事に育てます。これはわたしが責任を持ちます。この子が成人した暁には、自分の生まれを後悔させはしません。でも、私たちの結婚については話さないことにしましょう。わたしの財産に関しては、どうぞ好きにして頂戴。』これは彼女が実行しようとしたあとでしたので、私には疑問の余地はありませんでした。そして私は断固として断ったのです。『わたしの一身上のことですが、――と彼女はさらに言いました――わたしは決して再婚はしませんし、優しい忠実な愛人として、ずっとあなたのものです。でも妻にはなりません。わたしはあなたが大好きですから、あなたに冷たくされ、軽蔑され、憎まれるような羽目には遭いたくありませんの。その上、あなたが恐くなり出すでしょうから、わたし自身があなたを好きではなくなってしまいますわ。』

『ねぇ、あなた、だから秘跡は考えないことにしましょうね。――と彼女はわたしを抱き締めながら続けました――妻や所帯の苦労をしょい込もうなんて、どんな風の吹き回しかしら？　結婚の結果や煩わしさに気を遣うこともなく、自由に生きるのも、結婚の喜びよりももっと激しい喜びを味わうのもあなた次第だというのに！　あなたとわたしのようになりたいと思っている男や女が、パリにはそれぞれ百人以上もいるのを、わたし知ってるわ。――と彼女は笑って言い足しました――この人たちは別れられないので、お互いに相手が我慢できないのね。わたしたちのように結婚していなければ、別れることができて、わたしたちみたいに仲睦まじく、絆は完全なものになるはずよ。わたしが亡くなった夫とどんな生活をして来たか、話したことがあるわね。だからはっきり言うわ、二度と夫は持ちませんわ。これはわたしの最終的な決意で、わたし、もちろん変えないわ。』『万事休すか。――と私が言いました――あなたが自分で先に言い出さない限り、この話は二度としないよ。』こういう話をしてから、私たちはますます愛撫を重ねましたが、それは私たちにとってはいつも新鮮なものでした。

二人で協力してきちんと段取りをつけ、彼女は極秘のうちに邸で出産しました。産婆は窓を締め切った控えの間に一週間も閉じ込められっぱなしだったのです。この産婆は自分がどこにいるのか、誰の子供を取り上げるのかさえ分かりませんでした。私が目隠しをして馬車で送り迎えをしましたからね。未亡人に仕えていた小間使いの女も、あとから入った二人の女もこの出産はまったく知りません。最初の出産で彼女は男の子を生みました。この子は天使のように素晴らしい子で、彼女は溺愛していますし、たいへんに大事にしています。ですから父親のほうも彼女はずっと愛してくれるものと私は確信しています。一年か大体それくらいあとに、彼女は一挙に双子の女の子を産み落としました。それからさらに十五カ月後には、もうひとりの女の子ができたのです。あとのほうの三人の子は乳飲み子のうちに亡くなってしまいましたし、秘密は堅く守られましたので、誰からも疑いを向けられることさえありませんでした。

ついに、まる五年交際したあとで、どちらも飽きたわけでも、嫉妬したわけでもなく、それまでと同じようにお互いに愛し合いながらも、お互いに合意の上で、私たちは交際を断ちましたが、二人とも心から熱い涙を流したものです。しかし、それには極めて強い理由があったので、それを皆さんにお話しするのはご勘弁願います。私たちは手紙をひんぱんに交換していますし、彼女は私が誠実で率直だと信じている間違いなくこの世でただひとりの女性です。彼女には格別な敬意を払っています。ですから、彼女がその後どうなったか私が隠していても、それで良いことにさせてください（五八）。

以上の話からすれば、私は皆さんから極道者とみなされ、この未亡人は色好みな女とみなされるのが落ちですね。しかし紳士の皆さん、胸に手を当てて考えてみてください。私の立場にいたら、私と同じようにしなかった者は皆さんの中にひとりもいやしません。淑女の皆さん、皆さんがこの未亡人のように率直であったなら、彼女の妹と同じように、彼女が言っていたことはすべて正しいと認めてくださるはずです。そして、彼女の行動について、たとえ皆さんが意地悪く罪らしきことを何か見つけ出すことができたとしても、心の中では彼女を正しいと認めている、そう私は確信しています。また、私は皆さんだけのことを言っているわけではありませんが、どんなにしかめっ面をしても、私は皆さんのことはすっかり分かっていますから、女性が同じような状況から抜け出したいと望んだ場合、彼女と同じようにしようと進んで決意する女性は、ごく少数かみんな無だと私は確信しています。しかし昨今のような時代にあっては、誠実な男はほんの一握りしかいませんし、忠実な愛人に至ってはなおさらですから、こんな秘めごとは滅多にありませんね。」

デュピュイがここまで話をした時に、彼の従妹の美しいデュピュイ嬢がひとりで帰って来た。デュピュイは、ロンデ夫人はどうしたのかと彼女に尋ねた。「叔母の所に置いてきましたの。弟のガルーアンさんもご一緒よ。お二人とも食事になったら、あなたが迎えに来てくださるものと期待してますわ」と彼女が答えた。「話が終わったら、喜んで行きます」とデュピュイが言った。「あなたが話を始める前に、みなで軽いものでも食べるといいですね」とデ・ロネーが彼に言う。コンタミーヌ夫人はデ・ロネーに、「そのためには、あなたの恋人が到着しなければいけなかったのね。あなたときたら、彼女がいないとわたしたちのことは考えてもくれないのね」と笑い顔で言ったのである。デ・ロネーは食事の間もまた冷やかされた。そして、それぞれが聞いたばかりの恋物語の感想を述べ合ったのである。読者はそれらの感想を想像できるであろう。

　間食が済むと、デュピュイが再び話を始めた。「今までお聞かせした情事にはすべて放縦なところがあります。ところが、ご婦人がたは私の話を途中で止めませんでしたね。けれども、かなりきわどい箇所があったし、黙っておられたのは、私の話に退屈しなかったからだと思います。」「これは見事な考察です。――とテルニー氏が口をはさんだ――ここには既婚の女性と未亡人しかいませんでした。どういうことに彼女たちは眉をしかめたのでしょうか？　それにですね、この点に関しては、彼女たちはみなあなたの未亡人と同じ意見です。つまり、彼女たちがお淑やかな振りをしても無駄です。これだけにして、話を最後まで聞かせてください。これからもうまく言いくるめてください。」

「これからお聞かせする話には放縦なところはもういっさいありません。――とデュピュイが再び切り出した――大真面目なことしか見られないはずです。ロンデ夫人が私の話を聞いているか、あるいは皆さんがこれから耳にする話を彼女に報告するような人だと思ったら、私はそんな話などしないでしょうね。とは言っても、彼女が得をしないことは何もありませんが、私にとってはそうは行かないのです。なぜなら正直なところ、以前は彼女に執心してもほかと似たり寄ったりで、結末は同じだろうと思っていたからです。それにもかかわらず、執心の果てに危うく私を主人公とする悲劇に終わるところだったのです。しかし、どう見ても喜劇として結婚式で幕が閉じることになるでしょうし、式はとっくに済ませておきたかったですね。

　話を私の放蕩時代に遡らなければいけません。皆さんにお話ししたように、ガルーアンは仲間の中でもいちばん向こう見ずで、私が知りたいと思ったこともない秘法を会得しました。彼はそれを私に教えたがりましたが、そうしていたら、彼の妹がその秘法の餌食になっていたのは確かです。ある日のこと、彼は母親の家に家族全員と、つまり、ご母堂、二人の妹さん、それに聖職に就くことになっていたごく幼い弟さんたちと一緒に食事をしようと、私を連れて行きました。この弟さんはせいぜい一二、三歳でしたが、現在は一家の長になっていて、ロンデ夫人と一緒にここに夕食に来るあの弟さんです。食卓にひとりの聖職者が同席していたので、私は弟さんの師傅《しふ》だと勘違いしました。ところが母君のガルーアン夫人の指導司祭で、ひとたびその家の主人や女主人の心の支配者になると、子供たちや、友人、それに召使たちを激怒させずにはおかない、そんな人間のひとりだったのです（五九）。

　ガルーアンと私は午後はいつものように気晴らしに行く、つまり放蕩に及ぶことになっていました。そんな心づもりで、私たちは食事中もっぱら来世とか、思いを致すべき命のはかなさとか、人間の四つの目的とか[26]、こういった問題から生じるあらゆることを話題にしたのです。

話を進める前に、皆さんに言っておかなければいけませんね。私たちは放蕩者でしたが、自分たちの放蕩三昧は秘密にしていて、立派な人と呼ばれている方々と同席する時には、実に見事に行ない澄ましていたので、私たちは極めて立派な人間だと誤解されていたらしいのです。そうだとして、私たちが食卓で居合わせた例の聖職者の話に戻りましょう。この人は私をうんざりさせる秘訣をすぐ見つけましてね。彼のお説教は頼まれてあったもので、ガルーアンを目当てにしていて、仮りの名で一般的な話という形で、ガルーアンを手厳しく叱責しようとしているように私には見えたのです。この聖職者は若者の不品行に猛烈な怒りを爆発させましたが、その話は母君にも、娘さんたちにも、幼い司祭にも当てはまらなかっただけに、私はますますそう思いました。午後になってガルーアンは私に、君は間違っていなかったのさ、自分が母親の所に君を食事に誘ったのは、お説教に付き合ってもらうか、君を同席させてこの男を黙らせるためだったと言いましたし、自分が仕出かしたちょっとした悪ふざけのせいで、一週間以上も前からこのお説教を聞かされることになっていたとも言ったのです。私はその悪ふざけのことは彼から聞いていました。彼はこのお説教を屁とも思っていなかったのか、こんな訓戒は自分には関係ないとばかりに知らぬ顔を決め込むつもりだったのか、哲学者の冷静さで聴いていました。私にはそんな理由はなかったので、そうそう心安らかではいられなかったのです。そこで私はこの聖職者が言ったことに応酬してやりました。

『失礼ながら、実のところ、――と私は彼に言ってやったのです――若者の不品行にひどく激するあまり、大声を出してへとへとになり息を切らすよりは、お食べになったほうがはるかにましでしょうね。あなたが攻撃している不身持ちに染まりやすい人はここには誰もいませんから、あなたのご立派なお説教が必要な人はひとりもいません。私には話がほかの人に当てはまるとは思えないのですが、もしもガルーアン君を対象にしているとすれば、それは無駄な骨折りだと言うことができます。彼と私は親友で、私は彼の生き方を知っています。で、私は彼がこんな辛辣な批判を浴びるのはおかしい、と断言できるのです。』

『それがしは誰も対象にしてはおりませんぞ。――と彼が私に言ったのです――話の種として言ったまでのことでしてな。』

『そういうことなら、――と私が応じたのです――あなたはでっちあげた怪物や妄想と実際に戦って無駄骨を折っているわけですから、酔狂ですね。』『まあ、デュピュイさん、――と母君が遮りました――この方のお話は妄想を攻撃しているのではございません。若い人なら誰でも染まり易い不品行です。私は息子がよそ様より悔い改めているとは思ってませんの。』『それでは、母上、――とガルーアンが応じました――この方がご苦労様にも決まり文句の美辞麗句を並べ立てたのは、私のためなのですね。母上が私の行動でやきもきなさるのはすべて好奇心のなせる業です。母上、私の言いたいことがお分かりですね。しかしお願いですから、もう取り越し苦労はなさらないでください。ゆったりした気持ちで、私のことをもっと信じてください。母上は私を放蕩者と思っていますね。それに私の見たところでは、この方も母上を信頼してそう思っておられるようで、母上ともども間違っています。母上は私の生き方がお分かりになれば、ご自分の道徳心にもとるようなことは何も見つけられないはずです。ここに私の友人がいます。私より立派な紳士です。母上さえよければ、彼が教えてくれます。』『それなら結構です。――と母君が答えました――私はあなたの言葉を信じて、あなたが教会で時を過ごしていると信じてさえいればよいわけです。』

『奥様、信じておられる限り、間違えることはないでしょう。――と私が大真面目で言い返しました――ご子息は極めて模範的な生活をしています。それについては確かなことを話すことができる在俗の修道士がひとりいます。それはご子息の指導司祭です。それで、ことの次第をお調べになればと思うのですが、――と私が偽善的な態度で続けました――聖人のようなこの修道士は私の親類でして、奥様がご存じの母の従兄です。けれど、奥様、お話しする機会が来たわけですから、お知らせしておかなければいけませんね。ご子息は、お宅の長男でありながら、修道士になりたがりましたし、いまだにそう思っているかも知れません（六〇）。彼は私の親類に胸のうちを打ち明けたのですが、召命について強く諫められ、また、召命に赴くためには俗世間を完全に捨てなければいけないので、ようやく思い止まったのです。還俗したくなるのを避けるためには当然の用心です。還俗したくなるのは、信仰心だと錯覚しているのに、いかにも本物に思えたのでいつまでも変わらないと思い込み、初めて熱狂的になったその勢いで、あまりにも若くして修道生活を選んだ修道士にはごく普通のことですからね。』

『本当ですか？――とこの婦人が聞き返しました――私があなたを信じる気にでもなったら、それこそ私を担ぐつもりなのでしょう？』『私はひと言だって騙したりはしません、奥様。――と私が答えたのです――少なくともこれは認めていただけるはずですが、たった今あなたに申し上げたことは、ほかでもありません、教会の人から、それもこの上なく教養があり聖人のような方々から教えてもらえます。ご子息に関して私が申し上げたことほど確かなことはほかにありません。彼は修道士になろうとしました。ですから、奥様が用心なさらないと、おそらくいつか修道士になるでしょう。』『そういう気になってほしいですわ。――と人の好いこの婦人が涙を流しながら答えたのです――彼も本当に幸せになれますもの。』『まだ機が熟していないのです、母上。――とガルーアンが言います――私はなったあとのことを諭されました。将来のことは私には保証できません。しかし目下のところは、正直に言えば、母上のお気持ちを安らかにしたいと思っていたのに、友人の親類が私の目論見にひどく反対して、実行するのは先に延ばさせたのです。』

　このあと、偽善者とか似非信者のように、信仰を持っていないか、ほとんど持っていない人間ほど、弁舌さわやかに信心を口にする者はいませんから、彼と私はこの問題に飛びつきまくしたてて、哀れなこの司祭をこてんこてんにやっつけ、ついにはぐうの音も出ないようにしてやりました。彼はあまり学がなかったのは確かです。人の好い母親は息子の隠者のような話を聴きながら、目には喜びの涙を浮かべていました。私のほうはといえば、私はパリで最も引き籠りがちな青年とみなされました。そしてものの弾みというか、私たちはこの聖職者を訪ねる約束をするまでになったのです。

これは見たところ厄介なことでした。けれども私たちは首尾よく切り抜けましたよ。本物の敬神家はタルチュフの輩の餌食になるのが常なのでしょう。タルチュフは、これはすべて彼の職業にまつわる悪徳ですが、あれほど口が驕っていなくて、あれほど服装が派手でなく、家具にもあんなに興味を持たず、また、金銭にあんなに執着しなければ、パリで最も敬虔な司祭のひとりになっていたでしょう。そんなタルチュフでさえ、私たちが一カ月も彼と交際したら、私たちのことを二人とも美徳の鑑だと断言したはずです。こうしてガルーアン夫人は前にも増して息子に愛情を注ぎ、私には敬意を表してくれたので、これには私たちは大笑いしたものです。

それなのに、私はこんな柄にもない人物を気取るのはうんざりしていました。外面を飾り立てるなど、私の性に合いませんでしたからね。しかし、無理を押し通すか、あるいは友人の愛らしい妹、つまり現在のロンデ夫人にもう会うまいと決心しなければいけなかったのです。皆さんは全員、彼女のことをご存じです。そこで、彼女については皆さんが知らないことだけお話しします。彼女はたいへんな美人で、惚れぼれするような容姿ですし、その素晴らしさがまず目を引きます。彼女を見たとたんに降参せずにはいられません。しかし、それが彼女とかなり長い間交際しなければ、心配なところでもあるわけです。なぜなら、彼女はどんな女性にも負けない才気の持ち主で、たいへんに学もあるのですが、彼女と長い間慣れ親しまなければそれに気がつかないからです。気性は穏やかでしっかりしていて、おおらかです。お話ししたように、長く付き合って打ち解けなければ、口数は少なくいつも生真面目です。どんな女性にも負けないほど貞淑ですし、少なくとも私には貞淑であることを示してくれましたので、私は彼女に夢中になり、彼女のほうは私を虜にし否応なしに私を夢中にさせる秘訣を見つけたのです。それも、私を絶望させ、激昂させた挙句にですよ。亡くなった彼女の夫が私に話してくれたことを信じるなら、彼女は体の外側だけが女なのであって、内側には弱いところがないのです。しかし、私自身が見た彼女の立居振舞いを信じるなら、彼女は何から何まで女らしく、ほかの女性と同じように優しい心の持ち主なのです。ところが必要以上に頑固で、自分を抑えすぎるところがあります。私が彼女の肖像をあれこれ描いて見せるよりも、これから皆さんにお聞かせする話のほうが彼女のことをよく分かってもらえるでしょう。

私が初めて彼女を間近に見たのは、彼女がほんの十七歳の時でした。と言うのは、それ以前は通りすがりに見ただけだったからです。私は彼女に魅せられ、彼女と近づきになりたい一心で、無理やり信心深い態度をとっていたことが大いにあったのです。私がそんな態度をとったのは、もっぱらそれが母親に歓迎される最も確実な方法だったからにすぎません。この婦人は私に大層な敬意を抱いていましたし、おそらくは私を買いかぶっていたのでしょう。私はこの婦人のいるところで、かなりしばしば娘に話をしていました。そして、彼女が口にしたほんのわずかな言葉が正確で適切でしたから、私はついに彼女に恋をしてしまったのです。ガルーアンは彼女に私がまだ実際にカプチン会士[27]になりたがっていると、意地悪く吹き込んでいました。彼女はそれを真に受けて、母親のいる前で私にその話をしたことがありました。私は、そうだとも、違うとも、確かなことは何も答えなかったのです。

　この話があったおよそ一カ月後に、私は初めて彼女と二人きりになれました。母親は娘たちから決して目を離さない主義でしたからね。その時は、母親は病気の下の娘に呼ばれて行ってしまい、姉娘にはひとりでタピスリー刺繍をさせておいたのです。つまり、私はその時に入ったのです。

　彼女は兄がまだ世を捨てたいと思っているのかどうか私に尋ねました。私は、それについては私は何も知らない、しばらく前から彼は私にはもう打ち明けてくれなくなった、私にはせいぜい彼がまだしばしば私の親類に会いに行っているとしか言えない、けれども、二人はもう私の前では関係のないことしか話さないので、二人が何を論じているのか私は知らない、そう答えました。『それで、あなた、——と彼女が続けました——あなたも修道院にお入りになるおつもりですの?』『そのつもりでした、お嬢さん。——と私が大きなため息をつきながら答えたのです——しかし、すっかり変わってしまいました。神は世を捨てるようと私に呼びかけてはいないと教えてくださったからです。私は俗世間がもっと揺るぎない幸せを授けてくれると密かに期待しましたし、自分はこの俗世間にしっかりつながっていると感じたので世を捨てることなど考えられません。』『わたし、お気持ちがお変わりになって、あなたのために本当にほっとしましたわ。——と彼女が言いました——正直に言いますと、君主や、祖国や、世の中、そして友人たちに仕えることができる殿方が生涯埋もれてしまうのは賛成しません。神から授かった才能をすべて自分の中に閉じ込めてしまい、世間から当然のことと期待されている有益な務めを果たさないでいることにも、わたし、賛成ではありませんの。わたし感謝してますのよ、——と彼女がつけ加えたのです——あなたの最初の決意を翻させてくださったあなたのご親戚の方に。』

『私の決意を翻させたのは私の親戚ではありません。——と私は彼女に答えました——お嬢さん、それは親戚とは比べものにならないほど大きな影響力を持っている方に出会ったからです。その方は、あの立派な修道士が兄上と私にしてくれた話が真実であることを私に思い知らせ、あっという間に私の気持ちを決めてしまったのです。あの修道士は私たちにこう教えてくれました。早まって世を捨ててしまったあとで、俗世間にいれば結婚を申し込めたかも知れない実に美しい娘の姿に、世捨て人とは言え、心を一気に虜にされてしまうと、隠しておかなければいけないだけにますます思いが激しく募るものです、そして、その思いを打ち明けることができた以前の自由が惜しまれるのです、心の中に抑圧されたこの俗世間の愛のために、あまりにも性急すぎた修道の誓いが次第しだいに疎ましくなり、ないがしろにするようになります、そのあとには絶望が続きます、そしてついには修道院やその塀を、抜け出すことができないために監獄、いやむしろ紛れもない地獄と見るようになるのです。これが修道士の教えです。私はこの真理が分かりすぎるほどよく分かりました。――と私が続けたのです――修道生活のために激しい愛の衝動に心を委ねてはならぬと今申し渡されたら、私は怒りと絶望で死んでしまうでしょう。私は自由なのに、私を虜にした方にお目にかかることも叶わず、自分はこの世でいちばん優しくいちばん情熱的な恋人であると言うこともできないとしたら、一体、私はどうして生きていられるでしょう？』
『そうです、お嬢さん、――と、私は彼女の足元に身を投げ出して続けました――あなたにお会いした、ただそれだけで私の心の中はひっくり返ってしまったのです。神を敬う気持ちや信仰心ではありません。これはあなたへの熱烈な愛と対立するものではありませんからね。そうではなくて、俗世間を捨てようと思ったその決意が完全にひっくり返ってしまったのです。私を俗世間につなぎ止めているのはあなただけです。私の愛の告白はきっとあなたを驚かすに違いありません。しかし、あなたが燃えあがらせた激しい炎を胸のうちに収めておくことは、私にはできません。私の心は誰かを愛したことは今までありませんでした。あなたの美貌が私の目に止まり、この心を鎖につなぎ止める人はあなただけだと納得させてくれなかったら、私の心が人を愛することは決してなかったはずです。私は永遠にあなたを愛し続ける、そう感じています。あなたは私の運命のただひとりの主です。私がどうなればお気に召すのか、さぁ、命じてください。しかしあなたへの愛を捨て、告白しないまま生き長らえることは私にはできません。これは忘れないでください。』

彼女は私の告白に動転してしまい、どう答えたらよいのやら分からないありさま。彼女の眼差しや体全体に狼狽ぶりが現われているのに気がつき、私は嬉しくなりました。そして、これは幸先がいいぞと思ったものです。ところが、彼女が答えようとしたちょうどその時、母親が来る物音が聞こえました。私はずっと彼女の膝許にいました。『お立ちになって。――と彼女が私に促します――わたし、何がなんだか分からなくて、何も言えません。』私は少なくとも愛を告白したことに大いに満足して、彼女の許から引き下がりました。私は色好い返事がまもなくもらえるものと期待したのですが、それが間違いだったのです。彼女の心をなびかせることができたのか、だめだったのか、私は知ることができませんでした（六二）。」

「私がガルーアン嬢とこういう間柄だった時のことです。彼女の兄がシルヴィを愛していると私に打ち明け、私に秘密にさせました。当時あなたは田舎に行っていましたね。――そうデュピュイはデ・フランに言ってから、話を続けた――あなたはその少しあとで帰ってきました。あなたは根も葉もない、本当にわけのわからない喧嘩を彼に吹っかけ、決闘をして、一命にかかわるほどの傷を彼に負わせました。正直なところ、私は自分が決闘の場に居合わせなくて、本当にほっとしました。加勢しないわけには行かなかったし、どちらに付くべきか分からなかったでしょうからね。しかし、これまた率直に言わせてもらいますと、傍目にはあなたのほうがひどく悪いように見えましたし、私は彼の妹に惚れ込んでいたばかりか、彼の傷は深手で、そのありさまたるや実に痛ましいものでしたので、私は疑いもなく彼の味方をして、彼の仕返しをしたでしょうね。あなたには今ここで詫びておきます。けれど、当時はあなたの動機を知らなかったので、こんな率直な物言いのためにあなたの恨みを買うことはないと信じています。」「もちろん、ありませんよ。――とデ・フランが答えた――今は事情が分かりましたので、あなたが愛人の兄をないがしろにしたら、私は反対にあなたを非難したでしょうね。友情が愛に勝ったためしはありません。しかし、続けてください、お願いします。あなたの話がこれからどうなるのか非常に興味があります。」「あなたに関係がある話もお聞かせします。――とデュピュイが続けた――お集まりの皆さんから見ても、あの哀れなシルヴィの名誉は余すところなく回復されるはずです。秘密は守るという誓いを私は破ることにしましょう。しかし二人とも亡くなってしまったわけですから、何の差し障りもありません。それぱかりか、心はいつも清く貞淑であったし、彼女の清らかさを失わせようと、彼女に地獄の魔力と自然の秘法を用いなければ、体は決して穢されることのなかったひとりの女性を、正しく評価してやらなければいけない、そう私は思っているのです。

　私が床についているガルーアンを見舞いに行きますと、皆さんに話したように、彼は秘密は守ると私に誓わせてから、シルヴィと自分との間に起きた出来事を一部始終教えてくれたのです。彼はこう言いました。彼女を見たとたんに、自分は狂おしいまでに夢中になってしまった。彼女の所に入り込むためにあらん限りの努力をして、それは首尾よく行った。デ・フラン君がみずから何度も彼女の所に連れて行ってくれたこともあった。この二人の間には親密なところがあると自分ははっきり気づいていたし、彼女の心には自分が入り込む余地がないと思っているので断られるのが恐くて、デ・フラン君がパリにいる間は愛を告白する勇気がなかった。自分にできたこととは、できるだけしばしば彼女に会う楽しみを味わうために、彼女と妹たちとでちょっとした親睦会を作るのが関の山だった。彼が領主館が焼けたため領地に発ったので、自分はその留守につけ込んで胸のうちを打ち明けることにした。彼女を口説くために、親切を尽くし、熱心に通い詰め、泣き落しにかかったり、誓いを立てたり、約束をしたりと何でもしたけれど、彼女はどんな贈物も決して受け取ろうとしなかった。自分は何度も結婚を申し込んではみたけれど、彼女は相変わらずどうにもこうにもびくともしなかった。彼女は死をも恐れぬほど剛毅だと分かっていたので、自分の予想通りに、もしも彼女が熱意にほだされて身を任ねると言わなかったら、自分は絶望のあまり、彼女の喉元に短剣を突きつけ、本当に刺し殺し、そのあとで自分も我が身を突くつもりだった。

　もしも放蕩時代に会得した秘法が効かずに、こういった企みがたとえどのような結果になろうとも、自分は絶対に実行する決意を固めていた。その秘法をシルヴィにかけるには、そのつもりで彼女の血をとり、彼女の素肌にいつも触れている物を何かどうしても手に入れる必要があった。（六二）血のほうは、彼女が自分の母親や妹たちのいるところでタピスリー刺繍をしている時を狙い、自分は振り向くような振りをして、彼女が針を刺すように、針を持っていた彼女の右腕を押し、まるで下心がなかったかのように彼女に謝罪した。そして差し出がましくも、彼女の前にひざまずき、かねて用意しておいた白いハンカチーフをポケットから取り出して、血が出ている彼女の左手を拭いてやり、私は血のついたハンカチーフを手に入れた。シルヴィが肌身離さず身につけているものを手に入れるためには、彼女が首飾りを一時も外したことがないのに気づいていたので、ふざけている振りをして、その紐を切った。彼は新しい紐につけ換えるためにその首飾りを彼女から受け取り、実際に別の紐につけ換えたばかりでなく、彼女の血と自分の血を使ってすっかり準備しておいたもう一本の絹糸を真珠に通し、そしてそのまま首飾りを、翌日の午後、彼女に返した。そうガルーアンは言ったのです。

『君にはこの首飾りがどんな結果をもたらしたか信じられないだろうな?――とガルーアンが続けました――混ぜ合わせた二人の血や紐や絹糸に僕が仕掛けておいた呪いまじないがどんなに強力であったにしろ、また、それらを一緒に浸した煎じ薬がどんなに強力であったにしろ、その結果はびっくりするほど驚異的で、僕の期待を越えていたよ。シルヴィが呪われたこの真珠の首飾りを首に着けると、たちまち彼女の目はきらきらと輝き出し、優しげに、愛情のこもった眼差しで僕を眺めるようになったのだからね。そして、ついに僕は何の苦労もしないで彼女を征服したわけさ。彼女は僕のために何もかも忘れてくれた。僕には媚びるような態度をいっさい見せたことがなかったあのシルヴィが、自分から先に執拗に、あるいははしたないほど夢中になって、僕の愛撫を求めたんだ。庭の鍵を僕に渡すと、僕と一緒に過ごそうと僕をせきたてたのさ。彼女が先に立って夜を一緒に過ごそうと僕をせきたてたのさ。

シルヴィが、自分から先に執拗に、あるいははしたないほど夢中になって、僕の愛撫を求めたんだ。彼女が先に立って夜を一緒に過ごそうと僕をせきたてたのさ。庭の鍵を僕に渡すと、僕が誰にも見られないように召使たちを早く寝かせてしまうと約束してくれた。彼女はモラン夫人だけは警戒していてね、僕は夫人のことは自分が片をつけると彼女に約束したわけさ。そして、遅くとも一時間後に戻って来て夕食を一緒にするからと約束し、やっと彼女の腕から抜け出すことができたんだ。僕が出て行く時には、彼女は目に涙を浮かべて僕の首に飛びついたよ。

要するに、僕自身が彼女の激しさに驚いたわけさ。しかし、こういう力ずくの勝利は紳士たる者にとって魅力がないとは言え、やはり僕の情熱は満たされなかった。そこで、僕はいささかも後悔することなく犯行を続けたんです。僕が外に出たのは、もっぱらモラン夫人を眠らせる自然の霊薬を準備するためで、シルヴィは夫人を警戒しているように見えたし、実際、モラン夫人は彼女の部屋で、彼女のベッドのそばに寝ていたからね。モラン夫人は午後ずっと母の家にいて、お手製の実に見事な流行のタピスリーの編み物を僕の妹たちに見せていたところだった。彼女は夕食にはシルヴィの家に帰り、寝ることになっていて、シルヴィにほとんどつきっきりだった。本当に思慮深く貞淑な女性だったし、シルヴィの言うところによれば、彼女は夫人に育てられたので、たいへんに尊敬していた。また当然のことながら、夫人は二人の密会には手を貸さなかっただろうね。その時は僕しか信用していなかったシルヴィは、ほかの誰よりも彼女に見つからないようにしなければいけない、そう僕に言ったんです。何たることだ、――とガルーアンは目に涙を浮かべて続けました――僕は彼女を自分の犯罪のために生け贄にしてしまった！

僕は――と彼が続けました――薬屋で見つかるあの……とほかの薬種で混ぜて薬を作ったけれど、その薬の名は君には言う必要はないね。僕はシルヴィの所に戻ると、夫人の好物だと知っていた鶏のフリカッセにこの薬を混ぜ入れた。夫人はそれをたっぷり食べたよ。しかしシルヴィには、僕はふざけながら食べさせないようにし、残りは召使たちに食べさせた。モラン夫人は夕食が済むとたんに、ただもうベッドに入りたがるばかりで、ぐっすり寝込んでしまい、どんな物音を立てても起こすことはできなかった。僕はいつも通り大扉から外に出て、シルヴィが二人で決めておいた合図をしたので、彼女から渡されてあった鍵を使って庭から舞い戻った。僕は誰にも姿を見られなかった。召使たちはみんな昏々と眠っていて、シルヴィだけが想像できないほど熱烈に僕を待っていたんだ。彼女はモラン夫人の目を覚まそうと散々やってみたけど、どうしても起こせなかった、だからことに及んでも大丈夫だと分かると、一緒にベッドに入るように僕をせきたてたんだよ。彼女が真っ先に入ったんです。僕も待たせはしなかった。そして僕たちはお互いに精も根も尽き果て虚脱状態になり、うとうとまどろんでしまったのです。

僕が先に目を覚ました。もう一度彼女を愛撫しようとしたんです。ところが、あれほど燃えあがり、あれほど情熱的だったあのシルヴィはもういなかった。彼女は前日からその夜にかけ自分に何が起きたかすっかり思い出し、それを呪っていました。僕には、彼女が気が触れたとしか思えなかったよ。彼女は僕の腕から逃げ出すと、人を呼び、助けを求めて声を限りに叫びました。その怒りはすさまじく、僕は自分が殺されないように、あるいは彼女が自殺しないように、彼女の手から力ずくで僕の剣を奪い取らねばならなかったほどです。薬物が入った残り物を食べた召使たちは、薬の残酷な威力にやられてしまったに違いありません。一時間以上も彼女がすさまじい叫び声をあげていたのに、彼らのうち誰ひとりとしてぴくりともしなかった。モラン夫人はと言えば、もうその叫び声を聞くことすらできなかったんです。僕は彼女が亡くなっているのに気づきました。

僕にはあまりにも惨たらしい光景を目の前にして、自分の企みが恐ろしいものに見えて来たんだ。僕は彼女の操を奪うために自分がしたことも、モラン夫人が死んだことも、シルヴィには言わなかった。僕は彼女に心から許しを乞い、騒ぎ立てると自分で自分を滅ぼすだけだと諭したのです。再び僕は結婚を申し込みました。彼女はその申し出を手厳しくはねつけると、あなたは恐ろしい人です、秘密にしてください、そのほかには何もしてほしくありません、そう僕に言いました。僕が秘密にすると誓うと、あなたが少しでも軽率な行動をすると、あなたもわたしも命はありません、そう彼女は僕を脅しました。

僕は彼女がもう首飾りを着けていないのに気づいたのですが、そんなことはひと言も口にしません。しかし、魔力はもう力を失っているのがよく分かりました。こうして、僕はみずから犯した罪を本当に後悔しながら、その家をあとにしたのです。罪を犯しても僕には何ら得るところはなく、別な運命をたどるにふさわしいひとりの女性の命を奪ってしまったのです。シルヴィの召使たちは昼過ぎになって全員ようやく目を覚ましたけれど、まだ完全にぼうっとしてました。しかしあの哀れなモラン夫人は、かなりの年齢だったし、体力もひどく衰えていたので、僕が食べさせた多量の薬物の威力に耐えられず、ベッドで死んでいたのです。

シルヴィは夫人の死について僕を責めはしませんでした。その動機や原因が暴露されるのを彼女は恐れたからです。彼女は首飾りを僕に要求してきました。ベッドや部屋の中をよく探させたか尋ねようと、僕は彼女の家に行ってみたのです。ところが無駄足を踏んだだけで、彼女は決して扉を開けようとも、僕に会おうともしなかった。この首飾りは二人が激しく抱き合っている最中にほどけたのだと僕は思っていたのです。しかし、どんなに探しても見つけられなかったので、僕はそうではなかったのだと確信している。そこで、僕と寝ている現場を襲われたのかも知れないと彼女が心配しないように、首飾りは僕が取った、彼女を思って生涯大事にすると手紙を書かざるをえなかった。僕は首飾りの代金を払うと申し出て、二十回も送ったけれど、彼女は僕から来た物は何ひとつついぞ受け取ろうとしなかった。読んでくれた最初の手紙を除いて、ほかの手紙はすべて届けた人の前で燃やしてしまったのです。それだけじゃない。なぜなら、彼女はこの不幸な日以来、おそらく僕と出会ったり僕を見たりするのを恐れてでしょう、まったく外出しようとしなかった。

正直に言うと、――とガルーアンが続けました――この首飾りの行方が絶えず気になってね。とにかく、彼女の首から首飾りを奪ったのはデ・フラン君ではありえないわけだ。彼は百里以上も離れているポワトゥーにいたのだからね。シルヴィの召使の誰かでもありえない。彼女の目を覚まし現行犯で捕まるか分からないのに、彼女に手を触れ、盗みを働くほど向こう見ずな召使はいないからね。僕には何が何だか分からないんだよ。だから、悪魔なら奪っていけると信じるほど僕がおめでたかったら、これは悪魔の仕業だと信じかねないだろうな。それはともかくとして、デ・フラン君が僕を殺そうとしたのは、もっぱらシルヴィのことが原因だと確信しているんだ。しかし実際のところ、彼はシルヴィが嫌がろうが彼女は自分のものだと言い張るのだろうか？　僕は気が狂いそうなほど猛烈に彼女を愛している。彼女をものにするために僕が何をしたか、話して聞かせたばかりだから、君もそれは疑うまいよ。彼女さえ同意してくれたら、彼が何と言おうと結婚するつもりさ。治療に必要な期間が過ぎたら時を移さずに、結婚してくれるように彼女に催促してもらうつもりなんだ。』

ガルーアンは負傷した初めの何日かは、こういう決意を私に示したのです。しかし数日後、シルヴィが何もかも売り払い、召使も全員に暇を出し、小間使いの娘と従僕の少年だけを連れて突然に姿を消し、行く先を知られないように出発したことを知って、私たちは非常に驚きました。彼女の姿が見えなくなって一週間以上も経ってから、私たちは初めてそれを知ったのです。ガルーアンは外出できる状態だったら、彼女を探したことでしょう。しかし彼にはそれが叶わず、傷のために二カ月以上もベッドに引き止められ、部屋から出られませんでした。私はこの娘の隠れ家を見つけ出そうと空しく奔走するばかりで、時間を無駄にしただけでした。彼女は乗合馬車の乗客名簿には偽名を使っていました。私たちはこの点について改めて考えてみたのです。ガルーアンは、彼女があなたと一緒にいることをもう疑ったりはしませんでした。そこで、あなたがパリに戻ったら、彼女の消息が分かるはずだと彼は確信して、そのころパリに帰ったあなたの母上が二人を仲直りさせるために、彼の母親と折り合いをつけようとしていたので、彼はそれに飛びついたのです。このような意図から、彼はデ・フラン夫人の望み通り何でも約束し署名しました。

ところが、傷が癒えて四カ月が過ぎ、ガルーアンの推測も出尽したころ、彼はシルヴィが修道院から出した手紙を受け取ったのです。私たちは自分たちの考えを押し進めて真相にまでたどり着き、ことの次第を見極めました。彼女が手紙の中で使っていた誓いとか約束という言葉から、ガルーアンは彼女は結婚していたのだと納得せざるをえなかったのです。あなたが彼に喧嘩を吹っかけたので、あなたと結婚したのだと彼には分かったのです。二人が一緒にいるところを見つけ、彼女の首からあの呪われた首飾りを奪ったのも、そしてついには彼女を監禁したのも、あなただと彼はもはや信じて疑いませんでした。二人をどちらも殺さなかったのは、まさしくあなたの節度ですが、彼にはそれが理解できなかったのです。わけても、あなたのような激しい男のことですからね。彼はあなたの真摯さと寛大さに感嘆していましたし、自分だけを生け贄に選んで罪のないシルヴィは許してやってほしかったと心の底から祈っていましたよ。

ガルーアンは自分が推測したことを私に教えてくれました。私は当たっていると思ったのです。あなたもご覧になったように、あなたと彼女との間に何があったか教えてくれた話にも、また、あなたが彼女と結婚していたことを直接あなたから聞いても、私は驚きませんでした。ガルーアンはあんなに素晴らしいひとりの女性の不幸な運命を嘆き、彼女の破滅の原因になったことを心から後悔しました。数々の事件が……。」

ここでデュピュイは再び嗚咽を繰り返すデ・フランに話を中断させられた。そのデュピュイは一座の人々皆から慰められた。シルヴィは全員の涙を誘ったのである。あれほど美しく、あれほど聡明で、あれほど貞淑なひとりの女性の死に惜しみない同情が寄せられた。それぞれがシルヴィのために涙を流し、潔白なことが明らかになった彼女はデ・フランには一層いとしいひとになったのである。デ・フランはまるで彼女が亡くなったばかりであるかのように、彼女の死を痛ましいほど嘆いた。その苦しみたるやその瞬間あやうく彼の命を奪うところだったのである。みんなが彼と苦しみを分かち合って彼を慰めた。コンタミーヌ夫人は、ガルーアンに罪を贖わせることができる罰はこの世にはないと思うとまで言い切った。ガルーアンは悔い改めたにもかかわらず、彼女は死者に鞭を打ったわけで、彼女の夫が、デ・フランばかりでなく一同の苦しみを紛らすために、デユピュイに話を続けるように頼み彼女を黙らせなかったら、彼女は来世の彼まで激しく罵ったことであろう。

「耐えがたい事件が次々と起き、ガルーアンをすっかり変えてしまいました。彼は病気の間に若い時からの過ちをすべて懺悔していました。心から悔い改めたのです。自分がそれまでの人生で犯したすべての悪事について考えたのです。俗世間で送って来た生活を、俗世間に残りそのまま続けていたら、星占いで脅かされた不吉な運命を自分は知らぬ間にたどるのではないかと恐れ、彼は修道士になることにして、実行したわけです。

　ある日のこと、彼は私に言いました。『万事休すさ。自分の生活の自堕落ぶりがすっかり分かったよ。この世の快楽にすがる空しさが分かったんだ。自分の邪な性向は知っているけど、それを克服しなければいけない。僕の理性は克服しろと言っているし、僕は恐怖に駆り立てられて克服するんだ。』『それで、その恐怖とはどういうことだい？』と私は彼に聞いたのです。『何ゆえの恐怖か、君には話しておくべきだね。――と彼が言ったのです――君がもっともだと判断したら、秘密は守ってくれたまえ。こういうことなんだ。』

『僕は君と一緒に勉強したね。――と彼は続けました――だから、僕が教師全員から褒められるほど勉強したのは、君が知ってのとおりさ。僕は本当に若かったけど、どんなに褒められても、母は僕を見ると必ず涙ぐむことに気づいたんだ。十二年以上もの間、それに気づいていながら、僕はそのわけを見抜けなかった。ついに、習いごとを終えた時には（六三）、父は亡くなっていたけれど、僕が母に涙ぐむわけを話してくれるようにしつこく迫ったので、母はある秘密を僕に明かさざるをえなくなったわけさ。その秘密はそれ以来ずっと僕を何度となく震えあがらせて来たんだ。

　かつてパリに占星術に造詣の深い男がいてね、彼はたくさんの名士の星占いをして来た。彼の予言はそのうちのかなりな人たちの死に様によって、正しかったことが証明されていたんだ。女性なら大目に見てやれる弱点だけれど、母もまた好奇心が強くて、僕の星占いをしてもらったのです。それによると、僕は縛り首にされて死ぬ虞があるのです。』『おやおや！』と私が言います。『こんなことに怯えちゃいないさ。――と彼は落着き払って答えたものです――僕はこういった類の予言など全然信じちゃいないからね。これはまったくの絵空事にすぎないことは分かっているし、その上、僕の宗旨は予言に反対しているときてる。それに僕は絞首刑は免れられる血筋だからね。仮に僕が死刑執行人の手にかかってあえない最後を遂げるとしたら、僕が恐れなければいけないのは断頭台と斧だな。母が涙のわけを明かしてくれた時に、僕は笑いながら母にそう言ったわけさ。』

『とは言え、――と彼が続けました――恥ずかしいけれど、君には白状しなくちゃいけないな、僕はこの予言が気になるんだ。それに実際のところ、君は友人だけれど、その君が裁判官だったとしても、シルヴィの一件で僕がとった行動と、その結果モラン夫人が死んだことに関して、僕が裁判にかけられたら、僕に不名誉な死の宣告はくださないと保証できるだろうか？　貴族の生まれにあるまじき犯罪の惨たらしさからすれば、僕は貴族の悲しい恩典にも価しないのではないだろうか？　間違いなく僕は星占いを的中させることになるね。もうひとつ白状すると、星占いが恐ろしいんだ。シルヴィの手紙は、同じことを繰り返し主張していて、何かもっと大きな不幸を予言しているようで、ついに僕に決意させたわけさ。』

『万事休すさ。——と彼が言いました——決意したんだ。僕は俗世間を捨てて修道院に籠るつもりだ。自分の罪と犯罪を悔い改めるため、その報いを受けないためにもね。（六四）』私が何と言おうと、彼にその決意を翻させることはできませんでした。ガルーアン夫人にとっては長男がカプチン会士になるのはたいへんな喜びでしたが、私にとってはたいへんな悲しみだったのです。

　ガルーアンはシルヴィの手紙のことで聴罪司祭と相談しました。その聴罪司祭は、デ・フランさん、あなたがシルヴィに対して抱いた印象は間違いだと気づいてくれるように、ガルーアンに努力させましたし、自分の犯罪を事細かにすべて打ち明ける羽目になっても、あなたに許しを乞い、あなたの激しい怒りを甘んじて受け、決して盾突かずひたすら涙で答えるように、ガルーアンを諭しさえしました。彼はいかにもキリスト者らしい謙虚さでそれに従ったのです。そして修道会に入る前に、誰にも知られないように、あなたの領地に徒歩で行きました。どんなに探し回っても、彼はあなたを見つけることも、あなたの行方を突き止めることさえできなかったのです。彼は得るところなく帰る悲しみに打ちひしがれてパリに戻って来ました。シルヴィの消息はまったく問い合わせませんでした。きっぱり禁じられていたからです。帰京すると彼は修道会に入り、そして誓願を立て、そのあとで、私がいまお話しした旅行のことを教えてくれたのです。彼は余生を聖者のように暮らしましたが、予言通りの最期を遂げました。しかし、その話をする時ではまだありません。私は彼の召命と回心について思いをめぐらさないわけにはいきませんでした。つまり、もしも本当に悔い改め回心した人間しか修道院に受け入れられなかったら、修道士の数はそう多くはなりませんが、その生活はずっと模範的で人のためになるだろうな、と考えたのです。

　話を彼の妹のロンデ夫人に戻しましょう。私は彼女を心から愛していました。彼女の兄が負傷して、私はほとんどいつも彼の側にいましたので、彼女に会う機会が何やかやと与えられたわけです。ところが、彼女は私と二人きりで話をするのを用心の上にも用心して避けたので、私はひと言も内緒話をすることができませんでした。何度も手紙を書きましたが、彼女は一通も受け取ろうとしません。それで、私がどんなに骨を折ってみても、彼女に胸のうちを聞かせてもらうことはできなかったのです。私は否応なしに好きになってもらおうという素振りはまだ見せませんでした。にもかかわらず、彼女は私のことを憎からず思っている、そんな気が漠然としたのです。

　彼女の兄が修道院に身を投じて引き籠ると、私には彼女の所に行く口実がまったくなくなってしまい、もう彼女に会うこともなかったので、彼女への愛は次第に消えて行きました。彼女を失った上に、友人たちが、ひとりは修道院に入り、ほかの連中は田舎に去ったり、自分たちが選んだまともな職に就いたりでばらばらになり、私はその悲しさを紛らすために、先ほどお話ししたように、あの魅力的な未亡人と近づきになったのです。彼女は私を虜にしてしまい、私は脇目も振らずでした。私たちの交際は五年以上も続きました。そしてその五年の間には、ガルーアン嬢がロンデ氏と結婚したことを知りましたが、まったく関心はなかったですね。

もしも皆さんが彼女に何か吹き込むような人だと思ったら、私はこんなに率直に話したりはしません。――とデュピュイが自分で話を中断して言ったのである――しかし皆さんは全員立派な人たちですから、今の話もこれからお聞かせする話も、黙っていてくれるものと信じています。というわけで、私は彼女のことはもうすっかり忘れていました。――と、デュピュイがいつもの口調で話しはじめた――しかしながら、彼女が私の紛れもない情熱になり、あの未亡人を含めて、それまでの誰よりも好きになり、自分でも信じられないほど愛してしまったのは定めだったのです。

したがって、彼女が結婚してから三年以上は経ち、偶然にごく稀にしか会わないようになって五年以上は過ぎていて、私は彼女と話をすることもまったくなかったのですが、そんな思いもよらない時に、彼女が私の前に現われたのです。私を彼女に引き合わせてくれた出来事はかなり変わっています。私は本を手にひとりで散歩していました。過去のすべての色恋沙汰や、とりわけ別れてから一週間もたたず、頭の中が一杯のあの未亡人のような、忠実で優しい愛人の腕の中で味わう本物の快楽について、あれこれ思いをめぐらしていたのです。私は夢想に耽けっていて、知らぬ間に王弟殿下の大法官が所有する館まで、つまりパリの大砲の射程距離まで来てしまいました[六五]。私は大きな並木道の入口にあるベンチに腰掛けに行きました。そこは一方はパリで、片方は見わたす限りの野原です。私が座るとすぐに、豪華な衣装をまとった見事な体つきの大柄な女性がひとり、自分のいるほうにやって来るのが目に入りました。暑かったにもかかわらず、彼女は顔の上半分を覆う黒い仮面を着けていて、そのためすぐには彼女だとは分かりませんでした。彼女はひとりで、ぶらりぶらりとゆっくり散歩中で、時折うしろを振り返っては眺めています。こいつは好き者の女だな、ここで行きずりの恋ってわけか、と私は独りごちたものです。まもなくひとりの女がやって来て、彼女に話しかけました。その女が何を言ったかは私には聞こえません。その貴婦人がじれったいといった仕草で、その女を追い返したのが見えただけです。その公園には私たちのほかには人っ子ひとり見かけませんでした。その貴婦人は相変わらず私のほうに近づいて来ます。私は彼女がたいへんに色白で、その青い目には見覚えがなくもないなと気づいたのです。あらわな彼女の見事な手に私は魅入られました。思い出そうとしたのですが無駄でした。まさかロンデ夫人だとは思ってもいませんでしたからね。

彼女は長いこと私を見ていて、私の前を通りすぎても、何度も私のほうを振り返るではありませんか。これは、彼女が私を知っていて、私も彼女を知っている証拠です。彼女は目を相変わらず私に釘づけにしたまま、私のほうに戻ってきました。私は生まれつき恥ずかしがり屋ではありません。これは見かけとは大違いだと思ったのです。私は彼女を野原で主役を待っている好き者と思いました。それは私の勘違いで、彼女は逢引をぶち壊すためにやって来たにすぎなかったのです。

　この貴婦人に関してはあまり都合の良い話があるとはまったく予想していませんでしたし、彼女が相変わらず私を見ているのが分かったので、私は彼女の所に行って、言ってやったのです。『どなたか存じませんが、私を知っているあなたのほうが有利です。顔を隠しているのは、こんな人気のない所で恋人と待ち合わせ、その人にしか見せないためですね。私は彼がどういう人か、あなたがどなたかは存じません。しかし、失礼ながら見たところから判断すると、彼はたいへんに魅力があるか、あるいは、彼に対するあなたの愛情が並外れているからに違いありません。なにせ彼が先に来ているべき場所なのに、こんなに長い間待たされても彼を許せるのですからね。あなたの両の手や二の腕、あなたの喉元や目、それにあなたの体つきを見込んで、私が彼の代役を買って出ます。乗り換えても後悔させない自信があります。彼には憤慨していますが、少なくとも私には、こんな怠慢や冷淡なところがないのは、お分かりになるはずです。』

『わたしのことをご存じないのですから、――と彼女が私に答えたのです――こんな所にわたしがひとりでいるのを見つけて、軽率な判断を下したことは許してあげます。確かに、わたしがここに引き出されたのは色恋沙汰のせいです。それに、お見受けするところ、あなたがここに連れ出されたのも、そのためでしょう？』『とんでもない。――と私は彼女に言いました――それは間違いです。私は女運が悪いのです。好い人がひとりいましたが、つれなくも捨てられました。私はここで誰かを探していたのではありません。思いに耽けっていてここまで来てしまったのです。私がここに引き止められたのもめぐり合わせで、つれないあなたの恋人が残してくれた空席の後釜に収まるためです。その男はきっと私ほどではないのでしょうが、その男の埋め合せに私があなたを慰めようとしなかったら、あなたは私を意気地なしだと非難なさるでしょうね。』

　私はこう言いながら、顔を見ようと黒い仮面に手をかけようとしたのです。彼女は私の手を払ってこう言いました。『初めからずいぶんなことをなさるのね。顔を見せるつもりでしたら、とっくに仮面を外していました。でも、そうしなかったのですから、それは外したくないという合図です。ですから、わたしが嫌がるのに知ろうとなさるのは不躾というものですわ。』『物事は双方に平等であるべきです。――と私が言ったのです――あなたは私をご存じだと私は確信しています。なぜ私に正体を知られたくないのです？』『確かに、あなたがどなたか存じています。――と彼女――あなたはデュピュイさんです。あなたはわたしをご存じですから、あなたに顔を見られたくありませんの。』『一体あなたはどなたなのです？――と私が彼女に聞いたのです――いかなる暴力も振るいません。しかし、ここであなたの恋人を待っていて、気が利かないとなじってやります。』『もしもそれがわたしの夫でしたら？』とその貴婦人が聞き返したのです。『あなたのご主人でしたら、私はとんだ間違いをすることになります。――そう私は答えました――けれども、あなたの片意地の仕返しはしてやるつもりです。』『まあ、どうなさいますの?』と彼女が言ったのです。『つまりですね、――と私は続けました――もしもご主人なら、当然こんな時間にこんな所でご主人と逢引などしませんから、あなたの逢引の相手は私ではないかと彼に疑いを起こさせてやります。彼を見ればあなたがどなたか分かります。ですから、ちょっとでも彼に嫉妬させれば、顔を見せようとしないあなたを後悔させられるわけです。』『気の利いた脅しですこと。――と彼女が言います――でも、意地の悪さは、以前わたしがお見受けした敬虔なご様子とは合いませんわ。五年ほど前のことですが、そのご様子からしてあなたはちょっとした聖人か、少なくとも今にもカプチン会士になられる方と思われていましたもの。』

私が行ない澄ましていたのはガルーアン夫人のお宅だけでしたから、彼女が誰かすぐに分かりました。そこで、この出来事をさらに発展させて、最前を尽くして一芝居打ってやろうと決意したわけです。『正直に言いますと、――と私が応じました――何人かの友人が俗世間を捨てたように、私も以前はそうするつもりでした。しかし、かつて私が抱き今でも抱いている信仰心は、あなたがどなたか知りたいという気持ちと矛盾するものではありません。なぜなら、あなたに対してやましい下心はいささかもないからです。私が心にずっと秘めて来た情熱が修道院では必要な解脱の境地と両立するなら、私はとうの昔に修道院に籠っていたこともまた確かです。背格好はほぼあなたと同じくらいで、あなたほど背が高くも肥ってもいませんでしたが、すばらしく美しい方に思いを寄せたために、私は修道院に籠れませんでした。彼女はほかの男と結婚したので、私のことなど眼中になかったことも確かです。また彼女は自分のために私が苦しんでいるのを知りながら、何ひとつ約束してくれませんでしたから、私には彼女を不実な女と言う資格がないのも確かです。しかし、この私は――と、私は深いため息をついてから続けました――不幸な恋を一途に思い詰め、彼女のためにほかの女には目もくれず、今までどんな約束もしたことがありませんし、生涯しないつもりです。』私は、例の未亡人との情事はもっぱら未亡人と私以外は知らないと堅く信じていましたから、きっぱり言い切ることができたのです。

『そんなに長いこと心変わりしないなんて、ずいぶん怪しいわね。』とロンデ夫人が切り返しました。『怪しいなどとは、とんでもない。――と私が言い返します――いま話したその方に私が愛を告白してから五年半たちますが、私が足繁く通いつめたり、ほんのちょっとでも疑わしい娘や人妻がいたら、私をご存じのあなたのほうで、名前を挙げてみてださい。もちろん、――と私はやり返したのです――私は娘とも人妻ともいっさい交際しませんでしたし、交際を求めたことさえありません。彼女の家にはかなり長い間、毎日のように行くことができましたが、その間ずっと彼女は私につれなく無関心でしたので、自分は嫌われているのだと思ったのです。そして、彼女の兄上がもう家にいなくなって、彼女の家に行く口実がなくなると、彼女が嫌いなものはもう目に入れないほうが喜ばれると思ったのです。私は希望のないままずっと彼女を愛してきました。とはいうものの、彼女の結婚にはやはり絶望させられましたよ。で、わずかに残っていた信仰心がみずから命を断てば永遠の生命をも脅かすことになると悟らせてくれなかったら、私は彼女の目の前で我が身を一突きにして果てる計画を立てました。（六六）その時から、私は見るも哀れな生活をしてきました。ひたすら孤独を求め、悲しみと書物だけが私の伴侶になったのです。友人たちでさえ、私がいっさいの交際を絶ってしまったので、私のことをもう野蛮人としか思っていません。少しでも彼女を醜聞に巻き込んだり、彼女が嫌いなことをちょっとでもしてしまうのが恐くて、彼女と話をする機会はおろか、彼女を見る機会さえ避けてきました。不幸にしてばったり出会ってしまった時には、もっぱら逃げるようにして彼女を眺めてきました。彼女の姿を見るといまだに血まみれの心の傷がまたしてもうずくからです。彼女のことは尋ねもしませんでしたし、どうしても耳に入って来る世間の噂のほかには何も知りません。不実な夫が私をないがしろにした彼女に仕返しをしてくれたことは知りました。それだけではありません。彼女が必ずしも幸せではないと分かると、私は本当に不愉快になります。やれやれ、――と私は天を仰いでつけ加えました――彼女のような美しいひとを娶った男が、彼女の生涯を幸せ一杯にしてやれず、私なら最期の血の一滴まで捧げるのに、愛撫もないがしろにしているとはねぇ！　そんなことがあり得るでしょうか？　彼女がかわいそうです。――と、私は故意に流した空涙を拭いながら続けました――私は彼女をずっと愛し続けるとはっきり感じているので、いつまでも彼女に同情するでしょう。来たこともないこんな場所に迷い込んだのは、彼女のことを想って物思いに耽けっていたからです。しかし、あなたは、――と、私はさも驚いたように彼女に向かって続けました――あなたのような見知らぬ方が、私がずっとひた隠しに隠して来た秘密を一瞬にして私の口から吐き出させるとは、どんな魔力によるのでしょう？　私の親友で、私の恋人の近い親類でさえ、世間の人と同じで、ずっと知らなかった秘密なのに！』

『今のあなたのお話は本当に本当なのでしょうか？』と彼女が聞きました。『いっそのこと嘘だったらなあ！――と私は目に涙を浮かべて答えました――こんなみじめな生活はしていないものを！　そうです、本当です。――と私が言い添えます――お話ししたことも、あなたがどなたか知らないで話したことも確かですし、本当です。』『その方はそれほど思い詰めているのを知らされたら、あなたを粗末にはなさいませんわ。なぜ知らせませんの？』と彼女が言ったのです。

『愛の言葉を私はほとんど知りません。だから、彼女の前に出ると、思いを打ち明けることはおそらくできないでしょうね』と私が答えたのです。『その方のお名前をおっしゃってくださいな。――と彼女――わたしの友人かも知れませんもの。あなたに代わってその方に教えてあげますわ。』『喜んでお教えします。――と私が答えます――しかし、私の生涯の幸せがすべてかかっている秘密です、どなたの手に託すのか知らなければねぇ―。ですから、仮面を外してください。そうしてくだされば、どなたに打ち明けるのか分かりますから。』『ご自分の秘密をこの仮面と交換なさるのなら、わたしたちはそれぞれ秘密を握られることになりますわね』と彼女が言いましたので、私が答えました。『私の秘密は私にとっては重荷ではありません。ずっと前から胸に秘めてきましたから、苦になりません。』『わたしに打ち明けてくださらないと、思っていらっしゃる以上に損をなさいますわよ。』と彼女が言いました。『名前を知らなければ、あなたは得るところは何もありません。』と私が言いますと、彼女が、『それでも、わたしには失うものは何もありませんわ。』と言い返します。『おっしゃる通りです。――と私が続けました――しかし、あなたより私のほうが失うものが多いとは思いませんね。』『それでは、わたし程度の器量の女なら、――と彼女が反発しました――目の保養をするまでもないとおっしゃるのね？』『私の心にはそんなゆとりはありません。――と私が答えます――彼女の印象が心に刻みつけられてからというもの、どんなに美しい女性でも、私には絵を見るのと同じで、その程度の目の保養にしかならないのです。』

『正直に申します。――と彼女が言ったのです――ほかの女性にはこんなに無関心にしてしまい、これほど激しい一途な情熱をかき立てる、その方のお名前をぜひ知りたいものですわ。わたし、仮面を取ってしまおうかしら。』『取らないでください。――と私が追い打ちをかけます――取っても、私の秘密は聞き出せませんよ。私は長いこと秘めてきましたし、あなたの顔を見たいという単なる好奇心のために秘密を漏らすわけにはいきませんからね。』『では、気が変わったのですね？』と彼女が聞き返します。『そうです、気が変わったのです。――と私が答えます――それに、ほかの女性に好奇心を起こしたことを、心の中で恋人にいま詫びているところです。ですから、美人であろうと、醜女であろうと、そんなことは私にはどうでもいいことです。』『即座にそう答えるなんて失礼ね。――と彼女が答えたのです――それに、あなたにこんなに女性蔑視を吹き込むなんて、その方は恐ろしい性格に違いありませんわ。』『とんでもない。――と私――もしも彼女がもっと辛辣な感情を私に吹き込んでいたら、私はあなたが美人だったら取り入り、醜女だったらばかにするつもりで、あなたの顔を見たがるでしょうね。』『あなたが私の顔を見たあとで、――と彼女――わたしに取り入ろうという気になるかどうか、わたしには分かりません。でも、あなたに醜女だと思われるのは、わたし、我慢できません。ですから、お別れする前に事実はどうかお見せしますわ。ご承知のはずですが、――と彼女が続けたのです――あなたはご自分でわたしのことを美しいとおっしゃいました。そのあとわたしが変わったとは思えません。』『言ったかも知れません。――と私――しかしその言葉は本音が半分で、あとはお世辞だったかも知れませんよ。あなたが実際に美しいということもあり得ます。あなたの背格好、それにお見受けするすべてが彼女に似ていますので、うっとりしているところです。しかし、あなたがどなたであろうと、絶対に彼女のように美しいはずはあり得ませんね。』『それでもお別れする前に、無視されて恥をかくかどうか、わたし見てみたいわ。――と彼女――今おっしゃったような惨いことを言うなんて、あなたは世間に二人といない不躾な男だということは、ともかく申しあげられますわね。ですから、わたし、あなたに謝罪をさせるつもりです。』『もちろん、私は謝罪なんかいっさいしません。――と私は言いました。――それに……。』

私が話を続けようとすると、さきほどやって来て彼女に話しかけた女が戻って来たのです。『奥様、その気配がありません。——とその女が彼女に言います——狩をなさっても無駄でございます。鳥たちはよそへ飛んで行ってしまいました。』『それでは、こっちのほうは無駄足を踏んだのね。——とロンデ夫人が言ったのです——それでは、失礼します。——と彼女が私のほうに振り向いて言ったのです——いつまでも秘密を漏らさないことですわ。口が堅いのはご立派です。』『奥様、お忘れになりましたね。——私は彼女を引き止めながら言ったのです——私に醜女だと思わせておきたくないのでしょう？』『思い出させてくださってよかったですわ』と言うと、彼女はすぐさま道端にあった石積みの保管庫に入ったのです。彼女は仮面を取って続けました。『初めは美しいとおっしゃってくださいましたが、あれは間違いだったのでしょうか？　あなたを信じたこのわたしが間違っていたのかしら？』

皆さんにお話ししたように、それがロンデ夫人なのは私は百も承知していました。けれども、私は我を忘れて陶然とするほど驚いた振りをしたのです。二歩うしろに跳びのき、まるで気を失って倒れるかのように、保管庫の出入口にもたれかかりました。私はたったひと言、ああ、何てことだ！　と言っただけです。私は力が抜けて持っていられないかのように、帽子や手袋、本、それに杖を落としました。ややあって、私は彼女の足元にひれ伏したのです。『ああ、奥様、目の前にあなたが現われるとは、なんというめぐり合せでしょうか？　私が失ったものを何もかも思い知らせ、私をますます不幸にしたいのでしょうか？　万事休すです、奥様。——と私が続けます——あなたに私の秘密を知られてしまいました。もう隠しておく気力もありません。私がこれからあなたと一緒に生きて行くことが、あなたにとってどれほど好ましいことか、あなたに見てもらいます。私がずっと熱烈に愛してきたことをあなたはご存じです。胸のうちを打ち明けるのが恐かったのですが、もう私を引き止めるものは何もありません。私は今まであなたを避けてきました。しかし、これ以上、自分を抑えることはできません。抑えろと命じないでください。私の力ではもはやあなたの命令に従うことはできません。今まではあなたに会うあらゆる機会を心して避けてきました。これからはあなたに会うあらゆる機会を心して探し出して、私が今までひたすらあなたのために生きて来たし、これからも生きて行くことを証明してみせます。』

『顔を見せたのがいけなかったのね。——と彼女が言ったのです——妙なことになってしまったわ。でも、いつか私に会うなどとお考えになってはいけません。』『あなたが禁じても無駄です、奥様。——と、私が遮ります——あなたの言いつけに従うと約束すれば、私はあなたを騙し、自分自身も騙すことになります。だめです。——私は彼女の膝を抱き締めて続けました——あなたに会わずにはいられません、あなたを愛さずにはいられません。私は不幸のまま死ぬでしょう。しかし、あなたはそれがもっぱら自分のせいだとお分かりのはずですから、少なくとも私は満足して死ねるわけです。』

私はここぞと思う時にご婦人のそばで涙を流す天賦の才能を持っているんです。私は空涙を流しました。彼女は私のお芝居を真剣そのものだと思ったのですね。今度は彼女が目に涙を浮かべました。要するに、私は彼女を激しく感動させたわけです。彼女は私を立たせ、私を喜ばせてくれました。と言うのは、砂利で膝に怪我をしていたからです。（六七）彼女は保管庫の中のベンチに座り、そのそばに私を座らせてくれました。彼女は涙を拭うと、私に何もかも告白し、うっとりするような話し方でこう話してくれたのです。

　彼女は母親の家で私を見るとすぐに、私を好きになってしまったのです。私には返事をするのを拒みましたが、それは愛を誓ったあとのことが心配になる年齢でしたし、臆病な彼女は母親のガルーアン夫人のたび重なるお説教でますます臆病になっていたからです。彼女が胸のうちを打ち明ける勇気があり、また私が熱心に通い詰め、そのきっかけを作ってやったなら、彼女はほかの人よりも私との結婚に同意したでしょう。私が秘かに婚約しているという噂が広まっていたので、それがもとで彼女は母親に勧められたロンデ氏との結婚にあっさり同意してしまいました。放蕩にうつつを抜かしている夫が気紛れを起こさない限り、夫の求めに応じなくてもよかったので、夫とはかなり落ち着いた生活をしてきましたし、現にしていました。彼女は夫に対して焼き餅を焼くほど細やかな愛情を抱いていなかったばかりか、結婚生活が女性に課すかずかずの義務と気質的に折り合えなかったので、夫には勝手気ままな生活をさせていたのです。夫の過ちを真っ先に笑い飛ばしたのは彼女でした。その公園に彼女がやって来たのは、そこで夫が非常に美しい町方の女と逢引をしているものと思って、その現場を押さえるためにやって来たにすぎなかったのです。（六八）

『わたし、無駄足を踏みましたわ。——と彼女が続けました——夫の代わりにあなたを見つけたのですもの。あなたにお会いして、昔あなたに寄せた思いが心の中でまた燃え出しました。あなたのことは忘れたと思っていたのに、間違っていたのね。急にあなたとお話ししたくなって、その気持ちに負けてしまいました。これから自分に何が起きるか考えもしないで、お話ししてしまいました。思ってもいなかったあなたの告白にはびっくりしましたし、喜びもしました。わたしが顔をお見せしたのは自分の心に従ったまでのことで、もちろん、あなたが話しておられたのは、わたしのことだとはっきり確信していましたのよ。わたし、ちょっとからかうつもりでしたのに、自分が間違っていたのがよく分かりました。あなたはわたしをずっと愛して来たときっぱりおっしゃってくださいましたね。わたし、あなたのことは忘れたことがありません。正直に申しますと、今でもあなたを愛しています。でも、あなたがあくまでもわたしに会おうとなさると、困ったことが次から次と起きるのは目に見えています。そのためにわたしは誰よりも不幸な女になり、あなたはもう幸せになれませんわ。』『構うもんですか。——と私が答えたのです——私は嬉しいことにいつでもあなたに会えます。』

『わたしの家ではだめです』と彼女が言いました。『あなたの家だろうが、よそだろうが、その機会があれば、どこにだって行きます。——と私が彼女に言います——そういう機会を探すつもりですから。』『わたしには嬉しくないわね』と彼女。『私はもう用心する気になど毛頭なれません。――と、私は再び彼女の足元にひざまずき、涙を流す才能を発揮して、そう言い返したのです――私の情熱は自分でも何を為出かすか分からないほどです。どんなことになろうと、絶対にあなたに会わずにはいられません。六年も前から苦しんでいる私を哀れと思って、お会いできるように便宜を計ってくださるなら、私が自分では避けきれない幾つもの不愉快な騒ぎをあなたはあらかじめ防げます。しかし、もうそんな時でもないのに、つれない態度で私が絶望にさいなまれるのをそのままにしておくなら、私はもう自分の熱狂のままに動くだけです。私のこの情熱はもう自分でも手に負えませんし、理性を追放してしまったので、私には人様の思惑などどこ吹く風になるでしょうね。そうなれば、あなたはおそらく醜聞にまみれてしまうはずです。わずかに残っている私の理性にもっと優しくして、あらかじめ醜聞を防いでおけば良かったと後悔しても、あとの祭りです。』

『喉元に合口を突きつけて、わたしに条件を飲ませるおつもりなのね。――と彼女がまた涙を浮かべて言いました――個人的にあなたに会うのを許したら、わたしはどうなるのでしょう？――と彼女が続けます――こういう手心は女性のあらゆる美徳に適っているのかしら？』『あなたの婦徳は私に関しては安心です。――と私が答えたのです――私が我が身の不幸や苦しみ、絶望した話をしても、あなたほどの冷静な気質の人が熱くなるはずがありません。』『そんな危ない橋は渡りたくありませんわ』と彼女の答え。『それでは、一体、私にどうしろとおっしゃるのです？――と私が聞き返しました――お別れする前に態度を決めていただかなければいけません。あなたが選んでください。――と、私がさらに迫ったのです――哀れと思って私を慰め導いてくださるのですか、それとも、無情にも私を破滅させてご自身を危険に晒すおつもりですか？』

その時まで私たちの話を聞いていて、まだひと言ものを言わなかった供の女が私たちの話に加わりました。『失礼ですが、あなた様の熱狂ぶりもいつもこれほど激しいとは限りませんでしょう。――と彼女が私に言ったのです――奥様が親切になされば、どんなにのぼせあがっても収まります。それに、奥様は、――と彼女はロンデ夫人に向かって話を続けました――このことをよくお考えになれば、六年間もまどろんでいた末に、思いがけず突然ぶり返して熱狂に変わってしまった情熱を、慎重に扱われたほうがお得だということが、お分かりになるはずでございます。そうです、旦那様。――と彼女が私に向かって続けたのです――あなた様の身の処し方につきましたは私にお任せくださいまし。奥様にお会いくださいましな。私どもは奥様にお仕えする者ですが、お会いになれるように取り計らいます。けれど、私がお願いすることはすべて几帳面に実行していただかなければいけません。（六九）』『そなたは私の命を救ってくれるわけだ。――私は立ちあがり、その女を抱き締めながら、言ったわけです――その上、私にとっては命より大切なもの、奥様の評判もね。しまいまで話してくれ。――と私が続けます――同意するよう彼女に決心させてくれたまえ。』『何でもあなたのお好きなようになさってください。――とロンデ夫人が答えました――決してあなたと二人きりにならないということなら、ほかのことは賛成しますわ。』
こうして、私はこの女の親類の名を騙ってこの女に会いに行き、ロンデ夫人を少しも危ない目に遭わせることなく、私たち、ロンデ夫人と私ができる限り頻繁に会えるように手筈を整えることに決めました。こう決めてから、私は彼女と別れたわけです。私は彼女を四輪馬車まで送りませんでした。と言うのは、彼女の従僕のなかに邸で私だと見抜く者がいる虞があったからです。私はこの出会いに大いに満足して帰宅しました。

たとえ皆さんが私のことを、さもありなんと思っていても、私は自分の人物像を語り終えなければいけません。ご覧のとおり、私は役者を気取っていたわけですが、例の未亡人との交際が終わったばかりで、頭の中はまだそのことで一杯でした。ロンデ夫人のことでは、私は夢のような希望を山ほど抱き、彼女とも同じような関係を作りたいと思いました。私はもう彼女を愛人に仕立てていました。確実に征服したものと思っていたのですね。私の想像するところでは、彼女はもはやひどく臆病でたいへんに慎み深かったあのガルーアン嬢ではなく、いまだに好きになれない夫のために悲嘆にくれている人妻だったのです。彼女は優しくて忠実な愛人でした。つまりあの未亡人のように、もっぱら夫の不貞の仕返しをするために愛の喜びに走り、私だけを愛し、私以外のほかの男とは相性が悪いという、それだけの理由で夫の愛撫を拒否し無視している女性だったのです。要するに、私は彼女が自分の腕の中にいるものと思い込んでいたのですが、世間で言うように、宿の亭主抜きで計算していたのです。(七〇)

翌日、私はムーソンの上さんと呼ばれている例の小間使いの女に会いに行きました。今もロンデ夫人に仕えているあの小間使いです。決めておいたとおり、私は彼女の弟の名を名乗り会いに行ったわけです。彼女は二つの理由で私たちの役に立とうと申し出たのだと私に言いました。第一は、自分の女主人と私に哀れを誘われたからであり、そして第二には、暗い陰気な悲しみを吹き飛ばしてくれる何か楽しみに耽けっている女主人を見るのが、彼女には非常に嬉しかったからです。ロンデ夫人は小間使いの彼女に話したことはまったくなかったし、誰にも悲しみはいっさい見せませんでしたが、実際に私に対してずっと抱いて来た愛のためにしろ、また、風変わりな生活をしているロンデの冷淡さのためにしろ、いつも暗い陰気な悲しみに浸っているように彼女には見えたのです。

『奥様がご自分の気持ちを偽ったり、ご主人様の浮気など何とも思っていないと信じ込ませようとなさっても、無駄なんでございます。――とこの女が話を続けました――奥様は女らしい方で、それだけに無関心を装っておいでなんだと私どもには得心が行きますからねぇ。まったくねぇ、――と彼女は言っていました――奥様のようにおきれいで、お姿も良くて、お若いのに、ずっと閨《ねや》を別にし、昼も夜もお二人だけで話をとんとなさらないご亭主に、満足できる方がどこにいますかねぇ？　奥様がご結婚なさったのは、尼さんとして生きるためなんでしょうかねぇ？　そうですとも、――と、彼女はやや憤然として言葉を継いだのです――結婚するのは、二人一緒になって、三人目を作るためなんでございますよ。失礼ですが――と彼女が私に言ったのです——奥様に別の暮しをさせてあげてくださいまし。私どもができる限りあなた様をお助けします、誓いますです。』

　私はこの女の熱意に礼を述べ、無理やり贈物を受け取らせて、ついには私の味方にしてしまいました。彼女は女主人に私が待っていると知らせに行き、それから、彼女に出て来ると決心させるまで散々苦労したと私に報告してくれました。『でも、ともかくお出でになります。——と彼女——あなた様の運を生かしてください。』

　ロンデ夫人が本当にやって来ると、ムーソンの上さんは出て行こうとしたのですが、ロンデ夫人が呼び止めました。私は、『私があなたと個人的に話をする時につけ入るのをずいぶん恐がっているのですね。』と私が彼女に言ったのです。『あなたが気が済むように、お好きなことを何でも言わせておきますわ。——と彼女が私に言います——でも、絶対にあなたと二人きりになりたくありません。ご存じでしょうが、この条件があるからこそ、あなたにここでお会いする気になりましたのよ。わたしたちの話を聞けるのはムーソンだけです。でも、わたし彼女を信用しています。また、彼女は事情を知っていますから、あなたが同意してくださったように約束を守ってくださる限り、彼女は何があっても驚いたりしませんわ。それにわたし、これ以上は許さないと決めていますの。ですから、あなたがこれ以上何かして、その結果どういうことになっても、わたし、生涯あなたには会いません。そのつもりでいてください。』

　これが彼女が私に言ったことで、それ以来、彼女は実に正確に守ってきました。したがって、六カ月もの間、最初の日と同じでいっこうに埒が明かなかったのです。その上、私は愛の誓いを執拗に迫ったのですが、そんなものは彼女の口からは聞き出せず、彼女に接吻する喜びさえ味わえない始末でした。

　私は天使のような愛を交わすのは（七）、率直に言って憂鬱でした。こんなやり方は私の性に合いません。私がムーソンの上さんに愚痴をこぼすと、彼女にこう言われました。自分にもさっぱり分からない。あなた様がご主人様と会ってからは、もうあまり悲しんでいるようには見えなかった。彼女は一段と美しくなったし、顔もずっと艶やかになった。ご主人様のことでいっこうに埒が明かないとしたら、それはおそらくあなた様が悪いのでしょう。私は彼女にやり返しました。私ができるだけのことをしているのは、彼女もよく分かっているはず。彼女の主人は手に負えない女なのだ。彼女が私たち二人のそばを片時も離れずにいるのは、私を真っ向から激しく攻撃しているようなものだ。席を外す口実を何か見つけて、ロンデ夫人と私をしばらく二人だけにしてくれたら本当に嬉しい、私はそう言ったのです。

　彼女は、それは自分の一存ではできません、お二人がご一緒の時は、どんな理由にせよ、お二人から目を離したら暇を出す、そうご主人様からはっきり言われています、と答えました。とは言え、この女は私を哀れと思って、主人の脅しにも怯まず、自分で予想していたとおり、追い出される羽目になったのです。それで、もし私が仲直りさせるために強力な奥の手を用いなかったら、彼女は本当に追い出されていたでしょう。それはこういうわけです。

　ある晩のこと、ムーソンの上さんが私に、ロンデがパリから二里のところに出かけ、いつものようにそこに泊まるはずだ、それで、もし私が翌日の朝早く来る気があるなら、彼女の女主人がベッドに寝ているところをお目にかける、そう言ってくれたのです。この提案を聞いて、私はこの女を抱き締めましたよ。そして、皆さんお察しのとおり、即座にこの提案を受け入れました。この女は女主人の寝室まで私を案内し、そこに私を置いて出て行きました。私は思う存分自由に振舞いましたが、こんなことはロンデ夫人に関しては普段はなかったですね。彼女はすぐに目を覚ましました。そして私の腕の中にいるのが分かり、びっくりです。彼女が抵抗するだけでしたら、私は自分に都合のよい格言を説明して聞かせたでしょう。（七二）ところが、助けを求めて声を限りに金切り声をあげはじめたので、私は一目散に引き下がるほかどうしようもありませんでした。

それと同時に、正面階段の上にあって彼女の夫の部屋と向かい合っている部屋のほうから、召使たちが彼女の部屋に入ってきました。（七三）彼らはなぜ大声をあげたのかそのわけを彼女に尋ねました。この時戻って来たムーソンの上さんが彼女の返事を聞いています。はっとして目が覚めた、竜の爪に捕まえられているように思った、というのですね。見事な言い訳です！　作り話をしてくれて、私は心の中で彼女に感謝しましたよ。しかし彼女は着替えるとすぐに、口実をでっちあげてムーソンの上さんに暇を出したのです。その口実の中には、自分が起きて着替えるまで決して部屋から出てはいけない、という彼女への言いつけも忘れられていませんでした。

自分の女主人が本当に好きなこの女は、私が退散していた私の家に会いに来ました。彼女は困り切っているようでした。私には一刻も無駄にできないのがよく分かりました。私は彼女にしなければいけないことを言いつけ、彼女はそれを実行したわけです。私はすぐさまロンデ夫人の兄に会いに、サン＝トノレ街のカプチン会修道院に行きました。（七四）私たちはずっと仲のよい友人でしたが、私は彼の妹を愛していることは一度も話したことがなかったのです。その時も話しませんでした。私たちが二人でたわいない話をしているところに、門口に人が来ていると彼に知らせが入ったのです。私たちは一緒にそこに行きました。

それはムーソンの上さんでした。『神父様、お願いがあって参りました。――と彼女がガルーアンに言ったのです――どうか私のことを奥様に執り成してください。奥様は私にたいへんご立腹で、つい先ほど私は暇を出されたのでございます。私どもが悪かったのでございます。でも、奥様にお詫び致しますから、どうかお願いです、奥様をなだめてくださいませ。』『できるだけのことはしましょう。』と彼が言いました。『神父様、一刻も猶予できないんでございます。――と彼女――もしも奥様が私の代わりにほかの女を雇われたら、私どもにはもうどうしようもございません。』

『神父、この女は何者です？――と私が彼に聞きました――僕にはなかなか献身的に見えるけど。』『妹のロンデ夫人の小間使いですよ。』と彼が私に答えました。『執り成してやるべきです。――と私が彼に言います――すぐに行ってやってください。この女は人の好さそうな顔をしてます。僕からもお願いします。君に執り成してもらったら、彼女が恩に着るのは請け合いです。

今すぐ行く気なら、お供するよ。――と私が言葉を継ぎました――妹さんには結婚以来で、お目にかかるのは光栄だし、ご挨拶できるのはたいへんに嬉しいね。』『それはいいね。――と彼が言います――一緒にあっちで食事をすることにしますか。いずれにしろ精進料理です、もうポトフ[28]は出さないでしょうからね。――そして、彼はこの女に言いました――あなたには手紙を渡しておきましょう。』『神父様、ご一緒でないと、私は帰る気が致しませんのです。――と彼女が答えたのです――神父様がお見えになるまで帰らずに待っています。』『それでは、妹は相当かっかしているに違いありませんね。――と彼が笑いながら言いました――妹のところの門口で私たちを待っていてください。――と彼がつけ加えます――すぐあとから駆けつけます。』

　私たちは遅れずにロンデ夫人の家に行きました。夫婦は食卓に着くところでした。ロンデは帰ったばかりのところだったのです。ほかの時に彼が居合わせたら、私は気を悪くしたでしょう。しかしその時は、彼がいてくれて私は本当にほっとしました。と言うのは、おかげで彼の妻が私の得にならない、私の気に入らないようなことまで暴露しないだろうと確信していたからです。

　ロンデは私を知りませんでした。私はいつも彼が留守の時を選んで彼の家に入り込んでいたので、私を見たことがなかったのです。また、邸の召使たちには私はただの貧乏人としか見えなかったので、私の服装が服装だっただけに、まさか私だとは気づかなかったのです。こうして、私はまるでロンデ夫人が結婚してから初めて会うかのようにしました。私は入りしなに彼女に、『奥様、謹んでご挨拶を申しあげるとともに、誰よりもあなたのご結婚を喜んでいると申しあげたくて、この機会を逃さず、神父様のお供をした次第です』と言いました。この短い祝辞のあとで、私はフランス式に彼女に挨拶しました[七五]。彼女はいまいましげに、しかし丁重に私の挨拶を受け、いささかばつが悪そうに挨拶を返しました。それからカプチン会士が私が何者かロンデに紹介してくれたので、私は彼に挨拶をしたわけです。彼は私に礼儀の限りを尽くしたので、すぐに私はそれにできる限りきちんと答えました。

　私たちは四人で食卓につきました。この席で、人の好いカプチン会の神父がムーソンの上さんのために許しを乞うたのです。ロンデ夫人はその話になると落ち着きがなくなり、頑に拒んだので、それにはみんなが驚きました。彼女の兄と夫が、そんなに怒るのは、どういう大それた悪事をあの女は働いたのかと、彼女に尋ねたのです。彼女はできる限りそれらしい理由を挙げましたが、本当のことは言わなかったので、愚にもつかないこととしか見えませんでした。私は笑みを浮かべて彼女を見ていたわけです。そのため彼女はすっかり面食らってしまいましてね。顔を赤らめて、私を指さして声高にこう言いました。『こちらにわたしが拒む理由をあなた方よりよくご存じの方がいらっしゃいます。この方が考えていることを話す気になったら、きっとわたしに賛成してくださいますわ。』

『正直なところ、奥様、――と私が彼女に言ったのです――あなたの理由は私には察しがつきます。この女は何か間違いがあったので、あなたの勘気を蒙っているのでしょう。しかし奥様、許されぬ罪はないと言います。この女がここにおいでの神父様にした話を聞いたあとですから、彼女はあなたをこの上なく愛しているし、また、もうあなたを嘆かせるような真似はしないで、今後は一層しっかり仕えることを、私が彼女のために請け合います。これは私が深く確信しているところで、このような場合はあなたのご主人と兄上の神父様のお願いだけで充分なはずですが、もしも私の頼みが何かのお役に立つなら、彼女の誠意ある言葉と顔つきを信じて、彼女のために私からもお願いします。』

『こちらが初めて私たちに会いに来てくださったのは名誉なことだというのに、内輪喧嘩とはまた見事な御馳走だ。――とロンデが応じたのです――さあ、彼女を雇い直しなさい。――と彼が妻に向かって続けました――もうこんなことで頭を混乱させないでおくれ。ムーソンをここに呼んで来なさい。――と彼は従僕に言いつけました。そして彼女を見ると、すぐこう言ったのです――さぁ、お前のご主人様と仲直りだ。やれやれ、時にはこんなに仲良くしないことだ。そして、そんなにしょっちゅう仲違いしなさんな。さて、皆さん、――と彼は私たちに言ったのです――ほかの話にしましょう。』私たちはすぐに話題を変えました。

私たちは午後のひと時を一緒に過ごし、そのあとで別れたのですが、私はロンデ夫人にひと言も話しかけることはできませんでした。私は夫がいる時にまた来る口実にするつもりで、帰りしなに小さな嗅ぎ煙草入れを落してきました。それは、ムーソンの上さんを通してロンデ夫人と話をすることは、ずっとできないのではないかと心配したからです。そこで、私はその晩こういう手紙を書きました。

手紙

奥様、貴女がいくら私に腹を立てても無駄です。私がその種を蒔いたことを後悔してみても始まりません。そうすれば自分がもっと賢明になれるという気がしないのです。情熱ゆえの狼籍については貴女がご自分で責任を取ってください。また、私の無礼についてはひたすらご自分のつれなさを責めてください。私は絶望しています。あのような貴女の姿を見たためでも、貴女を抱き締めたためでも、愛の証しを盗んだためでもありません。貴女の憎しみを買うだけだと百も承知していますが、あのような機会があれば、私はまた同じことをするでしょう。私が絶望しているのは、貴女が冷淡であのような好機をものにできなかったからです。今は貴女をどう思っているのか自分でも自分の気持ちが分かりません。この気持ちを貴女に説明する機会を私に与えてください。私は貴女を熱烈に狂おしいまでに愛していますが、貴女の酷い仕打ちには心の底から貴女を憎んでいます。この絶望感と、この絶望感から生まれると予想される不幸のただひとつの原因として、私はぞっとするほど貴女が嫌いです。と同時に、私は貴女の貞淑さに魅せられています。貴女はどのような魔力を用いてこれほど多くの違った情念を私に吹き込んだのでしょうか？　私はつれなくて手厳しい貴女を熱烈に愛しています。貴女が情深いひとだと分かったら、私は何を為出かすことやら？　私が不意打ちをかけたからといって、小間使いを責めても無駄です。彼女は関係ありません。あの夜、私は彼女に知られないように貴女のお宅で過ごしました（七六）。真っ先に彼女を騙したわけです。そして、貴女の部屋の扉に中から鍵がかかっていなかったら、私はまっ昼間にしたことを、真夜中にやってのけたでしょう。貴女のためにも私のためにも、ご自分が私をどこまで追い詰めているかご覧ください。後生ですから、決断してください。私はこの命と私の剣を貴女に捧げるつもりです。命と剣は貴女のための生け贄だと決めてくださるか、さもなければ、私に対する態度を変えてください。私は決意しました。みずからの手で貴女の目の前で、貴女の酷い仕打ちの犠牲になるつもりです。そうすれば、辛く耐え難い私の人生はずっと楽になるでしょう。

翌日、私はもう変装はしないで彼女の家に舞い戻りました。つまり、ムーソンの上さんの弟からデュピュイに変わったわけです。私がこの女に話をしますと、この女は私にこう言いました。奥様はあなた様と私にひどく腹を立てていて、話しかける気にもなれませんでした。あなた様と私の二人で示し合わせておいたとおり、あなた様が家の中にいるのは知らなかったと申しあげただけです。しかし、奥様は納得なさったようには見えませんでした、と言うのです。私はこの女に手紙を託し、ロンデ夫人に渡してもらおうとしたのですが、彼女はお二人の仲直りに自分は首を突っ込まないほうがいい、そう思ってくださいと私に頼むのです。私が自分で手紙を渡すから、主人のそばにいてくれと頼むと、彼女はこれには同意して、私と一緒にロンデ夫人の部屋に入ってくれました。

私は嗅ぎ煙草入れを彼女にもらいに行く好機とばかり、彼女には取りつがせずに入って行ったのです。『奥様、お願いがあって参りました。――と私が彼女に言います――こちらで小さな嗅ぎ煙草入れを落としたらしいのですが、お宅の召使の誰かが見つけなかったかどうか、聞いていただけませんでしょうか？　とても大事な方からいただいた物なのです。』彼女は娘を聞きに遣らせました。彼女とムーソンの上さんだけになったのを見て、私は彼女の足元にさっと身を投げ出しました。彼女は『もうたくさんです、無礼な人ね』と、傲然と軽蔑しきった態度で言い放ったのです。私はこんな態度にはまったく慣れていなかったので、控えの間に足音が聞こえなかったら、激情の赴くままに突っ走っていたことでしょう。私は手紙を彼女に渡そうとします。彼女はそれを突き返します。で、私は手紙の封を切って彼女のベッドと壁の間に投げ入れました。彼女が私の行動を見て、手紙を持ち帰らせようとしているところに、先ほどの娘が煙草入れを持って来たので、持ち帰らせることはできませんでした。私は探しに来る口実にしておいた煙草入れを受け取ると、すぐ外に出ました。

おそらく彼女は私の手紙を読んだのでしょう。なぜなら、二カ月以上もの間、夫がいるところでなければ、私は彼女にたったひと言言う機会さえ見つけることができなかったからです。白状しますと、以前なら私を尻込みさせたに違いないこういう行動が、極めつきの放蕩者であったこの私を奮い立たせ、どんな男にも負けぬほど恋に胸を焦がす一途な男に心底から変えてしまい、そしてついには、あれほど美しく愛らしい、あれほど貞淑な女性を自分のものにする以外に、幸福などいっさいあり得ないと知って、今の私がいるわけです。というわけで、この時までの私の行動はほとんどすべて頭で計算された役割にすぎず、心の伴わぬものでしたが、これからお聞かせする話は、私のほうが真剣に堪え忍び、いささかのごまかしもなく実行されたことです。

もう私とは話をしたくないと言う断固たる態度に出会い、私は話をする方法を見つけるために、ロンデの遊びに付き合わざるをえなかったのです。私は彼のあらゆる遊びに加わり、そしていつの間にか彼の腹心の友になっていました。彼は自分の情事を少しも隠したりはしませんでした。隠さないどころか、自分から先に立って妻に話して聞かせ、自慢していたのです。

ある日のこと、彼の田舎の邸に私たちしかいなかったのですが、私は彼に言ったのです。『しかしですね、あなたはロンデ夫人の恨みが恐くないのですか？　美しくて、姿もいいし、若くて愛らしいときているのに、彼女には及びもつかないほかの女にうつつを抜かしていて申し開きが立つのですか？』『あなたは彼女を知らないのです。――と彼が私に言いました――あれ以上に冷たい女はこの世にいやしませんよ。彼女ならさぞや素晴らしい修道女になったでしょうね。修道院の貞潔も彼女なら苦もなく守れたはずです。私が彼女を抱きたくなると、夫の特権が彼女を当惑させ無理を強いることになり、ついには刃傷沙汰になってしまう始末。それに、そうせざるをえないようですが、毎日力づくだなんて私の性に合いません。』

『しかし、お二人の間にはお互いに愛情はないのですか？――と私が彼に聞いたのです――お二人は愛し合っていないのに結婚したのですか？』『彼女ですがね、彼女がかつて誰かを愛したことがあるのか、私には分かりません。――と彼が言います――私ですが、私は彼女に血道をあげていましたし、今でもぞっこん惚れています。十八カ月以上もの間、私はフランスじゅうで誰よりも貞節で、誰よりも女房べったりの男だったわけですよ。それで、私の燃えさかる炎が鎮まり、彼女が私を腕の中に受け入れているのは、私が婚姻の秘跡で武装しているからにすぎず、私に対しては妻としての義務に従っているだけで、それ以外のいかなる愛着もまったく持っていないと気づかなかったら、私は今でも貞節で彼女にべったりでしょうね。この点について彼女と腹を割って話したところ、彼女は自分の考えを偽ったりはしませんでした。それどころか、私が気づいていた彼女の冷やかさは体質的な欠陥であって、そのために愛の歓びに至らないのだと率直に認めましたよ。その時以来、私は彼女から遠ざかり、好きなように生活させてやったほうが喜ばれると気がついたわけです。

彼女に少し嫉妬させて、私が少し冷たくして、ちょっとした不貞でも働けば、彼女はもっと燃えて私の許に戻って来るだろうと思ったのです。それは私の間違いで、彼女は私の浮気を悲しむどころか、笑い飛ばすだけでした。彼女ともう特別なこともまったくなくなってほぼ八カ月経ちますが、この八カ月というもの、彼女の顔色はずっと艶やかになり、表情もずっと明るくなりましてね。それに気づかなかったとしたら、地獄に落とされても構いませんよ。』『それは意外ですね。——と私が彼に言ったのです——と言うのは、普通は男がいると女はますますきれいになりますからね。』

『それでも、彼女が独り身になってきれいになったのは本当ですよ。——と彼が応じました——私はもう彼女を妻ではなく、もっぱら仲の良い女友達としか思わないように少しずつ慣れてきました。』『しかし、彼女がついには孤独にうんざりして、夫の許に帰りたいという気になったら恐くないのですか？』と私が聞き返したわけです。『そんな気になってくれれば好いのですがねぇー。——と彼が言いました——私は前のように貞節を守るでしょうし、それに、そんな気になってくれれば、散財したことはさておき、私は散々苦しい思いや悲しい思いをしなくても済むでしょうね。』『なぜ彼女の兄弟や聴罪司祭に、そのことを彼女に話してもらわないのです？』と、私がさらに尋ねますと、彼はこう答えました。『誰であろうと口添えなど要りません。ロンデ夫人は自分の義務は心得ていますよ。それについては私次第で何とでもなります。しかしねぇ、彼女の愛撫が人から諫められたからではなく、彼女の心から自然に出たものであってほしいのですよ。そしてそんなことは、つまり彼女があらゆる点ですっかり変わる見込みは、私はないと思っています。』

『私は彼女としばらく一緒に過ごすつもりで、ほんの数日前にベッドの中にいる彼女に会いに行ったのです。——とロンデが続けました——彼女は夫を迎える貞淑な妻として型通り私を迎えてくれました。私は彼女の傍らに座ったわけです。ところが、私がことに及ぼうとすると、彼女は、あなたが思いのままに何でもおできになることはよく分かっています、自分の体があなたのものであることも充分に承知しています、あなたがその気になれば自分は拒みはしません、でも嫌な思いをさせたくなかったら、自分は体については心ならずも、また魂については苦行と観念して振舞っているにすぎませんから、睦み合い心づかいを示す妻としての義務は求めないでください、と言ったのです。

一体全体、あなたならどうしたらよかったと思います？——と彼が続けます——私は彼女をその場に残し立ち去りました。こんな立場に置かれたら、げんこつを振るって女房と寝るどうしようもない乱暴者か、粗暴な男でなければ、誰でもそうしたはずです。』

『あなたのおっしゃることは私にはお手上げです。——と私が彼に言ったのです——それで、彼女は一体何をして過ごしているのです？』『本人に決して悟られないように、——と彼が答えました——私は彼女をつぶさに観察しました。初めは、彼女が秘かに情を通じ浮気をしていて、そのために私に対してあんなに冷やかなのだと思いました。ところが完全に私の思い過ごしだったのです。彼女は召使や何人かの親類のほかには誰にも会いません。しかも滅多に会わないので、私自身が恥じ入っているという次第。ミサか説教に出るほかは、時にはまるまる三カ月間も外出しないことがあります。そして自分の時間はすべて、あなたがつい先ごろご覧になったように、小間使いの女をいきり立たせたり、逆にいきり立たせられたりして過ごしているのです。これは珍しいことではありません。なぜなら、正午には仲が良かったのに、日も暮れぬうちに喧嘩なんですからね。

　そのほか彼女は仕事をさせている娘たちと朝から晩まで一緒に自分の時間を過ごしています。彼女の部屋にあるつづれ織りの壁掛けや、腰掛けと肘掛け椅子とベッドのカバー、それから刺繍、吊り鐘状の房飾り(七七)などは、すべて彼女が自分の部屋で作るか、作らせたものです。私は百年かかっても終わるまいと高をくくっていたのです。ところが二年足らずのうちにすべて終えてしまいましたよ。彼女は十二人の娘たちに無理やり籠りっ切りで仕事をさせたので、娘たちは邸を悔悟の修道院と呼んでいたのは本当ですし、また、娘たちには美味しいものを食べさせ、お金はたっぷり払ってやりましたが、苦役を勤めあげると、三カ月間は戻りたがらなかった娘が二、三人いたのも本当です。さらに奇妙なことは、彼女が家具のことを考え、その仕事をさせている間じゅうずっと、彼女の兄弟と私、それに私が来てもらった男たちのほかには、男という男は誰も彼女の部屋に入ったためしがなかったことです。これは極めて確かです。

　時には彼女は邸の者をひとり残らず広間や控えの間に上げて、自分の前で全員に歌に合わせて踊らせたり、時には自分もみんなと一緒になって踊ったり、あるいは笑い話をさせたりするくらいで、そのほかに彼女に楽しみがあるのか私には分かりませんね。こういう素晴らしい活動をしている彼女を私は何度も見ました。で、召使たちが彼女をとても愛しているのに、時には彼女をひどく怒らせては、彼女に許しを乞うだけで済むかと思えば、二日もするとまた始まるのは、彼女が召使たちと非常に親しいからです。

　たった二週間前のことですが、私は一時間も扉をたたき続けたことがありました。すさまじい騒ぎが聞こえて来る彼女の部屋に上がってみると、彼女はひとりで小さなテーブルについていて、邸の召使がみんな彼女の前で公現祭(29)を祝っていたのです。王様になったのは彼女の御者で、彼女にぐでんぐでんになるほど飲まされ、物語を話して聞かせているところでしたが、その話に彼女は涙を流すほど笑い転げていましたよ。で、私は気を利かして彼女と一緒にテーブルに着き、自分で料理を取って食べたのです。と言うのは、彼女は私の御者と従僕たちをほかの連中と一緒にして、この連中が夜中の二時まで私たちの前で浮かれてどんちゃん騒ぎをやらかしたからで、彼女も私も思わず笑い転げたものです。彼女は一緒にしてやりたいと言っていた、ポワトゥー方言しか知らないポワトゥー出身の馬丁と、低地ノルマンディー方言しか知らない料理女を向き合わせて、お互いに物語をさせるという茶目っ気を発揮しましてね、本当ですよ。この二人にはいかに謹厳なあのカトーでさえ笑い出したでしょうね。で、正直なところ、私はそこにいる間ずっと退屈しませんでした。』

『それは、まったく風変わりな性格の女性ですね』と私が彼に言ったのです。『滑稽じゃありませんよ、彼女の性格は。――

と彼が言い返します――ご覧のとおり、彼女は気が向いた時には、笑うのが好きですし、茶目っ気さえあります。それに、彼女の冷たさは体質的な欠陥にすぎなくて、気まぐれから来る欠陥ではないことを証明するには、およそ三カ月ほど前に私たちが今いるこの家で、彼女が私に仕掛けた悪戯をあなたにお聞かせすれば済むことです。

私は彼女にこの家の、特に庭の手入れをさせていたところでした。この庭で私は天使のように美しい、ごく若い、可愛い百姓娘に惚れ込んでしまいましてね。都会の品がある人間はこの種の娘たちには、彼女たちと同じ身分のがさつ者よりもてないことがよくあるものです。私はほかの色事でそのことを思い知らされたものですが、この時は、可愛いこの百姓娘は扱いやすく、私たちはたちまち口約束ができたわけです。もう逢瀬に都合のいい場所で二人だけで会うばかりでした。彼女はその時は両親の庭仕事の手助けをして、両親と一緒に働いていたので、一日じゅう、父親か母親、たいていはその両方の目の届くところにいました。したがって、まさしく両親がいるところで、贈物がもらえて奥様になれるという期待のもとに、取引がまとまったのです。彼らには娘と私が何を話しているのか全然聞こえませんでしたが、私たちの行動は見ていたはずです。私はぶらぶら歩きながら、彼女がサラダ菜を手入れしているのを眺めては彼女に話しかけ、彼女は私に返事をしていました。私たちはすぐに意気投合し、逢瀬で情事は終わりました。彼女は喜々としてのめり込み、もっと自由にもっと気楽に会える方法を探すよう私に提案しました。

私たちは、彼女の父親と母親が毎週、水曜日と土曜日の朝、パリの中央市場に来ていて、夜中の一時か、遅くても二時にはいつも村を出ていること、また、火曜日と金曜日の夕方にはしばしばパリに行くことに気づきました。私は火曜日から水曜日にかけての夜と、金曜日から土曜日にかけての夜は毎晩この邸に来て寝ることにし、彼女は両親が出発し、残る家族の二人の子供が寝静まったら、すぐさま私に会いに来る、そう私たちは決めたわけです。彼女がこの邸と私の部屋にうまく入れるように、私はひとりの従僕に打ち明けておきました。似たような下々の男はわんさといますが、私が使っていたこの男はどうしようもないうつけ者でした。

こういう風に話が決まると、私は一度も逢引きを欠かしませんでしたし、可愛いこの百姓娘は私の気に入っていました。他愛もないこの関係は、ロンデ夫人に気づかれることもなく、およそ四カ月も続きました。しかし、とうとう彼女は私が週に二回規則的に外泊し、しかもいつも同じ曜日の夜であることに気づいたのです。彼女は浮気ではないかと疑い、笑ってひとこと言ったただけでした。私も笑いながら同じ口調で、邸で実際に指物師や塗装工や、ほかの職人が仕事をしていたので、その仕事ぶりを見に行っているだけだと彼女に答えたのです。彼女は私の返事に笑うばかりで、そんな話は本当だとも正直だとも思わないと、のたまいました。

女と言うのはいつだって詮索好きなものです。彼女は真相を突き止めようと思いついたのですね。薄のろの私の従僕に質問したり、あれこれ調べたものですから、あの碌でなしは馬鹿にもほどがあるのに、彼女に本当のことをすっかり喋ってしまったのです。彼女はこの男に話を交わしたことは私に何も言ってはならぬと命じました。彼女はこの娘がどのように邸に入って何時に帰るか分かると、娘を現場で押さえてやろうと一計を案じ、そのとおり実行したのです。

彼女はこの娘が私の部屋を出る一時間前にやって来ました。彼女は四輪馬車の物音が聞こえないように、邸から百歩のところで地面に下り立ちました。控えの間に上がると、あの大薄のろには物音ひとつ立てさせませんでした。この娘が出て来るのをじっと待ち、娘を戸口で捕まえたわけです。よく知っている私の妻に捕まえられた彼女の驚きを察してください。《お待ちなさい、ねえ、あなた。――と彼女が娘に言ったのです――ひどい目に遭わせる気はまったくありません。恐がらないで。》彼女は娘をためつすがめつ眺め、誰だか分かると、お金を差し出して受け取らせ、それ以外は何も言わず何もせずにそのまま帰しました(七八)。

彼女はすぐさま私の部屋に入り、私がベッドの中にいるのを見に来たのです。私は彼女のことは考えてもいませんでした。《あなたの現場を押さえられることはすっかり分かっていましたのよ。――と、彼女は私に口づけしながら言ったのです――でも許してあげます。あのこはとてもきれいですし、それにとても若いですもの。》そう言うと、彼女は私の返事も待たずに引き返しました。

彼女の態度に私はあっけに取られました。私を怒らせるどころか、楽しませてくれた彼女の戯事を受けて立とうと、私は昼食を食べにパリに戻りました。と言うのも、彼女の変わらぬ生真面目さは見てのとおりですが、あなたにお知らせしなければいけません、彼女が機嫌がよくて笑顔でいる時は、フランスじゅうに彼女ほど剽軽で陽気な女もいませんし、こんな機会はまたとないのです。私は精根尽き果てていないことを彼女に見せてやりたくなりました。彼女は笑って、《だめ、だめ、昼も夜もでは働きすぎというものですわ》と笑いながら言いました。笑うばかりで、私には何もさせなかったのです。これが奥方の性格です。』

『正直に言って、まったく風変わりな性格ですね。――と私が応じました――それに女性が感覚の交わりにそれほど超然としていられるとは思ってもいなかった。』『彼女はいられるんです。――と彼が続けました――そう思い知らされたのはこれに限りません。私には田舎に身代りがいませんし、これは私には極めて確かなことです。彼女は私をまったく束縛しません。私は彼女に無理強いはしません。彼女と一緒に気ままに暮らしていますし、彼女を女にするかどうかは私次第なのです。しかしですね、夫に与えられた権利を乱用するのは私の好みじゃありません。また、彼女はほかに好きな男がいるのではと疑ったことはまったくありません。と言うわけで、これ以上二人の仲が悪くならないように、私たちはそれぞれ自由に、単に仲の良い友人として、いやむしろ一緒に食事をしてますから、兄と妹として暮らしているわけです。しかし、私たちは紛れもない男と女ですが、憎み合ってもいないのに、二人がしていることと言えばこれがすべてなのです。いずれにしろ私が彼女を求めないのは、外でもない、私が彼女を大いに愛しているからです。』『もしも夫以外の人から、――と私が彼に言ったのです――こんな話を聞かされたら、もちろん私は信じないでしょうね。』『しかしながら、これは本当なのです。――と彼が言いました――ロンデ夫人と私がお互いに相手を尊重し合っているように、結婚している人たちがお互いに尊重し合うなら、混乱した家庭はあまりお目にかからないでしょうよ。それでも、――と彼はつけ加えました――一人ひとりそれぞれの心の安らぎと救いのためには、彼女と私のように、それぞれ自分の思うままに生活しながら、金科玉条とする名誉は安泰で、混乱は絶対に一掃するのが望ましいはずです。』『それはできない相談ですよ』と私が言ったわけです。『百も承知しています。――と彼が答えました――と言うのも、ロンデ夫人のような性格の女性は極めて稀ですからね。それに、自然は彼女のような感覚の喜びも嫉妬も感じない女性をそうたくさん生み出さないばかりか、さらに、私のように妻を愛していながら、妻に少しでも悲しい思いや嫌な思いをさせるくらいなら、妻を抱き正当な子孫を設ける喜びを断ってしまったほうがよいと思う亭主を、ほかに見つけるのは極めて難しいはずですからね。』

　この男が妻について言っていたことすべてが、彼女は私を愛しているためにロンデを喜んで受け入れることも、彼の愛撫を求めることもできないのだと私に信じさせてくれました。そのロンデは、正当に評価すれば、顔も姿も最高のフランス男児のひとりでしたし、実に立派な人でしたよ。そこで私は彼女の私への思いをひたすら責めていました。おそらく私は間違っていなかったのでしょう。しかしそれはその場限りのことでした。なぜなら、彼女の体質のいわゆる冷たさですが、私はそれは妄想であり思い込みだとずっと思っていたからです。ロンデ夫人は私にひどくよそよそしくて、私がベッドの中にいた彼女を不意に襲ってから六カ月以上は経っていたのに、ムーソンの上さんがいる時でも、個人的な話をすることはついぞできませんでした。で、彼女の貞淑さに驚嘆していたからにしろ、自分ではまだはっきり分からなかった愛の力のせいにしろ、またこの二つが重なったからにしろ、私は彼女なしにはもう生きて行けないほど思い詰めてしまったのです。

　私は彼女の夫を無性に憎み出し、死ねばよいと思ったほどです。なにせ彼が生きているうちは彼の妻を自分のものにすることはできないのですからね。私は彼もろともに喉をかき切って果てるか、あるいはタルクイニウスがルクレチアにしたように[30]、彼女にもやってやろうと何度も何度も思いました。こういった考えはあまり長続きせず、犯罪にはいつも身の毛がよだつ思いがしたものです。私は彼女の兄が私に教えたがった秘法を会得しようとしなかったことを後悔しました。

　ところが、美しい従妹のデュピュイ嬢、あなたがご存じのように、この夏、私は病気になってしまいました。熱病の熱と夏の暑さが重なって、やがて私は脳充血を起こしたのです。あなたから聞いたところでは、私は絶えずロンデ夫人のことばかり口走り、あなたは私の譫言から私が胸に秘めている思いを何もかも知り尽くし、私が夫を刺し殺すかそれとも妻に狼藉を働くか、ほぼ決意していたことを知ったわけです。あなたはそれに恐れをなして、ロンデ夫人にその話をしたということでしたね。彼女は自分がどういう態度をとるべきかひどく困惑しましたが、結局は私に会いに来ることに決めて、実際に彼女は会いに来ましたが、私は彼女に対して敬意に欠けるところはなかったものの、際限なく突飛なことを言ったので、彼女は私のそんなありさまをもう無視することができず哀れに思った、とあなたから聞きました。また、私が良きにつけ悪しきにつけ、絶えず彼女の名前を口走るので、私が発作を起こしている間は信用できる人しか私に会わせないように、彼女はあなたに頼んだと教えてもらいました。

さらに、あなたの話によると、彼女は夫が見舞いに来るに違いないと分かっていたので、夫を私に会わせないようにあなたにお願いしたこと、また、彼は本当に二度もやって来たけれど、あなたは私が面会できる状態ではないと、彼にいつも言っていたこともお聞きしました。最後には、あなたがご存じのように、若さが私の命を救ってくれたわけです。けれども、健康は回復したものの、私を見事に絶望させたこの女性に対する思いはますます募るばかりでした。

彼女は私が熱にうなされて口走った譫言をあなたから教えられていたために、前にも増して守りを固め、私に会ってもがたがた震えているばかり。私と話をするのを、とりわけ私と二人きりになるのを極めて用心深く避けたので、私の苦労は何もかも水の泡になりました。私はムーソンの上さんを同席させてでも、彼女に話をしようと努力したのですが、無駄でした。私には自分が送っている生活が拷問に見えたものです。そこで私は彼女の目の前でみずから命を断つか、あるいは、彼女がそれを避けるために私のものにならざるをえないようにしてやろう、そんな気になりました。正直なところ、こうなると気違い沙汰です。ことによると高熱が抜け切らず影響したのかも知れません。いずれにしろたいへんな狂乱状態でした。しかしとうとう私は決意を固めたわけです。自分でも理解できないことは、私は剣の切っ先を彼女に向けたり、ましてや剣で彼女を震えあがらせようとはついぞ考えなかったことです。

私は思いが叶う機会を探したおかげで、計画を立ててから六週間以上も経ってついにその機会を見つけました。ある晩、私は彼女の寝室に通じている隣の小部屋に忍び込み、季節外れのため使われずにそこにしまい込まれてあった衝立の陰に隠れたのです。ロンデが邸にいないので、彼女は自分の部屋でひとりで夕食をとっていたのですが、私は彼女がひとりだと分かるまでそこから出ませんでした。

召使たちはみな彼女の部屋からずっと離れたところにいて、彼らも夕食を食べていたので、彼女が私の姿を見て真っ先にあげた悲鳴は聞こえなかったのです。私が彼女の部屋に入った時、彼女は祈祷台の前に跪いていました。彼女は出て行こうとします。『万事休すです、奥様。――と私が彼女を引き止めて言いました――かくなる上は私にはもう恐いものはありません。あなたの気持ちを和らげる望みもないので、あなたの前を死に場所にするつもりで来ました。あなたの目には判決が読み取れます。私はこれからその判決を執行しますが、つれないあなたにふさわしい見せ物です。』そう言いながら、私は正面階段に向いている扉を閉めました。私は鞘から剣を抜いて戻ります。彼女は生きた心地もせず、あまりの恐さにすっかり身をすくませ、口も開けられない有様。私はひどく逆上していたので、彼女が命を救ってくれなかったら、間違いなく心臓を一突きにしていたのは確かです。私は剣の柄頭を壁に押しつけ、切っ先を自分の脇腹に突き立てると、絵に描かれたアイアース[31]のように、渾身の力を振り絞って押しつけました。

　絶望的な私の行動がロンデ夫人の恐怖をすっかり吹き飛ばしました。もはや彼女は命や操を私に狙われることも恐れず、その瞬間私に飛びつきましたが、一瞬遅く、私を無傷のまま救うことはできませんでした。剣は私のわき腹を深々と貫きました。彼女は剣を素早く抜き取ります。傷口から血が二筋の噴水のように流れ出ました。『ああ神様、何ということを！』と彼女が叫びます。『これはほんの序の口です。――と私が彼女に言います――止めを刺すから寄越しなさい。――私は彼女の手から剣を奪うとして、そう言ったのです――私が最期の息を引き取れば、つれないあなたはさぞや満足でしょうね。私はあなたの前で息を引き取るために来たのです。』彼女は剣を返す代わりに、助けを求めに走りました。

　召使たちが食事をしていた台所はずっと離れていたので、彼女の声は聞こえなかったはずで、たまたまムーソンの上さんが彼女の部屋に忘れたナプキンを取りに来なかったら、私は助けもないままおそらく死んでいたでしょう。彼女が女主人の声を聞きつけてやって来ました。血のついた剣を手にし、生きた心地もない女主人と、脇腹を貫いて血まみれの私を見た時の彼女の驚きを、皆さん、考えてみてください。

　その時ロンデ夫人が私を抱き締めました。『後生ですから、命を粗末になさらないで。――と彼女が私に言います――あなたのことは大事にします、誓います。でも、わたしの評判を守ってください。お願いです。これは命令です。』『奥様、そうお望みなら、従います』と私は彼女に言いました。私はムーソンの上さんのあとに従い彼女の部屋に行きました。彼女が外科医を迎えにやると、その外科医はロンデ夫人の立ち会いで私の手当をし、傷は非常に危険で命にかかわるということでした。

　私は移動に耐えられる状態になるまで、まる六週間ずっと彼女の邸にいました。私は極秘のうちに邸に潜んでいたので、私のことは彼女とムーソンの上さん、それに私の手当をした外科医のほかには誰も知りませんでした。私は六週間経ってから邸に帰りました、と言うよりむしろ邸に運んでもらったのですが、非常に衰弱し、ひどく面変わりしていたので、私だとはほとんど分からなかったのです。まだ万全ではなかったので、外科医が毎日診に来ました。そのため私の身持ちをあまり信用していなかった母やほかの何人もの人から、放蕩のせいでその間ずっと外科医の所に逗留せざるをえなかったのだと疑われるきっかけになってしまいました。軽率で根拠のない判断ですが、それも心から許しています。と言うのも、ロンデ夫人が未亡人になってから、私がどこにいたかよく知っていると言ってくれたからです。

　ロンデ夫人に話を戻しますと、私の手当は必ず彼女の立ち会いで行われましたし、彼女は自分でも手を貸してくれました。

私の枕元にいられる時はいつもいてくれましたので、私は毎日彼女に会っていたわけです。そして、あのような行動のおかげで彼女は私の愛の激しさ、強さをすっかり信じ切っていましたから、精一杯私を愛撫してくれましたし、ついには私の健康が許しさえすれば、私はすぐ果報者になれると思わせるほど、彼女は優しくなりました。おそらく私を早く帰し、さっさと厄介払いしたいばかりに、こんな素敵な約束をしてくれたのでしょう。ことによると彼女はそんな約束はしなかったのかも知れませんし、私が自尊心に惑わされていただけなのかも知れません。それはともかく、私はそういう希望を抱いて彼女の邸を出ました。ところがそのあとで、たいへんな変化があったのです。

体はまだ治りきらず、外出できない状態でしたが、ロンデが肋膜炎で、二日ももたずに、パリに近い田舎の自分の家で亡くなったことを知りました。私はさして気の毒には思いませんでしたが、残された彼の妻は残念がりました。実際、ロンデは惜しまれるのは当然でしたし、彼を知っていたあらゆる人から惜しまれたものです。そんなわけで、私が二カ月後に初めて外出し、彼の未亡人に会った時、約束してくれたように思われたことについて、私は彼女にしつこく迫りませんでした。

私は、初めのうちは彼女の思いのままに涙を流させておき、それから慰めに行ったのです。二度目の訪問では、私がムーソンの上さんを通して頼んでおいたとおり、彼女はこの女と二人だけでいてくれました。私が彼女の足元に身を投げ出しますと、彼女は私を抱き寄せてくれました。私たちは見つめ合ってただ涙ぐむばかり。私はロンデのことはまったく話題にせず、自分のことしか話しませんでした。以前と同じ恋心と熱意を相変わらず彼女に示したわけですが、犯罪的な恋心は残らず一掃したこともつけ加えました。『奥様、あなたは自由の身です。——私は話を続けました——私がどこの誰よりも果報者になれるのもあなた次第ですし、ずっと秘めて来たとおっしゃった私への愛の忠告に従われても罪にはなりません、すべてあなた次第です。』

彼女はもう一度私を抱き締め、儀礼上許されるようになったら、すぐに私のものになると約束してくれました。私はその期間を短くしてくれるように頼み、しつこく迫ったので、彼女も認めてくれたのです。彼女は愛のためばかりでなく、親類のたっての頼みと願いによって自分は服喪の期間を短くしたのだと思われるように、私が彼女の親類に彼女をせきたてるように仕向けて、せめて体裁を繕ってほしいと私に頼みました。

私は修道士のガルーアンに助けを求め、彼に心のうちを打ち明けました。彼が家族のほかの人たちに働きかけてくれたので、ロンデ夫人だけはそ知らぬ顔で六カ月短くすることをその人たちに認めました。私は毎日、彼女に会っていました。彼女も私と同じようにそれまでの時間を持て余しているのに気づき、喜んだものです。彼女は、ロンデが非難したあの冷やかさとは何もかも矛盾しているように見えましたし、それどころか、私への激しい情熱が見えました。ところが、私たちの結婚式まであとたった十二日という時になって、哀れにも彼女の兄が亡くなり、またしても式は延ばされてしまったのです。彼の最期をこれから皆さんにお話しますが、死によって彼の不幸な運命は余すところなく全うされたのです。

　彼は立派な修道士でしたし、立派な説教師でした。彼は選ばれてこの前の四旬節に布教のために派遣されることになったのです。そしてこの任務は白衣の主日〔復活祭後の第一日曜日〕に終わるはずでした。彼は出発する時に、自分が帰って来るまで結婚式を延ばしてほしいと私たちに頼みました。彼の任地からパリまで戻るのにせいぜい二日しかかからず、式の日取りと彼が帰って来る日が合っていただけに、私たちは気軽に延ばすと約束しました。というわけで、私たちはガルーアンが帰京するちょうど翌々日、つまり復活祭後の第二木曜日に結婚するつもりでいたのです。

　聖土曜日〔復活祭前の土曜日〕に彼はみずからの慈悲心と宗教的情熱に導かれて、ある場所に行っていました。そこから二里ほど離れた自分の修道院に、同行したもうひとりの修道士と一緒に帰る途中で、法衣の人には決して起こり得ないようなこの上ない大きな不幸に襲われたのです。二人はどうしても森を通らなければいけませんでした。しかもその森には近道があって、ほとんど人が通らないその道を通って抜けなければいけなかったのです。この森には恐ろしい犯行を重ね世間を騒がせた盗賊どもがいました。司直が追求していて、その時逃亡を企てていた奴らは、修道院に帰りを急ぐ哀れなこの二人のカプチン会士を月明りで見つけたのです。

　この極悪人どもは二人の法衣を手に入れ、修道士になり澄まして追手から逃れるために、二人を捕まえました。そして二人が司直に御注進に及ばないように、奴らは二人を殺すことに決めたのです。しかし二人の死体から自分たちの犯行が発覚するのを恐れ、二人の首を木に吊しました。ところがそんなことをしても無駄で、奴らはそこから三里のところで逮捕されたわけです。そして車裂きの刑[32]に処せられ、刑車の上でようやくこの大罪を白状しました。しかし、この極悪人どもに法衣を溝に捨てられた、哀れな修道士とその連れの命は救われませんでした。

　こうして修道院で聖者の生活を送ったひとりの人間が亡くなりました。こうして彼は俗世間を捨て、恐れていた非業の死を避けようとしながら、非業の死に至る一本道をひたすら辿っていたわけです。[七九]

　大の親友で立派な聖者が亡くなり、私にはひどく身に堪えましたし、それは今でも変わりません。ところで、ガルーアンがあなたに加えた侮辱がどのようなものであったにしろ、彼はあなたを侮辱することになると知らなかったのです。と言うのも、彼はあなた方が結婚しているのを知りませんでしたからね。――と、デュピュイはデ・フランに向かって話を続けたのである――あなたは実に誠実な方ですので、心から悔い改め非業の最期を遂げたあとでは、彼に同情しないはずはないと思います。」「お察しのとおりです。――とデ・フランが答えた――彼に侮辱されたことはもう忘れます。私もあなたと同じように彼の死を悼んでいるところです。それに彼の最期を知った者は誰でも、少しでも人間の血が通っていたら、彼のために涙を禁じ得ないはずだと確信しています。その話は別の折りにすることにして、目下のところは話を続けてください。」

「私の話は終わりです。――とデュピュイが答えた――なぜなら、この不幸な出来事のために家族一同が、とりわけ彼の妹と私がどれほど涙を流したか、皆さんに話すまでもないと思うからです。その涙はまだ涸れてはいません。残念なこの事件が起きてからまだ日も浅いことですし、また、彼の最期はロンデ夫人と私の心の中ではいつまでも生々しいでしょうから、私たちの結婚がそのために今まで延ばされたとしても、驚くには当たりません。ともかく障害はすべて一掃されました。みんなが賛成していますし、私たちの結婚契約書は署名するばかりになっています。彼女も私も一緒になりたい一心ですから、デ・ロネーさんと美しい私の従妹に続いて、すぐ私たちもすべて終わりにしたいと思っています。」

この二組の結婚式までには、幾つか事件が起きた。そして、モンジェイ夫人とデ・フランの結婚式が執り行われたのはその少しあとのことである。(八〇)

ドロース版注

序文

（一）　この言葉を無条件に信じることはできない。シャールは登場人物の何人かを非常によく知っていた。しかも、『文学新聞』に載せた一七一三年十二月三十日の手紙では、コンタミーヌ夫人とシルヴィおよびガルーアンに関しそのことを認めている。〔『文学新聞』はオランダで発行されたフランス語の新聞。この新聞に『フランス名婦伝』の書評が掲載され、それがきっかけとなって新聞の編集者とシャールが交わした書簡が残されている。一六八五年にナントの勅令が廃止されると、プロテスタントで有能な産業人がオランダに逃れた。十八世紀初頭のオランダは思想信条の自由が比較的に保証されていたからである。また、マルク＝ミッシェル・レイなどの出版者はフランスで許可が取れない本の出版を助けて、たとえばルソーの『エミール』などを出した。〕

（二）　シャールの『回想録』によれば、それは職を失って文学活動に時間をさけるようになった一七〇一年ごろからであろう。

（三）　これは確かめられる限り、正しいようである。

（四）　一七二二年以後の諸版はこの箇所に次の一節をつけ加えている。
「最後に、ヴァルボワの物語は極端というほどまで守られた貞節はつねに勝利を収めることを示している。と同時に、この物語は我々の身近にいる人々よりも外国人のほうがこのような不幸に見舞われやすいことも示しているのだ。さらに長所や美質は大貴族のみに見られるものではないということも教えてくれるのである。」この一節は物語そのものも根拠が疑わしいし、作者もはっきりしない。

（五）　フィリップ・キノーとジャン＝バティスト・リュリのオペラ『プロセルピナ』の初演は一六八〇年である。商店街で有名なペルチエ河岸通りはペルチエというパリ市長によって一六七五年に建設された。この通りはノートルダム大聖堂から市庁舎まで通じていた。初めは新河岸通り、次いで鞣《なめ》し革通りと呼ばれたこの通りは、一八六八年にジェーヴル河岸通りの一部として吸収された。年代に関するほかの情報によると、シルヴィの物語は一六六二年と一六六四年の間に起きたことになる。したがって、作者が言うよりも年代特定の難しさはより大きくなる。

〔『プロセルピナ』は台本キノー、音楽リュリ作の五幕物のオペラ。オウィディウスの『変身物語』を下敷にして、プロセルピナの略奪をテーマにしている。キノー（一六三五―一六八八）はフランスの詩人、劇作家。大がかりな舞台装置やダンスを取り入れて、オペラの創始者とされている。リュリ（一六三二―一六八七）はイタリア生まれでルイ十四世の宮廷で活躍したフランスの作曲家。多くのバレエ曲を作り、ルイ十四世の側近としても権勢を振るった。

　プロセルピナはローマ神話に登場する女神。冥府の神プルートーはゼウスの助力を得て彼女を略奪し、冥府に連れ去って妻にする。彼女は神々の取り決めで一年のうち半年を冥府でプルートーと、半年を地上で母と暮らすことになった。彼女は冥府の女王とも言われ、悪魔の女王に貶められて、古くから絵画や彫刻の主題になって来た（岩波書店『ギリシャ・ローマ神話辞典』、一九八一年）。また、ベルニーニの彫刻『プロセルピナの略奪』なども比較的によく知られている。〕

（六）　この言い訳は巧みである。実際、それぞれの物語に内在する年代記を歴史的年代記に厳密に当てはめるのは極めて難しいようである。また、これらのさまざまな年代記をそれぞれに呼応させたり、歴史的枠組みの年代記に一致させたりすることも極めて難しいようである。

（七）　真実らしさと真実との間で交わされる議論の再現である。コルネイユの悲劇に関してすでに論議されたテーマであり、シャール自身は特別に気にかけていた。

〔コルネイユは一六三六年に悲喜劇『ル・シッド』を発表すると大成功を収めたが、古典劇の「三一致の法則」を守っていないとか、ヒロインの行動が良俗に反するなどと批判が出て大論争になった。「三一致の法則」とは、劇は二十四時間以内に、一つの場所で、一つの行為だけを完結させるべしというもので、劇の真実らしさを実現するための作劇上の約束と考えられる。

　シャールは『マールブランシュ師に提示された宗教に関する疑義』（*Difficultés sur la Religion proposées au Père Malebranche*, Librairie Droz, 2000. シャールの宗教思想書、以下『宗教に関する疑義』と省略。）の中で述べている。「物語と寓話との違いは一方は真実で他方は虚偽であるというだけではない。つまり、一方はおそらくは真実であり、それらしい気配さえもあるが、他方は確実に、また明らかに虚偽であるということだ。」〕

（八）　これは状況に即した指摘だが、それを超えて原則の宣言になっている。

（九）　シャールはこれらの物語をついに書かなかった。

（一〇）　作者の主張に従うのはここでもまた非常に難しい。彼の「小説」の構造をつぶさに研究した人はすべてその体系の複雑さと、それを実現させるために払われた配慮に驚嘆した。

（一一）　したがって、この続巻にはロンデ夫人によって語られる話が含まれていたはずだが、その話はついに出版されなかった。

（一二）　「四角いクッション」とは教会でひざまずく時に便利なように貴婦人が持参させるクッションである。「帯剣貴族の貴婦人は銀糸の飾り紐がついた四角いクッションを持参する。法服貴族の貴婦人は絹糸で刺繍されただけのものを持参する」（カナダ・S・C・C社版『フュルチエール辞典』一九七八年。以下『フュルチエール辞典』と略す。）「平紐」とは一六五〇年代、六〇年代に町民の婦人たちが縁なし帽子につけたビロードや繻子やカムロのバンドである。この慣習は消滅してしまったが、「平紐の婦人」とは「庶民階級の女、一介の町民の女」（『フュルチエール辞典』）を指し、したがって、「四角いクッションの貴婦人」と対置されていた。

〔帯剣貴族とは、騎士として中世から国王に仕えて来た名門貴族で、家門の貴族とも言った。法服貴族とは、ブルジョワ階級出身の者が売官制度を利用して官職を買うことにより貴族になった者で、司法関係者が多かったのでこの名で呼ばれた。そのほかに、権力者が何らかの目的で爵位を与えた授爵貴族がいた。ラ・ブリュイエール（一六四五―一六九六）は『カラクテール』で、人々が有利な官職を手に入れようと狂奔西走するさまを、「人々は探し駆けつける、画策し嘆願する、断られる、また嘆願する、そして手に入れる」などと揶揄している。〕

真実なる物語

（一）　この文は訂正されて、一七二二年から取り入れられた。それ以前の諸版にはグレーヴ街と書かれている。それはおそらく書き間違いであろう（少し前にあるグレーヴという語の反復）。当時ジェーヴル街は実在していたが（ジェーヴル街はセーヌ川に沿ってグラン・シャトレからノートルダム橋まで続き、ペルチエ河岸通りにぶつかっていた。一七一四年の書肆ジャン・ド・ラ・カーユのパリ地図にはそう描かれている）、グレーヴ界隈のグレーヴ街は示されていない。ノートルダム橋上の馬車の雑踏ぶりというテーマはシャールの『宗教に関する疑義』にも現われているのは奇妙である。また、作者は自分が住んでいたこの橋について語っている（この橋の両側には家が建っていた（『宗教に関する疑義』、六九三頁））。

（二）　シャール研究者のM・メネメンチオグルが「シャールにとってのひとつの鍵――ガルーアン＝ドン・ファアン」という論文で指摘しているように、ここで明かされているガルーアンの不思議な運命はこの小説の最後のページで初めて明らかにされる。これが円環構造を創り出している。

（三）　修道女という語はここでは適切ではない。シルヴィは、結婚していて、修道女になることはできない、ただ修道院の寄宿者になれるだけである。二八六頁参照。

（四）　この導入部には三人の人物、デ・フラン、デ・ロネー、デュピュイが登場する。この三人の運命こそがこの小説の主な筋立てなっていて、ほかの物語は彼らの物語に比べれば、ある意味では付随的なものにすぎない。

デ・ロネー氏とデュピュイ嬢の物語

（一）　グランデ嬢はのちに未亡人になって再び登場する。その時の彼女の名はモンジェイ夫人である（七一頁参照）。彼女は小説の中にしばしば出て来るが、いつでもずっと慎み深い女性である。

（二）　ここで問題になっているシャラントン包囲戦、あるいはシャラントン襲撃（一六四九年二月八日）はフロンドの乱初期の最も重要な作戦行動であった。反乱を起こしたパリの人々のためにクランルーが守っていたシャラントンは、国王に忠実なコンデ軍により奪い取られたが、そのコンデ軍のほうも若きシャティヨン公爵を失った。デュピュイ翁がどちらの陣営に所属していたかは明確にされていない。

（三）　ロンヌは架空の名である。

（四）　しかし、「マドモワゼル」という言葉だけは社会的地位が低い既婚の女性に使われていた。

（五）　骰子賭博《モモン》とは、「仮面で変装して行なう骰子の勝負」（『フュルチエール辞典』）。このあとすぐ、まず初めの賭金で勝負し、それから前回の倍額の勝負をするマスとパロリの勝負が出て来る。

（六）　『文学新聞』はこの信仰を迷信としたので、シャールは

「かつて君主や王は自分たちの結婚は霊的な結びつきであって、その後の肉の結びつきは許されぬということを口実にして、結婚を破棄させたことがあった」と答え、さらに、「この迷信を信じている教会人の滑稽さを示すために取り入れたのだ」とつけ加えている。そして、「しかしながら、この会話は本当にあったことだと私はあなたに断言することができます。この会話をしていた人物は聖アウグスティヌスを解釈することも、異端になることもできない」と結論づけている（一七一三年十二月三十日の手紙）。

（七）　ベッドのマットレスをたたくための棒。

（八）　デュピュイ翁が自分の部屋でミサをしてもらうようになるのは、ずっとあとのことである。

（九）　かくして第五の物語が予告される。この物語はこれまでに出会った三人の人物の物語と内在的な関係はない。

（一〇）　登場人物とシャール自身とに特徴的な辛辣な表現。

（一一）　「一週間のうちのある曜日に定期的に出る郵便馬車のことを通常郵便馬車と呼ぶ」（『フュルチエール辞典』）。

（一二）　シャールが（たとえばマリヴォーとは反対に）言葉や溌剌とした話しぶり、身体の仕草よりも文書に優位性を与えているのは興味深い。

（一三）　〈faire la cour〉「言い寄る」というまだ感じのよい意味である（五五頁参照）。これとは反対に、近代的な意味が〈faire l'amour〉「愛を交わす」という表現に現われている（四一七頁参照）。

（一四）　デュピュイ翁はここでは作者の代弁者になっている。作者の意見は序文の「テルニーの物語」に述べられている（一六頁参照）。

（一五）　自分の全財産を子供のために投げ出したのに、その子に捨てられる父親（あるいは母親）というこのテーマはやがて流行になる。この一節とマリヴォーの『フランス版スペクテイター』（第一四号、一七二三年）や『マリアンヌの生涯』第一一部におけるこのテーマの取り上げ方を比較すると面白い。

『マリアンヌの生涯』（一七三一―四一年）はマリヴォーの未完の小説。主人公のマリアンヌが自分の生涯を女友達に語る形式のいわゆる枠組小説。マリヴォーの女性心理の分析は見事で、特に青年貴族ヴァルヴィルとの恋愛と彼の裏切りに苦しむマリアンヌの心が精緻に描かれている。また社会風俗を的確に描いた写実小説としても知られている。第一一部には、溺愛し大事に育てたひとり息子とその妻に軽蔑され捨てられて、惨めな生活に苦しむ母親が登場する。テルヴィール嬢は二歳の時に母が裕福な貴族と再婚し、それ以来母親から忘れられてしまう。二十年ほど経って彼女は母を捜しにパリに出て来るが、旅の途中の馬車に病み上がりの老婦人が乗って来る。テルヴィール嬢は困っているこの老婦人に二ルイのお金を貸し、また会う約束をする。再会したのは偶然だが、この夫人が病気で臥せっている安宿から宿賃未払いで追い出される騒ぎになっているのを聞きつけたからである。ふたりがいろいろ話をしているうちに、この婦人こそ探していた母だとわかり、息子夫婦のひどい仕打ちを聞かされる。」

（一六）　当時、司教区裁判所法廷の管轄権は少数の事柄に制限されていた。すなわち、この法廷は婚約の有効性あるいは無効性について判決を下すことができただけである。「父親あるいはほかの人から」異議が出された場合は、ただちに事件は国王裁判所裁判官に差し戻される。デュピュイ翁はこのような事情を利用して、民事裁判所に誘拐の廉で逮捕状を請求したのである。

（一七）　不実だったのはデ・ロネーなのに、デュピュイ翁は自分の役割に忠実で、女性の肉欲にたいする自制心のなさをあざ笑っている。

（一八）　女を監視するための、かんぬきやほかの手段をほとんど信用しないのが、シャールの一貫した考えである。シャールはセルヴァンテスの『エストラマンデュウルの嫉妬深い男』の中でそういう例に出会っていた。彼は『続編ドン・キホーテ』〔シャールが一七〇二年九月に書いた作品〕の「ソテンの物語〈騙された嫉妬深い男〉」にそのことをはっきりと書いている。これはいわば月並みな表現になっていた。

（一九）　全節にわたって発想はストア派的である。すなわち、最後の詩句はエピクテトス〔古代ギリシャのストア学派の哲学者。理性による不動心の獲得を説いた〕を思わせ、次の一節は、『文学新聞』が指摘しているように、セネカ〔古代ローマのストア学派の哲学者、劇作家〕を言い換えたものである。しかし、いちばん興味深い点は、「作品紹介」で指摘したように、これらの詩句はサン・テーヴルモンの後援下で書かれた作品の中に収められている一篇の詩に極めてよく似ていることである。その詩とは、

「セルマン嬢が死の数時間前に作った詩

やがて空の光はもはや我が目には現われず

やがて自然に去り行く

我は暗き夜に赴き

永久に優しき眠りに身を委ねる。

生の不安を感じる悲しい目覚めで

我はもはや我が身を見ることもなし。

この世の営みを始めし死すべき者よ

我は汝を羨むことなし。

汝の運命は我が最後の一日にも如かず。

来たれ、心地よき死よ、絆を解きに来たれ

心ならずも我を生に結びつけたる絆を。

打ちたくば、我が欲求を助けたまえ。

苦なきは幸せの極みなり。

この長き後の世に、我は心静かに入らん

最後の一歩がなぜに恐ろしかろう？

諸人の主の永遠の優しさこそ

不幸な死すべき者の最も確かな安住の地」

〔サン・テーヴルモン――一七〇三年に没したフランスの懐疑的哲学者、自由思想家。文学における趣味の相対性を理解し、イギリス文学をフランスに紹介した功績は大きい。シャールはイギリス軍の捕虜になりロンドンに連行されたが、そこで彼の知遇を得て、金銭的な援助を受けている。〕

（二〇）　デ・フランが描くシルヴィの肖像を参照（二三八頁）。

（二一）　『フランス名婦伝』に収められている二十九通の手紙の中で、この手紙は男の文体の特徴をもっともよく表しているだろう。この手紙は『ポルトガル文』の影響が大なり小なりつねに認められる女の文体と対照的である。

〔『ポルトガル文』――一六六九年に公刊された、ポルトガルの尼僧が書いた五通の恋文のフランス語訳と称する作品。修道院にいたマリアンナという女性が愛人のシャミリー伯爵に書いた熱烈な恋文。佐藤春夫の訳でも知られている。現在では、『フランス名婦伝』の編者でもある、パリ大学のドゥロッフル教授の綿密な研究により、作者はフランスの作家ギュラーグ伯爵というのが定説になっている。〕

（二二）　ここでコンタミーヌ夫人が登場する。夫人は上流社会に属し、この集まりの中心にいて、ある意味では、『エプタメロン』のワジル夫人の役割を演じることになる。彼女もまた女性の擁護者である（たとえば一七三頁参照）。

〔『エプタメロン』（一五五八年）はナヴァール女王マルグリット（一四九二―一五四九、フランソワ一世の姉）のコント集。ボッ

カッチオの『デカメロン』に構成はよく似ているが、現実的な事件から題材を取り、十七世紀のフランス小説に新たな道を切り開いたと言われている。〕

（二三） ド・モンジェイ夫人とは前に登場したグランデ嬢のことである。このエピソードについては「ジュッシー氏とフヌーユ嬢の物語」一五四頁参照。

コンタミーヌ氏とアンジェリックの物語

（一） 徴税請負は税を徴収するため、あるいは軍需品を供給するために国家が個人と取り決める契約である。シャールが、同時代のすべての人々と同じように、徴税請負人をどれほど憎んでいたか分かる。「デ・フラン氏とシルヴィの物語」一三一頁参照。

（二） この肖像は、この小説中の男の肖像の中では最も詳しいが、実物を見ながら描かれたのは確かである。

（三） シャルル・ド・モンシー（一五九九―一六五八）はモンバゾン夫人への熱狂と情熱で知られているが、元帥になり長い間王党派に与していた。〔フロンドの乱では〕まずチュレンヌ〔コンデ親王派〕をレテルで破る戦いに貢献したが（一六五〇）、コンデにはブレノーで敗れた（一六五二）。一六五五年十月、当時彼はペロンヌの重要な拠点を指揮していたが、彼の忠誠心はコンデのために揺るぎはじめた。そこでマザランは彼の中立を金で買うことにしたのである。しかし、一六五八年の初めには再びコンデ側について、コンデのためにエスダン市を獲得した。この裏切りは彼がマザランに不満を抱いていたからだという。

（四） 一六五八年六月十三日ダンケルクを目前にして、デューヌの戦いで「コンデ公と共にスペイン軍にいたドッキンクール元帥は斥候騎兵と共に前進したが、マスケット銃の弾を受け、その場で死亡した」（ラムゼイ）。

〔アドリアン＝ミッシェル・ラムゼイ（一六八六―一七四三）、スコットランドからフランスに帰化した神学者で、チュレンヌの教育係り、のちに執事になり、『チュレンヌの歴史』などを著した（『十九世紀ラルース辞典』）〕。

（五） アンジェリックの父は、貧しいけれど尊敬されていた戦士であった。

（六） 近代の語り手と全知の小説家を区別しようとする特徴的な指摘。のちに、デ・ロネーは自分がその場にいなかった会話を報告しているのは確かである。しかし、それは常連、とりわけマノン・デュピュイから出た話を真実らしく再構成したものと認めることができる（たとえば八三―八四頁参照）。

（七） ここもまた、実物に基づいて描かれた肖像である。

（八） この会話はすべてて、ドラントとシルヴィの身分の違いを――この場合は上辺だけだが――テーマとするマリボー作散文喜劇『愛と偶然との戯れ』の有名な場面の増幅版のようなものである。「僕がお前に夢中だってことを、まだ疑っているのかい？」と言うドラントに、偽者のリゼットが「いいえ、あなた様があまりたびたびそう繰り返しておっしゃるので、信じますわ。でも、なぜ私にそう信じ込ませたいのです？　失礼ですが、そんなことをどうして、私にどうしろとおっしゃるのですか？」（第三幕第八場）と答える見事な台詞が思い当たる。『マリアンヌの生涯』のヴァルヴィルとマリアンヌの会話ではこの類似性はさらに際立っている。

（九） ベルナール・ブレイ〔フランスの文学研究者〕は、作者がこの手紙をまるまるすべて引用している事実を的確に解釈して、次のように書いている。「アンジェリックは前の手紙五通の受け取りを拒否したので、読者はそれによってこの女性登場人物の将来を共有したいという気になる。しかし、読者はコンタミーヌにも興味を持っているので、この手紙の内容と文体をほかの五通の手紙に重ね合わせて見ざるをえないし、それを繰り返し、結婚に至るこの青年の行動を支配している心理的・感情的な幾つかの情報を推測しなければならない。」

（一〇）「嫉妬心」という語は少し驚きである。むしろ「不安」という語を予想するが、この嫉妬心がアンジェリックを人間的にしているのであり、そうでなければ、彼女は単なる関係者としか見えないであろう。

（一一）ディドロ著『運命論者ジャックとその主人』〔一七七一―一七七八？〕の中で、ラ・ポムレー夫人はデ・ノン嬢の名誉を回復させるためにこれと同じように行動した。

〔ラ・ポムレー夫人はデ・ノン夫人と娘に二人のとるべき行動を覚書にまとめている。人目につかないこと、人を招かぬこと、敬虔な信者と見られるように生活すること、などと書いている。

ドゥニ・ディドロ（一七一三―一七八四）はフランス十八世紀を代表する啓蒙思想家。『百科全書』の編集・出版などで知られている。シャールとの関係では、ディドロはいわゆる「市民劇」を創るにあたりシャールの描くシルヴィから示唆されるものがあったという。〕

（一二）これらの銀製食器をロベール・シャール一家が一六四七年に持っていた食器類と比較することができる。ジャン・メナール〔フランスの文学研究者〕が研究した財産目録によると、塩入れ、三個のカップ、二本の銀のスプーンである。フォークはとりわけ贅沢品で、十七世紀ではまだ広く使われていなかった。

（一三）フォーブール・サン＝ジェルマン界隈で、現在のビュシ街のはずれ。あとのほうに、アンジェリックの家はドフィネ街にある（一〇六頁参照）、と述べられている。

〔フォーブール・サン＝ジェルマン界隈は高級住宅地で貴族が多く住んでいた。また、ドフィネ街はシテ島の西端にあった。〕

（一四）三八頁およびドロース版「デ・ロネー氏とデュピュイ嬢の物語」注一〇参照。全知ではない語り手の約束事を喚起している。これについてはドロース版「コンタミーヌ氏とアンジェリックの物語」注六参照。

（一五）「弁護士を生業とする」という語は、十七世紀から「軽蔑的な言葉」と考えられて来た（ウェイリー）。シャールは自分のことを「高等法院の弁護士」と言っているが、シャールにとっては弁護士にはなるべきではないのである。

〔フランソワ・ド・ウェイリー（一七二四―一八〇一）フランスの著名な文法学者、語彙研究家。一七五四年に出版された『フランス語の一般原理』は画期的な作品であったという。また、『アカデミー辞典』の編纂にもあたった。（『十九世紀ラルース大事典』、ルドン社、二〇〇二年、以下、『十九世紀ラルース大事典』と略す。）〕

（一六）より正確には、パレ・ロワイヤル裁判所の回廊で、贅沢品、とりわけ書店など多くの商店の本店があった。

〔裁判所の回廊には、書籍や骨董品、レースなどを売る店があり、訴訟に関わる人だけでなく、一般の人々も散歩したり骨董品を見に来たりしていて賑わいを見せていた。〕

（一七）身体のさまざまな反応に対するこの感覚はシャールの新しいリアリズムの特徴のひとつである。

（一八）貴族である、なぜならアンジェリックの父は帯剣貴族であったから。シャール自身がそれについて一七一三年十二月三十日の手紙で書いている。「コンタミーヌ夫人は卑しい生まれであると言うと、それは夫人を貶めることになる。フランスでは卑しい生まれの人とみなしているのは無頼の徒と中産階級の人だけである。お望みなら、官職を金で買って貴族になった人の一族も加えてもよい。正真正銘の貴族はこういう人たちを平民の化粧石鹸と呼んでいる。しかし、運命によってどんなに低い身分に落ちようとも、貴族あるいは貴族の姫君に生まれたら、その人はずっと貴族なのであって、コンタミーヌ夫人は貴族であった。」

（一九）　『マリアンヌの生涯』で、マリアンヌがミラン夫人から愛されるのはこれと同じ方法である。第四部。

（二〇）　モンジェイ夫人が目立たないようにここに初めて登場する。二九頁およびドロース版「デ・ロネー氏とデュピュイ嬢の物語」注一参照［ここではグランデ嬢という名前］。

テルニー氏とベルネー嬢の物語

（一）　暗々裏に、作者は自分の「物語」とクールチル・ド・サンドラス流の「回想」との違いを指摘している。

［クールチル・ド・サンドラス（一六四四―一七一二）は軍人上がりのフランスの多作な小説家。長年オランダで過ごし、帰国してから筆禍でバスチーユに九年間監禁されたことがある。ルイ十四世時代初期の政治の裏面や軍隊生活を描いたが、『ダルタニャン回想録』（一七〇〇年）は史実と見せかけて、波瀾万丈の人物が登場する空想を多分に取り込んだ作品である（ファイヤール版『フランス文学辞典』、二〇〇一年）。］

（二）　このような状況はフランドル戦争の初期を支配した状況と同じである。当時イギリスはまだフランスの同盟国（一六七四年まで）であるか、あるいは少なくとも、その後のイギリスのように中立であった。一二六頁とドロース版「テルニー氏とベルネー嬢の物語」注一および一三八頁とドロース版「テルニー氏とベルネー嬢の物語」注二〇参照。

［フランドル戦争（一六六七―六八年）とは、ルイ十四世が王妃マリー・テレーズの遺産相続権を口実にしてネーデルランドを侵略した戦争で二年間続いた。］

（三）　「学院」とは、「若い貴族が馬術や剣術、そして貴族としてのあらゆる嗜みを修得する所」（復刻版『リシュレ辞典』、臨川書店、一九八七年）。

（四）　デュピュイも同じためらいを感じている。三二九頁参照。

（五）　付き添い修道女とは、「面会室に行くほかの修道女や寄宿者に付き添うよう指名された修道女」（『リトレ辞典』）。

（六）　この指摘は『ポルトガル文』以来ほとんど決まり文句になっていて、少しあとに引用されている手紙は実際この『ポルトガル文』に極めて似ている。

［『ポルトガル文』については、ドロース版「デ・ロネー氏とデュピュイ嬢の物語」注二一参照。］

（七）　この話は一四七頁で報告される。

（八）　「気散じ」という言葉は軽蔑的な意味でなく、単に「気晴らし」に相当する言葉として使われている。『マリアンヌの生涯』のヴァルヴィルは同じようにマリアンヌに尋ねる。「あなたは修道院で少しは気散じをしていますか？」

（九）　この一節はシャールの作品『宗教に関する疑義』に出て来る強いられた召命に対する雄弁な抗議と比較すべきである。「我々の祖先がたちまちのうちに窒息し灰になるような焼けつく像の中に子供たちを閉じ込めたのにはさまざまなわけがあったが、それは思い上がりと強欲のこの哀れな犠牲者たちをなぶり殺しにするわけがあったのと同じである。私は一度ならず実例を見たことがあるが、この哀れな犠牲者たちは幼年期から修道院に閉じ込められ、身を投げる勇気がないと、みずからをさいなむだけの心しか残されず、自然のあらゆる権利を奪われているのである（一三一頁）。」クレマンスの手紙には自殺するという脅迫が三度現われるが、それは短剣という形で実行されかかる自殺のきざしに対応していることは注意すべきである（一四二、一四七頁参照）。

（一〇）　季節とは戦いに向いている季節のこと。この報告は一六七五年のアルザスにおけるチュレンヌの戦闘に一致している。一一七頁とドロース版「テルニー氏とベルネー嬢の物語」注二、一二九頁とドロース版「テルニー氏とベルネー嬢の物語」注一一参照。

〔チュレンヌ元帥はコンデ公と並ぶフランスの名将で、勇猛果敢な軍人として知られていた。ルイ十四世治下で陸軍を指揮し、ネーデルランド戦争、オランダ戦争、フロンドの乱などで活躍し、一六七五年、ストラスブールの対岸ザスバッハの戦いで被弾し斃れた。

コンデ家はブルボン家から出たフランスの名門貴族。ここで言うコンデとは通称大コンデと言われる将軍で戦術家（一六二一―一六八一）。三十年戦争でスペイン軍を破り、フロンドの乱では鎮圧に貢献したが、傲慢な性格のため投獄され、解放されてからは反乱軍に加わった。しかし、ダンケルク郊外のデューヌの戦い（一六五八）に敗れたが、のちに許されてルイ十四世の最も優れた将軍になり各地の戦闘で活躍した。（『十九世紀ラルース大事典』）〕

（一一）　ドロース版「テルニー氏とベルネー嬢の物語」注一〇参照。これはクレキによるフリブール〔スイス西部〕の奪取ではない。それは一六七七年十一月十四日に行われたからである。

〔フランソワ・クレキ公爵（一六二四？―一六八七）――当時の代表的なフランスの元帥。三十年戦争から始まって十七世紀の数々の戦いに参戦し、一六六九年に副司令官に任命されると一カ月足らずでロレーヌを征服した。ストラスブール近郊のコーケルスベルグの戦闘ではロレーヌ公と戦いフリブールを占領した（『十九世紀ラルース大事典』）。クレキ元帥としてよく知られていて、パリのサン・ロック教会に大理石の彼の胸像がある。〕

（一二）　これは、チュレンヌ元帥の甥、デュラス公爵、ジャック＝アンリ・ド・デュルフォールではなく、その兄のギイ＝アルフォンスのことである。彼はチュレンヌ軍に於いて副指揮官を勤め、チュレンヌの死後、軍の指揮をとった。

〔デュルフォール（一六二六―一七〇四）――チュレンヌの甥でフランシュ＝コンテ地方の征服に参加した。ギイ＝アルフォンス（一六〇五―一六六五）。彼の妻はチュレンヌの妹である（『十九世紀ラルース大事典』）。〕

（一三）　一六七五年七月二十七日。

（一四）　なぜなら、彼は法律上成年に達していたからである（貴族は二十一歳）。

（一五）　アヴィニョンは教皇領で、庇護権を持っていた。テルニーはカトリック教徒になるためにアヴィニョンに「近づく」ところだった。

〔アヴィニョンには一三〇九年にクレメンス五世が教皇庁を置き、一三七八年まで続いた（アヴィニョンの捕囚）。フランス革命で没収されるまで教皇領であった。〕

（一六）　チュレンヌを改宗させたのはオラトリオ会の修道士たちであった。シャールが『宗教に関する疑義』の中で語りかけているのは、マールブランシュというオラトリオ会士である。

〔カトリック教会によって開かれた「トレント公会議」（一五四五―一五六三年）はプロテスタントとの対立点を明確にし、教会内部の刷新と改革をもたらす重要な会議になったが、そういう気運の中で幾つかの修道会が創設された。オラトリオという語は本来は祈りを意味する。オラトリオ修道会は十六世紀後半に聖フィリッポ・ネリ（一五一五―一五九五）がイタリアで始めた在俗聖職者のための集会が基になり、宗教教育を目的として十六世紀にイタリアとフランスで広まった。オラトリオ会はオラトリオと呼ばれる音楽や劇を活動手段として活用した（『十九世紀ラルース大事典』）。

マールブランシュ（一六三八―一七一五）はフランスの哲学者、オラトリオ会修道士。竹内良知氏によると、十七世紀当時、オラトリオ会は「目的論的自然認識を斥ける思想」を成立させて、世界の目的論的説明を退け、中世的自然観と対立した。これはデカルトの思想に通じ、近代合理主義哲学を発展させることになったという（マールブランシュ著『真理の探究』につけられた竹内氏の解説、創元社、一九四九年）。〕

（一七）　六二頁参照。したがって、「デ・ロネーの物語」と「テルニーの物語」を結びつけているのはこの手紙である。マノン・デュピュイ嬢は、自分の気性に従って「アンジェリックの物語」でも演じたように、この事件でも親切な仲介役を演じた。

（一八）　ベルネーはもちろん、公証人、裁判所の書記あるいは代訴人ばかりでなく、国あるいは個人に雇われている勤め人も実務屋という。

（一九）　より正確には文官部門〔宮内府は文官部門と武官部門に分かれていた〕。そこには司厨長、侍従、王室衣装係、部屋付き侍従あるいは官吏がいた。

（二〇）　オランダとの戦争は終わっていたと必ずしも仮定する必要はない。この文章は一六七五年を暗示しているが、ここに書かれた事実は一六七八年から一六七九年の冬に延ばされることになるだろう。戦時においてさえ、敵国の在外国民はパスポートを取ることができた。一方、シャールは一六八二年から一六八三年の冬にアムステルダムを旅行した時のことをおそらく気ままに思い出しているのであろう。

（二一）　トレントの公会議〔一五四五―一五六三年〕は最終誓願を立てるための修練期間を少なくとも一年と定めた。

（二二）　テルニーはあとでこの話を思い出すことになる。二四三頁。

（二三）　聖体の秘跡を指すために使われる「厳粛な秘跡」という表現は『インド航海日誌』の中でシャールのペンによって再び現われる。

（二四）　このような事態の進行によって、テルニーとクレマンス・ド・ベルネーは、『良心問題辞典』によって非難されてはいるが、完全に教会法にかなった結婚を挙げたことになる。事実、教会法によれば結婚に関する「教会の法と式典」は二種類あって、一つは「秘跡に本質的なもの」であり、ほかのひとつは単なる「掟」である。ところで、本質的条件とは、一方では、当事者たちの「自由で、相互の、合法的な同意」であり、他方では、トレントの公会議以来、「適切な司祭と二人の証人の立会い」のみである（デュラン・ド・マイヤーヌ、『教会法辞典』、リヨン、一七七六年、結婚の項目）。すなわち、この場面ではこの二つの条件が満たされているわけである。その上、当時の慣行として同じような事例が幾つか存在した。セヴィニエ夫人の『書簡集』にその例が見られるであろう。パルフェクト兄弟がモリエール一座のある喜劇女優ジャンヌ・オリヴィエ、一六四八年か一六四九年生まれの通称ブルギニョンの身の上話を語っている。この女優は一六七九年に、ジャン・ピテルと呼ばれていたボーヴァル氏と次のような条件で結婚した。両親の嘆願に基づき、大司教から小教区の司祭たちに、二人を結婚させてはならぬという禁止令が出されていた。教会でのミサの折りに、説教壇の下に隠れていたジャン・ピテルは、突然そこから飛び出し、司祭と信者たちの前で、ジャンヌ・オリヴィエを妻にすると宣言した。彼女は彼女で同じように宣言したのである。

〔パルフェクト兄弟――兄フランソワ（一六九八―一七五八）、弟クロード（一七〇一―一七七七）はフランスの劇作家。共同で幾つかの作品を書いたが、特にフランス演劇史と劇団員に関する報告で知られていた。
セヴィニエ夫人（一六二六―一六九六）――いわゆるフランス古典主義作家の一人。パリや宮廷での出来事を手紙で書き送り、約千五百通にのぼる『書簡集』は母親の愛情を書きとめた記録文学であるとともに、十七世紀後半のフランス社会を描く年代記としても評価されている。シャールの後見人とも言えるコルベールの息子セニュレーが死んだ時には、嘱望されていた若き政治家が亡くなり、太陽が沈んだようだと書いている。〕

（二五）　この言葉はもちろん服の具体的なありさまを示しているが、そればかりでなく、修道女の法衣は肉の交わりをすべて排除すべきだということも示している。

（二六）　「リベルタン（放蕩者、自由思想家）デュピュイ」の性格の告知。

ジュッシー氏とフヌーユ嬢の物語

（一）　「デ・フラン氏とシルヴィの物語」三二〇頁参照。どのような状況であったか語られている。

（二）　語り手は小説の中で登場人物が語り手に語った長い話を、本人の言葉でそのまま報告したと主張するが、この主張は習慣的なもので、姑息な言い訳である。

（三）　ブール・ラ・レーヌの駅馬車の宿駅は、オルレアン街道上では、パリから二里、つまりおよそ八キロのところにあった。

（四）　デ・フランの女嫌いを暗示しているが、それはさらにずっとあとの、彼の物語の中にも表われている。一六七頁、一七二頁、および「デ・フラン氏とシルヴィの物語」二三二頁参照。

（五）　声楽の変奏曲とはある曲の第二節であって、第二節では規則になっているディミニューション〔旋律中の音を細かい音符に細分すること〕を用いて、名演奏家はみずからの才能と感受性を際立たせることができる。ここで問題になっている変奏曲は、バレエ音楽『ヴィーナスの誕生』（リュリ作曲、バンスラート、ピエール・ペラン作詞、一六六五年）の中の、イリス〔虹の女神〕のアリアのために作曲された。その冒頭の一句、『巌よ、おまえは耳を貸さない、おまえは優しいところが微塵もない』が題名になっている。リュリは曲を作曲し、変奏曲を作る配慮は義理の父のランベールに任せた。彼は一六六二年にランベールの娘と結婚していたのである。『巌』の変奏曲は『ランベール氏の歌曲集』に草稿として載っていて、一冊はアルスナル図書館に、ほかの一冊は国立パリ音楽院に保存されている。
〔ジャン・バティスト・リュリ（一六三二―一六八七）はフランス・バロック音楽の作曲家でフランス・オペラの創始者。モリエールの劇をオペラに仕立てて好評を博した。また、ルイ十四世の宮廷楽長、寵臣として一世を風靡した。イサク・バンスラード（一六一三―一六九一）はフランスの詩人で宮廷人。リシュリュー枢機卿に庇護され年金を与えられたほか、当時流行のプレシオジテの詩人としてもてはやされた。また、『クレオパトラ』などの悲劇も書いている。ピエール・ペラン（一六二〇―一六七五）は王立音楽アカデミーの創設者で、それはのちにパリのオペラ座にもなった。彼は『恋の苦しみと喜び』というオペラも作っている。ミッシェル・ランベール（一六一〇―一六九六）はフランスの歌手で作曲家。一六五六年以降は作曲家としての名声を確立し、一六六一年には婿のリュリが音楽監督を務める宮廷音楽隊の楽長になり、多くの作品を書いた（『十九世紀ラルース大事典』）。〕

（六）　興味深い指摘である。グランデ嬢は、コンタミーヌ夫人と同じ帯剣貴族の出身である。

（七）　アヴィニョンは庇護権を持つ聖域であった。ドロース版「テルニー氏とベルネー嬢の物語」注一四参照。

（八）　駅馬車とは、「旅行用に設けられた馬車のこと」（ウェイリー）、すなわち、旅客輸送用の乗合馬車か、商品輸送用の駅馬車などの公共の馬車のことである。リヨン行きは毎日あったが、二人の恋人は席を予約していなかった。マノンを連れ出すために、デ・グリューはジュッシーより若いけれど（弱冠十七歳）、マノンから適切な忠告を受けて、用心のために一人か二人用の小型の四輪駅馬車を予約する。この駅馬車は速い馬が、各駅で取り替えられて、およそ時速七―八キロのかなりの速さで走っていた。最初の晩には、彼らはパリの城門には着いていて二十五里は走ったことになる。ジュッシーとバベ（フヌーユ嬢の愛称）は、三日目の朝には、まだ十七里しか走っていなかった。

（九）　大罪である誘拐は、犯行が暴力あるいは教唆によってなされた場合でも、犯人は死刑に処せられていた。一六三九年の勅令は峻厳な民法を全面的に復活さえしていたのである。高等法院の判決はそれを和らげ、誘拐された者が同意するならば、犯人に誘拐された者と結婚することを許した。さらに、誘拐は（たとえ合意の上であっても！）、結婚を無効にする障害とみなされていたことを指摘しておきたい。これはジュッシーとフヌーユ嬢が、親類によって自分たちの結婚を禁止されないように、あとにとることになるすべての予防措置を説明している。要するに、誘拐は「双方の犯罪」とみなされていたので、誘拐された娘も相続権を剥奪されやすかったのである。

（一〇）　娘が「自由に身を処す」ことができる年齢は、旧制度下の法制では満二十五歳であった。

（一一）　シャールは『続編ドン・キホーテ』の登場人物たちにスペイン人のこの嫉妬心を思い出させている。

（一二）　ジュッシーは女性の貞節について不信の念を表しているが、それはデ・フランばかりでなく（一五一頁とドロース版「ジュッシー氏とフヌーユ嬢の物語」注四参照）、『文学新聞』に載っている一七一四年一月二十二日の手紙におけるシャール自身と同じである。その中でシャールは夫の思い出に忠実なコンタミーヌ夫人を珍しい小鳥、「地上の珍鳥」と見なしている。

（一三）　飾り紐の色は従僕が所属している家門を識別するのに役に立っていた。飾り紐がないのは、供回りの身元が割れないための用心である。

（一四）　これはまさしく、マリヴォーの『成り上がり百姓』（第二巻）の中で、ジャコブとアベール嬢が実行しようとする容認されていた秘密の結婚、したがって、「無効とされない秘密の結婚」の過程と同じである。

（一五）　妊娠と誕生という時点では父親と母親はふたりとも独身であったが、子供は「事後の結婚」という事実によって法的に認知される。

（一六）　かくして「デ・プレ氏とド・レピーヌ嬢の物語」は主な筋書きとはかなり緩やかな絆でつながっているにすぎないが、しかし実際は、その絆はこの社交グループの集団的記憶の中に存在している。

（一七）　このディテールは登場人物のさまざまな人間関係で作る網を織りなしている。

（一八）　デュピュイ夫人はデュピュイ翁の義理の妹で「リベルタンのデュピュイ」の母親である。「デュピュイとロンデ夫人の物語」三三〇頁、三五三頁で夫人のことが話題になる。

（一九）　一七四頁参照。ここは、作者が控えめながら、それと分かるやり方で介入している稀な例である。

デ・プレ氏とド・レピーヌ嬢の物語

（一）　「私的国務顧問会議」あるいは「当事者国務顧問会議」は国王の臨席の下に、ある種の訴訟事件の破棄審理を行なった。〔この会議はアンリ三世の治世から始まった。そのメンバーは国務院（政府の行政・立法の諮問機関および最高行政裁判所）のメンバーと必ずしも同じでなくてもよかった。かなりの成功を収めたので、一時は高等法院や第三身分の反発も受けたが、十七世紀になるとほかの訴訟機関よりも重要な位置を占めるに至った（ＰＵＦ版『旧体制辞典　十六―十七世紀』、一九九六年）。〕

（二）　この先で分かることだが、デ・プレはマレー地区に住んでいて、二人の友人はパリから出るためにサン＝アントワーヌ通りを進んでいる。〔当時、マレー地区は高級住宅地で貴族の館がたくさんあった。〕

（三）　マドモワゼルという言葉は、奥方とか奥様（マダム）と呼ぶほど社会的地位が高くない既婚の女性に使われたことが分かっている。ド・レピーヌという名は明らかにデラスピーナのフランス語化である。

（四）　しばしばあることだが、人物描写はある意味でだんだん生きいきして来る。この人物描写からレピーヌ嬢の行動を読み取ることができるだろう。

（五）　「ブールヴァール（大通り）」という語は当時はまだ塁道という意味で使われていた。ここで問題になっている塁道は、フランスで最も大きなもののひとつであるサン＝タントワーヌ門の塁道を指す。ここはマレー地区の住人の散策地であった。この城壁の外側にはシャロンヌへの道、デ・ブーレ街、モントルーユやメニルモンタンへ至る道があり、辺りには沼沢地が広がっていて園芸家に利用されていた。残りの沼沢地のうちパリに最も近い地域は干拓されて、この名（マレー・沼沢地）がついた地区が造成された。

（六）　これは十九世紀になると「寺銭箱」と呼ばれることになる。

（七）　ミニモ会修道院〔一四三五年創設された托鉢修道会〕はミニーム街にあって、ロワイヤル広場の少し北側で王立公園通りのはずれに位置していた。

（八）　もちろん、具体的には尾行を任務とする父の手先を指す。

（九）　「学院」と呼ばれていたイエズス会神学院（サン＝ジャック街のクレルモン学院、のちのルイ・ル・グラン学院）、あるいは、「修練院」と呼ばれていたイエズス会神学院（リュクサンブール地区のポ・ドゥ・フェール街）ではなくて、むしろ「サン＝ルイ学院」と呼ばれていたイエズス会神学院か、サン＝タントワーヌ街の「告解の館」と呼ばれていたイエズス会神学院を指すのであろう。

（一〇）　ここで問題になっている銃士館は、ボーヌ街、バック街、ヴェルヌーユ街とブルボン街の四つの通りで囲まれる地に位置していた。

（一一）　『続編ドン・キホーテ』の中には、旅籠屋の女房を形容するために、同じ言葉がすでに使われている。

（一二）　マドレーヌ（レピーヌ嬢）は父親のいない未成年者で、まだ後見下にあった。

（一三）　司教区裁判所の管轄権は婚約あるいは結婚の秘跡の有効性について判断を下すだけであった〔ドロース版「デ・ロネー氏とデュピュイ嬢の物語」注一六参照〕。しかし、なぜこの方法は適当ではないのだろうか？　一六六七年の勅令によって改革されたけれど、この裁判所はパリの中産階級には評判は芳しくなかったようである。

（一四）　「星回り」についての最初の暗示で、この小説ではこれから増えて来る。(たとえば二三六、二四八、二五五、二七一、三九〇、四〇六頁) しかし、オランダのジャーナリストが占星術に頼っているとシャールを批判した時、シャールは「そんなものはいささかも信じていない。なぜなら、それは救霊予定説を認め、我々から自由意志を奪うことになるからであり、したがって、我々の堕落した性質から生じる罪を自分の星回りに転嫁する口実を我々に与えることになるからである」(一七一四年一月二十二日の手紙) と答えている。まさしく、公然たる合理主義といまだ伝統的観念に極めて近い慣習との闘争の真っ直中にいるのである。

(一五) カプチン会修道院の庭はサン＝トノレ街の南側に位置し、ルイ大王広場 (ヴァンドーム広場) に至る通りにほぼ向き合っていて、のちにノアーユ館が建つ場所からほど遠からぬ所にあった。

(一六) 物乞いをする修道士への憎悪はこの時代のひとつの特徴である。ルイ十四世自身が『回想録』の中で、次のようにみずからの考えを述べている (一六六七年)。「物乞い修道士の数がフランスで非常に増えて、公衆のお荷物になっていたし、この修道会の社会的地位そのものが完全に下落するほど、彼らは修練士をいとも簡単に受け入れ、修練士にさかんに怠慢を教え込んでいた。」托鉢修道会はローマ教皇庁の管轄下にあったことが思い出されるが、このことが托鉢修道会に対する国王の不信感と、同時にフランス教会に属する中産階級の托鉢修道会に対する敵意も説明している。

(一七) 吊り鐘状の房飾りは、金糸、銀糸あるいは絹糸の房飾りで、先端に小さな鐘状の房が付いている。ベッドの天蓋の垂れ布や、四輪馬車の屋上、そして豪華な房飾りをつけたいと思うところに用いられた (『フュルチエール辞典』)。

(一八) 「デ・プレ氏とド・レピーヌ嬢の物語」の冒頭部分にあるマドレーヌ (レピーヌ嬢) の人物描写の新たな例である。一五五参照。

(一九) もう一度一七七頁と、前の注一八で引き合いに出された人物描写の最後を参照のこと。次の場面には彼女の特徴を語るもうひとつ別の例が出て来る。

(二〇) ひとりの司法官から出て来たこの忠告は、パリの中産階級が郊外の百姓を軽蔑していたことをおのずと示している。しかし、この百姓は自分の畑の中にいて、損害を受けた被害者であった。

(二一) 九四頁とドロース版「コンタミーヌ氏とアンジェリックの物語」注一六参照。

(二二) サン＝ラザールは、かつてのハンセン病病院で、名前はそこから来ている。サン＝ラザール監獄は一六三二年にある宣教師の修道会〔聖ヴァンサン・ド・ポール修道会〕に譲渡された。それは、多くの場合、身分違いの結婚を防ぐために、家族の要求によって監禁されることになった若者や、行動に問題がある司祭を期間を決めて収容するためであった。収容するためには、宮内府の担当大臣が署名した封印状が必要であったが、さして重大でないと考えられた場合には、申し立てられた事実に関して簡単な調査をしたあとで、封印状はパリ警視総監によって仮に交付された。ここでとられたと思われる手続きは、『マノン・レスコー』と同じように、この最後の手続きである。――この施設はパリ城壁外のフォーブール・サン＝ドニ街の広大な囲い地の中にあった。つまり、デ・プレの父親が息子を逮捕させた場所からほど遠からぬ所である。

〔十二世紀の初めにエルサレムに聖ラザロ修道会が創設され、巡礼者やハンセン病患者の救済にあたった。パリのサン・ラザール病院も十二世紀初めに設立され、ハンセン病患者を受け入れていたが、十七世紀末には再建されて監獄になり、大革命後は女囚専

用の監獄になった（『十九世紀ラルース大事典』）。〕

（二二三）　これは、語り手＝当事者の存在を思い起こさせるが、アベ・プレヴォはこのことを忘れないだろう。デ・グリューはマノンの死を語りはじめる前に言っている、「私を滅入り込ませるこんな悲痛な話を数語で終わったとしても、どうか許してください。」

（二二四）　つまり、今まで述べられていなかったことだが、息子のデ・プレも裁判官の官職に就いていたということである。のちに彼は「法官職の中でも最高の職務」を果たすことになる。二二二頁参照。

（二二五）　季節の象徴的な効果に注意すべきである。ほかには、「デ・プレ氏とド・レピーヌ嬢の物語」に、「一年のうちでもいちばん美しい季節でした」（二〇六頁）。「デ・フラン氏とシルヴィの物語」に、「凍てつく寒さで、静かな美しい夜でした」（二五三頁）など。

（二二六）　デ・プレは何度も自分が成人に達していることを強調して来た。

（二二七）　「市立施療院」という語は書き間違いであろうか？　パリ市立施療院はパリ市でいちばん古い慈善施設だが、パリの中心部にあって監獄とはまったく異なり、「五万もの娼婦」（二二〇頁）を受け入れてはいなかった。ここは一般的な公共の建物、あるいはむしろこの場合はサルペトリエール病院の建物を指すのであろうか？　サルペトリエール病院は、サン＝ラザールと同じで城壁の外にあり、サン・ベルナール門の先、現在のロピタル大通りからセーヌ河に至り、現在のオルレアン＝オステルリッツ駅のほうに広がる広大な囲い地の中にあった。いずれにせよ、ぴたりと符号しているわけではないが対称的である。――なぜなら、サン＝ラザールに相当する女性のための施設は聖マグダレナ会修道院〔売春婦の更正が目的〕と女子感化院があったからである――『マノン・レスコー』では、マノンもオピタル・ジェネラル〔ルイ十四世により設立され乞食や貧者を収容し保護した救貧院〕に送られている。

〔サルペトリエール病院は、元は硝石の火薬工場であったが、一六四八年に放蕩な女性を幽閉する施設になり、一六五六年にはルイ十六世により、総合救貧院となって貧者や病者などを収容しその保護と治療に当たった（『十九世紀ラルース大事典』）。現代では精神科、神経科を中心とした大病院になっている。〕

（二二八）　おそらくこの打ち明け話は作者自身にまで遡らせるべきであろう。

（二二九）　「人の良い伝道師」という同じイメージが『マノン・レスコー』にも出ている。

（二三〇）　このケルヴィルは、「序文」（一七頁）ですでに触れられているが、「デ・フラン氏とシルヴィの物語」（二八二頁）に再び登場する。

（二三一）　「ジュッシー氏とフヌーユ嬢の物語」一七三頁参照。

（二三二）　ここには「序文」の言葉が繰り返されている。六頁参照。

（二三三）　のちにバルザックが試みることだが、シャールはさまざまな物語の登場人物の間で、必然性がないところにどのようにして関係を作り出しているかこれで分かる。ガルーアンに関しても（二二九頁）、ケルヴィルに関しても同じである（二二九頁）。さらにドロース版「ジュッシー氏とフヌーユ嬢の物語」注一六参照。

（二三四）　コンタミーヌは妻を親しみを込めて「お前」と呼び、妻は彼を敬意を込めて「あなた」と呼んでいる。『マノン・レスコー』でもデ・グリューとマノンの間にしばしば同じことが見られる。

（二三五）　当時の小説にあっては、打ち解けた陽気な口調のこのような「結婚の情景」の新しさは強調するまでもない。

(三六)　シャールはここで自分の創作の鍵をひとつ漏らしている。その組み立ては三つの時期からできている。初めにさまざまな準備、次いでシルヴィとの恋物語を語るデ・フラン版、最後に、デュピュイの感情教育の話に出て来るシルヴィの物語の新版で、これはデ・フランの話と矛盾するが、その話を補いつつ、しかし、謎に決定的な答えはもたらしていない。

デ・フラン氏とシルヴィの物語

(一)　徴税請負についてはドロース版「コンタミーヌ氏とアンジェリックの物語」注一参照。

(二)　一六五六年六月十五日、チュレンヌとラ・フェルテはヴァランシエンヌを前にして攻囲陣を敷いた。この町はスペイン軍の先頭に立ってフランス軍に甚大な損害を与えたコンデによって、その後すぐ解放された。

〔ラ・フェルテ(一六〇〇—一六八〇)。フランスの元帥で、ラ・ロシエル攻囲戦などで活躍して勇名を馳せたが、ヴァランシエンヌではチュレンヌに反感を抱いていたためその命令に従わず、戦闘に破れ捕虜になった。彼は勇敢で経験豊かな将軍であったが、乱暴で傲慢で貪欲な性格を伝える逸話が残されている(『十九世紀ラルース大事典』)。〕

(三)　この「グラモン殿」とは誰か？　ピレネーの和約(一六五九年)で終わる戦いが問題になっているので、それはギイ＝アルマン・ド・グラモン(一六二三—一六七三)に違いない。彼は一六五三年に騎兵連隊を召集し、一六五六年にはヴァランシエンヌ攻囲戦に参戦し、引き続きフランドルにも従軍した。一六五八年には、チュレンヌの指揮下でダンケルク攻囲戦に参加したが、マスケット銃で被弾した。しかし、通常、彼はギッシュ殿と呼ばれていて、シャールは彼と『回想録』の中で取り上げているグラモン元帥と混同していることも考えられる。

(四)　「委託業務とは、何かを、たとえば、税の受領、監査、支払い、取り立て、査察、あるいはそのほかの業務のための事務所を任されている人に与えられる、あらゆる官職あるいはまた職業をも指した。補助税の徴税委託業務、塩税の徴税委託業務、糧食や大砲の納入委託業務など。この徴税請負人は莫大な収入をもたらすいろいろな委託業務をしている」(『フュルチエール辞典』)。

(五)　デ・フランのこの言葉は次の問題に関するシャールの意見を反映している。シャールは『回想録』の中で次のように述べている。「王国を滅ぼしたのは税金そのものではない。それは税の徴収を任されている連中、正真正銘の蝮たちであって、彼らは卑しい生まれから抜け出すために、母親の骨までかじってしまったのである。」そして、シャールは収税吏たちの振舞いをこう説明している。「連中は税を課された人々を知り尽くしていて、一定の期間は何も要求せず、突然、示し合わせてその人たちに襲いかかるのだ。財産を差し押さえられた哀れな人々は、一度に大勢の狼たちをなだめる現金を持っていなかった。すべてが捨て値で売り飛ばされた。そして、彼らは裁判費用を負担しなければならない上に、自分たちの財産がただ同然で売り飛ばされるのを見て絶望するばかりであった。このいかさま師どもは、市場なら五十フランで売れる一頭の牛を二十フランで自分のものにしたのである。そのほかのものについても同様なのだ。」シャールは次いでポワトゥー地方で目撃した同じような光景を例として挙げている。

〔ベル・レットル版注にはさらに『回想録』の次の言葉が続いている。

「こんなことがルイ十四世の名の下に行なわれていたのだ。真相はと言えば、国王はいっさい関知していなかったのである。彼は

このような苛斂誅求は決して認めなかったであろう。」〕

（六）　ここに個人的な経験の思い出を大いに見たい気持ちになる。

（七）　補助税とは、本来は「国家の支出を援助するために国民に課された金銭の徴収」をすべて指したが、ルイ十四世治下ではもはや間接税だけになり、特に酒税のことを言った。

（八）　徴税管区長とは、税金を割り当てたり、税に関するあらゆる異議の申し立てを第一審で裁く役人である。彼らは間接税に関してある種の個人的免税特権を持っていた。そのためその特権を悪用して不正な取引に走りたくなる誘惑に駆られることもあった。

（九）　すでに見て来たように（ドロース版「デ・プレ氏とド・レピーヌ嬢の物語」注三〇、三三）、シャールは——物語上の必然性はないのに——物語の中に飛び込んで来る人物を登場させて、バルザックのように、人間関係の網を織りあげているが、それによって彼が描き出す社会は強い均質性を与えられている。

（一〇）　モンジェイ夫人が兄弟姉妹を失っていたことは、「デ・プレ氏とド・レピーヌ嬢の物語」二二五頁ですでに触れられていた。このディテールはドロース版注九で指摘した網の中に収まっている。

（一一）　星回りについては、ドロース版「デ・プレ氏とド・レピーヌ嬢の物語」注一四参照。

（一二）　またしても（三七九頁とドロース版「デ・プレ氏とド・レピーヌ嬢の物語」注二五、四七五頁とドロース版「デュピュイとロンデ夫人の物語」注七九参照）、日付（聖母マリア生誕の祝日）が象徴的な意味を持っている。シルヴィの物語はすべて彼女の誕生のドラマをめぐって展開する。

（一三）　サン＝ヴァンサン・ド・ポール修道会の修道女は〔鼠色の制服を着ていたところから〕鼠色の修道女と呼ばれていた。

〔サン＝ヴァンサン・ド・ポール修道会——一六三三年にサン＝ヴァンサン・ド・ポールとルイーズ・ド・マリヤックによりパリに創設された修道会で、おもに捨て子の収容と保護に当たったが、近代では修道会の中でも最も会員数が多かった（『十九世紀ラルース大事典』）。〕

（一四）　この肖像とシャールが知っていた女性との間には類似点がある。

〔編者によると、それは財政家デシァン家の女性で、シャールはその女性を主人公に習作を書いている。〕

（一五）　ニノン・ド・ランクロから借用した言葉。社交界のある女性が夫を引き止める方法について彼女に助言を求め、「胸」が不十分なのだと不安を漏らした時、ニノンは彼女に、「女というものはひとりの紳士の手を一杯にするものを持っていれば、それでいつも充分なのです」と答えた。紳士という語はもちろんこの語の社会的価値を込めて取るべきである。

〔ニノン・ド・ランクロ（一六一六—一七〇五）——フランスの作家、リベルタンという評価もある。若き日には身を立てるためクルチザンヌ（高級娼婦）になったり、有名人の愛人になったりした。やがて才色兼備な彼女は自由思想家が集まるサロンを主宰し、哲学者サン・テーヴルモンと親交を深めた。一説には彼女と契約結婚をしたとか。復活祭前の斎戒期である四旬節の最中に肉食をして、二階の窓から下を通る聖体行列に食べた鳥の骨を撒いたとか、若きヴォルテールの才能を見出したとか、そういう逸話でも知られている。〕

（一六）　ほかの人物描写と違って、ここに描かれている人物描写は見せ掛けにすぎない。しかし、プレヴォーがマノン・レスコーを想像しながら取り上げたのは、おそらくこの見せ掛けの人物描写であろう。

（一七）　サン＝タントワーヌ門の塁道については、ドロース版

「デ・プレ氏とド・レピーヌ嬢の物語」注五参照。

（一八）　『プロセルピナ』はキノーとリュリのオペラ（一六八〇年）。第一幕第三場で、アレトゥーザはセレスにアルフェのしつこい訪問を嘆いている。「序文」のドロース版注五参照。

（一九）　転落して足を腫らすこの挿話は、マリヴォーが『マリアンヌの生涯』の第二部で、ヴァルヴィルとマリアンヌの出会いに至る事件を創り出すのに、おそらく無関係ではないであろう。

（二〇）　時節を示す新たな書き込み。今回もまた、時節の選択、つまり真冬なのはどうでもいいことではない。ドロース版「デ・プレ氏とド・レピーヌ嬢の物語」注二五参照。

（二一）　街灯はこの時代では評価の高い新しい技術のひとつである。人々は、警察代理官のラレイニーについて、彼は「糞と街灯と売春婦」の大臣であったと言っていた。

［ニコラ＝ガブリエル・ド・ラレイニー（一六二五―一七〇九）はパリの主席警察代理官。一六六七年にパリの警察代理官になると、パリの警察行政を改革し新時代を開いた。特にパリの街角に街灯を設置したのは彼の業績で、そのため人殺しや強盗、刺客が押さえ込まれ、治安が良くなったという（『十九世紀ラルース大事典』）。］

（二二）　語り手は手紙の文章をそのまま話さないようにもっともらしい理由をあげている。しかし、作者にはほかの理由もある。ひとつは否定的な理由で（この手紙は文体の次元では注目すべきことは何もない）、もうひとつは肯定的な理由である。すなわち、間接話法は匿名の手紙が生み出す印象を見事に表しているからである。

（二三）　この最後の一行は手紙の最後の部分をより総括的に語っている。すなわち、語り手は［直接話法で］「私は［……］思いめぐらす羽目になりました」、「［……］と言って結んでいました」、「男は私に警告していました」などと要約しているのである。しかし、語り手は間接話法に戻って、「シルヴィ本人に［……］手紙の内容を話してもかまわない」と結論を述べて、読み解こうとしている手紙を再び示唆している。このあとに続く「デ・フランス夫人への警告状」はこれとほぼ同じ図式に従って作られている。

（二四）　実際、ケルヴィルは「デ・プレ氏とド・レピーヌ嬢の物語」（二二一頁）に登場している。

（二五）　おそらく、コンデ公であろう。

［コンデ公については、ドロース版「テルニー氏とベルネー嬢の物語」注九参照。］

（二六）　『フランス名婦伝』のドイツ語の翻訳者リーデラーはここに眉を顰めるような逸話を入れている。その逸話は、翻訳者がその序文で言っているが、もちろん、原作者に由来するものではない。

（二七）　トリオンフは二人でするエカルテに似たトランプゲーム。トリオンフはこのゲームの切り札である。

（二八）　またしても注目すべき書き込みである。「デ・プレ氏とド・レピーヌ嬢の物語」の中の夏の光景と比較すること。「一年のうちでもいちばん美しい季節でした。［……］」（二〇六頁）。

（二九）　モラン夫人の手紙の言葉に対する当て擦りである。「貴方は何度お願いすればお分かりになるのです。時間が無駄になっているのは貴方のせいです」（二五一頁）。

（三〇）　影響について話す根拠があるわけではないが、この言葉とマリヴォーのまさしく同じ年の小説『同情の驚くべき効果』（一七一三年）との表現の類似性を指摘しておこう。「その人は眠り込んでいました。そのありさまが彼女の生まれながらの美しさとなって、彼女を一層きわだたせていました。」

（三一）　注目すべきこの場面は十八世紀の小説家たち、特にアべ・プレヴォーとディドロに大きな影響を与えた。
（三一）　父の死を語る時を除いて、デ・フランを苦しめて来たこの不幸は、ここまではほとんど問題にされてこなかった。作者は無意識のうちに登場人物と一体化しているようである。
（三二）　一六六九年、ボーフォール公爵はトルコ人に包囲されていたカンディアのベネチア人を助けに援軍を率いて馳せ参じた。この遠征は失敗し、ボーフォールは戦死する。トルコ人は一六七〇年にラカネ（ギリシャ名ハニア）を占領した。年代的には、この指摘は遠征が行われた時期と一致しない。
［ボーフォール公爵（一六一六―一六六九）はアンリ四世とガブリエル・デストレの孫。ルイ十三世の弟サン・マール侯爵が企てた王位を争う陰謀に加担してイギリス亡命を余儀なくされたが、リシュリューの死後に帰国。その後もレッス枢機卿と結託し反乱の首謀者になり逮捕された。最後は若き日の失敗を贖うためか、クレタ島のカンディア包囲戦に参加して戦死した。

カンディア（ギリシャ名イラクリオン）はクレタ島最大の港湾都市。東ローマ帝国、ジェノヴァなどに支配され、十三世紀には第四回十字軍で勢力を伸ばしたが、一六六九年には二十年に及ぶ戦闘の末にオスマントルコ軍に占領された（『十九世紀ラルース大事典』）。］
（三四）　マルタ騎士団の騎士たちは結婚しないという誓いを立てていた。
［マルタ騎士団は、十字軍が聖地に建設したエルサレム王国の常備軍として活躍した。西洋諸国の騎士たちから成り、各地に所領を持つほかに免税特権も与えられていて、巡礼者の保護にも当たった。エルサレム王国が滅びてからはキプロス島、ついでロードス島に本拠を移してトルコとの戦闘を続けた。一五二二年オスマントルコ帝国のスレイマン一世によりロードス島が陥落すると、一五三〇年にマルタ島に移り、以後マルタ騎士団と呼ばれるようになった。］
（三五）　プチ・サン＝タントワーヌ施療院は、地獄の業火、すなわち壊疽性丹毒に冒された病人を救済するために一三六一年に創設された聖堂参事会員が運営する施設である。この建物は現在のサン＝タントワーヌ街六十七番地にあった。一六八九年に建て直され、一七九二年には取り壊された。その敷地跡にプチ・サン＝タントワーヌ通路が作られたのである。
（三六）　この箇所は実務に通じた法律家であったシャールにふさわしい。パリの慣習では、父親のみならず、祖父（伯母も同様）が庶子に遺贈できるものは、「特定のわずかな贈与に限定」されている。これに反する贈与は判例によりしばしば破棄され、遺産は終身年金に切り換えられる。
（三七）　すなわち、シルヴィがガローとの結婚を拒否する場合、彼女は受け取った金額の三分の一の違約金を払うことになる。
（三八）　吊り鐘状の房飾りについては、ドロース版「デ・プレ氏とド・レピーヌ嬢の物語」注一七参照。
（三九）　しかし、戸籍簿に記されている名前はどういう名だったのだろうか？　すでにシルヴィ・ド・ビュランジュであったのだろうか？
（四〇）　シルヴィの弁明によって行動は大目に見られるとしても、彼女の行動が一層もっともらしくなったわけではないことは認めなければならない。
（四一）　ここは、感情的かつ象徴的な意味を持っている舞台装置である。同様に、恋人たちが仲直りする時、デ・フランは真っ先に「部屋の家具を入れ替え」させている。
（四二）　バルボッタンの鉄分を含む温泉と泥は、循環器系のいろいろな病気の治療に利用されている。

（四三）　シャールが書いていた当時にあっては、小説の中の極端に長い話をそれとなく当て擦るのは珍しいことではない。『フランス名婦伝』が現われた年に、マリヴォーは自作の『同情の驚くべき効果』（一七一三年）に登場する一人の人物が長々と話をすることについて、半ば皮肉な考察をしている。「さぁ、日が出てきました。奥様、あなたはおそらく言うでしょうね、イシスの話はかなり長くて日が出る時間は充分にあったと。しかし、あなたが日の出を待っていなかったとしたら、そんなことはどうでもいいことですね。」アベ・プレヴォーは『マノン・レスコー』の第一部の終わりで、デ・グリューの話を夕食で中断させる心遣いを見せている。

（四四）　パリにはポン＝ルージュ橋が二つあった。ひとつは一六一四年に建設され、ブルボン河岸通りを延長し、シテ島でデシャントル街に達する。もうひとつは一六三二年に建設されたが、一六八四年の増水で流されたもので、セーヌ川に架かるこの橋がボーヌ通りの中間点になっていた。ここで問題になっているのはこの橋である。

（四五）　ヴァルランがルヴィエールを知っていて、こういう状況でルヴィエールに出会うという、二重の偶然の一致は創作上の弱点だが、シャールにはあまり見られない弱点である。この偶然の一致は物語の劇的展開の中で気づかれずに済んでいるのは確かである。

（四六）　ヴァルランの心理的にもっともらしい告白によって、ルヴィエールの軽率な言動のあとでさえ、普通なら語り手には分からない秘密であったはずのさまざまなことを、語り手が知ることができる状況を作り出している、作者の巧妙な手法にここで改めて感嘆すべきであろう。

（四七）　この小説の時間の流れからすると、――全面的に満足するものではないが、（ドロース版「デ・フラン氏とシルヴィの物語」注一八、三三参照）――これは一六六九年あるいは一六七六年の教皇選挙会議に参加するためというよりはむしろ、一六六五年から一六六六年にかけてレス枢機卿が務めた非公式なローマへの使節団だと考えたほうがよい。
［レス枢機卿（一六一三―一六七九）――フランスの政治家、回想録の作者。高位聖職者ながらキリスト教的な魂は持っていなかったらしく、政治的野心を持っていた。フロンドの乱（一六四八―一六五二年）では、宰相マザランに陰謀を企て政治的に重要な役割を果たした。しかし捕らえられ投獄され、五四年に脱獄後は諸外国を転々としていたが、六二年にルイ十四世に許されて帰国。復権後は政治的活動を諦め『回想録』を書いた。これは反乱の時代を記録した激越な魂の記録として文学的にも高く評価されている。］

（四八）　シャールが修辞学の観念と〈毒〉の観念を結びつけているのは興味深い。それは修辞学を否定的に見る彼の考えに呼応している。「序文」五頁とドロース版「デ・フラン氏とシルヴィの物語」注八参照。

（四九）　この約束が守られなかったことはすでに述べた。

（五〇）　グレーヴ広場には処刑場があった。
［グレーヴ広場は、セーヌ河岸の砂地で公開の処刑が行われていた。］

（五一）　一六六二年、ローマに臨時大使として派遣されたクレキは、やがてそこでコルシカの衛兵事件に遭遇することになるが、このあとでおそらく問題になるだろう。
［シャルル・クレキ公爵――ドロース版「テルニー氏とベルネー嬢の物語」注一一に出ているフランソワ・クレキの兄。一六六二年ローマ大使の時、コルシカの衛兵にフランス人が襲撃されて侮

辱され、彼自身も妻も危うくその犠牲者になるところだった。ルイ十四世は教皇に謝罪を要求し、その償いをさせた（ミショウ『世界伝記辞典』）。〕

（五二）　おそらく一六九七年の三月と六月の勅令のことをほのめかしているのであろう。この勅令は結婚式に関する教会法の規定を思い起こさせ、夫婦が居住する小教区の「本来の司祭」の出席を強要するもので、これらの規定に違反した司祭たちに厳しい罰則を定めている。（ルソー・ドゥ・ラ・コンブ『民法判例集』、パリ、一七六九年）しかし、「現在」の書類と書いてあるのは不注意によるものに違いない。状況が変化したとしたら、それはデ・フランの留守が続いた数年間のことではなく、この物語が設定されている時と作者がこの物語を書いていた時の間である。

（五三）　「女というものの理解不可能な性格」に関するこの指摘はアベ・プレヴォーのペンで二度もよみがえる。『マノン・レスコー』の初めで「貴族」によって指摘され、『ある紳士の回想録』でも指摘されている。

（五四）　ランシーと言う名は作られた名で、兄の司教とは誰か言うのは難しい。

（五五）　間違いなく自伝から出て来た記述。シャールは『回想録』の中で、ローマではマルダチーニ家の食卓で食事をしたことがある、と書いている。フランソワ・マルダチーニ（一六二一―一七〇〇）は、一六四七年には母親である、あの名うてのドンナ・オランピアの要求に基づき、インノケンティウス十世により枢機卿に任命されたが、大して評判を得ることはなかった。

〔ドンナ・オランピア（一五九四―一六五六）は名門貴族の出だが、貧乏であったためか若い時からたいへんな野心家で、夫の死後は義兄と深い仲になり彼を完全に支配し、また彼を出世させることに情熱を傾けた。一六四四年、教皇ウルバヌス八世が亡くなると、教皇選挙会議を牛耳り、義兄をインノケンティウス十世にして、その寵愛を受けたことで有名になった（『十九世紀ラルース大事典』）。〕

（五六）　ここでもまた、その口調には、情事ではないけれど、シャール自身に関わる何かがあるようである。さらに先のほうに、金を兄弟や義理の兄弟に預ける母親のやり方に対する指摘があるが、それは作者の経験にまで遡ることができるのであろう。

（五七）　「乞食坊主」についてはいろいろと書かれているが（「デ・プレ氏とド・レピーヌ嬢の物語」二〇一―二〇二頁参照、また『宗教に関する疑義』には二回出て来る）、デ・フランを救い、さらにもう一度彼を救うのは（二八八―二八九頁、三一八―三一九頁）、ひとりのカルメル会修道士である。シャールは思想や党派の戦いを導くために（ヴォルテールのように）小説を利用していないのは注目すべきである。同様に、シャールはローマ宮廷の風紀を攻撃するきっかけを作り出すために、この宮廷のある人物を思い浮かべないように用心したと指摘することができた。ところで、その攻撃には自作の『年代順の覚書帳』や『宗教に関する疑義』やハーグのジャーナリストたちとの文通の中で取り組んでいる。

（五八）　ドン・キホーテへのこの当て擦りは、シャールが『続編ドン・キホーテ』の作者であることを思い出させる。

（五九）　市庁舎がある地区とシャールが子供のころ住んでいた地区との間に位置するサン＝ポールである。あとのほうでさらに詳しく、シルヴィはサン＝タントワーヌ街に住んでいると述べられている。三〇六頁参照。

（六〇）　おそらく、ムランを経由してセーヌ川の北岸をフォンテーヌブローに至る街道の近くにある、ボワッシー・サン＝レジェ（ヴァル・ド・マルヌ県）からほど遠からぬパリ東方のセーヌ川沿いの町、ル・プレッシ・トレヴィーズであろう。

（六一）　ここで話題になっているのは、馬に曳かせた川船である。ヴァルヴァンはフォンテーヌブローに近いセーヌ川沿いの小さな村で、この地方の港の役割を果たしていた。

（六二）　カンディア戦争については、二五八頁とドロース版「デ・フラン氏とシルヴィの物語」注三三参照。

（六三）　騎士分団長は、シャール自身がそうであったように、葡萄酒には目がないと想定されている。

（六四）　コンタミーヌ夫人は女性の擁護者として発言している。ドロース版「デ・ロネー氏とデュピュイ嬢の物語」注二二参照。

（六五）　かつての批評家たちは（そしてある程度、現代の批評家たちも）シャールが接続詞の que を乱用しているといって非難している。彼らはこの種の節では、接続詞は間接話法を示す単なる目印で、つまり文の構文を重たくすることも複雑にすることもなく、話の続きを導き入れるための目印にすぎないということを指摘するのを忘れている。さらに、すでに指摘したように（二四五頁およびドロース版「デ・フラン氏とシルヴィの物語」注二三）、作者は一連の総括する言葉（「［……］めぐり合わせを氏は母に語った」（三〇一頁））や、ごく短く省略された言葉（「［……］と自分は確信している」（三〇一頁））などで、接続詞が連続するのを断ち切る心遣いを見せている。

（六六）　シルヴィに関する手紙である。二五八、二六四、二七三頁参照。作者は自分に向けられるであろう、真実らしくないという非難に先回りして巧みに答えている。

（六七）　デ・フラン家における伯父たちの重圧は、シャールが置かれていた状況、とりわけ父が死んだあとの状況について、現在知られているあらゆることを考えさせる。

（六八）　サン＝ロックの丘界隈は、かつては豚の市場があった地区で、現在のサン＝タンヌ街のはずれに当たるが、十七世紀の中ごろには風車があって、当時から風車の丘という名がつけられていて、実際極めて鄙びた地区になっていた。この界隈は、サン＝ロックの丘が平らに削られた一六六七年以降ふたたび再建されはじめた。しかしラ・グリーヴの地図（一七二八年）は、十八世紀初頭にもこの地区に菜園がまだたくさんあったことを示している。〔ジャン・ドゥ・ラ・グリーヴ（一六八九―一七五七）――一七二八年にパリの地図を出版し、正確で美しいと好評を博した。さらに彼は、より精細なパリの地図の制作にあたりシテ島とパレ島の地図を一七五四年に出版したが、その他の地図は完成を待たずに死亡したので、弟子が残されたサント・ジュヌヴィエーヴ地区とサン・ルイ島の地図を一七五七年に出版した（ミショウ『世界伝記辞典』、フェリックス社、一九九二年）。〕

（六九）　ジャン・メナール〔フランスの文学研究者〕が明らかにしたように、シャールが知らないはずはなかった事業という言葉でデ・フランが考えていたことを明確にすることができる。すなわち、シャールの長兄ピエールはゲレ地区の人頭税を徴収する公職を手に入れていたが、一六八〇年と一六八一年の徴収した税に相当する金額を納めることができないと分かると、自分の官職を再び売らなければならなかった。とは言え、母が彼に貸しつけていた金額も返済することはできなかった。このことが弟のロベールに深刻な損害を与えたのである。

（七〇）　実際、デ・フランという姓はポワトゥー地方に関連していることを指摘しておくべきであろう。『紋章図鑑大全』にはデ・フラン姓を名乗るポワトゥー地方の領主たちの紋章がある。

（七一）　領主裁判所の検事とは領主裁判で検察官の役割を果たしていた下級官吏のことである。

（七二）　事実、ポワトゥーはパリ高等法院の管轄下にあった。

（七三）　妻の密通の現場を見つけた夫のとるべき態度は、シャールが何度も問い返している問題である。
（七四）　導入部の動詞がないので、この言葉は自由間接話法の端緒のようになっている。
（七五）　暗黒小説の行きすぎに陥ることなく、シャールは直観的にこのような舞台装置の不気味な効果を利用している。すなわち、夕暮れ、半ば焼け落ちた館など。
（七六）　密通や不行跡の場合に女が髪を下ろすという行為は伝統的なものである。デ・フランと作者自身によってシルヴィの髪の毛が重視されているという理由によって、この行為はここで新しい意味を持って来る。
〔編者によると、シャールは知人の家庭にシルヴィに生まれや境遇がよく似た娘がいたこと、そして、その娘も髪の毛がとても長く、栗色であったなど、その特徴を詳しく語っている。〕
（七七）　この当時にあっては、自分自身の気持ちが曖昧な人物によって語られる、サド・マゾヒスト的な行動のこのような描写の独創性については強調するまでもない。
（七八）　すでに述べたように（ドロース版「真実なる物語」注三）、シルヴィは修道院の寄宿者になるだろう。彼女を修道女と言えるかも知れないが、それは不適切で広義に解釈されたものにすぎない。
（七九）　この場面は同時代人を感動させた。ランドワばかりでなく、無実を証明するために自分の良心の法廷に訴えるシルヴィの感動的な弁論を詳細に覚えていたディドロにも強い印象を与えた。
〔ポール・ランドワ――『百科全書』の絵画に関する多くの項目を執筆した。一七四二年には『フランス名婦伝』から題材を得て、散文の一幕物の市民劇『シルヴィ』を出版した（ファイヤール版『フランス文学事典』）。〕
（八〇）　ここで「キリスト降誕の日」の象徴的な意味を確認していることに注目すべきである。二三六頁およびドロース版『デ・フラン氏とシルヴィの物語』注一二参照。
（八一）　ブール・ラ・レーヌ――「ジュッシー氏とフヌーユ嬢の物語」一五一頁参照。
（八二）　二八八頁参照。
（八三）　シャールは『続編ドン・キホーテ』以来、このテーマを何度も発展させている。
（八四）　これは説教師や道徳家にとって馴染みのテーマである。シャールはこのテーマを『続編ドン・キホーテ』の中ですでにドン・キホーテに論じさせていた。マリヴォーはこのテーマを『哲学者の部屋』で雄弁に再現することになる。
〔『哲学者の部屋』（一七三四年）――この哲学者が取り上げるテーマは男性、女性、運命、作家の役割、表現の問題など多岐にわたっているが、とりわけ宗教で、彼はモラルや宗教は生得的な自然の光に基づいて成立するのであって、哲学者の使命は宗教的な真実を究めることだと主張している。〕
（八五）　モンジェイ夫人がこのような状況にいるのを驚くかも知れない。しかし、この作品全体が、ある社会が評価を下し記憶している限り悲しみは癒される、というひとつの社会の考え方を描いていることを思い起こすべきである。
（八六）　ここには避けて通ることのできない年代上の詳しい情報がある。有名なラープ、あるいはハンガリーのザンクト・ゴットハルトの戦闘は、一六六四年八月三日に行われた。この戦闘ではトルコ軍が、コリニーとラ・フェイヤード麾下の六千人のフランス分遣隊に援護された神聖ローマ皇帝レオポルドの部隊によって敗北を喫した。フランス分遣隊はとりわけその活躍ぶりで勇名を馳せた。

〔ジャン・ド・コリニー（一六一七―一六八六）――フランスの軍人。一五七二年にサン・バルテルミーの虐殺で犠牲になったコリニー提督の子孫。ミサ典書の余白に奇妙な回想録を書いたことでも知られている。フェイヤード公爵（一六二五？―一七二五）は数々の戦闘で勇名を馳せたフランス元帥。あのカンディア島に自費で援軍を派遣している（『十九世紀ラルース大事典』）。〕

（八七）　ブラガンサ家によるポルトガル支配の正当性をスペインが認めたこの和議は、一六六八年に締結された。しかし、敵対行為は一六六七年に終わっていた。

〔ブラガンサ家――一六四〇年にスペインから独立したポルトガルの王朝。一九一〇年に革命がおきるまで続いた（『角川世界史辞典』、二〇〇一年）。〕

（八八）　同じ言葉が『インド航海日誌』にも見られる。「祖国への愛情は決して消えないものだ。私は祖国にあってはずっと不幸だったが、もう一度祖国を見たいとひたすら願っている。」

（八九）　魂の死を招く大罪の状態。これは『続編ドン・キホーテ』の中に挿入された三番目の中篇小説「用心深い夫」の聞き手たちが出した結論と同じである。

（九〇）　三〇七頁およびドロース版「デ・フラン氏とシルヴィの物語」注七三参照。シャールが語っている密通の物語の結末はさまざまである。〔『続編ドン・キホーテ』の〕「用心深い夫の物語」では、夫のジュスタンは妻の不貞を確信して妻を一年間監禁するが、その後結婚生活を再開して妻の愛情を再発見する。『インド航海日誌』で語られているパリジャンの物語では、妻の現場を押さえた夫は自分の全財産を売り飛ばしフランスを去る。しかし、妻は修道院に入ることを拒否し、俗世間に残るために公然と囲い者になる〔一六九一年一月二十四日の日誌〕。

（九一）　この先で、シルヴィはガルーアンに対して「本当に無関心だった」と認めているが、それがどんなことであれ、初めのこの部分は（まさしくガルーアンによって取っておかれた、この手紙の存在そのものによって）ガルーアンに対するシルヴィの思いの深さについて考えさせてくれる。とりわけ、シルヴィはデ・フランによって実際あのように扱われたあとで、ガルーアンが自分に対して抱いた愛情の誠実さを感じないということがあり得ただろうか？　ガルーアンが彼女に誓った「秘密」（「デュピュイとロンデ夫人の物語」四〇三頁）は、二人の間に感覚のつかの間の熱狂以上の何かがあったことを意味しないだろうか？――シルヴィは本当は誰を愛したのだろう？

〔この点に関して研究者の意見はふたつに分かれている。〕

（九二）　もしも、この一節がシルヴィのうちに秘めた愛情では説明できないとすると、シャールの描くすべての人物の中にあってほかに例を見ないことだが、シルヴィには侮辱的な行為を許す感情、キリスト教の慈悲の感情があると認めなければならない。

（九三）　この言葉をコンタミーヌに言わせながら、作者はシルヴィの本当の気持ちを包み隠している謎を強調している。コンタミーヌによれば、それはガルーアンを失ったシルヴィの悔しさであり、自分がガルーアンに出した手紙をあれこれ説き明かすであろうほかの女のものに、ガルーアンがなってほしくないという欲望なのである。

（九四）　シルヴィの後悔とシルヴィがとった行動は、彼女がガルーアンを愛することができたということと、その時になって初めて自分がデ・フランと結婚していることを知ったということと矛盾していないことに気づくだろう。そうでなければ、クレーヴェの奥方はヌムール公を一度は愛したということもまた否定せざるをえないであろう。

（九五）　一七一三年版の注は、ここに、「シルヴィの物語の続きは、あとのデュピュイ氏とロンデ夫人の物語の終わりにある」と記している。四〇〇頁参照。

（九六）　デ・フランの話と比べると、デュピュイの話は違った雰囲気の中で展開する。これは、ある意味では悲劇のあとの笑劇、あるいは、好みにもよるが、「悲劇的物語」のあとの「喜劇的物語」であろう。

デュピュイとロンデ夫人の物語

（一）　この考察は、シャールの父は死んだ時に大した財産を彼に残さなかったということを除いて、シャール自身にかなりよく当てはまる。

（二）　シャルル・ソレルの『フランシオンの滑稽譚』の登場人物。シャールはここで自分のインスピレーションの鍵のひとつを打ち明けている。

［シャルル・ソレル（一六〇二？—一六七四）はリアリズム小説の先駆をなすフランスの小説家。この『フランシオンの滑稽譚』（一六二三年）は田舎の青年貴族フランシオンの恋物語仕立てで、ルイ十三世下の風俗が写実的に描かれ、放蕩貴族、娼婦、香具師、すり、百姓などいろいろな階層の人物が登場する。］

（三）　細部にわたるこの報告は、あらゆることが自伝的なものであることを示している。シャールはラ・マルシュ学寮で哲学を修めた（『インド航海日誌』）。そして、そのことを『宗教に関する疑義』の中で報告している。彼は好んで自然学を論じている。［たとえば、『インド航海日誌』では、シャールはシャルモ氏と自然学を論じることができたし、輪廻転生などさまざまに考察を深めている。］

（四）　つまり、二階である。

（五）　マルタ騎士団をさす。

［マルタ騎士団については、ドロース版「デ・フラン氏とシルヴィの物語」注三四参照］——このエピソードは、シルヴァン・ムナンが『イカロスの墜落』（一九八一年）で述べているように、グレクールにその短編『幸せな小学生』の想を示唆したのかも知れない。

イカロスはギリシャ神話に出て来る名工ダイダロスの子。父が発明した蝋づけの翼で空中を高く飛んだが、太陽に近づきすぎたため、蝋が溶けて海に墜落して死んだという。

グレクール（ジャン・バチスト・ヴィラール・ド・グレクール、一六八三年—一七四三年）——フランスの詩人、短編小説の作者。彼は初め聖職者を志すが、酒色に耽り職を辞して、遊び仲間の貴族などに庇護され、みだらな詩や短編小説を書いた（ファイヤール版『フランス文学辞典』）。］

（六）　ルデューヌは、このあとに出て来るアラモーニュと同じで、架空の名。

（七）　長鞭は、「場術用語で、棒の先端に長い革の紐をつけた長い鞭。馬の尻を打って、騎手の言う通りにさせたり、馬に活を入れたりするのに使われる」（『フュルチエール辞典』）。

（八）　これもまた自伝的な事実なのであろう。ポンディシェリで、シャールは技術者として城塞を評価している（『インド航海日誌』［一六九〇年八月二十四日の日誌］）、『宗教に関する疑義』ではシャールは築城術の将校になったと言っている。

［ポンディシェリは、インド南部にフランス人が一六七四年に建設した植民地で、フランス東インド会社の拠点になった（『コンサイス地名辞典』、三省堂、一九九八年）。］

（九）　技師のところである。

（一〇）　『続編ドン・キホーテ』（第四巻五三章）に同じ表現がある。「夫婦の貞節の掟は神がアダムのためにただひとりのイヴしか創らなかった天地創造と同じくらい古いものである。同じように、神はイヴのためにただひとりのアダムしか創造されなかった。もちろん、たったひとりの男が複数の女を持つことができると神が主張したとすれば、アダムのためにひとりの女しか創造しなかったということはないであろう。」

（一一）　シャールの兄は田舎にしっかり腰を据えた。しかし、彼がパリに帰って来たことを示すものは何もない。しかも、このあとに続くエピソードはクールチル・ド・サンドラスの回想録に似て、作者不明の回想録風である。

［クールチル・ド・サンドラスについては、ドロース版「テルニー氏とベルネー嬢の物語」注一参照。］

（一二）　デュピュイ家が位置する社会的水準は、馬車も御者も従僕もいなかったシャール一家の水準よりははるかに高い。

（一三）　ここにはフランドル絵画風の情景が見られる。

（一四）　この記述の自伝的解釈は難しい。たとえば、シャールが参加したと言っているフランドル戦役（一六七七年）では、チュレンヌは一六七五年に死んでいたので指揮していなかった。したがって、ここは一六八五年のフランドル海上遠征か、あるいはむしろ一六六七年のフランドル遠征に違いない。一般的に言って、デュピュイはデ・フランやガルーアンと同じで、シャールよりも前の世代に属しているようである。しかも、ハーグのジャーナリストに宛てた一七一四年一月二十三日の手紙の中で、シャールはガルーアンの甥について「一緒に哲学を勉強した」と語っている。

（一五）　それに反して、この言葉に個人的な口調を見ないわけにはいかない。『宗教に関する疑義』の中でも、また書簡や『回想録』の中でも、シャールは「援助がないこと」をぼやいている。ジャン・メナールは、母親が兄を極端にまで優遇し、実質的に弟の利益を侵害したことを見事に明らかにした。

（一六）　シャールは伯父に提出する予定の『インド航海日誌』の自筆原稿を書きはじめながら、伯父が自分のために「絶えず」示してくれた親切に感謝して、こうつけ加えている。「私は悪行をかさね、貴方の親切に値しない人間だと思われるようなありとあらゆることを何度もして来たとは言え……。」結局のところ、シャールの父は一六八一年五月一日に亡くなっていたのである。

（一七）　ルルーの『滑稽辞典』は貧民窟とは何かをくどくどと次のように定義している。「汚くて不潔で臭い所、悪所、曖昧屋、ビール酒場、岡場所」

［フィリップ＝ジョゼフ・ルルー（？―一七九〇頃）の『滑稽辞典』は一七一八年に出版された奇妙な辞典で、低俗な言葉を多数収録していて、度々再版された（『十九世紀ラルース大事典』）。］

（一八）　シャールにとって「情報源」になったとは言えないが、当時のゴシップ記事を載せた幾つかの本はより悲劇的な似たような出来事を報告している。

ウルス街のある曖昧宿で、フェルテ公爵、ビラン、コルベール騎士とダルジャンソン等はウーブリ売りを呼び込んだらしい。彼らがこの男をもてあそぼうとしたので、男は抵抗したが、剣で男の睾丸を切り落としたらしい。彼らは不意に酔いから覚め、死に瀕していたこの男を血の海の中に置き去りにしたようだ。コルベールは、ことの次第を知らされると、「息子を閉じ込め、ストーブ用のシャベルで手酷く打ち据えた」と言う。

（一九）　聖年は二十五年ごとに行われていた。ただし、一六七六年にインノケンティウス十一世が就任した時のように、教皇就任時は例外的に聖年に数えない。

（二〇）　これらの「調合物」の効能は、ディドロの『百科全書』によって立証され、また事実と考えられていた。

［『百科全書』の「結紮《けっさく》」（Ligature）（血管をしばって血行を止め

ること）の項目に、男性のインポテンツの原因として出ている。〕

（二一）　デュピュイの偽りのこの不平は、『アストレ』の第二部で、イラスがなかば無理やりにフロリスをテオンブルと結婚させたのに、フロリスに同情する時の大げさな後悔の言葉を思い出させる。

〔『アストレ』（一六〇七―一六二七）はオノレ・デュルフェの五部からなる牧人小説。牧人セラドンと牧人の娘アストレの恋愛が信じられないような紆余曲折の末にようやく結ばれる物語。本筋に数多くの物語が入り込み驚くような長編になっている。今日ではあまり読まれないが、当時はプレシオジテの文学的表現として広く読まれたという。〕

（二二）　これは、国家の安全を覆す陰謀に加担し、一六七四年十一月二十七日頃に処刑されるはずであった親衛隊の連隊長で、ロアンの騎士という名でよく知られている、ロアン公ルイであろうか？

（二三）　よく知られているタイプの冗談で、旅籠屋の語りかけるような看板をほのめかしている。そこから、〈野天で夜を明かす（野宿する）〉、〈同じ看板の宿に泊まっている（同じような立場にある）〉、などという諺風の表現が生まれた。

（二四）　『随想録』の第二巻第二章で、モンテーニュはワインと勇気を結びつけている。第二巻三三章のスプリナの話の中で、モンテーニュは〈ヴィーナスとバッカスは喜んで意気投合した〉という諺を援用している。

〔モンテーニュ（一五三三―一五九二）は十六世紀のフランスの思想家。その博識ぶりは驚くばかりで、『随想録』は宗教内乱やペストの流行など困難な時代を生き、ストイシスム、懐疑主義、エピキュリスムを経て、経験主義に至るモンテーニュの思想遍歴をあらわす大著で、後世に大きな影響を与えた。〕

（二五）　この機械は揚水機で、ポン＝ヌフ橋のルーヴル宮側から二つ目のアーチの上に建てられた建物の中に設置されていた。この揚水機はセーヌ川の水を汲み上げるために用いられ、その水はさらにサン＝ジェルマン・ローセロワ修道院の近くにある貯水池に導かれ、ルーヴル宮の給水に当てられていた。この方式は十七世紀末には使用されていなかったが、建物は残っていたのである。ポン＝ヌフ橋で遊泳する人や、彼らがしばしば起こした醜聞、そしてその結果できた警察の規制については、Ｅ・フーリエの『ポン＝ヌフ橋の歴史』を参照のこと。このあとの「パッサード」とは「他の人を水中に押し込め、自分はその上を通る遊び」（『リトレ辞典』）。

〔本城靖久著『十八世紀パリの明暗』（新潮選書、一九八五年、一〇八頁）によると、この揚水機は一六〇六年にアンリ四世がセーヌ川の水を水力ポンプによって汲み上げ、これを市内の給水場に導くために建設を命じたもので、「サマリテーヌの揚水機」と呼ばれ、三階建ての立派な石造建築で当時の銅版画にも取り上げられているという。〕

（二六）　サン＝ジェルマン学校、現在のコンティ河岸通りである。

（二七）　ここには、『宗教に関する疑義』の中で述べているように、シャールが良心について抱いていた観念が見られる。良心は「神が私の精神と私の心に満たしている本能で、私が相談するといつも正しく答えてくれ、私が問いかけなくても私に語りかけ、私がその命令に反して犯したすべての過ちを非難する。」

（二八）　これは、一六七九年にゲレ地区の人頭税収税の官職を手に入れた時の長兄ピエールと、シャールの状況と完全に同じである。一方、シャール自身によると、一六八二年、ある「不幸な出来事」のために彼がパリを去らざるをえなくなった時に、兄がパリに戻って来ていたかどうかは定かではない。

（二九）　ドロース版前注二八で見たように、シャールの長兄が田舎に落ち着いてからも、シャールと付き合っていたかどうか定かではないし、あり得なくもない。また、兄がそこでどうなったか分かっていない。

（三〇）　読者はこの点については知らされていなかった。

（三一）　サン・ジェルヴェ小教区のラ・モルテルリ街は現在の市庁舎通りで、シャールの父はそこに住んでいた。

（三二）　実際、出産時に新鮮なバターや油を使うのは決まりになっていた。

［フランソワーズ・ルークス『母と子の民俗誌』（福井憲彦訳、新評論、一九八三年、一二七頁）によると、産湯はぬるま湯にして、新鮮な無塩バターか、よくかき混ぜた卵黄を湯に加えることもあったし、ブドウ酒や火酒のたぐいを加えることもあった。］

（三三）　作中のこの人物は、過去において漠然と感じていた感情を分析するにあたって人格が分裂している。マリヴォーはこの「二重帳簿」の技法をしばしば使うことになる。

（三四）　シャールは、何でも知っている語り手の技法と決然と別れて、少し重たくなるのは覚悟のうえで、デュピュイがどうしてこういう事実を知ることができたのか説明しようと腐心している。少し先には、「彼は従僕を引き下がらせましたが、従僕のほうは主人の驚きぶりにびっくりして好奇心を起こし、扉のところで立ち聞きしたのです」（三六四頁）と書かれている。

（三五）　合せ文字の印とは氏名の頭文字を組合せた印のこと。「時には重なっていて、友情を結んでいるとか、あるいは何らかの関係がある人の名前の頭文字を組み合わせる」（『フュルチエール辞典』）。

（三六）　この思いがけない出来事はラ・ポムレー夫人の働きぶりを先取りしている。行動の類似性から、ディドロはこの場面を覚えていたと信じることができる。

［ドロース版「コンタミーヌ氏とアンジェリックの物語」注一一参照。］

（三七）　『フランス名婦伝』の作者にとって、この友人グループが担っている役割を極めてはっきり示す表現。

（三八）　「組み鐘の音。幾つもの鐘が集まって出す音。大聖堂や、大きな教区には、大小さまざまな鐘がある。これらの鐘には一定の税金が課せられている。〈大きな鐘が欲しいですか？〉などと使われる」（『フュルチエール辞典』）。デュピュイの淫らなこの駄洒落は辞書には載せられていない。しかし、ルルーの『滑稽辞典』（ドロース版「デュピュイとロンデ夫人の物語」注一七参照）にある「太い弦に触れる（いちばん肝心なことをする）」という表現と比べてみること。

（三九）　同じテーマが、それとなく肯定するように、未亡人の話の中で展開されることになる。

（四〇）　キャンズ＝ヴァン施療院は、三百［キャンズ＝ヴァン］人の盲人を受け入れていたために、そう名づけられていたが、のちにサン＝ルイ施療院になり、サン＝ニケーズ街とロアン街、それにヴァロワ街に囲まれた場所にあった。この施療院は、一七七九年に、ルーヴル宮の北翼の拡張にともなって、シャラントン街にあった黒い銃士隊の旧館に移された。

［キャンズ＝ヴァンは聖王ルイによって三百人の盲人の世話をするために、ルーヴル宮の脇に作られた施療院。その財源のひとつに寄付金があったが、持参金のある者は自分の居室を与えられていた。また、どちらかの目が見えれば、結婚することも許されていた。外出する時は丈の長い制服を必ず着て、銅製の一輪の百合の花で前を留めるように決められていた。ルイ十三世とマザランによって創設された銃士隊は近衛兵の中でも選り抜きの中隊であ

った。二つの中隊があって、馬の毛色から黒い銃士隊と鼠色の銃士隊に区別されていた（『十九世紀ラルース大事典』）。〕

（四一）　シャールにおけるこの問題の重要性に関しては、ジャック・ポパンの論文「黄泉の国のシャール」を参照のこと。

〔この論文によると、一七〇七年から一七一〇年にかけて、匿名の一連のパンフレットが出されたが、そのひとつに「徴税請負人」があり、そこにはまだ存命中だが黄泉の国に落ちる金融資本家の名が挙げられていた。彼らは放蕩者として有名で性病で死んだということになっていた。そのリストの中にシャールの名が挙げられているが、それはたぶん、シャールが一七〇七年一月に禁書目録に載ったマールブランシュを自分の論文に引用したこと、また、悪名高き徴税請負人の名がシャールの親戚の名と同じで、そのために誤解されてシャールが反感を買ったらしい（『フランス文学会誌』、アルマン・コラン社、一九七九年十一・十二月号、一〇一三―一〇一八頁）。

シャール自身は『インド航海日誌』の中で、性病についていわば脅迫観念みたいな恐れを抱いていて、性病で腐って死にかかっている肉体を目撃し、「ひどく恐ろしくなり、それが誘惑に対して治療薬として役に立った」と書いている。また、一六八三年のリスボンとカディスへの旅行について、シャールは「誘惑されたけれど、身持ち正しかった」と記している。〕

（四二）　「鋳掛屋の笛は数本のブリキの小さな管でできた笛で、鋳掛屋が街を流して歩く時に、合図として使われた」（『フュルチエール辞典』）。

（四三）　この話と同じような話が当時の年代記、特にクールチル・ド・サンドラスの『L・C・D・R氏の回想録』にある。シャールはこの作品を知っていた。なぜなら、『インド航海日誌』で使っている暗号の体系をこの回想録から借用しているからである。この『回想録』には次のような話がある。ロシュフォール伯爵の父は裕福な商人の娘とまさに結婚しようとしているところである。彼の友人のマルシャック殿がこの娘は悪所にたびたび出入りしているから用心しろと彼に言う。初め伯爵はそれを信じようとしない。ところが彼は当のその娘がその館から出て来るところに出くわす。伯爵は翌日その館に行き、「さて、呼ぶだけの値打がある女を誰か来させてくれと頼んだので、彼がお望みの、つまり望みもしない女が連れてこられたのだ。なぜなら、彼はとたんに子供のように泣き出し、すぐさま何も言わずに出て行き、馬に乗ると、誰にもマルシャック殿にさえも会わずに自宅に舞い戻ったからである（ハーグ版、一六八九年）。」二つの文章を比較してみれば、話の運び具合と人物に命を吹き込んでいる、その技量でシャールのほうが格段に優れているのは明かである。

〔クールチル・ド・サンドラスについては、ドロース版「テルニー氏とベルネー嬢の物語」注一参照。〕

（四四）　返還金とは、「卸売商人が取引先に返還する金」（ウェイリー）。原則的には、取引先に前払い金を保証するための金である。しかし、広義には、この語はあらゆる種類の信用状を指している。「国境での」は、おそらくシャールが執筆していた時がそうなのであろうが、戦時中であることを暗示している。

（四五）　フランスで『フランス名婦伝』が出版されて一年もたたないうちに作られたマリヴォーの『仮装貴公子』に二人の女性の会話があるが、そのうちのひとり、オルタンスはシャールの「悲嘆にくれた女」と同じ愚痴をこぼしている。次の二つの台詞を見ていただきたい。「ロドリーグ伯爵がわたしと結婚する前は〔……〕」、「情けないのです、奥様、情けないのです！　侮辱されるということがどんなことか想像してみてください〔……〕」（第一幕第二場）。

〔『仮装貴公子』（初演は一七二四年）は『愛と偶然の戯れ』と同じで、恋人の性格を確かめるために変装するという、マリヴォー得意の喜劇。王女はカスティリヤ王レリオに恋をしていて、親友のオルタンスに彼の心を探らせる。ところが、オルタンスはレリオに強盗から助けられたことがあり、彼を愛していることに気づく。レリオもオルタンスを愛しているが、オルタンスは友情と愛のディレンマに苦しむ。最後は二国の平和を確かなものにするために、王女は二人の結婚を許す。〕

（四六）　この文から、この節全体から、結婚の基盤は何よりも本質的に社会的なものであることが暗黙のうちに判明する。これに近い見解が『宗教に関する疑義』に述べられている。シャールにとって、道徳的な善悪は人間の約束ごとの外に存在する。しかし、善は他者に向ける「救助」の中にしか存在せず、悪は「過ち」あるいは「嘘」の中にしか存在しない。したがって、「スパルタにおいては、姦通は法や正義に抵触していなかった。」なぜなら、「ことは共通かつ相互的であって、隣人が人の妻に対して持っていた権利と同じ権利を誰でも隣人の妻に対して持っていたからである。法律がこれに反対である時には、こんなことはありえない。」

（四七）　ペグー王国（一八五二年までビルマ帝国の一部であった）のことである。『インド航海日誌』で、ペグー国王は国の人口を増やすために、ペグーに女の共同体を導き入れ、女たちはほぼ裸体で男の欲望をかき立てるように促されている、とシャールは報告している〔一六九〇年十一月十五日〕。シャールはある宣教師の証言を引用しているが、この奇談は実はモンテーニュまでさかのぼる（『随想録』第三巻第五章）。エルヴェシウスは『精神論』（第二巻一五章）においてこの自由な習俗と、そこから生じる結果に賛同している。「マラバルではすべての女性が誠実だが、それは彼女たちが顰蹙を買うことなく自分たちの恋の気まぐれを満足させているからである。」

〔『随想録』のこの章はモンテーニュによる女性の性愛論だが、女性の立場を擁護したものと言えるだろう。

クロード・アドリアン＝エルヴェシウス（一七一五—七一）はフランスの啓蒙思想家。徴税請負人になり莫大な財をなし、サロンを開いてディドロなどの多くの啓蒙思想家たちと交友した。みずからも哲学研究に励み、ジョン・ロックやコンディヤックの感覚論哲学の影響を受け、先験的な観念をいっさい認めず、精神作用はすべて感覚に由来すると説き、ついには無神論を展開した。

マラバル海岸はインド南部の西海岸一帯を指す。「マラバルの女」という表現は十八世紀に於いては詳しい説明もなしにしばしば使われている。『十九世紀ラルース大事典』によると、コルネイユの甥で劇作家トマ・コルネイユの『世界地理辞典』（一七〇八年）には、ここで問題になっている習俗はカースト制による習俗にすぎなかったと報告されている。

十八世紀のフランスではユートピア思想が盛んに展開され、未開地の報告なども相俟って、ラオンタンの『旅行経験のある野蛮人との不思議な対話』（一七〇三年）は広く読まれて、「善良な野蛮人」の伝説を生んだ。未亡人が語るこの一節もそれに歩調を合わせるものと言える。〕

（四八）　「ほかのことはすべて脇に置く」とは、つまり宗教の掟のことだが、その掟を考慮にいれないことである。ほかのところでは夫婦の貞節を推奨しているシャールの見解の矛盾はしばしば強調されて来た。

（四九）　以下は、未亡人がほのめかした一節である。ジュピターが雄牛や蛇や白鳥に変身することが話題になっている。「この神はほかのことでも自分が何をしているのか分かっている／それに、恋の熱情に突き動かされて獣に変身しても／獣は人が考えるほど愚かではない」（プロローグ）。

（五〇）　この節で取り上げられたテーマはすべてマリヴォーによって『哲学者の部屋』第五章の「結婚した女」で再び取り上げられ発展させられる。そこでも語るのはひとりの女性である。「この女は身持ちが悪く、何人かの愛人がいて、夫婦の貞節を裏切っています。彼女には情状酌量の余地はありません。彼女は閉じ込められ監禁されます。〔……〕でも、不実で、何人もの愛人を持ち、その女たちと一緒に生活し、女たちのために自分や妻や子供たちの身を滅ぼしてしまう夫にはどう対処するのでしょう？　その男はどう扱われるのでしょう？　彼こそ妻のように閉じ込められるべきです。〔……〕妻は自分の放蕩を隠したことに注目してください。〔……〕不実な夫に目を向けてください。彼の放蕩ほど恥知らずなことがほかにあるでしょうか？」

（五一）　達観している人の結論で、マリヴォーにはこれに相当するものはない。

（五二）　従僕のポワチエは喜劇に登場する抜け目のない従僕に似ているが、これに先立つ場面はすべて直接話法で、まさしく喜劇の一場面である。つまり、喜劇のように見せるためには、「〔……〕と彼は言います」とか「〔……〕と彼は答えます」などの挿入節を省略し、その代わりに話し相手の名前とダッシュを入れれば充分だろう。シャールの文体の柔軟性を示す新しい例である。

（五三）　女主人と従僕の場面のあとに、デュピュイと未亡人の場面が続く。この場面にはマリヴォーダージュの心理的あるいは言語的な幾つかの特徴がすでに含まれている。

「マリヴォーダージュという独特の表現法には三つの特色がある。第一は隠された動機を見つけ出すこと。第二は恋愛心理の分析に繊細さを極めること。たとえば、ノンという答の裏にウイが何割くらい潜んでいるかを探るのである。そして恋愛感情の変化を微に入り細を穿つように、しかもリアルに描くのである。第三に男女間のややもすれば野卑に堕しかねない主題を洗練された上品な文章で表現することである（ファイヤール版『フランス文学辞典』）。」

（五四）　この未亡人の社会的地位は『偽りの告白』の中のアラマントの地位とほぼ同じである。それに反して、デュピュイの地位は、財政的にはそれほど輝かしいものでなく、ドラントの地位を連想させる。マリヴォーの喜劇と比較できるのは唯一これに限らない。デュボワの役割を思わせるポワチエが演じる役割のほかに、デュピュイが未亡人の心を捕らえ動かぬものにするために、「偽りの告白」を利用するのがやがて分かるはずである。

「『偽りの告白』（一七三七年）はマリヴォーの三幕喜劇の傑作。主人公のドラントは若くて美しい未亡人アラマントに恋をしていて、かつての召使デュボワの知恵を借りて、さまざまな手を使って恋心を告白し、ついに二人は結ばれる。この間に偽りの告白が五回も行われ、誤解の種になったり、恋を実らせたりする手段として用いられている。」

（五五）　フランスの紋章、つまり、三つの百合の花が一緒につながっている紋章が裁判官席を飾っていた。そこからこのような換喩表現が出て来る。したがって、デュピュイの軍歴は短いが、〈軍職〉に就いていたらしい。三三六頁参照。

（五六）　したがって、ボーヴァルという名は姓ではなかったのである。三八七頁参照。

（五七）　「保証人」とは「他人や自分自身のことに責任をもつ人」のことである（ウェイリー）。この私生児は嫡出子ではなく、未亡人が結婚を拒むので、父親は結婚生活を享受することができない、そう理解すべきである。
(五八)　この未亡人の物語をめぐるさまざまな謎(彼女の身元や別離の理由など)が注釈者たちの興味をかき立ててきた。
(五九)　この指導司祭は良心の指導者の長い回廊に席を占めている。その回廊には、文学上の人物(『タルチュフ』初版本のモリエールの人物や、ラ・ブリュイエールの人物や、『成り上がり百姓』の中のマリヴォーの人物)、あるいは、シャールが『回想録』で攻撃している、ルイ十四世のイエズス会の指導司祭たちのような歴史上の人物たちがいる。
〔ラ・ブリュイエール(一六四五—一六九六)は『カラクテール』の「流行について」の中でタルチュフの偽善を揶揄し、マリヴォーは『成り上がり百姓』の中で、ドゥーサン氏の姿を通して偽善のテーマをさらに発展させている。シャールの『回想録』には各所にイエズス会への批判や反感が見える。〕
(六〇)　偽善的なこの目論見には、〈ガルーアン=ドン・ファン〉の特徴が見える。
(六一)　一七一三年版の注は、ここに「シルヴィの物語の続編」と書いている。三二五頁参照。
(六二)　「共感」の身体的現象によって説明される血のこのような効能については、シャールと『文学新聞』の編集者との議論を参照のこと。
〔シャールの『回想録および書簡全集』に、シャールと『文学新聞』の編集者の往復書簡が収録されているので、その一部を紹介しよう。
①　一七一三年十二月三十日付けのシャールの手紙
「〔……〕光栄にも私は高等法院に所属していますが、高等法院では魔女を信じていないし、私も信じていません。魔女について言われていることはすべて完全な幻影であり、老婆の作り話だと私は確信しています。〔……〕しかし、媚薬や自然を超えた秘法は存在すると確信していますし、そればかりか、血はその血を採った肉体との共感を保持していると確信しています。それは今でも経験が毎日私たちに示していることであり、疑うことができるとは私には思えません。」
②　一七一三年十二月三十日付けの『文学新聞』の編集者の返事
「〔……〕貴方は立派な紳士と見受けられますので、我々が貴方の文体に関して申し上げたことを悪く受け取らないと思います。貴方自身がもっと正確に書くことができたと認めているようですから、我々の批評は貴方をそんなに不快にはさせないはずです。

〔……〕貴方の作品に散見する迷信に関する考えについて我々が言ったことを悪く取らないでいただきたい。読者は作者の意見を本によってしか判断できませんし、貴方がご自分で書いたことを信じていたと我々は思わざるをえないのです。〔……〕我々は飲み物が人を愛に導くことはかなり分かります。しかし、いかなる手段を用いても、ある人の性向をほかでもなくかくかくの対象に傾けることができるとは、想像することができません。我々は予言については、『運命と、未来のめぐりを知らぬまま、その時一時の幸運に、思い上がってつつしみを、忘れ果てるや人ごころ!〔ラテンの詩人ウェルギリウスの英雄叙事詩『アエネーイス』(泉井久之助訳、筑摩書房、昭和四十年、二二四頁)からの引用〕』だと確信しています。」
③　一七一四年一月二十二日付けのシャールの手紙
「〔……〕さて、私は手紙の中で媚薬を話題にさせていただきましたが、『フランス名婦伝』の中では媚薬には触れていません。モラン夫人を永遠に眠らせてしまう薬物を媚薬ととることはできないからです。作品中には血の混合物と極めて悪辣な魔術については書かれています。私は媚薬が人を愛に導くことは認めています

が、新鮮な卵や卵の胚、よく準備されたアーティチョークの芯、ツチハンミョウ科の甲虫、そのほか数々の単純な原料がそうであるように、ただ単に自然を刺激するだけであるべきです。さらに、こういうものは愛に導くことができると認めますが、その対象を決めることはできません。しかし、二つの血を混ぜればそれができると私は主張しているのです。この共感は極めて強いもので、その影響力は負傷者の血で濡れた肌着と、負傷した人がどれほど離れていようとも、肌着から負傷者にまでおよぶのです。この真理を確信するためには、軍隊で傭兵と呼ばれている者たちと、秘法で傷を癒すことができる人々をちょっと訪ねさえすればよいのです。」〕

(六三)　総じて習い事と呼ばれていたものは、剣術、馬術、ダンス、それに一般に学院の全課程を含んでいた。

〔学院とは上流家庭が男子の嗜みとして、また子弟の教育の仕上げとして通わせていた学校。これらの習いごとのほかに、縄で吊り下げた輪を走る馬の上から槍や剣で突く競技も教えていた。（ドロース版「テルニー氏とベルネー嬢の物語」注三参照）〕

(六四)　ガルーアンは二つの動機、つまり贖罪と「報いを受ける」恐怖を、つねに同じ次元に置いている。「報いを受ける」のは摂理が望んだ彼の行為の結果にすぎないので、そこから逃れる唯一の方法は、ドン・ファンと同じように、心底から回心することである。それに、彼の友人のデュピュイが次のパラグラフの終わりで示しているのは、まさしく「心から悔い改め回心する」ことで、卑怯にも自分を脅かす運命におびえることではない。むしろ、もしも恥ずべき末期に対する恐怖だけが彼を突き動かしているなら、彼を守るためには、修道院で「聖者」として生きる必要はないにしても、修道院に入るだけで充分であろう。

(六五)　一七一三年に「王弟殿下の大法官」と言えば、ガストン・ジャン＝バチスト・ド・テラを連想させたに違いない。彼は王弟である父の大法官になったようだが、そのあとでオルレアン公の大法官にもなった。しかし、その館はトゥールノン街にあって、ヴァンタドゥール館とも言われていて、野原には面していなかった。Y・コワローとD・ヴァン・デル＝クリュイセによれば、これはボワフランの領主ジョアシャンの館に違いない。彼は一六六六年一月には王弟殿下の財務部長、一六七三年には財務卿、一六八五年十月一日には大法官になったが、一六八七年には不興を被っている。実際、彼はパリの城壁から大砲の射程距離のサン・トゥーアンに城館を持っていた。

〔大法官はもともと国王の最高顧問で、国璽を保管し、国務会議、親裁会議、三部会などの国家的会議で国王の代理を務め、さまざまな法令制定に関与した。そのあと、王族や高等法院にもこの職が設けられ、重要な役割を果たした（フランス大学出版局『旧体制事典』）。〕

(六六)　デュピュイは、のちに自分がとる行動を先回りして話している。

(六七)　『フランス名婦伝』の技法が『危険な関係』におけるラクロの技法に通じる道を開いたとすれば、この表現はまたデュピュイをヴァルモンの先駆者のような存在にしている。

(六八)　デュピュイはこういう成り行きをもっぱらロンデ夫人の「陽気な」性格で説明するだけだが、ほかの動機を探すことがきっとできるだろう。しかし、この「陽気さ」は、ムーソンの上さんがこの先で言っているように（四一六頁）、女主人が陥っている「暗い陰気な悲しみ」とは相容れない。

(六九)　ロンデ夫人の告白が、寡婦になったクレーヴェの奥方がヌムール公に向かって言う告白を思い出させるが、供の女が介入して来ることによって清らかさがより希薄な現実に連れ戻される。

（七〇）　「亭主抜きで計算する者は二度計算する」とも言う。なぜなら、旅籠の亭主と交渉して初めて宿代が分かるからである。ここでは、〈compter〉「計算する」という語をその前では「思い込む」という意味で使っているので、この諺は更新されているわけである。

（七一）　このような言い回しに、〈faire l'amour〉「愛を交わす」という表現が、先に指摘した意味「言い寄る」に比べて、どのようにプラトニックではない意味に発展して行くかが窺える。ドロース版「デ・ロネー氏とデュピュイ嬢の物語」注一三参照。

（七二）　その格言とは、もちろん「奇襲に落ちぬ城はなし」。マリヴォーの『恋に磨かれたアルルカン』には「誘惑された女と征服された女はまったく同じ」とある。

（七三）　二階の間取りは踊り場があって、その三方に部屋があることになる。デュピュイは勝手口を通って入ったのである。

（七四）　一五七六年に建設されたこの修道院は、現在のカスチリョーネ通りにあった。

（七五）　「フランス人は帽子を脱ぎ、帽子を手に持って挨拶をする」（『フュルチエール辞典』）。

（七六）　デュピュイはその夜はロンデ夫人の家で過ごさなかったが、彼女には過ごしたと思い込ませようとしている。

（七七）　吊り鐘状の房飾りの用法についてはドロース版「デ・プレ氏とド・レピーヌ嬢の物語」注一七参照。

（七八）　この行為と、ロンデ夫人が夫の浮気の現場を押さえようと公園に行った行為（四一三頁）を比較してみること。ドロース版注六八参照。

（七九）　ガルーアンは、象徴的な日に、すなわち復活祭の夜に亡くなる。ガルーアンの運命については『回想録および書簡全集』にあるシャールと『文学新聞』の編集者の往復書簡を参照のこと。

〔往復書簡から関係のある個所を紹介しておこう。

①　一七一三年十二月三十日のシャールの手紙

「ガルーアンの死と予言に関して、占星術師を逮捕するなどは狂気の沙汰だということを私は貴方ともども認めています。彼らはいつも真実よりも千倍も嘘をついています。しかしながら、占星術師は当たることがときどきあることも貴方は否定できないはずです。〔……〕その例を五人挙げてから〔……〕生まれた時に予言されていたので、これらすべては占星術師がいつも嘘をついているわけではない実例です。しかし、貴方とまったく同じで、私は彼らを信頼する人々の弱さを強く非難します。〈賢者は星を指揮する〉ことも、〈運命に何かを与えなければならない〉ことも私は知っています。実際、モリエールが述べているように、私たちの理性は奈落に飛び込んで行くのを知らせてくれるだけで、落ちないような力を私たちに与えていない、そんなことが何回あったことでしょう？　私にもありました。〔……〕したがって、おそらくは科学よりは偶然が関与して彼らの空疎な予言が成功を収めるのでしょうが、様々な推測をしている占星術師はいつも嘘をついているわけではないのです。」

②一七一四年一月二十二日のシャールの手紙

「ガルーアンの死は幼児期に予言されてことは貴方も認めざるをえないでしょう。なぜなら、私は確かな筋から知ったからです。と言うのも、私はガルーアンの甥と一緒に哲学を勉強しましたが、彼は私と同じ年齢で今も生きています。その甥が、リベルタンのデュピュイが話すような状況で伯父のガルーアンがカプチン会修道士として亡くなる十年以上も前に、私に予言の秘密を打ち明けてくれていたからです。私はこれを占星術だとは見ていません。この種の例が五十あったとしても、私はこの学問を完全に空しいものと扱わざるをえません。要するに、私は占星術をまったく信じていないのです。なぜなら、それは救霊予定説を認め、我々の自由意思を奪うことになるからであり、したがって、我々の堕落した本性から来る罪を星回りのせいにすることができるからであり、また〈神々が我々をジュドポーム〔テニスの原型〕のボールのように扱う〉ことを異教徒と共に認めることになるからです。」

（八〇）〔校訂版作成にあたり定本にした〕A版には、最期に次のような文章があるが、シャール自身の文章である可能性はない。

「〔……〕その少しあとのことである。）しかし、その物語は、たった今読み終えたばかりの物語とはなんら共通点はないので、この本が読者に快く受け入れられたら、別の折に作者に再びペンを執ってもらい、読者に満足してもらうことにしよう。」出版者は作者の続編を手に入れるのは望み薄だったので、怪しげな作者の続編をすでに準備していて、実際に一七二二年からそれを出版することになったらしい。

訳注

真実なる物語

（1）　評定官――ここでは裁判所の判事を指す。

（2）　カプチン会は一五二八年創設のカトリックの修道会。聖フランシスコの戒律に従い、褐色の修道衣と独特な頭巾（カプッチョ）が特徴で、この修道会の名前はこの頭巾に由来している。瞑想と質素な生活を重んじ、厳格な信仰を求めて清貧に徹した生活をした（ラルース社『五巻本・ラルース大事典』、一九八七年）。

（3）　代父・代母はカトリック教で子供の洗礼に立会い神との契約の証人になり、その子（代子）の信仰生活を導く人のことを指す。

フランソワ・ルブラン著『アンシアン・レジーム期の結婚生活』（藤田苑子訳、慶応大学出版、二〇〇一年、一五七頁）に的確な説明があるので、引用しておこう。

「代父と代母の役割は、教会の側から見ても、民間信仰の側からみても、非常に重要である。代父と代母は名づけ子の霊的生活の責任をもつので、代父・代母と名づけ子およびその家族とのあいだには、霊的近親関係が結ばれる。両者のあいだで結婚ということになれば、婚姻支障が生じる。同様に、代父・代母は、状況に応じて名づけ子の生活を援助する義務を暗黙のうちに負う。〔……〕両親にとっては、どのような代父・代母を選ぶかは重要な問題になる。すなわち、社会的により上層の人物を代父・代母に選ぶことは、子供に有力な保護者を確保してやることになる。つけ加えれば、代父と代母とのあいだには特別な関係が生まれるので、それが若い二人の場合には、のちに結婚に結びつくこともある。」

デ・ロネー氏とデュピュイ嬢の物語

（1）　肉食日――四旬節（復活祭前の四十日間）が始まる前の三日間で、肉食が許される。

（2）　クロリス――春や花を連想させるギリシャ神話の妖精。彼女は西風の神ゼファーに誘拐され、のちに結婚する。

（3）　聴罪司祭――カトリック教で信者の罪の告白を聞き、信仰を指導する司祭のこと。
（4）　ディードー——ギリシャ神話によると、フェニキアのテュロス王の娘で、父の死後、兄のピグマリオンが王位の独占を目当てに彼女の夫を殺し、彼女の命を狙った。そこで彼女は航海の旅に出て、一行は北アフリカにたどり着き、カルタゴの基を築いた。しかし、北アフリカの王に求婚されると、それを拒否して火葬台上でみずから命を絶ったという（岩波書店『ギリシア・ローマ神話辞典』、一九六〇年二月）。
（5）　アイネイアース——古代ローマの詩人ヴェルギリウスの長編叙事詩『アイネーイス』の主人公。祖国トロイアの滅亡後に仲間と逃亡しカルタゴにたどり着く。そこで女王のディードーに歓待され愛し合うようになる。ところがゼウス神の命によりアイネイアースはイタリアに出発してしまう。裏切られてと思ったディードーは悲嘆の余り、みずから火葬の火に飛び込んだ。この物語はギリシャ神話とは異なる（前掲書）。
（6）　カトー（前二三四—前一四九）——古代ローマの政治家、通称大カトー。かたくなな保守派で謹厳な人物として知られる。ギリシャ的なものに反抗し反ギリシャ運動を展開、素朴な古き良きローマへの復帰を説いた。また政治家の腐敗を告発し、カルタゴ打倒の演説によりポエニ戦争に貢献し、のちに監察官になった。『農業論』などのローマ最古の散文を残している。
（7）　編者によると、デュピュイ翁がなかなか結婚を認めないのは金が問題ではなくて、妻に裏切られたという思い込みによるトラウマがあって、娘に妻の代償を求め、娘を手放したくないからだが、誰もそのことに気づいていない、という。
（8）　二万エキュ——一エキュ銀貨は三リーヴル。十八世紀前半を通して日雇い労働者の日当は約一リーヴルであったというから、大金には違いない。ちなみに一ピストル金貨は十リーヴル、ルイ金貨とはほぼ等価。
（9）　秘跡——キリストにより定められた恩寵を受ける方法で、カトリック教会では洗礼・堅信・聖餐・告解・終油・叙階・結婚の七つの秘跡がある。ここでは終油の秘跡を指し、信者の臨終に際して行われる。

コンタミーヌ氏とアンジェリックの物語

（1）　聖遺物箱——カトリック教会や東方教会で神聖視され崇敬されている聖人の遺体、あるいは遺品を収めている豪華な箱。たとえば、ザビエルの聖遺物箱はインドのゴアのボン・ジェズ教会、ローマのジェズ教会、大分トラピスト修道院などにある。

テルニー氏とベルネー嬢の物語

（1）　ここでは〈lieue〉を里と訳したが、昔のフランスの距離の単位で、一リューは約四キロメートル。かつての日本の一里は三・九二七キロメートルである。
（2）　召命——聖職者になるように神から呼びかけられること。
（3）　教理問答——キリスト教の教理をやさしく問答体で記した書。新約聖書の時代から今日まで伝えられている。
（4）　ジュストコール——十七世紀のフランスで、男性が着た体にぴったりしたひざ丈の上着。その下にジレ（チョッキ）を着てひざ丈のキュロットをはくのが基本的な組み合わせであった。
（5）　ここではプロテスタントの宗務局を指す。プロテスタント教会を管理し、信者に対して裁判権を行使した。
（6）　旧体制下（十六—十八世紀）のフランスで、カトリック側がカルヴァン派のプロテスタントに用いた蔑称。
（7）　三位一体の祝日——聖霊降臨祭のあとの最初の日曜日。聖霊降臨祭は復活祭後の第七日曜日。

デ・プレ氏とレピーヌ嬢の物語

（1）「コンタミーヌとアンジェリックの物語」の訳注1参照。

（2）マザラン枢機卿（一六〇二―一六六一）――イタリア出身でフランスに帰化し、一六四二年リシュリューのあとを襲って宰相になり、ルイ十四世を助けてフロンドの乱を鎮圧し、フランス絶対王政の確立に努めた。

（3）公現祭――新約聖書にも記されているように、東方の三博士がベツレヘムに生まれたキリストを訪ねたことを祝って一月六日、または一月二日以降の最初の日曜日に行われた。フランスでは公現祭のお菓子を食べる。そのお菓子の中にはそら豆が入っていて、それに当たった人が一座の王様になるという習慣がある。主の御公現の祝日。

（4）「テルニーとベルネー嬢の物語」の訳注4参照。

（5）時祷書――キリスト教徒が個人的な勤行で使うために書かれた祈祷書で、一日八回行なう祈祷文が書かれていた。通常は華麗な細密画の挿絵で飾られていたが、『ベリー公のいとも豪華なる時祷書』（一四一三―一四一六年、コンデ美術館）は美術品としての価値も高く、よく知られている。

（6）謝肉祭――カトリックで四旬節に先立つ三日から一週間にわたって行われる祝祭で、大道芸や仮面行列などの歓楽が許された。それは、復活祭に先立つ四十日間（四旬節）は断食と苦行が義務なので、その前に肉を食べて楽しく過ごそうというもの。

（7）四旬節――キリスト教で復活祭前に行われる四十日間の悔い改めの期間を言う。キリストの受難と死を思い起こし、自分の罪を悔い改めるために本来は断食をしたという。四十日はキリストが荒野で断食修行した日数からきている。

（8）聖パウロ――キリスト教史上最大の使徒と言われる。初めユダヤ教徒としてキリスト教徒迫害に加わったが、イエスの声を聞きキリスト教に改宗し、以後伝道者として大きな成果をあげた。のちにユダヤ人の反感を買って捕えられ、ローマで入獄しネロ皇帝により殺害された。

パウロは結婚について書簡を幾つか書いている。たとえば、「夫は妻に、その努めを果たし、同様に妻も夫にその努めを果たしなさい。妻は自分の体を意のままにする権利を持たず、夫がそれを持っています。同じように夫も自分の体を意のままにする権利を持たず、妻がそれを持っているのです」（『新約聖書』コリント書七―三―四）。

（9）ヴァレリヤン山――パリ西郊一一キロのセーヌ左岸にある高さ一六一メートルの丘陵。その名はガリア人の皇帝に由来するとか、中世には隠者が修行の場にしたとかいう伝説がある。十七世紀の中ごろ、頂に「カルヴァリオの丘」（キリスト磔刑の地）という名の修道院が創設され、それ以後、巡礼地として多くの人が訪れるようになり、フランス大革命で修道会が解散されるまでにぎわったという（『十九世紀ラルース大事典』）。

（10）車裂きの刑――大きな車輪に体を動けないようにくくりつけ、体の末端部分から徐々に砕いて行く刑罰。

デ・フラン氏とシルヴィの物語

（1）フランソワ・ラブレー（一四九四？―一五五三？）――フランス・ルネッサンスを代表する思想家・人文主義者。彼の『ガルガンチュワとパンタグリュエル物語』には、該博な知識と教養が独特の饒舌な語り口と結びついて、荒唐無稽な巨人物語によって当時の社会の諸問題をリアルに生きいきと描き、ルネッサンスの息吹を伝えている。フランス文学史の中でも記念碑的な大作と言われている。ここに出て来た「間抜け野郎」とは「第四の書」

に出て来る「獰猛島にいる腸詰族」のことであろう。

(2)　ウェスタの巫女——ローマ神話のかまどの女神ウェスタに仕える巫女で、貞淑このうえない女性が務めることになっていた。

(3)　当時シャトレには大小二つの城があった。大シャトレ城には裁判所が、セーヌ川に浮かぶシテ島を挟んで対岸には小さな城砦があって、それが監獄として使われていた。また、市庁舎前にはグレーヴ広場があり、刑場にもなった。

(4)　魔王ベルゼブル——イエスとサタンとの対決は福音書の主要なテーマのひとつである。たとえば、『新約聖書』の「マタイによる福音書」(一二、二二—二六)にはベルゼブルが悪魔の王として登場する。

(5)　ここで初めて登場する人物だが、シルヴィの亡き父ビュランジュ侯爵の所領地を買い取った人物と思われる。

(6)　シャルル・ド・ションベール(一六〇一—一六六六)——フランスの元帥。ポルトガルを助けて八年間もスペイン軍と戦い、和議が成立した時には大急ぎでフランスに帰国し、ルイ十四世からカタロニア軍の指揮官に任命された(『十九世紀ラルース大事典』、ルドン社、二〇〇二年)。

デュピュイとロンデ夫人の物語

(1)　雀はその繁殖力からもっとも好色な動物と思われていた。隠語では男性器という意味もある。

(2)　ヤコブは『旧約聖書』に出て来るイサクとリベカの子。双子の兄弟で、母の胎内にいる時から仲が悪かった。ヤコブは母に可愛がられ、兄のエサウは父に可愛がられた。家督争いで、ヤコブは兄を騙して相続権を奪った。それを知ったエサウは彼を殺そうとするが、ヤコブは逃亡する。その途中で彼は夢の中で神の祝福を受ける。その後ヤコブは様々な試練をへて兄と再会した。そして神の愛を受けてイスラエル民族の祖となった。

(3)　マスケット銃——十六世紀にスペインで火縄銃の大型版として開発された。肩にあてて構え発射する前装式先込め銃。

(4)　カトー——「デ・ロネー氏とデュピュイ嬢の物語」の訳注6参照。

(5)　屋台店——靴直し職人、繕い物屋、香料入りパンや人形の売子といった、職人や行商人が使う運搬可能な展示台で、夜はその下で眠る(カナダ・S・C・C社版『フュルチエール辞典』、一九七八年)。

(6)　ウーブリ——小麦粉に卵を入れて生地を作り、鉄板で焼いた菓子。

(7)　公現際については、「デ・プレ氏とド・レピーヌ嬢の物語」の訳注3参照。

(8)　アルゴス——ギリシャ神話に登場する無数の眼を持つ巨人。ここでは「目ざとい目つけ役」という意味。

(9)　旧制度下の里子制度の弊害や幼児死亡率の高かったことについては多くの研究者が報告しているが、エリザベート・バダンテール著『プラス・ラブ』(鈴木晶訳、サンリオ出版、一九八一年十二月)は、里子制度について次のように述べている。

　里子の習慣がブルジョワジーのあいだに広まったのは十七世紀のことであり、この階級の女たちは、子育てのほかにすることがたくさんあると考え、そう公言してはばからなかった。だが、里子の習慣が都会のすべての階級に浸透するのは十八世紀になってからで、貧しい者から裕福な者まで、大都市だろうと小さな町だろうと、子供が田舎に送られるのは、一般的な現象だった。

　フランソワ・ルブラン著『アンシァン・レジーム期の結婚生活』(藤田苑子訳、慶応大学出版会、二〇〇一年)の「誕生」の章には、当時の新生児死亡率すなわち出生後一カ月間の死亡率が二十パーセント程度もあり極めて高く、平均すると四人に一人は生まれて一年以内に死んでいるという。その原因のひとつとして、「運び屋の二輪荷車に詰め込まれた乳母たちは今度は子供とともに田舎へ、しばしば遠い田舎に戻って行く。この旅は、時にはパリを出発してから何日もかかるので、普通生後数日しか経っていない子供たちにとっては、死出の旅になることもよくあったからだ」（一六五頁）と記している。

バダンテールは、「これは、堕胎と同じように、家族内の子供の数をふやさないための、（多かれ少なかれ意識的に、自然淘汰の方向にむかう）方法だったのか？　フィリップ・アリエス〔フランスの歴史家〕もすでにこのように考えていた」（前掲書、七一頁）と記している。これはいわば体系的な殺人行為である。

(10)　当時、幼児の病気では天然痘がもっとも深刻でもっともよく知られ恐れられていた。

(11)　出産して四週間経つと、清めの儀式が行われる。産婦の床上げと呼ばれていた。

(12)　婚姻告知――トレントの公会議は非合法な結婚を防ぐために、三度の婚姻告示を命じた。この公示は結婚の本質をなすものではない。告示免除は容易に手に入れることができる。一回目の告示が公示されたら、ほかの二つは金で済ますことができる（『フュルチエール辞典』）。この告示はたいてい当事者が通う教会の扉に貼り出され、結婚に異議がある者は申し立てることができた。

(13)　イノサン墓地――当時、パリのど真ん中（現在のレ・アルの近く）にあった庶民のための共同墓地。その墓地を取り囲むように、礼拝堂、納骨堂などがあった。墓地としては大きな深い溝を掘り、その中に死体を山積みに放置しておき、一定数集まるとその上に土をかけ、その上にまた死体を山積にし、穴が一杯になると土で覆って、別の穴を掘っていた。野犬や悪臭など衛生上からも市民の評判が悪かった。一七八六年に閉鎖され、掘り出された骨は現在でもパリの地下納骨堂で見ることができる。

この納骨堂にいた代書屋は、はじめは事務所を構え大臣や王族に提出する文書を書いていたが、その仕事がなくなると恋文などを書くようになった。メルシエは『十八世紀パリ生活誌』（原宏訳、岩波文庫、上巻、一九八九年、二六五頁）に書いている。「（代書屋は）女中たちの恋の秘めごとの受託者である。彼女らが、愛の告白や恋文の返事を書いてもらうのは、まさにここなのだ。」

(14)　建物の外壁が厚く、窓は室内側にあるので、窓の外には人が忍び込んでいられるくらいの空間があった。

(15)　従僕のこの行為は好奇心によるところが大きいが、それだけでなく、不公平なあるいは嘘に基づく不正な結婚を非難する、中世から広くヨーロッパで営まれてきた伝統的な民俗慣行、シャリヴァリの奇習を想わせるものがある。

(16)　フランスの諺。馬鹿なことをして羽目をはずすのもいいが、できるだけ早く収めるのが最善の策だ、という意味。

(17)　メッサリナ（二五？―四八）――由緒正しい一族の出で、ローマ帝国の第四皇帝クラウディウスと結婚し、四一年にクラウディウスが皇帝になったため、彼女は后妃になった。彼女は愚鈍な夫に愛想を尽かしたのか、快楽を追い求め肉欲の奴隷となって多くの男と交わり続けたと伝えられるなど、後世の評判はすこぶる悪い。最後は、愛人シリウスと結託してクラウディウス殺害を企てたが、露見して処刑された（『十九世紀ラルース大事典』）。

(18)　当時の社会の家族観や性のモラルについては多くの研究がなされている。ここではフランソワ・ルブラン『アンシアン・レジーム期の結婚生活』（藤田苑子訳、一一五頁）から簡潔にして要領よくまとめられた一文を引用しておこう。

「家族は、教会と国家つまり社会秩序の保護者のあるべき姿の原型とみなされる。したがって、とりわけ姦通によって、家族をおびやかすことを避けねばならない。この点に関して、プロテスタントもカトリックも同じ態度に行き着く。つまり、両者とも、婚姻の絆に対するあらゆる冒瀆を、さらに一般的に言えば婚姻外のあらゆる形の性行動を、家族の構造に対する、ひいては聖俗の社会全体に対する、重大な脅威とした告発する。」

(19)　『アンフィトリヨン』――一六六八年一月十三日にパレ＝ロワイヤル劇場で初演されたモリエールの喜劇。ローマ神話の大神ジュピターはギリシャの将軍アンフィトリヨンの妻に惚れて、アンフィトリヨンの出征中に彼に変身して妻と関係を結ぶ。そこにアンフィトリヨンが帰り大混乱がおきる。ジュピターの使いのメルキュールがいろいろ画策したため混乱はさらにひどくなるが、最後はジュピターが本当のことを明かして天に帰り、すべてまるく収まる。大規模な大道具を用いた仕掛け芝居として成功したと言われている。

(20)　水売り女――メルシエの『十八世紀パリ生活誌』(前掲書)にはパリの街角には物売りの声がけたたましかったこと、水売りはセーヌ川の水を二つの桶に入れて担いで、売り歩いていたことが書かれている。

(21)　代父・代母については「真実なる物語」の訳注3参照。

(22)　ジュストコールについては、「テルニー氏とベルネー嬢の物語」の訳注4参照。

(23)　カトーについては、「デ・ロネー氏とデュピュイ嬢の物語」の訳注6参照。

(24)　避妊法は古くから知られていなかったわけではないが、十八世紀初めでは一般的ではなくて、「それは、浮気者、売女、娘っこたちの世界特有の風習と言うことになるのである」(フィリップ・アリエス『教育の誕生』森田伸子訳、藤原書店、一九九二年、六〇頁)。

(25)　休息用ベッド――ベッドの片方か両端が背もたれのようになっている、比較的小型のベッドである。当時、サロンを主宰する令夫人がよく使ったという。画家ダビッドが描くレカミエ夫人は休息用ベッドを使っている。ベッドに横たわる女性の上品な魅力や優雅な色香を引き出す道具として使われたのであろう。

(26)　この四つの目的とは何か明確には分からないが、古代インドの聖典ヴェーダによれば、人生には四つの目的があるという。すなわち、ダルマ(精神的・霊的成長)、アルタ(富の蓄積)、カーマ(肉体的欲望の充足)、モクシャ(解脱)である。シャールはインドの思想に強い関心を持っていた。

(27)　カプチン会士については「真実なる物語」の訳注2参照。

(28)　ポトフ――大きめにざっくり切った野菜と、大きな塊のままの肉をじっくり時間をかけて煮込んだ、ごく普通のフランスの家庭料理。

(29)　公現祭については、「デ・プレ氏とド・レピーヌ嬢の物語」の訳注3を参照。

(30)　タルクイニウス・コラチヌス――古代ローマ王政期の第五代の王で、ルクレチアはその妻、美貌と貞節で知られる。伝説によれば、ルクレチアは第七代の王タルクイニウス・スペルブスの息子タルクイニウス・セクストゥスに辱めを受け、父と夫に復讐を誓わせて自害した。彼女の死は王一族の暴政に対する市民の憎しみをかき立て、彼らは蜂起して王を追放し共和制を打ち立てたという。ルクレチアはルネッサンス以降、婦徳の鑑と称えられ、多くの絵画に描かれた(平凡社『世界大百科事典』、一九八八年)。

(31)　アイアース――ギリシャ神話に登場する英雄。トロイア戦争のギリシャ側の英雄だが、神を敬わない不遜で乱暴狼藉を働く人物として描かれる。最期は自分の狂気より目覚め、恥ずべき行為を恥じてみずから剣に伏して死んだという（岩波書店『ギリシア・ローマ神話辞典』）。

（32）　車裂きの刑——大きな車輪に体を動けないようにくくりつけ、体の末端部分から徐々に砕いて行く刑罰。ヴォルテールが冤罪として告発したカラース事件でも執行された。

ロベール・シャールと『フランス名婦伝』について

松崎洋

　ロベール・シャールとはいったい何者だろう？　初めにごく簡単に紹介しておこう。彼は十八世紀としては極めて稀なフランスの大旅行家で、アジアではインドはもとよりタイ王国まで来航し、アメリカ新大陸ではミシシッピ川の源流を求めて内陸深く踏査した冒険家であった。そして何よりも作家であり、さらにフランス理神論を先導する作品を残し、ヴォルテールなどの啓蒙思想家に大きな影響を与えた思想家でもあった。

『フランス名婦伝』のドロース版の編者ドゥロッフル教授はシャールの手紙を引用して、その序文を次のように書き出している。

　　私はあなたがたが『フランス名婦伝』の作者を思い出してくれるだろうと思っています。

　自分の本にも手紙にも、名前を記さなかった男の後世へのこの呼びかけは長い間反響がなかった。『フランス名婦伝』が再版されたのはシャール生誕三百年の一九五九年のことである。この時にはいろいろなことが発見されたが、作者の名前は正確には分かっていなかった。彼のほかの作品がくまなく調査されたが、この小説の原本（一七一三年）はついに発見できなかった。

　現在では状況は一変した。ロベール・シャールは同世代の大小説家、近代小説の天才的な先駆者とみなされているばかりでなく、文学史の進歩とともに作品の批評も進歩して来た。幾つかの初版本から『フランス名婦伝』のテキストを正確に確定することができたし、著者の人生も古文書の新たな発見により少しずつ明らかになって来た。また、これは少なからず重要なことだが、彼の作品が幾つか増えたことだ。例えば『ドン・キホーテ』の第四巻は彼の作品とみなされるようになったし、とりわけ注目すべき未完の哲学論『マールブランシュ師に提示された宗教に関する疑議』（仮題）のほかに、自筆原稿の発見、すなわち『回想録』の本物の自筆原稿や、書簡、未刊の『インド航海日誌』の第一稿などの発見である。『フランス名婦伝』の解釈には、作者の思想史上の位置を知るためにも作者を理解するためにも、極めて重要なさまざまな作品とテキストを比較検討しなければならないだろう。

（一七一六年三月十三日の手紙）

一七一三年にオランダのハーグで『フランス名婦伝』が出版された時、作者名は記されていなかった。当時、ハーグの文学愛好家が『文学新聞』を発行していたが、それにこの作品の書評が掲載され、その記事を読んだシャールと新聞の編集者との間にかわされた書簡が残されている。それによるとシャールは編集者の懇望を退け、頑として自分の名を明かそうとしなかったことが分かる。[1] その後、この作品の一部が劇化され上演されたが、その時も作者名は明かされなかった。もし、アムステルダムの出版者マルク＝ミッシェル・レイが『文学新聞』の編集者プロスペール・マルシャンに作者の名を尋ねなかったら、シャールの名はあるいは永久に忘れ去られていたかも知れない。一七四八年に『フランス名婦伝』が再版された時、マルシャンは作者名としてシャール（Challes）、デシャール（Deschalles）、ドゥ・シャール（de Challes）などの名を挙げ、一七一九年かー七二〇年ごろ、作者はシャルトルで生活していたと記したのである。これが作者を探り出すひとつの手がかりになった。しかし、シャールの生涯については詳しいことは分かっていない。ここではシャールの身元をつきとめたジャン・メナールの報告書とフレデリック・ドゥロッフルの研究を参考にし、シャールの『インド航海日誌』や『回想録』などの自伝的作品をもとに、シャールの生涯を跡づけてみよう。[2]

ロベール・シャールの生涯

ロベールの父はジャン・シャールと言い、若きジャンがフランス王ルイ十三世の妻、王妃アンヌ・ドートリッシュの親衛隊員であったという確証は、息子ロベールの指摘通りには得られていないが、可能性はあるらしい。ジャンは一六三二年以来、商業活動に従事し、パリで穀物運送業の官職を売官制度を利用して買い取っていたが、伯父などの遺産を相続し次第に産を成して行く。一六四七年十一月に、彼がパリのブルジョワと自他ともに認めるようになった矢先に、妻シモーヌが亡くなる。二人の間にはクレマンスという娘がいた。

ジャンがシモーヌ・レイモンと再婚したのは一六五〇年四月のことである。これは彼にとっては有利な結婚であった。レイモン家は裕福なブルジョワで、シモーヌの兄弟には王室顧問官の官職を得ている者もいた。三十一年間の結婚生活の間には、ジャンと義理の兄弟との財産の差はますます大きくなって行く。

しかし、ジャンも上昇ブルジョワ階級に属していて、一六五四年にはパリに十六人しかいない織物検査官の職を買い取っている。彼はレッス枢機卿の邸近くに居を構え、ある程度の財産を所有していた。ジャンが死亡した時の財産目録には絵画や綴れ織りの壁掛け、銀の食器などの贅沢品が記されていて、その生活程度が窺われる。

作家ロベールは一六五九年八月十七日に誕生。彼の家族は中流ブルジョワにたどり着いたところであった。家族には異母姉のクレマンスのほかに、長兄ジャン＝ピエール、次兄アンドレ、妹シモーヌ＝マルグリットとルイーズがいた。クレマンスは一六六〇年六月に修道院に入ったが、それは弟や妹たちに遺産を譲渡するためと推測されている。長兄のジャン＝ピエールは母方の伯父にならって徴税請負の職に就く。次兄はやがて失踪して行方不明になった。徴税請負はフランス絶対王政期の徴税システムで、売官制度により契約金を先払いして徴税権を確保するもので、民衆の反発を買い怨嗟の声も聞かれていた。

ロベールはやがてパリの伝統ある名門校、マルシュ学寮の寄宿生になる。この時の友人に宰相コルベールの息子セニュレーがいて、のちには彼の後ろ楯になってくれる。セニュレーは父コルベールから英才教育を受け、貴族階級の子弟のいわゆるグラントゥール（大研修旅行）と言えるようなイタリア旅行では、父の指示に従って造船所を視察するなど精力的に研鑽を積んでいた。将来のフランスを担う逸材として嘱望されていて、人々の期待を背負って三十八歳の若さで大臣に就任した人物である。セヴィニエ夫人の『書簡集』には「燦然たる輝き」と書かれている。[3]

シャールは『インド航海日誌』の中で寄宿生当時、自分が愛読した作家の名を思い出とともに挙げている。ラテン詩人、とりわけオウィディウスに夢中になり、聖アウグスチヌス、ラブレー、モンテーニュ、ブラントーム、セルヴァンテスなどを読み、モリエールの上演も観たし、ラシーヌは諳んじていた。彼は成績優秀で修辞学級までの通常の修学期間を終えると、さらに二年間も長く勉強を続けたが、それは聖職に就くよう期待されていたことを示している。ロベールは家族の期待通り聖職に就くがそれも長続きせず、彼が向かったのは軍隊で、剣術、馬術、築城術などを学んだ。彼はやがて王弟オルレアン公の指揮下で従軍し、一六七七年四月にはドイツ中央部のカッセル攻囲戦に参加したという。翌年になり戦役が終わりパリに帰ると、法学士号を得ようと努め、一六七八年十二月には高等法院の弁護士と称することができた。

一六八一年五月、一家が経済的に苦しくなって来た時に父が死亡。父の死は彼を深く悲しませた。母は長兄ばかりを依怙贔屓して彼には厳しかったらしい。父の遺産の大部分は兄が継いだ。はっきりしないが、兄との決闘が原因らしく、ロベールはパリを去ることになった。家族はカナダのアカディ地方に一六八二年に設立された漁業会社に彼を送り込んだのである。これは体のいい追放と言えなくもない。一六八二年にシャールはカナダに出発。鱈やあざらしの漁をして、十月にはラ・ロシェルに持ち帰り、その収益で再び漁業遠征隊を組織するのであった。シャールは隊長の補佐役で会計係を務め、漁の指揮も執ったようだ。

第一回の遠征中にシャールは命がけの危険に遭遇する。雪中を四十三日間も強行軍してケベックに向かい、その途中で肋膜炎に罹り、生死の境を三週間もさまよったという。シャールはアカディの司令官にたいする不正告訴状を携えて出発したのだが、それは却下されてしまった。そこで彼は一六八三年十月カナダを去り、フランスに帰国した。

帰国の途中、彼はポルトガルのリスボンで異端審問と火刑を目撃してショックを受けたという。『インド航海日誌』にその時に受けた深刻な衝撃を語っている。フランスに到着したのは一六八四年らしい。重商主義を唱え海外取引の重要性を訴えていた宰相コルベールは一六八三年九月六日に亡くなり、息子のセニュレーが海軍を率いていたが、シャールはセニュレーに植民地経営に関する報告書を提出している。一六八四年から一六八七年にかけて、シャールはナントの勅令廃止前後の苛烈な新教徒迫害作戦、いわゆるドラゴナードに参加したらしい。その一方で、教皇の免罪符の乱売を憤っている。また、真偽は不明だが、近東まで旅行して一時トルコ人の捕虜になったという。

一六八五年になると、シャールは再びカナダの漁業遠征隊に参加したが、人事に不満ですぐに帰国してしまった。一六八八年の遠征が彼の最後のカナダ旅行になった。この時、彼は対立関係にあったイギリス軍の捕虜になり、ロンドンに連行される。彼は全財産を失い、長年の苦労も水泡に帰してしまったと『インド航海日誌』で嘆いている。幸いにしてロンドンで、イギリスの新しい思想をフランスに紹介する哲学者サン＝テーヴルモンの知遇を得て、金銭的な援助を受けることができた。一六八九年にフランスに帰国。フランス東インド会社所有の軍艦に経理官・記録係・公証人として乗船し、俸給を得ることができた。彼の艦隊は一六九〇年一月にブルターニュのポール・ルイを出港し喜望峰を回ってインドへ、インドから再びアフリカを迂回して、アンチーユ諸島を回航して帰国した。それは一年半に及ぶ文字通りの大航海で、この間の記録が『インド航海日誌』である。

フランスに帰国後、シャールは再び艦上の人になり、五十六門の大砲を装備したプリンス号に乗り、一六九二年七月二十五日から二十九日にかけて起きた有名なラ・ウーグの海戦に参加する。トールヴィル提督麾下のフランス海軍は英蘭連合艦隊に壊滅的打撃を受け、それ以後、再建するまで長い年月がかかることになる。一七一六年に執筆された彼の『回想録』にはその時の体験が書き込まれていて、海戦の描写には凄まじい臨場感がある。しかし、この本を編纂出版した歴史家オーギュスタン・ティエリーはシャールは大局的な観点に立って記録していないと批判している。この海戦のあとで、彼は戦利品横領事件に巻き込まれて投獄される。その事件からは無罪放免されたが海軍での出世は望み薄になったようだ。一六九四年一月一日に彼は軍務を解かれ海軍を去ることになった。

それ以降のシャールの生活に関してはたいしたことは知られていない。軍関係の商人と何らかのつながりを得て、糊口をしのいでいたようである。文学上の仕事としては一七〇二年九月には『ドン・キホーテ』の翻訳を出版しようとしたことがわかっている。この本は一七一三年になってようやく出版された。一七〇五年になると、今度は短編の出版許可を申請したが、すべて却下されている。しかし、彼は思想家になるべく、みずからの思索を深めていたのである。それが『軍人哲学者、あるいはマールブランシュ師に提示された宗教に関する疑義』とでも訳せる大著だが、この作品はシャールの生前に出版されることはなかった。これはフランス理神論の先駆的な作品とされる。キリスト教の不合理を批判する危険な武器で、この本がロンドンで出版されたのは一七六八年であった。作者名が記されていなかったため、作者にはヴォルテールの名が挙げられるなど、いろいろ紆余曲折があったが、近年に至って綿密な研究によってシャールの作品であると認められるようになった。

一七一二年になるとシャールの母が逝く。この時の記録によると、彼はフランス北部のアラスで弁護士をしている。母の遺産を放棄し、妹や義理の弟たちの好意で年金生活をしているが、人に頼らざるをえなかったようで、なにやら不安定な生活を想像させる。また、マリー・リューユという女性と結婚していたこともわかった。妻は彼より慎ましい家の出で、名前を書くこともできなかったらしい。シャールに子供がいたかどうかも分からない。

シャールがハーグのドント社から『フランス名婦伝』を出版したのは一七一三年の初めである。四月には販売中という報告が『ジュールナル・デ・サヴァン』紙に出ている。この年はユトレヒト条約により、フランスがカナダのアカディ植民地をイギリスに割譲した年でもある。当時のフランスは、スペイン継承戦争など対外的には多難な時期で、国内的にはナントの勅令廃止後の新教徒迫害などが続き混乱も見られた。個人的な挫折の上に、国家的な損失が重なったのである。新大陸に渡ったシャールにとっては特に耐え難かったであろう。彼が『回想録』を執筆しはじめたのは一七一四年だとされている。自分の年齢も考えたであろうし、フランス社会のいろいろな変化に思うところがあったに違いない。ところが、詳しいことは分かっていないが、一七一七年六月五日に国王付き侍従から発せられた命令書は、シャールの逮捕とシャトレ監獄への投獄を命じている。宗教上の事件で疑われたらしい。彼は八月十二日に監獄から釈放され、それ以後はずっとシャルトルに住んでいたらしい。

シャールは一七一八年九月八日にハーグの『文学新聞』のプロスペール・マルシャンに手紙を書いている。これが分かっている最後の手紙になった。近年になってパリに近いシャルトル村の戸籍簿から、ロベール・シャールの死亡時の記録が見つかり、彼が埋葬されたのは一七二一年一月二十七日であることが分かった(4)。彼は臨終に際し終油の秘跡を受け、教会参事会員が立ち会っている事実から、教会と和解してキリスト教徒として死んだと見られる。また、臨終の場には縁者はひとりもいなかったらしい。遺産相続に関する書類もなかったということは、相続目録を作るに値しなかったということであろう。

以上、シャールの生涯を大まかに描いてみた。『フランス名婦伝』の編者ドゥロッフル教授はこの本につけた「作品紹介」に、ルイ十五世治下で外務大臣を務め、『回想録』を残した文人としても知られているダルジャンソン伯爵（一六九四―一七五七）の言葉を引用している。「作者シャールは極めて激しい情熱と極めて感じやすい心を持った悪友たちの中で生きていた。」しかし、ダルジャンソン伯爵がシャールを個人的に知っていたかどうかは疑わしいという。興味深いのは、彼の人生と小説との幾つかの類似点である。

『フランス名婦伝』の背景

この作品は一七一三年に出版された。作者シャールが物語の時代設定を故意にはぐらかしているのは、序文で述べているようにモデル探しで面倒を起こしたくないという理由もあったらしい。作品の舞台は時代を遡ってシャールの二十代に、つまり一六八〇年代に設定されているようである。しかし、この時代に当てはまらない事件も出てきて、はっきり確定するのは難しい。

フランス自然主義派の作家ゴンクール兄弟は、フランス十八世紀文化の研究でも優れた作品を残したことでも知られている。政治、経済、外交や軍事などを中心とする従来の歴史研究に対して、彼らは風俗史・心性史とも言える新しい歴史を提示したと言えるだろう。中でも、十八世紀当時に描かれた絵画の絵解きを中心にして、回想録などを取り込んで女性の生活を描いた『十八世紀の女性』は楽しく読める名著である。その中でゴンクール兄弟はこう述べている。

ルイ十四世逝去〔一七一五年九月一日〕の時までは、フランスは努めて恋愛を神聖視していたように見える。フランスは恋愛を理論的な情熱に変え、あたかも信仰に似た、崇敬に囲まれた教義に変えた。慣用語風の洗練された決まり文句からなる神聖な言葉で恋愛を飾った。その言葉は、厳格で熱烈な、実用性に満ちた献身によってつくり出され、取り入れられたものである。フランスは、感情という非物質的なもので恋愛の物質的な面を隠し、その魂によって神の肉体を覆った。十八世紀までは、恋愛はみずから語り、まめまめしく動き、それをはっきり形に表した。恋愛は感覚とほとんど関係なく、あたかも男性と女性における偉大さと寛容の、勇気と繊細さの美徳であるかのように扱われる。
（『十八世紀の女性』鈴木豊訳、平凡社、一九九四年五月、一四四頁）

一方、比較文化研究の泰斗ポール・アザールはナントの勅令が廃止されたころからルイ十四世が逝去する一七一五年までのほぼ三十年間を「ヨーロッパ精神の危機」の時代と捉え、絶対主義体制下で培われた秩序と調和の精神や古典主義的感性が揺らぎ始め、人々の感受性が変化し、新大陸の情報が伝わり世界が拡がり、価値の相対性が次第に認められるようになった、つまり新たな時代の到来を告げる変革期であると主張している。

シャールは果たして恋愛をどのように描いたのであろうか？ ゴンクール兄弟のように、恋愛は感覚とほとんど関係なく、あたかも男性と女性における偉大さと寛容の、勇気と繊細さの美徳として描いたのだろうか？ いや、そうではない。『フランス名婦伝』で描かれる恋愛はゴンクール兄弟が描いた枠には収まりきれない。スキュデリー嬢の「恋愛地図」は多くの人々を熱い議論に巻き込んだが、『フランス名婦伝』では恋愛は理論的な情熱ではなく、ルーチン化した教義でもない。そこには新しい感性や感覚を持つ現実に生きている個性豊かな人間の情熱が描かれている。彼らは日常生活で話す言葉を使い、日常生活の中で恋をし、恋に身を焦がす生きた人間である。彼らの恋愛は美的感覚と欲望の上に成り立ち、決して観念的な、あるいは精神主義的な情熱ではない。恋愛は観念の世界から身近な現実に変わったのである。時には思いがけないことを成し遂げる情熱であり、時には身を滅ぼすこともある激しい情熱である。貴くもあり、厄介な泥臭い情念でもある。神聖視されるような、偉大さと寛容の、勇気と繊細さの美徳ではない。それは人間味に溢れた情熱であり、アザールの唱える変革期の人々の心に近いのではないだろうか?

作品が刊行された一七一三年はシャールにとっては暗い時期であった。しかし、この作品に登場するグループにはそういう暗い社会の痕跡は見られない。シャールはこの変革期に真摯に生き、時には社会の矛盾に苦しみ悲劇に陥りながらも、時には理解を超えた運命の力に翻弄されながらも、未来を見つめて力強く生きて行く肯定的な人物を登場させている。それは、シャールがみずからの人生の不如意と幻滅感を乗り越えて、平穏で幸福な世界を言葉によって創り出そうとしたからではないか、あるいは、晩年の数々の幻滅をみずから慰めるために書いたのであろうか?

新たな枠物語

『フランス名婦伝』は長短さまざまな七つの物語からなっている。デ・ロネーとデ・フランの出会いから始まって、デュピュイとロンデ夫人の結婚の話に至るまで、七日間で語られるいわゆる枠物語である。枠物語としてよく知られている『デカメロン』は、ある場所に居合わせた人々がその場を外枠として、それぞれが物語を話して聞かせるという形式で、外枠の中に幾つかの物語が嵌め込まれている。『フランス名婦伝』ではデ・ロネーとデ・フランの出会いを導入部として、登場人物が織りなす社交グループ全体がその枠と考えることができる。シャールはこれだけ長い物語を七日間で語り終えるために会合や会食を巧みに企画して見事にまとめている。

ところで、『デカメロン』のような従来の枠物語で語られる話はその場限りのいわばお楽しみで終わってしまうが、『フランス名婦伝』では過去の物語が過去に留まらず、登場人物たちの現在に影響を与えている。従来の枠物語では、語り手の話がお互いの人生に影響を与えることはなかった。物語はそこでは知的な楽しみであり娯楽であり、せいぜい教訓でしかなかった。『フランス名婦伝』では物語は何よりもまず話し手や聞き手の現在に直接かかわって来る。というのも、彼らにとって物語るという行為は自分たちの人生の意味づけであり、物語るという行為そのものが新たな認識行為になっているからにほかならない。たとえばデ・フランとシルヴィの場合のように、隠された真実をさらけ出して語ることにより新たな発見や認識が得られるばかりでなく、デ・フランばかりかほかの人の心の癒しになっている。それは文学の本質とかかわるもので、癒やしになっていることは文学を愛する者としても興味深い。

写実的描写

十七世紀フランスの小説としては、スカロンの『ロマン・コミック』、スキュデリー嬢の『クレリー』、ラファイエット夫人の『クレーヴの奥方』などが知られているが、シャールのこの作品は優れたリアリズム小説であるという点でこれらの作品と異なっている。確かに、スカロンの『ロマン・コミック』は観察にもとづく細かい描写があり写実派の先駆的作品とされているが、その描写は平板で心理的葛藤はあまり見られない。シャールの描く主人公たちは剣貴族であったり、法服貴族であったり、ブルジョワ階級の紳士であったりするが、彼らの周りには従僕や戒律破りの司祭、失意の無頼な貴族、大家の司厨長、執達吏、産婆、行商人、靴直し屋などたくさんの人物が登場する。主人公たちはもちろんだが、これらの脇役たちに至るまでまるで版画を見るように絵画的にリアルに描写されている。さらに、外見だけでなくそれぞれさまざまな思いを抱いて現実の社会の中で生きている人間として描かれている。シャールはそのために細部の写実的描写にこだわっている。そして、脇役を含め、主要な登場人物が合わさって全員で構成する社会が現実に存在するという印象を与えることに成功している。細部にこだわり、リアルに描くことが存在感を与えるために必要であることを彼はよく知っていたのである。それがこの作品のひとつの特徴である。

シャールの写実的描写で特に光るのは女性の肖像である。『フランス名婦伝』では女性たちの美しい肖像画が魅力のひとつになっている。ほぼ同時期に書かれた『マノン・レスコー』には、マノンはすでに死んでいて幽霊だからという説があるが（ジャック・プルースト『マノンの肉体』鷲見洋一訳、『思想』、一九八四年三月号）、マノンの身体的特徴は書かれていない。シルヴィに一目惚れした時のことをデ・フランが語っている。

> 額は色白で艶やか、大きくて悩ましげな黒いその目は、出目気味でした。その目は時にたいへんに鋭くなり、きらりと光ると射すくめられてしまったものです。眉毛は髪の毛とおなじ栗色。鼻はちょっと鷲鼻できりっと締まり、い形をしていましたし、朱を注いだような自然な赤みをいつもおびた頬は、雪のように白い顔に映えて、すばらしく印象的でした。笑みをたたえた小さな口、真っ赤なまるい唇、きちんと並んだ白い歯。えくぼが浮かぶふっくらした顎。それに卵形の顔。まばゆいばかりに白くて格好のよい喉元。すべすべしたきめ細やかな肌。……

かつて文学のひとつのジャンルとして「ポルトレ（肖像画）」があったが、シャールの繊細かつ精緻でリアルなこの描写はそのポルトレを受け継ぐものであろうか、実にみごとである。シャールは細部を手抜きせずに注意深く描くことにより写実性が高まると知っていて、言葉によって女性に存在感を与えることができた。女性の身体を絵画的にリアルに描くシャールの描写はシルヴィだけでないのは言うまでもない。

シャールは「序文」でこの物語の主人公たちの名前を突き止めようとする詮索好きな人々に、「そういう人は完全な徒労に終わるであろう、彼らが何者であったか、あるいは現在何をしているのか、私でさえ知らないのだ」と警告している。しかし、編者によれば、コンタミーヌ夫人、ガルーアン、シルヴィなどはシャールの身近にモデルになったと思われる人物がいたらしい。モデル探しの煩わしさを避けるためか、作家としてのプライドから来る韜晦趣味と言うべきか、ともかくシャールは実在したそういう人物を思い出しながら登場人物を描いたり、あるいは実在の人物に登場人物を重ねて想像を膨らませたりしていたに違いない。そう思われるほど人物描写は具体的である。また、心理的葛藤なども見事に分析されていて、みな生きている人物として姿が自然に浮かび上がって来る。人物が目に浮かぶようで、写実的であることにより存在感がますます増していったと言えるだろう。

ところで、シャールの文学作品に溢れているリアリズムを初めて指摘したのは、バルザックのリアリズムを称賛した評論家のシャンフルーリ（一八二一―一八八九）である。セーヌ河岸の古本屋で偶然シャールのこの本を手にしてしばらくページを繰っていたシャンフルーリは、女性の肖像に瞠目し驚嘆の叫び声をあげたという。彼はシャールのリアルな細部の描写の魅力にうなったのである。そして、このような写実的描写は十八世紀のフランス文学にはほかに例がなく、肖像画家のカンタン・ドゥ・ラトゥールに匹敵すると書いている。(3)

拡がりと深さ

さらに独創的な試みもある。語り手自身が自分が語る物語の当事者であることが多いが、自分の話がほかの人物と関連しているため、そのほかの物語にも何度か再登場することになる。それはバルザックの人物再登場の手法を思わせるが、緊密な人間関係が浮かび上がり、こうして物語には膨らみが生まれて来る。その上、ケルヴィルのような脇役で、作品中に彼の物語は語られていないが、別の新しい物語として暗示されていて、この作品は大団円で終わるのではなく、作品そのものから外の世界にさらに発展して行くように想像力をかきたてられる。まるでネットワークを構成するかのように、人間関係が網の目のように連なり、この作品に拡がりが与えているのも特徴であろう。

次に挙げたいのは、平常は意識されていない意識下の世界に、シャールが踏み込んでいることである。人は本人さえ気づかない無意識から来る衝動で動くこともあるとシャールは言いたいのだろう。

たとえばデュピュイ翁の場合だが、彼は心ならずも妻に裏切られたという思い込みがあって、それがトラウマになっている。デュピュイ翁は頑固で、娘のマノンと相思相愛のデ・ロネーとの結婚をなかなか許そうとしない。娘の幸せを祈っていながら、意地が悪いと思えるほど依怙地なその理由は、裏切られたと思い込んでいる妻への恨みというか、その償いとして娘のマノンに献身的な愛を代償行動として求めているからではないだろうか。彼は娘にまで裏切られるのが怖いのであって、辞世の詩には彼の苦悩と悟りの境地が表われていたが、死も間近に迫って初めて二人の結婚を許すのもそのことを示している。だが、そのことにデュピュイ翁自身もデ・ロネーも誰も気づいていない。そこから喜劇を見るようなおかしさが生まれて来る。デ・ロネーは苛立ち、自嘲的になり、怒りを込めてデュピュイ翁のことをデ・フランに語るが、彼は姿の見えない敵に知らず知らずに躍らされていることになる。筆者はデュピュイ翁の頑固な性格がなかなか理解できなかったが、こう読むと分かりやすいような気がする。

緊密な物語構造

作者は序文で、「これはさまざまな折りに私の耳に入り、暇な時に私が書き留めておいた別々の物語にすぎないのである」と述べている。別々とあるからには、それらの物語にはつながりはないはずである。シャールはそれを見事につなげてみせた。物語と物語を結びつけているものは、登場人物たちがかつて交際していた社交グループの人間関係であり、別々の物語ではなく全体が有機的につながっている。しかも、物語の展開の仕方はごく自然で無理がなく、ひとつの話が必然的に次の話を導き出している。たとえば、デュピュイ嬢は浮気をしているのか、あるいはデ・プレはレピーヌ嬢の死に責任があるのかなど、真相を知りたい人からの要求で物語が語られることになる。登場人物たちがお互いの消息を尋ね合うことによって、それぞれ好奇心を満足させ、次の物語にごく自然に進んで行く。七つの物語が独立した物語のようでいて、実は密接に絡み合っていて、読者の好奇心をかきたてることにも成功していると言えるだろう。この物語全体の構造は熟考され、どこかひとつ欠けても建っていられない建物のような作品で、実にみごとに組み立てられていることに驚かざるをえない。

デ・ロネーとデ・フランが出会う冒頭の場面を見てみよう。

パリに、大臣になったペルチエ氏のおかげで建設されたノートルダム橋からグレーヴ広場に至る、あの美しい河岸通りがまだなかった時のことである。〔……〕馬に乗って遠方からやって来たと分かる立派な身なりのひとりの男が、毎日ジェーヴル街のはずれで起きる雑踏に足を止められた。〔……〕裁判所の法服を着たひとりの紳士がほかの誰よりも大きな声で彼の名を呼んだ。彼はその人を見ると、見覚えがあるなと思った。その紳士が馬車の扉から全身を乗り出さんばかりにして、「デ・フランさん、こちらに来てください」と再び叫んだ時には、自分が間違っていなかったことがはっきり分かったのである。「ああ、あなたでしたか。あなたに会えて抱擁できるなんて、実に嬉しいですね。」

この書き出しからして読者は想像力をかきたてられる。なぜなら、二人の男が旧知の仲であることが分かると、二人の人間関係が気になるからである。読者はそこに推理小説の謎解きのような興味をかき立てられ、どういう関係なのだろう、これからどうなるのだろうと想像する。また、パリの交通の要衝といった通りの渋滞が原因になって出会ったとすれば、読者はさもありなんと思うに違いない。シャールはあまりにも唐突な偶然性をできるだけ排除しているのだ。二人の出会いに無理がないことが読者の集中力をそらさせない。さらに、馬に乗って遠方からやって来たのはなぜか、読者はこの場面に主人公の人生を一瞬垣間見たような気にさせられる。作者は読者の心をむんずと掴み取っているのだ。

第一話「デ・ロネー氏とデュピュイ嬢の物語」では、この二人が一通の手紙が原因で仲違いし、いわば絶交状態になっているが、その本当の理由は第三話「ド・テルニー氏とド・ベルネー嬢」になるまで明かされない。また、ひとつの物語の中にも巧みに伏線が敷かれている時もある。第六話「デ・フランとシルヴィの物語」では、二人の出会いの場はキリスト降誕祭の日の教会であった。それはシルヴィが聖女として生まれ変わることを暗示しているようである。そしてシルヴィの不貞の原因は、第七話でガルーアンが登場するに至ってようやく見えて来る。このように物語全体が実にうまく絡み合っているのだ。それを支えているのは一つの緊密な社会、緊密な社交グループの存在である。この緊密な社会なくしてこの物語は存在しなかっただろう。

つまり、この作品は最後まで読まないとグループ全体が見えてこないし、熟慮された構成の巧みさも見えない。これはプルースト流の円環小説だと言えば大袈裟になるが、作者により敷かれた道筋をたどりつつ物語を読み進めて行くと、物語冒頭のデ・フランとデ・ロネーの出会いの場面にたどり着き、このグループ、強いて言えば、この仲間たちが生活する社会が浮かんで来る。物語が進んで行く過程でいろいろな事件の真相が明らかになり、彼らが語る話はグループ共通の記憶になる。そして、彼らは認識を新たにし、気持ちも変わって行く。こうして新たな集団の記憶が形成される。作者はこのような集団の記憶を書き留めようとしたに違いない。

最後に、ナラトロジー(物語学)の文学理論からも、この作品の構造についていろいろなことが考えられるということをつけ加えておこう。

真実なる物語

『フランス名婦伝』の特徴は第一にリアリズム小説だと書いたが、シャールは写実性を確かなものにするため真実らしさを追求している。物語はグループのメンバーが語り手となって話を語って聞かせるのだが、自分の身の上話なら誰でも一人称で話せるだろう。しかし、いくら緊密に結ばれた仲間でも、語り手はほかの人のことをすべて知っているわけではない。すべてを知ることはできないし、神のように遍在するわけには行かない。

語り手はほかの人のことは聞いた話として伝えるという姿勢でなければならない。ここに視点の問題がある。

かつて、アンドレ・ジードは「去りゆく人は背中しか見えない」と言った。小説における視点の問題をシャールも意識していて、物語にリアリティを与えるためにできるだけ不合理な記述を避けている。語り手の目が届かないことは、誰かの証言に頼ったり手紙を利用したりと、いろいろ工夫している。語り手が神のようにあらゆるところに偏在し何でも知っているのは不自然である。また作者がみずから物語に直接介入して断定的に決めつけるのも避けるべきである。あくまでも真実らしさを求めるからには、作者による作り物だという印象を与えるのは好ましくない。シャールはそのことを深く意識していたようである。できることなら作者は作中から消えて、事実が事実を物語るというこのような創作作法は当時としては珍しいものであろう。

ひとつ例を挙げよう。デ・フランはシルヴィに裏切られたと思う。彼はシルヴィの姦通の現場を目撃したのだから彼の判断に誤りはないように見える。ところが、デュピュイの証言によって、シルヴィに罪はなくガルーアンの魔術によることが明らかにされる。一方、シルヴィは修道院からガルーアンに手紙で、自分の意志には無関係な「超自然の力」が働いていたと書いている。この例で分かるように、語り手や登場人物がお互いに証言し合ってひとつの真実に達するのである。逆に言えば、この物語ではある事件はひとつの見方だけでは真実には達し得ないということになる。こうした証言が集められて、動かし難い真実が浮かび上がって来る。シルヴィの出生の秘密などについても同じである。

先に、シャールの写実的描写で特に光るのは女性の肖像であると書いた。なぜシャールは女性の写実的描写に力を尽くしたのだろうか。それはシャールが現実に生きている生身の人間に関心を持っていた観察の人であったからだろう。スタンダールは小説家は鏡を持って街を映して歩く人だと言ったが、シャールは観察者の目を持って周りを子細に見ていたのであろう。なによりもシャールにとっては、肉体を備えた生身の人間が存在しなければ色恋も始まらない、それが真実なのである。彼にとって、主人公たちの恋が芽生えるには女性の視覚的な魅力が大きな要素を占めているからであろう。そこから観念的な女性像ではなく、写実的な女性像が生まれて来る。文字通り恋愛が観念の世界から身近な現実に変わって来たからである。シャールは女性の身体の美しさを前面に押し出し、女性の魅力をまるで絵を見るように描いた。それは見方を変えれば、神の意志に背いたアダムとイヴの堕落の結果は人類の肉体と道徳面にも及ぶとするキリスト教の原罪観に疑問を感じ、原罪観という殻を破り、人間の精神のみならず肉体の美しさも積極的に肯定して人間らしく生きよう、偽りなく真実に生きようという、人間解放を模索する過程でのひとつの表現と言えよう。それは「近代的自我」を模索する時期に重なっている。

ところで、シャールには女性の魅力だけでなく、現実の社会を観察し見つめ、そこから真実を取り出して、それを書き留めようという明確な意志があった。『フランス名婦伝』の序文でこう述べている。

この作品にはどのような試練にも耐えられる勇者も、驚くような出来事も出てこないであろう。何事も、真実であるからには、自然なものでしかあり得ないからである。私は単純明快な真実のみを取り上げた。その気があれば、私は全体を作りものの情事で美しく飾り立てたであろう。しかし、真実でないことを書く気にはまったくなれなかった。

シャールの意図は明白である。彼は自分がよく知っている同時代の社会の証言者たらんとしたのである。しかも真実の証言であることを彼は自負している。英雄伝説や歴史に取材した荒唐無稽な従来の物語とは一線を画し、彼は物語をもっぱら市民生活の中に求め、そこに生きる人々の単純明快な真実の姿を書きとめ、自分が生きた時代の証言にしようとしたのだ。市民の日常の生活に取材したのはほかでもない、シャールは日常生活の中にも、歴史に取材した物語よりも悲劇的な事件が存在するという事実を知っていたからである。その点を評して、ディドロはシャールのこの作品をフランス最初の市民悲劇だと述べている(6)。シャールは真実を創造するためには、日常生活の中で人々が抱く現実の感情を描かなければならない、人々の心理の変化を的確に分析し読者の共感を得なければならない、それに成功するなら、その作品は読者の現実感覚に支えられて、真実として独り立ちできる、真実なる物語になれる、シャールはそのことを充分に知っていたのである。彼は真実を描くことによってひとつの社交グループに存在感を与え、その背景にある社会を想像させることができた。

ところで、この社交グループの中にはコンタミーヌのような上流貴族や、没落貴族の娘や、ブルジョワ階級の子弟もいるし、自分の才覚だけが頼みの庶民もいる。当時のパリには従来の階級意識を超えたこのような中産市民階級を中心とする新しいグループが存在していたのであろう。

しかし、問題がないわけではない。先にも触れたように、この物語の時代背景は作者によって故意にはぐらかされていて、物語全体の時代設定を厳密に確定するのは難しい。「シルヴィの物語」には一六六〇年代の事件が出て来るが、そのころの話とすると年代的に合わないこともある。作者が見たり聞いたりして培った現実感覚が反映されていると考えれば、彼が青年時代にみずから経験しあるいは体験したことが次第に結晶して作品になったと考えるほうが分かりやすい。やはりシャールの二十代、つまり一六八〇年代と見るのが妥当であろう。

女性の美徳

『フランス名婦伝』の七つの物語はすべて主人公たちの恋の物語である。七つすべての物語に共通するテーマは女性の美徳である。当時、女性の美徳と言えばまず貞節であった。それは前世紀の混乱から抜け出して成立した安定した絶対主義体制下の社会が女性に求める厳しい掟である。貞淑な女性、貞節な女性である。しかし見方を変えれば、放蕩に現を抜かし、若い女をたぶらかしては捨てるデュピュイなどが、女性に美徳を求めるのはなんともおかしな話ではある。とは言え、この物語の女性観がすべて保守的で抑圧的であるかと言えば、そういうわけではない。ここでは、美徳といってもその姿はさまざまだが、女性の美徳を中心に物語を概観してみよう。

第一の物語は、法官のデ・ロネーと軍人貴族デュピュイ翁の娘デュピュイ嬢の恋と誤解と諍いを描いている。しかし、二人のことよりもむしろ皮肉なデュピュイ老人の厭世哲学が強烈な印象を残し、晩年の孤独とか、介護とか、看取りといった現代にも通じる問題が示されていて面白い。デュピュイ翁は自分の晩年に不安を感じていて、死の間際まで娘の結婚を許そうとしない。「なんとなれば、若い娘が男を信じると、男の言いなりになってしまう」からである。しかし、懐疑的なこの皮肉屋も結婚を許す時には、「わしもお前を祝福しよう、じゃが条件があるのじゃ。貞節を守り、デ・ロネーさんに心から変わらぬ愛情を捧げ、わしの祝福に価するようにならねばいけないよ」と優しく諭している。この老人は一筋縄では行かない曲者だが、なかなか深みのある人物で、厭世的で皮肉屋で頑固だが、決して根からの意地悪ではない。妻に裏切られ不幸だった自分の人生を省みて、娘の幸福を心から願っているからこそ、デ・ロネーへの貞節を説いているのだ。

第二の物語は、当事者に代わってデ・ロネーが三人称で語っているが、三人称で語られるのはこの物語だけである。没落貴族の娘アンジェリックと大貴族の御曹司コンタミーヌの恋物語である。彼女はコンタミーヌに迫られるが、あくまでも志操堅固で拒否し続け、正式な結婚まで持ち込む。コンタミーヌは初めは遊びのつもりで、それしか考えていなかった。女は直感的にそう感じて、恋の駆け引きが始まる。この駆け引きがこの物語の魅力である。女の「ノン」という答にどれだけ「ウィ」が含まれているのか、その探り合いはまるでマリヴォーの劇のようである。それにしても、意志が強く聡明でしたたかなアンジェリックに比べ、コンタミーヌの良家のお坊ちゃまぶりがなんともおかしい。

ところで前にも書いたように、絶対主義体制下の安定した社会にあって、女性の美徳と言えばまず貞節であった。この物語は大貴族の御曹司が登場する上流階級だからであろうか、その価値観を何ら疑うことなく美徳が極めて重要なテーマになっている。美徳そのものが主人公ではないかと思われるほどで、美徳の鑑とされる信仰心の篤いコロニー公妃は安定した社会の女性の美徳を象徴する人物として登場している。アンジェリックが表の主人公とすれば、コロニー公妃はいわば陰の主人公と言える。女性の美徳が重いテーマとして存在していて、既成の価値観を肯定しつつ、美徳の勝利を謳いあげている。しかし、それだけでなく変化の息吹も感じられる。

アンジェリックは召使いとして働いていて、あとのフィガロに見られるように、人の心を推し量り機転がきく才覚のある娘であることは見過ごせない。彼女は召使いとして働いていたからこそ才覚のある娘になったと考えられないだろうか？　彼女の存在には安定しているように見える階級社会に小さなさざ波が起きたように感じられる。また、コンタミーヌ夫人となったアンジェリックは『フランス名婦伝』全編を通じて話し合いの場でも指導的な役割を果たし、時には男性陣に物申す知的で活発な女性であるのも暗示的である。アンジェリック以外にも、才覚と実行力に富んだ従僕や小間使いが登場し主人を助ける活躍を見せている。彼らはすでにフィガロを彷彿させるが、この作品が十八世紀フランス社会の一面を描いていることを改めて思い出させる。

　ところで作者の言葉とは違って、アンジェリックに境遇がよく似た娘をシャールは身近に知っていたことが分かっている。シャールはその娘のイメージを膨らませ、思いを込めて存在感のある女性を創り出したのであろう。

　第三の物語には、心ならずも修道院に入れられたクレマンスを見初めたテルニーが、略奪結婚のような強硬手段に出て結婚するという、一時代前の波瀾万丈の冒険物語的な要素もある。クレマンスはシャールの腹違いの姉と同じ名で、修道院に入れられた状況も似ている。作者の個人的な思い入れがあるのかも知れない。意に染まない修道宣誓を拒否し、神にではなく現実の男への愛を誓い、短剣を懐に呑んで命懸けで愛を貫き、女の美徳を守ろうとする一途な女の強さ賢さに感動し、恋の行方に読者ははらはらさせられる。作者はこの恋愛冒険物語に巧みに教会批判を忍ばせているのも見落とせない。

　第四の物語は、国外追放の命令が解けて帰国するド・ジュッシーと一緒に帰国したデ・フランがド・ジュッシーに代わって一人称で彼の身の上話を語っている。聞き手にとって三人称で語られるべき物語が一人称で語られるのは、語り手が感情移入しやすい上に、聞き手も臨場感が得られ、感動が深まるからであろう。莫大な財産を受け継いだ未成年で孤児のフェヌーユ嬢と美声の持ち主ド・ジュッシーの秘密の結婚が発覚し、彼は国外追放される。しかし、七年以上も二人は密かに連絡を取り合い、ド・ジュッシーが帰国するや二人は結婚式を挙げ、結婚に反対した親戚に復讐を始める。未成年のフェヌーユ嬢が主導して結婚したので、ここでは情熱ばかりかプライドが貞節を支えていた。ルイ十四世の政治的で不当な命令のため辺境で九年もの長い獄中生活を送ったローザン公（一六三三―一七二三）は、愛人でフロンド派のラ・グランド・マドモワゼル（モンパンシエ公爵夫人、一六二七―一六九三）と密かに文通を続け、釈放後一六八二年に結婚した。それを思い出しながら読んでいたらプライドや意地が貞節を支え、既成の体制への反抗になっているのが分かる。フェヌーユ嬢は結婚を認めない後見人の親類に反発し情熱を抱き続けたが、プライドや意地が貞節を支えて来たことも事実であろう。

　第五の物語では、デュピュイが友人デ・プレの間違った噂を正すために真相を皆に語って聞かせる。ここでも第三者であるデ・プレの身の上がデュピュイによって一人称で語られている。この物語のテーマはただひとつの頼みの綱である秘密の結婚で、許されない真実の愛に生きる薄幸の女性が登場する。大法官の息子デ・プレと没落貴族の娘レピーヌ嬢の悲劇は、七つの物語の中でも最も心に響く悲惨で残酷な物語である。親たちの強圧的な態度や強欲さに怒りを覚えるが、それにしても不吉な運命の予感におののきながら情熱的な愛に生き、誰を責めることもなく従容として死んで行く貞節なレピーヌ嬢の悲劇には胸を打たれる。そこには彼女の性格的な強さと優しさが如何なく発揮されている。レピーヌ嬢の最期の姿には崇高ささえ感ぜずにはいられない。彼女の悲観的な運命観に「隠れたる神」の時代の悲観的な人間観を見るべきなのであろうか？　この物語はパスカルの生きていた時代のことなのだろうか？　そんなことを考えさせられたが、そういう次元のテーマではなくて、レピーヌ嬢が秘密の結婚をした時から将来に悲観的だったのは、やはり身分制社会の結婚制度や家族制度が幸せの障害になると予感していたからで、作者はそれをテーマに選んだのではないだろうかと思う。それを見落としてはいけないだろう。

第六の物語ではデ・フランがみずからの失踪の理由を語っている。父を失い、叔父の後見のもとでの生活やイタリア旅行など、デ・フランの人生にはシャールの人生が反映されているようである。この物語ではデ・フランとシルヴィの秘密の結婚が悲劇の原因になっていて、女が貞節の誓いを破るとどうなるかひとつの答が描かれている。

物語に登場する秘薬とか魔術といった怪しげな手段が事態の急変をもたらし、物語が展開する重要な要素になっている。ガルーアンが用いた魔術とは一体何なのだろう？　黒ミサでよく用いられたという手法なのだろうか？　秘薬や呪いというものは信じられるだろうか？　催眠術を使ったのではないか？　などと考えてみてもなかなか納得の行く答えは出てこない。シルヴィの分かりにくい行動については出版当時すでに問題になっていた。ハーグの『文学新聞』の編集者には作者の意図が分かりにくかったのであろう、その質問に対してシャールは編集者に書き送っている。

私は魔術などにはいっこうに信を置かぬ高等法院に属する者であります。しかしながら、自然を超越した事象が見られるのも真実であると思います。(7)

「魔術などにはいっこうに信を置かぬ」と書いているが、それではシルヴィは魔術に操られたのでなく、自然を超越した力に突き動かされていたということか？

シルヴィは姦通の罪の意識に苦しみ、思いをめぐらす。彼女はデ・フランに「超自然の力に操られた」と告白している。また、ガルーアンには手紙で「わたしは貴方に対して心の中では本当に無関心だったことも確かでございます」と書き送っている。そして、「超自然の力」を感じて罪を犯してしまったと書き送ったのである。シャールは一七一三年十二月三十日の編集者への手紙には「(シルヴィは) 物語の中でいちばん興味のあるヒロインで、〔……〕その描写はおそらく成功しているだろう」と書き送っている。ということは、シルヴィの行動は創作上の破綻ではなく、「自然を超越した事象」としてシャールにとってはないがしろにできない真実であったと考えるべきなのであろう。

シルヴィの行動については研究者の間でも意見が分かれている。一方には、彼女がガルーアンに手紙を書いたこと自体に意味があって、手紙の内容はさして重要ではない。彼女はガルーアンの情熱に打たれガルーアンを愛したのだという説がある。他方、とんでもない、彼女はデ・フランのいない寂しさに感覚の誘惑に負けたにすぎないという説がある。シルヴィの姦通について、ここで編者ドゥロッフルの解説を紹介しておこう。

シャールは滅ぶべき肉体と不滅の魂との異質性にこだわり理解しようと努めるが、それを理解する考え方としてデカルト流の精神と肉体の二元論に同調するようになった。精神と肉体は一元的に融合していないので、結婚の秘跡ではすべてを律しきれないし、姦通という事実は現にある。それでは姦通をどう考えるべきか？　スカロンは一六五六年に、放蕩者の夫が妻の姦通を裁けるかと問い、『無実の姦通』を発表して話題になった。永遠の愛を誓い秘跡を受けて結婚したのに、この作品の「夫の代用としての愛人」というテーマは結婚の秘跡に対する重大な罪だが、そのほか多くの作品でも取り上げられ当時は流行になっていた。シャールはよく知られていたいわば古典的なこの無実の姦通というテーマに興味を抱き、これを取り入れようとした、これが編者ドゥロッフルの説である。つまり、作者の頭の中ではシルヴィは初めから無実であって、黒ミサなどでよく知られていた魔術をカムフラージュとして利用し、その裏に潜む「超自然の力」をシャールは示したかったということなのであろう。

ところで、そのスカロンの『無実の姦通』だが、少し長くなるが粗筋を紹介しておこう(8)。

舞台はスペインである。主人公ドン・ガルシアはある夜、通りかかった邸の門から女がたたき出されるのを目撃し、その女を助ける。物語は彼女の身の上話で始まる。

ヒロインのウジェニは貴族のドン・サンチョと弟のドン・ルイに求婚される。彼女が選んだのは兄だったが、この男は非道なことをし続けるので、ウジェニの気持ちはすっかり冷め、やがてアンドラードという愛人ができる。ある日、彼女が密かに愛人を自室に招き入れたところに、夫が急に帰宅する。彼女は侍女に助けられアンドラードを衣装箱に隠しその場は切り抜ける。しかし、箱を開けてみるとアンドラードは気絶していた。ところが彼女たちは死んだものと勘違いし、義弟のドン・ルイに死体の処理を頼む。彼は快く引き受けるが、それは下心があったからである。彼はウジェニに執拗に関係を迫る。しかし拒絶され続けるので、ある夜、暗闇にまぎれ、兄の部屋着をまとい兄に化け、声色も遣うという策を用いて、ついに彼女をものにしてしまう。それに気づいたウジェニは復讐のために夫の短剣でドン・ルイを殺し、全財産を持って愛人のアンドラードの許に逃げる。ところが、アンドラードは共犯になるのを恐れ、彼女の宝石類を奪い彼女を邸からたたき出す。彼女がドン・ガルシアに助けられたのはこの時である。

一方、ウジェニの夫ドン・サンチョは殺人の容疑で逮捕される。ドン・ガルシアはそれをウジェニに知らせずに、彼女を修道院に入れる。そして、アンドラードに決闘を申込み、ウジェニの仇を打つ。ドン・ガルシアからアンドラードの死を知ったウジェニは自分のために何人もの男が死んだことを深く悲しむ。ウジェニには捜索状が出され懸賞金が掛けられる。一方、夫が処罰されるのを知ったウジェニは判事に手紙を書き、自分がドン・ルイを殺害したことを自供し、ドン・ルイの悪行をすべて話す。やがてその話は大司教にまで伝わり、宮廷中がウジェニに味方したこともあって、彼女は恩赦により処罰を免れ、夫も無罪放免される。しかし、ウジェニは決意を固めて修道院に入る。夫はそれに苦しみやがて病を得て死んでしまう。

こうして彼女はスペインでも有数の遺産を受け継いだので、多くの求婚者が現われる。中でもドン・ディエゴなる国務大臣の一族で傲慢な男が、修道院に押し入ってウジェニを略奪しようとするが、そこに勇者が現われて無事に助け出される。その勇者こそドン・ガルシアであった。ドン・ディエゴとの一戦で負傷したドン・ガルシアを看病するうちに、二人は深く愛し合うようになり、ついには宮廷中のみんなに祝福されて結ばれる。二人は子宝にも恵まれ、ドン・ガルシアはアラゴン家の一族として大いに出世する。

スカロンは写実的描写の先駆者といわれ、確かにそれは窺えるが、生彩さに欠けている。人物の心理的葛藤も深くは追求されず、心理の分析もありきたりで物足りない。さて、この作品ではすべてが俗世間で起きる。宗教的な雰囲気はない。ウジェニが修道院に入るのは一時的な避難であり信仰心からではない。シルヴィとウジェニの共通点は姦通だが、そこに至る過程には大きな違いがある。ウジェニの場合は愛人ができたのも夫が非道な男だったからであり理解しやすい。シルヴィの場合は魔術が入り込んできて分かりにくい。彼女は密かにガルーアンを愛していたのか、あるいはデ・フランがいない寂しさから誘惑に負けたのか、など人により意見はさまざまであろう。しかし、作者シャールがスカロンとは次元の異なる「超自然の力」を介入させたことにより、彼がいかに「自然を超越した事象」にこだわっていたかが分かる。シャールは「超自然の力」を影の主役としてシルヴィの姦通の物語を書こうとしたのかも知れない。

さて、美徳に話を戻すと、デ・フランは貞節の誓いを裏切られ、サディズムともいえる激しい憎しみと強い愛情が錯綜する二律背反の感情に襲われて苦悩の日々を過ごす。このような感情表現はこの時代としては極めて珍しい例と言えるだろう。心理分析は実に精緻で、デ・フランの行動が納得できるほど見事に描かれている。デ・フランはシルヴィに裏切られたと思い込んで彼女を地下牢に監禁したのだが、暗い地下牢にいるシルヴィを見ながら、心のうちを語っている。

私はこれほど惨たらしくて心を打つ情景に我が目を楽しませながら、残酷な喜びに浸っていたのです。何という変わりようでしょう！　自分が熱烈に愛し、まだ熱烈に愛している女にどうしてこうまでも残酷になれるのか、私は心の中で何度も何度も問いかけたものです。

これが失われた美徳、裏切られた貞節のひとつの結果である。シルヴィには罰が下されるが、シャールは道徳的な問題意識からシルヴィの物語を書いたのだろうか？　いや、どうやら彼の目的は「超自然の力」と信仰心を示すことで、その過程に起きる愛と憎しみの心理分析に強い関心を抱いていたように見えるが、果たしてどうであろうか？　ところで、裏切りの本当の理由は次の物語でデュピュイによって明かされる。

第七の物語は、憔悴したデ・フランの苦悩を癒すためにデュピュイが話を始めるが、この物語は量的には全巻のほぼ半分を占めていて、ひとりのリベルタン（放蕩者、自由思想家）が運命の女性と出会い改心し成長して行く、いわゆる「ドイツ教養小説」の趣もある。ここでもデュピュイには、デ・フランの場合と同じように、コレージュでの体験や母が偏愛する兄との確執など、シャール自身の人生が反映しているようである。

ところで、十七世紀後半から十八世紀初めのフランスではいわゆる好色文学が盛んに書かれた。多くは埋もれてしまったが近年に至りこの時代の好色文学がまとめられて刊行されている。このデュピュイの物語はそういう時代の風潮と無縁ではないのであろう。放蕩者のデュピュイはさんざん悪辣な所業を重ねて来た。女を誑《たぶらか》し込んで誘惑しては捨てる、善良な行商人を絞首刑にすると脅かし気絶させ、人の命を弄んで楽しむなど彼の自慢話は読む人の神経を逆撫でする。デュピュイと仲間たちはそれが悪辣で非道な所業であることを百も承知している。ここにこの物語のひとつの特色がよく表れている。それは悪の問題である。デ・フランのサディスティックな仕打ちも二律背反の感情もその悪の表れと見ることもできるが、リベルタンのデュピュイの悪辣な所業に至ってこの特色が際立って来る。シャールは人間の中にどうしようもない悪への意志や欲望があることに目をつぶっていられなかった。人間とはそういう存在であると考え、それに気づいていない人に是非とも描いてみせる必要があったのだ。そこで、悪の描写や分析にどれだけリアリティや普遍性を与えることができるかが問われることになる。悪の描写においても、絵空事と思われないようにリアリティを与えれば、人間認識が深まると考えたに違いない。シャールはそれを見事にやってのけた。ほぼ同時代に書かれたルサージュの悪漢小説などとは異なり、シャールは人間存在そのものに悪への意志や欲望が内在すると考え、それを悪の文学として結晶させている。

リベルタンのデュピュイを変えたのはあらゆる面で自立したひとりの未亡人である。女性の自立という観点から見て、現代でもこの未亡人に共感する女性はいるかも知れない。確かに、十七世紀にはニノン・ド・ランクロ（一六二〇—一七〇五）のように、単なる高級娼婦と片づけるには惜しい女性もいた。彼女は教会の教えに疑問を感じて、四旬節に肉絶ちをせず、鶏の骨を二階の窓から聖体を担いで練り歩く神父や信者の上にばら撒いたり、独自の恋愛哲学を信じて契約結婚をしたり、サロンを主宰したりもした。極めて稀なリベルタンと言える女性である。しかし、それは例外的で、シャールが創り出した未亡人の結婚観・女性観は当時としては極めてユニークであった。当時の女性はさまざまな束縛や圧力や慣習などの厳格な枠の中で生きていた。とりわけ女性が性的な欲望や歓びを口にすることは絶対的なタブーであった。ところが、この未亡人はタブーに囚われずにみずからに正直に生きることの重要性を妹に説いて聞かせている。それは人間性回復の叫びであり、女性を縛りつけている社会通念という枠からの脱出であり解放である。

枠と言えば、『フランス名婦伝』から三十年ほどあとに書かれたあの『ファニー・ヒル』は性愛の歓びを謳いあげたいわゆる好色文学の傑作だが、この作品を翻訳した吉田健一氏は「訳者あとがき」（河出書房新社、一九六六年）で、この作品にはいやらしさがないばかりか、タブーとなる枠がまったくないことを特に強調している。シャールが創り出した未亡人は決して淫蕩な女ではないが、その主張は枠を取り去り真実に生きようとする試みであったことは確かである。

『フランス名婦伝』の七つの物語はすべて愛の物語である。愛を妨げる障害との戦いの物語でもある。身分違いの結婚、秘密の結婚、財産をめぐる争いなどが全編に共通のテーマとして出て来るのは、それらの問題がまさに身分制社会の非人間性を描き、その矛盾を明らかにするためには打ってつけのテーマであったからであろう。

そして、この社会で女性に求められるのは貞節、貞淑という女性の美徳である。不吉な運命をじっと耐え忍び、愛するデ・プレに文字通りひたすら貞淑に仕えるド・レピーヌ嬢、冷たい牢獄にあって自分の過ちを悔い、デ・フランに許しを求め、ひたすら身の潔白を訴えようとするシルヴィなど、すべてのヒロインに求められているのは貞節である。彼女たちも貞節が重要なことを疑ってはいない。しかし、一方で、デュピュイのような女誑しがいて、何ら過ちのない若い女性の運命を変えてしまう男がいる。しかもデュピュイは自分の無頼な行動を得意げに話していて、心底から後悔し恥じているようには見えない。この身分制社会は男中心の身分制社会であることは言うまでもない。作者シャールも男である。男の立場からの、男の願望の表れとしての女性の美徳が讃えられているとも言えるだろう。そういう社会の状況にあって、この未亡人の非婚主義あるいは女性の独立宣言は、本来美徳とは何か、貞節とは何かという根本的な疑問を投げかけ、強烈な印象を残してくれる。

信仰と予言

シルヴィの物語にはほかの六編の物語と違って何か神秘的な雰囲気が漂っている。確かに彼女は「神の御心のままにわたしが陥った無分別」と書いていて、自分の行ないが常識的には理解できない神の意志であることを認めている。シルヴィは聖女になることを無意識のうちに欲していたのだろうか？　神の意志を実現するために夢うつつで不貞を働いたのだろうか？　シルヴィが感じた「超自然の力」とは神がシルヴィを躓かせ、さらに深い信仰に導くための仕掛けだったのだろうか？　作者シャールは「（シルヴィは）物語の中でいちばん興味のあるヒロインで、〔……〕その描写はおそらく成功しているだろう」と書いていた。ところで、デ・フランとシルヴィの出会いの場はキリスト降誕祭の日の教会であった。それは神秘的なことが起こり、シルヴィが聖女として生まれ変わることを暗示していたのであろう。シャールにとってシルヴィが聖女として生まれ変わるのは必然的な流れなのである。それは彼には重要なテーマなのであろう。

信仰の問題でもうひとつ見落とせないのは、予言通り運命的な死を迎えたガルーアンの存在である。彼は運命を予言する言葉に恐れおののき回心して修道士になったが、予言通り森の中で絞殺死体となって見つかる。シャールのほかの作品を読んでみると、彼は合理的精神の持ち主であることが分かる。それなのになぜ占星術の予言を信じていたのだろうか？

『インド航海日誌』には、シャールが洋上で暮れなずむ夕陽を見ながらその神秘的な美しさに感動し、深い物思いに沈む情景が出て来る。そこにロマン派の感受性を読み取ることもできるだろう。彼は自然にたいする感受性も豊かで、決して鈍感な人間ではなかった。シャールの神秘感は本物である。インドでは神秘的な輪廻の思想とそれを信じる人々と習俗に出会い、思索の糧にしていたほどである。(9)

ガルーアンの死はそういうシャールの神秘感と無関係ではないようだ。彼はガルーアンについて、ハーグの『文学新聞』の編集者に書いている。

貴方はお分かりになるはずですが、私はガルーアンの死は幼少から予言されていたと認めざるをえないのです。なぜなら、私はこの学問が確かであると知っているからです。なと言うのは、私は彼の甥と一緒に哲学を勉強しましたが、私と同い年でまだ存命中のその甥が、リベルタンのデュピュイが語るのと同じ状況で、カプチン会士として死んだ伯父について、死の十年以上も前に秘密とされていたその予言を私に打ち明けてくれていたからです。

（一七一四年一月二十二日）

シャールは占星術に関心を持っていたようだが、自分の身近にガルーアンのモデルになった人物が実在したという事実があって占星術を信じたらしい。占星術が合理的な学問かどうかはともかく、予言が当たったのは偶然の一致にしても、シャールには事実はあくまでも事実なのである。事実である以上認めざるをえない。彼はまた、「自然を超越した事象が見られるのも真実」と述べていた。それはシャールのリアリズム精神のひとつの表現なのであろう。合理的には説明できなくても人智の及ばぬ事象がある、それは彼が抱いていた神秘感に通じるものがあるが、事実である以上彼には無視できなかったのである。

さらに問題なのは、ガルーアンがキリスト教の尊敬されるべき聖者として死んだことである。そこに作者の晩年の思想が反映しているのだろうか？　実際、この作品の主人公の中で、作者シャールがいちばん関心を抱いたのはガルーアンで、これは作者の分身だという説があるくらいである。(10)

それでは、前非を悔いて修道生活に入れとシャールは勧めているのだろうか？　この作品からはそういう結論は出てこない。それとは反対に修道者にたいする批判はかなり厳しいものがある。第五話に出て来る高等法院の法官デ・プレの父はカプチン会士に強烈な批判を浴びせていたが、門前に現われた喜捨を求める托鉢僧を皮肉り、こう言っている。

この者（舗装工と鉛管工）どもは働いておる。自分たちで稼ぎ、公衆のお荷物にはなっておらん。それにだ、キリスト教徒が愚かにも信心に凝りおって、これほど多くの無駄な口を養っておらねば、フランスにはこれほど多くの怠け者や浮浪者はおらんはずじゃ。

作者は法官デ・プレを公正な人物として描いている。そのデ・プレからすると托鉢修道僧は寄生的生活を送る許し難い存在なのである。

一方、ガルーアンは自分が用いた魔術の裏に超自然の力が働いていたとは気づかなかったが、予言を恐れ前非を悔い、カプチン会士になった。そのガルーアンは温かい人柄で献身的な人物として肯定的に描かれている。つまり作者は、修道生活に入って何をするかが重要であり、召命なくして修道生活に入り、公衆のお荷物になるような人々を糾弾しているのであって、修道生活そのもの、宗教そのものを否定してはいない。シルヴィもガルーアンもキリスト教の聖者として逝った事実はいささかの皮肉もなく讃えられている。また、第二話に出て来る、改革派の指導者コロニー公妃は世間から美徳の鑑と崇められ、戒律を守ることでは厳しいながらも、アンジェリックのために一肌脱ぐ優しさも持っている。第三話に登場するクレマンスのように、シャールは強圧的に修道院に閉じ込めるのは神の正義に反し偽善者を生み、強いてはキリスト教の倫理をも揺るがしかねないから反対なのである。作者は序文に、

確かな事実によって、人間関係の一端が明らかにされていることからも分かるように、より自然で、よりキリスト教的なある倫理を目指しているのである。

と書いている。ある倫理を目指したシャールには実現したい理想の社会があった。それには人々がより自然でよりキリスト教的でなければならない。彼は『マールブランシュ師に提示された宗教上の疑義』に書いている。「私は人為的で、既成の事実の上に作られ、理性以外のほかの原理や良心以外のほかの法則を認めているあらゆる宗教をまがいものの宗教と呼ぶ(11)」。より自然であるということは、ここではまず合理的であると解すべきであろう。キリスト教についても合理的に判断できるようになれば彼の望む人間性豊かなキリスト教が生まれ、まともな倫理ができる。よりキリスト教的とは、既成の教会が説く教えは人為的で本来の教えではない、それはシャールが望む本来のキリスト教ではないということであろう。ここにシャールの理想主義を読み取るのは行きすぎだろうか？　合理的な判断が大事であり、合理的でなければ善悪を正しく識別することはできない。人間には自由意思があり、善悪を正しく識別し、努力することによって正しい倫理が生まれる。作品の中にこのようなシャールの思いを読み取るべきではないかと思う。ここには十八世紀人に見られる人間としての自信と楽天主義が窺える。彼は「自然を超越した事象」があることを認めているが、それ以外の人間社会のことに関しては、合理的な精神で見つめ直し、不合理を改善しようとする理想主義者であった。それは社会を冷静に見つめて来た観察者シャールのバランス感覚なのであろう。

シャールは『マールブランシュ師に提示された宗教上の疑義』に「我々の宗教で私が真っ先にショックを受けたのは教皇

の権力である」[12]と書いている。彼は当時の教会を手厳しく糾弾したが、宗教そのものは否定しなかったと考えられる。彼が求めたのは合理的な思考を満足させるキリスト教であり倫理だったのである。これは、のちにルソーなどが唱える自然宗教論に通じる。ところで、臨終に際して教会参事会員が立ち会い、シャールは終油の秘跡を受けたが、どのように教会と和解したのであろうか、これからの研究課題である。

光と影

『フランス名婦伝』は一七一三年の初版以来、一七八〇年までに二十版を重ねたらしく、そのうち十五版が確認されている。[13]また、原作者のシャール以外のほかの作家による続編が一七二二年から一七二五年の間に六編も出版されているという。[14]フランス十八世紀最大のベストセラーはルソーの『新エロイーズ』だが、『フランス名婦伝』はそれとは比べものにはならないが、当時としてはかなり読まれたと言えるだろう。一七二七年には早くもロンドンで英訳が出版されている。訳者はイギリスに亡命していたフランス将校の娘でオーバン夫人といった。[15]オーバン夫人の翻訳では、英仏のさまざまな状況の違いに由来するのか、訳者が女性であるからだろうか、ヒロインたちが原作よりもより威厳があって自由なのが興味深い。

十八世紀における『フランス名婦伝』の人気を示す証言がある。フリードリッヒ・M・グリム（一七二三―一八〇七）が文学の愛好者に送っていた『文芸通信』の一七六三年二月一日号に載っている記事である。

世間では誰でも『フランス名婦伝』という小説を知っている。文章はへただが、率直さと真実に満ちた面白い本である。この作品の作者は知られていない。今日の物語作者は総じて文章はもっと上手だけれど、この作者のように興味をかきたてて惹きつける術を知らない。[16]

この記事のあとに、この作品の第一話が芝居になり、劇作家シャルル・コレ（一七〇九―一七八九）により、コメディ・フランセーズ座で上演されたという報告がある。ほかにはデ・フランとシルヴィの物語も『シルヴィ』という一幕物の散文劇に仕立てられ、一七四一年に上演された。シャールの人気の頂点は一七二五年ごろとされているが、[17]『フランス名婦伝』が後世に与えた影響を研究書を参考にして簡単に紹介しておこう。

文学史家アンリ・ロディエの研究によれば、リチャードソンが書簡体小説を思いついたのはオーバン夫人の英訳本を読み、この作品における手紙の扱い方にヒントを得たからだという。また彼は『フランス名婦伝』と自作の『パメラ』や『クラリッサ・ハーロー』を比較し、人物の性格、筋の展開、状況などの類似点や相違点を具体的に指摘している。リチャードソンへの影響はかなり大きいようである。こうしてみると、シャールの作品はヨーロッパの小説史の中で、十八世紀に流行した書簡体小説の源流になったということになる。ロディエはさらに『マノン・レスコー』についても、プレヴォーは英訳を読みかなり濃厚な影響を受けたとして、その具体例を挙げている。[18]

マリヴォー研究の第一人者で、本書の編者でもあるフレデリック・ドゥロッフルは『マリアンヌの生涯』の校訂版の序文に、『フランス名婦伝』の第二話「コンタミーヌとアンジェリックの物語」の影響を指摘している。[19] そう言われてみれば、よく似た話である。

ところが、一七八〇年以降、『フランス名婦伝』は出版されていないばかりか、人々から忘れられ、二百年近くも歴史の闇の中に埋もれてしまった。それはなぜだろう？　十九世紀ではシャールに注目したのは前に指摘したシャンフルーリただひとりのようである。彼はバルザックのリアリズムを研究していてシャールを発見し、シャールのリアリズムを絶賛した最初の批評家になっている。

十八世紀の人々がシャールをどのように受け入れていたかを知ることができる興味深い証言がある。それはダルジャンソン侯爵夫人（一七三四―一七八三）の証言である。

> この本は非常によく知られていました。この本の文章ですと今日ではおそらく読む気にならないでしょう。たいていの歴史書には面白いところがあります。しかし、実のところこの作品はひどくへたで、低級な俗悪調で書かれていますから、終わりまで読み通す根気がなくなってしまったとしても、わたしは驚きはしません。[20]

この文章が書かれたのは一七四八年ごろのことらしい。時期ははっきりしないが、暗示的ではある。なぜシャールは歴史の闇の中に埋もれてしまったのか、以下に、L・J・フォルノという研究者の見解を紹介しておこう。

『フランス名婦伝』は十八世紀の大作家には言及されていない。それはシャールが十八世紀の散文に何ら貢献しなかったからである。当時の読者は擬古典主義の生彩を失った文体に飽きて、文体の革新を求めていた。そこでモンテスキューの傲岸さ、ヴォルテールの明晰性、ディドロの正確さ、ルソーの詩的雄弁などが読者の要求を満たして来たが、シャールの荒削りで粗野な文体は受け入れられなかった。実は、シャールもこの文体革新運動の一翼を担って登場したのである。彼は自然で生彩のある会話の文体をめざし、中産階級の生活を忠実に映し出すためにいわゆる写実的文体を用いた。それは前代のプレシオジテの気取った文体への反発でもあろう。

なぜシャールは人気を博したのだろうか？　彼は十八世紀の擬似歴史小説と実人生を描き出した写実小説への過渡期に位置していた。中産階級の人々を文学の世界に登場させ、それが読者の嗜好に一致したからだろう。彼は次世代への新しい道を開き、彼の小説はフランス写実主義小説の流れの先頭を切っていたのである。ところが、十九世紀になると、彼の写実主義はもはや目新しいものではなくなり、忘却の闇の中に埋もれてしまったのである。[21]

以上がフォルノの見解だが、さらに『フランス名婦伝』のテーマについてもどのように受容されたのかもう少し詳しく探究しなければならないだろう。そして文学趣味の時代的変化がさらに究明されたら面白いと思う。訳者としては、シャールが忘れられたのは、彼が意識下の世界に踏み込んだり、魔術を入れたりしたことなども、当時あまり理解されなかった可能性があると思う。またシャールは名誉欲があまりなかったのか自信がなかったのか、匿名に固執したことも忘れられた理由のひとつではないかと思う。

おわりに

『フランス名婦伝』には全編に悲劇的な通底音が流れているような気がしなくもないが、明るい未来を予想させる大団円に表れているように、どちらかと言えば人生を肯定し楽天的だと言える。特に第七の物語にはデュピュイの性格から来る滑稽味もあり明るさもある。たとえば、出産の場面や仮装の場面などが挙げられるだろう。さらに、未来に向かって強く生きる知的で賢明な未亡人の存在によって、悲劇的な通底音は完全にかき消されている。それを意識して初めから読み返すと、確かに、どの物語でもヒロインたちは皆ひ弱な女性ではない。第四話のフエヌーユ嬢のように、財力があるせいか積極的に主導権を握り、男をリードする女性もいる。悲劇的な最期を遂げたレピーヌ嬢でさえ芯が強く、崇高ささえ感じさせる。ヒロインたちはどんな状況にあってもみな芯が強く、断固として自分の思いを貫き通し、凛とした態度で自分の生き方をみずから決めている。これこそ、まさにシャールがこの物語を『フランス名婦伝』と名づけた所以であろう。

この物語の舞台は一六八〇年代に設定されていると思われるが、「ヨーロッパ精神の危機」の時代の新しい胎動に沿いながら、そこに生じる軋轢に耐えて背筋をピンと伸ばして生きて行くヒロインたちの姿をシャールは見事に描き切った。ヒロインたちは皆自分の人生と真正面に向き合い、真剣に生き、切実に生きている。それが読者の共感を呼ぶのであろう。

『フランス名婦伝』はいろいろな顔を持った楽しい読み物である。無邪気で単純な情熱があるかと思えば、複雑で屈折した暗い情念もある。現実的であるかと思えば、理想主義的でもある。合理的であるかと思えば、神秘的なところもある。そして悲劇的であり、喜劇的でもある。いろいろな要素が絡んでいて、ともかく楽しく読めた。ぐいぐい惹き込まれた。単純かも知れないが、これが文学作品では重要なことかも知れないと思う。

この作品の魅力は、もちろん、シャールの作家としての才能に負うところが大きいが、その根柢にあるのは、人間と社会を冷徹に見つめる犬儒主義的な発想であろう。人々の欺瞞や人間性を抑圧する社会制度を憎んでいるのはその結果である。そして彼は激しくも深い情愛で突き進む人間を愛していたし、欠点を含めて現実の人間を肯定していたのである。

注

（1） Frédéric Deloffre, *Une correspondance littéraire au début du XVIIIe siècle : Robert Challe et le Journal littéraire de la Haye (1713-1718)*, Annales Universitatis Saraviensis, 3/4, 1954, p.144.

(2)　以下の本を参考にした。

Robert Challe, *Journal d'un voyage aux Indes*, Mercure de France, 1979.

Robert Challe, *Journal d'un voyage des Indes Orientales*, Droz, 1998. この本は翻訳が出ている。『東インド航海日誌』塩川浩子・塩川徹也訳，岩波書店，二〇〇一年。

Robert Challe, *Voyage aux Indes d'une escadre française*, Plon, 1933.

Robert Challe, *Difficultés sur la Religion proposées au Père Malebranche*, Droz, 2000.

Robert Challe, *Mémoires*, Droz, 1996.

Robert Challe, *Mémoires*, Plon, 1934.

Jean Menard, *L'identité de Robert Challe*, Revue d'Histoire Littéraire de la France, 11/12 , 1979.

Frédéric Deloffre , *Robert Challe Un Destin, Une Œuvre*, SEDES, 1992.

Geneviève Artigas-Menant et Jacques Popin, *Leçon sur Les Illustres Françaises de Robert Challe*, Université Paris XII, 1993.

(3)　Madame de Sévigné, *Correspondance*, t.3, p.945. Bibliothèque de la Pléiade, 1978.

(4)　Bernard Cartier, *Présentation du Colloque*, Actes du Colloque de Chartre(20-22 juin 1991), Honoré Champion, 1993.

(5)　Champfleury, *Le Réalisme*, Slatkine Reprints, 1967, p.85.

(6)　Denis Diderot, *Œuvres Complètes*, Edition Assézat, 1875, t.7, p.119.

(7)　Frédéric Deloffre, *Une correspondance littéraire au début du XVIIIe siècle: Robert Challe et Le Journal Littéraire de La Haye (1713-1718)*, Annales Universitatis Saraviensis 3/4, 1954, p.154.

(8)　Scarron, *L'Adultère innocent*, Chez Antoine de Smmaville, 1656.

(9)　Robert Challe, *Journal d'un voyage aux Indes*, Mercure de France, 1979, pp.114-125.

(10)　Melâhat Menemencioglu, *Gallouin－DonJuan*, Revue d'Histoire Littéraire, 11/12, 1979, p.993.

(11)　Robert Challe, *Difficultés sur la Religion proposées au Père Malebranche*, Droz, 2000, p.69.

(12)　Robert Challe, op.cit., p.73.

(13)　Robert Challe, *Les Illustres Françaises*, Société d'édition «Les Belles Lettres», 1973, Appendice.

(14)　René Demoris, *Le roman à la première personne*, Arman Colin, 1975, p.326.

(15)　Robert Challe, *The Illustrious French Lovers*, translated by Penelope Aubin, printed for John Darey, Francis Fayram et etc, 1727.

(16)　Friedrich Melchior Grimm, *Correspondance littéraire*, Garnier Reprint Edition, t.5, p.216.

(17)　Henri Roddier, *Robert Challe, inspirateur de Richardson et de L'Abbé Prévost*, Revue de Littérature Comparée, 1/3, 1947, p.24.

(18)　Henri Roddier, ibid., chapitre 2-3.

(19)　Marivaux, *La Vie de Marianne*, Garnier, 1963, pp.XXI-XXV.

(20)　Henri Roddier, ibid., p.33.

(21)　Lawrence J.Forno, *The Rebirth of a Novelist: Robert Challe in 1973*, The French Review, vol.46, No.6, 1973, pp.1139-1142.

*　本稿は昭和五十六年発行の『白百合女子大学フランス語フランス文学論集』第一一号に発表した拙論「ロベール・シャールと『フランス名婦鑑』」と、昭和五十七年発行の『白百合女子大学紀要』第一八号に発表した「ロベール・シャールにおける理性と信仰──『宗教上の異議』についての一考察──」を元に書き直したものです。

訳者あとがき

やっとである。一昔も前に出しておかなければいけなかった。これでやっとドゥロッフル先生との約束を果たすことができる。最初に持ち込んだ出版社と折り合いがつかず、その後、僕には変なこだわりがあってそれに固執したのがいけなかった。その間に先生は鬼籍に入られてしまい、愚かだったとただ恥じ入るばかりである。

先生にお会いしたのは、パリ・ソルボンヌ大学の教室が初めてである。先生と助手の三十代半ばの女性と僕の三人だけで古文書を校訂する授業で、僕は完全なお客様だったので半期しか出席しなかった。何年かたって『フランス名婦伝』を読み、あまりの面白さに魅了されて少しずつ訳し始めた。作業が一通り終わった段階で、僕は先生に手紙を書き難解な箇所を質問した。先生からは丁寧な返事とともに、フランスに来る機会があったら自宅に寄るようにとお招きを頂き、二度お訪ねした。僕は論文を送って頂くたびに感謝するとともに焦った。その後ブリュッセル大学のコルミエさんを紹介されて、コルミエさんから自宅に招かれ、一晩語り明かしたのも今となれば懐かしい思い出である。今回はコルミエさんに日本の読者へのメッセージを頂いた。

シャールは多方面で才能を発揮しながら、あくまでも名前を明かそうとしなかった不思議な作家である。フランス理神論の先駆的作品を書き、航海日誌や回想録を残し、『フランス名婦伝』も書いた。この作品と彼の人生はどう関わっているのか分からないことが多い。しかし僕には謎のままでいてほしいという気持もある。

この作品の文体について、ドゥロッフル先生と話をしたことがある。シャールは文章が下手だという評価について、先生は、まずシャールの話法の処理にいささか問題があること、ついで、論理や因果関係を示す接続詞や副詞をあまり使っていないこと、そのために時に理解するのが難しいことを挙げられておられた。シャールが接続詞などを省いたのは意図的なものだろう、物語を目の前で聞いている登場人物には、話の流れで理解できるはずで、話のスピード感を重視したのではないだろうか、と先生は言われたことがある。と言うことは、読者に物語の場に参加し、理解する努力を求めていることになり、あまり親切ではない。また、シャールは美辞麗句や大袈裟な形容詞や副詞なども、意図して避けている。劇的な場面でも、抑制を利かした文章で、ただ事実をスピード感を持って語ることを目指しているようである。

先生との話で今でもよく覚えているのは、「翻訳の作業は、原作者の意図を読み取り、それを翻訳にどう生かすか、綱渡りのようなものだ」という言葉である。果たして、この拙訳を先生はどう評価されるであろうか？　気になるところである。

最後になってしまったが、白百合女子大学国文学科非常勤講師の三浦則子さんには、そんな筆者の原稿に目を通していただき、いろいろ有益な意見を寄せていただいたこと、また、水声社編集部の伍井すみれ子さんには一方ならずお世話になったことを、ここに記して心からお礼を申し上げます。

二〇一六年四月　　松崎洋

著者／訳者について――

ロベール・シャール（Robert Challe）　一六五九年、パリに生まれ、一七二一年、シャルトルで没した。パリの伝統ある名門校、マルシャ学寮の寄宿生になる。オウィディウス、聖アウグスチヌス等に夢中になり、家族の期待通り聖職に就くが長続きせず、軍隊で剣術や馬術等を学んだ。後に王弟オルレアン公の指揮下で従軍し、一六七七年にはカッセル攻囲戦に参加、戦役が終わるとパリに帰り、一六七八年には高等法院の弁護士になる。代表作に、『東インド航海日誌』（邦訳、岩波書店、二〇〇一年）、「宗教についての異議」（邦訳、『啓蒙の地下文書Ⅱ』所収、法政大学出版局、二〇一一年）等がある。

松崎洋（まつざきひろし）　一九四二年生まれ。東京大学大学院人文科学研究科比較文学・比較文化課程中退。白百合女子大学名誉教授。主な訳書に、ラオンタン男爵「著者と、良識があり旅行経験もある未開人との、興味ある対話」（小池健男との共訳、『啓蒙のユートピア（第一巻）』所収、法政大学出版局、一九九六年）、*Le Développement d'une Logique de Négation dans l'Histoire de la Pensée Japonaise*, La Toison d'Or Edition, Paris, 2006（ブルーノ・スモラルツとの共訳、家永三郎著『日本思想史に於ける否定の論理の発達』〔新泉社、昭和二十六年〕のフランス語訳）等がある。

装幀——西山孝司

フランス名婦伝

二〇一六年七月二〇日第一版第一刷印刷　二〇一六年七月三〇日第一版第一刷発行

著者――ロベール・シャール
訳者――松崎洋

発行者――鈴木宏
発行所――株式会社水声社
東京都文京区小石川二―一〇―一
郵便番号一一二―〇〇〇二
郵便振替〇〇一八〇―四―六五四一〇〇
電話〇三―三八一八―六〇四〇
ＦＡＸ〇三―三八一八―二四三七
URL：http://www.suiseisha.net
印刷・製本――モリモト印刷
ISBN978-4-8010-0191-6